HEIKE KOSCHYK

DAS GLÜCK UNSERER ZEIT

DAS VERMÄCHTNIS DER FAMILIE LAGERFELD

GOLDMANN

HEIKE KOSCHYK

DAS GLÜCK UNSERER ZEIT

DAS VERMÄCHTNIS DER FAMILIE LAGERFELD

ROMAN

GOLDMANN

Originalausgabe

FSC
www.fsc.org
MIX
Papier | Fördert
gute Waldnutzung
FSC® C083411

Penguin Random House Verlagsgruppe FSC® N001967

1. Auflage

Umschlaggestaltung: UNO Werbeagentur GmbH
Umschlagmotiv: Hamburg: mauritius images / Michelle Bridges / Alamy
Papierstruktur/Himmel: FinePic®, München
Pärchen: Collage © Christian Brinkmann
nach einer Vorlage von Gordian Tork
Tintenkleckse: shutterstock/Melodist, Vlada Art
Frack des Mannes: shutterstock/LiliGraphie
Pelzmantel: alamy stock photo/Classic Stock
Redaktion: Angela Troni
LK · Herstellung: ik
Satz: Uhl + Massopust, Aalen
Druck und Bindung: CPI books GmbH, Leck
Printed in the EU
ISBN: 978-3-442-20633-9

www.goldmann-verlag.de

1

BADEN-BADEN

August 1966

Es war halb zehn, als Otto Lagerfeld die abschüssige Hahnhofstraße von seinem Haus hinunter in Richtung der Altstadt ging. Seitlich der Wege schimmerte das taufeuchte Gras in der Morgensonne. Auf dem schmiedeeisernen Parktor des ehemaligen Schlosshotels *Hahnhof* hockten Spatzen und gaben ein Pfeifkonzert.

Das Gebäude stand seit Jahren leer. Eine Schande für einen so geschichtsträchtigen Ort wie diesen, dachte er. Vor einem Jahrzehnt hatten in den Räumen sogar Konrad Adenauer und der französische Premierminister eine wichtige Konferenz abgehalten. Es hieß, Madame Mendès-France habe unter ihrem eleganten schwarzen Pelz ein Collier mit taubeneigroßen Perlen getragen, als sie dem Zug am fahnengeschmückten Bahnhof entstieg. So erzählte es zumindest der Bahndienstbeamte, der damals die verklemmte Zugtür öffnen durfte und heute pensioniert war.

Auch er selbst war pensioniert. Er, der ehemalige Generaldirektor der Glücksklee Milchgesellschaft mit zuletzt drei Werken in Neustadt in Holstein, Bad Essen und Marktbreit.

Und auch er erzählte gerne von seiner Vergangenheit. Nur dass es hier bis auf die Nachbarn niemanden gab, mit dem er sich austauschen konnte. Obwohl er gewiss mehr zu berichten hatte als nur von einem Blick in das Dekolleté einer Ministerpräsidentengattin.

Otto passierte die russische Kapelle und nahm die Lichtentaler Straße in Richtung des Kurparks. Hinten am Gausplatz bog gerade der Oberleitungsbus ein. Doch mit seinen bald fünfundachtzig Jahren war er rüstig genug, die zwanzig Minuten zur Konditorei und Confiserie Rumpelmayer zu Fuß zu gehen.

Er war immer stolz auf seine stabile Gesundheit gewesen. Selbst den Schlaganfall, den er vor gut fünfundzwanzig Jahren erlitten hatte, sah man ihm nicht mehr an. Von all seinen Brüdern lebte er am längsten, und nur Lisbeth, im Januar als Letzte seiner Geschwister verstorben, war mit ihren siebenundachtzig Jahren älter als er.

Mit den Kindern und Enkelkindern seiner Brüder Paul und Joseph hielt er immer noch Kontakt. Ebenso mit seinen Töchtern Christel und Thea. Mit seinem Sohn Karl, der bis vor wenigen Jahren noch jeden Sommer in Baden-Baden verbracht hatte, mit seinen Neffen Kurt und Herbert. Es war ihm wichtig, dass sich die Familie, die in aller Welt zerstreut lebte, nicht verlor. Er war der Kitt, der alle zusammenhielt. Aber was, wenn er eines Tages nicht mehr lebte? Würden die Kontakte der anderen untereinander ohne ihn allmählich einschlafen?

Als Otto den Eingang zum Kurpark erreichte, blieb er stehen und schöpfte Atem. Von den Rosenbeeten strömte ein betörender Duft herüber. Es war wärmer geworden. Viel zu warm für seinen Kreislauf.

Die Konditorei hatte ihre Pforten gerade erst geöffnet. Zwei Kellner stellten die Stühle auf der überdachten Terrasse auf und wischten die Feuchtigkeit von den Tischplatten, bevor sie die gestärkten Deckchen darauf legten. Dazu die Speisekarte und die Preisliste für die Schokoladenbonbons und Früchtekonserven aus eigener Herstellung.

Otto wartete, bis sein Lieblingsplatz an der Hauswand rechts des Einganges eingedeckt war, und setzte sich auf einen der Stühle. Er war der erste Gast, und er liebte die Morgenstunden, die noch so viel Ruhe und Kraft in sich bargen. Früher war er immer der Erste im Büro gewesen. Es ging nichts über das ungestörte Arbeiten, bevor die Welt um einen herum allmählich erwachte.

»Guten Morgen, Herr Generaldirektor«, sagte der Kellner und machte eine knappe Verbeugung. »Wie geht es Ihnen und Ihrer Frau Gemahlin?«

»Danke, gut«, erwiderte Otto. Er freute sich über die Anrede, hatte den Titel sogar ins Telefonbuch eintragen lassen, obwohl er bereits seit neun Jahren im Ruhestand war. »Meine Frau ist wieder einmal in Paris bei unserem Sohn Karl.«

»Paris, oh, là, là! Dann genießen Sie nun also Ihre Zeit als Strohwitwer?«

»Ich gebe mir Mühe.«

Der Kellner nickte freundlich und nahm Ottos Bestellung entgegen. Eine Scheibe Schwarzbrot mit Käse, dazu Rührei und ein Kännchen Kaffee, so wie jeden Morgen.

Das Kännchen brachte er wenig später mit einer Zeitung, die er Otto unaufgefordert hinlegte. Dazu ein weiteres, kleineres Kännchen mit Kaffeesahne. Der Mann kannte seine Kunden, Otto wusste es zu schätzen, es gab nicht mehr viele Kellner von diesem Schlag.

In gewohnter Vorfreude goss Otto den dampfenden Kaffee in die Tasse und sog das herbe Aroma ein. Dann gab er etwas Kaffeesahne hinzu und beobachtete, wie sich die weißen Kreise mit dem Rühren des Löffels allmählich verloren.

Die Glücksklee-Kondensmilch, so befand er nach dem ersten Schluck, schmeckte besser. Auch heute noch, gut sechzig Jahre nachdem er sie als evaporierte Vollmilch in Dosen von der

Firma Carnation zum ersten Mal gekostet hatte, gab er sie gerne in seinen Kaffee. Obwohl er sich vor dem Umzug nach Baden-Baden geschworen hatte, nie wieder einen einzigen Tropfen davon anzurühren.

Da Otto spürte, dass ihn die Art, wie man ihn aus der Firma gestoßen hatte, noch immer kränkte, lenkte er seine Gedanken auf schönere Dinge.

Er schnitt das Käsebrot, das der Kellner vor ihm abgestellt hatte, und dachte an die Feier zum fünfzigjährigen Jubiläum des Milchwirtschaftsverbandes in Schlangenbad bei Wiesbaden. Damals, vor drei Jahren, hatten sich alle gefreut, ihn wiederzusehen. Die ehemaligen Konkurrenten von Nestlé und der Libby Gesellschaft. Der Verbandspräsident. Und natürlich der derzeitige Geschäftsführer der Glücksklee Milchgesellschaft, sein alter Weggefährte Alfons van Acken, der auch schon in den Siebzigern war. Sie alle hatten ihm die Hände geschüttelt und ihn gefragt, wie es ihm gehe. Und ob ihm Baden-Baden gefalle.

Es sei sehr schön, hatte er gesagt, vor allem die hübschen Villen aus dem 19. Jahrhundert entlang der Lichtentaler Allee und der Weg durch den Park entlang der Oos bis zur Klosterwiese. Es gebe sogar einen Ort nach dem Vorbild italienischer Renaissancegärten, der heiße Paradies. Überhaupt die Umgebung! Im Schwarzwald könne man herrlich wandern.

Sie hatten ihm auf die Schulter geklopft und ihm zu der Entscheidung gratuliert.

»Genießen Sie Ihren Ruhestand, Herr Lagerfeld, den haben Sie sich redlich verdient.«

Otto trank einen Schluck Kaffee und hielt die Tasse unbewegt in der Hand, bevor er sie endlich abstellte. *Wären wir doch nur in Hamburg geblieben!*

Er vermisste Hamburg so sehr, dass es beinahe wehtat. Die Stadt war seine Heimat, war es schon immer gewesen. Selbst als er als Kaufmann in Amerika oder Russland gelebt hatte, war die weltoffene Hansestadt immer sein Ziel. Er liebte die Elbe von Altona bis Groß Flottbek und Blankenese, wo er die meiste Zeit seines Lebens gewohnt hatte, das Tuten der Schiffe, die sich in den Hafen schoben. Und wie gerne war er in der Speicherstadt am Freihafen, in der er seine ersten Lehrjahre verbracht hatte. Oft spazierte er den Weg von der Börse am Kanal entlang, ebenso von den Geschäften der Altstadt bis zum Jungfernstieg und sah auf die von Parks und eleganten Villen umschlungene Alster, an deren nördlicher Spitze sie zuletzt gewohnt hatten.

Doch mit seiner Pensionierung hatte seine Frau die Zügel übernommen. Weil Baden-Baden nur wenige Zugstunden von Paris entfernt lag, von wo aus ihr Sohn Kollektionen für Chloé, Fendi und Krizia entwarf, und weil es zudem eine mondäne Kurstadt war, hatte es sie beide hierher verschlagen. Und nun fuhr Ebbe bei jeder Gelegenheit fort, um Karl zu besuchen, während er selbst hier die Zeit totschlug, indem er Leserbriefe an Tageszeitungen verfasste, Briefe an die Angehörigen in aller Welt schrieb und den Familienstammbaum vervollständigte.

Er spürte den körperlichen Verfall, das konnten auch die regelmäßigen Spaziergänge nicht verhindern. Inzwischen zählte er die Tage.

Während er allmählich welkte, blühte Ebbe auf wie ein junges Mädchen. Im vergangenen Jahr war sie mit bunten Kleidern aus Paris zurückgekommen und mit einem Turban auf dem Kopf.

»Das ist jetzt modern«, hatte sie gesagt. »Davon verstehst du nichts.«

Da mochte sie recht haben. Für ihn war Mode etwas, das eine Person vorteilhaft kleiden sollte. Aber ein exzentrischer Turban tat das nicht. Vor allem nicht bei einer Frau von Mitte sechzig.

Ebbe hatte sogar Französischunterricht genommen, weil es ihr peinlich war, dass sie sich weit weniger gut unterhalten konnte, als ihre Gesprächspartner dachten. Vielleicht hätte Karl nicht so sehr aufschneiden sollen, wenn er von seiner Mutter sprach.

Ihn, seinen Vater, erwähnte der Junge kaum noch. Aber gewiss hatte er selbst Schuld daran. Für den Lebensweg seiner Töchter hatte er mehr Verständnis aufgebracht.

Otto trank den Kaffee aus und schob die ungelesene Tageszeitung zur Seite. Dann winkte er dem Kellner und trat den Weg zurück zur Wohnung an.

Das Zweifamilienhaus in der Hahnhofstraße hatte er 1959 erbauen lassen. Es war weniger elegant, eher praktisch, denn für die letzten Jahre wollte er nicht allzu verschwenderisch sein. Es lag ein Stück nach hinten versetzt, war quadratisch gebaut, mit einem Walmdach und einer Garage im Keller, zu der eine abschüssige Zufahrt führte, was für Autos ohne angezogene Handbremse – wie er aus leidvoller Erfahrung wusste – leicht zum Verhängnis werden konnte.

Der Innenausbau hingegen war von erlesener Qualität. Der Parkettboden aus Tropenholz in der Stube hatte ein halbes Vermögen gekostet. Gleiches galt für die Möbel in Ebbes Zimmer: die Frisierkommode, den opulenten Kleiderschrank mit den handbestickten Lavendelsäckchen, das Bett. Die französischen, im Muster der Tapete gehaltenen Vorhangstoffe aus Chintz hatten so viel gekostet wie ein ganzer Sessel. Er selbst hatte für sein Zimmer nur die dunklen Möbel aus der Hamburger Wohnung genommen.

Otto hängte den Schlüssel an den Haken und betrat die Stube, wo er den Sessel vor das große Panoramafenster schob, von dem aus man über die Parkanlagen an der Oos bis zum Kloster Lichtenthal sehen konnte. Es war ein schöner Blick. Die bewaldeten Berge des Schwarzwaldes lagen in dunklem Grün, über ihnen spannte sich der klar blaue Himmel.

In diesem Moment fühlte Otto sich so müde wie noch nie in seinem Leben. Wenn ich jetzt ginge, dachte er, dann wäre es wohl in Ordnung. Alles war geregelt. Das Testament war geschrieben und wurde von Rechtsanwalt Barker verwahrt. Die letzten Wünsche als Handreichung hatte er an seinen Neffen Kurt geschickt, damit der wusste, was zu tun war, wenn er starb. Seinen Kindern Thea, Christel und Karl, die in der ganzen Welt verstreut lebten, wollte er mit den Formalitäten nicht zur Last fallen.

Er wünschte sich ein schlichtes Begräbnis. Es hatte ja niemand etwas davon, wenn er in einem teuren Holzsarg lag, der ohnehin irgendwann zerfallen würde.

Eine Weile saß Otto still da und sah hinaus, hing seinen Gedanken nach. Dann lächelte er.

Wenn er auf sein Leben zurückblickte, dann konnte er zufrieden sein. Er hatte ein langes Leben gehabt, und es war vieles geschehen, dass es für drei reichte.

Als ein Gratulant ihn zum achtzigsten Geburtstag fragte, ob er glücklich gewesen sei trotz der vielen Arbeit und der schweren Zeiten – immerhin hatte er zwei Weltkriege überstehen müssen –, da konnte er nicht anders, als es zu bejahen. Auch wenn die harten Momente überwogen.

Am schlimmsten war für ihn gewesen, als er seine erste Frau Theresia verloren hatte und nach einer sehr kurzen Ehe wieder allein war mit dem Baby, das lange in der Brutanstalt des Altonaer Kinderhospitals lag, damit es an Gewicht zunahm.

Es waren die Jahre nach dem Ersten Weltkrieg gewesen. Das Land war in einem erbärmlichen Zustand, der sich durch die hohen Reparationsforderungen des Versailler Friedensvertrages stetig verschlechterte. Zerrissen von den unterschiedlichsten

Strömungen und Parteien, die versprachen, die hohe Arbeitslosigkeit und den Hunger zu beenden, und stattdessen die Bevölkerung aufeinanderhetzten und in Wirtschaftsfragen unklug agierten. Und so schwankte man von einer Krise in die nächste, wobei die hohe Inflation das Land am schwersten traf.

In jenen Jahren hatte er alle Hände voll zu tun gehabt, um die Firma vor dem Untergang zu bewahren und sie dann, nach der Währungsumstellung, wieder aufzubauen. Wäre die gute Seele Frau Riek nicht da gewesen, die sich bereits im Haus der Familie Feigl um Theresia gekümmert hatte, er hätte nicht gewusst, wie er all das schaffen sollte.

Damals – im Alter von erst dreiundvierzig Jahren – hatte er gedacht, er würde nie wieder lachen können.

2

HAMBURG

April 1925

Der Regen löste sich aus den tiefhängenden Wolken. Erst allmählich, dann immer stärker fiel er auf die Wege, Grünflächen und Beete des Ohlsdorfer Friedhofes. Vertrieb den Morgennebel, der sich über die Gräber gelegt hatte.

Otto hörte das Trommeln der Tropfen auf seinem Hut, fühlte die Nässe, die von der Krempe auf den Kragen seines Hemdes und weiter in den Nacken rann. Sein Blick war starr auf das Grab gerichtet, auf den glänzenden Stein, der den Namen seiner viel zu früh verstorbenen Frau trug.

»Alles Gute zum Hochzeitstag, meine liebste Theresia.«

Das Rosenbouquet zitterte in seinen Händen. Er schluckte heftig und rief sich zur Raison. Zum wiederholten Mal fragte er sich, wie Gott es hatte zulassen können, dass sie nur sieben Monate nach der Hochzeit von ihm gehen musste, wo sie doch ein ganzes gemeinsames Leben vor sich liegen sahen.

Drei Jahre war es nun her. Und er vermisste Theresia an jedem einzelnen Tag.

Vor seinem inneren Auge sah er sich wieder im Taxi durch die Nacht zur Entbindungsklinik fahren. Er erinnerte sich an ihr im Licht der vorbeihuschenden Straßenlaternen schmerzverzerrtes Gesicht. An den unruhigen Blick, mit dem sie ihn anschaute.

»Es ist zu früh, Otto. Ich habe furchtbare Angst um unser Kind.«

Er hatte sie fester an sich gezogen und ihr in einer hilflosen Geste über die Hand gestrichen. »Alles wird gut, du wirst sehen.«

Damals hatte er nicht ahnen können, dass am Ende nur das Kind überleben würde. Das Mädchen wurde im November drei Jahre alt und stand nun stumm und unbeweglich neben ihm. Den viel zu großen Mantel bis an den Hals zugeknöpft, die Hände zum Gebet gefaltet. Er hatte ihr den Namen seiner Mutter gegeben: Theresia. Aber weil ihm die Wucht des Namens für das Kind zu groß erschien, nannte er sie nur noch Thea.

Otto blinzelte die aufsteigenden Tränen fort und ließ den Blick über die erblühenden Rhododendren schweifen, über die Eichen, die den freien Platz rechts und links des Grabes umstanden. Die Luft war kühl und dunstig, die Rasenflächen standen in sattem Grün.

Es war ein schöner Ort für eine letzte Ruhestätte. Ein großer, gepflegter Park voll diskreter Nischen, in denen man sich seiner Trauer hingeben konnte, ohne von Spaziergängern gestört zu werden.

Irgendwann würde auch er hier liegen.

Als Theresia starb, hatte er gleich zehn Plätze gebucht, damit am Ende alle seine Lieben in der Ewigkeit vereint waren. Seine Eltern, die beide auf die achtzig zugingen und trotz zunehmender Gebrechlichkeit noch immer recht fidel waren. Seine unverheirateten Schwestern Tilla und Lisbeth, die bei den Eltern in der Voßstraße wohnten und sich um deren Wohlergehen kümmerten.

Die restlichen vier Plätze hatte er für den Fall reserviert, dass sich weitere Familienmitglieder anschließen wollten. Dabei hatte er vor allem an seinen Bruder Paul in New York gedacht, an dessen Frau Gertrud und deren Söhne Herbert und Kurt, die in Deutschland auf den Vater warteten. Gertrud hatte Amerika 1914 mit den Kindern verlassen, wenige Tage vor Ausbruch des Weltkrieges. Paul hatte es nicht mehr rechtzeitig über den Atlantik geschafft. Er sei aufgehalten und zurückgeschickt worden, hatte er geschrieben, er komme nach, sobald der Krieg vorbei sei.

Danach hatte er nur noch vereinzelt Nachrichten zu Weihnachten geschrieben, und schließlich kam gar nichts mehr.

Der Regen lief kitzelnd in seinen Kragen, und Otto wischte mit der Hand die Tropfen vom Nacken.

Die letzte Postkarte war vor drei Jahren eingetroffen. Paul hatte von den Schwierigkeiten geschrieben, eine Arbeit zu finden, und Otto sah ihn schon irgendwo im Straßengraben sitzen, die Hand bettelnd vorgestreckt, auf Münzen hoffend oder auf ein Stück Brot. Als er selbst vor neunzehn Jahren einige Wochen in New York verbrachte, hatte er die Not in den Armenvierteln an der Lower East Side mit eigenen Augen gesehen. Die vielen in Lumpen gekleideten Bettler, von denen nicht wenige spurlos verschwanden, ohne dass jemand nach ihnen fragte.

Der Gedanke, Paul könne etwas zugestoßen sein, quälte ihn sehr.

Er hätte dem Bruder gerne die Heimkehr ermöglicht, obwohl er nach der großen Inflation vor zwei Jahren selbst kaum noch das Geld für eine Schiffspassage besaß. Doch er hätte sein letztes Hemd dafür gegeben, dass Herbert und Kurt, die nun bald ins Jugendalter kamen, ihren Vater wiedersahen.

Weil er die Ungewissheit nicht länger aushielt, hatte er vor einiger Zeit eine *Detective Agency* damit beauftragt, mehr über Pauls Verbleib herauszufinden. Es war die Idee von Joseph gewesen, dem ältesten der Brüder, der mit seiner Frau Margaret und den beiden Kindern in Portland lebte und nach einer berufsbegleitenden Fortbildung nun als Jurist arbeitete.

»Paul hat mich vor sechs Jahren noch gebeten, als Leumund für seinen Einbürgerungsantrag auszusagen, weil er als Deutscher sonst keine Arbeitsstelle bekäme«, hatte Joseph geschrieben. »Er ist also offiziell registriert.«

In diesem Moment spürte Otto, wie seine Tochter ihn am Ärmel zog.

»Papa, es regnet.«

Er wandte sich ihr zu. Von den dunkelbraunen Locken tropfte der Regen, und sie hatte den Mund schmollend verzogen.

Unwillkürlich musste Otto lächeln. Aus den rehbraunen Augen sah ihm seine verstorbene Frau entgegen. Und doch gab es tausend Dinge, die Thea von Theresia unterschieden. Während seine Frau ein scheues, sanftes Wesen hatte, besaß ihre gemeinsame Tochter eine ansteckende Fröhlichkeit und war derart lebhaft, dass das Kindermädchen Frau Riek manchmal Mühe hatte, sie zu bändigen.

»Ist gut, Theachen«, sagte er.

Otto legte das Rosenbouquet vor dem Grabstein ab und hielt in einem letzten Gedenken inne. Dann nahm er seine Tochter an der Hand, und sie gingen den schmalen Pfad zurück zum Hauptweg, wo Frau Riek mit aufgespanntem Schirm auf sie wartete.

»Sie sehen blass aus, Herr Lagerfeld«, stellte die Kinderfrau besorgt fest und reichte ihm den Schirm. »Wollen Sie sich nicht lieber freinehmen und mit uns beiden nach Hause fahren?«

»Nein«, sagte Otto bestimmt. Er nahm den Schirm entgegen und hielt ihn so, dass sie alle drei darunter Platz fanden. »Die Arbeit wartet, ich bin schon viel zu spät dran. Ich bringe Sie aber noch zum Bus.«

Frau Riek nickte. Sie kannte ihn gut genug, um zu wissen, dass eine Entgegnung zwecklos war.

Otto konnte ohne Arbeit nicht sein. Vor allem nicht in einer schwierigen Situation wie dieser.

Erst gestern hatte er erfahren, dass mehrere Tausend Kisten Carnation-Kondensmilch im Wert von einhunderttausend Reichsmark, die sein Exportmitarbeiter Carl Wübbens für die Niederlassung in Harbin bestellt hatte, nicht mehr aufzufinden waren.

Scheinbar hatte irgendjemand beim chinesischen Zoll geschlafen oder vielleicht auch nur die Hand aufgehalten, weshalb man die Kisten an einen ihrer Korrespondenten vor Ort übergeben hatte, ohne vorher das Geld einzufordern. Und dieser behauptete nun, die Lieferung niemals erhalten zu haben.

Wübbens, der seit dem vergangenen Jahr im chinesischen Harbin lebte, hatte zugesichert, sich um die Sache zu kümmern, und Otto hoffte, es möge ihm gelingen.

Wenn nicht, dann wäre alle Arbeit, die er seit seiner Rückkehr aus sibirischer Kriegsgefangenschaft in den Aufbau seines Unternehmens Lagerfeld & Co. gesteckt hatte, welches er gemeinsam mit seinem Bruder Hans führte, umsonst gewesen.

Als das Taxi vor dem August-Heerlein-Stift, An der Alster 52, hielt, in dem das Büro von Lagerfeld & Co. lag, hatte der Regen weiter an Kraft gewonnen. Auf der Straße hatten sich tiefe Pfützen gebildet, in denen Blütenblätter trieben wie führerlose Kähne. Otto stieg aus und wich vor einem Fahrradfahrer zurück, der über den schlammig gewordenen Weg schlingerte.

Den Hut tief ins Gesicht gezogen, hastete er durch den Regenschleier zu dem herrschaftlichen Gebäude mit dem säulenumrahmten Portal. Mit einer energischen Bewegung riss er die Tür auf und wäre beinahe mit zwei älteren Damen zusammengestoßen, die erschrocken zurückwichen.

»Entschuldigung, die Damen!«, sagte Otto und lupfte seinen Homburger, von dessen Krempe das Wasser nur so heruntertropfte.

»Aber Herr Lagerfeld, Sie sind ja vollkommen durchnässt«, bemerkte die größere der beiden und richtete ihren aus der Mode gekommenem Topfhut. »Sie sollten achtgeben, dass Sie sich keine Grippe holen.«

»Nun bin ich ja im Trockenen, werte Frau Konsul«, antwortete er höflich und hielt den Damen die Tür auf. »Ich hoffe, Sie haben einen Schirm dabei? Es gießt junge Katzen und Hunde.«

»Wie bitte?«, fragte die Frau Konsul, die unter dem Vordach stehen blieb und einen Blick in den Himmel warf. »Katzen und Hunde?«

»Das sagt man so im fernen Amerika«, hörte Otto ihre Begleiterin raunen, während er die Tür wieder losließ. »Der Herr Lagerfeld ist weit gereist. Venezuela, Kolumbien, New York und San Francisco. Sogar in Sibirien soll er gelebt haben.«

Die Tür fiel ins Schloss, und es war wieder still im Treppenhaus. Nur Ottos Schritte hallten von den gekachelten Wänden wider, als er die Stufen zu den oberen Stockwerken erklomm und den Gang zu den Büroräumen durchmaß. Rasch, bevor eine der Bewohnerinnen die Tür aufreißen und ihn in ein Gespräch verwickeln konnte.

Das August-Heerlein-Stift war voll einsamer Witwen und Jungfrauen, die ihrem Lebensende entgegensahen und sich fürchterlich langweilten. Alles Damen aus gebildeten Kreisen, denen man Freiwohnungen gewährte, weil ihre verbliebenen Mittel gerade so ausreichten, um den Lebensunterhalt zu bestreiten.

Als die Regierung nach dem verlorenen Krieg zum Wiederaufbau des Landes und zur Begleichung der Reparationsforderungen seitens der Siegermächte vermehrt Geld druckte und daraufhin eine galoppierende Inflation einsetzte, war das Stiftungsvermögen auf ein Nichts zusammengeschrumpft. Die Verwalter hatten sich gezwungen gesehen, die ungenutzten Räume zur Vermietung an Firmen freizugeben, um den Bestand zu sichern.

Otto hatte sofort zugegriffen. Günstiger konnte man nicht an eine derart exquisite Adresse kommen, noch dazu mit Blick über die Alster. Und die Damen zeigten sich begeistert über die neuen Mieter, die so viel zu erzählen hatten.

Aber an manchen Tagen war die Zeit zu knapp für einen Plausch. So wie heute.

Die Firma Lagerfeld & Co. hatte ihre Räume im Stock C, Wohnung dreiundzwanzig und vierundzwanzig, zusammen mit dem Generaldepot für die Chartreuse-Liköre aus Tarragona, das sein Bruder Johannes, den alle nur Hans nannten, von ihrem Vater übernommen hatte. Es waren sehr kleine Wohnungen, die nur aus einem Zimmer und einer Abstellkammer bestanden. Dazu eine Kochnische und ein Bad, in denen sie Liköre und Milchkonserven lagerten, und ein Vorraum für die Garderobe.

Als Otto die Firma vor sechs Jahren gemeinsam mit Hans gegründet hatte, da erhoffte er sich, bald in ein stattlicheres Büro zu ziehen, mit einem extra Raum für die Buchhaltung und die Spedition. Aber auch an ihnen war die Inflation nicht spurlos vorbeigegangen. Bald konnten sie die am Zoll auf Abholung wartende Ware, die man in Amerika eigens für sie mit dem Glücksklee-Etikett versehen hatte, nicht mehr zahlen, weil der Dollar von Tag zu Tag an Wert gewann. Am Ende mussten sie für einen Warenwert von einem Dollar rund vier Billionen Mark hergeben und bekamen dafür nicht einmal eine Kiste Kondensmilch. In jenen Tagen entließen sie etliche Angestellte, und das mühsam ausgebaute Netz an Vertretern dünnte aus, weil es sich kaum noch jemand leisten konnte, durch die Lande zu reisen.

Hätte Otto nicht das Haus im Sülldorferweg nördlich des Blankeneser Bahnhofes besessen, dessen Kredit durch die immense Geldentwertung mit einem Schlag abbezahlt war, sie hätten vor dem Nichts gestanden.

Inzwischen hatte sich die Lage wieder stabilisiert, allmählich ging es voran. Weil Otto unermüdlich durch Deutschland gereist war, um neue Vertreter anzuwerben, hatten sie in den vergangenen Monaten sogar ein sattes Plus gemacht.

Das Harbin-Geschäft sollte nun die Krönung werden. Noch in der vergangenen Woche hatte es so ausgesehen, als wäre Carl Wübbens mit seinem Bemühen erfolgreich, die alten Kunden aus den Wladiwostoker Zeiten zu reaktivieren. Es wäre die größte Lieferung der vergangenen Jahre und hätte der Firma mit einem Schlag ein Vermögen eingebracht. Otto hatte sich bereits am Ziel seiner Träume gesehen. Er wollte seiner Tochter sogar eine dieser Gliedergelenkpuppen mit echtem Haar schenken, die es bei Steinberg & Co. am Neuen Wall zu kaufen gab. Und nun drohte ausgerechnet das Harbin-Geschäft ihr Untergang zu werden.

Als Otto die Tür öffnete, las er in der Miene seiner Angestellten, dass sich an der Dramatik der Lage nichts geändert hatte. Der Lehrjunge und der Herr von der Spedition blickten ihm mit müden Gesichtern entgegen, und Wilhelm Dylewski, den er aus seiner Zeit als Lebensmittelbeschaffer beim Rheinisch-Westfälischen Städteverband mitgebracht hatte, gab sogar einen lauten Stoßseufzer von sich.

»Keine Nachricht aus Harbin?«, fragte Otto ihn, während er den tropfnassen Mantel an den Garderobenhaken hängte.

»Schon, aber keine gute«, antwortete stattdessen Hans, der durch die Verbindungstür aus dem Bereich des Chartreuse-Depots getreten war. Sein Glasauge schien vor Aufregung ein wenig verrutscht. »Wübbens behauptet, die Ware sei wie vom Erdboden verschluckt.«

»Was soll das heißen?«, hakte Otto nach. »Mehrere Tausend

Kisten Dosenmilch können ja nicht so einfach verschwinden! Irgendjemand muss sie doch fortgebracht haben.«

»Auf den Frachtpapieren steht die Unterschrift unseres Korrespondenten. Aber der behauptet, Wübbens habe sie gefälscht.«

»Er lügt!«

Eine beklemmende Stille trat ein, endlich gab Hans ein Schnauben von sich. »Hast du schon mal daran gedacht, dass dein verehrter Wübbens dich übers Ohr gehauen hat?«

»Niemals.«

Otto presste die Lippen aufeinander. In all den Jahren hatte er gelernt, dass man sich bei der Besetzung einer Niederlassung nur auf fähige Männer verlassen durfte, weil sonst die ganze Firma leicht zum Einsturz kam. Carl Wübbens war schon in Wladiwostok sein engster Mitarbeiter gewesen, zudem hatten die beiden viele Jahre gemeinsam in sibirischer Kriegsgefangenschaft verbracht. Er konnte nicht glauben, dass sich der Mann, der ihm stets ein guter Freund gewesen war, vom Wert der Ware hatte verführen lassen. Wübbens, ausgerechnet! »Ich vertraue ihm.«

»Du vertraust einem Menschen, den du auf der Flucht in Sibirien zurückgelassen hast«, entgegnete Hans. »Du weißt nicht, was danach geschehen ist. Der Krieg hat aus nicht wenigen Männern seelische Krüppel gemacht.«

»Wer auch immer die Verantwortung für den Verlust trägt«, mischte sich Dylewski ein und lehnte sich mit einem Stöhnen im Stuhl zurück, »die Ware bekommen wir ganz sicher nicht wieder. Lagerfeld & Co. ist erledigt! Die American Milk Products Corporation will uns für den Schaden haftbar machen. Wenn wir den ausstehenden Betrag nicht bis zum Ende des Monats anweisen, werden sie ihn einklagen. Woher zum Himmel sollen wir einhunderttausend Reichsmark nehmen?«

»Uns bleiben noch acht Tage.« Otto atmete tief durch. »Vielleicht geschieht ja doch ein Wunder.«

»Und wenn wir uns weigern, die Summe zu begleichen?«, schlug Hans vor. »Was können wir denn dafür, dass sie die Ware ohne Bezahlung abgegeben haben. In Hamburg bekommen wir schließlich auch keine einzige Dose ohne Vorkasse aus dem Zoll. Kein Gericht der Welt wird uns die Schuld dafür auflasten.«

Otto schüttelte den Kopf. »Das wäre nicht ehrenhaft. Wir haben die Ware bestellt, und einer unserer Korrespondenten hat das quittiert. Außerdem wären wir dann die Generalvertretung für die Carnation-Dosenmilch los.«

»Aber die Firma wäre gerettet! Es gibt auch noch andere Lieferanten aus Amerika. Libby's zum Beispiel. Oder Bordens.«

»Nein«, sagte Otto fest. »Kein Kondensmilchhersteller der Welt will eine Handelsfirma unter Vertrag nehmen, die sich um die Zahlung einer Lieferung drückt. Es wäre das Ende für unsere eigene Marke, die Glücksklee.« Er sah seinen jüngeren Bruder ernst an. »Hast du denn unseren Traum vergessen, unser großes Ziel? Die Glücksklee-Dosenmilch hat das Potenzial, zum größten Verkaufsschlager des ganzen Landes zu werden. Hausfrauen, Mütter, Versorgungsämter! Und mit Einführung der gezuckerten Kondensmilch unter dem Namen Goldstern decken wir obendrein den Süßwarenmarkt ab. Nun ist dieser Traum vielleicht wieder in die Ferne gerückt, aber wir dürfen ihn nicht vorschnell begraben. Wir haben die Arbeitskraft, die Verbindungen und den Geschäftssinn.«

»Es war dein Traum, Otto. Nicht meiner. Ich bin dafür, auszusteigen und noch einmal neu zu starten. Schließlich haben wir nach wie vor das Chartreuse-Depot. Und sicher finden wir auch noch einen anderen Artikel, der sich in Deutschland gewinnbringend vertreiben lässt.«

»Aber kein Artikel hat dasselbe Potenzial wie amerikanische Kondensmilch«, widersprach Otto. »Sie ist von unvergleichlicher Qualität. Wenn erst in der breiten Bevölkerung bekannt ist, was man alles damit tun kann – Kaffee weißen, Süßspeisen und Mayonnaisen verfeinern, Säuglinge ernähren –, dann wird sie sich rasch wachsender Beliebtheit erfreuen. Ja, es stimmt, der Weg ist holpriger als erwartet, aber ich bin der festen Überzeugung, dass wir es damit sehr weit bringen werden.«

Hans atmete tief ein und rieb sich über das Gesicht. »Auf dem Firmenkonto liegt nicht einmal ein Viertel des eingeforderten Betrages. Wir müssten Schulden aufnehmen, um die Forderung der Amerikaner zu begleichen, und das will ich nicht. Gerade jetzt, da ich geheiratet habe. Meine Frau bringt mich um, wenn ich ihr das erzähle.«

»Dann werde ich dem Inhaber der Carnation Milk Company nach Delaware kabeln«, schlug Otto vor, »und Elbridge Stuart an die guten alten Zeiten erinnern. Daran, wie ich den Umsatz in Sibirien versechsfacht habe. Vielleicht finden wir gemeinsam eine Lösung.«

»Für die Exporte ist aber das Kontor in New York zuständig«, warf Dylewski ein. »Und da hat inzwischen nicht mehr nur die Carnation das Sagen, sondern auch die Pet Milk Company. Da wird der alte Stuart nicht viel ausrichten können.«

»Ich will es zumindest versuchen«, sagte Otto und nahm hinter seinem Schreibtisch Platz. »Mister Stuart ist ein Kaufmann vom alten Schlag. Bei aller Arroganz, mit der man seit dem Weltkrieg auf uns Deutsche blickt: Er weiß, dass es keinen besseren Verkäufer gibt als mich. Es ist in seinem Interesse, uns nicht untergehen zu lassen.«

Damit nahm er den Hörer von der Gabel und ließ sich mit dem Telegrafenamt verbinden.

In den folgenden Tagen hob Otto stets den Kopf, wenn er jemanden über den Gang laufen hörte. Bald war er geübt darin, die Schritte zu unterscheiden. Jene, die zu den Damen der benachbarten Wohnungen gehörten, die sich langsam vortastend bewegten oder energisch trippelnd. Der Telegrammbote dagegen hatte einen raschen Schritt, wobei er leicht humpelte. Immer wenn er an der Tür klopfte, sprang Otto auf und eilte ihm entgegen, um jedes Mal enttäuscht wieder Platz zu nehmen, weil die überbrachte Nachricht nicht die sehnlich erwartete war.

In der Nacht wälzte er sich im Bett und rang um eine Lösung. Wenn Stuart ihm nicht zur Seite sprang, dann gab es nur einen Weg, die Firma zu retten: Er selbst müsste Geld bei der Bank aufnehmen und mit dem Haus bürgen, das er 1921 für Theresia und sich erworben hatte.

Ihre Familienburg …

Was, wenn es am Ende doch schiefging? Natürlich könnte er mit Thea zu seinen Eltern in die Voßstraße ziehen, wo auch seine Schwestern Tilla und Lisbeth wohnten. Aber wer würde sie dann versorgen? Schon jetzt gab er den größten Teil für ihren Unterhalt dazu, weit mehr als sein Bruder Hans.

Der Gedanke daran, was der Vater wohl dazu sagen würde, ließ ihn wach liegen.

Tönnies Johann Otto Lagerfeld hatte sein Leben lang nur gearbeitet und es mit seiner Weinhandlung und der Generalvertretung des *Liqueur des Pères Chartreux* zu einem gewissen Wohlstand gebracht, der, nachdem er das Geschäft im Jahr 1919 an seinen jüngsten Sohn Hans übergeben hatte, nun merklich schrumpfte. Ein Umstand, der nicht etwa an Hans' mangelndem Fleiß lag, sondern an den Auswirkungen des Weltkrieges. Was den Vater nicht daran hinderte, spitze Bemerkungen darüber zu machen.

Gemeinsam vermochten sie die drohende Armut der Eltern abzuwenden. Mit dem Ende der Dosenmilch-Vertretung wäre sie jedoch besiegelt.

Versagt, dachte er, *in Vaters Augen hätte ich versagt.*

Am Tag bevor das Ultimatum auslief, entschied Otto sich dazu, alles zu riskieren. Weil die Bank ihm einen derart großen Kredit gewiss nicht ohne eine ausgiebige Prüfung bewilligen würde, beschloss er, die Amerikaner zunächst um Aufschub zu bitten. Er war gerade dabei, den entsprechenden Text zu formulieren, als der Telegrammbote nach kurzem Klopfen den Kopf in sein Büro steckte.

»Herr Lagerfeld? Ein Telegramm aus New York. Wenn Sie mir bitte hier den Empfang quittieren.«

New York. Nicht Delaware, wo die Zentrale der Carnation lag.

Unschlüssig starrte Otto auf das Kuvert, das als Absender das Exportkontor der American Milk Products Corporation trug. Schließlich zog er das Schreiben hervor und las den anderen den Text in deutscher Übersetzung vor.

WESTERN UNION TELEGRAM

NEW YORK, April 29, 1925

Auf Anweisung von Herrn Stuart teilen wir Ihnen mit, dass der Ausfall laut Zusage unserer Versicherung von der Police gedeckt ist. Unter der Voraussetzung, dass Sie sämtliche Geschäfte mit dem Ausland aussetzen und sich künftig ausschließlich um den Verkauf in Deutschland konzentrieren, verzichten wir auf eine Ausgleichszahlung.

Hochachtungsvoll
P. R. McKee

Jubel brach los, Hans klopfte Otto anerkennend auf die Schulter, und Dylewski ergriff seine Hand, um sie wie eine Pumpe auf und ab zu schütteln.

»Das haben Sie prima gemacht, mein lieber Herr Lagerfeld.«

Weil Otto an jenem Tag noch lange mit Hans zusammensaß und auf den Erfolg anstieß, kam er erst spät nach Hause. Frau Riek wärmte ihm das Abendessen auf, und er dankte dem Herrgott, dass sie mit einem Seemann verheiratet war und sich während der mehrere Monate währenden Abwesenheit ihres Mannes auch abends um Thea und um den Haushalt kümmerte.

»Die Post habe ich Ihnen auf den Sekretär gelegt«, sagte Frau Riek und wünschte ihm eine gute Nacht.

Nach dem Essen warf Otto einen Blick in Theas Zimmer. Die Kleine schnaufte leise, er trat an ihr Bett und betrachtete zärtlich ihr Gesicht. Seit das Hamburger Landgericht ihn auf Vorschlag der Handelskammer zum ehrenamtlichen Handelsrichter ernannt hatte, kam es immer häufiger vor, dass er seine Tochter mehrere Tage nicht sah. Meist verließ er das Haus noch vor dem Morgengrauen und betrat es erst wieder, wenn sie bereits zu Bett gegangen war. Er selbst brauchte nicht viel Schlaf. Nur manchmal, wenn der Tag zu lang geworden war, nickte er in der Bahn nach Blankenese ein und wurde sogar einmal vom Schaffner geweckt, der an der Endstation durch die Reihen ging.

Sachte zog Otto die Tür wieder zu. Dann setzte er sich an den Sekretär und ging im Licht der Tischlampe die private Post durch, die Frau Riek ihm hingelegt hatte.

Als er den Umschlag mit dem New Yorker Poststempel sah, schoss sein Puls in die Höhe. Dieser Brief, an seine Privatadresse gerichtet, konnte nur einen Absender haben. Und tatsächlich entdeckte er auf der Rückseite den Namen der *Detective Agency*, die er vor Wochen beauftragt hatte.

Hastig schob er den Brieföffner ins Kuvert und riss es auf, entfaltete das Schreiben mit bebenden Fingern.

Der Inhalt bestand aus der Kopie eines offiziellen Dokuments und einem kurzen Schreiben, das Otto mit ungläubigem Kopfschütteln las.

Reference: Whereabouts Paul Lagerfeld
We herewith present the details.
Resident: Yonkers, New York. 15, Hancock Avenue
Profession: Selling ship paintings

Yonkers im Bundesstaat New York …

Es klang nach Ländlichkeit, nach trutzigen Häuschen mit Veranden und Vorgärten. Nach einem Zuhause und nicht nach einer Notunterkunft auf dem Weg zurück in die Heimat.

Die anfängliche Erleichterung darüber, dass sein Bruder noch lebte, schlug in Verärgerung um. Nein, bei dem Bezeichneten mochte es sich vielleicht um einen Mann namens Paul Lagerfeld handeln, aber derjenige war niemals sein Bruder.

Otto betrachtete die beigelegte Kopie einer Volkszählung aus dem Jahr 1920. Damals hatte Paul angeblich in der St. Lawrence Avenue in der Bronx gelebt, gemeinsam mit einer in New York geborenen Frau namens Josephine, deren Vater den Angaben nach ebenfalls aus Deutschland stammte. Besagte Josephine aber war ganz offiziell Pauls Frau, eine verheiratete Lagerfeld!

Das ist unmöglich, dachte Otto. Paul war nach wie vor mit Gertrud verheiratet. Und als ob es nicht noch schlimmer kommen könnte, hatte dieser Paul einem weiteren Dokument zufolge mit der im gemeinsamen Haushalt lebenden Frau inzwischen sogar Kinder, einen dreijährigen Jungen namens Theodore und eine Tochter, Dorothy, die fünf Jahre alt war.

Otto rieb sich die Stirn. Schwankend zwischen Empörung und Ratlosigkeit überflog er noch einmal die dem Anschreiben beiliegenden Dokumente.

Der in Yonkers lebende Paul Lagerfeld hatte nicht nur dasselbe Alter wie sein Bruder, er war auch in Hamburg geboren und trug der *Detective Agency* zufolge ebenfalls den Zweitnamen Johannes.

Es war kein Zweifel möglich. Während sich Frau und Söhne hier in Hamburg um sein Wohlergehen sorgten und noch immer auf seine Heimkehr hofften, hatte Paul sich längst ein neues Leben erschaffen.

Mit einem Kopfschütteln lehnte Otto sich im Stuhl zurück. Es war unfassbar! Sein eigener Bruder, der rebellische Paul, war ein Bigamist.

»Die arme Gertrud«, flüsterte er. Wie sollte er ihr das nur beibringen? Wie seinen Neffen Herbert und Kurt? All ihr Hoffen, all ihr Sehnen nach dem Vater, dem Ehemann – vergeblich.

Otto spürte eine heiße Wut in sich aufsteigen. Wie konnte Paul ihnen das nur antun!

3

BOBERG

Wenn Gertrud am frühen Morgen beim Klingeln des Weckers aufschreckte, hoffte sie manchmal, aus diesem Alptraum zu erwachen. Dann blieb sie reglos im Bett liegen, die Lider fest geschlossen, und stellte sich vor, wieder in Groß Flottbek zu sein. In der herrlichen Villa an der Ecke zur Parkstraße, vor deren Fenstern Brokatvorhänge und Gardinen aus französischer Spitze hingen. In ihrem Elternhaus mit den Kronleuchtern, den Mahagonimöbeln und dem Service aus feinstem chinesischem Porzellan, mit dem das Personal den Tisch auch unter der Woche eindeckte. Mit dem stets nach der neuesten Mode gefüllten Kleiderschrank.

In ihren Träumen war ihr Vater noch immer der erfolgreiche Korkhändler Cornelius Schmidt, der über ein unerschöpflich scheinendes Vermögen verfügte und der jedem seiner verbliebenen drei Kinder ein Erbe von mindestens dreihunderttausend Mark versprochen hatte.

Doch wenn das Morgenlicht sich durch die nackten Fenster stahl und hellrot durch Gertruds Lider drang, dann wusste sie, dass die Realität eine andere war. Ihr Vater hatte den Korkhandel nach Ende des Weltkrieges verkauft und die Villa gleich mit. Das Geld hatte er zur Bank gebracht, wo es angeblich so sicher war wie in Abrahams Schoß, und sie waren zur Miete ins Pinneberger Quellental gezogen, von wo aus der Vater sich nach einem neuen, kleineren Haus umsehen wollte.

Gertrud war nur ungern aus dem wohlhabenden Groß Flottbek weggezogen. »Was, wenn Paul mir schreiben will? Er kennt ja nicht einmal die neue Adresse!«

»Der Postbote wird alle Briefe an die Lagerfelds in die Voßstraße weiterleiten«, hatte ihre Mutter geantwortet. »Dafür habe ich gesorgt.«

Das Haus im Quellental war hübsch gewesen, wenn auch nicht ganz so mondän. Aber das hatte sie nicht gestört. Irgendwann, wenn Paul aus Amerika zurückkam, würde der Vater ihr einen Teil des Erbes vorab auszahlen, das hatte er versprochen. Von dem Geld würden sie sich dann ein eigenes Haus kaufen. Sie würde die Fenster mit denselben Gardinen aus französischer Spitze behängen und von ihrem eigenen Porzellan essen.

Gertrud seufzte. Wie unbeschwert sie damals gewesen war. Wie naiv.

Aber wer hätte auch ahnen können, dass die Inflation das gesamte Vermögen innerhalb weniger Monate vernichten würde. Dass die vielen Millionen bald nur noch einen Laib Brot wert waren. Und schließlich nicht einmal mehr das.

Ihre Mutter, die auf einem Bauernhof in Dithmarschen aufgewachsen war und sich seit ihrer Zeit als Dienstmagd in London Mary nannte, reagierte ganz pragmatisch. Während der Vater auf den das ganze Land knebelnden Friedensvertrag von Versailles schimpfte und auf die Unfähigkeit der verhandelnden Politiker, trug Mary Stück für Stück das Silberbesteck und die Kristallgläser zum Schwarzmarkt und kehrte mit Kartoffeln, Rüben und manchmal sogar mit einem Huhn zurück.

Sie war es auch, die damals, als sie von einem auf den anderen Tag ihre Mietwohnung verloren, ein Zimmer in Boberg auftat, einem kleinen Dorf am nördlichen Geestrand des Elbtals hinter der Hamburger Stadtgrenze, wo sie nun zu fünft leben würden: die Eltern Schmidt, Gertrud und ihre beiden Söhne.

Es war ein kalter Februartag, als sie mit ihren wenigen Habseligkeiten vor dem reetgedeckten ehemaligen Bauernhaus der Eheleute Vorrath standen.

»Hier sollen wir wohnen?«, rief Gertrud entsetzt aus.

Es war so furchtbar einfach und ärmlich, dass sie es kaum aushalten mochte.

Der Vater hatte seinen einzigen Anzug mit Weste und breit gebundener Krawatte angezogen. Man müsse stets den allerbesten Eindruck hinterlassen, hatte er gesagt, egal in welcher Lage. Jetzt betrachtete er das Haus, schob mit einem Aufseufzen die Schiebermütze nach hinten und strich sich über den gezwirbelten Oberlippenbart.

»Nun denn«, sagte er endlich und betätigte den Türklopfer.

»Ab jetzt müsst ihr mit anpacken«, sagte Mary zu Gertrud, als sie nach der kühlen Begrüßung durch die Hausherrin das gemietete Zimmer bezogen.

»Was bedeutet das?«

»Du wirst ab heute den Haushalt der Vorraths in Ordnung halten. Und die beiden Jungs stechen im Weidemoor Torf, damit es im Haus warm bleibt.«

»Ich soll für andere putzen?« Gertrud stellte empört die Koffer ab. Sie sah sich in dem Zimmer um, das eher ein zugiger Wintergarten war, in dem nur ein Bett und ein Schrank standen, dazu zwei nackte Matratzen, aus denen Rosshaar quoll. »Was für ein schäbiger Ort. Ist es denn nicht genug der Demütigungen?«

»Es wird Zeit, dass du von deinem hohen Ross herunterkommst«, entgegnete Mary, die bettelarm gewesen war, bevor sie ihren Mann kennenlernte. »Wir hätten es weit schlimmer treffen können. Hier in Boberg gibt es viele Bauern, bei denen wir Eier, Milch und Kartoffeln bekommen, so müssen wir wenigstens nicht hungern. Und hast du nicht den Buchenrauch gerochen, der aus der großen Räucherei herüberzieht? Sogar aus Hamburg kommen die Schlachter hierher, um ihre Würste und Schinken räuchern zu lassen. Da fällt, wenn du ganz lieb fragst, sicher mal ein Stück für uns ab.«

Gertrud sah ihre Mutter entsetzt an. »Wie kannst du jetzt ans Essen denken? Sieh dir nur mal die stockfleckigen Tapeten an und die gesprungenen Fensterscheiben. Wie sollen hier bloß fünf Personen Platz finden? Nein, Mutter, das geht nicht, hörst du? In diesem Zimmer wohne ich keinen einzigen Tag.«

Mary stützte die Hände in die breiten Hüften, und als sie antwortete, klang ihre Stimme scharf und unerbittlich. »Du kannst es dir nicht leisten, krüsch zu sein. Es sei denn, du bevorzugst ein Leben auf der Straße.«

Gertrud war den Tränen nahe, und sie war drauf und dran, sich mit ihrer Mutter zu überwerfen. Doch dann beobachtete sie durch die Scheiben ihre beiden Jungen, die den Garten erkundeten und sich dabei lachend anstießen. Also schluckte sie die Tränen herunter und versprach, sich zusammenzureißen.

Kurt wurde also in der Grundschule Boberg eingeschult, und Herbert kam auf die weiterführende Schule in Bergedorf. Gertrud kochte, putzte und bügelte, während sie versuchte, die Streitigkeiten zu ignorieren, die das Vermieterehepaar lautstark austrug. Dabei stellte sie sich insgeheim immer auf die Seite des Hausherrn. Walter Vorrath, ein feister kleiner Mann, der mit Regenmänteln handelte, war zwar wortkarg und oft auch pampig, aber wenn man höflich blieb, war gut mit ihm auszukommen. Seine Frau Käthe hingegen mochte sie nicht. Sie war laut und schrill und behandelte ihre Untermieter mit Geringschätzung.

»Du liebe Güte, Sie sind sogar zu dumm zum Putzen«, sagte

sie, als Gertrud einmal tiefe Kratzer im Spülbecken hinterließ. »Sie können froh sein, dass mein Mann Sie und Ihre Bagage leiden kann. Ich hätte Sie längst vor die Tür gesetzt.«

Gertrud verkniff sich eine Antwort. Das Wort Bagage traf in ihren Augen eher auf Käthe Vorraths Familie zu. Deren Bruder, der Altonaer Stadtverordnete Werner Dietz, war Führer der Völkischen und führte sich bei seinen Besuchen immer wie ein Flegel auf. Seit er während eines Abendessens betrunken und polternd zu ihr in die Küche gekommen war und sie in die Ecke gedrängt hatte, um mit schwitzigen Händen über ihre weiblichen Rundungen zu fahren, ging sie ihm geflissentlich aus dem Weg.

Als Anfang April die Streitigkeiten der Eheleute eskalierten und zunehmend in Handgreiflichkeiten endeten, verzogen sich die Jungen immer öfter ins Freie, und Gertrud flehte den Herrgott an, er möge dem Gezanke endlich ein Ende bereiten.

Und als hätte der Herrgott ihre Gebete erhört, zog Käthe Vorrath, nachdem eines Abends jede Menge Porzellan geflogen und ein Stuhl zu Bruch gegangen war, mit einem bis zum Platzen gefüllten Koffer aus.

»Nun hast du endlich erreicht, was du wolltest«, schrie sie über den Flur. »Ich reiche die Scheidung ein. Aber glaub ja nicht, dass du ungeschoren davonkommst. Ich werde dich für all die Misshandlungen büßen lassen!«

Kurz darauf flog die Tür so heftig ins Schloss, dass es durch das ganze Haus dröhnte.

Die Familie atmete auf, weil nun endlich Ruhe eingekehrt war. Auch Herr Vorrath schien aufzuleben. Er holte sogar sein altes Motorrad hervor und ließ Kurt darauf eine Runde drehen, ganz ohne Hilfe, und ihr Sohn lachte dabei über das ganze Gesicht wie seit vielen Monaten nicht mehr.

Da Herr Vorrath nun weniger Platz benötigte, überließ er

Gertrud und den Jungen das Schlafzimmer, wo sie nun endlich ein richtiges Bett und einen eigenen Kleiderschrank hatten. Um den Mietaufschlag zahlen zu können, schickte sie die Kinder zum Arbeiten auf den benachbarten Bauernhof. Schließlich waren sie inzwischen alt genug, etwas zum Lebensunterhalt beizutragen.

Draußen erklang jetzt das Brummen eines Mähdreschers, und Gertrud öffnete die Augen. Das fahle Morgenlicht drang durch die zugezogenen Gardinen, und sie setzte sich im Bett auf.

Voller Zuneigung betrachtete sie ihre Söhne, die neben ihr tief und fest schliefen. Auf der Stirn des bald zwölfjährigen Kurt prangte eine schlecht verheilte Platzwunde, die er sich bei einer Prügelei auf dem Schulhof zugezogen hatte. Wieder einmal, dachte Gertrud sorgenvoll. Es kam häufiger vor, dass er verdreckt und mit aufgeschürften Knien von der Schule nach Hause kam, das ausgeprägte Kinn stolz vorgereckt, weil er sich den Sticheleien seiner neuen Mitschüler entgegengestellt hatte. Er erinnerte sie an den jungen Paul, der ebenfalls keiner Rauferei aus dem Weg gegangen war.

Wie brav hingegen war der ein Jahr ältere Herbert, der still und in sich gekehrt war und keinen Ärger machte.

Ihr Blick fiel auf das Hochzeitsfoto, das sie auf den Nachttisch gestellt hatte, damit Herr Vorrath ihr die Geschichte von der treu wartenden Ehefrau glaubte, deren geliebter Gatte aus Amerika zurückkommen würde, sobald er genügend Geld zusammenhatte. Obwohl sie längst ahnte, dass sie ihn niemals wiedersehen würde.

»Paul …«, flüsterte sie, und es kostete sie einige Mühe, die aufsteigende Traurigkeit herunterzuschlucken.

Er war ein so hübscher junger Kerl. Das Haar dicht und dunkel, die Lippen geschwungen und mit einem ausgeprägten Amorbogen. Als sie ihn kennenlernte, war er unbändig und wild gewesen. Ein Mann, nach dem sich die anderen Frauen umdrehten. Und sie, Gertrud geborene Schmidt, hatte ihn sich geschnappt!

Elf Jahre war es her, dass sie sich in Portland von ihm verabschiedet hatte. Es war eine lange Zeit, viel zu lang für einen Mann wie Paul. Es wäre dumm anzunehmen, dass er seit so vielen Jahren enthaltsam lebte.

»Wie konntest du mich nur so im Stich lassen«, flüsterte sie.

Mit dem Handrücken wischte sie die Tränen fort, die ihr die Wange hinabkullerten.

Sie musste weiterleben, es nützte ja nichts.

Im Mai trat völlig unverhofft ein neuer Mann in Gertruds Leben, und zunächst wusste sie kaum, wie ihr geschah.

Es war ein Sonntag, und sie wanderte mit Kurt und Herbert durch das kleine Wäldchen und am Quellbach und den Sümpfen vorbei bis zum Geestrand des Elbtals. Die Jungen ließen ihre selbstgebauten Drachen steigen, als ihnen Kurts Lehrer entgegenkam, dessen stahlblaue Augen sie schon beim Aufnahmegespräch in Verlegenheit gebracht hatten.

Während die Kinder weiterliefen, blieb Gertrud stehen, um Erich Lüdke zu begrüßen, dabei zeigte sie ihr kokettes Lachen, von dem sie geglaubt hatte, es sei längst unter all dem Elend vergraben. Bald entspann sich eine Unterhaltung über die recht ordentlichen schulischen Leistungen ihres Sohnes, der ein kluger Kopf sei und Talent in technischen Dingen habe.

»Wirklich? Ich dachte, er sei ein furchtbarer Raufbold.«

»Das ist wahr. Aber dahinter verbirgt sich ein fähiger junger Mann, der noch nicht weiß, wohin mit seiner aufgestauten Bitterkeit. Ich denke, ihm fehlt der Vater.«

Gertrud blickte ihn überrascht an. So hatte bis auf seinen Patenonkel Otto noch nie jemand von Kurt gesprochen.

Sie sah zu den Kindern, die nur noch zwei ferne Punkte waren. »Ich denke, ich sollte jetzt gehen.«

»Warum? Lassen Sie die Jungs ruhig laufen. Hier verliert man keinen. Jetzt, da die Dünen nur noch Sandhügel sind.«

»War es denn mal anders?«

»Und ob. Anfang des Jahrhunderts waren sie noch bis zu zehn Meter hoch.«

»Zehn Meter?«, staunte Gertrud, und Erich Lüdke nickte.

»Einen Teil des Sandes hat die Ziegelei mit dem hiesigen Ton verarbeitet, einen anderen hat man für den Bau des Eisenbahndamms verwendet. Aber den Großteil der Dünen hat die Stadt Hamburg abtragen lassen, um die Marschgebiete vor dem Hochwasser zu schützen. Wussten Sie das nicht?«

Gertrud schüttelte den Kopf. Sie hätte Herrn Lüdkes Erklärungen ewig lauschen können. Er sah gut aus, ein richtiger Mann mit strammen Muskeln, gar nicht wie ein Lehrer. Etwas regte sich in ihr, das sie längst vergraben glaubte. Doch er war gewiss fünf, sechs Jahre jünger als sie.

»Wenn Sie möchten, nehme ich Sie gerne mal auf eine Wanderung mit und erzähle Ihnen alles über die Geschichte des Elburstromtals.«

»Ich weiß nicht, ob sich das schickt …«

»Meine liebe Frau Lagerfeld«, sagte er augenzwinkernd, »es ist doch nur eine Exkursion.«

Gertrud spürte, wie ihre Wangen zu glühen begannen. »Meinen Sie wirklich?«

»Aber sicher. Nächsten Sonntag um dieselbe Zeit?«

Eine Woche später lief Gertrud wieder zu den Dünen, dieses Mal ohne ihre Söhne. Und tatsächlich wartete Kurts Lehrer genau an der Stelle, an der sie sich beim letzten Mal verabschiedet hatten.

Sie gingen ein Stück durch das Wäldchen, und Erich Lüdke

zeigte ihr einen erhöht liegenden Platz, von dem aus man auf die verlassene Ziegelei sehen konnte und über die Schafweiden und Heidelandschaften zu den Tälern der Geest. Dabei ließen sie stets einen gewissen Abstand zwischen sich, damit ja keiner der Wanderer auf die Idee kam, dass es sich um etwas anderes handeln könne als um ein sachliches Gespräch zwischen dem Lehrer und der Mutter eines Schülers.

Zwei Mal trafen sie sich wieder, und immer hatte der Lehrer etwas Neues, das er ihr zeigen konnte. Mal war es der Turm, den der Korbflechter Wihnalek ganz aus Flaschen gebaut hatte – mit Ornamenten, Spitzbogenfenstern und Uhrentürmchen – und der noch in diesem Jahr wegen Einsturzgefahr abgerissen werden sollte. Mal führte er sie an den Zaun eines Sommerhauses, in dessen Gärten fremdländische Vögel in Volieren standen und laut kreischten und krakeelten. Doch nie kam Erich ihr näher als eine Handbreit.

Erst beim traditionellen Vogelschießen, das am Tag vor den Sommerferien stattfand, berührten sich beim Polkatanzen zum ersten Mal ihre Körper. Gertrud dachte, ein Blitz durchfahre sie, und sie sah ihm in die Augen, viel zu lange, sodass sie sich gleich auch zum nächsten Lied und sogar zum dritten miteinander im Kreis drehten.

Weil bei dem Fest auch der Schlachter mit der Friseursgattin und der Tischler mit der Frau des Gastwirts zur Kapellmusik tanzte, ging ihre Annäherung im allgemeinen Trubel unter. So merkte auch niemand, dass sie sich bei Einbruch der Dunkelheit in den Park davonstahlen, wo sie – zu Gertruds Enttäuschung – nun wieder sittsam nebeneinanderher gingen. Immerhin bot er ihr das Du an, wenn auch nur, solange niemand dabei war.

Da Erich während der ersten Ferienwochen eine Reise des Jugendwanderbundes nach Schwerin, Wismar, Boltenhagen und

Grevesmühlen begleitete, sahen sie sich erst Mitte Juli wieder. Er lud sie in den Garten des örtlichen Gasthofs ein und berichtete mit glühenden Augen von der Schönheit der mecklenburgischen Ostseeküste.

Als der Kuchen serviert wurde und Erich ihr eine Serviette reichte, wobei er wie zufällig über ihre Hand strich, schoss ein Wallen durch Gertruds Körper. Am liebsten hätte sie Erich direkt an sich gezogen. Doch weil die Mutter von Kurts Klassenkameradin Gerda ebenfalls im Café Platz genommen hatte und ihnen bitterböse Blicke zuwarf, verabschiedeten sie sich rasch wieder voneinander, kaum dass der Kuchen verzehrt war.

Unter den Augen der klatschsüchtigen Frauen im Ort war, das erkannte Gertrud, ein vorsichtiges Kennenlernen nicht möglich. Und so dachte sie daran, mit der Vierländer Bahn nach Hamburg zu fahren und Erich jene Welt zu zeigen, der sie einst angehört hatte. Den Jungfernstieg und den Neuen Wall. Die hübschen Cafés an der Alster, wo ein Stück Kuchen zwar ein Vermögen kostete, aber wo es sich ungestört von fremden Blicken plaudern ließ.

Vielleicht würden sie auch eine Kahnfahrt machen und sich irgendwo in den Alsterauen im Schutz der Uferbewachsung endlich küssen.

4

HAMBURG

»Iss ordentlich, Theachen. Und hör auf, so herumzuzappeln.«

Tilla zückte die Serviette und tupfte der Kleinen mit gestrengem Blick über die Lippen.

Schmunzelnd nahm Otto eine weitere Gabel von der Buttercremetorte, die Lisbeth mit Kondensmilch von Glücksklee zubereitet hatte und die trotz des Schattenplatzes bereits zerlief.

Seine beiden Schwestern hatten weder einen Ehemann noch Kinder und sich im Lauf der Jahre diese betuliche Art angeeignet, die jungfräuliche Tanten für gewöhnlich an den Tag legten. Selbst ihre bald dreijährige Nichte, die mit der übergroßen Schleife im Haar und dem blütenweißen Sommerkleid entzückend aussah, behandelten sie wie eine kleine Erwachsene. Es schien ihnen von größter Notwendigkeit, dass Thea wusste, wann man Bitte und Danke zu sagen hatte und wie man Buttercremetorte aß, ohne sich den Mund zu verschmieren.

Die Kleine ertrug es mit stoischer Ruhe. So wie sie es auch ertrug, wenn ein heftiger Regen sie am Spielen hinderte. Die Tanten waren eben die Tanten, eine Art Naturgewalt, deren Treiben man sich zu ergeben hatte.

Artig blieb sie auf dem Gartenstuhl sitzen und wartete, bis die Erwachsenen mit dem Kuchenessen fertig waren und sie endlich die Schmetterlinge jagen durfte, die durch die üppig blühenden Hortensienbeete flogen.

Ja, seine Tochter fühlte sich wohl bei ihren Großeltern und Tanten. Und es war ihm auch immer wichtig gewesen, dass Thea sich als Teil einer großen Familie verstand. Einer Familie, die zusammenhielt, egal welcher Sturm an den Grundfesten des Lebens rütteln mochte.

»Na, *mien Jung*«, fragte der Vater in seine Gedanken hinein, »wie läuft das Geschäft?«

»Hervorragend. Seit wir Werbeanzeigen geschaltet haben, hat sich der Umsatz der Glücksklee-Milch noch einmal enorm gesteigert. Ich fahre kommende Woche ins Rheinland, wo ich einen meiner alten Kontakte aus der Zeit der Lebensmittelbeschaffung dazu bewegt habe, mich einem Großhändler vorzustellen. Und wir planen schon bald die Einführung von gezuckerter Kondensmilch unter dem Namen Goldstern.«

Der Vater strich sich mit einem Nicken über den weißen Spitzbart. »Meine Hochachtung, Otto! Du kannst sehr stolz auf deine Leistung sein.«

Otto lächelte. Doch weil ihn sein Vater gelehrt hatte, stets am Boden zu bleiben und sich vom Geld nicht den Charakter verderben zu lassen, zeigte er nicht allzu offensichtlich, wie sehr ihn das Lob freute.

»Umso schöner ist es«, fuhr der Vater fort, »dass du in alter hanseatischer Tradition der Gesellschaft etwas zurückgibst. Wie läuft es denn als ehrenamtlicher Handelsrichter? Gibt es gerade einen Fall, bei dem du hinzugezogen wirst?«

In der Frauenrunde wurde das Gespräch gerade lebhafter, und Otto beugte sich zum Vater, um ihm zu antworten.

»Ja. Es geht um die Rügepflicht nach den Grundsätzen von Treu und Glauben. Ein Käufer hat eine Ladung chinesisches Holzöl erhalten, deren Gewicht deutlich überschritten war …«

»Nein, das gibt es ja nicht!«, rief die Mutter in diesem Moment aus.

Der Vater sah seine Frau tadelnd an. »Was ist denn hier los? Können wir uns nicht einmal ungestört unterhalten?«

»Wir reden von Gertrud«, sagte diese entschuldigend. Sie nickte Thea zu, die aufmerksam und mit gespitzten Ohren lauschte. »Geh nur spielen, mein Kind. Wir Erwachsenen haben etwas zu bereden.«

Mit einem Schmollmund erhob sich Thea von ihrem Stuhl und lief in Richtung des Hortensienbeetes davon.

»So«, sagte der Vater endlich. »Jetzt mal raus mit der Sprache. Was ist mit Gertrud?«

»Tilla hat sie in einem Alstercafé mit einem fremden Mann poussieren sehen«, erzählte Lisbeth. »Sie war aufgerüscht wie eine Primadonna.«

»Sie wird einen Bekannten getroffen haben.«

»Von wegen!«, empörte Tilla sich. »Schöne Augen hat sie ihm gemacht. Und dieser Kerl hat ihre Hand gehalten.«

Otto beugte sich überrascht vor. »Hast du sie darauf angesprochen?«

»Und ob. Sie ist mir frech gekommen!« Tilla verzog den Mund. »Ich habe sie gefragt, wieso sie sich hier so aufführe, schließlich sei sie eine verheiratete Frau! Und was wohl Paul dazu sagen würde, wenn er eines Tages nach Hause kommt und sie mit einem anderen sieht. Gertrud ist aufgesprungen, du hättest mal sehen sollen, wie aufgeregt sie war. ›Was macht dich so sicher, dass er zurückkehrt?‹, hat sie gerufen. ›Ich habe lange genug gewartet. Paul ist tot, begreift es doch endlich!‹ Und dann ist sie weinend fortgelaufen.«

»Gertrud tut mir leid«, flüsterte Lisbeth. »Sie wartet nun schon so lange auf ihn. Und wir wissen ja, wie Paul ist. Ich glaube nicht, dass er zurückkommt, wahrscheinlich fährt er längst wieder über die sieben Weltmeere. Am besten wäre es doch, sie ließen sich scheiden.«

»Scheiden?« Der Vater runzelte die Stirn und lehnte sich zurück. Ihn durfte man ohnehin nicht auf Paul und Gertrud ansprechen. »Kommt nicht in Frage. *Wat Gott tohoopsett hett, dat schall de Minsch nich trennen*«, fiel er in das Plattdeutsch seiner Jugend zurück. »Aber in einem hat Gertrud recht. Seit Jahren haben wir kein Lebenszeichen mehr von Paul erhalten, nicht einmal uns, seinen Eltern, hat er geschrieben. Wir sollten ihn für tot erklären lassen, das wäre für alle Beteiligten gewiss das Beste.«

Die Mutter schlug in sichtlichem Entsetzen die Hände vor den Mund. »Wie kannst du nur so etwas sagen!«

Otto setzte zu einer Antwort an, doch dann hielt er inne. Wenn er nun erzählte, dass Paul noch äußerst fidel war, dann würde sie auch erfahren, dass er inzwischen wieder geheiratet und ihr sogar zwei weitere Enkel geschenkt hatte.

Nein. Bei allem Verständnis, das sie ihrem abtrünnigen Sohn immer entgegengebracht hatte: Niemals durfte seine Mutter erfahren, dass Paul ein Bigamist war. Für sie als gläubige Katholikin wäre es mehr als nur ein Ehebruch. Unzucht, eine schwere Sünde.

Aber er durfte nicht länger tatenlos bleiben, er musste etwas unternehmen, um die Sache endlich aus der Welt zu schaffen. Für die Mutter, für Gertrud und für seine beiden Neffen.

Otto beugte sich vor und legte ihr die Hand auf den Arm. »Ich werde mich um die Angelegenheit kümmern. Das verspreche ich dir.«

Am Abend, als Thea in ihrem Bettchen lag, setzte sich Otto an den Sekretär und strich über das vor ihm liegende, jungfräulich weiße Blatt Papier. Dann tauchte er die Feder in das Glas mit der Tinte und begann zu schreiben.

Hamburg, 19. Juli 1925

Mein lieber Paul,

ja, ich bin es, Dein Bruder Otto. Vielleicht wunderst Du Dich, woher ich Deine Adresse habe, aber dazu später mehr.

Erst einmal möchte ich Dir schreiben, wie sehr ich mich darüber gefreut habe zu erfahren, dass Du noch am Leben bist. Natürlich frage ich mich, warum Du nichts mehr von Dir hast hören lassen. Ich nehme an, es ist die Entfernung, die sich langsam auch ins Leben, in die Herzen schleicht, sodass der Wunsch, zur Feder zu greifen, irgendwann einmal versiegt.

Wie viele Jahre ist es inzwischen her, dass wir uns gesehen haben? Es muss 1912 gewesen sein, als ich, aus Russland kommend, Station in Hamburg gemacht habe. Ich erinnere mich noch gut an die gemeinsamen Stunden am Elbstrand. An unsere Unterhaltungen über Deine Zukunft als werdender Vater. Eine Zukunft, die Euch nach Amerika geführt hat, wo Gertrud Dir Herbert und ein Jahr später Kurt gebar.

Die beiden sind großartige Kinder, Paul. Und ich kann nicht begreifen, was Dich davon abhält, Kontakt zu ihnen zu halten.

Dass Du Dich von Gertrud entfernt hast, das will ich Dir nicht übelnehmen. Aber dass Du, ein vor Gott und dem Gesetz noch immer verheirateter Mann, sie derart im Unklaren lässt, ist unverzeihlich. Zumal Du inzwischen längst ein neues Leben führst. Mit einer anderen Frau, die Deinen Namen trägt, und zwei gemeinsamen Kindern.

Woher ich das weiß?

Es war die Sorge, die mich dazu getrieben hat, Nachforschungen anzustellen. Als ich die Antwort in Händen hielt, wollte ich zunächst nicht glauben, was ich las.

Doch ich muss den Tatsachen ins Auge sehen. Was immer geschehen ist, das Dich dazu bewogen hat, alle Brücken hinter Dir abzureißen, lass uns versuchen, sie wieder aufzubauen. Tu es für unsere Eltern, die die Hoffnung, Dich jemals lebend wiederzusehen, bereits aufgegeben haben. Tu es für Gertrud, die ein Recht auf ein eigenes Leben hat. Und, vor allem, tu es für Deine Söhne.

Bitte melde Dich, Paul. Gib mir ein Lebenszeichen!

Es grüßt Dich
Dein Bruder Otto

5

BOBERG

Es war der 22. Juli, ein Mittwoch, und Gertrud schrubbte die Böden in der Küche gründlicher als sonst, während sie an den Anblick von Erichs gut gebautem Oberkörper dachte, dessen kräftiges Muskelspiel selbst durch sein Hemd zu erahnen war. Die längst vergraben geglaubte Sehnsucht nach der Nähe und Wärme eines liebenden Mannes raubte ihr fast den Verstand. Seit Jahren war sie unberührt, und nun, da Erich in ihr Leben getreten war, brannte ihr Körper wieder, wie trockenes Laub unter den Flammen eines Streichholzes.

Erich war noch jung, vielleicht Mitte zwanzig, aber er hatte die Unverdorbenheit einer Generation, deren Körper und Seele nicht durch die Gräuel des Krieges zerschlissen waren. In seiner Geradlinigkeit war er überaus charmant, er zeigte aufrichtiges Interesse an ihr und ermunterte sie sogar fortzufahren, wenn sie von früher erzählte, als ihre Welt noch sonnenbeschienen war. Ja, er schien ihre Gegenwart ebenso zu genießen wie sie die seine. Mit Erich gewann sie allmählich ihr fröhliches Lachen zurück, all die Leichtigkeit, die sie irgendwo auf dem Weg durch die Jahre verloren hatte.

Als er sie während des Ausfluges in die Hamburger Innenstadt in einen Hauseingang zog und küsste, da hatte sich ihr ganzer Körper nach ihm verzehrt. Es ist mir anzusehen, hatte sie gedacht, als sie vor dem Schaufenster eines Herrenausstatters stehen geblieben waren, um die Auslagen zu betrachten. Erst erschrocken, dann versonnen hatte sie in der Spiegelung ihre weiblichen Rundungen studiert, den sinnlichen Mund. Ja, man sah ihr es an. Doch wer wollte es ihr schon verübeln?

Ein schlechtes Gewissen hatte sie nicht, auch wenn Tilla es ihr hatte einreden wollen. Hatte sie nach all den Anstrengungen etwa kein Recht auf ein bisschen Glück?

Als Pauls Schwester sie in dem Café zur Rede gestellt hatte, war sie davongerannt, doch Erich hatte sie eingeholt und am Arm festgehalten.

»Was ist falsch daran«, hatte er gefragt, »wenn wir uns lieben?«

Ein warmer Schauer durchfuhr sie bei der Erinnerung an seinen Blick, sanft und fordernd zugleich.

Ob Erich der Richtige war, um eine neue Zukunft zu wagen, das vermochte sie nicht zu sagen. Aber sie konnte es kaum erwarten, seinen nackten Körper endlich an ihrem zu spüren.

Erschrocken von diesem kühnen Gedanken, wrang Gertrud den Wischlappen aus und trug den Eimer in den Garten, wo ihre Eltern im Schatten der Obstbäume auf einer Bank saßen und lasen. Wie konnten die beiden es sich nur so gut gehen lassen, während sie selbst von morgens bis abends das Haus sauber zu machen hatte und die beiden Jungen ihre Ferien mit Feldarbeit verbrachten!

»Wie fleißig du bist«, sagte die Mutter, ohne von ihrem Buch aufzublicken.

»Muss ja.«

Mit Schwung verteilte Gertrud das Wischwasser auf den Beeten, so als ließen sich damit gleichsam ihre Sehnsüchte fortspülen. Meine Eltern werden es nicht verstehen, dachte sie bitter. Solange Paul nicht für tot erklärt war, blieb ihr der Weg in eine eigene Zukunft versperrt. Sie war eine verheiratete Frau und hatte sich auch so zu verhalten.

Mit einem Stoßseufzer ging Gertrud in die Küche, um das Mittagessen vorzubereiten, als die Jungs in diesem Augenblick mit lautem Rumpeln die Tür aufstießen und durch den Flur trampelten. Herr Vorrath streckte den Kopf aus seinem Arbeitszimmer und bat energisch um Ruhe.

»Nicht mit den dreckigen Schuhen«, rief Gertrud und schüttelte beim Blick auf die im Flur verteilten Erdklumpen resigniert den Kopf. Sie griff zum Kehrbesen. »Wascht euch die Hände. Und dann helft mir, den Tisch zu decken.«

Sie wollte sich gerade wieder dem Herd zuwenden, als sie durch das Fenster Käthe Vorrath erblickte, die mit ihrem Bruder Werner Dietz im Schlepptau auf das Haus zumarschierte. Hinter ihnen gingen zwei Frauen und zwei weitere Männer, die beide Koffer trugen.

»Du liebe Güte«, flüsterte Gertrud und wischte sich die Hände an der Schürze ab. »Herr Vorrath«, rief sie über den Flur, »ich glaube, es gibt Ärger!«

Im nächsten Augenblick wurde auch schon die Haustür aufgerissen, und Werner Diez trat ein.

»Schönen guten Tag auch!«, dröhnte seine Stimme durchs Haus.

Gertrud verzog sich in die Küche, blieb aber in der Nähe des Türrahmens stehen, um ja nichts zu verpassen.

Schon drängte auch Walter Vorrath in den Flur und stellte sich seinem Schwager entgegen. »Was hast du hier zu suchen?«

»Ich bin Gast deiner Frau, ebenso wie die anderen.«

»Was wollen die mit den Koffern?«

»Ich habe meine Freunde eingeladen, hier für ein paar Tage zu wohnen«, antwortete Käthe Vorrath, die sich mit ihren Begleitern in den Flur schob.

»Das ist nicht dein Ernst!« Herr Vorrath rang sichtlich um Fassung. Dann trat er einen Schritt nach vorne. »Raus. Allesamt. Macht, dass ihr fortkommt!«

»Es ist auch meine Wohnung«, rief Käthe Vorrath. »Noch ist die Scheidung nicht rechtskräftig. Und hattest du nicht vor dem hohen Gericht versichert, mir die Möbel herauszugeben, die ich in die Ehe eingebracht habe?«

»Die Möbel stehen in der Remise. Ich zeige sie dir, wenn du deine Beißhunde zurückpfeifst.«

»Alle Möbel?« Sie lachte, als er nicht antwortete. »Dachte ich es mir doch.« Mit ausgestrecktem Zeigefinger und ohne den Blick von ihrem Mann zu wenden, wies sie auf Gertrud, die noch immer im Türrahmen zur Küche stand. »Du lässt die da darin wohnen, stimmt's? Dazu hast du kein Recht!«

Gertrud schluckte hart, und sie spürte, wie sich ihre Muskeln schmerzhaft anspannten. Am liebsten wäre sie davongerannt.

»Ob Frau Lagerfeld darin wohnt oder nicht, das geht dich nichts an«, polterte Herr Vorrath.

»Oh doch!« Seine Frau wandte sich an ihre Gäste. »Los, sehen wir nach, was davon noch übrig ist.«

Eine ihrer Begleiterinnen schickte sich an, ihr zu folgen, doch Vorrath riss die Arme zur Seite und versperrte den Weg.

»Es reicht, Käthe. Du kannst rein, aber ohne die anderen. Sie, meine Herrschaften, verlassen sofort die Wohnung, oder ich mache von meinem Hausrecht Gebrauch. Ich zähle bis drei. Eins, zwei … drei!«

Herr Dietz lächelte nur müde, und auch die anderen Gäste, die in dem engen Windfang zusammengedrängt standen, rührten sich nicht von der Stelle.

»Das letzte Wort ist noch nicht gesprochen«, murmelte Herr Vorrath, der sich der Übermacht beugte und an dem Pulk entlang ins Freie rempelte.

Käthe Vorrath lachte höhnisch auf und ging mit den anderen beiden Frauen ins Schlafzimmer, wo sie auf Kurt und Herbert stieß, die sich saubere Sachen angezogen hatten und nun unschlüssig im Flur stehen blieben.

»Rasch, zu mir in die Küche«, sagte Gertrud, und die beiden drängten sich hinein.

Dietz zog die Nase hoch. »Ihr Burschen habt doch nicht etwa Angst vor ein paar harmlosen Besuchern? Pfui, wie verweichlicht ihr seid!«

»Lassen Sie meine Söhne in Ruhe!«, rief Gertrud aus, und ihre Stimme kippte vor Empörung.

Dietz bleckte die Zähne. »Sie sind mal ganz ruhig. Sie können froh sein, wenn ich Sie nicht am Schlafittchen packe und an die frische Luft setze, wo Sie hingehören.«

In diesem Augenblick war die Stimme seiner Schwester Käthe zu hören. »Nicht zu fassen, die schlafen zu dritt in meinem Bett. Eine Schande, wie die guten Möbel behandelt werden. Dieses Lumpenpack! Und sieh nur, Edith, sogar im Wohnzimmer machen die sich breit.«

Die Männer eilten dem Gezeter entgegen in den Flur, und Gertrud atmete tief durch, als Herr Vorrath wieder das Haus betrat. Ihre Erleichterung währte jedoch nur kurz, dann sah sie, dass er eine Pistole und eine Reitpeitsche in den Händen hielt. Aufgebracht durchmaß er die Küche, riss eine Blechdose für Patronen aus dem Schrank und fluchte, weil sie leer war.

»Um Himmels willen, was haben Sie vor?«

»Für Ordnung zu sorgen. Rasch, rufen Sie beim Sägewerk an, die sollen ein paar Leute vorbeischicken, um mir beizustehen.«

Gertrud hastete zum Telefon an der Wand und riss den Hörer aus der Halterung. Sie betätigte die Kurbel, aber die Leitung blieb stumm. »Ich bekomme kein Amt«, sagte sie heftig zitternd und sah Vorrath hinterher, der bereits den Flur mit erhobener Peitsche durchquerte und im Türrahmen zum Wohnzimmer stehen blieb.

»Es ist genug, ein für alle Mal«, brüllte er. »Ich lasse nicht länger mit mir herumspielen!«

Dieses Mal zeigte seine Aufforderung Wirkung.

»Meine Schwester hatte recht, uns mitzunehmen, aus Angst vor einer Misshandlung«, ereiferte sich Dietz auf dem Weg ins Freie. »Dieser Mann ist zu allem fähig.«

Einer nach dem anderen verließen sie das Haus, Käthe Vorrath als Letzte. »Ich verschwinde ja schon. Aber zuerst sehe ich mir die restlichen Möbel in der Remise an. Edith, kommst du mit? Ich brauche eine Zeugin.«

Herr Vorrath schloss sich den beiden Frauen an. »Ich werde dich nicht aus den Augen lassen, Käthe. Dir ist alles zuzutrauen.«

Wieder versuchte Gertrud, eine telefonische Verbindung herzustellen. Die Männer im Sägewerk konnten innerhalb von sieben, acht Minuten da sein. Oder sollte sie lieber gleich die Polizei rufen? Warum bekam sie denn nur kein Amt?

Ihre Knie wurden weich. Sie spürte förmlich, wie sich die Aggressionen draußen zusammenballten. Während sie immer hektischer an der Kurbel drehte, beobachtete sie durch das Fenster, dass nur noch Dietz auf dem Vorplatz stand. Dann erscholl von der Remise her ein fürchterliches Geschrei. Das Klatschen von Schlägen und ein Krachen, als hätte jemand eine andere Person gegen die Holzwand gestoßen.

»Jetzt prügeln sie sich«, rief Kurt aus, als sei alles nur ein Spiel. Er drängte an seiner Mutter vorbei ins Freie, Herbert hinterher.

»Nein, bleibt hier, bitte«, flehte Gertrud, doch sie traute sich nicht aus dem Haus. Zu große Angst hatte sie vor der offensichtlichen Gewalt, die sich dort draußen Bahn brach.

Nun hallte ein gellender Schrei über den Platz, er kam von einem der Eindringlinge. »Herr Dietz, kommen Sie zu Hilfe, schnell!«

Gertrud sah, wie der Völkische Führer eine Pistole hervorholte und entsicherte, bevor er zur Remise eilte.

»Nein!«, schrie sie und stürmte doch hinaus, in der Hoffnung, Schlimmeres zu verhindern.

Dabei prallte sie fast mit ihrem Vater zusammen, der vom Lärm aufgeschreckt aus dem Garten herbeigerannt kam.

»Was ist denn hier los?«

»Herr Vorrath ... und dieser schreckliche Dietz haben eine Waffe!«

Weiter kam sie nicht. Ein Schuss zerriss die Luft, ein gellender Schrei, dann war alles still.

Erst Stunden später, als der Leichenwagen längst vom Hof gerollt war und die Polizeibeamten die Namen der Beteiligten notiert hatten, bemerkte Gertrud, dass sie Kurt seit längerem nicht gesehen hatte.

Sie suchte ihn im Haus und im Garten, sogar bei dem Tümpel, an dem er immer saß, wenn er seine Ruhe haben wollte. Er war auch nicht beim Motorrad oder auf dem Spitzboden über der Remise.

Da niemand wusste, wo er steckte, schwärmten sie aus – Gertrud, ihr Ältester Herbert, Cornelius und Mary Schmidt.

»Kurt! Kurt, wo steckst du?«

Gertrud entdeckte ihn im Dünensand, wo er zwischen Sandhafer und Silbergras saß, die angezogenen Beine fest umschlungen. Kalkweiß, am ganzen Körper zitternd.

»Mein Kind«, flüsterte sie erschrocken und setzte sich neben ihn auf den Boden. »Warum bist du fortgelaufen?«

Kurt sah sie mit den Augen eines Jungen an, der Furchtbares erlebt hatte. »Das viele Blut ...«, wisperte er endlich und fuhr hektisch mit dem Ärmel über eine wundgeriebene Stelle oberhalb seiner Strümpfe. »Es ist herausgeschossen wie eine Fontäne.«

Er schlug die Hände vor die Augen, schluchzte bebend, von Weinkrämpfen geschüttelt. Gertrud nahm ihn fest in den Arm und wiegte ihn. Dann ließ auch sie ihren Tränen freien Lauf.

6

HAMBURG

»Seid ihr bereit?«, fragte Hans, die Hand am Verschluss der Schaumweinflasche.

»Und ob.« Otto begann herunterzuzählen. »Drei, zwei, eins …«

Der Korken knallte, und der bereitstehende Kellner beeilte sich, die Gläser unter das aufschäumende Getränk zu halten, ohne dass zu viel verloren ging.

»Auf die dreihunderttausendste Kiste Glücksklee Dosenmilch des Jahres 1925!«, rief Dylewski, woraufhin die anderen beiden Angestellten sich zuprosteten. »Und auf unseren sagenhaften Verkaufskönig Otto Lagerfeld, der uns mit einem Großauftrag zum größten Kondensmilchhändler Deutschlands gemacht hat.«

Otto lachte und trank einen Schluck von dem Schaumwein aus der Sektkellerei Söhnlein, einem 1920er Rheingold, der hier, in den gediegenen Räumen des altehrwürdigen Hamburger Börsenkellers, ein halbes Vermögen kostete. Aber das war ihm egal. Das Schicksal meinte es gut mit Lagerfeld & Co. und mit ihrer Glücksklee-Dosenmilch, und ein solcher Erfolg musste gefeiert werden. Er zwinkerte der großen Gliederpuppe mit den geflochtenen Echthaarzöpfen zu, die er gerade erst für Thea gekauft und ob ihrer Größe auf einen eigenen Stuhl gesetzt hatte. Wo sie reglos darauf wartete, nach dem geselligen Abend an ihre künftige Besitzerin übergeben zu werden.

»Ich hätte nur zu gerne das Gesicht von McKee aus dem Exportbüro in New York gesehen, als die Bestellung eingegangen ist«, sagte er. »Ich wette, der weiß gar nicht, woher er so plötzlich die vielen Dosen herbekommen soll.«

Dylewski stimmte ein. »Wenn das so weitergeht, müssen sie zusätzliche Kühe anschaffen.«

»Eine ganze Weide voll!«

»Und erst all die Etiketten«, ergänzte der Lehrling, »die sie extra für uns drucken und auf dem Blech anbringen müssen. Der Glücksklee hat der Firma am Ende doch endlich Glück gebracht.«

Sie lachten und klopften sich gegenseitig auf die Schultern, Otto genoss die feierliche Stimmung. Die Ausgelassenheit, die er so sehr vermisst hatte.

Nach einer Weile fiel ihm auf, dass sein Bruder im Chor der Freude fehlte, und er drehte sich zu Hans, der abseits stand und ihn zu beobachten schien. Auf seinem Gesicht lag ein Schatten.

»Prosit, Hans, auf unseren Erfolg«, sagte Otto und hob das Glas.

Sein Bruder erwiderte das Lächeln, doch es wirkte gequält. »Unseren? Es ist dein Erfolg, Otto. Ich mache doch nur ein bisschen Buchhaltung.«

»Die Firma gehört uns beiden«, widersprach Otto. »Ohne dich hätte ich am Anfang nicht einmal Büroräume gehabt. Du und ich, wir machen das gemeinsam. Und darauf sollten wir trinken.«

»Na schön«, sagte Hans und leerte sein Glas mit einem Zug. »Noch eine Flasche«, rief er dem Kellner zu. »Und wo bleibt eigentlich das Essen? Oder muss das Reh erst noch geschossen werden?«

Sie setzten sich an den Tisch, und schon bald wurden dampfende Teller serviert, mit Rehrücken in Rahmsauce, gebratenem

Heilbutt und *Chateaubriand à la jardinière* mit Sauce Bernaise. Endlich taute Hans wieder auf, sodass Otto am Ende, als der Nachtisch kam, den kleinen Vorfall längst vergessen hatte.

Beim Kaffee entdeckte Otto durch den Zigarrenrauch, der das Restaurant nun durchzog, einen beleibten Mann mit gewelltem Haar und Nickelbrille. In ihm erkannte er Heinrich Gerckens junior, der in die Linienreederei seines Vaters eingetreten war und ebenso wie Otto als ehrenamtlicher Handelsrichter arbeitete.

Er entschuldigte sich bei seinen Tischnachbarn und erhob sich, um den Kollegen zu begrüßen.

»Herr Lagerfeld«, sagte dieser, »wie schön, Sie hier zu treffen. Wie ich sehe, gibt es etwas zu feiern?«

»So ist es. Ich konnte einen Großhändler für den Vertrieb gewinnen, und nun begießen wir die dreihunderttausendste Kiste Glücksklee in diesem Jahr.«

»Gratuliere.« Gerckens legte eine Hand auf Ottos Schulter und beugte sich vor. »Sagen Sie, Ihre Kondensmilch kommt doch aus Amerika.«

»Ja.«

»Dann hoffe ich für Sie, dass Ihre sagenhafte Order ausgeliefert wird, bevor das neue Zollgesetz in Kraft tritt.«

»Das neue Zollgesetz?« Otto spürte, wie ihm die Farbe aus dem Gesicht wich.

Seit Monaten stritten sie im Reichstag heftig über eine Anpassung der Zolltarife. Für eine erstarkende Wirtschaft sei es notwendig, den gesamten landwirtschaftlichen und industriellen Bedarf auf deutschem Boden zu erzeugen, so hieß es. Aber weil das Land noch nicht in der Lage war, die gesamte Bevölkerung mit eigenen Produkten zu versorgen, und Preiserhöhungen für Importe vor allem die unteren Bevölkerungsschichten empfindlich träfen, hatten bisher große Teile der Parlamentarier ein solches Gesetz abgelehnt. »Dann …« Otto schluckte. »Dann haben sich die Befürworter also gegen die Empfehlung des Industrie- und Handelstages durchgesetzt?«

»Ich fürchte, ja.« Gerckens sah ihn mitfühlend an. »Ein Bekannter von mir sitzt im Ältestenrat, noch ist es nicht offiziell. Aber ich kann Ihnen schon jetzt verraten, dass es nicht bei einer moderaten Anpassung bleiben wird. Die zu zahlenden Schutzzölle werden exorbitant sein.«

Die Zahlen, die der Reeder ihm nun nannte, waren tatsächlich schwindelerregend, und Otto fand gerade noch die Kraft, sich für die Information zu bedanken. Er sah hinüber zu dem Tisch, an dem Hans und die Angestellten gerade eine Flasche Cointreau orderten und dabei ausgelassen lachten.

Langsam, wie in Trance, ging er zu ihnen zurück und winkte Hans zu sich, der sich mit fragendem Blick erhob.

»Was ist denn passiert?«, formte er mit den Lippen, und Otto bedeutete ihm mit einer Kopfbewegung, ihm ins Freie zu folgen.

Die Luft war frisch und klar, und über ihnen funkelten abertausend Sterne, als sie den Alsterfleet entlanggingen und schließlich an der Schleuse beim Graskeller stehen blieben.

»Sagst du mir bitte endlich, was los ist?«, polterte Hans. »Du machst ein Gesicht, als habe dir jemand die Petersilie verhagelt.«

»Viel schlimmer.« Otto lehnte sich an das Geländer und blickte über das Wasser zu den vom Licht der Fenster beleuchteten Häusern mit ihren Stuckfassaden und Bossenecken, die das Fleet säumten. »Es wird eine Zollerhöhung für die Einfuhr landwirtschaftlicher Produkte geben, selbst für die industriell gefertigten.«

»Also auch für unsere Kondensmilch?«

Otto nickte. Er hatte plötzlich starke Kopfschmerzen, und

ihm war übel. Wie ein Kater, dachte er, am Morgen nach einem Fest.

Nun lehnte sich auch Hans an das Geländer. »Welche Kosten werden auf uns zukommen?«

»Zwanzig Dollar pro Kiste. Zusätzlich zu dem Kistenpreis von fünf Dollar, die wir den Amerikanern zu zahlen haben.«

»Sind die denn wahnsinnig geworden?«, rief Hans aus. »Die Dose Kondensmilch kostet dann ja das Vielfache des jetzigen Preises. Das nimmt uns niemand ab!«

»Sie nennen es Erziehungszoll. Um das inländische Gewerbe zu ermuntern, sich gegen die Leistungsfähigkeit des Auslandes durchzusetzen.«

Hans lachte trocken auf. »Ich weiß ja nicht, wie die Herren Parlamentarier sich das vorstellen, wo die Kondensmilch herkommen soll. Aus den Kühen fallen die fertigen Dosen wohl nicht. Und bislang hat es auch kein deutsches Werk geschafft, ein Produkt in gleichbleibend hoher Qualität auf den Markt zu bringen. Selbst die Bärenmarke Alpenmilch nicht.« Er strich sich mit beiden Händen das Haar aus der Stirn. »Dann sind also auch die Likörweine aus Frankreich betroffen?«

»Ebenso wie alle anderen Produkte aus Vaters alter Weinhandlung.«

Eine Weile standen sie schweigend an das Brückengeländer gelehnt und sahen einem Schwanenpaar zu, das unter ihnen hindurchglitt und im Schatten der Nacht verschwand.

»Tja«, meinte Hans endlich. »Dann müssen wir den Laden wohl bald dichtmachen. Wir sollten schleunigst die Büroräume kündigen, sonst haben wir am Ende auch noch Mietschulden.«

Otto richtete sich auf. »Und wer versorgt dann die Familie? Mutter und Vater sind auf unsere Unterstützung angewiesen, ebenso Tilla und Lisbeth.«

»Dann müssen unsere lieben Schwestern eben auch anderen Leuten den Haushalt führen.«

»Das geht nicht«, sagte Otto und schüttelte heftig den Kopf. »Ich habe ihnen versprochen, für sie zu sorgen.«

In einer hilflosen Geste warf Hans die Hände in die Luft. »Was schlägst du stattdessen vor? Zaubern können wir ja wohl nicht.«

»Wir …« Otto stockte. Ihm war ein Gedanke gekommen, so ungeheuerlich, dass er davor erschrak, ihn auszusprechen. »Wir produzieren selbst welche.«

»Wie bitte?« Hans starrte ihn an. »Weißt du, wie viel es kostet, eine Fabrik zu bauen? Allein die Maschinen und Anlagen kosten ein Vermögen, keine Bank der Welt wird uns das finanzieren. Nun, da wir nichts mehr haben, was sich verkaufen lässt. Außerdem fehlt uns das technische Wissen zur Herstellung von Kondensmilch.«

»Wir könnten die Amerikaner bitten, in den deutschen Markt zu investieren. Wir haben einen großen Kundenstamm aufgebaut, größer als jeder andere in diesem Segment. Die Herren von der American Milk Products Corporation werden nur ungern auf die Umsätze verzichten. In Frankreich haben sie gerade ein Werk gebaut, warum nicht auch in Deutschland?«

Hans blieb unbewegt, sodass Otto freundschaftlich mit der Schulter an die seine stieß. »Was ist mit dir? Ist dir das zu groß? Wir schaffen das. Ganz sicher.«

Sein Bruder wandte sich ihm zu. Im Licht der Straßenlaternen sah er sehr ernst aus, und er schien seine Worte gut wählen zu wollen, denn er brach zweimal ab, bevor er erneut ansetzte. »Ich … ich steige aus.«

Die Unabkehrbarkeit, die in seinen Worten mitschwang, erschreckte Otto. Ausgerechnet Hans, der sich immer verantwortungsbewusst gezeigt hatte, wollte aufgeben? Die Entscheidung klang nicht nach seinem jüngsten Bruder, und er fragte sich, welchen Anteil dessen Frau Agnes daran hatte.

»Das glaube ich nicht«, erwiderte er. »Sag mir, dass du es nicht so meinst.«

»Es ist mein voller Ernst.«

»Hans, du machst einen Fehler! Wenn die Amerikaner einsteigen, dann werden wir vielleicht größer, als wir je zu hoffen gewagt haben.«

»Bis so eine Fabrik gebaut ist, vergehen Monate, wenn nicht Jahre. Und wir brauchen das Geld jetzt. Wovon willst du die Miete bezahlen, wovon die Angestellten?«

»Ein paar Reserven haben wir ja noch. Keine Sorge, lass mich nur machen. Bis jetzt habe ich immer alles hinbekommen, oder etwa nicht?«

Hans lächelte matt. »Daran habe ich keinen Zweifel. Aber nun, da ich verheiratet bin, möchte ich meiner Frau eine gewisse Sicherheit bieten. Ich brauche einen Beruf mit einem regelmäßigen Einkommen. Und mit festen Arbeitszeiten.«

»Papperlapapp«, entgegnete Otto und sah Hans aufmunternd an. »Wir sind doch eine große Familie, oder etwa nicht? Haben wir nicht immer zusammengehalten, egal, wie schwierig es war? Und du weißt doch, als Kaufmann muss man manchmal Wagnisse eingehen, um voranzukommen. Aber am Ende zahlt es sich aus.« Er zögerte. »Soll ich mal mit Agnes reden?«

»Einen Teufel wirst du tun.« Hans funkelte ihn an. »Hast du schon mal daran gedacht, dass *ich* das alles nicht will? Dieser ständige Druck, die viele Arbeit, das Auf und Ab. Heute ein großer Auftrag und morgen schon wieder kurz vor der Insolvenz. So geht es doch andauernd. Ich kann das nicht mehr.« Er atmete tief durch. »Ich will ehrlich zu dir sein. Ich habe bereits mit Friedrich Krekel gesprochen. Der betreibt einen Kaffee-Import in der Hamburger Speicherstadt. Er kann meine Expertise gut gebrauchen. Und er stellt mir nach einer gewissen Probezeit eine Teilhaberschaft in Aussicht. Das ist meine Chance, Otto. Trotz neuer Zollgesetze. Kaffee kann man in Deutschland nicht herstellen, das ist eine sichere Bank.«

Für einen Moment verschlug es Otto die Sprache. »Du willst mit Krekel arbeiten?«, flüsterte er schließlich. »Ausgerechnet jetzt, wo ich dich am meisten brauche? Du bist doch mein Bruder!«

»Ich kann nicht.« Abrupt stieß sich Hans vom Brückengeländer ab. Er lupfte einen imaginären Hut und schwenkte ihn durch die Luft, als sei er ein Varietékünstler beim Schlussapplaus. Schließlich setzte er ihn auf und tippte mit zwei Fingern an die nicht vorhandene Krempe. »Du schaffst das schon, Otto. Daran habe ich keinen Zweifel.«

Es war spät, als Otto die Tür zu seinem Haus aufschloss. In der Stube brannte noch Licht. Er zog den Sommermantel aus und legte die große Puppe auf der Anrichte im Flur ab. Beinahe hätte er sie vergessen, sodass er noch einmal zurücklaufen musste und fast die Bahn verpasst hätte.

Die Dielen knarrten, und als Otto sich umwandte, stand Frau Riek im Türrahmen zur Stube, groß und hager, und er betrachtete sie, als sähe er sie zum ersten Mal. Sie war eine die mit Anfang vierzig ihre besten Jahre überschritten hatte. Eine echte Erscheinung, auch wenn man sie nicht wirklich als hübsch bezeichnen konnte. Das lange Haar trug sie wie immer streng zurückgebunden, und um ihren sonst so resoluten Mund lag eine Wehmut, die er so gar nicht von ihr kannte.

»Sie sind noch wach?«, fragte er.

»Ich muss mit Ihnen reden.«

Es klang sorgenvoll, und Otto fragte sich, ob es nicht langsam genug sei mit den Problemen, doch er wies mit der Hand in Richtung Stube und bat sie, sich zu setzen.

»Was haben Sie denn auf dem Herzen?«, fragte er, nachdem er ihr gegenüber im Sessel Platz genommen hatte.

Sie legte beide Hände auf die Knie, als müsse sie sich festhalten. »Mein Mann kommt von der See zurück nach Hause.«

»Wann?«

»Anfang September.«

Otto atmete tief durch. Wenn Herr Riek wieder an Land war, dann bedeutete es, dass sie zu Hause schlief und weniger Zeit für die Kinderbetreuung hatte. Auch das noch, dachte er, was kommt denn noch alles? »Dann werden Sie künftig an den Wochenenden nicht hier sein?«

Die hagere Haushälterin nickte, und Otto sah, dass sie schlucken musste, um ihre Tränen zurückzuhalten.

»Das ist es nicht alleine«, sagte sie endlich. »Oskar hat mir geschrieben, dass es um seine Gesundheit nicht zum Besten steht. Die ständige Feuchtigkeit hat seinen Gelenken zugesetzt, und er hat entschieden, vorzeitig in Pension zu gehen.« Sie machte eine Pause, und nun kullerten doch ein paar Tränen. »Er will, dass ich aufhöre zu arbeiten.«

In Ottos Ohren begann es zu rauschen. Mechanisch zog er ein Taschentuch aus der Westentasche und reichte es ihr, während er sich fragte, wie zum Teufel er das alles schaffen sollte. Für seine Tochter, die ihre Kinderfrau immer liebevoll Bukie nannte, würde eine Welt zusammenbrechen.

»Gleich im September?«

Frau Riek ergriff das Taschentuch und tupfte sich vorsichtig die Nase. »Ich werde erst gehen, wenn ich eine Nachfolgerin gefunden habe, das verspreche ich Ihnen. Das Theachen soll es doch gut haben, nicht wahr?«

Otto fühlte sich auf einmal sehr müde. Er nickte stumm und starrte durch das große Fenster hinaus in die Nacht.

»Wenn ich mir«, begann Frau Riek vorsichtig, »die Bemerkung erlauben darf: Sie sind im besten Mannesalter, Theresia ist jetzt fast drei Jahre tot. Wollen Sie sich nicht allmählich eine neue Frau suchen?«

Otto schluckte heftig, empört über diese Anregung. Wäre sie nicht Theresias ehemaliges Kindermädchen und der Familie seit vielen Jahren verbunden, er hätte ihr gehörig den Kopf gewaschen. So aber sah er die hochgewachsene Frau nur streng an.

»Danke, Frau Riek. Das wäre dann alles.«

Er wartete, bis sie den Raum verlassen hatte. Dann erhob er sich aus seinem Sessel und ging zum Fenster. Im fahlen Mondlicht meinte er seine verstorbene Frau stehen zu sehen. Dort, zwischen den knorrigen Apfelbäumen, die sie so sehr geliebt hatte.

Hastig blinzelte er mehrmals hintereinander, bis der Schemen wieder verschwand.

Frau Riek hat recht, dachte er, während er in die Dunkelheit starrte. So ging es nicht weiter. Aber niemand würde Theresia je ersetzen können. Sie war die Frau, nach der er sein ganzes Leben gesucht hatte. Und er bezweifelte, dass eine andere jemals einen solchen Platz in seinem Herzen einnehmen könnte.

7

BERLIN

August 1925

Elisabeth Bahlmanns Schritte hallten laut über das Pflaster, zurückgeworfen von den Fassaden der Bürgerhäuser, über deren Schäbigkeit gnädiger Morgennebel lag. Früher mochte der Stuck einmal prachtvoll gewesen sein, die Eingangsportale glänzend lackiert. Nun aber war das Holz rissig, und der Putz blätterte von den Wänden, deren Farbe im Ruß der Stadt ein schmutziges Grau angenommen hatte.

In den Gängen, die zu den Hinterhöfen führten, lungerten Kinder mit schmutzigen Gesichtern, ausgemergelt und bereit, sich für einen Krumen Brot in den Kampf zu stürzen. Deshalb trug sie die Handtasche immer fest an den Körper gepresst und hatte die Manteleinlässe mit Druckknöpfen versehen, damit sich keine fremde Hand hineinschieben konnte.

»Pass bloß gut auf dich auf, Ebbe«, hatte ihre Schwester Felicitas gesagt, als sie sich am Bahnhof in Münster verabschiedeten, und die Art, wie sie ihren Kosenamen aussprach, kündete von großer Sorge.

»Ich habe keine Angst vor der Großstadt«, hatte sie lachend geantwortet, obwohl ihr nun doch ein wenig mulmig zumute war. Berlin, das wusste sie aus Erzählungen, war schließlich nicht so beschaulich wie Beckum, wo sie ihre Kindheit und Jugend verbracht hatte.

Die beiden Schwestern hatten sich umarmt, ganz kurz nur, während ihre Mutter Emilia Caroline Maria Bahlmann, die alle nur Milly nannten, steif in ihrem schwarzen Witwenkostüm danebenstand und die Hand zum Abschiedsgruß hob. Sie würde nicht weinen, obwohl ihr Tränen in den Augen standen. Contenance wahren, ja, das kann sie gut, dachte Ebbe, während sie durch die Berliner Straßen eilte, was das angeht, war sie uns immer ein Vorbild.

Sie passierte ein Paar, das noch in Abendrobe in einem Hauseingang stand, in expliziter Umklammerung versunken. Halb entblößt und mit rhythmischem Gestöhne, während um sie herum der Tag erwachte und Krankenschwestern, Handwerker und Fabrikarbeiter zur Arbeit strebten.

Voller Abscheu beschleunigte Ebbe ihre Schritte, ging mit erhobenem Kopf und geradem Blick weiter. Nur so war das Elend dieses Viertels zu ertragen, das sich am Rand ihres Blickfeldes aufdrängte.

Überall in Berlin waren noch immer die Folgen des Krieges zu sehen, die Geldnot, der Hunger, die verzweifelte Gier nach Leben, die sich in den vielen Clubs und Bars der Stadt entlud.

Anders als in den feinen Vierteln, die Ebbe an manchen Sonntagen besichtigte. In Zehlendorf, Steglitz und der Villenkolonie Grunewald waren die Straßen gekehrt und die Fassaden herausgeputzt, als hätte sich nicht wenige Jahre zuvor ein ganzes Land im Kriegstaumel ins Unglück gestürzt. Wenn sie den Blick zu den Fenstern wandte, hinter denen die Bewohner speisten, stritten und tanzten, erkannte sie so manche Dame und manchen Herrn, die den Konfektionshäusern rund um den Hausvogteiplatz die besten Kunden waren.

Jeden Abend, wenn sich Ebbe im Licht einer Funzel erschöpft in den Sessel ihres Zimmers sinken ließ, wünschte sie sich in eines der Häuser, hinter deren Fenster Licht brannte, in jedem einzelnen Raum, sei er auch noch so unbenutzt. In jene Welt, in der die Industriellen lebten, die Kaufleute, Künstler und höheren Beamten. Eine Gesellschaftsschicht, zu der sie sich vor vielen Jahren ebenfalls gezählt hatte und für die sie nun nur noch eine unbedeutende Schneiderin war. Teil des Heeres fleißiger Hände, die dafür sorgten, dass die Damen bei ihrer Soirée, beim Besuch der Oper oder des Wohltätigkeitsballs glänzten.

Ebbe wich einem Bettler aus, der beinlos um eine milde Gabe bat, und folgte der Treppe in den Schacht der U-Bahn-Station. Drängte sich in die voll besetzte Bahn, die sie ins Konfektionsviertel am Hausvogteiplatz brachte. Es stank nach Schweiß und kaltem Rauch, und Ebbe hielt sich die Nase zu, während sie sich einen Platz im Gang suchte, wo sich die Reihen der Fahrgäste, die sich ungeniert mit ihren ungewaschenen Körpern aneinanderdrückten, etwas lichteten.

Am entsetzlichsten war das Elend der jungen Mädchen, die sich mit schmutzigen Gesichtern und verlaustem Haar an den Straßenecken herumtrieben, um die vorbeieilenden Männer für ein paar Groschen in einem der Hinterhöfe zu wärmen.

Bei dem Anblick kräuselte sie jedes Mal verächtlich den Mund. Ja, die Armut war schlimm, aber Herrgott, das war noch lange keinen Grund, sich so anzubieten. Niemand wurde dazu gezwungen, seine Würde herzugeben. Es galt, seinen Stolz zu wahren, wenn man dem entrinnen wollte, egal wie groß die Not sein mochte. Sonst ging man rasch unter.

Hier, im pulsierenden Berlin, war alles möglich. Absturz und Aufstieg. Manche glaubten, es sei nur das Quäntchen Glück, das einen das Schicksalsrad ins Licht drehen ließ. Sie aber wusste es besser: Es war der feste Wille, etwas zu erreichen, der einen zum Ziel führte. Und vor allem war es das Vermögen, den Willen mit harter Arbeit durchzusetzen.

Sie selbst war der beste Beweis dafür.

Die U-Bahn rumpelte der Innenstadt entgegen, und Ebbe griff nach einer Halteschlaufe, um nicht das Gleichgewicht zu verlieren. Im Abteil standen die Menschen dicht gedrängt. Männer mit übernächtigten Augen, schwarzen Hornbrillen und glatt zurückgegeltem Haar schwankten neben Arbeitern und Angestellten im Rhythmus des Zuges.

Ebbe bemerkte ein adrett gekleidetes Mädchen von etwa acht Jahren, das neugierig zwei Frauen beäugte, die sichtlich mitgenommen von einer durchtanzten Nacht eng umschlungen auf einer Sitzbank schliefen.

Was mochte in ihrem Köpfchen vor sich gehen? Sie selbst hätte wohl das Abteil gewechselt. Streng katholisch, wie ihre Erziehung war.

Mit acht Jahren hatte sie noch Angst gehabt, dass allein der Blick auf die Sünde ihr einen Platz in der Hölle einbrachte. Das Körperliche gehörte sich eben nicht für die Tochter eines Geheimen Regierungsrats, dem Beckumer Landrat Doktor Heinrich Maria Karl Bahlmann, Mitglied der erzkatholischen Zentrumspartei. Man hatte über den fleischlichen Dingen zu stehen.

Zu jener Zeit, als die Familie noch im Kreisständehaus lebte, das mit seiner gotischen Fassade wie ein richtiges Schloss aussah, da wussten sich Ebbe und ihre ältere Schwester Felicitas zu benehmen. Stets tugendhaft zu sein, gottgefällig. Es hieß stillzusitzen, wenn sie über Stunden in der Kirche saßen. Nur zu reden, wenn sie gefragt wurden, denn ein Kind hatte zu parieren. Den Eltern galt es höchsten Respekt zu zollen. Deren Willen hatten sie sich klaglos zu unterwerfen, vor allem dem des Vaters. Dem Patriarchen, der über allem stand.

Ebbe hatte all das nicht in Frage gestellt, und weil sie und Felicitas bis zum Schuleintritt kaum Kontakt zu anderen Kindern hatten, passten sie sich der Welt der Erwachsenen einfach an.

Die Mädchen lebten in einem Kokon aus Angestellten und

jener höheren Beamtenwelt, in der bedeutende Persönlichkeiten im Haus ein und aus gingen. Sogar den deutschen Kaiser und König von Preußen lernten sie kennen, der ihren Vater höchstpersönlich in Amt und Würden gebracht hatte. Wenngleich Ebbe sich an die Begegnung nicht erinnerte, aber sie war ja auch gerade erst zwei gewesen.

Erst als sie im Lyzeum die Tagebücher der Fürstin Amalia von Gallitzin las, die ihre Tochter in denselben Fächern unterrichten ließ wie ihren Sohn, da begann sich etwas in ihr zu regen. Und irgendwann gestand sie dem unerhörten Gefühl Raum zu, dass die katholische Frömmigkeit und der den Frauen abverlangte Gehorsam ihr längst die Kehle zuschnürten.

»Ich finde es nicht richtig, dass die Frau sich dem Mann unter allen Umständen unterordnen soll«, gestand Ebbe ihrer Schwester Felicitas, als sie wieder einmal im Park am Fuß des Kreisständehauses saßen, inmitten seiner Blumenrabatten und Teiche. »Nur weil der Glaube es ihr vorschreibt.«

Felicitas hob erschrocken die Hand an den Mund und sah sich nach der Kinderfrau um, die sie stets wie ein Schatten begleitete, um über ihre Tugendhaftigkeit zu wachen.

»So etwas darfst du nicht einmal denken.«

»Und wenn doch?« Ebbe beugte sich vor. »Selbst die Fürstin Amalia von Gallitzin hat das getan und war am Ende doch eine der angesehensten westfälischen Katholikinnen. Sie wollte ihr Leben nach ihrer eigenen Fasson gestalten. Gegen das Diktat von der Natur der Frau.«

Felicitas' Augen leuchteten. »Gegen das Diktat von der Natur der Frau«, wiederholte sie flüsternd. »Das wäre herrlich.«

Fortan waren die Schwestern Verbündete und durchforsteten die Tagebücher und Briefe Amalias nach weiteren Hinweisen für ihren Eigensinn. Und weil es ihnen bald nicht reichte, besorgten sie sich auch noch die Schriften von Hedwig Dohm und Rosa Mayreder, die sie heimlich unter der Bettdecke lasen. Frauen, die in ihren Essays für die freie Entfaltung des Individuums plädierten und die Frauenbildung als Notwendigkeit zur Erreichung finanzieller Unabhängigkeit betrachteten.

Wie es wohl wäre, zu arbeiten und sein eigenes Geld zu verdienen? Es war ein erhebender Gedanke, und nachdem Ebbe zum ersten Mal eine Ausgabe des Modemagazins *Die Dame* in den Händen gehalten hatte, träumte sie sich in die Glitzerwelt der Mode. Eines Tages würde sie Karriere als Direktrice eines Konfektionshauses machen. Am liebsten in Berlin, der pulsierenden Großstadt, von der gerade alle redeten. Sie würde in Literatencafés sitzen, in Tanzbars gehen und Zigaretten rauchen.

Jawohl, Zigaretten rauchen! Das wollte sie ihrem Vater natürlich nicht sagen. Gegen eine Schneiderlehre aber konnte er eigentlich nichts haben. Schließlich war es geradezu *en vogue*, Bürgertöchtern die Möglichkeit einer Beschäftigung zu geben, damit sie sich später während der beruflichen Abwesenheit ihres Mannes nicht langweilten.

Ihr Vater war alles andere als glücklich, als sie ihm ihre Pläne eröffnete.

»Ausgeschlossen«, rief er aus. »Meine Tochter arbeitet nicht. Und schon gar nicht in diesem Sündenpfuhl Berlin.« Er hob die Hand, um den sich ankündigenden Widerspruch im Keim zu ersticken. »Auf gar keinen Fall, junge Dame, das ist mein letztes Wort.«

Ebbe schluckte die Tränen herunter, zerrieben zwischen preußischer Folgsamkeit und Lebenshunger.

Um die Sünde musste sich der Vater wahrlich keine Sorgen machen. Allzu menschliche Leidenschaften stießen Ebbe ab. Einmal traf sie sich mit dem Sohn des Apothekers, weil sie seine dunklen, tiefliegenden Augen so mochte. Er hieß Rudolph und schrieb ihr ellenlange Gedichte, bis sie sich zu einer Spazierfahrt überreden ließ. Sein unbeholfenes Gefummel war ihr unerträglich. Sie war geradezu albern, diese Sehnsucht nach körperlicher Vereinigung, die in so vielen Büchern romantisiert wurde. Und die lediglich zur Folge hatte, dass man ein Balg eingepflanzt bekam und fortan ans Heim gebunden war.

Je strenger und knorriger die Herren waren, die ihr Vater ihnen nach dem Schulabschluss als in Frage kommende Gatten anpries, desto inbrünstiger stellten sich Ebbe und Felicitas vor, wie es wäre, ein eigenständiges Leben zu führen, ohne von einem Mann abhängig zu sein.

Immerhin erlaubte der Vater Ebbe, sich bei einer Schneiderin unterweisen zu lassen. Für den Hausgebrauch. Und während sie lernte, wie sie einen passepolierten Halssaum fertigte oder handgenähte Knopflöcher, träumte sie davon, eines Tages einfach ohne seine Erlaubnis fortzugehen und eine Ausbildung in einer Kunst- und Gewerbeschule zu absolvieren. Dort würde sie lernen, wie man die Entstehung eines Kleidungsstücks vom Entwurf bis zur Ausführung selbstständig kontrollierte und unter Zuhilfenahme auserlesener Materialien Kunstwerke von diskreter Originalität schuf. Sie musste nur ihre Mutter davon überzeugen, sie auch gegen den Willen des Vaters finanziell zu unterstützen.

Doch dann, im März 1922, platzte ihr Traum von einer glänzenden Karriere als Direktrice eines Modehauses ganz wie eine durch die Luft schwebende, bunt schimmernde Seifenblase, von der am Ende nur noch Schmutzwasser übrig war.

Völlig unerwartet starb ihr Vater an einem Herzinfarkt, und da nun niemand mehr das Geld verdiente und mit der galoppierenden Inflation das angehäufte Vermögen rasch schrumpfte, musste Ebbe plötzlich selbst für ihr Leben aufkommen.

»Wir haben uns der neuen Zeit anzupassen und sollten Gott um Beistand bitten, uns gut hindurchzubringen«, sagte ihre

Mutter Milly, die für sich selbst erwirkt hatte, so lange in der Beckumer Dienstwohnung leben zu dürfen, bis etwas Geeignetes gefunden war. Und als der neue Landrat die Witwe dann freundlich hinausbat, beantragte sie Umzugskostenbeihilfe, weil das Geld inzwischen an allen Ecken und Enden fehlte. Jetzt wohnte sie in Münster, in der Nähe von Felicitas, die sich mit dem viel zu gestrengen Chirurgen Conrad Ramstedt verheiratet hatte, zwei Töchter gebar und ein sehr bürgerliches Leben führte.

»Was sollte ich denn tun?«, fragte sie, als Ebbe sie an ihren Schwur erinnerte, sich von den Fesseln des Patriarchats zu befreien. »Ohne Conrad säße ich womöglich auf der Straße.«

»Du könntest arbeiten gehen.«

»Ohne Ausbildung?« Felicitas schüttelte resigniert den Kopf. »Du solltest dir auch langsam einen Mann suchen, der dir ein Leben in Sicherheit bietet.«

»Niemals. Ich schaffe das alleine, du wirst schon sehen.«

Wieder richtete sich ihre Sehnsucht auf Berlin, die schillernde Modemetropole. Dort schien alles möglich zu sein. Und sie musste ja niemandem sagen, dass sie gar keine richtige Lehre absolviert hatte. Wenn sie einfach erzählte, jemand habe ihr den Gesellenschein gestohlen, wer wollte es ihr schon nachweisen, solange sie Leistung zeigte?

Doch als Ebbe schließlich mit ihrem Köfferchen und dem letzten Bündel an Scheinen in Berlin ankam, stellte sie rasch fest, dass sie für dasselbe Geld, für das sie in Beckum ein elegantes Zimmer mieten konnte, nur ein Kämmerchen in einer heruntergekommenen Mietskaserne bekam.

Mit einem Mal realisierte sie, dass nicht nur ihr privilegiertes Leben der Vergangenheit angehörte, sondern auch das Hunderter anderer verarmter Bürgerstöchter, die mit einer Arbeit als Schneiderin ihr Glück versuchten. Und dass sie kämpfen musste, damit es ihr nicht so erging wie all den Heimnäherinnen, die sich gegen die aus dem ganzen Reich herbeiziehenden arbeitswilligen Frauen durchzusetzen hatten, um sich ein Stück Brot, ein warmes Bett leisten zu können. Und gegen die Arbeiterinnen aus dem Vogtland, die manch ein Konfektionär beauftragte, weil sie gut ein Viertel weniger für ihre Arbeit verlangten.

Das Zimmer, in dem sie nun zur Untermiete wohnte, lag in einem schäbigen Mietshaus, in dem es oft laut zuging. Was ihre Vermieterin, eine Soldatenwitwe, stets dazu veranlasste, die Tür zum Treppenhaus aufzureißen und ebenso laut schreiend um Ruhe zu bitten.

In manchen Nächten störten Schlägereien den Schlaf. Oder Truppen von Burschenschaftlern, die Parolen grölend durch die Straßen zogen. Wenn Ebbe von verzweifelten Frauenschreien wach wurde oder dem Klirren von Glas, dann presste sie die Hände auf die Ohren und träumte davon, eines Tages von hier fortzugehen. Und wenn am nächsten Morgen der Gehweg übersät war von Scherben, die meisten blutverschmiert, stieg sie mit wild klopfender Brust und starr nach vorne gerichtetem Blick darüber hinweg, um nicht hinsehen zu müssen.

Das heiß ersehnte Berlin entpuppte sich bald als Monster, das einen verschlang, wenn man sich ihm nicht entgegenstemmte. Manchmal, wenn es ihr nicht gelingen wollte und sie der Melancholie verfiel, die sie seit der schweren Nierenoperation in sich trug, dann kaufte sie sich den *Simplicissimus*, dessen Karikaturisten die Absurditäten dieser Welt mit wenigen Federstrichen einfingen. Denn die Hoffnung, so erkannte sie, nahm oft, bevor sie starb, die Form von Satire an.

In diesem Moment brach die U-Bahn aus dem Tunnel und fuhr auf ihrer Trasse an den Fenstern der Wohnhäuser vorbei, in denen Menschen lebten, die diese Hölle hinter sich gelassen hatten.

Ebbe beobachtete das vorbeihuschende Leben, das hinter den Scheiben aufblitzte, und nickte mit eiserner Entschlossenheit.

Sie würde ihren Weg machen, hinaus aus dem Elend dieser Stadt, aus eigener Kraft.

Der erste Schritt war getan.

Mit unbändigem Fleiß und Disziplin war sie vergangenen Monat von der kalten, feuchten Werkstatt eines Zwischenmeisters bis in die Ateliers des Modekaufhauses Gerson aufgestiegen. Jenem Feentempel der Mode, den sie als Angestellte nun jeden Morgen über den Nebeneingang in der Werderstraße betrat.

Sie würde alles dafür tun, es bis ganz nach oben zu schaffen. Zurück in jene Welt, aus der sie mit dem Tod des Vaters gefallen war.

8

Als Ebbe im Pulk der anderen Angestellten über die Treppe ins Freie stieg, hatte die Sonne den Frühnebel bereits verdrängt. Eine Kirchturmuhr schlug sieben. An anderen Tagen mochte der Platz um diese Zeit noch verwaist sein, heute aber herrschte ein Gewusel aus Hunderten Menschen. Sie quollen aus U-Bahn-Schächten, Omnibussen und Straßenbahnen und strebten den Konfektionshäusern entgegen, die den Hausvogteiplatz umgaben.

Sie alle waren früh auf den Beinen, um letzte Hand an die neuen Herbst- und Wintermodelle anzulegen, die während der diesjährigen Modewoche in den Messehallen am Kaiserdamm präsentiert wurden. Getreu dem Motto des Verbandes der Deutschen Modeindustrie wollte jeder dazu beitragen, die Gestaltungskraft, Phantasie und Kunst der Mode zu entfesseln, um den Menschen im ersten Jahr nach Einführung der Reichsmark frische Lebensimpulse und neue Kauflust zu vermitteln.

Das Modekaufhaus Gerson lag fünf Minuten entfernt an der Ecke Werderstraße und Werderscher Platz. Es war ein über drei Stockwerke reichender Komplex mit prachtvoller Fassade aus hellem Granit und meterhohen Schaufenstern.

In wenigen Stunden würden sich vor dem Portal die luxuriösen Karossen russischer Adeliger, Künstlerinnen oder Industriellengattinnen aneinanderreihen, deren Chauffeure sie in die von einem sonnenbeschienenen Glasdach gekrönte Haupthalle entließen, um Stunden später Berge von Hutschachteln, Paketen und Kleidertaschen entgegenzunehmen.

Ebbe blieb vor den bodentiefen Fenstern eines Schaufensters stehen und betrachtete die Auslage.

Was würde sie dafür geben, einen Hut von Paula Schwarz zu besitzen oder einen Schildpattfächer mit Straußenfedern, der perfekt zu dem schwarzen Kleid im Stil von Pierre Poiret passte! Oder eines der exklusiven Modelle der Pariserinnen Coco Chanel und Madeleine Vionnet, die es seit dem vergangenen Jahr bei Gerson zu erstehen gab. Ganz zu schweigen von all den exklusiven Teppichen und Möbeln aus der Ausstellung im ersten Stock.

Mit gerecktem Kinn eilte Ebbe am Hauptportal vorbei zum Nebeneingang, wo der vollbärtige Portier in seiner Loge saß und Zeitung las. Sie nickte ihm grüßend zu und betrat das Treppenhaus, stieg die Stufen in den zweiten Stock empor.

In den Ateliers herrschte bereits Hochbetrieb. Das Schnurren der Nähmaschinen erfüllte den Gang. Durch die weit geöffnete Tür des Saals, in dem die Rohlinge der Kollektionen entstanden, sah Ebbe einige Angestellte, die mit Maßband um den Hals die Zuschnitttische umstanden. Büglerinnen plätteten die Kostüme und Roben, die auf der heutigen Eröffnungsmodenschau im Marmorsaal des Zoologischen Gartens präsentiert werden sollten. Mannequins huschten zwischen den Kleiderstangen hindurch, an denen Mäntel hingen, die noch mit Pelzbesatz versehen werden mussten, und drehten sich unter dem kritischen Blick der Directrice.

Nur kurz hielt Ebbe inne, dann setzte sie ihren Gang fort.

Ihr Arbeitsplatz war in dem Maßatelier, in dem sie die abgesteckten Modelle den Abmessungen der Kundinnen anpassten.

Der Raum war noch leer. Ebbe nahm eines der zu ändernden Kostüme von der Kleiderstange und setzte sich an ihren

Tisch, um die angehefteten Bemerkungen zu studieren. Dieses Mal war ein Saum zu kürzen. Mit einem Ruck trennte sie die Naht auf, griff nach der Schere und schnitt beherzt in den Stoff, um ihn auf der angezeichneten Höhe neu einzuschlagen. Dann schob sie den Rock unter das Füßchen der Nähmaschine und betätigte das Pedal.

»Hatten wir nicht gehofft, in Berlin die Modewelt zu erobern?«, ertönte eine Stimme neben ihr. »Und nun sind wir doch nur Nähmamsells, sitzen bei schlechtem Licht vor der Maschine und bekommen davon einen krummen Rücken.«

Eine Wolke süßen Parfums umwehte Ebbes Nase.

»Guten Morgen, Luzie«, sagte sie und blickte auf ihre Kollegin, deren eigenwillige Schönheit an französische Malereien aus der Zeit des Rokokos erinnerte. »Warst du wieder mal in der Parfumabteilung von Wertheim?«

»Entzückend, nicht wahr? Der Duft heißt Shalimar und ist von Guerlain. Irgendetwas muss man sich ja gönnen.« Luzie legte eine rosenholzfarbene Jacke mit abgesteckten Ärmeln vor sich auf dem Tisch ab und lächelte in koketter Unschuld, während sie sich auf den Stuhl fallen ließ. Mit ihren manikürten Fingern strich sie über den Stoff. »Sieh nur, diese herrliche Farbe. Sie würde mir hervorragend stehen, nicht wahr? Aber von meinem Lohn kann ich mir nicht einmal den Ärmel leisten.«

»Mit Jammern kommt man auch nicht voran«, sagte Ebbe gereizt und konzentrierte sich wieder auf ihre Arbeit. »Pass lieber auf, dass am Ende nicht die ganze Jacke nach Orient riecht.«

Luzie zuckte die Schultern. »Hast ja recht. Ich sollte dankbar sein. Haben wir nicht großes Glück, dass wir vor lauter Arbeit nicht zum Essen kommen? Da müssen wir uns für eine schlanke Silhouette wenigstens nicht so abmühen wie die Damen von Welt.«

Ebbe rollte mit den Augen, aber nun musste sie doch lächeln.

Luzie war die einzige Kollegin, die sie als Freundin bezeichnete, obwohl sie aus unterschiedlichen Universen stammten. Während sie selbst liebend gern in Kunstausstellungen ging und Bücher von Kant und Hegel las, liebte Luzie billige Revues und rauschende Operetten. Sie bewunderte die verschmitzt komödiantische *Soubrette* Fritzi Massary. Eine sich lasziv zur Schau stellende Frau, die sich in der Rolle der *Grande Cocotte* gefiel. Was nur ein schöneres Wort für Flittchen war.

Ebbe hingegen verachtete alles Billige in der weiblichen Koketterie. Und sie war sicher, dass Luzie, die immer so furchtbar emanzipiert tat, die Schneiderwerkstatt sofort gegen Heim und Herd eintauschen würde, sobald ein aussichtsreicher Heiratskandidat auftauchte.

»Hast du heute Abend schon etwas vor?«, fragte Luzie, während sie den Jackenärmel unter den Fuß der Nähmaschine spannte.

Ebbe sah überrascht auf. »Nein.« Nun hob auch ihre Kollegin den Kopf, und Ebbe bemerkte ein Strahlen in ihrem Blick. Dazu ein aufforderndes Lächeln, als warte sie nur darauf, gefragt zu werden. »Du?«

»Und ob. Der Fred arbeitet doch für die Berliner Börsenzeitung. Er nimmt mich mit auf die Modenschau in den Marmorpalast vom Zoologischen Garten.«

»Meinst du etwa den Fred, dem du letztens noch einen Korb gegeben hast?«

Das Strahlen wurde breiter. »Er legt sich richtig ins Zeug, das kann ich dir sagen. Stell dir vor, ich werde nur wenige Meter von der bekannten Modejournalistin Julie Elias entfernt sitzen und ihr dabei zusehen, wie sie sich Notizen für ihren Artikel im *Berliner Tageblatt* macht.« Sie lachte. »Bist du neidisch? Gib es ruhig zu.«

»Keine Spur«, erwiderte Ebbe eisig und wandte sich wieder ihren Änderungen zu, während es in ihrem Inneren brannte. Und ob sie neidisch war! Zu gerne hätte sie sich selbst unter die Zuschauer gemischt, um Teil der wogenden und aufs Eleganteste herausgeputzten Menge zu sein.

Die Eröffnung der diesjährigen Modewoche war der Termin der Saison! Seit der Währungsumstellung hatte man auf die opulente Feier verzichtet. Stattdessen hatten die Konfektionshäuser ihre Schauen im Stil der ehemaligen Durchreise in die eigenen Räume verlegt. In diesem Jahr aber kehrte der Glanz der alten Zeiten zurück, und Ebbe würde einiges dafür geben, wenigstens einen Blick auf das Geschehen zu erhaschen. Dem Tuscheln der Kollektionsschneiderinnen war zu entnehmen, dass ein renommierter Innenarchitekt es einem Theaterstück gleich in Szene setzte. Die Bühne glich einer hohen Empireterrasse mit moosbewachsener Mauer und einem schmiedeeisernen Tor, durch das die Mannequins schritten, um dem geneigten Publikum die Plisseekleider, Samt- und Brokatmäntel in den herrlichsten Rot- und Grüntönen vorzuführen. Es war ihre Welt, die Luzie sich nun eroberte, ausgerechnet die zwar herzensgute, aber einfach gestrickte und immerzu giggelnde Luzie!

Ebbe presste die Lippen aufeinander.

Irgendwann einmal, so schwor sie sich, würde auch sie im geschmückten Marmorsaal Platz nehmen. Ganz sicher nicht als namenloses Anhängsel irgendeines Klatschreporters. Wenn sie eines Tages am Laufsteg Platz nahm, würde ihr eigener Name auf der Einladung stehen.

Über Stunden arbeiteten sie schweigend, und als ihre Freundin sich gegen Feierabend bei den Umkleiden für die Veranstaltung umzog und dabei einen Hut aus weißem Strohstoff mit pludrigen Reiherfedern aufsetzte, hatte Ebbe nur ein abfälliges Schnalzen für sie übrig.

Die Kreation war aber auch unmöglich. Statt Luzies aristokratisch wirkendes Gesicht vorteilhaft in Szene zu setzen, betonte es die kantige Nase, das fliehende Kinn und die zu Puppentellern vergrößerten Kulleraugen, dass es geradezu eine Beleidigung für den Betrachter war.

»Was ist denn das für ein Ungetüm?«, entfuhr es ihr.

Luzie, die auf Ebbes Spitzen stets mit Langmut reagierte, strich mit beiden Händen über den Federnkranz. »Julie Elias hat einmal gesagt: ›Der Hut ist der Rahmen eines Frauenkopfes. Das Kissen, auf dem das Antlitz ruht wie Geschmeide auf Seide oder dunklem Sammet.‹«

»Julie Elias findet auch, dass der Frauen- und Mutterberuf der beseligendste wäre«, entgegnete Ebbe. »Und dass man dessen Fesseln nicht fürchten solle, da sie die schönsten des Lebens seien.«

Luzie warf lachend den Kopf zurück, dass die Federn nur so wippten. »Recht hat sie. Ich kann es kaum abwarten, bis Fred um meine Hand anhält. Nun schau nicht so miesepetrig, Ebbe. Er ist ein feiner Kerl.«

»Ein Kerl, dem du noch vor wenigen Wochen die kalte Schulter gezeigt hast. Du solltest wählerischer sein und nicht gleich bei der ersten grandiosen Einladung vor lauter Glück in Ohnmacht fallen.«

»Ich sollte besser zugreifen, bevor ihn sich eine andere schnappt«, sagte Luzie leichthin. »Gesellschaftlichen Aufstieg erreicht man nicht durch Arbeit, sondern durch Heirat.«

Ebbe verdrehte die Augen »Er wird dir ein Balg anhängen, und dann ist es vorbei mit der Freiheit. Und während du zu Hause bleibst und deine Jugend für die Plagegeister hergibst, amüsiert er sich anderweitig.«

»Das sagst du doch nur, weil du neidisch bist. Eines Tages willst du sicher auch Kinder haben.«

»Niemals. Ich hasse Kinder. Sie machen nur Dreck und Ärger.«

»Pass du lieber auf, dass du überhaupt einen Mann abbekommst, so biestig, wie du manchmal bist.«

Ebbe verzog den Mund. »Wie heißt es so schön? *Vivre, c'est mon métier.* Das Leben ist meine Sache. Das lasse ich mir von niemandem nehmen.«

»Ist recht, Madame.« Luzie seufzte. Dann lachte sie entwaffnend und drückte ihre Freundin im Überschwang fest an sich. »Ich habe dich trotzdem lieb.«

Ebbe versteifte sich ob der ungewohnten Geste. Umarmungen hatte es in ihrer Familie nie gegeben. Den Wunsch nach Nähe hatte der Vater seinen Töchtern gründlich ausgetrieben. Es war ihr unangenehm, und sie entwand sich der Umklammerung. Stattdessen gab sie Luzie einen freundschaftlichen Klaps auf die Wange.

»Schon recht. Und nun los, wenn du dieses Ungetüm von einem Hut heute noch im Marmorsaal spazieren führen möchtest.«

9

HAMBURG

Herbst 1925

Im September stellte Otto eine neue Kinderfrau ein, die auch den Haushalt machte. Henriette war sperrig und ein wenig altbacken, und er merkte bald, dass sie Frau Riek nicht ersetzen konnte. Aber immerhin war Thea nun wieder versorgt.

Zur selben Zeit traf ein Brief von der Carnation ein. Mister Stuart schrieb, dass der Vizepräsident, der für den Export zuständigen American Milk Products Corporation, ein gewisser Paul McKee, gewillt sei, in eine deutsche Fabrik zu investieren. Ähnlich wie bei der französischen Lait Gloria im vergangenen Jahr. Deren Produktionsstätten habe die Firma in einer alten Butter- und Käsefabrik aus dem neunzehnten Jahrhundert im normannischen Carentan errichtet. Finanziert werde der Bau durch die zum Zweck der Expansion ins Leben gerufene International Finance Company aus Delaware sowie einen Investor aus New York, der sich mit zehn Prozent beteilige. Näheres könne man besprechen, sobald ein geeigneter Standort gefunden sei.

Das Kontor in New York schickte kurz darauf einen technischen Supervisor namens Philip Kinzer vorbei, den Otto am Hamburger Hafen in Empfang nahm. Er hatte ein freundliches Gesicht und einen federnden Gang, und schon nach dem ersten Wortwechsel stellte sich heraus, dass Kinzer deutsche Vorfahren hatte und gut über die Gegebenheiten vor Ort informiert war. Doch als Otto ihm als Fabrikstandort das meerumschlungene Schleswig-Holstein mit seinen saftigen Wiesen und der traditionellen Milchwirtschaft vorschlug, stahl sich ein sturer Ausdruck auf das freundliche Gesicht.

»Wir denken da eher an den Süden Deutschlands. Da Herr Stuart der Ansicht ist, die schönsten und saftigsten Wiesen seien in Bayern oder im Allgäu zu finden, werden wir zuallererst dorthin reisen.«

Kurz dachte Otto daran, ihm zu widersprechen, und das nicht nur, weil er in der Nähe seiner zunehmend gebrechlichen Eltern bleiben wollte. Auch weil es für eine Kondensmilchfabrik keine bessere Region gab als den Norden. Der dortige Milchanfall wurde weniger genutzt als im Süden, wo es etliche Käsereien gab und viele milchverarbeitende Werke. Bei Kaufbeuren war 1923 sogar eine deutsche Kondensmilchfabrik errichtet worden, die ihre leidlich gute Ware unter dem Namen Bärenmarke vertrieb. Mister Kinzer schien das jedoch nicht sonderlich zu beeindrucken.

»Es kommt darauf an, die beste Milch zu erstehen«, sagte der schulterzuckend. »Das ist das Allerwichtigste im ganzen Prozess. Oder haben Sie etwa Angst vor der Konkurrenz?«

Otto schüttelte den Kopf. Inzwischen kannte er die Amerikaner gut genug, um zu wissen, dass sie erst ihre eigene Erfahrung machen mussten, um am Ende doch seinem Vorschlag Gehör zu schenken. Also schluckte er die Erwiderung herunter und wartete auf den geeigneten Moment, um seiner Meinung Nachdruck zu verleihen.

Es war Anfang Oktober, als Otto und Mister Kinzer die Bahn in Richtung Süden bestiegen. Tatsächlich waren die Kühe dort prächtig, und die Almen leuchteten auch jetzt noch, da der Herbst langsam Einzug hielt, in sattem Grün. Obendrein gab es ein leerstehendes Käsefabrikgebäude, das für die Umnutzung geeignet wäre. Doch da sie hier beim Erwerb der Milch in Konkurrenz mit all den anderen Produzenten treten müssten, entschied Mister Kinzer sich dagegen, und sie setzten ihre Reise bald fort.

Im Ostpreußischen fanden sie schließlich gute Produktionsbedingungen vor, ebenso im Mecklenburgischen. Nur die Transportwege ins restliche Deutschland waren ungenügend ausgebaut.

»Ich denke, es ist an der Zeit, dass wir uns endlich Schleswig-Holstein ansehen«, sagte Otto, und Kinzer, enttäuscht über das bisher Erreichte, blieb nichts anderes übrig, als dem Vorschlag zuzustimmen.

Die Nächte wurden bereits länger, und die Luft war kühler, als die beiden von Hamburg aus mit dem Zug in das Land aufbrachen, von dem es hieß, dass die Milch dort in Strömen fließe.

Nur wenige Minuten nachdem sie die Stadtgrenze hinter sich gelassen hatten, breitete sich vor dem Zugfenster die norddeutsche Landschaft aus. Von Kuhweiden umgebene Bauernhöfe lagen neben neuen Siedlungshäusern, deren rote und braune Dächer aus dem flachwelligen Gelände hervorstachen. Eingebettet in ein Geflecht aus Teichen, Wäldern und Knicklandschaften.

Weil die Bereiche an der Schlei wegen des bereits sehr lebhaften Butterversandgeschäfts und den Milchwerken Angeln, die auch Nestlé-Erzeugnisse vertrieben, nicht in Frage kamen, konzentrierten sie sich bald auf Ostholstein. In Neustadt fanden sie schließlich nahezu alles, was Kinzer im Süden vergeblich gesucht hatte.

»Einfach perfekt«, sagte der Supervisor, als er nach einer Besichtigung der umliegenden Bauernhöfe an der Hafenkante von

Neustadt stand und auf das Wasser sah, über dem im goldroten Widerschein der Abendsonne milchiger Dunst aufstieg. »Hier gibt es viele kleine Meiereien, die von Bauern ohne anderweitige Verpflichtungen beliefert werden, und es gibt reichlich Möglichkeiten zur Vermehrung des Viehbestandes. Allerdings müssten wir hier eine vollkommen neue Fabrik errichten.«

»Der Preis für das Gelände direkt am Hafen ist erschwinglich«, sagte Otto. »Und hier in Neustadt haben wir einen Binnenwasserhafen mit Zugang zur Ostsee sowie ein gut ausgebautes Straßen- und Schienennetz.«

Auf Kinzers Gesicht schlich sich ein Lächeln. »Sie hatten recht, mein Lieber«, sagte er und klopfte Otto auf die Schulter. »Ich hätte gleich auf Sie hören sollen. Ich werde der Firma empfehlen, das Fabrikgelände für die künftigen Glücksklee Milchwerke zu kaufen.«

»Vorher sollten wir aber noch die Verträge aufsetzen, die meinen Anteil am Unternehmen regeln.«

Kinzer sah ihn überrascht an und zuckte bedauernd die Schultern. »Die wird wer anders aushandeln, das liegt nicht in meiner Zuständigkeit.« Er sah auf die Uhr. »Wissen Sie was? Wir fahren mit dem nächsten Zug nach Hamburg und stoßen dort in einem der feinsten Restaurants auf den neuen Standort an.«

Knapp zwei Wochen später kam der in Paris lebende Europamanager, der sich als Mister Pidwell vorstellte, nach Hamburg. Er war einen Kopf größer als Otto, trug einen dichten Oberlippenbart und hatte tief in den Höhlen liegende Augen, aus denen er sein Gegenüber stets skeptisch zu betrachten schien.

Sie trafen sich im Büro der Firma Lagerfeld & Co. im Heerlein-Stift an der Alster, und Otto musste bald feststellen, dass Pidwell nicht halb so freundlich und zugewandt war wie Mister Kinzer. Als Otto gemeinsam mit Wilhelm Dylewski dem Anwalt gegenüber am Besprechungstisch Platz nahm, ließ er sie sofort wissen, was er von einer deutschen Leitung der Firma hielt.

»Ich will ehrlich zu Ihnen sein«, begann er und faltete die Hände. »Der Krieg liegt noch nicht lange genug zurück, um den Deutschen ihre Gräueltaten zu verzeihen. Ich habe vor meiner Zeit bei der American Milk Products Corporation als Importeur von Traktoren in Frankreich gelebt und dabei hautnah miterlebt, in welche Not der Krieg die französischen Bauern getrieben hat. Damals habe ich gelernt, die Deutschen zu hassen. Und aus diesem Grund hatte ich dafür plädiert, einen Amerikaner oder Engländer an der Spitze zu installieren, wie in all den anderen in Planung befindlichen europäischen Werken auch.«

»Sie stellen Nation vor Leistung?«, fragte Otto.

»Ja, vor allem in diesem Fall. Wir haben etwa ein Dutzend guter Leute in den Carnation-Werken in Wisconsin, Oakland, Mount Vernon und Forest Grove sitzen, die sich freuen würden, ein europäisches Werk zu leiten.«

Otto ließ sich seine Empörung nicht anmerken. Der Amerikaner gab sich keinerlei Mühe, seine Abneigung in wohltemperierte Worte zu kleiden. Aber wenn er darauf spekulierte, einen Eklat zu provozieren, dann hatte er sich geirrt.

»Vielleicht hat man Ihnen nicht erzählt, dass ich als Zivilist in russische Gefangenschaft gekommen bin. Vor meiner Internierung habe ich für die Carnation Milk gearbeitet und das einstige Ödland Sibirien zu einem der umsatzstärksten Märkte für deren Dosenmilch gemacht. Ein Krieg war gewiss nicht in meinem Interesse.«

Mister Pidwell lehnte sich zurück und verengte die Augen zu schmalen Schlitzen, taxierte ihn, während Otto fortfuhr.

»Zurück in Deutschland, habe ich als erster Importeur amerikanische Kondensmilch gekauft. Ich kenne den deutschen Markt wie kein anderer.«

Auf Pidwells Gesicht erschien ein dünnes Lächeln. »Genau das ist der Grund, warum man mich damit betraut hat, Sie in Ihrem Wunsch nach dem Bau einer Fabrik zu unterstützen. Der alte Herr Stuart ist fest entschlossen, mit Ihnen an der Spitze den deutschen Markt zu erobern.« Er beugte sich vor und legte seine Aktentasche vor sich auf den Tisch. »Kommen wir nun zum rechtlichen Teil unseres Treffens.«

Damit schob er ein umfangreiches Vertragswerk herüber, das Otto aufmerksam las.

»Ich soll mit Gründung der GmbH sämtliche unter der Lagerfeld & Co. eingetragenen Marken an die American Milk Products Corporation in New York überschreiben?«, fragte er und hob irritiert den Kopf. »Das muss ein Missverständnis sein. Mister Stuart hat von einer Investition geschrieben, nicht von einer Übernahme.«

»Was der alte Herr sagt, interessiert mich nicht.« Mister Pidwell tippte auf den Vertrag. »Die Verantwortung für den außeramerikanischen Markt liegt im New Yorker Exportkontor, und das ist für Sie als künftiger Geschäftsführer der zu gründenden GmbH der zuständige Vertragspartner.«

»Und wie viel zahlen Sie mir für die Markenrechte?«

»Keinen Cent. Dafür werden wir eine Menge Geld investieren. Wir errichten die Fabrik mit sämtlichen Maschinen und liefern das technische Knowhow.«

»Wenn ich es recht sehe«, sagte Otto mit zunehmender Verärgerung, »lassen Sie sich diese Leistung bereits über die Lizenzgebühren vergelten, die jährlich an den Mutterkonzern abzuführen sind.«

Der Anwalt nickte. »Richtig. Zwei Dollar pro Kiste gehen an die American Milk Products Corporation. Das darüber hinaus erwirtschaftete Geld verbleibt in der zu gründenden deutschen GmbH, die für sämtliche Personal- und Bürokosten aufkommt.«

Dylewski runzelte die Stirn. »Zwei Dollar pro Kiste? Das macht bei der momentanen Auftragslage gut sechshunderttausend Dollar, nur an Lizenzgebühren.«

»Mit den notwendigen Investitionen gehen wir ein nicht unerhebliches Risiko ein. Wer sagt uns denn, dass dieses Husarenstück gelingt?«

»Dafür tragen wir neben dem Vertrieb auch die Verantwortung für Produktion und Administration. Warum sollten wir diese zusätzliche Arbeit auf uns nehmen?«

Mister Pidwell faltete wieder die Hände. »Ihnen wird nichts anderes übrigbleiben. In ganz Deutschland werden Sie niemanden finden, der Ihnen die technischen Möglichkeiten bietet, größere Mengen Kondensmilch in gleichbleibender Qualität zu fertigen.«

Otto verschränkte die Arme.

Sein Traum war es immer gewesen, ein Familienunternehmen zu leiten. So wie es sein Vater einst getan hatte. Nur größer. Und stabiler, weil er eine Ware produzierte, die in jeder noch so großen Krise von enormer Bedeutung war. Und nun verlangte dieser Kerl von ihm, alle Rechte daran abzutreten! Es war schamlos, wie die Amerikaner seine Notlage ausnutzten und ihm die Pistole auf die Brust setzten. Aber nicht mit ihm.

»Wenn ich Ihnen die Markenrechte überschreibe«, begann er langsam, »dann erwarte ich auch eine angemessene Gegenleistung. Die Marke Glücksklee macht inzwischen neunzig Prozent der Verkäufe aus, nur zehn Prozent laufen unter Carnation. Obwohl inzwischen weitere amerikanische Dosenmilchproduzenten auf den deutschen Markt drängen, ist die Glücksklee noch immer die meistverkaufte Kondensmilch in Deutschland.« Er legte eine kurze Pause ein. »Auch Sie brauchen uns. Der Erfolg des Unternehmens hängt von einem gut funktionierenden Verkaufsapparat ab. Sie können es sich gar nicht leisten, bei der Eroberung des deutschen Marktes noch einmal von vorne zu beginnen.«

Pidwell nickte und schloss die Aktentasche. »Wir haben Ihnen ein angemessenes Angebot unterbreitet, und ich würde es zutiefst bedauern, wenn Sie es ablehnten. Zugegeben, es würde uns um Monate zurückwerfen. Sie dagegen sind ohne uns erledigt.« Er erhob sich langsam und sah Otto eindringlich an. »Überlegen Sie es sich gut, Herr Lagerfeld. Ich kann mir in der Tat keinen besseren Geschäftsführer vorstellen als Sie. Sie sind ein harter Brocken, im Verkauf versiert und ein ambitionierter Verhandler. Aber Sie sollten sich beeilen. In wenigen Tagen geht mein Zug zurück nach Paris. Wenn Sie sich nicht als Geschäftsführer zur Verfügung stellen, werden wir jemanden aus dem amerikanischen Management installieren. Danach«, er sah Otto mit mitleidsvollem Blick an, »wäre höchstens noch der Posten eines Verkaufsleiters vakant. Vielleicht möchten Sie Ihre Talente ja lieber dort für uns einsetzen?«

Nachdem der Amerikaner gegangen war, herrschte Schweigen im Raum. Otto tippte rhythmisch mit seinem Stift auf die Tischplatte, während Dylewski auf der Lippe kauend ins Leere starrte. Endlich, als Otto sich in seiner Wut wieder gefangen hatte, stand er auf und trat zum Fenster. Über der Alster kreuzten ein paar Segelboote und lehnten sich gegen den Herbstwind.

»Die wollen mir den Markennamen wegnehmen, samt dem über Jahre aufgebauten Kundenstamm, ohne jegliche Beteiligung oder Ablösezahlung. Das ist unlauter«, sagte er in die bleierne Stille.

»Gar so schlecht finde ich das Angebot nicht«, wandte Dylewski ein. »Immerhin sollen Sie einem großen Unternehmen als Generaldirektor vorstehen.«

»Als *angestellter* Generaldirektor.« Otto warf ihm einen Seitenblick zu. »In all den Jahren habe ich eines gelernt: dass eine Firma nur so gut ist wie ihre Entscheidungsträger. Wenn ich die Marke Glücksklee an die American Milk Products Corporation abtrete, bin ich doch nichts weiter als der Hampelmann einer Firma, die im fernen Amerika sitzt und von den hiesigen Gegebenheiten keine Ahnung hat.«

»Was wäre denn die Alternative?«

Otto hob die Schultern, sah stumm einem Segelboot nach. Unvermittelt musste er an Theresias Bruder denken, der als medizinischer Chemiker all seine Energie in die Vermeidung von Krankheiten gesteckt hatte, bis er an den Folgen dieses Kampfes verstarb.

Eine tief im Inneren verdrängte Trauer brach sich Bahn. Otto vermisste seinen alten Freund. Die guten Gespräche, die sie stets geführt hatten, auch wenn zwischen ihren Begegnungen manchmal Jahre lagen.

»Wir beide sind aus demselben Holz geschnitzt«, hatte Johann gesagt, als ihm seine Erkrankung bereits anzusehen war. »Wir brennen für die Dinge, die wir tun, und wir sind glücklich dabei. Die Arbeit verleiht unserem Leben einen Sinn. Wir können gar nicht anders, nicht wahr?«

Otto schloss die Augen, und das Bild verschwamm. Würde er noch genauso für die Sache brennen, wenn man ihm alles nahm, was er sich aufgebaut hatte, um ihm die Zwangsjacke eines Angestellten überzustreifen?

Er schüttelte den Kopf.

Wenn er den Vertrag unterzeichnete, lieferte er sein Lebenswerk Menschen aus, die seine Leistungen offenbar nicht im Mindesten zu würdigen wussten.

»Das ist nicht rechtens«, flüsterte er. Dann ging er zum Garderobenhaken, nahm Mantel und Hut und verließ das Büro.

Mehrere Stunden hatte Otto am Elbufer verbracht und die verbliebenen Möglichkeiten hin und her gewälzt, ohne zu einem Ergebnis zu kommen. Als er schließlich den Weg nach Hause antrat, war es bereits dunkel geworden.

Kaum dass er den Flur betrat, kam ihm seine Tochter entgegengelaufen. Sie hielt die Gliederpuppe im Arm, die fast so groß war wie sie und die sie Greta getauft hatte.

»Papa, sieh mal, ich habe Gretchen eine neue Frisur gemacht.«

»Wie hübsch«, sagte er abwesend und tätschelte Thea übers Haar. »Spiel schön weiter, meine Kleine, der Papa muss noch arbeiten.«

»Aber Henriette will nicht mit mir spielen.«

»Dann sieh dir ein Buch an.« Otto nickte der Kinderfrau zu, die nun ebenfalls die Diele betrat, um ihn zu begrüßen. »Bringen Sie mir bitte einen Cognac.«

Mit dem Glas in der Hand setzte er sich an den Sekretär und betrachtete das Bild seiner verstorbenen Frau, die scheu und gleichzeitig verschmitzt unter ihrem Glockenhut hervorlugte.

»Was soll ich nur machen, Theresia?«, fragte er leise und lauschte in die Stille, als läge darin ihre Antwort.

Plötzlich fiel ihm der Brief ein, den sie ihm damals, kurz vor Beginn des Weltkrieges, nach Wladiwostok geschickt hatte und auf den der getrocknete vierblättrige Klee geklebt war, den sie bei einem gemeinsamen Spaziergang in den Alsterauen gefunden hatte.

Er riss die Schubladen des Sekretärs auf und zog eine nach der anderen heraus, bis er den Brief fand. Vorsichtig strich er über die braun gewordenen Blätter und überflog die Zeilen voller Wehmut.

Anbei das Kleeblatt, das ich an unserem letzten gemeinsamen Nachmittag gefunden habe, hatte Theresia am Ende geschrieben. *Ich schicke es Ihnen, weil ich glaube, Sie können einen Glücksbringer in diesen Zeiten gut gebrauchen.*

Das Kleeblatt hatte ihm tatsächlich Glück gebracht. War die Grundlage seiner Marke gewesen. Die Glücksklee-Dosenmilch war sein Leben, und er durfte nicht zulassen, dass sie wieder aus den Geschäften verschwand.

Es blieb ihm nur, sich den Notwendigkeiten zu beugen, doch er würde sich so teuer verkaufen wie nur irgend möglich.

Als Otto am nächsten Morgen das *Hotel Vier Jahreszeiten* betrat, in dem Pidwell residierte, war es noch dunkel. Die Temperaturen waren über Nacht gefallen, und Otto rieb die kalten Hände aneinander, als er an der Rezeption seinen Besuch anmeldete. Dann wartete er in der Lobby und bestellte sich einen Kaffee. Es vergingen gut zwanzig Minuten, bis Mister Pidwell aus dem Fahrstuhl trat.

»Ah, ich sehe, Sie haben sich für die Firma entschieden«, sagte er und reichte ihm mit einem energischen Schwung die Hand, wobei Otto der Duft von Aftershave in die Nase stieg.

»Ja, das habe ich. Aber ich habe Bedingungen.«

»So?« Pidwell sah ihn durch halb geöffnete Lider an. Dann blickte er auf seine Armbanduhr, einen Chronografen mit üppigem Goldrand. »Haben Sie eigentlich schon gefrühstückt?«

Als Otto zwei Stunden später das Hotel wieder verließ, lächelte er zum ersten Mal seit der Ankunft des Managers. Es waren harte Verhandlungen gewesen, und einmal wäre er beinahe gegangen. Nun aber, da er auf den Neuen Jungfernstieg trat, schien die Zukunft nicht mehr grau und trüb. Sondern als strahlendes Licht am Horizont.

Mit Aufgabe seiner eigenen Firma und der Abgabe sämtlicher Markenrechte sollte er einen neuen Vertrag bekommen, der ihn angemessen entlohnte. Dieser beinhaltete neben einem ordentlichen Gehalt auch eine jährliche Vergütung, die sich am Umsatz bemaß. Dazu eine von der Firma bezahlte Lebensversicherung und – sobald der erwirtschaftete Gewinn es zuließ – einen eigenen Firmenwagen.

Beschwingt schlug Otto den Weg über die stark mit Automobilen befahrene Lombardsbrücke ein und ging an der Parkanlage beim Ferdinandstor vorbei bis zum Heerlein-Stift, um den anderen die Neuigkeiten zu erzählen. Dass nun der Weg bereitet sei, um die Glücksklee-Dosenmilch mit der Technologie und dem Wissen der Amerikaner zu einem der erfolgreichsten Unternehmen Deutschlands zu machen.

Von da an ging alles ganz schnell. Am 19. November 1925 wurde die Glücksklee Milchgesellschaft gegründet. Nun wurde ein anderer Mann geschickt, der im Technischen bewandert war, ein gewisser Mister Roy O. Henszey. Bis weit in den Dezember hinein akquirierte Otto Vertreter zur Verstärkung des Verkaufsapparates und saß mit Henszey und dem Architekten über den Plänen für den Bau. Oft arbeiteten sie bis spät in die Nacht, sodass Otto die kleine Thea unter der Woche nur noch selten sah. Was er an Heiligabend mit einem Berg von Geschenken und Puppenkleidern für das Gretchen sowie einer großen Tafel feinster Sarotti-Schokolade wettzumachen suchte.

An einem verschneiten Tag zwischen Weihnachten und Neujahr fuhr Otto nach Bergedorf, wo Gertrud mit ihren Söhnen in der Wohnung ihres jüngeren Bruders Alexander lebte, der inzwischen zur See fuhr und nur selten zu Hause war. Ihre Eltern waren vorübergehend bei Bekannten in Altona untergekommen und warteten auf die Auszahlung des Erbes vom im Sommer verstorbenen Großvater, dem Geheimen Justizrat Max Schmidt. Auch Gertrud sollte etwas bekommen, so war zu hören. Nicht genug, um davon zu leben. Sie würde weiter putzen gehen müssen, aber das Schlimmste wäre wohl überstanden.

Es war ein eisiger Nachmittag, als Gertrud Otto die Tür öffnete. Sie sah hübsch aus in dem grauen Kleid und der Wollstola. Das dicke Haar war zurückgebunden, mehrere Löckchen umrahmten ihr Gesicht wie ein Kranz. Offenbar hatte sie sich von der kräftezehrenden Gerichtsverhandlung, in der sie als Zeugin gegen Voraths Schwager aussagen musste, wieder erholt. Dietz war wegen fahrlässiger Tötung zu zwei Jahren Gefängnis verurteilt worden sowie zu einer Geldstrafe wegen Beschädigung der öffentlichen Telefonleitung. Was viel zu wenig für einen Mörder war.

»Komm rein, Otto. Möchtest du vielleicht einen Kaffee? Ich habe Kekse gebacken.«

Er trat in den Windfang und zog den Mantel aus. Dann reichte er ihr die sechs Dosen Glücksklee und den Dosenpikser, den er ihr mitgebracht hatte, und folgte ihr in die Wohnung, einen kargen Raum, der Wohnzimmer, Schlafkammer und Waschbereich zugleich war.

Die Jungen rannten ihm entgegen. Sie freuten sich unbändig über seinen Besuch und das in rotem Papier eingeschlagene mehrteilige Set einer Märklin-Blecheisenbahn mitsamt Schienen, das er in einem Spielzeugladen in der Innenstadt gekauft hatte. Sofort breiteten sie die Teile auf dem Fußboden aus und bauten alles auf.

Die Freude seiner Neffen rührte Otto, ebenso der mit Papiersternen behängte Tannenzweig, der statt eines Baumes neben dem Sofa stand. Er erinnerte sich, dass der am prächtigsten behängte Christbaum, den er je gesehen hatte, im ehemaligen Haus der Schmidts an der Parkallee stand.

»Wie geht es dir, Gertrud?«, fragte er, nachdem sie sich an den Esstisch gesetzt hatten.

Der Kaffee war dünn, und die Kondensmilch färbte ihn hellgrau. Otto trank einen Schluck aus Höflichkeit und stellte die Tasse wieder ab.

»Besser als in Boberg.« Sie lächelte bitter. »Ich habe mich entschieden, Paul für tot erklären zu lassen, damit ich wenigstens eine Witwenrente erhalte, aber er hat ja nicht einen Tag für das Deutsche Reich gekämpft. Nicht einmal in Kriegsgefangenschaft ist er gekommen.«

»Gertrud!«

Sie sah ihn ernst an. »Was denn, Otto? Irgendetwas musste ich doch tun. Das Amtsgericht wird mir nach Abschluss des Verfahrens eine Todeserklärung ausstellen.« In ihren Augen stand plötzlich ein Glanz, und die Wangen röteten sich. »Ich will noch einmal ganz von vorne beginnen, verstehst du das?«

»Dieser junge Mann …«

Gertruds Wangen waren jetzt tiefrot. »Tilla hat es dir erzählt, nicht wahr? Ja, ich liebe Erich. Ich bin jetzt dreiunddreißig Jahre alt, und ich habe lange genug gewartet. Ich habe keine Kraft mehr. Ich will endlich wieder leben!«

Otto betrachtete seine Schwägerin und rang nach Worten. Sie atmete heftig, ihr Brustkorb hob und senkte sich, es ging eine ungewohnte Energie von ihr aus, die sie lebendig machte. Er sollte es dabei bewenden lassen, ihr das neue Glück gönnen, sie hatte es sich verdient. Doch dann fiel sein Blick auf seine beiden Neffen, die ins Spiel vertieft waren. Es ging schließlich nicht nur um Gertrud. Er konnte ihr nicht länger die Wahrheit verschweigen, nicht jetzt, da sie die Weichen ihres Lebens neu stellen wollte.

Auf einmal bemerkte er, dass Gertrud den Atem anhielt. Sie zog die Stirn kraus. »Was ist mit dir?«

Es musste raus, sonst würde er irgendwann daran ersticken. Otto beugte sich vor. »Paul lebt«, flüsterte er.

Sie starrte ihn an, fassungslos. »Was sagst du da?«

»Er wohnt in der Nähe von New York. Ich habe seine Adresse ausfindig gemacht und ihm geschrieben.«

»Warum hast du mir nie davon erzählt?«

»Ich wollte warten, bis er antwortet.«

»Er hat sich nicht gemeldet, nicht wahr?« Sie lachte auf. »Das sieht ihm ähnlich. Wahrscheinlich hat er längst eine andere Frau. Nein, sag besser nichts, ich will es gar nicht wissen.«

Auf einmal wirkte Gertrud sehr zerbrechlich. Otto nahm ihre Hand, sie war eiskalt. »Lass mich ihm noch einmal schreiben, ein letztes Mal, bevor du den Jungen erzählst, er sei tot.«

»Wozu?«

»Weil ich ihnen die Chance geben möchte, ihren Vater eines Tages kennenzulernen. Tu es für die beiden, ich bitte dich.«

Gertrud zog die Hand fort. Sie senkte den Blick und starrte auf die Tischplatte. Es dauerte eine Weile, bis sie den Kopf wieder hob. »Gut. Zwei Monate und keinen Tag länger. Wenn er bis dahin nicht antwortet, ist er für mich und die Jungs endgültig gestorben.«

Als Otto nach gut zweistündiger Fahrt mit Bahn und Bus die Tür zu seinem Haus wieder aufschloss, empfing ihn lautes Geschrei. Kaum dass er den Schnee von den Schultern geklopft und den Mantel ausgezogen hatte, kam ihm seine Tochter entgegengelaufen und warf sich ihm schluchzend in den Arm.

»Was ist denn passiert, Theachen?«, fragte er und strich ihr über das zerzauste Haar.

Sie setzte zu einer Antwort an, doch vor lauter Weinen kamen die Worte nur in Schüben. »Hat … ge… gehauen … und …«

Thea sah ihn mit rot verweinten Augen an, und erst jetzt bemerkte er, dass ihre linke Wange glühte.

Streng musterte Otto die Kinderfrau, die den Flur soeben betrat. »War das wirklich notwendig?«

»Absolut, Herr Lagerfeld«, sagte Henriette, am ganzen Körper bebend. »Wer nicht hören will, der muss fühlen. Sie hat einen Lebkuchen auf dem Sofa gegessen, obwohl ich ihr gesagt habe, sie solle es lassen. Und nun ist der Stoff voll Schokolade. Ich schlage vor, ihr zehn Rutenschläge zu verpassen, damit sie über ihr Vergehen nachdenkt.«

»Das ist nicht notwendig.« Otto beugte sich zu seiner Tochter. »Stimmt das, Thea? Hast du dich Henriettes Anordnung widersetzt?«

»Nein.«

»Das Kind lügt!«

»Sag die Wahrheit«, flüsterte Otto. »Hast du den Stoff verschmiert? Du weißt, dass ich Ehrlichkeit mehr zu schätzen weiß als ein sauberes Sofa.«

Thea zögerte, dann nickte sie.

»Du musst auf Henriette hören. Und wenn sie sagt, dass du den Lebkuchen nur am Tisch essen darfst, dann hat sie womöglich recht damit. So, und nun hilfst du ihr, das Sofa zu säubern.«

»Nein, ich will nicht!« Thea umklammerte sein Bein. »Ich will, dass Bukie wiederkommt«, heulte sie.

Und sie weinte noch immer, als sich Otto am Abend an ihr Bettchen setzte, um ihr gute Nacht zu sagen.

»Bukie …« Er seufzte, weil in der Art, wie Thea Frau Rieks Spitznamen aussprach, so viel kindliche Zärtlichkeit lag. »Ihr Mann ist krank, sie muss jetzt bei ihm bleiben«, sagte er leise. »Sei artig zu Henriette, sie meint es nur gut.«

»Sie ist ein Drachen.«

Otto tupfte ihr die Tränen von den Wangen, hilflos angesichts des Dilemmas. Seine Tochter brauchte dringend eine Mutter. Aber es ließ sich nun mal keine herbeizaubern. »Wir haben leider nur diesen einen Drachen, und ohne den geht es nicht. Also benimm dich anständig, ja?«

10

YONKERS, NEW YORK

Februar 1926

Paul sah in den feuchtschwarzen Himmel und beeilte sich, das Geld aus der Kasse zu nehmen und die Holzläden seines Fastfood-Standes zu schließen, bevor der nächste Guss auf ihn niederging.

Es war nicht viel, was er an diesem trüben Tag eingenommen hatte. Die Straßen rund um den Getty Square waren geradezu menschenleer, und wer ins Freie musste, der hatte es eilig. Nur wenige Menschen hatten am Stand angehalten und einen Hotdog gekauft oder ein Sandwich, das sie im Gehen herunterschlangen oder unter der flatternden Markise aßen, hastig, bevor sie in ihre Büros, Geschäfte oder Wohnungen zurückkehrten.

Als der Wind sich zum Sturm auswuchs, beschloss er, Feierabend zu machen. Wenn erst der Regen aus den dicht zusammengeballten Wolken fiel, würde ohnehin kein Kunde mehr kommen.

Paul überprüfte die Verriegelung, dann machte er sich auf den Weg. Stemmte sich gegen den Wind, der ihm die Jacke blähte und an seinem Haar zerrte. Ein Zweig fegte an ihm vorbei, dann eine Zeitung, deren Seiten sich gelöst hatten und einander umkreisten wie ein Ballett aus Derwischen.

Das Wüten des Windes machte ihm nichts aus. Er hatte

schon weit heftigere Stürme erlebt auf den Schiffen, mit denen er die Kontinente umsegelt hatte. Ganz im Gegenteil, er liebte es, wenn der Wind so richtig an Kraft gewann. Und so machte er auch heute einen Umweg am Hudson River entlang, der stahlgrau und so rau war, dass die vertäuten Schiffe auf und ab tanzten. Dabei hielt er das Gesicht in die Böen, die über seine Haut strichen.

Wie sehr er das Prickeln genoss!

Zwei Möwen stemmten sich kreischend gegen den Wind und zankten sich um ein Stück Brotrinde, die ein Spaziergänger achtlos fortwarf. Paul blieb stehen und sah den Möwen zu, bis die größere den Kampf gewann und das Brotstück mit einem Ruck in den Schlund beförderte. Dann schloss er die Augen. Lauschte dem Schwappen der Wellen, die an die Kaimauer schlugen, und bildete sich ein, auf dem offenen Meer zu sein.

Es hatte Jahre gedauert, bis er verwinden konnte, dass er seinen Posten als zweiter Offizier der Woermann Ost-Afrika-Linie hatte aufgeben müssen. Dabei hatte er zunächst keinen Grund gesehen, Gertruds Drängen nachzugeben. Um keinen Preis der Welt wollte er sesshaft werden, nun, da er kurz davorstand, erster Offizier zu werden. Doch sein Erstgeborener Herbert kündigte sich an, bevor sie verheiratet waren. Er war gerade erst aus Durban zurückgekehrt, als er davon erfuhr. Erst redete Gertrud auf ihn ein. Dann seine Mutter und am Ende sogar Otto, der gerade aus Wladiwostok zu Besuch war. Sie alle wirkten auf ihn ein, seinen Posten zu kündigen und mit seiner Zukünftigen für ein, zwei Jahre zu Joseph nach Amerika zu gehen. Wenn Gertruds Großvater, ein angesehener und streitlustiger Justizialrat, von dem Malheur erfahre, sei die Hölle los, behaupteten sie. Schließlich hatte er dem Drängen nachgegeben.

Das war nun viele Jahre her, und noch immer verkrampfte sich Pauls Magen, wenn er daran dachte. Beinahe wäre er Gertrud und den Kindern zurück nach Deutschland gefolgt, doch zum Glück hatte er es sich im letzten Moment anders überlegt. Es gab für ihn keinen Grund, sich den alten Zwängen erneut auszuliefern. Auch wenn ihn mit Kriegsbeginn niemand mehr in Amerika als Seemann einstellen wollte, weil er ein Deutscher war.

Anfangs hatte er seine Sehnsucht beim Malen von Schiffsbildern ausgelebt, die ihm jedoch niemand so recht abkaufen wollte.

Offenbar besaß er nicht genügend Talent, auch wenn Josephine etwas anderes behauptete. Er sei sehr wohl ein großer Künstler, die anderen seien eben Banausen und wüssten seine Werke nicht zu schätzen. Inzwischen hingen alle unverkauften Bilder gerahmt an den Wänden im Wohnzimmer und im Aufgang zum ersten Stock.

Joe … Dank ihr hatte er seinen Frieden mit all dem gemacht. Ja, er konnte sogar von sich behaupten, dass er glücklich war.

Paul öffnete die Augen und setzte seinen Weg fort.

Er hatte großes Glück gehabt, ihr begegnet zu sein.

Josephine tat ihm gut. Sie forderte nichts, sondern ließ ihn so sein, wie er war.

Sie war eine herbe Schönheit. Das Gesicht kantig, die Augen tiefliegend und mit dichten Augenbrauen. Doch sie strahlte etwas aus, das ihm Geborgenheit vermittelte. Die Gewissheit, am richtigen Platz zu sein. Im Gegensatz zu Gertrud war Josephine eine patente Frau, die anpacken konnte und ihr Schicksal in die eigenen Hände nahm. Der Food-Stand war ihre Idee gewesen, und damit hielten sie sich einigermaßen über Wasser.

Es war auch ihr Vorschlag gewesen, nach Yonkers zu ziehen. Als die Prohibitionsagenten in New York ihr Unwesen trieben und die Mantel- und Hosentaschen der Gäste bereits am Restauranteingang nach Whiskey oder Brandy durchsuchten, verlor er seinen Job in der Bar. Damit gab es keinen Grund mehr, in der Bronx zu bleiben, in der gewalttätige Straßengangs zunehmend das Sagen hatten. Josephine hatte die von ihrem Vater geerbte Wohnung veräußert und einen Kredit bei der Bank aufgenommen, um das kleine zweistöckige Haus in der Hancock Avenue an der Grenze zu Riverdale zu kaufen. Nur wenige Schritte vom nördlichsten Abschnitt des Van Cortland Parks entfernt.

Ja, er war glücklich in Yonkers, dachte Paul, während er durch die regengeschwängerte Luft die Anhöhe hinauf- und an den viktorianischen Holzhäusern der Lawton Street vorbeieilte.

Die einstige holländische Siedlung hatte sich seit dem Bau einer Zuckerraffinerie und der Firma Otis, die moderne Aufzüge herstellte, zu einem wichtigen Handelsplatz entwickelt. Hier lebte man, als sei man mitten in Europa. Es gab Ungarn, Iren, Schotten, Polen, Slowaken, Deutsche – eine pulsierende Mischung, die gewiss manchmal aneinandergeriet, aber sie war lebendiger als die bigotte Gesellschaft des Vorortes von Portland, wo er vor dem großen Krieg gelebt hatte.

Schon fielen die ersten Tropfen, und Paul schaffte es bis kurz vor die Haustür, ehe der Himmel die Schleusen öffnete und die Straße innerhalb weniger Augenblicke in einen reißenden Bach verwandelte, auf dem Blattwerk, Unrat und ganze Äste forttrieben.

»Hallo, Joe«, rief Paul und schüttelte den Regen aus dem Haar, bevor er in die Küche ging, wo seine Frau das Abendessen zubereitete. Er gab ihr einen Kuss. »Wie geht es Dorothy?«

»Sie hat immer noch hohes Fieber. Und Ted fängt auch schon an zu husten.« Josephine wischte sich die Hände an der Schürze ab. Das wellige Haar hatte sie zurückgebunden, eine lose Strähne fiel ihr ins Gesicht, und sie strich sie hinters Ohr. »Wie war dein Tag?«

»Bescheiden.« Paul holte die Münzen aus seiner Tasche und legte sie auf die Kommode. »Aber ich soll dich von Mister Clark grüßen. Er fragt, wann du wieder hinter dem Tresen stehst. Von dir lässt er sich den Hotdog am liebsten servieren. Außerdem vermisst er deinen Apple-Pie. Er will wissen, wann du endlich eine eigene Bäckerei aufmachst, er wäre der beste Stammkunde, du könntest auf ihn zählen.«

Josephine lachte. Doch Paul erkannte an ihrem Gesichtsausdruck, dass ihr etwas auf dem Herzen lag. Er nahm sie in den Arm und gab ihr einen Kuss aufs Haar.

»Dorothy kommt schon wieder auf die Beine«, sagte er.

»Das ist es nicht.«

»Was dann?«

Sie sah ihn lange an, zögernd, dann schüttelte sie den Kopf. »Es ist nichts«, sagte sie schließlich bestimmt. »Schön, dass du zu Hause bist. Es gibt gleich Essen.«

Als Paul zum Waschbecken ging, um sich die Hände zu säubern, tastete Josephine nach dem Umschlag in ihrer Schürzentasche. Er war heute von Otto aus Deutschland eingetroffen.

Das letzte Mal, als er einen Brief von seinem Bruder erhielt, war Paul sehr aufgebracht gewesen, und noch Tage später hatte er eine düstere Miene aufgesetzt, die sie erschreckte. Sie wusste nicht, was in dem Schreiben gestanden hatte, das wollte Paul nicht sagen, aber anhand der Heftigkeit seiner Reaktion ahnte sie, dass es mit seiner Vergangenheit zusammenhing.

Einer Vergangenheit, die er stets hatte loswerden wollen.

Nein, dachte sie, es wäre besser, ihm das Schreiben nicht zu geben. Nicht jetzt, da seine Stimmung wieder stabil und er bester Laune war. Vielleicht ein andermal, wenn es sich ergab.

Möglicherweise auch nie.

11

NEUSTADT

Mai 1926

Am 1. Mai, jenem Tag, an dem die allererste Dose Glücksklee-Milch vom Band der Neustädter Fabrik laufen sollte, war es bewölkt und böig und bei dreizehn Grad viel zu kalt für diese Jahreszeit.

Als Otto am frühen Morgen mit dem ersten Zug von Hamburg nach Neustadt fuhr und über die Rapsfelder sah, deren wogendes Gelb sich vom Grau der Landschaft abhob, lächelte er vor Freude auf den Anblick des neuen Werkes. Innerhalb von vier Monaten war in Tag- und Nachtschichten eine komplette Anlage aus Milchannahme, Fertigungshallen, Labor, Lager und Büros entstanden. Organisiert von Mister Henszey, der mit großer Sachkenntnis Maschinen, Tanks und Fließbänder herbeigeschafft und deren Einbau überwacht hatte. Es grenzte an ein Wunder.

Nun, da er sein Leben wieder vollkommen der Arbeit unterordnen musste, hatte Otto auch das Private geregelt. Damit seine Thea nicht den ganzen Tag in fremder Obhut war, hatte er sich dazu entschlossen, sein Haus zu verkaufen und für die Familie ein Anwesen aus Backstein an der Elbchaussee in der Nähe des Hirschparks zu bauen, in das sie im Herbst einziehen würden. Lisbeth sollte im ersten Stock mit den Eltern wohnen und Tilla mit ihm und Thea im Erdgeschoss.

Eine neue Familienburg. Fast so wie in alten Zeiten. Es würde gewiss herrlich werden.

Der Zug war pünktlich, und als Otto aus dem Bahnhof trat, schlug er den Mantelkragen hoch und stemmte sich gegen die Windböen. Als er die Hafenbrücke erreichte, lag mit einem Mal das neue Werk vor ihm, und sein Herz begann vor Stolz heftig zu pochen. Er blieb stehen und betrachtete das langgestreckte Backsteingebäude, den hoch aufragenden Schlot, auf dem der Name Glücksklee weithin sichtbar in weißen Buchstaben angebracht war. Er atmete mehrmals tief ein und aus, um von den Emotionen nicht fortgerissen zu werden.

Obwohl die Glücksklee Milchgesellschaft unter amerikanischer Inhaberschaft stand und der rasche Fabrikbau auf Henszeys Einsatz zurückging, war die bloße Existenz des neuen Unternehmens ganz alleine sein Verdienst.

Als sich Stunden später die Gäste in der neuen Fabrikhalle versammelten, um dem Start der Anlage beizuwohnen, rüttelte der Wind an den Rolltoren, und vom Kanal erklang das Tuten der Frachtkähne und übertönte die Gespräche der Geladenen.

Otto wartete, bis ein Arbeiter die Tore ganz herabgelassen hatte, dann schlug er gegen eine Glocke, bis die Gespräche verstummten. Er sah in die erwartungsvollen Gesichter der Anwesenden, die das Fließband in einem Halbkreis umstanden, um die ersten Dosen Glücksklee-Milch in einer feierlichen Zeremonie in Empfang zu nehmen. Der Bürgermeister und der Architekt, die Milchbauern und Meiereien, die Tankwagenfahrer und Fabrikarbeiter. Ebenso die Büroangestellten aus Neustadt und Hamburg.

Mit Mister Altwegg, einem gebürtigen Schweizer, war inzwischen ein weiterer Amerikaner anwesend. Als Superintendent der Kondensmilchfabrik in Wisconsin sollte er den ehemaligen

Inhaber der Lübecker Margarinewerke und künftigen Fabrikleiter Alfons van Acken in die Abläufe des neu errichteten Werkes einarbeiten und Otto im Hinblick auf die Produktion in den ersten Jahren zur Seite stehen.

Otto sah zu Mister Altwegg und Mister Henszey, als er seine Rede mit einem Dank für die tatkräftige Unterstützung aus Amerika begann. Dann begrüßte er den Bürgermeister, seinen längsten Mitarbeiter Wilhelm Dylewski sowie die sechzehn Kräfte aus dem Neustädter und dem Hamburger Büro, das nun recht eng geworden war.

Er wandte sich an die fünfundsechzig Arbeiter, die künftig an der Milchannahme standen, im Siederaum, Laboratorium, Füll- und Sterilisierraum oder im Lager anpackten, um die Ware versandfertig zu machen. Und an die Herren Vertreter, die begierig darauf warteten, das Land zu bereisen, um die Glücksklee-Kondensmilch in die Läden und damit in die Küche einer jeden deutschen Hausfrau zu bringen.

Ottos Blick glitt über die Anwesenden zu seiner Familie.

Sogar Hans und seine Frau Agnes waren gekommen. Sie standen etwas abseits, so als ginge sie das alles nichts an, und Otto beschlich das Gefühl, dass sie sich fremd fühlten unter all den Gratulanten. Gertrud und ihre beiden Söhne fehlten. Sie ließ sich wegen einer Sommergrippe entschuldigen und herzliche Grüße ausrichten, auch von den beiden Jungen. Otto dachte, dass sie vielleicht die Begegnung mit ihrer Schwiegermutter scheute. Nun, da ihr Sohn Paul für tot erklärt worden war.

Ottos Blick blieb an seinem Vater hängen. Er sah eingefallen aus in seinem viel zu groß gewordenen Stresemann, den er mit Weste zur gestreiften Hose trug, um den faltigen Hals einen breiten, altmodischen Binder. Doch sein weißer Bart war frisch gestutzt, und er lächelte über das ganze Gesicht, sodass seine Augen nur noch zwei Striche waren.

Eine Welle der Zuneigung erfasste ihn. Er hatte ihm so viel zu verdanken.

Als Otto die Eröffnungsrede mit einem besonderen Dank an den Vater beendete, weil er ihm als Kaufmann und Hanseat stets ein Vorbild gewesen sei, da begannen dessen Wangen zu glühen. Die Mutter holte sogar ein Taschentuch hervor und tupfte sich damit über die Augen.

Hochrufe wurden laut, und die Gäste applaudierten. Lisbeth und Tilla, die kleine Thea in ihrer Mitte, klatschten ganz besonders lange.

»Aufgepasst!«, rief van Acken in diesem Moment, und alle Augen richteten sich auf den Fabrikleiter, der die Hand an einen Schalter gelegt hatte. »Meine Damen und Herren, es geht los.«

Ein Rucken erfasste die Anlage, gefolgt von einem Quietschen, dann schnurrte das Laufband voran. Endlich waren die ersten Dosen Glücksklee zu sehen, die ihren Weg von der Befüllung bis zur Packstation nahmen, wo die Anwesenden sie mit einem großen Hurra empfingen.

Als Otto die erste Dose entgegennahm, breitete sich eine tiefe Freude in ihm aus. Es waren schwere Zeiten gewesen, und er hatte viele Rückschläge erlitten. Auch wenn es nun anders gekommen war als gedacht, so stand er doch mit vierundvierzig Jahren einem Unternehmen vor, das eine der modernsten und leistungsfähigsten Kondensmilchfabriken Deutschlands besaß. Und er würde all seine Kraft dafür aufwenden, es zum erfolgreichsten des Landes zu machen.

Während die Familie in Neustadt ins Restaurant ging, um die Eröffnung des neuen Werkes zu feiern, klopfte Gertrud in Boberg an die Tür von Erichs Wohnung. Sie trug ihr schönstes Kleid, das Graue aus Wollstoff mit einem selbst angenähten Spitzenkragen, den sie sich vom Erbteil des verstorbenen Großvaters gekauft hatte. Viel konnte sie sich nicht von dem Geld leisten, aber was machte das schon, wenn man nicht mehr alleine durch die Welt ging.

Erich öffnete ihr und sah sich hektisch um, bevor er sie am Arm ins Innere zog. Sein Oberkörper war nur von einem Rippenhemd bedeckt, und sie bemerkte sein Muskelspiel, sog den männlichen Geruch tief ein.

»Was machst du denn hier?«, fragte er verwundert. »Ich dachte, du bist bei der Fabrikeröffnung?«

Sie lächelte, weil er so besorgt klang. »Es ging mir nicht so gut, schon seit Tagen. Mir war schwindelig, und ich bin kaum aus dem Bett gekommen. Aber nun ist alles wieder fein.«

»Was machst du hier? Ich habe dir doch gesagt, dass du nicht herkommen darfst. Was sollen denn die Nachbarn denken?«

»Ich hatte solche Sehnsucht nach dir und habe es nicht länger ausgehalten.« Gertrud warf ihm einen koketten Blick zu. »Lass die Nachbarn doch reden. Küss mich endlich, du Narr, und sag mir, dass du mich liebst.«

Sie machte einen Schritt auf ihn zu und schmiegte sich eng an ihn. Doch er stieß sie von sich, sodass sie rückwärtstaumelte und sich an der Flurkommode abstützen musste, um nicht zu stürzen.

»Bist du verrückt geworden?«

Erich verschränkte die Arme. »Wirklich, Gertrud, ich meine es ernst. Wegen dir verliere ich noch meinen Posten. Die Schulleitung sieht das nicht gerne, wenn die Lehrer Liebschaften haben.«

»Dann heirate mich endlich, ich bin doch jetzt frei.« Er bedachte sie mit einem Blick, der ihr Angst machte. »Was ist denn, Erich, das wolltest du doch immer?«

Er seufzte und fuhr sich mit beiden Händen durch das strohblonde Haar. »Ich habe gesagt, dass ich mit dir zusammen sein will, ich habe dir nicht versprochen, dich zu heiraten.«

»Aber ich dachte, du liebst mich?« Seine Kälte verschlug ihr den Atem. So hatte sie Erich noch nie erlebt.

»Das tue ich auch«, sagte er, und seine Stimme klang weicher. »Du bist eine wunderbare, eine sehr sinnliche Frau. Aber … du bist verwitwet und hast zwei Schulkinder.«

»Was soll das heißen?«

»Dass ich irgendwann eine eigene Familie gründen will.« Sie stieß einen kehligen Laut aus, doch er zuckte nur die Schultern. »Ja, was hast du denn gedacht?«

Gertrud konnte nicht glauben, was sie hörte. Da stand Erich vor ihr, ein Bild von einem Mann, und erzählte ihr, er wolle eine eigene Familie gründen. Machte sich das Schicksal etwa über sie lustig? Erich hatte sie Paul vergessen lassen. Endlich, nach all den Jahren, und nun sollte das schon alles gewesen sein?

In einer hilflosen Geste riss Gertrud die Arme hoch, um sie sogleich wieder fallen zu lassen. »Hast du eine andere Frau?«

»Nein.«

Es klang nicht ehrlich, sie hörte es an der Art, wie er antwortete. Viel zu schnell. Und nun wich er sogar ihrem Blick aus.

»Du Schuft«, flüsterte sie, »du verdammter Schuft!«

Er trat einen Schritt vor, zögernd, dann nahm er sie doch in den Arm und strich ihr behutsam über den Rücken, fuhr durch das dichte Haar und umfasste mit beiden Händen ihren Kopf. Er gab ihr einen langen Kuss, und sie ließ es geschehen, willenlos und viel zu müde, um sich gegen das süße Gefühl zu wehren, das sich in ihrem Unterleib bemerkbar machte. War nicht ohnehin alles egal? Sie würde sterben wollen ohne ihn.

»Bitte lass mich nicht allein«, flehte sie mit erstickter Stimme. »Ich könnte das nie ertragen.«

»Das tue ich nicht, meine süße Gertrud. Ich bin doch bei dir. Lass uns das Leben genießen und so nehmen, wie es ist.«

Erichs Küsse bedeckten ihr Gesicht, die Nase, die Augen, die Stirn. Er küsste die Tränen ab, die ihr über die Wangen rollten.

Sie gab sich ihm hin, hilflos, trunken vor Liebe und Verzweiflung.

Wie konnte es sein, dass sich etwas Falsches so schrecklich gut anfühlte? Immerhin liebte er sie. Und das war mehr, als sie erwarten durfte.

12

Schon bald waren die Abläufe in der Fabrik eingespielt. Als am Ende der neunten Woche zweihundertfünfundneunzigtausend Liter Milch angenommen, verarbeitet und in fünftausendsechshundertzweiundachtzig Kisten verpackt waren, hielt Otto den Zeitpunkt für gekommen, um sich den Herren des Deutschen Milchwirtschaftlichen Reichsverbands in Berlin persönlich vorzustellen.

Es war ein kühler Montagmorgen, als er die hohe, lichtdurchflutete Halle des Lehrter Bahnhofes mit Blick auf die Spree mitsamt ihren Lastenkähnen und Ausflugsbooten verließ.

Die Fahrt mit dem Taxi bis zum Potsdamer Platz dauerte fast eine halbe Stunde, weil sich der Verkehr wegen eines Unfalls vor der Siegessäule staute. Stoßstange an Stoßstange schoben sich die Wagen voran, um wenige Meter weiter erneut stehen zu bleiben. Die Luft war erfüllt vom Brummen der Motoren und dem Hupen der Wartenden. Gerade als Otto beschloss, auszusteigen und den Weg entlang des Tiergartens zu Fuß zu gehen, rollten die Autos wieder an und gewannen an Fahrt. Als sie die beiden ineinander verkeilten Wagen passierten, meinte Otto, in einem der Unfallbeteiligten einen alten Freund aus Russland wiederzuerkennen, den er zuletzt 1912 gesehen hatte.

Hastig kurbelte er das Fenster herab und streckte den Kopf hinaus.

»Dimitrieff!«, rief er dem Bärtigen zu, in der freudigen Hoffnung, dass der Freund der russischen Revolution und der Gewalt der Bolschewisten entkommen war. »Ich bin es, Otto!«

Der beleibte Mann wandte sich um, doch bevor Otto in seiner Mimik nach einem Erkennen forschen konnte, umrundete das Taxi bereits den Platz und fädelte sich in den dichten Verkehr auf der Siegesallee ein.

»Könnten Sie bitte kurz anhalten?«, fragte Otto. Doch der Chauffeur tat, als habe er ihn nicht gehört, und so rief Otto erneut, dieses Mal lauter. »Anhalten, sofort.«

»Bin doch nich bekloppt«, knurrte der Chauffeur. »Die Straße is voll wie Kutte am Freitachabend, ick will doch keen Unfall bauen. Wenn Se wolln, fahr ick übern Kreisel zurück. Aber dann komm wa wieda direktemang ins Jetümmel.«

Otto sah ein, dass dies keine gute Idee war, und lehnte sich zurück in die Polster, während die morgendliche Sommerluft vermischt mit dem Geruch der Motoren durch das offene Fenster ins Wageninnere strömte. Wahrscheinlich hatte er sich ohnehin geirrt.

Sie bogen in die von Bäumen gesäumte Bellevuestraße. Vor dem Seitenfenster zogen Kunsthändler, Cafés und bürgerliche Häuser vorbei. Blumenhändler, die ihre Stände am Straßenrand aufgebaut hatten. Am Ende der Allee tat sich mit einem Paukenschlag der Potsdamer Platz vor ihm auf. Laut und präsent.

Abrupt bremste der Taxifahrer ab und ließ einer Straßenbahn den Vortritt, die den Platz mit einem schrillen Bimmeln überquerte.

Otto setzte sich auf. Wie hektisch und voll es hier war! Ein Hupen und Quietschen, ein Kreischen und Knattern. Ein Durcheinander aus Droschken, Pferdefuhrwerken und eleganten Zweisitzern. Menschen schoben sich dicht gedrängt über die Fußsteige, ohne die Zeitungsverkäufer zu beachten, die unermüdlich gegen den Lärm anbrüllten und ihnen mit erhobenem Arm die Tagespresse entgegenstreckten.

Unwillkürlich musste Otto an New York denken. Berlin besaß dieselbe hektische Energie, dieselbe Rastlosigkeit, dieselbe Aufbruchstimmung, die er bei seinem Aufenthalt in der Metropole im Jahr 1906 empfunden hatte. Dieselben aufdringlich grellen Reklameschilder, die an Hauswänden hingen und auf Doppeldeckerbussen an ihm vorbeiglitten.

Allerdings wirkten die Menschen hier unhöflicher als in Amerika. Der Taxifahrer, der ihn nun vor dem Hotel in der Friedrich-Ebert-Straße absetzte, schnauzte ihn an, weil ihm das Trinkgeld nicht passte, dessen Höhe Otto stets vom Grad der Freundlichkeit abhängig machte. Und der Portier dachte gar nicht erst daran, ihm das Gepäck abzunehmen, obwohl es gewiss kein drittklassiges Etablissement war. Was den Mann nicht daran hinderte, für das Aufhalten der Tür die Hand auszustrecken.

Bevor Otto das bescheidene Foyer betrat, sah er über die Schulter zurück zum Potsdamer Platz, wo die eleganten Hotels lagen, deren Pagen dienstbeflissen darauf warteten, den Gästen behilflich zu sein. Irgendwann, wenn der neue Betrieb genügend abwarf, würde auch er im *Esplanade* absteigen, das ganz im Stil der Belle Époque gehalten war.

Als Otto um Punkt zehn das Hotel wieder verließ und sich auf den Weg zur Zentrale des Deutschen Milchwirtschaftlichen Reichsverbandes in der Potsdamer Straße machte, waren die Temperaturen deutlich gestiegen.

Jetzt fielen Otto auch die vielen Damen auf, die aufreizend kurze Sommerkleider trugen und von denen manche sogar die Knie zeigten. Andere wiederum flanierten in Hosenanzügen und mit einem Herrenhut auf dem kurz geschnittenen Haar.

Es gab eigentlich keine Frau mehr, die ihr Haar lang trug –

selbst die eleganteren Damen in ihren Kostümen nicht. Burschikose Frisuren schienen hier in Berlin nicht nur salonfähig zu sein, sondern allgemeine Mode. Ob diese Entwicklung je im distinguierten Hamburg derart überhandnehmen würde, wagte er zu bezweifeln. Undenkbar, eines Tages auch Tilla oder Lisbeth mit einer solchen Frisur zu sehen.

Kaum bog er in die Potsdamer Straße, bemerkte er einen Menschenauflauf auf der anderen Straßenseite. Passanten blieben stehen und starrten einer extravagant gekleideten dunkelhäutigen Erscheinung nach, die sich, von Kindern gefolgt und kichernd angetatscht, mit allergrößter Nonchalance durch die Reihen der Gaffer bewegte.

War das etwa … Josephine Baker? Hieß es nicht, sie sei längst wieder in Paris? Oder war es bloß eine Nachahmerin, die sich in der Rolle der Tänzerin gefiel, die in Berlin – wie zu lesen war – eine wahre Charleston-Hysterie ausgelöst hatte.

Otto versuchte, einen genaueren Blick auf das umlagerte Geschöpf zu werfen, achtete dabei nicht auf den Weg und stieß mit einer jungen Dame zusammen, die ein Paket in der Hand hielt. Vom Zusammenprall getroffen, flog es empor und verteilte beim Aufkommen seinen Inhalt über den Gehsteig.

Ein eng bedrucktes Rechnungsblatt segelte durch die Luft und kam auf schwarzer Spitzenunterwäsche zu liegen. An der Bordsteinkante ruhten seidene Unterkleider. Und ein blütenbesticktes Negligé aus feinstem Organza hob und senkte sich im Luftstrom der vorbeifahrenden Autos, als würde es atmen.

»Was sind Sie nur für ein Tölpel!«, schimpfte die junge Dame und bückte sich nach den Dessous.

»Ich bitte vielmals um Entschuldigung.«

Otto ging in die Hocke und angelte nach der eleganten Wäsche, während ihm die Schamesröte ins Gesicht stieg. Strapshalter, na so was!

Die ersten Passanten blieben stehen und begannen zu kichern, einer von ihnen – er war noch grün hinter den Ohren – griff nach dem Negligé und riss es an sich.

»He, Sie«, rief die Dame. »Geben Sie das sofort wieder her!« Sie sprang auf. »Ein Dieb, haltet den Dieb!«

Auch Otto schoss in die Höhe und eilte dem Flüchtenden nach, drängte sich durch die Mauer der Schaulustigen. Doch kaum dass er sie durchbrochen hatte, war der Kerl nirgends mehr zu sehen.

Verärgert ging Otto zurück zum Ort des Zusammenstoßes. Das hatte ihm gerade noch gefehlt!

»Sie haben ihn verloren«, konstatierte die Geschädigte mit Blick auf seine leeren Hände und verstaute die übrigen Dessous in der Schachtel.

»Es tut mir leid, er war einfach zu flink.«

»Wegen Ihnen bekomme ich jetzt Ärger. Wie soll ich der Kundin nur erklären, dass ihre Ware verknittert und verdreckt ist. Und das fehlende Negligé muss ich auch ersetzen, da kennt die Geschäftsleitung keine Gnade.«

Die junge Dame sah ihn mit funkelnden Augen an.

Sie war recht attraktiv, stellte Otto fest. Sehr schlank und einen halben Kopf kleiner als er. Er schätzte sie auf Mitte, Ende zwanzig. Ihr dickes schwarzbraunes Haar trug sie auf Kinnhöhe geschnitten, und Otto überlegte, ob sie wohl eine dieser modernen Frauen war, die sich rühmten, keinen Mann zu brauchen. Das auf der Hüfte sitzende Sommerkleid mit den aufgestickten Bordüren allerdings war weiblich, ohne allzu aufreizend zu wirken.

Er sah auf die Uhr. In dreißig Minuten musste er in der Zentrale des Deutschen Milchwirtschaftlichen Reichsverbandes sein.

»Es ist mir wirklich äußerst unangenehm, und ich mache den Schaden auch wieder gut. Dürfte ich Sie auf diesen Schreck zu einer Tasse Kaffee einladen?«

»Sie schulden mir mehr als einen Kaffee. Das Negligé kostet einhunderteinunddreißig Reichsmark. Und die Reinigung für die anderen Teile müssen Sie ebenfalls begleichen.« Die junge Frau hielt die Hand auf.

»Einhunderteinunddreißig Mark? Dafür bekommt man ein nagelneues Herrenfahrrad.«

»Der Stoff für die Lingerie stammt aus Paris.«

Misstrauisch sah Otto die junge Frau an.

Ja, ihr Auftreten war gepflegt, aber wer sagte ihm denn, dass sie nicht Teil einer Verbrecherbande war, die ihn mit einem vorgetäuschten Diebstahl ausnehmen wollte?«

»Haben Sie einen Beleg für Ihre Behauptung?«

Die Frau hob den Schachteldeckel wieder an. Obenauf lag ein zerknickter Beleg des Modekaufhauses Gerson. Otto studierte die Summen und musste zugeben, dass ihre Angaben auf die Mark genau stimmten. Das durchsichtige Teil hatte den Preis eines Monatslohns, den er seinen Fabrikarbeitern auszahlte. Er fragte sich, wer in aller Welt so verschwenderisch war, und warf einen Blick auf den Namen der Kundin. Eine Frau Direktor, die offenbar das Vermögen ihres Mannes mit vollen Händen verprasste.

»Was ist denn nun mit dem Geld? Ich fordere Sie auf, mir augenblicklich den Betrag zu erstatten, ansonsten rufe ich die Polizei.«

Wieder streckte sie ihm die Hand entgegen und sah ihn streng an, wie eine Gouvernante. Otto fiel auf, dass an ihrem Finger kein Ehering steckte.

»Ich führe niemals so viel Geld bei mir«, sagte Otto ruhig. »Und ich hoffe, ein Modekaufhaus dieses Ranges ist gegen Diebstähle versichert. Aber selbstverständlich werde ich jeglichen Schaden begleichen.« Er zog ein Silberetui aus der Westentasche und reichte ihr eine seiner neuen Geschäftskarten. »Ich muss zu einem dringenden Termin, der dürfte gegen drei Uhr beendet sein. Ich schlage vor, ich komme danach gleich zum Modekaufhaus, dann erledigen wir das vor Ort, Fräulein …«

»Bahlmann. Elisabeth Bahlmann.« Sie warf einen Blick auf die Karte. »Glücksklee Milchgesellschaft Hamburg mit Fabrik in Neustadt in Holstein«, las sie vor. »Überreicht durch Otto Lagerfeld, Generaldirektor.« Sie sah ihn überrascht an. »Wer sagt mir denn, dass Sie nicht einfach nach Hamburg zurückfahren und ich auf dem Betrag sitzen bleibe?«

»Auf Treu und Glauben«, erwiderte er, und weil sie offenbar nicht allzu viel mit dem Begriff anzufangen wusste, fügte er hinzu: »Ich bin ein ehrbarer Kaufmann. Mein Wort gilt.«

Sie nickte schließlich. »Das Modekaufhaus Gerson liegt am Werderschen Markt. Bitte melden Sie sich beim Portier am Seiteneingang. Ich hole Sie dann ab. Es sei denn, mein Vorgesetzter sperrt mich zur Strafe in den Kartonkeller.«

Sie drehte sich um und eilte davon. Otto sah ihr nach, dem schmalen Rücken, der nicht zu dem energischen Gang passen mochte, bis sie zwischen den Passanten aus seinem Blickfeld entschwand.

»Donnerwetter«, flüsterte er, »was für eine Frau.«

Der Empfang in den Räumen des Deutschen Milchwirtschaftlichen Reichsverbandes war freundlich. Bei weit geöffneten Fenstern, durch die mit dem Verkehrslärm brütende Wärme drang, hielt Otto einen Vortrag über die Produktionsabläufe in der Kondensmilchfabrik und beantwortete Fragen zu den amerikanischen Maschinen sowie zur Umsetzung der Hygieneverordnung. Am Ende lud ihn der Vorsitzende Doktor Kämmerling, ein Mann mit Charakternase und einer Vorliebe für raumfordernde Gesten, zum Dank für die interessanten Erläuterungen zum Mittagessen in ein nahegelegenes Restaurant ein.

Das Essen zog sich ewig hin. Es gab Kalbsbraten mit Lorette-Kartoffeln und Marktgemüse, und die Herren sprachen reichlich dem Wein zu. Dabei unterhielten sie sich über die zentrale milchwirtschaftliche Forschungs- und Versuchsanstalt in Kiel, über die unterschiedlichen Mitglieder des Verbandes und über den Präsidenten, Freiherrn Bernd von Kanne, der einem Rittergut im Kreis Höxter vorstand und ein beachtliches historisches Archiv sein Eigen nannte. Der Präsident sei äußerst gut vernetzt, und sobald man ihn von seiner Eignung überzeugt habe, stünden einem sämtliche Türen offen. Nicht nur im milchwirtschaftlichen Bereich.

»Wehe aber, man macht ihn sich zum Gegner«, sagte der Vorsitzende mit erhobenem Finger, »dann bläst einem der Wind steif ins Gesicht.«

Otto lauschte aufmerksam. Auch er hatte zahlreiche gute Kontakte, und zwar über den ganzen Globus verteilt. Es war wichtig, die Personen kennenzulernen, die an der Spitze von Unternehmen und Verbänden standen. Denn in wirklich wichtigen Dingen entschieden am Ende sie.

Trotz des angeregten Gespräches schweiften seine Gedanken ab und an zu Fräulein Bahlmann. Und er ertappte sich dabei, dass er sich freute, sie wiederzusehen.

Die Uhr schlug bereits halb vier, als Otto sich endlich loseisen konnte. Mit großen Schritten eilte er durch die Straßen in Richtung Werderscher Markt, wobei er darauf achtete, nicht allzu sehr außer Atem zu geraten. Doch als er am Modekaufhaus ankam, spürte er, wie ihm der Schweiß auf der Stirn und im Nacken stand.

Rasch tupfte er ihn mit einem Taschentuch ab, bevor er sich beim Portier am Nebeneingang ankündigte. Es dauerte geschlagene zwanzig Minuten, und der Schweiß war längst getrocknet, bis die junge Dame endlich die Treppe herunterkam.

»Ich habe jetzt eine Stunde Pause«, erklärte sie, »und bin bereit für unsere Verabredung.«

»Verabredung?«

»Sagten Sie nicht, Sie wollten mich auf einen Kaffee einladen? Ich kenne da eine hervorragende Konditorei, sie liegt ganz in der Nähe und wird Ihnen gewiss gefallen.«

Jetzt war er baff. »Und was ist mit der Rechnung für Reinigung und Negligé?«

Sie schmunzelte. »Das hat sich erledigt. Es war ja nicht Ihre Schuld, dass der Halunke es an sich genommen hat, nicht wahr? Ich habe der Geschäftsleitung erzählt, dass der Dieb mich angerempelt hat und Sie mir dabei halfen, die zu Boden gefallene Ware einzusammeln.«

»Aber … *ich* war es, der Sie angerempelt hat.«

»Sie wollen ja wohl nicht päpstlicher sein als der Papst, *n'est-ce pas?* Was haben wir davon, wenn man Sie um etliche Reichsmark erleichtert, wo das Haus Gerson doch gut versichert ist? Man hat den Diebstahl zur Anzeige gebracht. Ich soll Ihnen den aufrichtigen Dank der Geschäftsleitung für Ihre Bemühungen übermitteln und Ihnen ausrichten, dass Sie, wenn Sie das nächste Mal in Berlin sind, gerne mit Ihrer Frau Gemahlin vorbeisehen wollen. Das Modehaus Gerson würde sich sehr freuen, Sie im Kreis seiner Kunden begrüßen zu dürfen.«

Sie sah ihn mit einem unbestimmten Ausdruck an.

»Ich bin verwitwet«, antwortete er knapp.

»Oh. Das tut mir sehr leid.«

Die Konditorei lag nur wenige Gehminuten entfernt. Am Eingang lockten Vitrinen mit kunstvollen Torten und Pyramiden aus Nougatpralinen, die an elegante Wiener Kaffeehäuser erinnerten. Im Inneren jedoch eröffnete sich eine Welt, die Otto fremd war. Es war laut und verraucht, an einem Tisch saßen sogar zwei Männer und hielten Händchen, woraufhin Otto erschrocken zur Seite sah.

Fräulein Bahlmann hingegen schien nichts daran zu finden. In hoheitsvoller Geste winkte sie einem Kellner, der sie sofort zu einem freien Tisch am Fenster geleitete. Otto folgte ihr und betrachtete dabei ihren freiliegenden Nacken. Schmal war er und hell und mit seidenweich schimmernder Haut.

Er merkte, wie er unsicher wurde. Nach all den Jahren als Witwer war er ungeübt im Umgang mit dem anderen Geschlecht. Manchmal lud ihn eine der Blankeneser Kaufmannsfamilien ein, deren Töchter hofften, ihn aus seinem Dasein zu erlösen. Sie scheiterten stets daran, dass das Romantische in seiner Welt vor lauter Arbeit keinen Platz hatte.

Und dass niemand an seine erste Frau heranreichte.

Fräulein Bahlmann war ganz anders als Theresia, sie löste eine ungewohnte Neugier in Otto aus. Er fragte sich, was es war, das ihn so sehr an ihr faszinierte. Vielleicht die amüsante Art, mit der sie über die Berliner Kunstszene plauderte. Oder wie sie es schaffte, Unnahbarkeit auszustrahlen, während sie gleichzeitig dem Kellner intime Dinge verriet. Etwa dass sie keine der angepriesenen Pralinen bestellen werde, weil sie nur noch eine Niere habe. Und auch keine Sahnetorte, die vertrage sie nämlich nicht. Nur eine Selektion Mürbekekse.

»Nun denn, verehrtes Fräulein Bahlmann«, fragte Otto, als der Kellner die Bestellung gebracht hatte, »in welcher Position arbeiten Sie denn im Hause Gerson?«

»Im Änderungsatelier. Und seit Kurzem auch in den Vorführräumen im ersten Stock, wo ich an den Kundinnen Maß nehme und Namensschildchen besticke, mit denen wir die Kleidung personalisieren. Aber ich träume davon, eines Tages als Directrice zu arbeiten und selbst Schnittmuster zu fertigen, die in alle Welt verkauft werden.«

Es wurde ein sehr unterhaltsamer Nachmittag, und Elisabeth Bahlmann wusste kurzweilig zu erzählen, wobei sie nur innehielt, um die Kaffeetasse zum Mund zu führen oder einen der Kekse zu essen.

Als Otto nach der Rechnung verlangte, wusste er, dass sie als junges Mädchen Violine gelernt hatte, dass es aber nur zum Abspielen vom Blatt reichte und vielleicht für ein Hauskonzert. Und dass sie, seit sie mit ihrer Schwester Felicitas an einem Rundflug über Berlin teilgenommen hatte, darüber nachdachte, irgendwann einmal einen Flugschein zu machen und eine Propellermaschine zu fliegen, wie Amelia Earhart, die mit über viertausend Metern einen Höhenrekord aufgestellt hatte.

Die Zeit verging viel zu schnell, und als Otto das Fräulein Bahlmann vor dem Seiteneingang des Modekaufhauses absetzte und sie einander versprachen, sich bald wiederzusehen, da fiel ihm auf, dass er ihr gar nichts von seinem Leben erzählt hatte. Auch nicht von seiner Tochter.

13

In den folgenden Wochen fuhr Otto häufiger beruflich nach Berlin, und jedes Mal traf er sich für ein paar Stunden mit Elisabeth Bahlmann. Sie besuchten die *Galerie der Gegenwart*, wo sie Bilder von Max Liebermann und Oskar Kokoschka bewunderten und sich über ein kubistisches Stillleben von André Masson austauschten, in dem Banalitäten wie ein Krug Wasser und ein Stück Weißbrot kunstvoll arrangiert waren.

Sie gingen sogar ins Tanzlokal *Tabarin*, wo Otto feststellte, dass er das Tanzen zwar nicht verlernt hatte, seine Gelenke aber doch ziemlich eingerostet waren. Während sie sich zur Musik der Kapelle drehten, dachte er an die Zeit in Wladiwostok zurück und an die freitäglichen Besuche im *Café Chantant*, in dem Deutsche, Amerikaner und Russen Seite an Seite bis zum Morgengrauen gefeiert hatten. Überhaupt fiel ihm auf, dass ihn manches am ausgelassenen Berliner Nachtleben an jene Jahre erinnerte, an die Zeit des Aufbruchs und der Ausgelassenheit. Damals, als sie noch nicht ahnten, dass sie nur wenige Monate vom Krieg entfernt waren.

Weil sie nicht wollten, dass der Abend zu Ende ging, schlenderten sie anschließend durch die nächtlichen Straßen und an den bewachsenen Ufern der Spree entlang bis zum Lustgarten des Berliner Schlosses, das auf einer den Fluss teilenden Insel lag.

Im Licht des Mondes bewunderte Otto den Park und den

alles überragenden Dom mit dem prachtvollen Palast zu seiner Rechten.

»Sie sollten erst die ehemalige Sommerresidenz des Kaisers in Potsdam sehen«, erwiderte Fräulein Bahlmann versonnen. »Sanssouci ist im Stil italienischer Renaissancepaläste erbaut und hat einen wunderschönen Park. Ich könnte dort den ganzen Tag verbringen. Und erst das Palastinnere! Der Stein des Marmorsaals stammt aus Schlesien und aus dem italienischen Carrara. Außerdem gibt es eine prachtvolle Bibliothek mit mehr als zweitausend Büchern. Dort stehen Werke der griechischen und römischen Dichtung sowie der französischen Literatur des siebzehnten und achtzehnten Jahrhunderts. Darunter viele bedeutende Philosophen wie Voltaire, der oft bei Friedrich dem Großen zu Gast war.«

Das klang großartig. Eines Tages, so nahm Otto sich vor, würde er Sanssouci besichtigen. Am liebsten gemeinsam mit Fräulein Bahlmann.

Als Otto Ende September beruflich wieder nach Berlin kam, luden ihn die Herren des Deutschen Milchwirtschaftlichen Reichsverbandes zu einem Abendessen ins Privathaus des Vorsitzenden Kämmerling, zu dem er eine Dame mitbringen durfte. Der Abend sei von allergrößter Bedeutung, da auch der Verbandspräsident zugegen sei, der Gutsbesitzer Freiherr von Kanne, mit seiner Gattin.

Otto fragte Elisabeth Bahlmann, ob sie ihn begleiten wolle, und sie stimmte erfreut zu. Da sie für den Anlass kein angemessenes Kleid besaß, schlug er ihr vor, sich eines auf seine Kosten auszusuchen.

Und so nahm er wenig später auf dem Sofa vor einem Vorführraum im ersten Stock des Modekaufhauses Gerson Platz und wartete geduldig, bis sie ihn hineinrufen ließ, um seine

Meinung zu diesem und jenem Kleid abzugeben. Es machte ihr sichtlich Spaß, die Seite zu wechseln, und sie scherzte mit der Verkäuferin, eigentlich ihre Kollegin, und spielte die prätentiöse Kundin.

Mal trug sie eine Robe aus dünnem Brokatstoff, mal aus doppelseitigem Lamé, was Otto für eine abendliche Essenseinladung als zu aufgerüscht erschien. Erst als Fräulein Bahlmann in einem eleganten schwarzen Kleid mit tiefem Dekolleté und schwingendem Rock vor ihn trat, nickte er.

»Das ist es! Fräulein Elisabeth, Sie sehen bezaubernd aus.«

»Eine hervorragende Wahl«, bestätigte die Verkäuferin und klatschte freudig in die Hände. »Das Kleid ist ein Original der Pariser Designerin Madeleine Vionnet, keine von diesen Nachahmungen.«

»Ein Original aus Paris …«

Nachdem Otto den Raum verlassen hatte, damit Ebbe sich umkleiden konnte, ließ er sich ganz diskret das Etikett zeigen, und es verschlug ihm beinahe die Sprache.

»Ist es möglich«, flüsterte er der Verkäuferin zu, »den Preis zu verhandeln?«

»Ich bitte Sie, mein Herr«, antwortete diese ebenso leise, doch die Empörung war deutlich herauszuhören. »Wir sind hier nicht auf dem Basar.«

Er kaufte das Kleid trotzdem, denn er wollte nicht knauserig wirken. Und als er mit seiner Begleiterin am Abend Seite an Seite die Stufen zum Portal der hell erleuchteten Villa in Berlin-Zehlendorf hinaufstieg, dachte er, dass sich die Investition gelohnt hatte.

Elisabeth Bahlmann sah bezaubernd aus, und er hatte sie noch nie so strahlen sehen. Fast funkelten ihre Augen mit dem prächtigen Kronleuchter im Foyer um die Wette. Alleine ihre Freude und die anerkennenden Blicke der anderen Herren des milchwirtschaftlichen Reichsverbandes, die sich darum rissen, sich ihr vorzustellen, machten die Ausgabe wett.

Freiherr von Kanne war ein beeindruckend wirkender Mann von enormer Präsenz. Er hatte einen kahl geschorenen Kopf mit großen, unter Schlupflidern versunkenen Augen, aus denen er die Anwesenden taxierte.

Otto staunte, wie sehr sich die geladenen Herren um ihn und seine Gattin scharten und um seine Aufmerksamkeit buhlten. Und so blieben ihm nur wenige Minuten, sich und seine Begleiterin dem Verbandspräsidenten vorzustellen, bevor sich der Nächste an seinen Platz drängte.

Er war neugierig auf den Mann, der über den Verband die Geschicke der Milchwirtschaft lenkte. Doch erst nach dem Abendessen, als im angrenzenden Salon Likör serviert und Rauchwaren angeboten wurden, kam Otto dazu, sich mit ihm auszutauschen.

Kanne saß in einem schweren Ledersessel und paffte an einer Zigarre.

»Um dem Volk zu dienen«, trug er gerade den Herren vor, die auf den anderen Sesseln Platz genommen hatten, »muss die Milchwirtschaft über kurz oder lang von oben gelenkt werden.«

Ein Raunen ging durch die Anwesenden.

»Sie befürworten Eingriffe des Staates?«, fragte einer der Herren, in dem Otto den Leiter einer Butterfabrik erkannte.

»Allerdings. Ich bin absolut der Meinung, dass die Preise geregelt gehören und man gezielt Milchhandelserlaubnisse erteilen sollte, um weitere Schädigungen der Gesamtwirtschaft und des Gemeinwohls zu verhindern.«

»Das halte ich für einen Fehler«, entgegnete Otto freundlich. »Werke, die auf privatwirtschaftlicher Grundlage aufgebaut sind, haben den Markt oft besser im Blick als irgendwelche Beamte.«

Freiherr von Kanne taxierte ihn mit triefenden Augen. »Die Firma Glücksklee wird von Amerikanern geführt, richtig?«

»Es handelt sich um eine in Deutschland eingetragene Gesellschaft mit beschränkter Haftung.«

»Und dennoch hat sie amerikanische Inhaber.«

Otto blieb ruhig. »Worauf wollen Sie hinaus?«

»Ich kann mir schon denken, dass sich die Herren Amerikaner gegen eine staatliche Einmischung verwehren, aber das Volkswohl sollte vor Eigennutz gehen, und wer dem widerspricht, der beweist keinen guten Charakter.«

»Was Sie Eigennutz nennen, dient der Deckung von Risiken, zur Erneuerung von Maschinen und Gebäuden und für sonstige technische Verbesserungen. Das ist anders als bei den auf genossenschaftlicher Basis betriebenen Werken. In denen ist das Risiko auf mehrere Schultern verteilt. In der Privatwirtschaft dagegen kann man sich nur auf die eigene Tüchtigkeit und die erwirtschafteten Reserven stützen.«

Von Kannes Blick verdüsterte sich. »Ich frage mich, auf welcher Seite Sie stehen. Auf jener der Ausländer oder auf der von uns Deutschen?«

Otto spürte, wie alle Blicke auf ihm ruhten. Mit dem Verbandspräsidenten, das war überdeutlich, würde er nie warm werden. Aber für gewöhnlich blieben die ins Präsidialamt gewählten Herren nicht ewig, und es war wichtig, in einem funktionierenden Verband ein Gegengewicht zu setzen, damit die allgemeine Meinung nicht in eine Schieflage geriet. »Ich stehe auf der Seite der freien Wirtschaft.«

»Noch einmal, Herr Lagerfeld. Auf welcher Seite stehen Sie? Auf jener des deutschen Volkes?«

Otto runzelte die Stirn. »Ich verstehe Ihre Frage nicht. Unser Werk gehört schon jetzt, wenige Monate nach der Eröffnung, zu den leistungsfähigsten Dosenmilchwerken des Landes. Unseretwegen wird die Milchproduktion in Holstein bedeutend gesteigert. Wir zahlen hohe Preise an die Molkereien und versorgen die Bevölkerung mit guter und haltbarer Dosenmilch von gleichmäßiger Qualität, und zwar auch in milcharmen Zeiten. Was, mein lieber Herr von Kanne, soll daran undeutsch sein?«

Der Freiherr lächelte zynisch. »Das wissen Sie als Erfüllungsgehilfe ausländischer Kapitalisten gewiss besser als ich.«

Bleierne Stille legte sich über den Raum. Schwer und bedrückend. Als sie beinahe unerträglich zu werden drohte, hob Elisabeth Bahlmann, die sich unbemerkt neben Otto gestellt hatte, unverhofft ihr Glas.

»Trinken wir auf das deutsche Volk«, sagte sie mit heller Stimme und fuhr, während die anderen Gäste ihre Gläser in spürbarer Erleichterung aneinander klingen ließen, freundlich fort: »Sagen Sie mal, mein lieber Herr von Kanne, ich habe soeben von Ihrer Frau Gemahlin gehört, Sie könnten auf Zuruf ganze Passagen aus Homers *Odyssee* rezitieren?«

»Allerdings. Wollen Sie mich testen?«

»Lassen wir es drauf ankommen. Wie steht es mit dem dritten Gesang?«

Wieder war es mucksmäuschenstill in dem Raum, ein jeder schien den Atem anzuhalten, als sich der Freiherr aus dem knarzenden Ledersessel erhob und in Pose warf.

»Jetzo erhub sich die Sonn aus ihrem strahlenden Teiche – auf zum ehernen Himmel, zu leuchten den ewigen Göttern – und den sterblichen Menschen auf lebensschenkender Erde.«

Elisabeth Bahlmann applaudierte leise, woraufhin der Hausherr, der Homers *Odyssee* rasch aus dem Bücherregal gegriffen hatte, begeistert ausrief: »Es stimmt. Jedes einzelne Wort!«

Der Freiherr verbeugte sich unter dem aufbrandenden Applaus und warf Ottos Begleiterin einen theatralischen Luftkuss zu.

Nun wurden Pralinen herumgereicht, gefüllt mit einer Mousse aus Brombeeren, und die Gespräche drehten sich nur noch um die köstliche Speise. Otto nahm Elisabeth Bahlmanns Hand und drückte sie sanft. Woraufhin sie sich zu ihm beugte.

»Sie sollten achtgeben, mit wem Sie sich anlegen«, flüsterte sie.

»Aber ich konnte diesen Unsinn unmöglich unwidersprochen lassen.«

»Es wäre für Ihren Seelenfrieden hilfreicher gewesen, sich den Freiherrn splitterfasernackt vorzustellen, statt ihn vor versammelter Mannschaft zu konfrontieren. Es hätte gewiss etwas Erheiterndes gehabt.«

Otto staunte über die beiläufige Frivolität und musste unwillkürlich lachen. Er mochte ihren trockenen Humor, sie brachte ihn immer wieder zum Schmunzeln.

Auch die Art, wie sie ihn jetzt ansah, gleichsam keck wie herausfordernd, löste ein Pulsieren in seiner Magengrube aus, das in Wellen durch seinen Körper trieb. Er musste zugeben, dass ihm Elisabeth Bahlmann immer besser gefiel. Sie war eine aufregende Balance zwischen preußischer Disziplin und Boheme. Zudem noch aus gutem Hause, in dem – wie sie ihm verraten hatte – selbst der Kaiser ein und aus gegangen war. Besonders begehrenswert machte sie jedoch ihre unnahbare Aura. Sie war keine Frau, die sich einem Mann einfach so ergab. Sondern eine, die man erobern musste.

Zweifellos wäre sie eine Frau, die einem Herrn Generaldirektor gut zu Gesicht stünde.

In ausgelassener Stimmung fuhren sie mit dem Taxi zu Elisabeth Bahlmanns Bleibe, die in einer unerwartet schäbigen Gegend lag.

»Hier wohne ich nur vorübergehend«, sagte sie, als der Wagen vor einem einfachen Haus hielt, vor dem ein paar Jungen mit Schiebermütze rauchend herumlungerten. »Ich ziehe bald nach Steglitz.«

Otto nickte erleichtert, dort war eine Frau wie sie gewiss besser aufgehoben, und begleitete sie zur Haustür, wo sie sich in plötzlicher Unbeholfenheit voneinander verabschiedeten.

»Hätten Sie bemerkt, wenn der Freiherr von Kanne die Passage von Homer falsch zitiert hätte?«, fragte Otto in die Stille hinein.

»Sicher. Ich liebe die Werke der klassischen griechischen Mythologie ebenso sehr wie die der französischen und deutschen Philosophen oder epochale Bilderzyklen wie Dantes *Göttliche Komödie*. Was lesen Sie denn gerne?«

Es klang wie eine Fangfrage, doch ihr Blick war klar.

»Ehrlich gesagt lässt mir die Arbeit nur wenig Zeit zum Lesen. Und wenn, dann widme ich mich der Tageszeitung oder Werken über das Weltgeschehen. Bücher über die schönen Künste überlasse ich lieber den Frauen.«

Sie sog die Luft ein. »Gibt es noch mehr, was Sie lieber den Frauen überlassen?«

Es hatte spitz geklungen, und Otto fand, dass in der Frage etwas mitschwang, das er nicht einordnen konnte. Allerdings zeigte es ihm, dass ihre Beziehung inzwischen an einem Punkt angelangt war, an dem es um mehr ging als um Banalitäten. Sein Herz begann heftig zu klopfen, und ihm wurde warm.

»Sie meinen, was ich von meiner künftigen Frau erwarte?«

Sie nickte.

»Vor allem wünsche ich mir, dass sie meiner Tochter eine gute Mutter ist.« Otto tastete nach dem Foto in der Jackeninnentasche und zog es hervor. Hielt es in den Lichtkegel der Straßenlaterne. »Das ist Thea. Meine erste Frau ist bei der Geburt gestorben.«

Elisabeth Bahlmann betrachtete das Bild, und ihre Gesichtsmuskeln spannten sich. »Niedlich«, sagte sie nur.

»Nicht wahr? Sie ist so ein fröhliches Kind. Sie würden sie ganz sicher mögen.«

»Was, wenn die Frau, die Ihr Kind umsorgen soll, arbeiten möchte?«

»Arbeiten?« Er sah sie erstaunt an. »Die Frau an meiner Seite hat das Privileg, nie arbeiten zu müssen.«

Sie musterte ihn. Herausfordernd und mit vorgerecktem Kinn. »Wenn wir unsere amouröse Annäherung fortführen wollen, sollten Sie eines wissen: Ich entstamme einer streng religiösen Familie. Mein Vater war Mitglied der katholischen Zentrumspartei und hat sich für ein konservatives Familienbild eingesetzt, dem entsprechend der Platz der Frau in der Kirche und am heimischen Herd liegt. Ich habe nicht vor, diesem Bild zu entsprechen, und werde um jeden Preis verhindern, mich in eine solche Schablone pressen zu lassen.«

»Mein liebes Fräulein Bahlmann«, sagte Otto ruhig und verbarg dabei seine Überraschung. »Gewisse Schablonen dienen lediglich dazu, Halt zu geben. Abgesehen davon werden Sie feststellen, dass ich im Grunde ein sehr verträglicher Mann bin, der einiges dafür tut, dass es seiner Frau gut geht. Also, wie sehen Sie das, werden wir unsere amouröse Annäherung fortführen?«

Um ihre Mundwinkel zuckte es, noch immer stand sie da wie erstarrt. Nach einer Weile atmete sie tief ein und reichte ihm die Hand. »Nennen Sie mich Ebbe. Das tun alle, die mir nahestehen.«

Er nahm ihre Hand und führte sie an seinen Mund. »Gerne, Ebbe, ich bin Otto.«

»Sie sind wirklich ein ganz besonderer Mann, Otto. Die Frau, die Sie einmal heiratet, sollte sich glücklich schätzen.« Sie zog die Hand fort. »Es ist spät geworden. *Au revoir*, mein Geliebter.«

Otto sah ihr nach, wie sie die Treppe emporstieg. Das Licht der Flurlampe beleuchtete unbarmherzig die rußigen Wände, die ausgetretenen Stufen. Dann fiel die Haustür ins Schloss.

14

Es war der 25. September, als Otto am späten Abend von der Arbeit nach Hause kam. Die Luft war bereits herbstlich kühl, und der Wind trug den Duft von Regen. Vom Großflottbeker Bahnhof ging er auf die elterliche Villa in der Voßstraße zu, wo er mit Thea bis zur Fertigstellung des neuen Hauses an der Elbchaussee wohnte.

Noch bevor er den Schlüssel ins Schloss stecken konnte, öffnete Tilla ihm die Tür.

»Du hast Besuch«, sagte sie mit unheilvoller Stimme. »Es ist Cornelius Schmidt.«

»Gertruds Vater? Was will er denn?«

»Das wollte er mir nicht sagen. Aber er sitzt im Esszimmer, seit über einer Stunde schon, und will weder Kaffee noch Wasser. Da ist irgendwas im Busch mit Gertrud. Ich habe ja gleich gesagt, dass es böse mit ihr enden wird.«

Otto legte den Mantel ab, und getrieben von einer dunklen Ahnung durchmaß er den Flur.

Der ehemalige Korkhändler stand mit dem Rücken zu ihm am Fenster, beim Knarren der Dielen drehte er sich um. Sein Gesicht war grau, und der Blick starr in sichtlicher Trauer.

Mit wenigen Schritten war Otto bei ihm und legte ihm tröstend eine Hand auf die Schulter. »Cornelius! Was ist Ihnen denn passiert?«

Gertruds Vater schluckte heftig, und sein gewirbelter Bart

begann zu zittern. »Meine Tochter ... sie ist gestern Abend verstorben.«

»Wie ...?« Otto wurde übel. Das Erste, was ihm einfiel, waren die beiden Jungen. »Wie geht es Kurt und Herbert?«

»Die beiden wissen noch nichts davon. Sie denken, ihre Mutter sei bei uns zu Besuch. Was sie ja auch war, weil es ihr nicht gut ging.« Cornelius Schmidt machte eine Pause und stieß die Luft aus, bevor er fortfuhr. »Sie war schwanger. Von irgendeinem Kerl.« Er hob die Hände. »Aber das bleibt unter uns, verstehen Sie? Ich will nicht, dass man sich über unsere Familie das Maul zerreißt. Gertrud hat es fortmachen lassen, von einer Engelsmacherin. Ja, was hätten wir denn auch tun sollen? Eine trauernde Witwe, und es sah leider nicht danach aus, als wollte dieser Mann sie jemals heiraten.«

Otto nickte in stummem Entsetzen.

»Ich liebe Erich«, hatte Gertrud zu ihm gesagt, als er sie in Bergedorf besuchte. Hübsch hatte sie ausgesehen in ihrem grauen Wollkleid. Sie war so voller Hoffnung gewesen, so begierig zu leben, er hätte ihr von Herzen gewünscht, dass dieser Erich es ehrlich meinte. Nun war es wieder ein ungeborenes Kind, das ihre Weichen stellte. Wie verzweifelt musste sie gewesen sein, es sich fortmachen zu lassen.

»Der Arzt sagt, sie sei innerlich verblutet«, fuhr der ehemalige Korkhändler fort, ohne auf den Einwand einzugehen. »Er hat sofort gemerkt, was los war, aber ich habe ihm Geld gegeben, damit er einen anderen Grund einträgt. Auf dem Totenschein steht nun, dass sie sich bei der Gartenarbeit verletzt habe und an einer Blutvergiftung gestorben sei.«

Otto wandte sich zum Fenster und sah hinaus in die Dunkelheit, wütend auf die ganze Situation. Er fragte sich, ob er einen Fehler gemacht hatte, Paul nicht schon viel früher für tot erklären zu lassen. Damals, gleich nach dem Krieg, als der Kontakt zu ihm plötzlich abriss. Vielleicht hätte Gertrud dann ihr Glück noch finden können, jung, wie sie war. Stattdessen hatte er versucht, seinen Bruder ausfindig zu machen, und ihm einen flehenden Brief geschrieben, als sei er ein Bittsteller. Er hätte ihn ohnehin nicht dazu bringen können, zu seiner Familie zu stehen.

Die Erkenntnis schmerzte. Paul hatte sich schon immer aus dem Staub gemacht, sobald der Druck auf ihn zu groß wurde, das war seit jeher so. Die Freiheit stand über der Familie. Und dieser Drang hatte Gertrud nun das Leben gekostet.

Er drehte sich zu Cornelius. »Was wird denn jetzt aus Herbert und Kurt?«

»Unser Sohn Alexander übernimmt die Vormundschaft.«

»Aber der ist doch die meiste Zeit auf See.«

»Deswegen kommen die beiden ja in das katholische Waisenhaus nach Bergedorf, dort können sie auch zur Schule gehen.«

Otto schüttelte den Kopf. »Ins Waisenhaus? Kommt nicht in Frage. Ich nehme die beiden zu mir. Das bin ich Gertrud schuldig.«

»Unsinn. Das ist einzig und allein unsere Sache. Die Jungen sind fast groß, vierzehn und fünfzehn. In dem Alter war ich längst auf Reisen. Die Franziskanerinnen vermitteln ihren Schützlingen anschließend eine Lehre. Sie werden sehen, die beiden gehen bald ihren eigenen Weg. Und wir wollen sie doch nicht aus ihrer gewohnten Umgebung reißen, nicht wahr?«

»Sie haben mit dem Waisenhaus gesprochen, bevor die Jungen erfahren, dass ihre Mutter tot ist?«

Cornelius Schmidt blickte ihn überrascht an, ein preußischer Recke, der sein Potenzial an Emotionen für diesen Tag längst aufgebraucht hatte. Daher zuckte er nur traurig die Schultern. »Ich will nur das Beste für Herbert und Kurt. So sind die beiden wenigstens gut versorgt.«

Gertrud bekam einen Platz im Familiengrab der Schmidts zu Füßen ihres Großvaters. Die Beerdigung war kurz, als wolle man es möglichst rasch hinter sich bringen, und so fügten sich Herbert und Kurt mit in Tapferkeit erstarrten Gesichtern in ihr Schicksal. Otto versprach, sie möglichst oft im Waisenhaus zu besuchen und regelmäßig zu sich zu holen. Insgeheim war ihm diese Lösung ganz recht, nun, da er eine Frau in sein Haus zu holen gedachte, die mit zwei weiteren Kindern gewiss überfordert war.

Otto dachte oft an Ebbe, und er verspürte dabei ein Sehnen. Diese Frau faszinierte ihn, ihre Belesenheit, ihr Kunstverstand. Ihre modischen Ambitionen waren enorm, auch wenn ihm das ein wenig unheimlich war. Ihre Unabhängigkeit und Widerspenstigkeit forderten ihn jedoch auch heraus.

In ihrer kühlen und gleichzeitig direkten Art besaß sie etwas, das ihn amüsierte und immer wieder zum Staunen oder Lachen brachte. Sie erschien ihm wie die Stadt Berlin selbst. Begehrenswert, mal eiskalt und mal kokett. Wenn sie sprach, klang sie durchaus arrogant und spröde. Ihr Sarkasmus war geradezu druckreif, doch wenn sie lachte, mit blitzenden Augen, steckte sie ihn jedes Mal an.

Wer sie nicht kannte, der konnte meinen, sie sei eine allzu selbstgewisse Person. Aber hinter dieser Fassade, das hatte er längst erkannt, schimmerte ein verletzter Mensch, der um sich schlug, sobald man ihm zu nahe trat.

Manchmal, wenn sie sich unbeobachtet fühlte, zeichnete sich auf ihrem Gesicht eine stille Melancholie ab. Das war es, was ihn am meisten anrührte. In diesen Augenblicken verspürte er das Bedürfnis, sie vor den dunklen Seiten des Lebens zu beschützen.

Nur schreiben schien nicht ihre Sache zu sein. Seit ihrer letzten Begegnung hatte er nichts mehr von Ebbe gehört. Otto schickte ihr regelmäßig lange Briefe und Päckchen mit kleinen

Aufmerksamkeiten. Einen Roman von F. Scott Fitzgerald, den ihm ein Buchhändler empfohlen hatte, oder ein Stück duftender Pariser Seife.

Weihnachten nahte, und noch immer war keine Antwort eingetroffen.

Tat sie es etwa mit Absicht, um ihn hinzuhalten? Dieses Verhalten war ihm fremd, er bevorzugte eine klare Haltung und ein offenes Wort. Aber was verstand er schon von den Spielen einer Frau und von den Dramen, die nicht wenige inszenierten, um das Interesse an ihnen zu steigern. Er hatte davon gehört, dass sich manche Frauen dieser Taktik bedienten, aber das war in seinem Fall gar nicht notwendig, er war längst entflammt. Also schickte er Ebbe einen eleganten Kaschmirschal mitsamt einem Brief, in dem er ihr seine Liebe erklärte. Allerdings hätte er darauf wirklich gerne eine Antwort.

Im Nachhinein musste Otto zugeben, dass der teure Schal ein Akt der Verzweiflung gewesen war. Er begriff nicht, warum Ebbe ihn derart ignorierte. Sie waren doch in allerbester Stimmung gewesen, als sie sich voneinander verabschiedeten, sie hatten sogar einen gemeinsamen Besuch in Potsdam geplant. Daher hatte er es zunächst auf Diebe geschoben, schließlich wohnte sie in einer üblen Gegend. Oder war sie längst in die Steglitzer Wohnung zurückgekehrt, von der sie ihm erzählt hatte? Der Gedanke, sie würde ihn mit Absicht schneiden, erschien ihm zu ungehörig. So etwas tat man nicht, man gab wenigstens ein Zeichen des Abschieds, bevor man jemanden so stehen ließ.

Und was, wenn ihr etwas zugestoßen war?

Schließlich hielt er die Sorge um ihr Wohlbefinden nicht länger aus, er rief im Modekaufhaus Gerson an und bat, sie ans Telefon zu holen. Es sei dringend.

»Es tut mir leid, Herr Generaldirektor. Das Fräulein Bahlmann hat gerade Kundschaft.«

»Dann richten Sie ihr bitte aus, sie möchte mich zurückrufen.«

»Sehr gerne, Herr Generaldirektor.«

An jenem Tag konnte er sich nur schwer auf seine Arbeit konzentrieren, immer wieder wanderte sein Blick zum Telefon. Doch als sie nicht zurückrief und auch in den folgenden Tagen und Wochen nichts von sich hören ließ, erkannte er, dass sie ihn aus ihrem Leben gestrichen hatte. Einfach so, ohne ein Wort der Erklärung.

Er erinnerte sich an einen Disput, den sie nach dem Besuch der Oper *Carmen* gehabt hatten. Erst war es um die modernen Frauen gegangen, die wie Carmen selbst entscheiden wollten, wie sie lebten und liebten. Doch bald war das Gespräch in einen Vortrag gemündet, in dem Ebbe beklagte, wie viele Frauen in ihrer traditionellen Rolle an Heim und Herd gefesselt seien und wie schwer sie es hätten, sich ohne Ausbeutung in der Arbeitswelt durchzusetzen.

Warum Frauen unbedingt einen Beruf ergreifen wollten, hatte er irgendwann gefragt, da war sie stehen geblieben, sichtlich aufgebracht, und hatte die Hände in die Hüften gestützt.

»Haben Sie schon mal daran gedacht, dass es den Frauen Freude bereiten könnte? Wissen Sie, es macht mich wütend, wenn ich daran denke, wie schnell kluge und fähige Frauen nach dem Weltkrieg wieder aus ihrer Arbeit verdrängt wurden. Während die Männer an der Front waren, haben wir sämtliche Berufszweige erobert. Wir haben in Kontorräumen und Instituten geschuftet, ebenso als Postbotinnen, Lehrerinnen und Krankenschwestern. Sogar in der Eisen- und Hüttenindustrie, in Chemiefabriken oder im Bergbau. Doch kaum waren die Männer zurück, eroberten sie sich ihren Raum wieder, und uns blieb nur noch ein Dasein als Hausfrau und Mutter.«

Er hatte die Szene beinahe vergessen, doch nun, da Otto

an Ebbes gefrierenden Blick dachte, als er ihr beim Abschied das Bild seiner Tochter gezeigt hatte, wurde ihm einiges klar. Damals hatte er ihr gesagt, dass seine Frau das Privileg haben werde, niemals arbeiten zu müssen. Er hatte es ernst gemeint, und es gehörte sich nun einmal nicht, dass die Frau eines Generaldirektors einem Beruf nachging. Jetzt aber erkannte er, dass Ebbe sich in jenem Moment gegen ihn entschieden hatte. Und er nahm ihr übel, dass sie es ihm nicht gleich an der Haustür gesagt hatte, bevor er sich mit all den Briefen und Geschenken lächerlich machte.

Etwas, das er nicht gut vertrage, sei mangelnder Respekt, schrieb er ihr in einer letzten Karte. Und damit war für ihn alles gesagt.

Nein, es gehörte sich einfach nicht, andere derart unverschämt abzustrafen. In Ottos Welt war es von größter Bedeutung, stets verlässlich zu bleiben. Einem gegebenen Wort hatte unbedingt auch eine Tat zu folgen. Und so war es für ihn selbstverständlich, auch das Versprechen an seine Neffen einzulösen.

Nachdem das neue Backsteinhaus an der Elbchaussee fertiggestellt war, holte er Kurt und Herbert, sofern er nicht auf Reisen war, an den Wochenenden und Feiertagen zu sich nach Hause. Sie waren dann eine richtige kleine Familie: Otto mit Thea, Kurt und Herbert. Sie unternahmen gemeinsam Ausflüge in die Umgebung, und manchmal kam Lisbeth mit, die die beiden Jungen besonders ins Herz geschlossen hatte. Einmal gingen sie in den gerade erst der Öffentlichkeit zugängig gemachten Hirschpark. Die Kinder nahmen sich an die Hände und spielten Fangen, und Otto freute sich darüber, wie gut sich die drei verstanden und wie sehr die beiden Neffen im Schoß der Familie auftauten.

Als der Januar kam und mit ihm tagelange Schneefälle, schien der Schmerz um den Verlust der Mutter allmählich zu verblassen. In ausgelassener Stimmung nahmen Herbert und Kurt die kleine Thea in die Mitte und gingen mit ihr zum Elbhang, wo sie einen Schneemann bauten und mit dem neuen Schlitten fuhren, den Otto ihnen zu Weihnachten geschenkt hatte. Immer abwechselnd, bis die Hände trotz der Fäustlinge vor Kälte glühten und sie zurück ins Haus eilten, wo Tilla sie mit heißem Kakao und Keksen empfing.

Den Vater werde ich ihnen nicht ersetzen können, dachte Otto, als er sich am Abend, da alle im Bett lagen, eine Pfeife stopfte und die Fotos betrachtete, die sie an dem Tag im Hirschpark gemacht hatten. Aber das Vertrauen in die Familie, deren Halt und Schutz, das konnte ihnen keiner mehr nehmen. Er hoffte, dass sie es später auch in ihre eigenen Familien tragen würden. So liebevoll, wie sie mit ihrer Cousine umgingen, sah es ganz danach aus.

Die Fotos legte er einem letzten Brief nach Amerika bei, in dem er seinen Bruder über Gertruds Tod informierte. Denn allzu leicht wollte er es Paul nicht machen, sich aus der Verantwortung zu stehlen. Zumindest ein schlechtes Gewissen sollte er haben.

Der Brief war kurz. Umfasste nur drei Sätze.

Gertrud ist im September vergangenen Jahres verstorben. Deine Söhne gelten nun als Vollwaisen. Sie hätten Besseres verdient.

Einmal dachte Otto doch noch an Ebbe. Es war im Juni des Jahres 1927, als der alte Inhaber der Carnation, Elbridge Amos Stuart, zusammen mit dem Europamanager A. W. Pidwell und dem Vizepräsidenten des New Yorker Kontors Paul McKee, seinen Besuch im Neustädter Werk ankündigte. Als er überlegte, mit welcher Attraktion sich die Herren aus Amerika beeindrucken ließen, erinnerte er sich an das Gespräch mit Ebbe auf der Spreeinsel vor dem Lustgarten. Und so fuhr er nach einer ausgiebigen Besichtigung der Fabrik und des Hamburger Büros mit den Amerikanern nach Potsdam, um an einer privaten Führung durch das Schloss und den Park von Sanssouci teilzunehmen.

Es war ein spektakulärer Volltreffer.

»Sie machen einen hervorragenden Job, Mister Lagerfeld«, lobte ihn der alte Stuart, der gar nicht genug bekommen konnte von den historischen Gemäuern. »Und das nicht nur als Reiseleiter.«

Selbst Mister Pidwell, der sich während der Besichtigung des Werkes beeindruckt von dem hervorragenden Zustand des Unternehmens gezeigt hatte, ließ sich zu einem freundlichen Nicken herab. »Kultur habt ihr ja, ihr Deutschen.«

Otto war stolz auf seine Leistung. Er hatte den Herren bewiesen, dass er der Richtige war, um die Niederlassung in Deutschland zu führen. Weit besser als die aus Amerika installierten Direktoren der französischen Lait Gloria, dem neuen holländischen AMILCO-Werk in Gorinchem und dem im schottischen Dumfries. Es schmälerte seine Freude keinesfalls, als er später erfuhr, dass der alte Stuart, der bald in Rente gehen wollte, ursprünglich nur vorgehabt hatte, England zu besuchen, um neue Reitpferde zu kaufen. Und dass es einiges an Überzeugungskraft gekostet hatte, ihn nach der Besichtigung der Werke in Frankreich und Holland auch zu einem Besuch in Deutschland zu bewegen.

Nein, das machte ihm wirklich nichts aus. Das Ergebnis war alles, was zählte. Und dass selbst Pidwell, der aus seiner Verachtung für alles Deutsche keinen Hehl gemacht hatte, sich zufrieden zeigte, war ihm die größte Genugtuung.

15

KÖLN

Oktober 1927

Ebbes Herz klopfte heftig, als sie vor dem Portal des Westdeutschen Rundfunks an der Dagobertstraße 38 stand. Sie rückte den Kaschmirschal zurecht, den Otto ihr geschickt hatte, und trat ein. Die Luft war erfüllt von mehrstimmigem Lachen und Klatschen, das durch eine verschlossene Flügeltür gedämpft in die Eingangshalle des Funkhauses drang. Ein Flirren und Sirren lag in diesen Räumen, eine Energie, die sie augenblicklich gefangen nahm.

»Wo wollen Sie denn hin, verehrtes Fräulein?«, rief eine dröhnende Stimme, und Ebbe wandte sich nach rechts.

Der korpulente Mann in Uniform hinter dem Empfangstresen lehnte sich vor, winkte sie zu sich heran.

»Zu Herrn Kühn, er erwartet mich. Bahlmann ist mein Name, Elisabeth Bahlmann.«

Während der Mann den Finger über die Einträge des vor ihm liegenden Plans fahren ließ, sah sie in Richtung der zweiflügeligen Tür, die sich nun öffnete und eine Gruppe Musiker mit Trompeten, Klarinetten und einer großen Tuba entließ. Der Blick auf einen großen Saal mit modern kariertem Teppich sowie gepolsterten Decken und Wänden wurde frei, und Ebbe musste tief durchatmen, weil die Aufregung erneut stieg.

»Ah, hier sind Sie ja«, sagte der Portier, und sie drehte sich ihm wieder zu. »Warten Sie bitte dort drüben bei der Sitzgruppe. Ich melde Ihre Anwesenheit, Herr Kühn holt Sie dann.« Damit hob er den Hörer eines schwarzen Telefonapparates ab und wählte mit fleischigen Fingern eine Nummer.

Ebbe setzte sich auf einen der Sessel und legte die gefalteten Hände in den Schoß, lächelte in sich hinein. In diesem Augenblick befand sie sich in einem der wichtigsten kulturellen Zentren von Rheinland und Westfalen und war im Begriff, Teil dieser neuen und aufregenden Welt zu werden.

Luzie hatte es für einen Scherz gehalten, als sie ihr davon erzählte.

Sie hatten sich im *Romanischen Café* getroffen, das an der Kaiser-Wilhelm-Gedächtniskirche lag, unweit des Kurfürstendamms. Luzie hoffte, dort einen der vielen linkssozialistischen Literaten zu sehen, die das Café häufig frequentierten. Einmal hatte sie sogar ein paar Worte mit Ernst Toller gewechselt, der wegen seiner revolutionären Ansichten fünf Jahre inhaftiert gewesen war. Über Tage hatte sie von nichts anderem mehr gesprochen.

Ebbe selbst hielt nichts von diesen Freunden des Bolschewismus, die hier nicht nur Kaffee tranken und aufrührerische Artikel und Bücher verfassten, sondern auch mal aufstanden und in voller Lautstärke Reden auf das Ende des Kapitalismus hielten. Aber dieses Mal hatte sie sich zu einem Besuch überreden lassen. Immerhin waren nicht alle Tische besetzt, und die Lautstärke war erträglich.

»Heute bist du eingeladen«, eröffnete Luzie das Gespräch, nachdem der Kellner zwei Kännchen Kaffee, eine Sahnetorte für sie und ein paar Mürbekekse für Ebbe gebracht hatte. »Ich habe etwas zu feiern.«

»Sag bloß, Fred hat dir einen Heiratsantrag gemacht?«

»Nein. Aber seit gestern bin ich Parteimitglied der SPD. Ich will mich in der Arbeiterbewegung engagieren, gegen die Ausbeutung von oben.« Sie tauchte ihre Gabel in die Sahneschnitte und redete mit vollem Mund weiter. »Was meinst du, was die Familie Freudenberg als Inhaber des Gerson'schen Modehauses an uns Schneiderinnen verdient? Ich mag gar nicht daran denken, wie viel Blut an den Stoffen klebt, die sich die Kundinnen überwerfen. Gerade die Heimnäherinnen versagen sich doch alles, um zu überleben. Sie geben nur noch Geld für Nahrung, Miete und Strom aus, obwohl ihre Schuhe dringend neue Sohlen bräuchten. Im Winter können sie die Heizung nicht zahlen, von Vergnügungen erst gar nicht zu reden. Und doch haben sie am Ende eines jeden Monats Schulden, während die Freudenbergs mehrere großzügige Wohnungen in der Lessingstraße besitzen und die Wochenenden in einer Villa in Nikolassee mit Tennisplatz, Teehäuschen und reichlich Dienstpersonal verbringen.«

Ebbe nickte. Es stimmte, die Situation der Arbeiterinnen war mehr als prekär. »Woher weißt du von der Villa?«

»Von Fred. Der hat auch gesagt, dass sich erst etwas an den Zuständen ändern wird, wenn alle Arbeiterinnen und Arbeiter zusammenhalten und gemeinsam gegen die Ungleichheit auf die Straße gehen.«

Unwillkürlich musste Ebbe an einen Abend denken, an dem sie fast in eine Schießerei zwischen Rotem Frontkämpferbund und nationalsozialistischer Sturmabteilung geraten wäre. Als die ersten Schüsse fielen, hatte sie sich in einen Hauseingang gerettet, wo sie noch immer zitternd und mit zugehaltenen Ohren stand, als das Lärmen längst vorbei war.

»Bitte, lieber Gott, steh mir bei!«

Zum ersten Mal seit ihrer Ankunft in Berlin wandte sie sich an Gott. Aber als sie in die wieder ruhig gewordene Nacht trat, fragte sie sich, warum sie das getan hatte. Was war es für ein

Gott, der zuließ, dass sich eine derartige Gewalt Bahn brach? Eine solche Armut, die tiefer ging als jene, die man im Beckumer Vinzenzhaus mit Barmherzigkeit zu lindern versuchte. Sie war roher, willkürlicher und in dieser Masse schier unstillbar.

Damals hatte sie gedacht, wie aussichtslos die Lage angesichts der aufgeheizten Stimmung sei. Und sie sehnte sich zurück in die Kaiserzeit, als alles noch seine Ordnung gehabt hatte.

»Ich stimme dir zu«, sagte Ebbe jetzt und sah ihre Freundin ernst an, »man sollte etwas gegen die Umstände tun. Aber diese Aufmärsche enden immer blutig, mein Bedarf an entfesselter Gewalt ist gedeckt. Und noch viel weniger halte ich von den Parteien, die die arbeitenden Massen gegen die gesellschaftliche Oberschicht aufhetzen und einen Umsturz einleiten wollen.«

»Der Krawall ist doch nur vorübergehend. Wenn die klassenlose Gesellschaft erst etabliert ist, geht es uns allen besser.«

Ebbe runzelte die Stirn. Das Café hatte sich inzwischen weiter gefüllt, um sie herum schwoll die Lautstärke an. Sie beugte sich vor. »Als ob es den Menschen damit besser ginge«, rief sie über den Tisch. »Du brauchst nur nach Russland zu sehen. Der Bolschewismus unterdrückt und macht unfrei.«

»Die SPD will doch nur Gerechtigkeit. Die Genossen sind anders als die Kommunisten.«

»Aber sie waren ebenfalls für die Enteignung der Fürstenhäuser.«

»Na, das ist doch auch Volksvermögen.«

Ebbe schüttelte den Kopf. »Mädchen, sei nicht so naiv. So ein Umsturz kostet Menschenleben. Und am Ende sind auch nicht alle gleich.«

Luzie verschränkte die Arme. »Hast du eine bessere Idee, damit alle mehr zu beißen haben?«

»Allerdings! Der einzige Weg zu einem gesellschaftlichen Zusammenhalt sind die Ordnung und die Disziplin jedes Einzelnen und ein gemeinschaftliches Ziel, das die Menschen zusammenführt. Um das zu erschaffen, braucht es einen starken Führer, dem das Wohl seines Volkes am Herzen liegt. Ein Führer, wie der deutsche Kaiser und König von Preußen einer war.« Sie tippte mit spitzem Finger auf die Tischplatte. »Denk nur an all die sozialen Reformen, die Bismarck unter Wilhelm dem Ersten auf den Weg gebracht hat. Die wurden nicht von den Roten erzwungen. Ein sozialer Staat braucht Regeln, um zu funktionieren.«

»Regeln? Hier in Berlin?« Luzie lachte. »Ich kann mir nicht vorstellen, wie das funktionieren soll. Die Regellosigkeit wird hier zum Prinzip. Und wenn wir ehrlich sind, macht das die Stadt erst richtig interessant.«

»Interessant!« Ebbe spie das Wort aus und zündete sich eine Zigarette an. »Du glaubst doch wohl nicht, dass eine Enteignung etwas an den schlimmen Zuständen ändern würde, Herzchen. Das geht allein mit Arbeit, damit all die Kreaturen beschäftigt sind, die nur herumsitzen und lamentieren oder nach dem Geld der anderen geifern. Die hätten mal besser in der Schule aufgepasst, dann lägen sie jetzt nicht in der Gosse.«

Luzies Mund wurde schmal. »Was bist du hochmütig! Pass nur auf, dass du nicht eines Tages selbst in der Gosse landest. Jetzt geht es dir gut, da kannst du große Reden schwingen. Aber als Schneiderin ohne richtigen Gesellenbrief hast du mit deiner Stellung in der Damenwäscheabteilung die Spitze des Berges längst erreicht. Weiter nach oben kommst auch du nicht, egal wie sehr du dich abstrampelst, dafür hast du zu wenig Talent. Du wirst den reichen Kundinnen die Namensetiketten in die Wäsche nähen, bis du schwarz bist. Und wehe, wenn du in die Jahre kommst! Dann werfen sie dich raus, und du kannst dich wie all die anderen Alten in die Schlangen vor den Suppenküchen stellen.«

Sie starrten sich an, und Ebbe überlegte, aufzuspringen und das Lokal zu verlassen. Aber es würde sie um die süße Rache bringen, Luzie die große Neuigkeit zu verkünden, die sie gewiss ganz grün vor Neid werden ließ.

»Um mich mach dir mal keine Sorgen. Ich habe jemanden an meiner Seite, der mich ganz nach oben bringen wird.«

Der harte Blick ihrer Freundin wich offener Neugier. »Erzähl.« Luzie hob die Hand. »Halt, lass mich raten. Du sprichst von dem Mann, den du bei deinem letzten Besuch in Münster wiedergetroffen hast. Diesem Radioredakteur aus Köln, der dir früher immer alberne Gedichte geschrieben hat. Wie heißt der noch gleich?«

»Rudolph Kühn. Der ist inzwischen ein richtig fescher Kerl, mit seinem brillantineglänzenden schwarzen Haar. Er trägt nur teure Anzüge, und seine tiefen dunklen Augen sehen aus, als wären sie von einem Kohlestift umrahmt.«

»Und der soll dich ganz nach oben bringen? Viel Geld verdienen Redakteure ja auch nicht gerade.«

»Nun, sie werden bezahlt wie im Staatstheater. Aber ich will ihn ja nicht heiraten. Er hat bereits eine Ehefrau und zwei Kinder.«

Luzie zog eine Schnute. »Was willst du dann von ihm?«

»Mich von ihm fördern lassen. Ich soll für die Westdeutsche Rundfunk AG über Mode berichten.«

Luzie stand der Mund offen. »Du?«

Ebbe lächelte. Der Neid stand Luzie wie erwartet ins Gesicht geschrieben, und es fühlte sich gut an. Nein, sie würde nicht in einer Schlange vor der Suppenküche stehen, niemals. Mit gelassener Geste drückte sie ihre Zigarette im Aschenbecher aus. »Ja, ich, Elisabeth Bahlmann. Mit Mode kenne ich mich bestens aus.«

»Aber auch nicht mehr als andere.«

»Möglich. Man muss sich nur entsprechend präsentieren.«

In Wahrheit hatte sie lediglich hoch genug gepokert. Weil Rudolph in ihr offenbar noch immer die unnahbare Tochter eines Kommunalpolitikers sah, die – zu seiner Genugtuung – auf dem besten Wege war, als alte Jungfer zu enden, hatte sie ihm erzählt, wie viel sie inzwischen aus ihrem Leben gemacht hatte.

Als eine der Directricen des Gerson'schen Modeateliers stehe sie im persönlichen Kontakt mit den bekanntesten Persönlichkeiten aus Kunst, Kultur und Industrie. Sogar Bertha Krupp von Bohlen und Halbach zähle zu ihren treuen Kundinnen. Oder die berühmte russische Balletttänzerin Anna Pawlowa, die auf Besuch in Berlin regelmäßig bei ihr vorbeischaue. Was sogar stimmte. Im vergangenen Monat hatte Ebbe ihr ein Bustier abgesteckt, davor eine Korsage. Die Tänzerin war überraschend zugewandt gewesen, zugewandter zumindest als all die verwöhnten Industriellengattinnen und Adeligen oder die vielen selbstbezogenen Schauspielerinnen, die Ebbe während der Anprobe mit abschätzendem Blick bedachten, sofern sie ihr überhaupt Aufmerksamkeit schenkten.

Als sie merkte, wie sehr Rudolph diese Geschichten beeindruckten, legte sie noch eine Schippe drauf.

»Ich bin direkt am Puls der Mode«, verriet sie ihm stolz. »Zum Saisonbeginn gibt es eine große Kollektionsschau, zu der wir alle Kundinnen sowie die Journalistinnen der großen Zeitungen und Magazine laden, damit die Frauen in ganz Deutschland von den neuesten Modetrends erfahren.«

Seine Augen wurden immer größer.

»Was hältst du davon, für uns zu arbeiten? Du könntest jede Saison von den neuesten Trends berichten. Und wenn das gut angenommen wird, auch häufiger. Wie lange bleibst du?«

»Bis übermorgen.«

Mit einem Zwinkern gab er ihr eine Karte, auf der die Adresse des Funkhauses in Münster stand. »In den nächsten Tagen erreichst du mich hier. Ich würde mich sehr freuen, wenn du mich besuchst. Alles, was ich für den Anfang brauche, ist ein Vortragsmanuskript. Und eine Stimmprobe von dir.«

Er nahm ihre Hand und führte sie an den Mund. Sah sie mit seinen dunklen Augen an.

Ein angenehmer Schauer lief ihr über den Rücken. Der erwachsen gewordene Rudolph gefiel ihr. Er hatte etwas Verwegenes, Künstlerisches. Und ihn umwehte die Ausstrahlung von Extravaganz.

Ebbe musste sich zurückhalten, um nicht gleich am nächsten Tag bei ihm vorzusprechen. Aber sie wollte nicht allzu bedürftig erscheinen. Als sie schließlich am letzten Tag vor ihrer Abreise vor ihm stand, in einem modischen Kostüm und mit kunstvoll in Wellen gelegtem Haar, nahm Rudolph sie an die Hand und führte sie in einen Raum, in dem ein Tisch und ein Mikrofon standen.

Er setzte sich ganz nah zu ihr auf die Tischkante und reichte ihr zunächst eine Zeitung, irgendeinen Artikel über die Ernährung von Säuglingen, um ihre Stimme zu testen. Sie war selbst überrascht, wie sicher sie nach wenigen Sätzen bereits sprach. Am Ende ließ er sie ihren eigenen Vortrag vorlesen, an dem sie einen ganzen Abend gesessen hatte.

»Nichts ermüdet das Auge mehr als das schon Dagewesene«, trug sie vor. »Wie oft hat man dieselbe Silhouette bereits in den unterschiedlichsten Stoffen und Farben gesehen? Heute aber kann ich Ihnen, liebe Hörerinnen, die gute Nachricht verkünden, dass sich in diesem Herbst ein Wandel zum Anspruchsvollen vollziehen wird. Die Mode dieser Saison verabschiedet sich von der Linienstrenge und ihrer nahezu klösterlichen Geradheit. An ihre Stelle tritt die Glockenform in ihrer drapierten Fasson. Volants und Plisseefalten bringen eine Stofffülle hervor, die nicht ohne Beeinträchtigung der Körperlinie einhergehen wird. All jenen, die trotz sportlicher Betätigung keine knabenhafte Figur haben, empfehle ich, im Zuschnitt lieber einige Zentimeter weniger zu raffen.«

»Wunderbar«, rief Rudolph Kühn am Ende ihres Vortrags aus und verbeugte sich noch immer sitzend hochachtungsvoll.

Das Manuskript stellte er dem Abteilungsleiter für das Vortragswesen vor, Doktor Hans Behle, der es auf einen Versuch ankommen lassen wollte.

Was soll ich sagen, meine liebe Elisabeth, schrieb Rudolph ihr wenige Tage später nach Berlin, *wir planen deine Modekolumne im Kölner Funkhaus, zur besten Sendezeit!*

Elisabeth bat um ein paar freie Tage, was im Gerson'schen Atelier für überraschtes Stirnrunzeln sorgte. Aber schließlich ließ man sie gehen. In Köln kam sie in einem kleinen, günstigen Gasthaus unter, in dem es durchgängig nach Kohlsuppe roch, was ihr Übelkeit und Kopfschmerzen verursachte. Doch sie riss sich zusammen. Die Stadt erschien ihr wie ein Weg in eine gleißende Zukunft. Wenn sie über die neueste Mode sprach, würden vor den Rundfunkgeräten in Köln, Langenberg, Dortmund und Münster eine halbe Million Menschen sitzen und ihrem Vortrag lauschen.

Weil sie wusste, dass der Intendant Ernst Hardt viel Wert darauf legte, dass die Sprecherinnen und Sprecher stets in Gesellschaftskleidung erschienen, wählte sie das Kleid von Madeleine Vionnet, das Otto ihr für das Abendessen beim Vorsitzenden des Deutschen Milchwirtschaftlichen Reichsverbandes gekauft hatte und das einen modischen V-Ausschnitt besaß. Es war vielleicht ein wenig zu elegant für diesen Anlass, aber als sie nun Rudolph auf sich zukommen sah und er einen anerkennenden Pfiff ausstieß, fühlte sie sich, als sei sie die begehrenswerteste Frau der gesamten Rundfunkanstalt.

»Halt bloß keine Maulaffen feil«, wies sie ihn augenzwinkernd zurecht. »Zeig mir lieber, wo ich hinmuss.«

An diesem Samstag sprach sie über die Psychologie der Kleidung, der folgende Donnerstag gehörte der aktuellen Herbst- und Wintermode mit einem zweiten Teil, in dem der Wintermantel im Mittelpunkt stand und der eine Woche später ausgestrahlt werden sollte.

Am Ende einer herrlichen Woche, in der Rudolph ihr seine neue Heimatstadt Köln und die angesagten Restaurants und Tanzbars gezeigt hatte, saßen sie mit Doktor Behle, dem Leiter des Vortragswesens, dem Intendanten und einer Gruppe Musiker in der Gastwirtschaft *Unter Krahnenbäumen* beisammen.

»Das war doch recht ordentlich«, sagte Doktor Behle beim Abschied. »Ich könnte mir vorstellen, Ihre Beiträge halbjährlich ins Programm einzubauen. Im April würden wir dann die nächste Folge zur Sommermode 1928 senden. Und wenn den Hörern Ihre Vorträge gefallen, erhalten Sie eine regelmäßige Kolumne.«

Die Aussicht auf eine eigene Modekolumne im Radio beflügelte Ebbe. Zurück in Berlin, konzentrierte sie sich darauf, die einschlägigen Kolumnen zu studieren, die direkt von den Schauen in Paris berichteten, an denen sich die gesamte Berliner Mode orientierte – sosehr man auch vorgeblich zur Eigenständigkeit aufrief. Denn in Wahrheit, das hatte Ebbe längst verstanden, war der berühmte Berliner Chic nichts anderes als die kommerzielle Kopie der Pariser Couture. Aber immerhin waren die Stücke dadurch für die Frauen erschwinglich.

Tagsüber nahm sie Maß bei Kundinnen und fertigte Namensetiketten für die ausgewählten Modelle, abends machte sie ihre Gymnastikübungen, bevor sie sich in die Lektüre der Modezeitschrift *Elegante Welt* vertiefte oder in der Pariser *Gazette du Bon Ton*. Die Zeitschriften erwarb sie gebraucht an einem

Kiosk am Hausvogteiplatz, und obwohl es eine Ausgabe von 1920 war, übertraf diese in ihrer Inszenierung alles, was Ebbe bislang kannte.

»Die *Gazette* ist eine Offenbarung«, erzählte sie ihrer Schwester Felicitas am Münztelefon, wobei sie das umgeschlagene Magazin in die Höhe hielt. »Modisch, elitär und gespickt mit Frivolitäten. Du solltest mal die Zeichnungen zu den Modellen der Couture-Häuser sehen … Dœuillet, Lanvin, Paul Poiret oder Paquin. All die Mäntel, Tageskleider und Abendroben werden von französischen Künstlern wie Georges Lepape oder Pierre Brissaud illustriert.«

»Das sagt mir gar nichts«, sagte Felicitas lachend.

»Weil du es nicht vor Augen hast. Selbst die Werbung ist kunstvoll inszeniert.« Ebbe klemmte den Hörer zwischen Ohr und Schulter und blätterte weiter. »Hier, ein Friseur an der *Rue Saint-Honoré* in Paris wirbt mit einer Zeichnung von einer Dame mit hochgebundener Lockenfrisur. Da möchte man doch selbst bei ihm auf dem Stuhl sitzen. Hast du schon mal von den *Produits du Dr. Dys* gehört? Das sind Reinigungssäckchen für eine Pfirsichhaut, die will ich unbedingt mal ausprobieren. Und den Boudoir-Möbeln eines Designerduos mit dem Namen *Süe & Mare* widmen sie gleich einen ganzen Artikel.«

»Man merkt dir an, dass du in deinem Element bist.«

»Ja, nur leider reicht mein Französisch nicht aus. Offenbar sind die Artikel von Autoren geschrieben, die Meister der Sprachkunst sind, ich kenne nicht einmal die Hälfte der Wörter. Sagen dir die Namen Émile Henriot, Eugène Marsan oder Gérard Bauer etwas?«

»Der Letzte klingt eher wie ein französischer Landwirt.«

Sie kicherten, und Ebbe merkte, wie sehr sie ihre Schwester vermisste. Bei ihr musste sie sich nicht verstellen.

»Das mit dem Französisch«, fuhr Felicitas fort, »lernst du sicher auch noch.«

»Darauf kannst du wetten. Und bis dahin informiere ich mich eben auf Deutsch.«

An einem sonnigen Apriltag kaufte Ebbe sich die erste deutsche Ausgabe der *Vogue*. Das Cover zierte die Illustration einer eleganten Frau in einem gelben Kleid vor der Kulisse New Yorks. Nicht ohne Stolz stellte sie fest, dass sie darin den französischen Künstler Georges Lepape sofort wiedererkannte.

In jenen Tagen schwebte sie geradezu durch die Berliner Straßen.

Mit einem Mal schien ihr die ganze Welt offenzustehen. Sie konnte es gar nicht erwarten, Rudolph wiederzusehen. Mit ihm würde sie die großen Metropolen besuchen, Paris und New York – das hatte er ihr in einem Brief angedeutet, der wieder die schwärmerischen Züge von früher trug.

Zum ersten Mal seit Jahren verspürte Ebbe ein unfassbares Glück. Sie sah sich bereits aus den Ateliers der großen Designer für die Modemagazine dieser Welt berichten. Vielleicht, so dachte sie, würde sie es nicht bis zur Directrice eines Modeateliers bringen. Aber mit ihrem Kunstsinn, dem klugen Verstand und der spitzen Zunge würde sie sich die Modeateliers untertan machen.

Doch ihre Träume platzten, noch bevor sie die Reise nach Köln antrat. Die Hörer, die zumeist aus ländlichen Gegenden kamen, hätten keinen Bezug zur Mode gefunden, schrieb ihr Rudolph in einer kurzen Mitteilung, weshalb die neue Leiterin des Frauenfunks die Kolumne kurzerhand aus dem Programm gestrichen habe.

In einem eilig anberaumten Telefonat empfahl diese Ebbe ein handfesteres Frauenthema. Da der Sender für die künstlerische Bildung und die Belange der Frauenrechte bereits andere Damen verpflichtet hatte, hielt Ebbe im Mai 1928 einen letzten Vortrag über die Fürstin Amalia von Gallitzin, die ihrem Idealbild einer Frau entsprach: unabhängig, widerständig und klug. Damit war ihre so hoffnungsvoll begonnene Radiokarriere auch schon wieder beendet.

Wie stand sie nun da?

Rudolph baute sie bei ihren kurzen Besuchen fürsorglich wieder auf, weshalb sie manchmal vergaß, dass er verheiratet war. Doch all das half nicht, die erlittene Demütigung zu lindern.

Ebbe hatte sich in Berlin bereits einigen Damen der Gesellschaft sowie sämtlichen Mitarbeitern im Gerson'schen Atelier als künftige Modereporterin vorgestellt. Und auch Luzies beständige Fragen wusste sie kaum noch abzuwimmeln.

Sie beschloss, den anderen die Wahrheit zu verschweigen und die Geschichte weiterzuerzählen, indem sie kurzerhand nach Köln zog.

Dort wollte sie Rudolph, der immer öfter davon sprach, sich von seiner Frau zu trennen, ganz für sich gewinnen. Er würde ihr genügend Luft zum Atmen lassen, ebenso die Freiheit, auch in der Ehe ihr eigenes Geld zu verdienen.

Da es in Köln keine angemessene Anstellung als Schneiderin gab und die sportliche Erziehung von Kindern gerade in Mode war, belegte Ebbe einen Kurs in medizinischer Gymnastik und verwandelte ein Zimmer ihrer Wohnung in einen Turnsaal.

Doch nur wenige Monate später musste sie erkennen, dass keiner der zu Akquirierungszwecken besuchten Ärzte seine kleinen Patienten zu einer gänzlich unerfahrenen Gymnastiklehrerin schicken wollte, so kompetent sie sich auch präsentierte. Und weil auch die Beziehung zu Rudolph nach einem versuchten Suizid seiner Gattin immer schaler wurde und sie sich bald gar nicht mehr sahen, zog sie eines Tages vollkommen mittellos zu ihrer Mutter Milly nach Münster. Dort saß sie wie ein schillernder Vogel gefangen in der engen, dunklen Wohnung. Arbeitslos und mit zerplatzten Träumen.

Von der Affäre mit Rudolph hatte sie ihrer Mutter nie erzählt. Und sie verbat sich so lange jegliche Kommentare zu ihrem nicht vorhandenen Liebesleben, bis die gestrenge Milly es schließlich aufgab.

Wichtigster Halt in dieser Zeit war ihre Schwester Felicitas, deren Töchter Tita und Eva inzwischen groß genug waren, um sie gut um sich haben zu können. Mit ihnen unternahm sie regelmäßige Landpartien, was ihr half, auf andere Gedanken zu kommen.

Manchmal dachte sie auch an Otto zurück, der stets höflich und zuvorkommend gewesen war. Und sie schalt sich, dass sie ihn damals so hochmütig hatte abblitzen lassen. Er hätte ihr die Welt zu Füßen gelegt.

Dass sie seinen Vorstellungen von einer Hausfrau und Mutter um keinen Preis entsprechen wollte, hätte sich gewiss regeln lassen. Irgendwie.

16

HAMBURG

Das Leben ging weiter, auch für Gertruds Söhne. Im Frühling 1927 hatte Herbert die Schule abgeschlossen und in Osnabrück eine Lehrstelle als Bäcker und Konditor bekommen. Ein Jahr später wurde Kurt nach Schwäbisch-Gmünd geschickt, wo er zum Kunstdrechsler ausgebildet werden sollte. Eigentlich hätte er lieber etwas mit Maschinen und Motoren gemacht, aber in dem Fach war keine Lehrstelle frei. Also fügte er sich und geriet an einen Lehrherrn, der lieber schlug statt anleitete, woraufhin Kurt die Lehre nach nur acht Wochen abbrach.

An einem diesigen Sonntag im Sommer 1928 stand er mit seiner kurzen Hose und dem inzwischen viel zu klein gewordenen Hemd vor der Tür des Backsteinhauses in der Elbchaussee und bat um Einlass.

Als Otto ihn bei einem Glas Milch fragte, warum er nicht in seinem Lehrbetrieb sei, zeigte Kurt ihm die schwarzgrün verfärbten Striemen, die quer über den Oberschenkel und den Rücken verliefen.

»Das war mein Meister. Er hat mich Yankee genannt und volksverräterischen Deutschamerikaner. Er hätte nicht an der Westfront gegen die amerikanischen Truppen gekämpft, um am Ende einen von ihnen durchzubringen.« Kurt rieb sich mit beiden Händen über das Bein. »Er behauptet, meine Mutter hätte ihre Heimat verraten. Man könnte ebenso wenig zwei Vaterländer haben wie zwei Väter. Und da bin ich natürlich wütend geworden.«

»Der Mann redet Unsinn«, sagte Otto. »Man kann sich überall auf der Welt zu Hause fühlen und trotzdem die Heimat im Herzen tragen. Leider gibt es viele Menschen, die das nicht verstehen. Sie haben ihre Scholle nie verlassen, nur für den Krieg. Du darfst dich davon nicht beirren lassen, zeig diesen Leuten, welche Fähigkeiten du hast.«

»Ich will aber nicht zurück nach Schwäbisch-Gmünd!«

»Wer sagst denn, dass du zurückmusst?«

»Großvater Cornelius«, presste Kurt hervor und sah Otto mit seinen blaugrauen Augen düster an. »Er sagt, bei mir ist Hopfen und Malz verloren und ich kann froh sein, wenn mich überhaupt noch jemand nimmt. Aber ich gehe da nicht wieder hin, da kann er sich noch so querlegen. Außerdem will ich gar kein Kunstdrechsler werden, sondern etwas mit Maschinen machen. In Boberg bin ich Motorrad gefahren. Der Herr Vorrath hat es mir erlaubt.« Er seufzte, und auf seiner Stirn entstanden Sorgenfalten, die viel zu tief waren für einen Jungen von bald fünfzehn Jahren.

»Als ich in deinem Alter war«, sagte Otto, »wollte ich unbedingt in die Ferne. Nach Südamerika. Aber mein Vater hat verlangt, dass ich in seinem Weinhandel arbeite.«

»Wirklich? Und warum bist du trotzdem gegangen?«

»Weil mein Vater mich verstanden hat. Und ich verstehe dich. Auch wenn ich nur dein Patenonkel bin.«

In Kurts Gesicht erschien ein vorsichtiges Lächeln. »Dann darf ich also etwas mit Maschinen und Motoren machen?«

»Ich werde versuchen, dir eine entsprechende Lehrstelle zu besorgen. Aber«, er sah Kurt streng an, »sofern ich das für dich tue, musst du mir eines versprechen: Wenn du einmal aufgebracht bist, dann halte die Wut im Zaum und werde niemals patzig, hörst du? Bleib immer anständig und höflich, egal, wie schwer es dir manchmal fällt. Dann wird man dich stets nach deinem Fleiß und Können beurteilen und nicht nach Sympathie. Und du schreibst mir regelmäßig, damit ich immer weiß, wie es dir geht.«

Kurt hob die rechte Hand zum Schwur. »Das mache ich.«

Otto nickte zufrieden. »So, und nun gehen wir erst einmal in die Stadt und kleiden dich neu ein, damit du wieder anständig herumläufst.«

Kurz darauf übernahm Otto ganz offiziell die Vormundschaft für Kurt und Herbert. Über das Mutterhaus der Franziskanerinnen fand er eine Lehrstelle in Melle, wo Kurt eine Ausbildung zum Schmied und Autoschlosser machen konnte. Und wie versprochen trafen in regelmäßigen Abständen Postkarten ein, auf denen der Junge voller Begeisterung von seinen neuen Aufgaben berichtete.

Weil Kurt keine richtigen Papiere besaß und Otto einsah, dass er in diesem Deutschland einen entsprechenden Ausweis brauchte, fuhr er mit seinem Neffen zum amerikanischen Konsulat nach Bremen, wo er einen schriftlichen Identitätsnachweis anforderte. Damit beantragten sie einen Staatsangehörigenausweis der Freien und Hansestadt Hamburg, der Kurt fortan als Deutschen auswies.

In jenen Tagen traf auch ein Brief ein, den Otto längst nicht mehr erwartet hatte. Als er den Absender entdeckte, musste er sich erst einmal setzen und tief durchatmen.

Er war von Paul!

Hastig öffnete er den Umschlag. Heraus fiel die Kopie einer Urkunde.

Certificate of Marriage

This certifies that

Paul J. Lagerfeld and Josephine D. Ebeling

were united in marriage.

Dated on the eighth day of December 1927

»Was hat das zu bedeuten?«, flüsterte Otto, und ihm wurde ganz warm. Hatte sich die Detektei geirrt? War Paul gar nicht verheiratet gewesen? Otto suchte nach einer erklärenden Nachricht, aber es war nichts weiter beigelegt. Kein Wort, kein Gruß.

Immerhin hatte sein Bruder ein Lebenszeichen von sich gegeben, und das bewegte ihn mehr, als er sich eingestehen mochte. Es musste Paul sehr wichtig sein, die Sache klarzustellen.

Nun hing es in der Luft, wie eine Anklage. Und Otto wünschte sich, mit seinem Bruder eines Tages darüber reden zu können.

Es waren gute Jahre für die Glücksklee Milchwerke. Die große Ausstellung im Rahmen der Berliner Kolonialwarenmesse im Oktober hatte die Marke endgültig ins Licht der Aufmerksamkeit gerückt, und es gab so viel zu tun, dass Otto sich nicht für eine weitere Amtszeit als ehrenamtlicher Handelsrichter aufstellen ließ. Sein Bankkonto füllte sich zusehends. Nur die politische Lage machte ihm Sorgen.

Die Unzufriedenheit in der agrarisch geprägten Provinz Schleswig-Holstein wuchs, weil die Regierung hohe Abgaben einforderte und trotz Missernten und Preisrückgängen keine Gnade mit den notleidenden Bauern zeigte. Und auch dort Steuern eintrieb oder pfändete, wo nichts mehr zu holen war.

Es herrschte eine aufgeheizte Stimmung, die sich über das norddeutsche Land legte. Die Menschen wurden immer aggressiver und angriffslustiger und trugen ihre Wut auf die Straße.

Leewer duad üs Slaaw!

Über hundertvierzigtausend Menschen sollten zu Beginn der Bewegung dabei gewesen sein, und die Aufmärsche nahmen kein Ende, wurden zunehmend bedrohlicher. Es kam zu Bombenanschlägen auf Landrats- und Finanzämter, im November 1928 gingen zweihundert Bauern gemeinschaftlich auf Vollstreckungsbeamte los, die zwei Ochsen pfänden wollten.

Als auch im nächsten Sommer kein Ende der Unruhen abzusehen war, fuhr Otto zu einem seiner Milchlieferanten, der ein großes Landgut vor Neumünster besaß, um sich die Lage schildern zu lassen.

Sie setzten sich auf eine Holzbank vor dem Kuhstall, den Hofhund zu Füßen, und sahen auf die abgeernteten Kornfelder mit den dort aufgestellten Garben.

»Wir Bauern trauen uns kaum noch, Kredite aufzunehmen, weil die Banken viel zu hohe Zinsen verlangen«, erklärte der Mann und fischte mit schwieligen Händen eine Zigarette aus der Schachtel, die Otto ihm reichte. »Die meisten sind misstrauisch geworden, und ich kann es ihnen nicht verdenken. Doch wo kein Geld für Investitionen, da kein Ertrag. Dass die Regierung jetzt die Märkte mit amerikanischem Getreide flutet, um die Bevölkerung sattzubekommen, versetzt den meisten, die doch Kredite laufen haben, den Todesstoß. Selbst den reichsten. Bei den gefallenen Preisen kann niemand mehr die Bank bezahlen.«

Er beugte sich vor und hielt die Zigarette in das Streichholz, das Otto entzündet hatte. Nahm einen tiefen Zug und blies den Rauch in kleinen Kringeln in die Luft.

»Können Sie sich das vorstellen? Seit Jahrhunderten bewirtschaften wir dieses Land. Generationen von Bauern haben gut und gerne davon gelebt. Und jetzt, wo wir uns wie eh und je krumm und buckelig schuften, müssen wir unser letztes Hemd hergeben.«

Otto nickte. Er verstand die Nöte der Bauern. Aber es änderte nichts, wenn man rohe Gewalt anwandte. »Wie, denken Sie, ließen sich die Probleme am ehesten lösen?«

Der Bauer nahm einen tiefen Zug, sodass die Zigarette hell aufglühte.

»Mit gesundem Menschenverstand?« Er hustete den Rauch aus. »Aber das ist bei unseren Politikern ja schon zu viel verlangt. Das ist doch alles dieselbe Mischpoke, die gucken genau, wo sie abbleiben. Und das stachelt die Leute auf. Es würde mich nicht wundern, wenn das Volk eines Tages denen da oben die Kehle durchschneidet. In Neumünster waren neulich mehrere Tausend Bauern auf der Straße. Der ganze Rathausplatz war voller Menschen. Furchtbar aufgebracht waren sie und haben sich aufgeführt, als wären sie ihre eigenen Soldaten. Sie marschierten zur Musik der Kieler Stahlhelmkapelle und trugen eine schwarze Fahne mit silbernem Pflug und rotem Schwert vor sich her, die an einer Sturmsense angebracht war. Als würden sie in den Krieg ziehen! Und als man ihnen die Fahne abnahm, da haben sie gleich die ganze Stadt boykottiert.«

»Ja, davon habe ich gehört«, sagte Otto. »Wir bräuchten dringend einen mäßigenden Demokraten wie Gustav Stresemann, der beide Seiten wieder zusammenbringt.«

Der Großbauer musterte ihn skeptisch. »Das sehe ich anders. Was wir jetzt brauchen, ist jemand, der hart gegen die jüdisch-parlamentarischen Cliquen und Bonzen durchgreift und Ordnung schafft. Ein für alle Mal. Einer wie dieser Hitler. Der könnte das hinbekommen.«

Allmählich breitete sich auch in der Belegschaft des Glücksklee Milchwerkes Unruhe aus. Unter den Mitarbeitern gab es Völkische, die sich mit den Bauern solidarisierten, ebenso wie Kommunisten, die dazu aufriefen, gegen die Herren der Industrie, der Banken und des Großgrundbesitzes aufzustehen. Doch weil die Firma sowohl ihren Arbeitern ein angemessenes Gehalt zahlte als auch den Bauern und Meiereien einen guten Milchpreis, blieben die Konflikte aus.

Bis es Anfang September in den Fabrikhallen zu einem Streit zwischen Gewerkschaftlern und Anhängern der NSDAP kam, weil jeder sich für den besseren Vertreter der Bauernschaft hielt. Er eskalierte in einer wilden Schlägerei, die nur mit Mühe und dank des beherzten Eingreifens eines Betriebsratsvorsitzenden beendet werden konnte.

In jenen Zeiten schlief Otto sehr unruhig, und sein Blutdruck schlug Kapriolen. Er kannte den Ruf nach Gerechtigkeit, das Funkeln in den Augen der Menschen, die glaubten, sich mit Gewalt holen zu müssen, was ihnen zustand. Damals, als in Russland die Bolschewisten das Ruder übernommen hatten, war es nicht gut geendet.

Einer der Fabrikarbeiter stammte aus Sorotschin, einem Dorf im ehemaligen russischen Siedlungsgebiet der Wolhyniendeutschen. Er war dort Großbauer gewesen. Die Bolschewisten hatten ihn und seine Familie vertrieben und sein Land anderen gegeben, die es in kürzester Zeit herunterwirtschafteten. Nun war er einer der glühendsten Anhänger der Nationalsozialisten, die versprachen, den Kommunismus und dessen jüdische Unterstützer zu bekämpfen, und er ließ sich sogar ein Oberlippenbärtchen stehen.

Als sein Blutdruck nicht besser wurde, suchte Otto einen Arzt auf.

»Wann haben Sie das letzte Mal eine Urlaubsreise gemacht?«, fragte dieser.

»Ich kann mich nicht erinnern, überhaupt je Urlaub gemacht zu haben.«

»Dann ist es dringlich angeraten, dies schleunigst nachzuholen. Ich empfehle Ihnen einen Kuraufenthalt auf einer unserer schönen Nordseeinseln. Dort herrscht ein gesundes Reizklima, das die Durchblutung fördert und den Stoffwechsel anregt. Es wirkt Wunder zur Stabilisierung des Schlaf-wach-Rhythmus. Sie werden sehen, nach nur zwei Wochen sind Sie wieder der Alte.«

Otto wusste, dass der Arzt recht hatte. Aber zwei Wochen würde er sich nicht freimachen können. Am Ende nahm er sich drei Tage frei, dazu das Wochenende, mehr durfte er sich nicht erlauben.

17

NORDERNEY

»Sieh nur, Papa, die vielen Möwen! Lass uns nach vorne gehen, wir sind gleich da.«

Otto folgte Theas Blick und schaute über die Reling des Fährbootes in den Himmel. Ein gutes Dutzend Vögel zog kreischend ihre Kreise, segelte im Auf und Ab des Windes über ihre Köpfe hinweg. Majestätisch wirkten sie und viel größer als in Hamburg.

Er stand auf und hielt sich im plötzlichen Schwanken des Bootes an der hölzernen Lehne des Vordersitzes fest, bevor er wieder festen Stand fand. Dann folgte er seiner sechsjährigen Tochter, die bereits voller Ungeduld an der Tür zum Außendeck stand.

Ein scharfer Wind blies ihnen entgegen, und er musste seinen neuen Strohhut festhalten, als sie sich an die Reling stellten und der rasch näher kommenden Insel entgegensahen: das vom Preußenkönig zum Seebad erklärte Norderney, die Königin der Nordsee.

Mit einem Rucken legte die Fähre an, und Otto nahm Thea an der Hand.

Der Mann, der das Tau um den Poller schlang, rief ihm barsch etwas zu. *»Goot fasthollen, ans fallt ji noch hen!«*

»So licht haut mi nix üm«, gab Otto freundlich zurück.

Thea blickte ihn mit großen Augen an.

»Der Mann war nur besorgt, dass wir hinfallen«, sagte Otto und half ihr an Land.

Ja, er konnte es noch, obwohl er seit der Kindheit kaum Platt gesprochen hatte. Höchstens mit manchen Milchbauern oder den Arbeitern im Neustädter Werk, die es von einem Direktor nicht erwarteten. Es brachte ihm Respekt ein und viel Sympathie. Vor allem jetzt, da die Zeiten so unruhig waren.

Nachdem sie das Hotelzimmer bezogen und in einem Spielwarenladen einen Ball und Sandspielzeug gekauft hatten, gingen sie zum Wasser, um sich einen Strandkorb zu mieten. Während Thea ihm zu Füßen eine Sandburg baute, zwang sich Otto, nicht an die Dinge zu denken, die während seiner Abwesenheit in der Firma liegen blieben.

Stattdessen beobachtete er den Rhythmus des gewaltigen Meeres, das in kräftigen Wellen ans Ufer schäumte. Er sog die salzige Luft ein, rein und frisch, schmeckte die feinen Tröpfchen der windzerstäubten Brandung und sagte sich, dass es eine gute Idee gewesen war, mit Thea zu verreisen.

Ein adrett gekleidetes Paar in blütenweißer Kleidung flanierte vorbei, trug die Schuhe in den Händen, während es mit gezierten Bewegungen barfuß durch das Wasser watete. Dabei wurden die beiden von einer Horde ärmlich gekleideter Jungen aufgeschreckt, die sich einen Spaß daraus machten, johlend an ihnen vorbeizurennen, dass das Wasser nur so aufspritzte.

»Ihr Schmutzfinken!«, rief der Mann ihnen hinterher, doch die Kinder schlugen Flanken über den Strand und waren bald außer Sicht.

»Spielst du mit mir Ball?«, fragte Thea in seine Beobachtungen hinein.

Otto erhob sich und klemmte den Strohhut im Sitz des Strandkorbes fest, um ihrer Aufforderung zu folgen.

Es war mehr ein Laufen und Aufsammeln als ein Spielen.

Der Ball beugte sich dem Wind, immer wieder lief Thea ihm kreischend hinterher, um ihn in einem unkalkulierbaren Bogen zurückzuwerfen.

Wieder kam eine heftige Böe, und dieses Mal riss die den Strohhut aus seiner Verankerung im Korb, wirbelte ihn über den Strand, als sei er ein herbstliches Blatt.

Otto eilte ihm hinterher, versuchte ihn zu fangen, bevor er hinaus auf das Meer getragen wurde. Als der Hut den Wassersaum fast erreicht hatte, setzte Otto zu einem Sprung an und fing ihn mit ausgestrecktem Arm. Er kam ins Taumeln und musste nach dem Aufkommen einen Ausfallschritt machen, um nicht zu stürzen. Dabei geriet er zwischen ein Grüppchen von Frauen und Mädchen, die einen Spaziergang machten.

»Entschuldigung, die Damen«, sagte er, als sie kreischend auseinanderstoben. »Ich habe Sie gar nicht kommen sehen.«

Eine von ihnen stemmte die Hände in die Hüften und funkelte ihn an, bevor ihr ein erstaunter Ausruf entfuhr. »Otto?«

Vor ihm stand Elisabeth Bahlmann. Sie sah gut aus in dem hellen Kostüm und dem locker gebundenen Mantel. Das kurze braune Haar umwehte ihr Gesicht, und sie lächelte, als hätte sie ihm nicht über Wochen jegliche Antwort auf seine Briefe verwehrt.

»Ebbe …«, sagte er, noch immer gekränkt. »Das ist ja eine Überraschung.«

»Nicht wahr? Es scheint unser Schicksal zu sein zusammenzustoßen.« Sie zeigte auf ihre Begleitung. »Darf ich vorstellen? Das ist meine Schwester, Frau Doktor Felicitas Ramstedt, mit ihren beiden Töchtern Eva und Tita. Wir machen hier gemeinsam Urlaub.«

»Freut mich.« Otto deutete eine Verbeugung an.

»Und Sie?«, fragte Ebbe. »Sind Sie alleine?«

»Nein, ich bin mit meiner Tochter hier.« Er sah zu Thea, die alles aus einigem Abstand beobachtete, den Ball fest an den Körper gepresst, und winkte sie zu sich. »Komm her, Theachen, ich möchte dir eine Bekannte aus Berlin vorstellen, Elisabeth Bahlmann.«

Ebbe lächelte, als das Mädchen einen Knicks machte.

»Das ist also Thea«, sagte sie. »Du bist aber ein hübsches Mädchen.« Sie sah Otto mit einem zerknirschten Ausdruck an. »Tut mir leid, dass ich mich nicht zurückgemeldet habe. Es ist zu viel passiert in meinem Leben, und ich musste den Kopf freibekommen.«

»Sie hätten es mir schreiben sollen. Das wäre anständiger gewesen, und ich hätte mich nicht so lächerlich gemacht.« Damit hob er den Sonnenhut zum Gruß. »Noch eine schöne Zeit.«

Er wollte sich gerade zum Gehen wenden, als sie die Hand auf seinen Arm legte.

»Otto, es tut mir leid, es war ein Fehler. Vielleicht wollte ich mich ja auch nur schützen.«

»Schützen? Wovor?«

»Vor meinen Gefühlen. Ich hatte mich schon so sehr in meiner Unabhängigkeit eingerichtet, dass mir Ihre Bemühungen Angst machten.«

Er sah sie überrascht an und wusste nicht, was er von dieser unvermittelten Offenbarung halten sollte.

»Sie haben natürlich vollkommen recht mit Ihrer Schelte«, fuhr Ebbe fort. »So etwas tut man nicht. Und ich entschuldige mich hiermit ganz artig. Lassen Sie uns noch einmal von vorne beginnen, als Freunde. Denn das sind wir doch noch, oder? Meine Nichten sind in etwa Theas Alter. Und wenn ich es richtig sehe, hat Ihre Tochter niemanden zum Spielen. Was meinen Sie, wollen wir die Vergangenheit ruhen lassen und uns zusammentun?«

Ihr Blick hatte etwas Kokettes, und Otto spürte, wie sein Widerstand schmolz. Er wandte sich Thea zu, die die beiden Mädchen neugierig beäugte.

»Na schön, wir können es ja mal versuchen.«

In Norderney war Ebbe ganz anders als in Berlin. Alles Unnahbare schien verschwunden, ebenso jeder Anflug von Melancholie. Geradezu ausgelassen stapfte sie mit nackten Füßen durchs Watt und kreischte wie ein Backfisch, als etwas Glitschiges um ihre Zehen glitt.

Otto genoss die Stunden mit ihr zunehmend und suchte ihre Nähe, um sie besser kennenzulernen. Und je mehr Zeit er mit ihr verbrachte, desto blasser wurde die Erinnerung an die Kränkung, die sie ihm zugefügt hatte.

Sie wanderten durch die Dünen, sammelten Muscheln, fuhren Fahrrad, und zum ersten Mal erzählte Otto auch aus seinem Leben.

»Sie können wirklich Russisch?«, fragte Ebbe skeptisch, als er bei seiner Zeit in Wladiwostok angelangt war.

»Sogar etwas Chinesisch. Das waren damals unsere wichtigsten Handelspartner.«

Am Abend aßen sie in einem Restaurant am Hafen Schellfisch mit Buttersauce, Speck und eingelegtem Aal. Wobei Ebbe nur beim Gemüse blieb – wegen ihrer Niere, wie sie ihm erklärte. Aber für die Kinder gab es den guten Fisch, ohne Ausnahme, er war schließlich etwas Besonderes.

»Was ist mit dir, Liebes?«, fragte Ebbe spitz, als Thea ihren Teller mit einem Stöhnen beiseiteschob. »Hast du Bauchweh?«

»Ich mag keinen Fisch.«

»Du musst ihn nicht mögen, um ihn aufzuessen.«

Thea zog eine Schnute und schob den Teller noch ein Stück weiter fort. Dann lehnte sie sich mit verschränkten Armen im Stuhl zurück.

Ebbe sah zu Otto, der nur die Stirn runzelte, und wandte sich dann den anderen Mädchen zu, die das Essen konzentriert auf ihre Gabeln schoben.

»Ich kannte mal ein Mädchen, das auch keinen mochte. Obwohl in aller Herrgottsfrüh fleißige Fischer extra aufs Meer hinauszogen, um ihn in rauem Wind und Wellengang mit ihrer Hände Kraft zu fangen. Es verweigerte den Fisch sogar, als es nichts anderes zu essen bekam. Bis es vollkommen abgemagert war und starb.« Sie richtete ihren Blick wieder auf Thea. »Wie sagte schon Schopenhauer? Aller Eigensinn beruht darauf, dass sich der Wille an die Stelle der Erkenntnis gedrängt hat.«

Sieh an, dachte Otto, der in jener Erzählung Ebbes Bemühungen um eine gute Erziehung erkannte. Vielleicht würde sie sich ja doch der Mutterrolle fügen. Er nickte seiner Tochter aufmunternd zu und freute sich, als sie sich vorbeugte, um mit dem Essen fortzufahren.

Es wäre ja auch wirklich verschwenderisch, ein so gutes Mahl zu verweigern. Und manchmal, das gab er zu, verwöhnte er die Kleine tatsächlich ein wenig zu sehr.

Der Sonntag begann mit einem strahlend blauen Himmel, und als sie sich am Fähranleger voneinander verabschiedeten, wurde Otto das Herz ganz schwer bei dem Gedanken, am Abend wieder in die Wohnung zurückzukehren, in der er mit Thea und Tilla lebte, als sei er bereits auf dem Abstellgleis und kein Mann von Ende vierzig.

Er sah seiner Tochter nach, die nicht schnell genug an Bord kommen konnte, und ließ eine Familie vorbei, deren Vater mit viel zu großen Koffern kämpfte. Dann wandte er sich wieder Ebbe zu.

»Es ist Zeit«, sagte er. »Leben Sie wohl. Und grüßen Sie mir Berlin.«

»Ich wohne inzwischen wieder in Münster bei meiner Mutter. In der Dürerstraße drei. Schreiben Sie mir?«

»Wenn Sie mir antworten?«

»Was ist denn das für eine Frage!«

Er lächelte höflich, und weil das Schiffshorn zur Abfahrt blies, ging er an Bord. Noch lange stand er an der Reling und blickte in Richtung des Fährhafens, wo Ebbe bald nur noch ein kleiner Punkt war und schließlich ganz verschwand.

Erst als Otto sich zu seiner Tochter auf die Holzbank im Inneren der Fähre setzte, fiel ihm auf, wie still Thea war.

»Na, *mien Deern*, was ist dir denn für eine Laus über die Leber gelaufen?«

»Ich mag sie nicht«, maulte Thea und zog eine Schnute.

»Aber Tita und Eva waren doch immer nett zu dir?«

»Die meine ich auch nicht.«

»Ebbe?«

Thea nickte. »Die tut nur so freundlich, aber sie mag mich nicht leiden.«

Er legte seinen Arm um ihre Schultern und drückte sie an sich. »Wen könnte es schon geben, der dich nicht leiden mag!«

Tatsächlich schrieb Elisabeth als Erstes. Es war ein geschmackvoller Brief auf feinem Papier, und er begann mit einem Zitat von Voltaire.

Alle Menschen sind klug – die einen vorher, die anderen nachher. Bei mir hat es ein wenig länger gedauert, umso erfreuter bin ich, dass das Schicksal Nachsicht übte und wir uns wieder begegnen durften.

Es entspann sich ein freundschaftlicher Austausch, der sich rasch intensivierte. Ebbes Kapriolen in Berlin waren bald vergeben und vergessen, und Otto verspürte eine zunehmende Wohligkeit, wenn er an sie dachte.

Ende Oktober kam Ebbe zu einem Besuch nach Hamburg und übernachtete in einer nahegelegenen Pension, in der Otto ihr ein Zimmer besorgt hatte. Doch weil weltweit die Börsen bebten, hatte er kaum Zeit für sie. Er müsse als Kapitän auf der Brücke bleiben, entschuldigte er sich, um die Glücksklee Milchwerke mit all ihren Verbindlichkeiten durch den tosenden Sturm zu steuern.

»Die Amerikaner haben mir zugesichert, dass ich endlich den versprochenen Firmenwagen erhalte, wenn der Umsatz den Turbulenzen zum Trotz stabil bleibt«, erklärte er. »Damit kann ich Sie dann in Münster besuchen kommen.«

»Ich habe nicht so bald vor, nach Münster zurückzukehren. Ich werde Hamburg ein wenig genauer erkunden, während sie die Firma auf Kurs halten.«

Weil es ihn freute, dass Ebbe sich derart verständnisvoll zeigte, bat er sie, sich in den Geschäften am Jungfernstieg ein wenig umzusehen und, wenn ihr etwas gefalle, es sich auf Rechnung von Herrn Direktor Lagerfeld zurücklegen zu lassen. Er freue sich, den Betrag später zu begleichen.

Allerdings war es weniger dem Verständnis geschuldet, dass Ebbe in Hamburg blieb. Der Gedanke, in die dunkle Witwenwohnung ihrer gestrengen Mutter zurückzukehren, löste eine derartige Beklemmung in ihr aus, dass sie es vorzog, Otto noch besser kennenzulernen.

18

Auf ihrem ersten Spaziergang durch Hamburg befand Ebbe, dass die Stadt in ihrer hanseatisch-weltmännisch kühlen Art nur wenig Esprit versprühte. Aber hübsch war sie. Vor allem die Innenstadt mit dem Jungfernstieg und den eleganten Damenmodengeschäften am Neuen Wall, die sie mit Kennerblick durchstreifte.

Vor allem an den Auslagen der Gebrüder Robinsohn am Eckhaus zur Schleusenbrücke konnte sie sich nicht sattsehen. Auch wenn die Hamburger Mode nicht ganz so extravagant war wie die in Berlin, so zeichnete sie sich doch von einer zurückhaltenden Eleganz aus, die sie für sich einnahm.

Als sie ein paar Handschuhe aus Rindsleder auf Rechnung von Herrn Generaldirektor Lagerfeld erstand, wählte sie klug. Es war ein modisches und zugleich praktisches Accessoire aus edlem Material, das ihren Stil unterstrich, ohne sie als Verschwenderin dastehen zu lassen. Denn so weit hatte sie Otto schon durchschaut, dass seine Großzügigkeit dort endete, wo die Prasserei begann.

Tatsächlich zahlte Otto klaglos. Er lud Ebbe sogar, weil es sie auch im November nicht zurück nach Münster zog, zu sich in das Backsteinhaus an der Elbchaussee ein, um das Geld für die Pension zu sparen. Sie könne in Tillas Zimmer schlafen, bot er ihr an. Seine Schwester fände solange Unterschlupf in der Wohnung der Eltern. Er freue sich, sie öfter zu sehen.

»Und was ist mit Thea?«, fragte Ebbe misstrauisch.

»Sie wird gewiss die meiste Zeit oben bei ihren Großeltern und Tanten sein. Aber«, fügte er mit einem hoffnungsvollen Lächeln hinzu, »es wäre doch eine gute Gelegenheit, sich ein wenig näher kennenzulernen, nicht wahr?«

»Sicher«, antwortete sie knapp. Darüber mussten sie dringend noch einmal reden.

Und so zog Ebbe in Tillas Zimmer, das voll war mit Zierpuppen, Porzellanfiguren und Häkeldeckchen und einem Bücherregal, in dem nur Schundromane standen, aber nicht ein einziger Band erbaulicher Literatur.

Ebbe schlief schlecht in der ersten Nacht. Viel zu früh am Morgen schlug sie die Augen auf, draußen war es noch dunkel. Der Gedanke, sich in die Abhängigkeit eines Mannes zu begeben, machte ihr Angst. Ja, sie mochte Otto. Aber mochte sie auch sein Leben?

Kaum dass Otto das Haus nach dem Frühstück in Richtung Büro verlassen hatte und Thea in der Schule war, begutachtete Ebbe die Wohnung bei Tageslicht.

Ihr Blick glitt über die dunklen Möbel und die Vorhänge aus dickem Wollstoff. Alles hier war schwer und düster, und gewiss hatten die Gegenstände einen Preis. Aber sie waren so schrecklich unmodern, in jenem Stil der Jahrhundertwende, wie ihn alte Leute noch immer mochten. Nicht zu vergleichen mit den von Friedrich dem Großen inspirierten Möbeln des höfischen Rokokos. Oder von der Eleganz des Art déco, dessen opulent geschwungene Formen, exquisite Materialien und kostbare Stoffe sogar den Pariser Couturier Paul Poiret zur Kreation herrlichster Interieurs veranlasst hatte.

Eine leise Enttäuschung machte sich breit. Das sollte das Heim eines Generaldirektors sein?

Während das Backsteinhaus mit den weißen Sprossenfenstern noch eine gewisse hanseatische Eleganz ausstrahlte, war das Innere Zeugnis einer im Modischen ungeübten Hand. Offenbar hatte Otto die Wahl der Einrichtung seinen Schwestern überlassen.

War er selbst stets elegant und modisch gekleidet, so war die Wohnung einem Generaldirektor nicht angemessen, ganz im Gegenteil. Sie war ebenso proletarisch bodenständig wie dieser bis an die Decke vollgestellte Vorratsraum mit Dauerwurst und Kondensmilch, eingelegtem Gemüse und allerlei Konserven.

Es war offensichtlich, dass eine künstlerische Hand fehlte, die all diese Zeugnisse von Tillas betulicher Jungfräulichkeit beseitigte und dem Haus einen neuen Anstrich verpasste.

Ebbe fuhr sich mit beiden Händen durchs Haar und drehte sich dann um ihre eigene Achse.

Das mit der Einrichtung wäre gewiss zu bewerkstelligen. Aber ob sie mit Ottos überhöhtem Familiensinn klarkäme, wagte sie zu bezweifeln. All die gerahmten Fotos, die sich auf der altmodischen Anrichte aneinanderreihten und auf denen ihr unzählige fremde Personen entgegensahen, drohten sie zu erschlagen.

Da half es nur wenig, als Otto ihr am Abend einen Verwandten nach dem anderen vorstellte, um den Gesichtern eine Geschichte zu geben.

»Dies ist mein zweitältester Bruder Joseph mit seiner Frau Margaret«, sagte er und nahm einen der Rahmen in die Hand. »Und der Mann neben den beiden, das ist Paul. Das Foto wurde neunzehnhundertdreizehn aufgenommen, als er mit seiner Frau Gertrud bei den beiden in Portland lebte.«

Ebbe beugte sich vor. Auf dem Bild waren drei Personen zu sehen, die auf einer Anhöhe standen, im Hintergrund wand sich ein Fluss. Die Männer rahmten eine Frau ein, die genau so aussah, wie sie sich eine amerikanische Hausfrau vorstellte. Nicht ganz schlank, das Gesicht ungeschminkt und in gepflegter, aber ländlich wirkender Kleidung. Paul hingegen gefiel ihr. Er war ein attraktiver Mann. Auf dem Kopf trug er eine Melone aus schwarzem Filz, und in seinem Mund steckte eine Pfeife. Während die anderen beiden sich ansahen, war Pauls Blick direkt in die Kamera gerichtet. Herausfordernd, aber nicht unfreundlich.

»Und wo ist seine Frau … wie hieß sie noch?«

»Gertrud.« Otto ergriff ein anderes Bild. Eine hübsche junge Dame mit rundem, sehr weiblichem Gesicht und einer eleganten Spitzenbluse. »Sie ist vor drei Jahren gestorben. Und das hier«, er zeigte auf das Foto zweier Jungen vor dem Backsteinhaus, mit Thea an den Händen, »sind ihre Söhne Kurt und Herbert, meine beiden Mündel. Herbert wird bald seine Ausbildung als Koch abschließen, und Kurt macht eine Schlosserlehre in Melle.«

»Du bist ihr Vormund?« Ebbe sah ihn fragend an. »Ist Paul denn auch tot?«

»Nein. Er lebt in Amerika und hat dort eine neue Familie gegründet. Aber das ist eine lange Geschichte.«

Ebbe war sich nicht sicher, ob sie die Geschichte von Paul und Gertrud wirklich hören wollte, und wies stattdessen auf einen ovalen Rahmen mit dem Bild einer jungen Frau, von dem es ein Gegenstück mit Ottos Konterfei gab. Sie kannte die Antwort, bevor sie fragte, aber es war an der Zeit, es hinter sich zu bringen.

»Und das hier?«

»Das ist Theresia«, gab er leise zur Antwort. »Meine erste Frau.«

Ihr entging nicht, dass er heftig schluckte, und noch im selben Moment war ihr klar, wie sehr er die scheu lächelnde Dame mit dem Glockenhut noch liebte. Ein heftiger Stich durchzog ihre Brust.

»Ich hatte mir deine erste Frau anders vorgestellt«, sagte sie. »Irgendwie … eleganter.«

Sie hätte noch viel mehr zu diesem blassen Wesen sagen können, aber den Rest schluckte sie herunter. Er musste ja nicht mitbekommen, wie sehr ihr die Eifersucht die Kehle zuschnürte.

Doch Otto schien es auch so herausgehört zu haben.

»Theresia war«, sagte er scharf, »eine der klügsten und warmherzigsten Frauen, die man sich nur wünschen kann. Und sie wäre gewiss eine wundervolle Mutter geworden.«

Eine Wand schob sich zwischen sie und Otto. Ebbe verzog den Mund.

Er wusste ja nicht, was er an ihr, der Tochter des Trägers eines Königlichen Kronen-Ordens dritter Klasse hatte! Aber sie würde es ihm schon noch beibringen.

Aus einer Woche wurden zwei und irgendwann ein ganzer Monat. Schließlich, als Otto ihr an einem besonders eisigen Wintertag nach dem Spaziergang an der Elbe einen Kuss auf die kalten Lippen gab, fragte niemand mehr, wann sie wieder auszog. Bald begann Ebbe, die vielen Spitzendeckchen, Figuren und Püppchen einzusammeln und das Regal mit eigenen Büchern zu bestücken, die sie bei ihren Streifzügen durch die Innenstadt auf Rechnung von Herrn Generaldirektor Lagerfeld gekauft hatte.

Einmal fuhr Ebbe noch nach Münster, um ihre Schwester zu besuchen und die restlichen Sachen aus Millys Wohnung mit nach Hamburg zu nehmen. Viele waren es ja nicht.

Als Otto Mitte Dezember auf Geschäftsreise nach München, Stuttgart und Heidelberg fuhr und ihr etwas Haushaltsgeld daließ, fuhr Ebbe in die Innenstadt und kaufte sich davon Modezeitschriften und Hefte mit Schnittmustern, dazu einige Stoffe, um daraus Blusen und Kleider für das kommende Frühjahr zu schneidern. Und weil sie das Gefühl hatte, in der düsteren und unmodernen Einrichtung zu ersticken, beschloss sie, einfach Hand anzulegen und Otto mit neuen Vorhängen, die sie auf Lisbeths alter Maschine nähte, zu überraschen.

Tatsächlich freute sich Otto über die Veränderungen, und es war ihr ein Ansporn, damit fortzufahren.

Doch als sie eines Abends mit neuen Stoffen heimkam, hörte sie Tilla und Otto in der Stube sprechen. Sie lauschte, stutzte dann. Fiel da nicht gerade ihr Name? Leise stellte Ebbe die Einkäufe zu Boden und schlich zur Stubentür.

»Sie ist hübsch, gewiss«, sagte Tilla in diesem Moment, »und sie scheint auch ein kluges Köpfchen zu sein. Aber ihr Blick ist kalt und das Herz eng. Sie ist so anders als die großherzige und fleißige Theresia, Gott hab sie selig.«

»Ebbe fühlt sich noch fremd in der Familie«, antwortete Otto. »Lass ihr etwas Zeit, sich zurechtzufinden.«

»Oh, sie kommt schon sehr gut zurecht. Du solltest mal sehen, wie sie sich entfaltet, wenn du in der Firma bist. Den ganzen Tag liegt sie auf dem Sofa, liest hohe Literatur und blättert in Modezeitschriften. Aber im Haushalt, da krümmt die Madame keinen einzigen Finger, selbst wenn ich um sie herumräume. Sie habe keine Lust dazu, hat sie gesagt. Nicht einmal unser Theachen würdigt sie eines Blickes.«

Ebbe verzog den Mund. Mit Schwung öffnete sie die Tür und tat fröhlich, so als habe sie von dem Gespräch nichts mitbekommen. Dabei weidete sie sich an Tillas Erschrecken. Ja, guck nur, du dummes Huhn, dachte sie. Du wirst mir meine Zukunft nicht verderben.

Noch Tage später kochte sie vor Wut, wenn sie an die Szene dachte. Die Abwehr gegen Tilla überwand inzwischen Wände. Es war, als könne sie Ottos Schwester durch die Mauern hindurch atmen spüren, sich ausbreiten und über sie herziehen.

Schon wenn sie ihr im Hausflur begegnete, mit ihren unmodern weiten Blusen, die ihre üppige Oberweite nicht kaschieren konnten, und der hochgesteckten Gibson-Frisur, die schon seit Jahren niemand mehr trug.

Und da war auch noch Ottos Tochter, die sie mit heiraten würde. Was für eine Aufregung die Familie um den verzogenen Fratz veranstaltete! Alleine die Verniedlichungsform *Theachen*. Als wäre sie mit ihren sieben Jahren nicht längst alt genug für eine angemessene Unterhaltung über dem Niveau eines Kleinkindes. Aus einem Mädchen, dem man stets in der Verniedlichungsform begegnete, würde nie eine anständige Erwachsene werden. Theas ständiges Gejammer und Gemaule gab ihr recht. Sie hätte sich so etwas als junges Mädchen nicht erlauben dürfen!

Kinder hatten zu parieren, sonst tanzten sie einem auf der Nase herum. Wenn sie nur hörte, wie manche ihre Mutter verniedlichten und sie Mutti nannten! Da war doch jeglicher Respekt verloren gegangen.

Thea hatte rasch gelernt, dass sie mit so etwas bei ihr nicht durchkam. Doch all ihre Versuche, das Mädchen gefügig zu machen, scheiterten an der Affenliebe der beiden Schwestern, die jede noch so kleine erzieherische Maßnahme wieder aufhoben. Tagtäglich ließ Thea sie spüren, dass sie sie nicht respektierte und dass sie sich eine andere Frau für ihren Vater wünschte.

Einen Verbündeten fand die Kleine in Kurt, diesem anhänglichen Neffen, der es sich nicht nehmen ließ, an jedem freien Wochenende von Melle nach Hamburg zu fahren, um seinen Onkel Otto zu besuchen, der ihm diese ständige Fahrerei auch noch bezahlte.

Ach, es war zum Verzweifeln. Wollte sie dafür wirklich ihre Selbstständigkeit aufgeben? Ihre Unabhängigkeit, die sie sich als junges Mädchen für immer zu bewahren schwor? Nur was wäre die Alternative?

Immerhin ging Otto nicht jeden Sonntag in die Kirche. Der Glaube schien ihm zwar Leitstern, aber nicht Zwang zu sein. Ganz im Gegenteil war er aus der katholischen Kirche aus- und in die altkatholische eingetreten, weil man, wie Otto erklärte, dann selbst bestimmen konnte, wie viel Steuern man zahlte.

Ja, Otto mochte sie wirklich leiden. Auch wenn sie für ihn noch nicht die Leidenschaft empfand, von der in Romanen immer die Rede war. Seine Küsse schmeckten nach Ruhe und Beständigkeit. Er würde sie gewiss mit lästigen ehelichen Übungen verschonen, sobald der Nachwuchs gezeugt war. Denn dass er welchen haben wollte, daran ließ er keinen Zweifel. Und wie hieß es so schön bei François de La Rochefoucauld? *Mit der leidenschaftlichen Liebe ist es wie mit Gespenstern: Alle reden davon, aber keiner hat sie gesehen.*

Kurz vor Weihnachten fiel der erste Schnee und legte sich wie eine weiße Zuckerschicht über die Häuser und Gärten. Das Fest feierten sie mit der ganzen Familie samt Ottos Mündel Kurt, der Ebbe den ganzen Abend über verstohlen anstarrte, als sei sie von einem anderen Stern.

Am zweiten Weihnachtstag, als die übrige Familie im ersten Stock beisammensaß und Karten spielte, hielt Otto im Lichterglanz des üppig geschmückten Weihnachtsbaumes um ihre Hand an.

»Es schickt sich nicht, mit einer jungen, unverheirateten Frau in derselben Wohnung zu leben«, sagte Otto unbeholfen und streckte ihr eine Schatulle entgegen, in der ein eleganter Ring lag. »Außerdem habe ich dich in den vergangenen Wochen sehr liebgewonnen, und ich würde mich freuen, dich für immer an meiner Seite zu haben.«

Endlich war der Augenblick gekommen, auf den Ebbe die ganze Zeit gewartet hatte. Eigentlich hätte sie in Freudentränen ausbrechen müssen. Stattdessen senkte sie den Blick, schluckte heftig und brachte kein einziges Wort hervor.

Mit der Aussicht auf ein Leben als Frau Generaldirektor hatte Otto ihr einen Steigbügel hingehalten, den sie nur zu ergreifen brauchte, um sich emporzuschwingen. Warum, zum Kuckuck, fiel sie ihm jetzt nicht um den Hals?

In Gedanken wog sie noch einmal die Dinge gegeneinander ab. Ihr Traum von einem Leben als Moderedakteurin beim Radio war ohnehin geplatzt. Was machte es da schon, wenn Otto nicht wollte, dass seine Frau arbeiten ging? Aber die Sache mit den Kindern, das setzte ihr wirklich zu. Eine gute Mutter würde sie nie werden, sie war eben nicht wie Theresia. Und da war auch noch Ottos Familie. Seine Eltern waren freundlich, ohne Frage, vor allem seine Mutter Maria, die immer ein nettes Wort für sie übrighatte. Dennoch kam sie sich vor, als sei sie ein Fremdkörper, eine vorübergehende Erscheinung. Ein kleines Malheur, das man zu erdulden hatte, bis es endlich wieder verschwand.

Ja, ein Leben mit Otto, das konnte sie sich gut vorstellen. Doch es wog nicht die Unannehmlichkeiten auf, die sie hier, in diesem Haus, zu erleiden hatte.

Ebbe sah Otto an, der noch immer auf eine Antwort wartete.

»Ich kann das nicht«, flüsterte sie.

»Wie bitte?« Er war tief verletzt, es war ihm deutlich anzumerken.

»Ich weiß nicht, ob ich wirklich bereit bin, Kinder zu haben. Ich bin schon zweiunddreißig Jahre alt. Da möchte man die Welt sehen, ohne dass einem ein paar Gören an den Beinen hängen.«

»Aber wir könnten ein Kindermädchen einstellen. Und dann reisen wir, wohin du willst.«

»Und wo wollen wir wohnen? Hier, im Haus mit deinen Schwestern, wird es nur Krieg geben.«

Er nickte langsam und bedächtig. Sie konnte sehen, wie es in ihm arbeitete. »Ich verstehe gut, dass du ein eigenes Heim willst«, sagte er endlich. »Nur was wird dann aus Thea?«

»Die kann meinetwegen bei ihren Tanten bleiben, die lieben sie doch so sehr.«

Er schüttelte den Kopf. »Das will ich meinen Schwestern nicht auch noch aufbürden. Sie haben mit meinen pflegebedürftigen Eltern und deren Haushalt genug zu tun. Und es ist nicht richtig, das Kind so abzuschieben.« Er schluckte. »Ich habe Thea sehr lieb, verstehst du? Sie ist mein kleines Mädchen. Könntest du dir nicht doch vorstellen, ihr eine Mutter …« Er brach ab und sah sie an. Ein Flehen lag in seinem Blick.

Ebbe spürte Ottos Zerrissenheit, aber das Pendel schien allmählich in ihre Richtung zu schlagen. Diese eine Entscheidung noch, und sie würde mit Freuden Ja sagen. Es ging um nichts weniger als um ihr Leben.

»Deine Tochter«, begann sie sanft, »sollte ohnehin etwas anderes tun, als tagein, tagaus mit ihren ollen Tanten zu verbringen. In einem Internat wäre sie mit gleichaltrigen Mädchen zusammen und könnte dort eine herrliche Zeit verbringen! Am Ende wird sie eine gebildete, wohlerzogene junge Dame mit glänzender Zukunft sein.«

»Ein Internat?« Otto schüttelte den Kopf. »Das kommt nicht in Frage.«

»Es wäre nur zu ihrem Besten.« Ebbe schlang die Arme um seinen Hals und sah ihn offen an. »Ich möchte unsere Ehe ohne jeden Ballast beginnen.« Jetzt klang ihre Stimme ganz weich. »Ich bitte dich, Otto, gib uns diese Chance. Ein Internat ist gewiss nichts Verwerfliches. Viele wohlhabende Bürger geben ihre Kinder dorthin, um die Erziehung in geeignete Hände zu legen. Kaufleute, Reeder, Bankiers und Adelige. Und hat nicht selbst Tilla den Roman *Der Trotzkopf* gelesen? Das Buch stand in ihrem Regal. Es soll eine herrliche Pensionsgeschichte sein.«

Am Ende stimmte Otto zu. Er liebte diese Frau über alles, und er würde so manches tun, um sie endlich ganz zu erobern. Und ja, wenn es denn der Preis für diese Liebe wäre, Thea in ein Internat zu geben, dann würde er es wohl tun.

Auch wenn es ihm schwerfiel.

19

Die Verlobung fand am 8. März 1930 in Hamburg statt. Weil niemand die betagten Eltern aufregen wollte, wurde es eine friedliche Feier, zu der neben dem Vater und der Mutter, Thea, Tilla, Lisbeth und Hans mit seiner Frau Agnes auch die Neffen Kurt und Herbert geladen waren.

Zweieinhalb Wochen später unterzeichnete Otto in einem Blankeneser Notariat den Kaufvertrag für ein hübsches Herrenhaus auf einem der neu parzellierten Villengrundstücke im Baurs Park, das die Nummer vier trug und das er aufwändig renovieren ließ.

Es lag etwa zwanzig Minuten Fußweg vom Backsteinhaus an der Elbchaussee entfernt in einer weitläufigen Grünanlage mit altem Baumbestand, lauschigen Winkeln und Pavillons. Und einer Terrasse mit Blick auf das Elbufer, von wo aus der Gründer des Parks einst die vorbeifahrenden Schiffe seiner Firma mit Salutschüssen gegrüßt hatte.

Weil Thea ein Zuhause während der Schulferien haben sollte und er Kurt versprochen hatte, er könne bei seinen Besuchen in Hamburg weiterhin bei ihm wohnen, ließ Otto für sie eigene Zimmer herrichten, auch wenn Ebbe ein Gästezimmer für beide vollkommen ausreichend fand. Aber da gab es für ihn keine Diskussion. Irgendwo war ja mal auch Schluss mit den Bedingungen und Wünschen.

Noch während die Renovierungsarbeiten im Gange waren,

fuhr Otto seine Tochter mit dem nagelneuen Firmenwagen, einem schwarzen Ford A, in das katholische Internat, das Ebbe für ihre Stieftochter ausgewählt hatte.

»Ich habe dir doch gesagt, dass sie mich nicht mag«, erklärte Thea bockig, als es an der Zeit war, Abschied zu nehmen. »Und jetzt willst du mich auch nicht mehr.«

»So etwas darfst du nicht mal denken.« Otto warf der Nonne, die ungeduldig am Eingangsportal wartete, einen kurzen Blick zu, dann beugte er die Knie, bis sein Gesicht auf derselben Höhe wie das seiner Tochter war. Eine widerspenstige Locke hing vor Theas Augen, und er strich sie zärtlich zurück. »Ich habe dich sehr lieb, und das wird sich auch nie ändern.« Er nickte, als wollte er seinen Worten dadurch Nachdruck verleihen, dabei spürte er, dass er vor allem zu sich selbst sprach, um sein schlechtes Gewissen zu beruhigen. »Es ist besser so, glaub mir. Ebbe und du, das wäre nicht gut gegangen. Und sie ist nun mal die Frau, die ich heiraten will.« Er zog ein Taschentuch hervor und tupfte die Tränen ab, die seiner Tochter über die Wangen kullerten. »Sei eine tapfere junge Dame. Du wirst sehen, es wird dir hier gefallen. Wenn du erst einmal Freundinnen gefunden hast, willst du gar nicht mehr fort!«

Als er den Wagen wendete und auf die Straße zurück nach Hamburg glitt, beobachtete er seine Tochter im Rückspiegel. Sie wirkte so trostlos, wie sie dastand, mit hängenden Schultern, dass er glaubte, sein Herz müsse zerspringen.

Theachen …

Ob das wirklich eine so gute Idee war? Aber sie war ja nicht aus der Welt. Und es ging auch nicht an, dass man für ein Kind sein eigenes Leben vergaß.

Am 11. April gaben sich Otto und Ebbe im Standesamt von Münster das Jawort. Dabei trug sie das elegante Kleid von Madeleine Vionnet, das Otto ihr damals in Berlin gekauft hatte und das in seiner Exklusivität so teuer gewesen war, dass er darauf bestand, es bei dieser Gelegenheit aufzutragen. Immerhin war der Hut neu, ein Modell aus Velours nach Florentiner Art. Und den Ausschnitt des Kleides zierte nun eine üppige Seidenblume.

Sie feierten im kleinsten Kreis – nur Ebbes Mutter Milly, ihre Schwester Felicitas und deren Mann Conrad samt Töchtern waren zugegen, dazu die engsten Freunde der Familie.

»Ich dachte schon, du kommst nie unter die Haube«, sagte Milly Bahlmann, als sie ihrer Tochter am Ende der Zeremonie gratulierte.

Da der Umzug des viel zu klein gewordenen Hamburger Büros in die Mönckebergstraße 19 anstand und die Renovierungsarbeiten ihres neuen Heims zu überwachen waren, blieb keine Zeit für eine Hochzeitsreise. Nur ein paar Tage, die Otto und Ebbe in Münster verbrachten. Es war eine beglückende Zeit. Die Stunden waren eingehüllt in eine geradezu rauschhafte Seligkeit, in der sie miteinander lachten und sich zuzwinkerten, wenn sie mit der Familie zusammensaßen und den Vorträgen von Ebbes gestrengem Schwager Conrad lauschten, der die Überlegenheit des preußischen Geistes über die französische Kultur pries. Denn, da waren sich Ebbe und Otto einig, die französische Kultur war etwas sehr Bereicherndes.

Ebbe hatte für das neue Zuhause bei einem Hamburger Antiquitätenhändler sogar französische Möbel im Stil des achtzehnten Jahrhunderts entdeckt. Sie kauften eine Chaiselongue von Louis XV., die denjenigen ähnelte, die das Modekaufhaus Gerson in seinen jährlichen antiken Möbelausstellungen zeigte.

Es war ein Original. Nicht eine dieser billigen Kopien jener Hersteller, welche die reichen, überladenen und goldverzierten Prunkmöbel für die besten Schöpfungen des achtzehnten Jahrhunderts hielten. Sondern zart profiliert, mit harmonischer

Linienführung und einem exquisiten Stoffbezug, einer *Tapisserie au point*, mit Blumenmotiven in zarten Farben.

Dazu passend wählte Ebbe eine signierte *Pendule* à la Louis XVI. aus, eine antike Tischuhr, auf der Aphrodite und Eros, in dunkler Bronze gegossen, auf einem reich ziselierten und fein vergoldeten Sockel thronend das Zifferblatt umarmten.

Es war ihr zutiefst unangenehm, als Otto mit dem Ladeninhaber zu feilschen begann, schließlich waren solche Möbel im Kunsthandel selten in dieser Qualität zu erhalten. Aber er blieb stur. Selbst als der Mann mit pikierter Miene betonte, es gebe gewiss Herrschaften, die eine derartige handwerklich herausragende antike Arbeit zu schätzen wüssten. Am Ende einigten sie sich dennoch. Nur bei den original französischen *Fauteuils Régence* winkte Otto ab.

»Das sind doch nur Korbgeflechtstühle, die gibt es anderswo viel preisgünstiger«, wandte er ein.

»Aber dann sind ja bloß Kopien«, entgegnete Ebbe enttäuscht.

»Was bei einem solchen Gebrauchsgegenstand sicher angemessener ist.«

Damit war für ihn die Diskussion beendet. Dafür versprach Otto ihr, sie beim nächsten Mal zur Konferenz nach Paris mitzunehmen, wo sie sich ganz ihrer Liebe zur französischen Lebensart hingeben könne.

Doch im Herbst wurde Ebbe schwanger, und weil ihr beim Fahren übel wurde, blieb sie zu Hause. Während die Tage wieder kürzer wurden und Otto immer länger in der Firma blieb oder im Schlafwagen durch das Land reiste, saß sie alleine mit zwei Bediensteten in der großen Villa. Dabei fiel ihr auf, dass das Haus viel zu sehr im Schatten lag und die Sonne es trotz der laublosen Bäume kaum noch erreichte. Mit der zunehmenden Dunkelheit kehrte auch die alte Melancholie wieder, die es ihr schwermachte, den hochnäsigen Nachbarn ihr freundliches Gesicht zu zeigen. Sodass sie sich ins Haus zu ihren Büchern verkroch und es nur verließ, um in der Stadt nach hübschen Stoffen für das Kinderzimmer zu schauen.

An einem regengrauen Wintertag erreichte Otto ein Brief aus Beaverton, Oregon, wo sein Bruder Joseph mit seiner Familie inzwischen lebte. Die Schrift auf dem Umschlag war jedoch nicht die seine, und bevor Otto den Brief entfaltete, ahnte er, was drinstand. Mit wenigen, aber warmen Zeilen verkündete Margaret, dass Joseph einem inneren Leiden erlegen war. *Sein Tod*, schrieb sie, *war kein leichter*.

»Joseph …« Die Nachricht kam unerwartet. Kalt schlug die Trauer wie eine Welle über Otto zusammen. »Warum so plötzlich?«

Sein Bruder war doch gerade erst vierundfünfzig Jahre alt gewesen und hatte mitten im Leben gestanden. Was sollte Joseph denn dahingerafft haben? Nichts hatte während ihres Briefwechsels über die Kontinente hinweg auf ein schweres Leiden hingedeutet.

Über Tage sah Otto sich die alten Bilder an, die sein Bruder regelmäßig geschickt hatte und die ihn mit seiner Familie zeigten, mit Margaret und den Kindern Carlos und Josefa, die inzwischen selbst Kinder hatten. Las die vielen Briefe, die er aufbewahrt hatte, zusammen mit den alten Karten von Paul.

Über die Jahre hatte Otto immer wieder mit dem Gedanken gespielt, Joseph in Oregon zu besuchen. Er hatte sich mit seinem Bruder über die alten Zeiten austauschen wollen. Darüber, wie Joseph ihn einst in Sausalito aufgenommen hatte, als Otto im Begriff gewesen war, nach Hamburg zurückzukehren. Dem Bruder hatte er zu verdanken, dass er auf seinem Weg geblieben war.

Aber immer war zu viel zu tun gewesen, die Arbeit hatte eine Reise nicht zugelassen. Und nun besaß er nichts als Briefe, Fotos und Erinnerungen und wünschte sich in stiller Trauer, er wäre hingefahren.

Es sollte nicht der einzige Verlust in der Familie bleiben. Knapp sechs Wochen nachdem Ebbe am 11. Mai 1931 in der Privatklinik Ernst ihre gemeinsame Tochter Martha Christiane zur Welt gebracht hatte, starb auch Ottos Vater im Alter von fünfundachtzig Jahren.

Wieder wurde Otto von bleierner Trauer erfasst. Diesmal ging sie jedoch tiefer. Nur die kleine Christel, die trotz des Kindermädchens das ganze Haus auf Trab hielt, entlockte ihm noch ein Lächeln.

Mechanisch besprach sich Otto mit dem Bestattungsunternehmer und dem Pfarrer und schrieb Karten, um alle Freunde und Familienangehörigen zu informieren.

Selbst Paul, der, sosehr er sich auch dagegen sträubte, noch immer Teil der Familie war, erhielt eine Karte. Und weil Otto gerade dabei war, schob er die Traueranzeige von Josephs Tod mit in den Umschlag, damit sein Bruder informiert war.

Es war, als ginge eine Ära zu Ende. Der Vater als still gewordener Patriarch, der sich schon vor Jahren in seinen Sessel zurückgezogen hatte, um die Welt durch die Fensterscheiben und im Spiegel der Zeitungsmeldungen zu betrachten, war nicht mehr.

Nun war Otto der älteste Mann in der Familie. Und alle Verantwortung für das Wohlergehen seiner Mutter und den Schwestern lastete auf seinen Schultern.

In dieser Zeit rückten die Lagerfelds wieder enger zusammen, um die Mutter zu stützen, die hinter der nach außen gezeigten Tapferkeit untröstlich war.

Nur Ebbe blieb auf Distanz. Ottos Familie war ihr herzlich egal. Ebenso wie diese Stadt, die ihr zunehmend öder und steifer erschien.

Beinahe täglich beklagte sie sich über das durchwachsene Hamburger Wetter, das selbst im Sommer häufig von einem Moment auf den anderen umschlug. Meistens in Nieselregen. Weil sie auch mit den Blankeneser Damen, deren Standesdünkel sie unerträglich fand, nicht so recht warm wurde, träumte sie davon, wieder ins sprühende Berlin zu ziehen.

Otto als Direktor der Glücksklee Milchgesellschaft könnte sich ein Haus in allerbester Gegend leisten. In Zehlendorf, Steglitz oder in der Villenkolonie Grunewald, wo die Straßen gekehrt waren und die Fassaden herausgeputzt. Dann würde endlich *sie* hinter den hell erleuchteten Fenstern sitzen, speisen, streiten und tanzen und in den Konfektionshäusern rund um den Hausvogteiplatz die beste Kundin sein. Dort könnte sie endlich auch die glänzende Seite der Metropole genießen und gewiss interessantere Leute kennenlernen. In Berlin wäre sie ein Teil jener Welt, nach der sie sich als junge Frau so sehr gesehnt hatte und in der selbst Industrielle und Kaufleute der Boheme angehörten.

Doch bei Otto stieß sie auf taube Ohren.

»Wie stellst du dir das vor?«, sagte er. »Die ganze Familie ist in Hamburg verwurzelt. Außerdem befindet sich hier die Glücksklee-Zentrale.«

Ebbes Stimme wurde ganz sanft, denn inzwischen wusste sie, wie sie ihn herumbekam. »Du könntest doch unter der Woche in Hamburg arbeiten und bei der Familie sein und am Wochenende zu uns kommen. Bitte, Otto, Berlin ist so lebendig und spannend, dort liegt das Zentrum der deutschen Mode, von Kunst und Kultur.«

Otto schüttelte stoisch den Kopf. »Nein, es bleibt dabei.

Ich möchte, dass unsere Tochter in der Nähe ihrer Tanten und der Großmutter aufwächst. Im Übrigen bietet auch Hamburg Kunst und Kultur. Die Tanz-Operette *Jim und Jill* im Thalia-Theater soll ganz zauberhaft sein. Und das Museum für Kunst und Gewerbe zeigt, wie ich hörte, eine Ausstellung feinster Textilien von der Gotik bis zum Empire. Man muss sich die Stadt nur erobern. Komm schon, Ebbe, gib ihr eine Chance.«

20

In den Sommerferien kam Thea nach Hamburg. Die ersten Tage bewegte sie sich im Haus wie ein Gast. Dann taute sie allmählich auf und ihr Schritt wurde wieder fester und ihr Lachen freier. An der kleinen Christel hatte sie gleich einen Narren gefressen und konnte sich nicht sattsehen an den dicken Ärmchen und Fingern, den winzigen Nägeln, kaum größer als eine Perle. Jeden Tag schob sie ihre Halbschwester im Kinderwagen durch den Park und zum Ufer der Elbe und gab ihr Fläschchen mit verdünnter Kondensmilch. Die meiste Zeit aber verbrachte sie bei ihren Tanten Lisbeth und Tilla. Und bei ihrer Großmutter, deren ganzer Sonnenschein sie war.

Ihrer Stiefmutter ging sie aus dem Weg. Oft kam Thea erst nach Hause, wenn die Sonne unterging und sie sicher sein konnte, dass Otto von der Arbeit zurück war. An den wenigen Abenden, an denen Ebbe und sie am Tisch im Baurs Park alleine beim Essen saßen, betrieben sie höfliche Konversation.

Als der Unterricht wieder begann, brachte Otto Thea zurück in das katholische Internat, in dem sie ganz furchtbar unglücklich war und in das sie am liebsten nie wieder einen Fuß setzen wollte. Aber welches Kind, wandte Ebbe ein, gehe schon gerne zur Schule.

Otto, der schon die schlimmsten Streitereien befürchtet hatte, atmete erleichtert auf. Froh, dass alle sich einigermaßen arrangiert hatten.

Und auch Ebbe zeigte sich nach Theas Abreise wieder in bester Laune. Wenn Otto von der Arbeit kam, verbrachten sie die lauen Spätsommerabende auf der Terrasse oder im Garten. Dann zündete er sich eine Pfeife an und erzählte von seinem Tag.

Ja, es war eine gute Zeit, und Otto dachte, dass es ewig so weitergehen könne. Doch eines verregneten Tages Ende September fand die Harmonie ein jähes Ende. Es war schon spät, als Otto von der Arbeit nach Hause kam, und als er die Haustür aufschloss, lag das Erdgeschoss im Dunkeln.

Normalerweise stand um diese Zeit das Essen auf dem Tisch, und Ebbe wartete in herrschaftlicher Pose auf der französischen Chaiselongue, ein Buch in der Hand. Manchmal befand sie sich um diese Zeit auch im Gymnastikraum, den sie sich nach der Geburt eingerichtet hatte, weil sie ihren Körper rasch wieder in Form bringen wollte.

Heute aber war das Haus finster, und alles war still.

Für einen Moment fürchtete Otto, dass etwas Schlimmes geschehen sei. Er legte Hut und Mantel ab und lauschte. Dann entdeckte er im ersten Stock einen Lichtschein, der sich über die obersten Stufen legte. Als er die Treppe emporstieg, sah er, dass dieser aus dem Schlafzimmer kam, dessen Tür weit geöffnet war.

Mitten im hell erleuchteten Raum stand Ebbe, in den Händen ein Tageskleid, das sie kritisch begutachtete. Vor dem Bett lag ein Koffer, der bereits zur Hälfte gepackt war.

»Was tust du denn da?«, fragte er.

Sie sah kurz auf und faltete dann das Kleid. »Ich packe, das siehst du doch.«

»Und wo willst du hin?«

»Nach Münster. Ich besuche meine Schwester.«

»Dann nimmst du Christel mit?«

Ihr Körper verspannte sich, er bemerkte es an ihren Nackenmuskeln. »Nein. Wozu haben wir Meta eingestellt? Die kann auf sie aufpassen.«

»Ein Kindermädchen kann eine Mutter nicht ersetzen.«

Mit einem Seufzen wandte sich Ebbe ihm zu und zog die Brauen zusammen. »Und ob sie das kann. Zumindest ist sie geduldiger als ich. Ich ertrage das ständige Geschrei nicht mehr, du hast ja keine Vorstellung davon, wie schrill Christels Stimme ist. Und noch viel weniger ertrage ich die fehlende Nachmittagssonne.«

»Dann geh mit Christel spazieren«, schlug Otto vor. »Am Elbufer ist genügend Sonne.«

Sie funkelte ihn an. »Welche Sonne? In dieser Stadt regnet es doch permanent. Und während du von morgens bis abends in der Firma bist, hocke ich den lieben langen Tag im Haus und langweile mich zu Tode. Aber du wolltest ja nicht, dass ich arbeite.«

Otto seufzte. Diese Art von Dramen überstiegen seine Kräfte. »Sag mir, was ich machen kann, damit es dir besser geht.«

»Es hat keinen Sinn, es dir zu sagen, du begreifst es ohnehin nicht.«

»Dann hilf mir auf die Sprünge.«

Ebbe warf in einer theatralischen Bewegung die Arme in die Luft. »Ich sehne mich nach Leben. Nach intellektuellem Gedankenaustausch. Nach Kultur. Ja, sieh mich nur fragend an. Ich wusste, dass du das nicht begreifst. Der Herr hängt schließlich an der Hansestadt. Aber ich gehe hier ein! Ich habe das Gefühl, mich immer mehr von mir selbst zu entfernen. Vielleicht dachtest du, wenn ich erst lange genug verheiratet bin, dann würde ich mich brav fügen wie deine über alles geliebte und furchtbar langweilige Theresia. Aber ich bin keine Frau, die sich mit einem Leben als Mutter und Hausfrau zufrieden gibt und die den ganzen Abend mit selbstgekochtem Pudding darauf wartet, dass der Gatte von der Arbeit nach Hause kommt. Dafür habe ich viel zu viel Stil, Kultur und einen klugen Verstand.«

»Was, bitte, hat das mit Theresia zu tun?«, fragte er zunehmend verärgert.

»Oh, sehr viel sogar. Ihr Geist hängt über allem. Sie ist das Idealbild einer Ehefrau, die für alles dankbar war, was du ihr geboten hast, während ich das Gefühl habe, in diesem spießigen hanseatischen Nest langsam, aber sicher zu verdorren!«

Otto spürte, wie der mühsam zurückgehaltene Ärger Oberhand gewann.

»Ja, du hast recht«, stieß er hervor. »Theresia war anders. Sie hatte nicht nur ein großes und warmes Herz, sie war vor allem fähig, mit wenigen Dingen glücklich zu sein. Du dagegen sitzt in einem großen Haus, bis an die Decke vollgestellt mit teuren Möbeln und Kunst. Du bist umhegt von Personal, das dir jeden Wunsch von den Augen abliest und dafür sorgt, dass dich deine Mutterpflichten nicht allzu sehr belasten.« Jetzt wurde er laut, zum ersten Mal, seit er denken konnte. »Was, Ebbe, soll noch geschehen, damit du endlich zufrieden bist?«

Ebbe presste die Lippen aufeinander. Wortlos fuhr sie fort, Unterwäsche, Blusen und Röcke einzupacken, klappte den Koffer schließlich zu und verließ mit lautem Türknallen den Raum.

Erschöpft stieß Otto die Luft aus. Diese Frau kostete ihn noch den letzten Nerv. Gewiss würde sie jetzt ein paar Tage nicht mit ihm reden.

Auf einmal erinnerte er sich an die Zeit, in der sie seine Briefe unbeantwortet gelassen hatte, konsequent und eiskalt, und ein schrecklicher Verdacht stieg in ihm auf.

Konnte es sein, dass seine Schwestern recht hatten mit dem, was sie über Ebbe sagten? Hatte er etwa die Augen vor der Wahrheit verschlossen, weil er, der verwitwete Herr Generaldirektor, sich eine präsentable Frau an seiner Seite gewünscht hatte?

Otto trat ans Fenster und blickte in die dunkle Nacht. Der Regen hatte inzwischen nachgelassen. Aus Richtung der Werften am gegenüberliegenden Elbufer waren Lichter zu sehen, ein Schiff fuhr stromabwärts in Richtung Nordsee.

Ja, es hatte von Anfang an Spannungen mit seinen Schwestern gegeben, auch mit Thea und Kurt. Aber er hatte es darauf geschoben, dass Ebbes Selbstständigkeit und ihre direkte Art ungewohnt für die Familie waren. Und dass es eben eine gewisse Zeit bräuchte, bis auch Tilla und Lisbeth erkannten, welch interessante Persönlichkeit sie doch war.

Dass Ebbe ein eigenes Zuhause wollte, fern seiner Familie, das verstand er gut, denn sie hatte aus ihrem Bedürfnis nach Freiheit und Unabhängigkeit nie einen Hehl gemacht. Nun aber musste er einsehen, dass er eine Frau geheiratet hatte, die wie des Fischers Fru immer nur mehr wollte, statt die Anstrengungen zu schätzen, die er für sie in Kauf nahm. Und er fragte sich, wohin das wohl noch führen mochte.

Es war, als erwache er aus einem Traum. Der Glanz der ersten Monate hatte sich gelegt und fiel als Staub zu Boden. Doch nun war es zu spät, um etwas daran zu ändern. Die Liebe war ja noch immer da, wenn auch deutlich getrübt. Und im Gegensatz zu seinem Bruder Paul war er ein Mann, der zu seiner Verantwortung stand. Er würde dieser gerecht werden und das Beste aus seiner Ehe machen. In guten wie in schlechten Zeiten.

Wat Gott tohoopsett hett, dat schall de Minsch nich trennen.

Der Tag nach ihrem Streit war einer der schönsten und wärmsten Spätsommertage seit langem. Die Sonne schien auf die sich allmählich verfärbenden Blätter und brachte das Wasser von Elbe und Alster zum Funkeln, als wollte sie Ebbes Beschwerden Lügen strafen.

Kaum dass Otto in seinem Büro mit Blick auf die belebte

Mönckebergstraße eingetroffen war, hatte er den Streit fast vollständig verdrängt. Auf ihn wartete ein langer Arbeitstag, an dem es galt, den ersten Entwurf zur Glücksklee-Rezeptesammlung zu begutachten, mit der die Kundinnen von den vielfältigen Verwendungsmöglichkeiten der Kondensmilch überzeugt werden sollten.

Auf seinem Schreibtisch lag bereits der Entwurf des Heftes, den ihm die Frankfurter Niederlassung der amerikanischen Werbeagentur McCann zugeschickt hatte. Er zog den Text zur Einführung zu sich heran und las:

Der Volksmund sagt, dass die Liebe durch den Magen geht. Sicher ist jedenfalls, dass ein gutes Mittagessen mit zu dem Besten gehört, womit eine Frau ihren Mann und ihre Familie erfreuen kann. Der Kochlöffel hat also bei der Liebe doch wohl ein Wort mitzureden, und es lohnt sich schon, wenn man gut mit ihm umzugehen weiß.[1]

Ja, so war es, dachte Otto und versagte sich jeglichen Gedanken an seine eigene Frau. Stattdessen überflog er den Abschnitt zum Wert der keimfreien und unbegrenzt haltbaren Kondensmilch, die aus reiner, gehaltvoller Vollmilch von den fruchtbaren, fetten Weiden Holsteins hergestellt wurde, und ging die Rezepte durch.

Glücksklee-Kartoffelsuppe. Rhabarber- oder Stachelbeerkaltschale. Schlemmertunke mit Apfelsine und Zitrone. Feiner Napfkuchen.

»Haben Sie die Rezepte schon ausprobiert?«, fragte er Herrn Böhme aus der Reklameabteilung, als dieser zur Besprechung ins Direktorenzimmer kam.

---

1 *Die kluge Hausfrau kocht*, Glücksklee, 2. Auflage 1931, Rezepte auch aus: *Das neue Glücksklee Kochbuch* (o. A.).

»Nein. Ich denke auch nicht, dass das notwendig ist. Die Agentur schreibt, dass sie von einer anerkannten Autorität auf dem Gebiet der Kochkunst zusammengestellt und bearbeitet worden sind.«

»Das kann alles heißen.« Otto tippte auf die Rezepte. »Ich schlage vor, wir teilen die Gerichte auf, und jeder aus der Belegschaft kocht bis nächste Woche ein oder zwei davon nach. Wenn wir das Vertrauen der Kundinnen in unser Produkt festigen wollen, dann ist das Gelingen dieser Gerichte von größter Bedeutung.«

Danach stand eine Konferenz zum Bau der neuen Kondensfabrik an, mit der die Firma nun auch die Dosen selbst produzieren wollte. Und da es vieles zu besprechen gab, war es wieder einmal spät geworden, als Otto die Tür zur Villa aufschloss. Das Kindermädchen hatte die kleine Christel bereits ins Bett gebracht, und die Haushälterin hatte ihm eine kalte Platte hingestellt, bevor sie nach Hause gegangen war.

Otto aß sein Brot mit Butter und Käse, so wie er es seit den Tagen in Wladiwostok gerne tat, als er wegen einer Blinddarmentzündung einige Tage im Krankenhaus verbracht hatte. Dazu trank er stilles Wasser und ein Glas Milch.

Während er kaute und sein Blick zu dem leeren Stuhl ihm gegenüber wanderte, ließ sich auch der Streit mit Ebbe nicht länger verdrängen, und er ärgerte sich erneut, wie abfällig sie von Theresia gesprochen hatte.

Wie sollte jemand wie Ebbe auch verstehen, was ihn mit Theresia noch immer verband. Die Zeit mit seiner ersten Frau war viel mehr gewesen als nur eine kurze Ehe. Es war ein halbes Leben. Eine gemeinsame Welt. Gleiche Werte und Vorstellungen von Moral.

Eine plötzliche Sehnsucht überfiel ihn, und Otto atmete tief ein und wieder aus, tupfte sich die Lippen mit einer Serviette ab und erhob sich. Er ging zur Anrichte in der Stube und suchte nach Theresias Bild. Aber er konnte es nicht finden.

Überrascht streifte sein Blick über die anderen Rahmen, die alle noch an ihrem Platz standen wie zuvor. Dann ging er in die Hocke und spähte unter das Möbelstück, rückte es schließlich, als er nichts fand, sachte von der Wand ab. Doch Theresias Bild blieb verschwunden.

Hastig eilte er die Treppe hinauf bis zur Dachkammer, wo das Zimmer des Kindermädchens lag, und klopfte an die Tür.

»Meta, sind Sie noch wach?«

Schritte waren zu hören, das Knarren einer Diele, und schließlich öffnete sich die Tür. Die junge Frau war bereits im Nachthemd und hatte sich einen Morgenmantel übergeworfen.

»Ist etwas mit Christel?«, fragte sie erschrocken.

»Nein. Ich dachte nur, Sie wüssten vielleicht, ob heute jemand die Anrichte abgestaubt hat. Es fehlt ein Bild.«

»Nein, ich glaube nicht.«

»Haben Sie das ovale Foto von meiner ersten Frau vielleicht irgendwo anders gesehen?«

»Nein.«

»Danke. Ich wünsche Ihnen eine gute Nacht.«

»Das wünsche ich Ihnen auch, Herr Generaldirektor.«

Die Tür schwang wieder zu.

Als Nächstes suchte Otto im Schlafzimmer. Aus einem Impuls heraus zog er sogar die Nachttischschublade auf Ebbes Seite auf. Er spürte, dass sie etwas damit zu tun hatte. Schließlich, als er auch hier nichts fand, entzündete er in einer unvermittelten Ahnung die alte Petroleumlampe und ging ins Freie.

Bei den Mülltonnen hob Otto einen der Deckel an und leuchtete hinein. Stellte dann, als er nichts finden konnte, die Lampe auf einer Mauer ab und kippte den Inhalt der Tonne auf den Rasen. Mit bloßen Händen schob er Butterbrotpapier,

Kartoffelschalen und Zigarettenkippen beiseite, und tatsächlich fand er inmitten des Abfalls das Bild von Theresia. Er war fassungslos.

Behutsam nahm er es an sich und stellte die Tonne wieder auf, dann ging er zurück ins Haus, wo er den Rahmen vorsichtig säuberte und in die unterste Schublade seines Sekretärs steckte, wo Theresias Bild vor Ebbes Blick verborgen war.

»Dies wirst du mir nicht nehmen können, Ebbe«, flüsterte er. Zärtlich strich er über das Glas, dann verdeckte er den Rahmen mit einer Ausgabe der Milchzeitschrift und schob die Schublade wieder zu.

In den folgenden Tagen kümmerte sich Otto vor allem um anstehende Familienangelegenheiten. Er besorgte Kurt ein Volontariat als Autoschlosser bei der Firma Max Eisenmann & Co. und sprach mit seinem Bruder Hans, dessen Haus in der Auguste-Baur-Straße nur wenige Gehminuten von seinem eigenen entfernt lag. Schließlich erklärte sich Hans dazu bereit, Kurt während der Zeit des Volontariats bei sich aufzunehmen.

Weil Thea ihm in den Sommerferien in den Ohren gelegen hatte, dass sie es in dem strengen katholischen Internat nicht länger aushalte, besorgte er ihr einen Platz in der Rheinhardswaldschule, die Ebbe damals für zu kostspielig befand. Es war eine Reformschule für höhere Töchter mit angeschlossenem Internat, das umgeben von Wäldern im idyllischen Fuldatal lag und eine energische, aber freundliche Leiterin besaß, der das Wohl jedes einzelnen Mädchens am Herzen lag. Und in der, wie Otto erfreut feststellte, sich die Schützlinge nicht nur Goethe und Schiller zuwenden sollten, sondern auch in den Gewächshäusern, in Geflügelhof und Schweinestall sowie der schuleigenen Molkerei lernten anzupacken, um das nötige Rüstzeug für das spätere Leben zu erhalten.

Als Ebbe gut gelaunt von ihrem Urlaub aus Münster zurückkehrte, erzählte er ihr von den Neuerungen.

»Nun, es sind deine Gören«, sagte sie schnippisch. Und dann gingen sie zur Tagesordnung über, als sei nichts geschehen.

Die regelmäßigen Briefe aber, in denen Thea fortan von den Wanderungen berichtete und von der Säuglingsstation, in der sie manchmal aushalfen, vermittelten Otto den Eindruck, die richtige Entscheidung getroffen zu haben.

21

An einem sonnigen Tag Anfang Oktober 1932 begleitete Otto seinen Milchbeschaffer Herrn Carstensen zu einer Genossenschaftsmeierei, um mit deren Betriebsleiter die Möglichkeiten einer Zusammenarbeit auszuloten. Während sie an stoppeligen Feldern und frisch geeggten Böden vorbeifuhren, entdeckte Otto auf einer Landstraße irgendwo zwischen Mönkloh und Bad Bramstedt das Schild eines Reitervereins. Auf einer Fahne, die im Wind flatterte, war ein steigendes Pferd mit einem Reiter in Rüstung und Schwert abgebildet.

»Reitabteilung Weddelbrook«, las er leise und dachte, wie sehr er das Reiten vermisste.

Früher hatte er jede Gelegenheit dazu genutzt, sei es in Kolumbien auf dem Rücken der Maultiere, sei es in Sausalito, wo er über das hügelige Hinterland bis nach Mill Valley geritten war, durch Wälder mit Mammutbäumen und zu den Stränden der Bay. Oder in Wladiwostok. Pferde waren immer ein wichtiger Teil in seinem Leben gewesen, doch seit seiner Rückkehr aus Sibirien hatte er keine Zeit mehr für sie gefunden.

Der Wagen verlangsamte das Tempo, und Herr Carstensen setzte den Blinker. »Ich glaube, wir haben uns verfahren«, sagte er und schaltete den Motor aus. Dann holte er eine Straßenkarte aus dem Handschuhfach und entfaltete sie.

Otto stieg aus und ging die paar Hundert Meter zurück. Vor einer Koppel, auf der einige Pferde grasten, blieb er stehen. Er schnalzte mit der Zunge, und ein Rappe hob den Kopf und kam schnaubend auf ihn zugetrabt. Vorsichtig legte Otto eine Hand seitlich an den Kopf des Tieres und strich mit der anderen über die seidenweichen Nüstern. Das Pferd prustete ihm feuchtwarme Luft entgegen und kam noch einen Schritt näher. Otto schloss die Augen und sog den herben Duft ein. Ein lange vergessenes Wohlgefühl durchflutete ihn.

»Alwin scheint Sie zu mögen.«

Otto wandte den Kopf. Ein Cabrio war in der Einfahrt stehen geblieben. Der Fahrer, ein etwa fünfzigjähriger Mann mit kurzem Haar und Tweedsakko, schaltete den Motor ab und stieg aus. Mit zackigen Schritten kam er auf Otto zu.

»Sie sind nicht von hier, nicht wahr? Kann ich Ihnen weiterhelfen?«

»Ich komme aus Hamburg. Mein Name ist Otto Lagerfeld, Direktor der Glücksklee Milchwerke in Neustadt. Hier in der Nähe soll es eine Genossenschaftsmeierei geben, in der wir einen Termin haben. Aber ich fürchte, wir haben uns verfahren.«

Der Mann zeigte in die Richtung, aus der sie gekommen waren. »Sie meinen die Genossenschaftsmeierei Bad Bramstedt? Da müssen Sie ein Stück zurückfahren und dann rechts abbiegen. Die Meierei liegt direkt im Ort, an der Bleecker Brücke.«

Das Pferd begann an Ottos Hut zu knabbern, und er wehrte es lachend ab. Dabei schnalzte er wieder mit der Zunge und fuhr dem Rappen liebevoll über die Blesse.

»Sie kennen sich mit Pferden aus?«

»Ich hatte früher selbst welche. In Wladiwostok habe ich sogar ein Turnierpferd gehalten.« Er lächelte versonnen. »Ich muss gestehen, dass ich das Reiten sehr vermisse. Aber ich habe keine Zeit für ein eigenes Pferd.«

»Warum mieten Sie sich nicht eines?«

»Mieten?«

»Ja. Neben den Turnierpferden stehen hier auch welche für den Reitschulbetrieb. Wir haben einige Herren aus Hamburg, die an den Wochenenden herkommen, um auf dem Pferderücken auszuspannen. Vielleicht wäre das ja auch etwas für Sie? Einzige Voraussetzung: Sie müssten dem *Reiter-Verein an der Bramau* beitreten.« Er reichte Otto die Hand. »Walther Roggemann ist mein Name. Wenn Sie wollen, zeige ich Ihnen den Hof.«

Das klang wirklich verlockend, und bei der Aussicht, hier seine Wochenenden zu verbringen, weitete sich Ottos Herz. Um ihn herum war eine herrliche Landschaft. Felder, soweit das Auge reichte. Auen und Bruchgewässer, in denen es gewiss vor Fischen nur so wimmelte. Es würde ihm eine Freude sein, diesen Landstrich auf dem Rücken eines Pferdes zu erkunden.

»Ich muss jetzt los, zu meinem Termin, aber ich komme gerne auf Ihr Angebot zurück.«

Eine Woche später war er eingetragenes Mitglied des Vereins. Und weil sich nach wenigen Ausritten zeigte, dass er noch immer ein guter Reiter war, nahm er – sofern es seine Zeit zuließ – auch an Turnieren teil. Was ihm zwar wegen der zur Verfügung stehenden mäßigen Pferde keine Preise einbrachte, ihm aber unbändige Freude bereitete.

Der November kam, und mit ihm verschärfte sich im Deutschen Reich die Tonlage. Die Unzufriedenheit unter den Menschen war groß, und sie entlud sich in den Reichstagswahlen auf ungehörigste Art und Weise. In Schleswig-Holstein kam die NSDAP auf unglaubliche 45,8 Prozent, was manche Angestellte des Neustädter Glücksklee-Werkes frenetisch feierten. Mit einer Regierungsbeteiligung der Nationalsozialisten, so hofften sie, hätten die Agrarkrise und die unfassbare Not der Bauern endlich ein Ende.

Auch Ebbe setzte enorme Hoffnungen in den Ausgang dieser Wahl, und als die Abgeordneten des Reichstages am 24. März 1933 in der erforderlichen Zweidrittelmehrheit dem von Adolf Hitler vorgelegten Gesetz zur Behebung der Not von Volk und Reich den Weg ebneten, trieb dieser Umstand auch Ebbes Laune in ungeahnte Höhen.

»Ermächtigungsgesetz angenommen«, las sie mit heiterer Stimme aus den *Hamburger Nachrichten* vor. *»Der gewaltige Arbeitsplan der Regierung. Das Programm ergibt sich aus der großen Not unserer politischen, moralischen und wirtschaftlichen Lage.«* Sie ließ die Zeitung sinken. »Nun werden endlich wieder Ruhe und Ordnung in diesem Land herrschen. Das war aber auch höchste Zeit.«

Otto schüttelte nur den Kopf. Er fand die Manie der Nationalsozialisten, alles mit staatlichen Eingriffen zu regeln, bedenklich. »Das Gesetz öffnet dem Missbrauch nur Tür und Tor. Ich lasse nur ungerne meine Freiheit beschneiden. Ich will selbst entscheiden, was richtig ist für meine Familie und für die Firma.«

»Du und dein ewiger Ruf nach Liberalität!«, entgegnete Ebbe harsch. »Du hast doch gesehen, wohin das führt. An deren Ende steht die Anarchie. Das Volk hat eben nicht immer die Weitsicht, kluge Entscheidungen zu treffen. Da ist es besser, die Partei übernimmt die Zügel. Du wirst schon sehen: In vier Jahren werden wir Deutschland nicht wiedererkennen.«

Wie sehr sich das Land verändern würde, darüber wurde in der ausländischen Presse bereits lautstark gemutmaßt.

Als am 27. März Berichte aus London auftauchten, in denen ein Auto mit der Aufschrift *Judea declares War on Germany – Boycott all German Goods* zu sehen war, brach ein wahrer Entrüstungssturm los, der sich zu einem Polizeierlass steigerte, von dem alle Zeitungen ungewohnt einmütig über mehrere Tage berichteten.

Gegen Waren, Ärzte und Anwälte, hieß es in einem Aufruf der Partei, den der *Hamburgische Correspondent* abdruckte. *Die kommunistischen und marxistischen Verbrecher und ihre jüdisch-intellektuellen Anstifter, die mit ihren Kapitalien rechtzeitig in das Ausland ausrückten, entfalteten nun von dort aus eine gewissenlose landesverräterische Hetzkampagne gegen das deutsche Volk. Sie werden uns nicht in die Knie beugen, auch wenn sie nunmehr vom Ausland aus ihre volksverbrecherischen Verrätereien fortsetzen. Nationalsozialisten, Sonnabend, Schlag 10 Uhr, wird das Judentum wissen, wem es den Kampf angesagt hat.*

Und so waren am 1. April 1933 auf den Hamburger Geschäftsstraßen mehr Menschen anzutreffen als an anderen Samstagen. Schaulustige, die den Boykott aus nächster Nähe miterleben wollten und nach den Schildern Ausschau hielten, welche die jüdischen Geschäfte zur Kennzeichnung ins Schaufenster stellen mussten. Vor den Warenhäusern und an den Büroeingängen jüdischer Ärzte oder Rechtsanwälte standen Nationalsozialisten in braunen Uniformen und hielten die Kunden der wenigen offenen Geschäfte alleine durch ihre Präsenz davon ab einzutreten. Und wagte einer es doch, so ermahnten sie ihn.

»Deutsche, kauft nur in deutschen Geschäften. Dieses hier ist ein jüdisches.«

All das war, so fand Otto, der davon in der Zeitung las, geradezu totalitär, und es widersprach seinem Verständnis für Moral und Anstand. Was sollten die Herren vom New Yorker Kontor nur von seinem Land denken? Zudem stand er als ehemaliger ehrenamtlicher Handelsrichter in engem Kontakt mit jüdischen Kaufleuten, die alle einen guten Ruf genossen. Und so war er überrascht, als auf einem kurzfristig anberaumten Treffen der Handelskammer viele junge Kaufleute in den Chor der Nationalsozialisten einstimmten.

Der Sitzungssaal war brechend voll, und es herrschte ein ohrenbetäubender Lärm. Der Präsident der Handelskammer hatte vom Podium aus große Mühe, die Gemüter der aufgebracht diskutierenden Anwesenden zu beruhigen. Die Aufregung über den Boykott schlug riesige Wellen, und ein jeder schien sich dazu äußern zu wollen.

»Auf die jüdische Kriegserklärung musste eine Antwort folgen«, rief einer. »Keiner kann von uns verlangen, dass wir tatenlos zusehen, wenn amerikanische und englische Juden gegen alles Deutsche hetzen und Gräuelpropaganda verbreiten.«

Ein anderer mit brillantineglänzendem Haar stimmte ein. »Jawohl. Die werden sehen, was sie davon haben, wenn sie uns auf die Nase hauen. Dann hauen wir eben zurück.«

Die älteren Kaufleute hingegen schüttelten nur die Köpfe.

»Kein vernünftiger Mensch unterstützt einen derartigen Boykott«, schimpfte Bankier von Berenberg-Goßler, der in der Reihe rechts neben Otto saß. »Das ist unerhört, geradezu mittelalterlich. Man muss sich ja vor seinen ausländischen und jüdischen Geschäftsleuten schämen.«

Otto konnte dem nur zustimmen.

»Meine Herren«, verschaffte sich der Präsident der Handelskammer Gehör. »So lassen Sie uns doch endlich mit der Tagesordnung fortfahren. Wie Sie sicher mitbekommen haben, hat man uns aufgetragen, eine neue Führung zu bestimmen. Hierbei steht uns die Staatskommission beratend zur Seite.«

Ottos Sitznachbar beugte sich zu ihm. »Jetzt dreht sich der Wind«, flüsterte er. »All das, wofür wir als Hanseaten einstehen, Weltoffenheit, Ehrlichkeit und Anstand, geht den Bach hinunter. Überall Gleichschaltung, egal ob Presse, Industrie oder Vereinswesen.«

Otto nickte betrübt. Die Partei legte ein hohes Tempo vor. Und sie war erstaunlich gut organisiert. »Bald geht es auch der Milchwirtschaft an den Kragen. Die Margarinefabriken rangeln bereits um Produktionserlaubnisse. Angeblich alles zum Wohle des Volkes.«

»Sind Sie denn schon in der Partei?«

»Nein. Warum sollte ich?«

Der Bankier sah ihn überrascht an. »Sie als Geschäftsführer einer ausländischen Firma sollten sich besser gut mit den neuen Machthabern stellen, allein im Hinblick auf die zu erwartenden Quotenregelungen.«

»Da braucht sich der Herr Lagerfeld gewiss nicht zu sorgen«, tönte sein Sitznachbar zur Linken. »Oder lesen Sie keine Zeitung? Die Amerikaner sind unsere Freunde. Präsident Roosevelt und der Reichskanzler sind sich in der Frage des Erhalts des Weltfriedens einig. Die Einzigen, die sich Sorgen machen müssen, sind die Kommunisten und Juden.«

»Ja«, bestätigte der Bankier von Berenberg-Goßler. »Und genau deshalb sollte man in die Partei eintreten. Damit es dort auch vernünftige Leute gibt, die diesen propagandistischen Unsinn unterbinden.«

Otto verschränkte die Arme. Er hatte nicht vor, sich einer Partei von Großmäulern anzuschließen, auch nicht zu deren Mäßigung. Bei der Vergabe von Quoten ginge es gewiss um eine gleichbleibend hohe Qualität und um bewährte Lieferketten. Nur wenige Werke hatten das zu bieten. Sie kämen nicht umhin, der Glücksklee Milchgesellschaft hohe Produktionsmengen zuzugestehen. Ob mit Parteimitgliedschaft oder ohne.

Im April 1933 zog Otto mit der erneut schwangeren Ebbe und der inzwischen einjährigen Christel mitsamt dem Personal in die Villa Auguste am Baurs Park 3, die prominenter auf dem Hügel stand als die alte und somit auch tagsüber viel Sonne hatte. So wie Ebbe es sich gewünscht hatte.

Es war ein großes, weißes von Efeuranken bewachsenes Haus

mit grünen Fensterläden und einer balustradenumsäumten Terrasse. Vor der Villa standen herrliche Blumenrabatten, sodass Otto fortan auch einen Gärtner beschäftigte.

Es war das herrschaftlichste Anwesen, das Otto je besessen hatte, und es machte ihn sehr stolz. Er war weit gekommen in seinem Leben und erntete nun die Früchte seiner jahrelangen Arbeit. Endlich, nach all dem Kampf. Im vergangenen Jahr hatte die Firma Kondensmilch für gut sieben Millionen Reichsmark verkauft, wovon ihm als Geschäftsführer abzüglich aller Steuern am Ende ein Betrag von rund neunundzwanzigtausend Reichsmark zur Verfügung stand, Dividenden, Zinsen und Miete aus dem Haus an der Elbchaussee eingerechnet. Und auch die Verkäufe der gerade erst neu eingeführten Marke Goldstern, deren Kondensmilch gezuckert war, entwickelten sich prächtig. Einzig die vermehrten Eingriffe in die Preisordnung für Butter und Speisefette bereiteten ihm Sorgen. Nach der Fettordnung sollte demnächst auch eine neue Milchordnung in Kraft treten.

An den Wochenenden stand Otto oft auf dem Balkon und rauchte eine Pfeife, genoss dabei den herrlichen Blick über die verschlungenen Wege des Parks bis hinunter zur Elbe. Wenn die Sonne schien, strahlte sie den ganzen Tag ins Haus. Und endlich war auch Ebbe mit den Lichtverhältnissen zufrieden. Nur das Tuten der Schiffshörner, das nun stärker heraufdrang, und der Blick auf den Schlick im Lauf der Gezeiten, störten sie. Aber Otto hatte längst gelernt, die Ohren zu verschließen, wenn seine Frau schimpfte. Man wurde ja sonst ganz kirre dabei.

Mitte Mai war schließlich auch die Milchwirtschaft von den großen Umwälzungen betroffen. Und weil sich die Berufsverbände einem Zwangszusammenschluss nicht ohne Weiteres fügen wollten, wurde kurzfristig eine Tagung angesetzt, um in Anwesenheit der Vertreter des agrarpolitischen Amtes bei der

Reichsleitung der NSDAP über die Zukunft der Milchwirtschaft zu beraten.

Als aktives Verbandsmitglied hatte auch Otto eine Einladung zur Tagung erhalten, und so fuhr er mit der Bahn nach Berlin.

Es war ein trüber Tag, und die Wolken hingen tief über der Stadt, als Otto der Zentrale des Milchversorgungsverbandes Berlin entgegenstrebte, in der die Tagung stattfinden sollte. Vor dem Gebäude hatten sich bereits einige dunkel gekleidete Herren versammelt, die Regenschirme griffbereit unterm Arm. Er erkannte einen seiner ebenfalls unter amerikanischer Inhaberschaft stehenden Mitbewerber, den Geschäftsführer der Deutschen Libby Gesellschaft, mit einer Kondensmilchfabrik in Leer. Daneben stand der Leiter der Nestlé-Fabrik aus Kappeln. Otto begrüßte beide Herren mit Handschlag, wechselte ein paar höfliche Worte und betrat gemeinsam mit ihnen den Saal, wo er sich einen Platz weiter vorne suchte, um das Geschehen gut verfolgen zu können.

Als die Tagung begann, war der Saal bis auf den letzten Platz besetzt. In der vordersten Reihe hatten die Vertreter der NSDAP Platz genommen. Eine braun gekleidete Mauer, flankiert von mehreren Herren aus der SA, die offenbar verhindern sollten, dass es zu Unruhen kam.

Nach der offiziellen Eröffnung durch den Hausherrn betrat als Vertreter des Deutschen Milchwirtschaftlichen Reichsverbandes Freiherr Bernd von Kanne das Podium. Auch er trug eine braune Parteiuniform, an deren linker Brusttasche das eiserne Kreuz prangte. An der Krawatte glänzte der goldene Parteistecker im Licht der Saalbeleuchtung.

Otto verschränkte die Arme. Seit ihrem ersten Aufeinandertreffen vor acht Jahren waren sie sich mehrfach begegnet und bei fachlichen Diskussionen immer wieder aneinandergeraten. Von Kanne vereinte alles in sich, was Otto verachtete: eine maßlose Großspurigkeit und eine Menschenverachtung, die er stets an den Tag legte, wenn er von der Förderung rassisch und erbbiologisch wertvoller Mütter im Ausland schwadronierte, als seien sie lediglich Teil eines zu erfüllenden Plans.

Auch jetzt, bei seiner Rede, warf von Kanne sich in Pose. Während er sich für die Regulierung des Milchmarktes mit Kontingentierung der Produktionsmengen und einen einheitlichen Milchpreis aussprach, sparte er nicht mit eindrücklichen Gesten.

»Ich verspreche Ihnen«, donnerte er in den Saal, »dass wir unter der nationalsozialistischen Führung dem Ziel des gesamtwirtschaftlichen Aufschwungs zur Verbesserung des Ernährungsstandes bestens organisiert entgegengehen.«

Die Rede machte sichtlich Eindruck auf die Anwesenden, und nur wenige Herren schienen sich um die Auswirkungen zu sorgen, die das neue Gesetz auf die privatwirtschaftlich geführten Unternehmen haben würde. Daher meldete sich bei der anschließenden Diskussion Otto zu Wort.

»Nach welchen Kriterien«, fragte er, »will man denn die Kontingente verteilen, die ein Milcherzeuger produzieren darf?«

»Das kommt ganz darauf an.«

Freiherr von Kanne funkelte ihn durch halb geschlossene Lider herausfordernd an. Otto hielt dem Blick stand.

»Worauf? Auf die Leistungsfähigkeit des Werkes?«

»Es gibt inzwischen viele gute Werke in diesem Land. Aber ich kann Ihnen versprechen, mein lieber Herr Lagerfeld, dass alle Unternehmer, die sich hinter die größeren Ziele der Partei stellen, erfolgreich sein werden.« Er sah über Otto hinweg in den Saal zu den Anwesenden. »Ich bitte Sie daher, meine Herren, in unbedingter Treue zu Führer und Volke daranzugehen, die Not der Zeit zu überwinden. Es ist Ihre, es ist unser aller heilige Verpflichtung.«

Applaus brandete auf, nun trat der Vertreter des agrarpolitischen Amtes der Reichsleitung auf das Podium und schüttelte von Kanne die Hand.

»So klingt es, wenn ein Mann mit Weitsicht spricht. Ein Mann, dem das Gelingen der neuen Wirtschaftsordnung am Herzen liegt. Und aus diesem Grunde wird es Sie gewiss freuen, wenn ich Ihnen hiermit verkünde, dass Freiherr von Kanne in wenigen Wochen zum Reichskommissar für Milch- und Fettwirtschaft ernannt werden wird.«

Weitere Redner traten auf, doch Otto hörte gar nicht mehr hin. In seinen Ohren rauschte es. Freiherr von Kanne als neuer Milchkommissar, ausgerechnet.

Ihm fielen von Kannes antisemitische Auslassungen während eines Abendessens ein, und er fragte sich, ob das Logo der gezuckerten Dosenmilch unter dem Namen Goldstern dem gelben Davidstern zu stark ähnelte. Angesichts dessen nahm er sich vor, diesen Zweig des Betriebes schnellstmöglich auf Eis zu legen.

Die Bahnfahrt zurück kam Otto endlos lang vor. Er sah hinaus zu den Weiden, auf denen grasende Kühe standen, und dachte an die Zukunft der Firma, die plötzlich nicht mehr so rosig wirkte.

Der Freiherr war gewiss nicht der Einzige, der Wohl und Wehe anhand des Parteibuches maß.

Otto schüttelte den Kopf, wütend, weil er, der sich gerne rühmte, die Zukunft stets im Blick zu haben, wieder einmal an seinem Eigensinn gescheitert war. So wie vor Beginn des Weltkrieges, als er die russische Staatsbürgerschaft zum Schutz vor der Internierung erst beantragt hatte, als es längst zu spät war.

Auch für einen Parteieintritt war es nun zu spät. Nach der Machtübernahme im März war die NSDAP von Mitgliedsanträgen überschwemmt worden und hatte einen Eintrittsstopp verhängt, um den Opportunisten einen Riegel vorzuschieben.

»Andere Industrielle und Kaufleute waren da deutlich klüger«, sagte Ebbe am Abend, als er ihr davon erzählte. »Aber wenn du bei der SA oder SS eintrittst, dann lassen sie dich sicher noch in die Partei.«

»Ein Generaldirektor, der Seite an Seite mit diesen Krawallbrüdern marschiert?«, murrte Otto und stopfte sich eine Pfeife. »Niemals.«

Es war mitten in der Nacht, als Otto erwachte. Ein Gedanke hatte sich unvermittelt in seinen Geist geschlichen, und er setzte sich auf und rieb sich die Augen.

Neben ihm schlief Ebbe, atmete in ruhigen Zügen. Was hatte sie am Abend gesagt? Mitglieder der SA könnten doch noch in die Partei?

Das Licht des Mondes warf einen blassen Streifen durch den Spalt zwischen den Vorhängen auf die Dielen, als Otto die Füße auf den Boden stellte. Er zog den Morgenmantel über und eilte hinunter ins Arbeitszimmer zu seinem Sekretär, auf dem die zu bearbeitende Post lag.

Er schaltete die Tischleuchte ein und sah die Briefe durch, auf der Suche nach dem Schreiben des Reiter-Vereines, dessen Mitgliedschaft er aufgrund der neuen Entwicklung zu kündigen gedachte.

Endlich fand er das Schreiben und hielt es in den Lichtkegel, überflog die Zeilen.

Bei der außerordentlichen Tagung des Provinzial-Verbandes der Reit- und Fahrvereine Schleswig-Holsteins am 20. Mai 1933, stand dort geschrieben, *wurde den Vertretern und Vorsitzenden der Reiterbünde verkündet, dass laut Stabschef Röhm die Übernahme der ländlichen Reitervereine in die SA beschlossen worden sei. Eine rasche Überleitung der Mitglieder in die SA-Reiterstürme sei nach Kräften zu fördern.*

Am nächsten Morgen fuhr Otto ganz früh nach Bad Bramstedt, um sich im Büro der Partei als Mitglied des Reitervereines auszuweisen. Und obwohl er in Hamburg gemeldet war und nicht in Bad Bramstedt, wurde er im Gau Schleswig-Holstein mit der Nummer 2.724.787 registriert.

Ein Husarenstück, wahrlich, gerade noch rechtzeitig, bevor sich die Tür für ihn endgültig schloss.

Die automatische Mitgliedschaft in der SA hingegen fand nach einstimmigem Beschluss zur Auflösung des *Reitervereins an der Bramau* sein geräuschloses Ende.

22

Im September 1933 erblickte Karl-Otto in derselben Privatklinik das Licht der Welt wie zwei Jahre zuvor seine Schwester. Als Otto ihn das erste Mal in seinen Armen hielt, wähnte er sich als der glücklichste Mann auf Erden. Nach zwei Töchtern hatte er schon die Hoffnung auf einen Stammhalter aufgegeben, nun aber sorgte auch er dafür, dass die Linie der Familie Lagerfeld fortbestand.

»Ein starker Bursche«, sagte er, während er das Gesicht seines Sohnes betrachtete, den großen Kopf, auf dem bereits ein dunkler Flaum zu sehen war. »Stark genug, um eines Tages in meine Fußstapfen zu treten. So wie ich es auf meine Weise bei meinem Vater getan habe.«

»Jetzt hast du endlich deinen Sohn«, sagte Ebbe ungerührt, aber sie lächelte. »Damit reicht es mit Kindern. Ich habe meine Pflicht erfüllt und will nun endlich die Welt bereisen.«

Und so blieben, als Otto Ende März 1934 zu einer Konferenz nach New York fuhr, die bald dreijährige Christel und der sechs Monate alte Karl-Otto in der Obhut des Kinderfräuleins Meta und der Haushälterin, damit Ebbe ihren Mann begleiten konnte.

Während das Volk im ganzen Land den Beginn der Arbeitsbeschaffungsmaßnahmen frenetisch feierte, glitt die *SS Bremen* durch das schaumgekrönte unendlich weite Meer in Richtung Amerika.

Auf diese Reise nahm Otto auch seine Kamera mit und drückte zu jedem erdenklichen Anlass auf den Auslöser. Er machte ein Bild von Ebbe auf dem Kai vor der Gangway stehend, die in den gewaltigen Schiffsbauch führte. Und ein weiteres von ihr im Deckchair, in den sie sich ohne Mantel gesetzt hatte, das Haar windzerzaust. Bis es ihr zu kalt wurde und sie sich in die Kabine verzog, während Otto an der Reling stehen blieb und sich über die Aussicht freute, endlich wieder in die Welt hinauszuziehen.

»Auf nach Amerika«, flüsterte er und kehrte dem sich immer rascher entfernenden Streifen Land den Rücken zu. Endlich!

Zum Begrüßungsessen am Abend ließ Otto die Kamera in der Kabine, obwohl es gewiss ein Erinnerungsfoto wert gewesen wäre, wie der Kapitän persönlich jedem Gast der ersten Klasse die Hand gab und eine gute Reise wünschte.

Oder die Speisen selbst.

Der Malossol-Kaviar auf Eis mit Röstbrot und Tafelsellerie. Die doppelte Kraftbrühe mit Markklößchen, der Nordsee-Steinbutt mit zerlassener Butter, die gebratene Bordeaux-Taube in würziger Marinade. Als am Ende der Kabinettpudding und das Rahmgefrorene mit Früchten zum Nachtisch serviert wurden, bestellte Otto einen Verteiler, um im Magen Ordnung zu schaffen. Er wünschte sich, er hätte beim Essen nur halb so viel Disziplin aufgebracht wie seine Frau.

»Man könnte meinen, Deutschland habe nicht gerade erst mit Mühe und Not aus der Ernährungskrise gefunden«, merkte er an, nachdem er den Brand in einem Zug ausgetrunken hatte.

»Siehst du?«, antwortete Ebbe, die bei einer Tasse Mokka die ausgelegte Tagespresse las. »Ich habe es dir doch gleich gesagt. Hitlers Kraftanstrengungen, die unseres ganzen Volkes, zahlen sich aus. Der Umschwung gelingt. Nicht nur bei der Ernährung der Bevölkerung.«

Sie reichte ihm die Zeitung, und Otto überflog den Artikel. Darin war ein Bild der Belegschaft von Blohm & Voss abgedruckt, die dem Reichskanzler bei seiner Rede in sichtlicher Begeisterung zujubelte. Selbst die englische Arbeiterschaft zeige sich beeindruckt, stand darunter, und auch französische Blätter berichteten angeblich staunend von den Fortschritten der deutschen Wirtschaft und von dem Optimismus im Land.

Otto gab ihr die Zeitung zurück. Sosehr er die Methoden der Nationalsozialisten ablehnte, in einem musste er Ebbe recht geben: Das Land stand besser da als zuvor. Und sogar der über die Presse verbreitete propagandistisch-scharfe Ton der Regierung gegenüber dem Ausland und den Juden hatte erfreulicherweise etwas nachgelassen.

Den Abend verbrachten sie in Mäntel und Decken gewickelt auf dem Balkon ihrer Kabine. In seltener Harmonie rauchten sie Zigaretten und Pfeife und lauschten den Klängen der Tanzkapelle, die zu ihnen herüberdrangen. Ein Walzer von Léhar, danach ein Tango.

»Möchtest du, dass wir tanzen gehen?«, fragte Otto, als Ebbes Beine unter der Decke rhythmisch zuckten.

Sie lächelte ihn an. »Morgen ist auch noch ein Tag.«

Erschöpft und glücklich sahen sie über den schwarzen Ozean und in den sternenübersäten Nachthimmel, bis der Wind ihnen zu eisig pfiff und sie sich ins Innere verzogen, wo sie sich so nahekamen wie seit Monaten nicht mehr.

»Ich kann dir gar nicht sagen, wie sehr ich mich auf New York freue«, flüsterte Ebbe, bevor sie schließlich Rücken an Rücken einschliefen.

Die Reise über den großen Teich war für Ebbe wohl die schönste Zeit ihrer Ehe. Otto zeigte sich als vollendeter Kavalier, und in dem wie selbstverständlich überbordenden Luxus des Schiffes fühlte sie sich so sehr zu Hause, dass sie wünschte, die Fahrt möge nie zu Ende gehen.

Das hier war ihre Welt!

Wie sie es liebte, mit Otto über das Promenadendeck zu flanieren oder Shuffleboard zu spielen. Und die nachmittäglichen Konzertprogramme mit Potpourris von Zeller oder der Ouvertüre aus *Orpheus in der Unterwelt* von Offenbach waren ein echter Hochgenuss. Selbst als das Schiff am dritten Tag in schweres Fahrwasser geriet und sie die Zeit in der reich bestückten Bibliothek verbrachten, ließ Ebbe sich die Laune nicht verderben. Stattdessen genoss sie das beständige Rollen, das rhythmische Schwanken, das ihr ein Gefühl von Geborgenheit gab, bis sie auf ihrem Sessel über der Lektüre einschlief.

»Aber heute Abend gehen wir tanzen«, sagte sie, als die See endlich wieder glatt war.

Sie zogen ihre feinste Garderobe an – er den dunklen Smoking und sie das Abendkleid mit den Pailletten samt passendem Schmuck, den Otto ihr aus dem Safe des Zahlmeisters geholt hatte. Dann drehten sie sich ausgelassen mit all den anderen Paaren zur Musik der Kapelle. Tanzten zwischen Parfumwolken und dem Geruch gerauchter Zigarren beschwingten Foxtrott und modernen Swing, bei dem ein älterer Herr mit roten Wangen und erhobenem Finger unter dem Applaus der Umstehenden ein Solo hinlegte.

Als Ebbe in einer Tanzpause auffiel, wie überschminkt die weiblichen Gäste am Nebentisch waren – der viele Puder und all die roten Lacklippen –, da schwieg sie in seltener Gelassenheit und nippte stattdessen an ihrem Champagner. Ihrer gestrengen Begutachtung entging gar nichts. Sie erkannte trotz Seidenstrümpfen, wenn eine Lackierung der Zehen misslungen war. Mal befand sie eine Haarfärbung als ungleichmäßig, eine Nase zu spitz, mal ein Lachen zu schrill. Vor allem die beim

Gehen gerafften Kleider, die den Blick viel zu weit über die Knie freigaben, entlockten ihr ein missbilligendes Schnalzen. Doch weil sie wusste, dass sie sich viel zu sehr aufregte, wenn sie all diese Beobachtungen teilte, presste sie die Lippen fest aufeinander und schwieg.

Nein, sie wollte nicht zulassen, dass all die Hässlichkeiten ihr die gute Stimmung verhagelten.

Lieber folgte sie Otto in den Rauchsalon und qualmte eine Zigarette, während er sich mit den anwesenden Herren aus Amerika, England, Frankreich oder Holland unterhielt oder bei einem Plausch mit einem Kaufmann aus Shanghai sein vergessen geglaubtes Chinesisch auffrischte.

Am Morgen des 30. März, einem Karfreitag, näherte sich der Ozeanriese seinem Ziel. Schon von Weitem waren die imposanten Wolkenkratzer zu sehen, die – so befand Otto – in den Jahren seit seinem letzten Besuch noch höher und zahlreicher geworden waren. Über allem ragte das Empire State Building auf, das höchste Gebäude der Welt, wie ein gen Himmel gereckter Finger.

»Sieh mal, Friedrich, wie schön Neuyork doch ist«, flötete eine pelzbehängte Dame links neben ihm, und es entlockte Otto ein grimmiges Lächeln.

Neuyork ... Aber er musste ihnen recht geben. Die Stadt war bereits jetzt, ohne dass man auch nur einen Schritt hineingesetzt hätte, äußerst beeindruckend.

Je näher das Schiff dem Hafen kam, desto stiller wurde er. Zwischen all die guten Erinnerungen, die sich ihm aufdrängten, seit er den ersten Landstrich in der Ferne gesehen hatte, schoben sich ganz leise auch die unangenehmen Dinge, die dort auf ihn warten mochten.

Während Ebbe ihr Fernglas zückte und mal auf die Freiheitsstatue, mal auf die näher kommende Skyline zuhielt, stand Otto mit verschränkten Armen an der Reling und sah zu den Schleppern, die die *SS Bremen* in Empfang nahmen, um sie an Ellis Island vorbei zu ihrem Platz am Hoboken Pier zu geleiten.

»Was ist denn los?«, fragte Ebbe. »Warum bist du so ruhig? Man könnte glatt meinen, du hättest einen Frosch verschluckt!«

Otto atmete tief durch. »Es ist … Bald trennen uns nur noch wenige Kilometer von Paul.«

»Kurts Vater?« Sie lachte. »Du liebe Güte, sag bloß, du hast ihn noch immer nicht aufgegeben?«

»Er ist mein Bruder.«

»Sagtest du nicht, du würdest ihm nie verzeihen, dass er seine beiden Jungen im Stich gelassen hat? Und ist er nicht sogar ein Bigamist?«

Otto hob den Blick und beobachtete einen Schwarm Möwen, der sie kreischend begleitete. »Zumindest hatte es den Anschein. Aber dann kam ihre Hochzeitsanzeige. Es war nur der Text, kein persönliches Wort, und trotzdem klang es wie eine Anklage. Als wollte er mich zurechtweisen, weil ich hätte wissen müssen, wie falsch ich mit meinen Anschuldigungen lag.«

»Na, dann dürfte die Sache doch geklärt sein. Du hast dich eben geirrt. Und damit ist gut.«

Er starrte sie entrüstet an. Als ob es so einfach wäre. »Ich möchte mit ihm darüber reden. Von Angesicht zu Angesicht. Ich will seine Version der Geschichte hören.«

Ebbe schüttelte mit einem Seufzen den Kopf. »Ich hätte mir denken können, dass du New York nicht genießen wirst, bevor du einen letzten Versuch gestartet hast, das verlorene Schaf in den Kreis der Familie zurückzuholen. Aber jammere mir ja nicht die Ohren voll, wenn du am Ende enttäuscht bist, weil dein Bruder darauf keine Lust hat.«

Otto stöhnte entnervt. Fast hätte er vergessen, wie garstig sie sein konnte.

Doch als das Schiff anlegte und sie sich kurz darauf von Bordmusik begleitet an besonders gründlichen Zollinspektoren vorbei zum Ausgang drängten, fragte er sich, ob sie wohl recht hatte.

Es war jetzt mehr als zwanzig Jahre her, dass er Paul zuletzt gesehen hatte. Eine halbe Ewigkeit. Und trotz aller Differenzen war der Bruder immer ein Teil seines Herzens gewesen. Ob er es wollte oder nicht. So war er nun mal.

23

Weil die in *General Milk Company* umbenannte Exportzentrale die Tage bis zum Beginn der Konferenz mit einem straffen Programm für die angereisten Gäste gefüllt hatte, war die einzige Gelegenheit, nach Yonkers zu fahren, am Karsamstag direkt nach dem Frühstück.

Bis dahin galt es, noch den großen Empfang hinter sich zu bringen, das Dinner im Hotel. Aber kaum dass Otto seine Kollegen aus Amerika und Europa wiedersah, waren die Gedanken an Paul verdrängt.

Hatte Otto anfangs noch befürchtet, man würde ihn für die im Ausland so gescholtenen Entwicklungen in Deutschland in die Zange nehmen, so stellte er fest, dass ihn die Anwesenden so behandelten wie auf jeder Konferenz zuvor auch: als geschätzten Menschen und Geschäftsführer der erfolgreichen deutschen Niederlassung, der nach New York gekommen war, um mit den Leitern der anderen europäischen Werke an der Tagung der Muttergesellschaft teilzunehmen.

Sie alle begrüßten ihn aufs Herzlichste: Mister Altwegg, der Pidwell inzwischen als Europamanager abgelöst hatte. Der technische Supervisor Mister Kinzer, den Otto seit Oktober 1925 nicht mehr gesehen hatte, als sie sich für Neustadt als Standort entschieden. Die Leiter der Niederlassungen in Paris, Rotterdam und London samt Gattinnen. Und schließlich Elbridge Hadley Stuart, Sohn des inzwischen pensionierten alten Stuarts und neuer Präsident der General Milk Company, dem Otto noch nie persönlich begegnet war.

Es war ein Schulterklopfen und Händeschütteln, und Otto hatte allerhand zu tun, allen seine Frau vorzustellen und ihr die freundlichen Begrüßungsworte ins Deutsche zu übersetzen. Sie ertrank fast in dem Blumenbouquet, das man ihr überreichte, und er hatte sie selten so viel lachen sehen.

Erst als sich die Herren nach dem Abendessen in den mit üppig blühenden Orchideengestecken dekorierten Rauchsalon des Hotels zurückzogen und auf den knarzenden Ledersesseln Platz genommen hatten, fiel die Zurückhaltung.

Mister Stuart junior, der sich redlich bemühte, in die Fußstapfen seines Vaters zu treten, begann bereits nach dem ersten Zug an der Zigarre über die neuen Regulierungen in Deutschland zu schimpfen.

»Die Industrieabgabe der Glücksklee Milchwerke beläuft sich in der ersten Jahreshälfte bereits auf hundertfünfzigtausend Reichsmark«, sagte er an Otto gewandt. »Wir zahlen fünfundsiebzig Pfennige pro Kiste, andere Werke nur fünf. Wie erklären Sie sich diese Diskrepanz?«

Otto betrachtete den Junior, der mit seinen Pausbacken und dem untersetzten Körper eine große Ähnlichkeit mit seinem Vater aufwies. Nur dessen Klugheit schien er nicht geerbt zu haben.

»Die Glücksklee Milchgesellschaft gehört zu den produktiveren Betrieben«, antwortete er ruhig. »Wie ich in meinen Berichten bereits ausführlich geschrieben habe, sieht die neue Marktordnung einen Ausgleich vor, um weniger moderne und leistungsfähige Betriebe zu fördern.«

»Ach ja, ich erinnere mich. Aber ich sehe nicht ein, warum wir die Früchte für unsere jahrelangen Investitionen an Firmen weiterreichen sollen, die keinen einzigen Pfennig für Modernisierungen ausgegeben haben. Ich hoffe, Sie haben dagegen protestiert.«

»Das habe ich getan«, sagte Otto, dessen Puls langsam anstieg. »Doch mir sind die Hände gebunden. Deutschland funktioniert jetzt nach dem Grundsatz der unbedingten Führerautorität, der man zu Gehorsam und Loyalität verpflichtet ist. Das gilt im Kleinen wie auch im Großen, ob Betrieb oder Behörde. Wer an der Spitze steht, der bestimmt, und die anderen haben zu folgen. In unserem Fall ist es Milchkommissar Freiherr von Kanne, und der lässt sich nur ungern in die Parade fahren.«

Dass man ganz im Gegenteil beim Freiherrn rasch in Ungnade verfallen konnte, verschwieg Otto lieber. Und auch wie viel Kraft und Geschick es inzwischen erforderte, die Glücksklee Milchgesellschaft ruhig und sicher durch die derzeitigen Untiefen zu steuern, ohne aufzulaufen. Gerade und mit erhobenem Kopf und ohne seine Ideale von Moral und Anstand zu verraten.

»Das war sehr schlau von Hitler«, sagte der Manager der französischen Lait Gloria, Mister Boyd. »Mit der strengen Hierarchie hat er die Menschen von ganz oben im Griff. Überhaupt halte ich ihn für einen gefährlichen Taktiker. Dass Deutschland nun anlässlich der Genfer Abrüstungskonferenz den Austritt aus dem Völkerbund erklärt hat, ist äußerst beunruhigend. Und es wird gewiss auch für das Unternehmen nicht folgenlos bleiben.«

Mister Stuart junior beugte sich vor. »Wie meinen Sie das?«

»Die deutsche Regierung kauft von Frankreich massenhaft Rohstoffe für die Rüstungsindustrie und hat offenbar vor, ihrerseits die Lieferung von Zinnblechen nach Frankreich weiter einzuschränken.«

»Wir werden«, erklärte der Europamanager Altwegg dem Präsidenten, »wohl bald außerordentliche Probleme bekommen,

Material für die Dosen zu beschaffen. Der deutsche Weißblechhersteller Otto Wolff und die Stahlunion Ost sind die größten Lieferanten für unsere europäischen Werke, und die Kontingente zur Ausfuhr werden zunehmend begrenzt.«

Boyd paffte an seiner Zigarre und blies den Rauch über den Tisch. »Es wird weit mehr auf uns zukommen als nur das Problem der Dosenproduktion.«

Auf einmal stand ein Gedanke im Raum, der etwas Unerhörtes hatte.

»Der letzte Krieg ist den meisten von uns noch gut im Gedächtnis«, unterbrach Otto die Stille, denn er mochte den Gedanken nicht zu Ende denken. »Hunderttausende Männer haben das erlebte Grauen von der Front mit nach Hause gebracht, viele von ihnen psychisch und körperlich versehrt. Nach all den Katastrophen, die danach über unser Land eingebrochen sind … die große Hungersnot, die Geldentwertung, die blutigen Straßenkämpfe zwischen Bolschewisten und Nationalisten … will niemand mehr an Granaten und Bomben denken. Wir kehren doch gerade erst wieder ins Leben zurück.«

»Das mag für den braven Deutschen so sein«, sagte Boyd. »Aber gilt das auch für die Regierung? Die Revanchegedanken tönen ja laut genug, dass es einem ganz bange wird.«

Eine Weile pafften die Herren an ihren Zigarren und sahen dem Rauch nach, der in Schwaden durch den Salon zog und die prachtvollen Orchideengestecke umhüllte.

Endlich ergriff der Londoner Geschäftsführer das Wort.

»Ich denke, Herr Lagerfeld hat recht. Unsere Phantasie geht hier einen Schritt zu weit. Die deutsche Wiederaufrüstung ist als Schutzwall gegen die kommunistische Sowjetunion gerichtet, nicht gegen die Westmächte. Ich kann die Deutschen gut verstehen. Der Vertrag von Versailles war viel zu hart, da sind wir uns doch alle einig. Er hat dem Land die Würde genommen und es in große Not gestürzt. Alles, was der Reichskanzler erreichen will, ist eine Revision und damit die militärische Gleichberechtigung. Keinen Krieg.«

»Es gibt einige amerikanische Firmen, die den Aufstieg Hitlers sogar begrüßen«, ergänzte Stuart junior munter. »General Electric beispielsweise oder Standard Oil. Die Verflechtungen sind vielfältig, mit einem bewaffneten Konflikt käme ein sofortiger Boykott, und das will niemand riskieren. Deutschland braucht unser Geld. Oder wie sehen Sie das, Herr Lagerfeld?«

»Ja, das denke ich auch.«

Mit jeder Faser seines Körpers wollte Otto hoffnungsvoll in die Zukunft blicken. Die Machtübernahme war gerade einmal ein Jahr her, und es brauchte gewiss Zeit, bis sich das Ganze einspielte und sich die Lage beruhigte. Ganz so wohl war Otto dennoch nicht.

Die Angst regiert in Deutschland, las er am nächsten Morgen beim Frühstück in der *New York Times. Auf der anderen Seite steht die Euphorie. Etwa eineinhalb Millionen Personen, die Hitler blind folgen, sind in Schlüsselpositionen und üben Kontrolle über das militärische und politische Leben aus. Radikal nationalsozialistische Lehrer übernehmen die Erziehung der Jugend. Eine Saat, die in wenigen Jahren aufgehen wird.*

»Lies das mal«, sagte Otto und schob seiner Frau den Artikel rüber. »Es sollte uns zu denken geben.«

Ebbe nahm die Zeitung entgegen und schob sie sofort zurück. »Das ist ja gar kein deutsches Blatt. Ich kann kein Englisch, schon vergessen?«

»Hier steht, dass die Nationalsozialisten Leute verhaften, um jeglichen Widerspruch auszuschalten. Und dass sämtliche oppositionelle Zeitungen eingestellt seien, womit sie recht haben.« Er hob das Blatt. *»Die Zensur der Presse«*, las er laut vor, *»ist so eng, dass der durchschnittliche amerikanische Zeitungsleser mehr* *über die deutschen Verhältnisse weiß als die Mehrheit der Deutschen.«* [2]

»Die Amerikaner glauben doch alles, was ihre Zeitungen drucken«, sagte Ebbe. »Haben sie nicht sogar behauptet, dass wir unseren Kindern die Augen ausstechen und die Arme abhacken?« Heftig schüttelte sie den Kopf. »Wie sollen sie das auch verstehen, wenn sie politisch unruhige Zeiten, wie wir sie erlebt haben, kaum noch kennen. Wahre Freiheit entsteht nicht durch das willkürliche Verlangen des Individuums, sondern durch die Maßgabe der Vernunft unter einem starken Führer.«

Otto hob die Brauen und faltete die Zeitung zusammen. Sehr langsam und bedächtig.

Und dann, gleich nach dem Frühstück, war endlich der Moment gekommen, da sie hinaus nach Yonkers fuhren.

Als sie vor dem *Plaza Hotel* ins Taxi stiegen, war der Himmel klar, und die Sonne beschien die zartgrünen Blätter, die sich zaghaft aus dem Winterschlaf regten. Zwischen Asphalt und Wohnhäusern standen blühende Kirschbäume, und an den Straßen boten Blumenhändler ihre Ware an.

Während der Fahrt aus der Stadt hinaus war Otto noch hoffnungsvoll gewesen, doch als sie nun die Hauptstraße verließen, die sie zum südwestlichen Teil von Yonkers führte, als die Wege schmaler wurden und an einfachen Holzhäusern vorbei bergan führten, da begann sein Herz heftig zu pochen.

Wie Paul wohl reagierte, wenn er plötzlich vor ihm stand? Würde er die Arme ausbreiten und seinen Bruder willkommen heißen oder ihm die Tür vor der Nase zuschlagen? Er befürchtete Letzteres.

---

2 Leicht angepasstes Zitat aus: *New York Times* vom 9. April 1933 von Edward Dahlberg.

»Hancock Avenue Nummer fünfzehn, hier ist es«, sagte der Fahrer. Er hielt an und drehte sich zu seinen Fahrgästen um. »Soll ich besser warten, Mister?«

Otto nickte und stieg aus. Es war kalt, trotz der Sonne, die inzwischen höher stand, und er stellte den Kragen seines Mantels auf, während er sich umsah.

Es war eine einfache Gegend, abseits gelegen am Rand eines großen Waldes, der offenbar zu einem Park gehörte. Die Häuser im Kolonialstil, holzverkleidet, manche von ihnen mit einem Türmchen, die meisten mit Spitzdach. Das Haus, in dem Paul mit seiner Familie wohnte, war sehr schmal und schlicht gebaut. An der Nordseite blätterte die Farbe der Holzverkleidung bereits ab. An einem Haken von der Verandadecke hing eine Schaukel, die im leichten Wind hin und her schwankte.

Otto schob die Hände in die Manteltaschen.

Das war also Pauls neues Leben.

Mit plötzlicher Beklemmung trat er auf das Haus zu. Er fragte sich, ob er ihren Besuch nicht doch hätte ankündigen sollen. Aber er hatte Angst vor einer Ablehnung gehabt. Und noch viel mehr vor Pauls Schweigen.

»Schäbig ist es hier«, stellte Ebbe fest, die ihm gefolgt war. »Geradezu ärmlich. Aber immerhin ist der Vorgarten gepflegt. Sieh nur, die haben sogar Tulpen.«

Otto antwortete nicht. Er ging die Verandastufen hinauf und betätigte den Türklopfer. Einmal, zweimal, dann etwas lauter. Nichts geschah. Er trat einen Schritt zurück und spähte zu den Fenstern, hinter denen es dunkel war.

»Wollen Sie zu den Lagerfelds?«, rief eine Stimme auf Englisch.

Er drehte sich um. An der Tür des schräg gegenüberliegenden Hauses stand ein Mann mit rotwangigem Gesicht.

»Ja. Wissen Sie, wo wir sie finden?«

»Sie sind ans Meer gefahren. So wie jede Ferien und Feiertage.«

Otto schluckte die Enttäuschung herunter. »Können Sie mir sagen, wann sie zurückkommen?«

»Keine Ahnung.«

Otto zog eine Geschäftskarte und einen Stift aus der Jackentasche, notierte darauf den Namen ihres Hotels und die Zimmernummer. *Lieber Paul,* schrieb er, *ich bin in New York und würde mich freuen, Dich zu sehen.*

Dann überquerte er die Straße und reichte dem Nachbarn die Karte.

»Könnten Sie das Paul Lagerfeld geben, sobald er wieder da ist? Bitte, Sir, es ist wichtig. Ich bin sein Bruder.«

24

Die Fahrt nach Yonkers und zurück hatte länger gedauert als gedacht. Als sie die Hotellobby betraten, versammelten sich dort bereits die anderen Konferenzteilnehmer und deren Frauen, bereit für die geplante Besichtigung der Stadt.

Otto und Ebbe fanden gerade noch die Zeit für den auf dem Zimmer bereitliegenden Snack. Dann stiegen sie in den Bus, der sie durch die Metropole fuhr, die, so dachte Otto, immer noch viel zu laut und hektisch war.

Beständig hupend lotste der Fahrer sie durch den dichten Verkehr und rief ihnen die Namen der Gebäude und Institutionen zu, die sie gerade passierten.

Interessiert beugte sich Otto mal nach links, mal nach rechts. Und er stellte fest, dass – obwohl seit seinem letzten Besuch unzählige Gebäude aus Stahl und Glas hinzugekommen waren – Reichtum und Armut noch immer nah beieinanderlagen, manchmal nur eine Straßenecke voneinander entfernt. Hier luxuriöse Geschäfte, deren Schaufenster man zum Osterfest prächtig dekoriert hatte, dort die Ghettos, in denen schäbig gekleidete Menschen ihre Waren am Straßenrand feilboten.

Besonders die jungen Männer fielen ihm auf, die in Reiterhosen und Stiefeln durch die Straßen von New York zogen und den Passanten Handzettel reichten, auf denen zu einer Großdemonstration für das neue Deutschland in der Ridgewood Grove Arena in Brooklyn aufgerufen wurde.

»Deutschtum Amerikas erwache!«, rief einer von ihnen und hob mit derart entschlossenem Blick den Arm, dass es Otto kalt den Rücken herunterlief. »Heil Hitler! Heil Roosevelt!«

Weil es in New York üblich war, dass sich die Damen der Gesellschaft zur Easter-Parade am Ostermontag neue Hüte kauften, hielt der Bus bald wieder am Hotel an der Fifth Avenue. Ebbe erstand in einem der Geschäfte einen hellen Sommerhut mit breitem Rand, in freudiger Erwartung auf den vorhergesagten Sonnenschein.

Doch als sie am Sonntag das Empire State Building besuchten, regnete es heftig. Als sie den Expressaufzug im hundertsten Stock verließen und über die letzten Stufen die Aussichtsplattform betraten, sahen sie in einer Höhe von dreihundertachtzig Metern von der Stadt nur mausgraue Häuserblöcke, von schwer hängenden Regenwolken eingehüllt. So blieb ihnen nur, den sagenhaften Blick in Form einer Postkarte im Andenkenladen zu kaufen und durch die Fensterscheiben des Erfrischungsraumes zu schauen. Die Fotoapparate stets griffbereit, in der Hoffnung auf eine Wolkenlücke.

»Die Reise habe ich mir ganz anders vorgestellt«, bemerkte Ebbe, als sie zurück im Hotelzimmer waren. »Ich hoffe nur, dass sich New York bald von einer besseren Seite zeigt. Dieses trübe Wetter schlägt mir aufs Gemüt. Und wozu habe ich mir einen Sommerhut gekauft, wenn es morgen zur Easter-Parade regnet?«

»Setz ihn beim Brunch im *Waldorf-Astoria* auf oder abends im Theater«, entgegnete Otto, wofür er einen eisigen Blick erntete. Aber da waren seine Gedanken längst wieder bei seinem Bruder.

Wenn nach Ostern die Schule beginnt, dachte er, kehrt Paul bestimmt zurück nach Yonkers.

Doch als er am Dienstag nach dem Treffen in der Firmenzentrale in der Rector Street das Hotel betrat, lag keine Nachricht für ihn bereit. Auch nicht am Mittwoch und auch nicht am Donnerstag.

So war Otto erstaunt, als der Rezeptionist ihm am Freitagabend nach Abschluss der Konferenz tatsächlich eine Nachricht in einem Umschlag über den Tresen schob, in dem eine Karte mit einer Telefonnummer steckte.

Bringen wir es endlich hinter uns. Paul

Sie verabredeten sich zu einem Spaziergang im Central Park, gemeinsam mit den Frauen. Es war Samstag, der 7. April, ein Tag vor ihrer Rückreise mit der *SS Europa*. Der Himmel hatte aufgeklart, und die Temperaturen lagen nur wenig über null, als Otto und Ebbe den vereinbarten Treffpunkt erreichten. Gleich bei der steinernen Brücke, der *Gapstow Bridge*, an der südlichen Ecke des Parks, wenige Minuten vom *Plaza Hotel* entfernt.

»Die müsst ihr euch unbedingt ansehen«, hatte Paul am Telefon gesagt. »Wenn man New York kennenlernen will, dann gehört die Brücke dazu.«

Sein Deutsch hatte einen starken amerikanischen Akzent, und Otto dachte, dass er die Stimme nicht wiedererkannt hätte, wüsste er nicht, dass sein Bruder am anderen Ende der Leitung war.

Als Otto ihn als fernen Punkt Hand in Hand mit einer kräftig gebauten Frau mit Kurzhaarfrisur näher kommen sah, dachte er, dass auch sein Äußeres sich verändert hatte. Der mittlerweile achtundvierzigjährige Paul war nicht mehr so schlank wie früher. Sein Haar war nicht mehr ganz so voll, durchzogen von ersten grauen Strähnen, und er trug eine Brille. Aber seine Lippen hatten noch immer den ausgeprägten Amorbogen, wie die meisten Männer in der Familie.

Dann stand er vor ihm.

»Paul«, sagte Otto, dem das Herz aus der Brust zu springen drohte. »Wie schön, dich zu sehen.«

Sie gaben sich die Hand, als seien sie Fremde. Ein kurzer Druck, dann zog Paul die seine zurück.

»Otto. Da bist du also.«

Seine Stimme klang belegt. Den Blick konnte er nicht lange halten. Er wandte den Kopf und stellte ihnen seine Gattin vor, Josephine, genannte Joe, die Otto in ihrer zupackenden Art an Josephs Frau Margaret erinnerte. Aber ihre Augen blitzten schelmisch, und er fand sie sofort sympathisch. Auch Ebbe schien die beiden zu mögen, denn sie zeigte sich von ihrer besten Seite.

»Ach, Sie sprechen unsere Sprache?«, fragte sie erfreut, als Josephine sie in tadellosem, wenn auch nicht akzentfreiem Deutsch begrüßte.

Diese schüttelte lachend den Kopf. »Nur ein bisschen. Aber ich gebe mir Mühe.«

Da die Lage zwischen den Frauen rasch geklärt war, spazierten sie rege plaudernd los, während Paul und Otto allmählich zurückfielen. Seltsam stumm nach all den Jahren.

»Wie geht es dir?«, begann Otto endlich das Gespräch, nachdem sie den See beinahe zur Hälfte umrundet hatten.

»Gut«, lautete die knappe Antwort.

Otto rang mit sich. Sollte er gleich mit der Tür ins Haus fallen und all die Fragen stellen, die auf Antwort drängten? Warum hast du das getan, warum deiner Frau nicht die Wahrheit gesagt, warum deine Söhne alleine gelassen, ohne ein Wort? Aber er kannte Paul gut genug, um zu wissen, dass das Gespräch dann rasch beendet wäre. Er musste behutsam vorgehen.

»Eine schöne Karte hast du da«, kam Paul ihm zuvor. »Direktor der Glücksklee Milchgesellschaft. Du hast es geschafft, nicht wahr?« Er lachte. »Mit oder ohne den Führer?«

»Was willst du damit sagen?«

Paul blieb stehen und sah ihn stirnrunzelnd an. »Was ist da eigentlich los in der Heimat? Die Juden hier sind in großer Sorge und gehen zu tausenden auf die Straße, um gegen Nazideutschland zu demonstrieren. Stimmt es, dass man sie verfolgt und niemand mehr in jüdischen Geschäften einkauft, weil die Regierung es den Menschen verbietet?«

»Das war eine einmalige Aktion«, sagte Otto. »Und es war unrecht. Natürlich kaufen wir weiter bei jüdischen Firmen.«

»Aber wie lange noch?«

Otto atmete tief durch. »Jetzt haben wir uns seit so vielen Jahren nicht gesehen, und alles, was du wissen willst, ist, was bei uns in Deutschland geschieht?«

»Jeder hat so seine Fragen. Du wirst mir deine auch noch stellen, da habe ich keine Zweifel. Also: Was ist in Deutschland los?«

Otto spürte heftigen Ärger aufsteigen, dass dieses Thema ihr Wiedersehen überlagern sollte. Ja, es war ein schlimmer Eindruck, den die Großmäuler der nationalsozialistischen Partei mit ihrem Boykott und ihrer unseligen Fixierung auf alles Jüdische im Ausland hinterließen. Die Amerikaner mussten ja alle Deutschen für Barbaren halten!

Er durfte nicht zulassen, dass bei Paul dieser Eindruck entstand. Es war doch auch seine Heimat, die Hansestadt Hamburg, das schleswig-holsteinische Land. Deutschland, das waren nicht nur die Braunhemden, die versuchten, die Gesellschaft zu Marionetten ihrer Ideologie zu machen. Es war auch das Land ihres Vaters, der seinen Söhnen einst die Prinzipien eines ehrbaren Kaufmannes beigebracht hatte, auf den man sich verlassen konnte und der zu seinem Wort stand. Das der fleißigen Arbeiter und Angestellten, die viel für ihr Auskommen leisteten. Nicht zuletzt war es das Land ihrer Mutter, die eine schwere

Kindheit gehabt und dennoch ihre eigenen Kinder mit Fürsorge großgezogen hatte.

Deutschland war das Land von Goethe und Schiller und Menschen wie Humboldt, die ausgezogen waren, um ferne Länder zu erforschen, und nicht, um sie zu unterdrücken oder gar zu annektieren. Sondern aus aufrichtigem Interesse an der Fremde und anderen Kulturen.

Ja, dieses hasserfüllte Element existierte, und es durchzog das Land wie ein klebriges Spinnennetz. Aber in den vergangenen Jahren waren so viele Regierungen an die Macht gekommen, und keine hatte sich länger als bis zur nächsten Wahl gehalten. Solange sich noch genügend Menschen gerade machten und zu ihren Idealen standen – Menschen, die anständig waren –, würde auch diese Regierung irgendwann einmal abgewählt.

Nein, er wollte nicht, dass Paul, der ihn nun mit skeptischem Blick ansah und sich dabei vielleicht sogar moralisch überlegen fühlte, schlecht von der Heimat dachte. Ausgerechnet sein Bruder, der sich mit Moral und Anstand bislang nicht hervortat.

»Das Bild, das man im Ausland von uns hat, ist unvollständig«, sagte er daher fest. »Nicht alle Deutschen sind Nazis, und die meisten alten und verdienten Kaufleute lehnen diese Hetze ab. In der Partei sind viele scharfe Hunde, das mag sein, aber die werden sich nicht durchsetzen. Hitler ist kein dummer Mann. Er hat das Wohl des Landes im Blick und versteht seine Schergen in die Schranken zu weisen, um den Rückhalt im Volk nicht zu verlieren.«

»Und was ist mit all den ermordeten Gegnern und den Gräueltaten an unschuldigen Kindern, von denen berichtet wird?«

»Alles gelogen. So einfach ist das. Und nun bin ich dran, dir Fragen zu stellen.« Er holte tief Luft und hoffte, dass er seinen aufgestauten Ärger nicht allzu sehr auf der Zunge tragen würde.

»Wie«, sprudelte es nun doch aus ihm heraus, »konntest du das Gertrud und den Kindern nur antun?«

Paul starrte ihn an, und für einen Moment hatte es den Anschein, als wollte er Otto eine Backpfeife geben. Dann aber hob er nur die Schultern.

»Weil es die schlimmsten Jahre meines Lebens waren.« Er stützte die Arme auf und atmete tief ein, stieß die Luft in Atemwölkchen wieder aus. »Ich hätte Gertrud niemals heiraten dürfen. Es mag eine Zeit gegeben haben, in der ich sie geliebt habe. Wegen ihr bin ich damals nach Amerika gegangen. Obwohl ich gerne zur See gefahren bin. Ich habe meine Zukunft weggeworfen, für Gertrud und für unseren ungeborenen Sohn.«

»Niemand hat dich dazu gezwungen.«

»Ach nein?« Pauls Augen blitzten. »Mutter hatte einen Herzanfall, als ich ihr sagte, dass ich Gertrud zwar heirate, aber nicht mein Land verlassen will. Und du hattest nichts Besseres zu tun, als aus Russland herbeizueilen und mir einen Vortrag über Verantwortung zu halten. Dass eine Bedingung für die teure Schiffspassage war, nicht mehr zur See zu fahren, hat am Ende niemanden mehr interessiert. Das hatte Gertrud mal fein eingefädelt. Hat mich auch nur einer in der Familie je gefragt, wie es mir damit gegangen ist? Stattdessen sollte ich mich dankbar zeigen für den Bürojob bei Joseph.«

»Unser Bruder hat dich genommen«, empörte sich Otto, »obwohl jeder wusste, wie schwer du dir mit Zahlen tust. Weil wir Lagerfelds zusammenhalten.«

Paul hob die Brauen. »Verdammt, Otto, hast du schon mal daran gedacht, dass nicht jeder in dieser ach so korrekten Familie glücklich wird, in der immer alle zusammenhalten, um jeden Preis? Ich kann dir nicht sagen, wie frei ich mich gefühlt habe, als niemand mehr an mir gezerrt und mir gesagt hat, was ich zu tun und zu lassen habe.«

Otto schwieg, überrollt von Pauls Emotionen. Er wollte zu einer Erwiderung ansetzen, doch es gelang ihm nicht. Denn zum ersten Mal konnte er seinen Bruder verstehen. Auch er war nicht ohne Schuld. Er hatte Paul damals dazu gedrängt, nach Amerika zu gehen. Und nun sah er ein, dass es ein Fehler gewesen war.

Nur eine Sache, die begriff er nicht.

»Warum hast du denn nichts gesagt? Dann hätte zumindest Klarheit geherrscht. Stattdessen schickst du Karten, auf denen du von deiner Heimkehr schreibst, bevor du schließlich gar nichts mehr von dir hören lässt. Auch Gertrud wollte ein neues Leben beginnen. Sie hat lange auf dich gewartet, fast zehn Jahre. Die ganze Zeit hat sie auf eine Nachricht von dir gehofft, und als keine kam, hat sie dich für tot erklären lassen. Viel zu spät, um noch einmal von vorne zu beginnen.«

»Sie hat mich für tot erklären lassen?« Pauls Augen weiteten sich in sichtlichem Erstaunen.

»Ich habe es dir doch in meinem zweiten Brief geschrieben. Aber du hast ja mal wieder nicht geantwortet.«

»Ich habe keinen zweiten Brief erhalten.«

Otto zuckte mit den Schultern und blickte über den See, auf dem ein Entenpaar vorbeischwamm. Eine Gruppe Kinder kam angelaufen, und sie flogen fort. »Jetzt ist es ohnehin zu spät.« Er sah seinen Bruder eindringlich an. »Wusstest du, dass Herbert und Kurt nach Gertruds Tod in ein Waisenhaus gekommen sind?«

»Nein.« Paul schluckte heftig und senkte den Kopf.

»Ich habe die Vormundschaft für die beiden übernommen. Die ›ach so korrekte‹ Familie ist das Einzige, was sie noch haben. Es sind gute Jungen, Paul. Und ungemein fleißig. Dein Ältester hat nach einer Ausbildung als Bäcker und Konditor auch noch Koch gelernt und arbeitet nun im Restaurant *Jalant* im

Domhof an der Mönckebergstraße. Und Kurt hat eine Lehre als Autoschlosser gemacht und ist nach einem Volontariat an einer Blankeneser Tankstelle beschäftigt. Sie werden ihren Weg gehen, aber sie vermissen ihren Vater.«

Paul wandte sich abrupt ab und machte einen Schritt in Richtung der Frauen, die nur noch zwei kleine Punkte in der Ferne waren. Doch Otto hielt ihn am Arm zurück und zwang ihn zum Stehen.

»Warum hast du dich nie bei ihnen gemeldet?«

Paul riss sich los. »Sie sind ein Teil von Gertrud. Wie kann ich sie da lieben? Ich will meine Vergangenheit ein für alle Mal hinter mir lassen. Verstehst du das denn nicht?«

»Aber nicht auf diese Art und Weise! Man muss seine Vergangenheit anständig abschließen, bevor man in eine neue Zukunft geht.«

»Schon gut«, rief Paul aufgebracht, »kommen wir endlich zum eigentlichen Grund deines Besuches. Los, heraus damit, was wirfst du mir vor? Dass ich Bigamist bin? Darauf ist dein Brief doch hinausgelaufen, oder nicht?«

»Dann erklär du mir, warum Josephine und deine Kinder den Namen Lagerfeld schon getragen haben, als Gertrud noch lebte.«

»Das will ich dir erklären«, sagte Paul bitter. »Als ich Josephine lieben lernte und beschloss, mir hier ein neues Leben aufzubauen, da habe ich Gertruds Vater geschrieben und ihn gebeten, die Ehe von Deutschland aus aufzulösen. Man könne eine katholisch geschlossene Ehe nicht trennen, hat er zurückgekabelt. Ich solle zu dem Wort stehen, das ich vor Gott und der Kirche gegeben habe. Er wollte mir die Passage nach Hamburg zahlen. Dritter Klasse. Und Gertrud sollte ein Haus bekommen, wenn ich zurück bin. Weißt du, wie demütigend das war?«

Otto rieb sich mit beiden Händen übers Gesicht, fassungslos.

»Das hat er dir geschrieben? Das wusste ich nicht. Und Gertrud ganz gewiss auch nicht.«

Paul atmete tief durch und klang erschöpft, als er fortfuhr. »Ich war verzweifelt. Ich wollte Joe unbedingt heiraten. Es war auch dringend geboten, als wir zusammenzogen, sonst hätte wohl bald die Polizei vor der Tür gestanden. Obwohl es ihre eigene Wohnung war. Also haben wir eine gefälschte Heiratsurkunde gekauft, mit einem echten Stempel. Aber in der Bronx hat niemand danach gefragt, nicht einmal der Mann von der Volkszählung. Nur später, als Joe die Wohnung verkauft und einen Kredit für das Haus in Yonkers aufgenommen hat, da wollten sie das Dokument sehen.« Er lachte bitter. »Als Joe den Kredit als Mrs Lagerfeld aufgenommen hat, hieß sie in Wahrheit noch Ebeling.«

»Dann habt ihr die Ehe nur vorgegeben.«

»Ja, darauf wärst du nicht gekommen, was? Lieber hast du das Schlechteste von mir angenommen. Dabei wollte ich einfach nur ein neues Leben beginnen. *Mein* Leben, nicht das der anderen. Als dann die Nachricht von Gertruds Tod eintraf, haben wir es endlich nachgeholt und richtig geheiratet.«

Sie schwiegen einen Moment. Etwas schien sich zu lösen, sie spürten es beide. In gläserner Eintracht standen sie nebeneinander und starrten auf den See, in dem sich graue Wolken spiegelten. Im Hintergrund lag die Skyline von New York.

»Bist du jetzt glücklich, Paul?«

Über sein Gesicht huschte ein Lächeln. »Ja. Ich habe eine gute Frau und zwei wohlerzogene Kinder.« Er holte ein Foto aus der Manteltasche und reichte es Otto. Es zeigte einen Jungen mit heller Hose und einem kurzärmligen Hemd, der Paul wie aus dem Gesicht geschnitten war. Daneben, einen Kopf größer, ein molliges Mädchen in einem Blumenkleid. »Das sind Ted und Dolly.«

»Sie sehen nett aus.« Otto gab Paul das Foto zurück. »Und wovon lebt ihr?«

»Wir hatten einen Essensstand mit Hotdogs und Hamburgern, aber der warf nicht genug ab, und wir mussten ihn wieder schließen. Momentan fahre ich Taxi, aber Joe plant, eine Bäckerei zu eröffnen, nur mit Pies. Sie ist eine hervorragende Bäckerin, weißt du?«

»Warum hast du dich später nicht wieder als Seemann beworben?«

Paul runzelte die Stirn. »Was meinst du, was ich getan habe? Aber wer wollte schon einen deutschen Seemann, damals, als der große Krieg ausbrach. Und nun, da alle Welt von der Tüchtigkeit deutscher Seeleute erzählt, bin ich zu alt.«

»Wenn ich etwas für dich tun kann, dann ...«

»Hör auf, Otto!«, rief Paul, und die Eintracht bekam erste Risse. »Ich will dein Mitleid nicht. Ich will nur, dass du mich endlich in Ruhe lässt!«

»Aber das kann ich nicht. Du bist mein Bruder. Und das wirst du immer bleiben, egal, was passiert. Wir sind aus demselben Fleisch und Blut. Weißt du denn nicht mehr, wie nah wir uns früher standen? Wie wir über die Wiesen hinter dem Haus in Groß Flottbek gelaufen sind und Ball gespielt haben? Du und ich und Herbert Hülse und all die anderen Nachbarskinder aus der Villenkolonie. Wir hatten eine gute Zeit. Willst du all das fortwerfen?« Er breitete einladend die Arme aus. Ließ sie, als Paul nicht reagierte, langsam wieder sinken. »Du hast recht, wenn du sagst, dass ich mich damals in dein Leben eingemischt habe, dabei habe ich es wirklich nur gut gemeint. Aber es war nicht richtig, das weiß ich jetzt, und ich bitte dich um Verzeihung.«

Paul starrte ihn an und rieb sich mit beiden Händen über das Gesicht. »Du kannst es nicht lassen, nicht wahr?«

Als er die Hände fortnahm und sie in die Manteltaschen schob, merkte Otto, dass seine Augen schimmerten.

»Lass uns den Kontakt nicht wieder verlieren«, sagte er tief bewegt. »Ich würde gerne auch unserer Mutter erzählen, dass du noch lebst. Seit Vater vor drei Jahren gestorben ist, lebt sie nur noch in der Vergangenheit. In ihrer Stube steht nach wie vor ein Bild von dir, und sie erzählt oft, wie es damals war, als du noch bei uns gewohnt hast.«

»Na schön.« Paul nickte langsam. »Aber sag den Jungs nicht, dass du mich getroffen hast.«

»Warum nicht?«

Pauls Blick wanderte zu seiner Frau, die sich mit der sichtlich fröstelnden Ebbe auf einer Parkbank niedergelassen hatte und lächelte. »Weil ich zwei wundervolle Kinder habe, die nicht im Geringsten ahnen, dass es noch eine andere Familie gibt. Sie kennen meine Vergangenheit nicht, und ich will, dass es so bleibt.« Er blickte Otto ernst an. »Versprich mir, Herbert und Kurt nichts von unserem Treffen zu erzählen.«

Otto versprach es schweren Herzens. Er vermochte Paul ohnehin nicht umzustimmen. Er sah zu den Frauen, die von der Bank aufgestanden waren und ihnen nun entgegenkamen.

»Mir für meinen Teil reicht es in der Kälte«, klagte Ebbe. »Man holt sich hier ja den Tod. Wollen wir nicht ins Hotel gehen oder in ein nettes Lokal und uns dort aufwärmen?«

»Nein«, sagte Paul und reichte Otto die Hand. »Es ist alles gesagt, was gesagt werden musste.«

Otto ergriff die Hand, und sie blickten sich in die Augen. Dann, ganz unvermittelt, umarmten sie sich, fest und lange, und klopften sich am Ende verlegen auf die Schultern.

»Wir bleiben in Kontakt, ja?«, bat Otto.

»In Ordnung.«

25

Die Tage in New York hinterließen starken Eindruck auf Otto. Nicht nur wegen des Treffens mit seinem Bruder.

Nachdem die Tagung offiziell beendet war, saß Otto noch mit dem Europamanager Altwegg und dem technischen Supervisor Kinzer zusammen, und sie redeten über die Zukunft Europas, die sich vor aller Augen allmählich neu zu justieren schien. Es war ein ernsthaftes Gespräch. Sachlich, aber nicht ohne Emotionen. Vor allem die wirtschaftliche Rücksichtslosigkeit, mit der die deutsche Regierung agierte, um eigene Interessen durchzusetzen, ließ den Europamanager Schlimmes befürchten. Die Kontingente für Zinnbleche seien gewiss nur der Anfang, Ähnliches galt ja bereits für das Einfuhrverbot von Auslandsfetten zur Stützung der deutschen Milchwirtschaft. Die Lage werde sich in absehbarer Zeit noch verschärfen.

»Wir sind sehr froh, Sie an der Spitze der deutschen Niederlassung zu haben«, sagte Altwegg an Otto gewandt, und seine Stirn bekam tiefe Furchen. »Einen verlässlichen, klug handelnden und weltoffenen Mann. Sie müssen uns versprechen, alles dafür zu tun, um den Kahn sicher durch den aufkommenden Sturm zu lenken.«

Es klang pathetisch, aber Otto nickte ernst. »Ich bin mir meiner Verantwortung bewusst und nehme sie mit Freuden auf meine Schultern. Seien Sie versichert, dass ich alles dafür gebe, um die Firma zu bewahren.«

Der Blick von außen hatte Otto schlagartig bewusst gemacht, dass die nationalsozialistische Bewegung mit ihrer patriotischen Aufwallung noch eine weitere Dimension in sich trug. Eine Dimension, die – dank des deutsch-polnischen Nichtangriffspaktes und der beständigen Reden für den Weltfrieden – noch nicht wirklich greifbar war. Aber die Befürchtungen, dass die Sache eine Dynamik entwickeln könnte, die eines Tages in einem Krieg mündete, waren nicht ganz von der Hand zu weisen.

»Glückwunsch, Otto«, sagte Ebbe mit sarkastischem Unterton, als er ihr noch auf der Rückreise von seiner Ahnung erzählte. »Wenn sich das bewahrheitet, kannst du dich mit einer Kristallkugel auf die Kirmes stellen.«

Otto ignorierte ihre Sticheleien.

Wie sollte Ebbe ihn auch verstehen? Sie war in relativer Sicherheit groß geworden und hatte den Weltkrieg nicht allzu nah an sich heranlassen müssen. Sein Leben dagegen, seine Erfahrungen in Russland, hatten ihn sensibilisiert. Er war nun wachsam, hob die Nase witternd in die Luft. Bemerkte, je länger er zurück in Deutschland war, immer mehr Parallelen.

Die Unterdrückung der freien Presse. Die lauter werdenden Meldungen über das angeblich feindlich gesinnte Ausland, gegen das man sich verbal und politisch zur Wehr setzen müsse. Je stärker der Aufruf, sich gegen einen äußeren Gegner zu verbrüdern, desto geeinter wurde ein Land. Allerdings, der Möglichkeit eines Perspektivwechsels beraubt, auch gefährlicher. Er nahm all das wahr und widerstand dem Impuls, aus Bequemlichkeit die Konsequenzen auszublenden, denn es war alles andere als beruhigend.

Allmählich durchzog die nationalsozialistische Gesinnung auch die Milchwerke. Und es waren beileibe nicht nur die Schlechten, die sich von der Euphorie des vielgepriesenen Neuanfangs mitreißen ließen. Selbst die fröhlichen Damen in der

Hamburger Zentrale oder die Herren vom Verkauf träumten von einem neuen, geeinten Land, das sie sich nie wieder von Aufwieglern, Anarchisten und Bolschewisten zerschlagen lassen würde.

Und wie herrlich war es, wieder unbeschwert das Land bereisen zu können!

Die Leute erzählten von ihren Ausflügen in den Harz, von den neuesten Heimatromanen oder den Komödien mit Heinz Rühmann, Zarah Leander und Marika Rökk, die sie im Kino gesehen hatten. Von den Kulturfilmen und Wochenschauen im Begleitprogramm.

Die Heimat, nach der sich alle gesehnt hatten, war in allem präsent. Die Welt, die sich endlich aus den Ketten einer schlimmen und unruhigen Vergangenheit schälte, schien eine heile und heitere, dank der unermüdlichen Arbeit der Partei.

Alles harmlose Schwärmereien, wie Otto fand. Wirklich Sorgen bereitete ihm jedoch der Druck, den die Deutsche Arbeitsfront ausübte. Man wundere sich, hieß es, warum mehrere Monate nach der Verabschiedung des Gesetzes zur Ordnung der nationalen Arbeit für die Mitarbeiter der Glücksklee Milchwerke noch immer keine Betriebsordnung erlassen worden sei, die zu einer anständigen nationalsozialistischen Gesinnung und Lebensführung aufrufe. Schließlich habe er als Führer dieses Betriebes mit gutem Beispiel voranzugehen.

Welchen Duktus diese Betriebsordnung haben sollte, das war Otto rasch klar. Der Ton würde darüber entscheiden, ob er den Rückhalt des neu eingesetzten Vertrauensrates behielte, in dem ausnahmslos glühende Parteigänger saßen. Es war eine laute Minderheit, ja, aber eine, die durch ihre enge Verbindung zur Gauleitung große Macht besaß.

Über seine Sorgen reden mochte er nicht, nicht mit seinem Neffen Kurt, der in der deutsch-amerikanischen Standard-

Tankstelle in Blankenese Dockenhuden als Tankwart arbeitete und vollends in seinem Beruf aufging. Und auch nicht mit seinem Fabrikleiter Alfons van Acken oder dem Prokuristen Wilhelm Dylewski. Zwei wirklich anständigen Menschen, die er nicht unnötig beunruhigen wollte. Denn wer wusste schon, was geschah, wenn einer der beiden seine Sorgen falsch verstand und – ganz unabsichtlich natürlich – etwas von dem Gespräch weitergab. In diesem Land konnte man nicht vorsichtig genug sein. Gerade in Positionen wie der seinen.

Einmal hielt er den Telefonhörer bereits in der Hand, um seinen Bruder Hans anzurufen, der inzwischen nach Bad Kreuznach gezogen war, wo er als Vertreter des Leipziger Messeamts arbeitete. Dann aber ließ er ihn wieder sinken und entschloss sich, Vorbereitungen zu treffen, um die Firma gut durch die politischen Untiefen zu steuern.

Weil er wusste, dass die größte Stütze eines Unternehmens zufriedene Angestellte waren, die sich mit der Firma verbunden fühlten, setzte Otto weiter auf ein gutes Betriebsklima und behandelte die Mitarbeiter, als seien sie eine große Familie. Eine Familie, in der man sich in der Not gegenseitig unterstützte und gemeinsame Unternehmungen machte, die das Band festigten. Betriebsausflüge zu den zuliefernden Meiereien beispielsweise und zu den in den angrenzenden Ländern liegenden Werken.

Aber auch die Versorgung seiner eigenen Familie galt es sicherzustellen, egal, was auf das Land zukommen mochte.

Fette waren schon jetzt knapp und teuer, seit einigen Monaten gaben die Ämter Reichsverbilligungsscheine für Speisefette aus, damit auch Minderbemittelte welche erwerben konnten.

Der Zufall kam Otto zu Hilfe, als Reichskommissar von Kanne eine Ausweitung der Produktion auf die Butterherstellung forderte, um dem gesteigerten Bedarf Rechnung zu tragen. Da dieses nur mit einem zusätzlichen Herstellungsort möglich war, setzte sich Otto mit seinem Milchbeschaffer zusammen, der ihm die Verkaufsanzeigen einiger für die Umwandlung in eine Butterei in Frage kommender Bauernhöfe vorlegte.

»In Bad Bramstedt wird ein Restgut angeboten mit dreiunddreißig Hektar Land von ehemals zweihundert«, erklärte er und schob Otto ein Bild des Landgutes hin, das offenbar aus einem Flugzeug aufgenommen worden war. »Den ursprünglichen Hof hat man in den Zwanzigerjahren in Parzellen aufgeteilt, die letzte Parzellierung erfolgte im vergangenen Jahr. Es handelt sich um das ehemalige Gutshaus samt Ställen und Verwaltungsgebäuden sowie mehrere Felder und Weideland. Es gibt nur etwa zehn Milchkühe, und die Ställe und Scheunen sind nicht besonders groß. Doch für den Einbau von Zentrifuge, Milchvorwärmer, Rahmreifer und Butterfertiger ist genügend Platz vorhanden. Bei Bedarf ließe sich der Keller des Gutshauses für Reifungs- und Lagerzwecke zur Käseherstellung ausbauen.«

»In Bad Bramstedt?« Ottos Herz schlug ihm bis zum Hals, und er zog das Blatt mit den Informationen und das Foto zu sich heran. »Hof Bissenmoor«, las er und nickte, weil es genau so aussah, wie er sich einen Selbstversorgerhof immer vorgestellt hatte. Der Preis war angemessen, und es gab sogar schon einen Telefonanschluss mit der Nummer fünfzig. »Ich mache mir am besten persönlich ein Bild.«

Das Restgut Bissenmoor lag außerhalb von Bad Bramstedt, inmitten von Weide- und Ackerland, moorigen Wiesen und einem Wäldchen, das es auf dem Weg zur Villa zu durchqueren galt.

Unvermittelt lichtete sich das Grün und gab den Blick auf eine prächtige zweistöckige Villa frei. Otto parkte den Wagen auf dem Hofplatz und stieg aus.

Im selben Moment, als er den Duft von Nadelholz einatmete

und nur wenige Meter von ihm entfernt ein Bussard aufstieg, wusste er, dass er den Hof erwerben wollte.

Das Gutshaus war ganz in Weiß gestrichen und besaß hübsche, mit Rundbögen verzierte Fenster sowie einen Erker zur Linken, der von winzigen Zwillingstürmen gekrönt war.

Der Besitzer Herr Uhländer wartete bereits unter dem Vordach der großzügig geschnittenen Veranda und kam ihm mit breitem Lächeln entgegen.

»Dann wollen wir mal mit der Besichtigung beginnen«, sagte er, nachdem sie sich einander vorgestellt hatten.

Das Herrenhaus, so erklärte er Otto, sei im Jahr 1907 nachträglich von einem Herrn Breckwoldt erbaut worden, der später ins Zementwarengeschäft einstieg. Das ursprüngliche Herrenhaus diene jetzt als Verwaltergebäude.

»Das ursprüngliche Herrenhaus?« Otto drehte sich verwundert um. »Ich entdecke kein weiteres Gebäude.«

»Es liegt im Rücken der neuen Villa, Mauer an Mauer. Die vorderen Fenster hat man verschlossen, und die Tür des ehemaligen Einganges verbindet nun das alte Gebäude mit dem neuen.« Uhländer winkte Otto, ihm um das Haus zu folgen. »Sehen Sie dort hinten die zweite Dachspitze? Herr Breckwoldt war ein sehr praktisch agierender Mann, Bewahrer und Modernisierer zugleich. Ihm verdanken wir auch den Telefonanschluss. Er hat eine der ersten Leitungen besessen, noch vor dem Bürgermeisteramt. Soll ich Ihnen nun noch die anderen Gebäude zeigen?«

»Ich bitte darum.«

Herr Uhländer führte Otto hinter dem Haus entlang, an Gemüsebeeten, dem Hühnerstall und dem Garten mit schwer behangenen Apfelbäumen vorbei, die von dicken Ästen gestützt wurden. Dabei wies er zu den anderen Gebäuden, die sich hinter dem Gutshaus verteilten. Es gab einen Kornspeicher, einen Trakt, in dem die Gesindekammern untergebracht waren, und den Stall für die beiden Kaltblüter, die gerade mit den Arbeitern auf dem Feld waren und sich – zu Ottos Bedauern – nur zum Ziehen des Fuhrwerkes oder der Ackergeräte eigneten, weniger zum Ausreiten.

Otto betrat auch den reetgedeckten Kuhstall, in dem Platz für die zehn Kühe war, von denen die meisten, wie Herr Uhländer erklärte, auf der Weide standen. Bis auf das trächtige Muttertier, das jeden Augenblick kalben konnte.

Es roch nach modernden Balken und dem säuerlichen Dunst von Kühen. Die Mutterkuh lag wiederkäuend im Stroh und sah mit kugelrunden Augen auf den Eindringling. Otto durchmaß den Stall, begutachtete die weiß gekalkten Wände und prüfte die Melkmaschinen. Alles war gepflegt und gut in Schuss. Dank des Pächters Vollert und seinem Verwalter Hans Wagner.

»Zigarette?«, fragte Uhländer, als er wieder ins Freie trat.

»Gerne.«

Otto ließ sich Feuer geben und paffte ein paar Züge. Dann fragte er die Daten zu den bestellten Feldern ab. Notierte die Milchmengen, die man täglich zur Genossenschaftsmeierei fuhr, die Erträge der Kartoffeln, der Rüben und des Getreides. Die Zahl der Ochsen und Kälber, ebenso der Hühner.

»Na?«, fragte Uhländer. »Wie gefällt es Ihnen?«

Otto hatte Mühe, seine Begeisterung nicht nach außen zu tragen. Die Aussicht, dieses Restgut zu kaufen, beflügelte ihn. Das hier war ein richtiger Selbstversorgerhof! Da er aus Erfahrung wusste, dass es den Preis in die Höhe trieb, wenn man sich zu schnell beeindruckt zeigte, wiegte er den Kopf.

»Ganz gut, nur für die Glücksklee Milchgesellschaft ist es zu klein«, sagte er und machte eine Pause.

Uhländer trat die Zigarette aus. »Das habe ich mir fast gedacht.«

»Was bedeutet eigentlich der Name Bissenmoor?«

»Bissen ist plattdeutsch für Binsen. Vor der Trockenlegung war das hier ein Moor, in dem Binsen wuchsen.«

»Soso.« Otto machte ein paar Schritte auf das rückwärtige Verwalterhaus zu. »Darf ich?«

»Aber sicher.«

Sie traten in einen dunklen Flur, von dem die Wohnräume der Familien des Verwalters Hans Wagner abgingen und die von dessen Bruder Ernst samt Frauen und je drei Kindern. Uhländer zeigte Otto die Toiletten, die direkt am Übergang zur Villa lagen und die sich, wie er erklärte, alle miteinander teilten.

»Auch die Bewohner des Herrenhauses?«

Uhländer nickte. »Aber in der Villa gibt es ein eigenes Badezimmer.«

Otto warf einen Blick in die Toilettenräume und fand, dass sie ganz ordentlich aussahen, auch wenn Ebbe da anderer Meinung sein dürfte. Dann folgte er dem Besitzer über eine Tür in das Entree der Villa. Ein großer Flur mit einem Boden aus schwarzen und weißen Fliesen und einem Kamin direkt neben der Durchgangstür. Das Erdgeschoss bestand aus einer geräumigen Küche, einem Wohnbereich mit dem schräg über die Hauswand gesetzten Erker und einem Speisesaal, der ein wenig zu dunkel war und gut ein weiteres Fenster gebrauchen könnte. Eine Treppe führte in den ersten Stock.

»Gibt es eine Köchin, ein Dienstmädchen und eine Kinderfrau, die man übernehmen könnte?«

Herr Uhländer lächelte wissend. »Die junge Martha Bünz vom Nachbarhof hat sich immer um die Kinder gekümmert. Unsere Haushälterin nehmen wir mit. Die Stelle müssten Sie inserieren.«

»Hm«, sagte Otto, trat durch den Vordereingang auf die überdachte Veranda und sah nach links zur Terrasse, wo ein Tisch mit vier Stühlen stand. Dann ging er die fünf Stufen hinab auf den Vorplatz und stellte sich so, dass er das gesamte Haus im Blick hatte.

Ein herrlicher Ort für die ganze Familie. Vor allem für die Kinder, die Ebbe seit ihrer Rückkehr aus New York kleidete, als seien es kleine Erwachsene.

Hier gab es Bäume, Wiesen und Blumen. Und Beete, in denen man all die Kartoffeln, Erbsen und Bohnen, die auf den Teller kamen, selbst in den Boden brachte und großzog. Otto betrachtete die Gärten, die sich hinter dem Gutshaus ausdehnten, und dachte an seine eigene Kindheit in Groß Flottbek, wo sie auch einen Gemüsegarten gehabt hatten. Jeden Abend hatte er seinem Vater nach der Schule dort zur Hand gehen müssen, bis es dunkel wurde. Er wusste, wie man den Kohl vor Frost schützte und Kartoffeln und Zuckerrüben einmietete, bevor der Winter kam.

Hier auf Bissenmoor könnten sich Christel und Karl-Otto ihre Natürlichkeit bewahren und mit den anderen Kindern auf den Feldern und Wiesen herumtollen. Sein Sohn könnte mit ihnen auf dem Hofplatz Fußball spielen, und Christel würde lernen, wie man aus Schafhaar Wolle gewann und daraus Pullover strickte.

Otto lächelte, weil ihm das Herz so aufging.

Seine Kinder könnten hier ebenso bodenständig aufwachsen wie er selbst, und es hatte ihm gutgetan. Aber das Allerwichtigste war: Sollte tatsächlich bald ein Krieg ausbrechen, dann wären sie versorgt und in Sicherheit.

Nur durfte er Ebbe nichts erzählen, bevor nicht alles unter Dach und Fach war. Und er musste sich etwas einfallen lassen, damit sie ihm nicht den Kopf abriss.

»Es gefällt Ihnen, nicht wahr?«, sagte Uhländer vom Eingang aus.

»Allerdings«, nickte Otto. »Wir sollten nur noch einmal über den Preis reden.«

26

PARIS

Juli 1934

Ebbe konnte ihr Glück kaum fassen, und sie drehte sich langsam im Kreis, um das Flair von Paris ganz in sich aufzunehmen.

Die Einladung war ganz unverhofft gekommen. Das Vermögen der General Milk Company war aufgrund der Regelungen zur Ausfuhr von Devisen auf Sperrkonten eingefroren worden. Die Mutterfirma hatte daher kurzerhand eine weitere Konferenz angesetzt, dieses Mal in Paris. Während Otto in diesem Moment mit den Beratern der eilig hinzugerufenen und auf komplizierte Finanztransaktionen spezialisierten Bankers Trusts Company zusammensaß, hatte sie selbst reichlich Zeit, um die Stadt zu erkunden. Und zwar, ohne sich dem Damenprogramm anzuschließen, deren Teilnehmerinnen in ihren Augen ohnehin nur eine unelegante Touristengruppe waren. Und ohne Christel und Karl-Otto, die Otto zuerst mitsamt Kindermädchen mitschleppen wollte. Aber das hatte sie sich verbeten.

In den Jahren an seiner Seite hatte sie gelernt, dass Otto trotz seiner Gutmütigkeit ein Patriarch war und dass sie sich in dieser Ehe gerade machen musste, um ihre Wünsche durchzusetzen. »Halte stets den Kopf hoch«, sagte ihre Mutter Milly immer, »dann kann dir keiner was.« Und so hielt sie es auch.

Immerhin ließ Otto sie dann meist gewähren. Er hatte ohnehin eine bewundernswerte Art, mit ihren Launen umzugehen. Verständig hörte er ihr zu, wenn sie sich wieder einmal über den kleinen Karl-Otto beklagte, der mit seinen gut zehn Monaten plötzlich zu brabbeln begann und nicht mehr aufhören wollte. Ständig dieses Brabbeln, wie ein Mähdrescher oder Bienenschwarm.

»Er wird gewiss einmal ein guter Redner«, hatte Otto gesagt und dem Kindermädchen aufgetragen, den Jungen mehr im Freien zu beschäftigen, damit sie ungestört war.

Ja, es war eine gute Ehe. Zwar eine ohne viele Zärtlichkeiten und Umarmungen, aber das war sowieso nie ihre Sache gewesen. Sie war ihrem Ehemann sogar dankbar, dass er sie damit in Ruhe ließ.

Vor allem aber war es ihm als Generaldirektor zu verdanken, dass sie endlich in Paris war. Ausgestattet mit einem satten Budget, von dem sie damals in Berlin nicht einmal zu träumen gewagt hätte. Sie solle sich etwas Hübsches davon kaufen, hatte er gesagt.

Die Sonne strahlte vom klar blauen Himmel, als Ebbe durch die Straßen des Quartier Latins ging. Den Reiseführer von Guilmin hatte sie in ihrer Tasche verborgen, um nicht wie eine Besucherin zu wirken. Die Art, wie sie durch das Viertel mit seinen Museen und Kunstgalerien streifte, passte sie den Pariserinnen an, die nicht schlenderten, sondern schritten.

Unauffällig ließ sie dabei den Blick über die hohen Häuser mit ihren prachtvollen Fassaden und den schmiedeeisernen Balkongeländern schweifen und stellte sich vor, wie es wohl wäre, in einem davon zu leben.

An manchen Stellen taten sich zwischen den Gebäuden Lücken auf, und man konnte in gepflasterte Hinterhöfe spähen, deren Häuser grün berankt waren. In einem saß eine alte Dame auf einer Bank, mit einem Buch in der Hand. Neben ihr eine gefleckte Katze, die eingerollt schlief. Ein kleines Paradies, dachte Ebbe, während sie den Blick wieder geschäftig nach vorne richtete, mitten in der Stadt.

Bald erreichte sie den Boulevard Saint-Germain. Unter den aufgespannten Markisen der Cafés standen Tische, aufgereiht wie in einem Theater, und die Gäste beobachteten die Flanierenden, tranken milchigen Kaffee oder lasen Zeitung. An einem Tisch vor dem *Café de Flore* puderte eine Dame in aller Seelenruhe ihr Gesicht und zündete sich eine Zigarette an, während auf dem Gehweg zwei junge Männer standen, sich auf Deutsch unterhielten und artig auf einen freien Platz warteten.

Wie raffiniert die Pariserinnen geschminkt waren, wie graziös und selbstgewiss ihr Gang war. Ihre schmalen Körper umwehten elegante Kleidchen aus Georgette oder Crêpe Satin in Mandelgrün und Violett oder in Mustern aus Schwarz und Weiß. Umwölkt von duftigen Volants und Schleifen. Ebbe lächelte. So wollte sie auch aussehen. Den Damen der feinen Hamburger Gesellschaft würden die Augen ausfallen!

Über die Pont Royal gelangte sie zur Rive Droite, der rechten Seite des Seine-Ufers, wo die großen Modehäuser lagen. An der Place Vendôme kaufte sie sich ein weißes Musselinkleid mit schwarzen Punkten von Martial et Armand und einen Kurzmantel von Charlotte Révél, der später vom Hotelpagen abgeholt und auf Rechnung des Generaldirektors bezahlt werden würde. Dabei hatte sie ihr Budget um einiges überschritten. Otto würde gewiss die Brauen hochziehen, wenn er den Betrag auf der Hotelrechnung entdeckte. Dabei war er noch gut davongekommen. Paris sprühte so sehr vor Eleganz und Stil – überall Boutiquen und Modehäuser –, dass man nicht umhinkam, dem Zauber zu erliegen.

Zu gerne hätte Ebbe auch einen heimlichen Blick in die Ateliers in der Rue de la Paix geworfen oder beim Modeschöpfer Paul Poiret vorbeigeschaut, dessen minimalistischer und zugleich extravaganter Stil seinerzeit ganz Berlin entflammt hatte. Wie oft hatte sie sich während ihrer Zeit beim Modehaus Gerson vorgestellt, einmal selbst in der runden Halle mit den weißen Wänden zu stehen und die in Gold und Blau aufgemalten Tierkreiszeichen an der Decke zu betrachten. Doch Poirets Haus hatte während der Weltwirtschaftskrise im Jahr 1929 schließen müssen. Was überaus bedauerlich war.

Am Ende des Tages war Ebbe erschöpft von den vielen Eindrücken, aber sie hatte das Gefühl, endlich wieder durchatmen zu können. Das Summen dieser Stadt weitete ihre Seele, nahm sie vollkommen für sich ein. Paris besaß weit mehr, als Hamburg ihr jemals zu bieten vermochte. Nicht einmal Berlin hatte eine derart flirrend-leichte Ausstrahlung, eine solche Eleganz.

Atemlos stand sie im Hotelzimmer zwischen all den Taschen und Kleidersäcken, die der Page ihr gebracht hatte. Sie konnte sich nicht erinnern, jemals in ihrem Leben so glücklich gewesen zu sein. In dieses Glücksgefühl mischte sich bald ein inneres Sehnen, das sie längst vergraben glaubte. Ebbe schloss die Augen und spürte ihm nach, lauschte dem Klang ihres Herzens. Als sie die Augen wieder aufschlug, sah sie plötzlich klar.

Ohne es zu bemerken, war sie gerade an den Punkt zurückgekehrt, an dem sie ihre Träume von einem Platz in der Welt der Mode aufgegeben hatte. Nicht dass sie noch immer in der Branche arbeiten wollte, nein, damit hatte sie abgeschlossen. Aber sie wollte darin aufgehen. Dessen Funkeln erleben. Teil der Boheme sein, in jenem Milieu schwimmen, in dem sich Atelierbesitzer, Designer, Künstler und Schriftsteller bewegten. Als gern geladene Frau Generaldirektor und vielleicht auch als Mäzenin.

Ich hätte mich doch besser an die Frau des Direktors der Lait Gloria halten sollen, dachte sie. Es hätte den Einstieg in die Pariser Gesellschaft gewiss erleichtert. Aber noch war es ja nicht zu spät.

»Lass uns die Reise um ein paar Tage verlängern«, bat sie Otto, als er am Abend sichtlich erschöpft von der Konferenz das Hotelzimmer betrat.

»Das geht nicht. Es gibt so viel zu tun, ich kann gar nicht schnell genug zurück an den Schreibtisch.« Sein Blick fiel auf die Kleidersäcke, die an der Außenseite des Schrankes hingen. »Und wenn ich mir deine Einkäufe ansehe, muss ich wohl auch ein bisschen an meinen Geldbeutel denken. Nein, es bleibt dabei, am Freitag geht es zurück.«

Vom Erwerb des Restguts Bissenmoor erzählte Otto seiner Frau beiläufig, während sie durch die gepflasterten Straßen den Montmartre hinauf in Richtung des Restaurants gingen, in dem diese Reise ihren Abschluss finden sollte.

Die ganze Zeit hatte er auf einen geeigneten Augenblick gewartet, und angesichts Ebbes gehobener Laune, die sich während der letzten Tage noch gesteigert hatte, betrachtete er den richtigen Moment nun als gekommen.

Die untergehende Sonne strich über die Kuppeln und Rundbögen der Basilika Sacré-Cœur, übergoss die weißen Mauern mit flüssigem Gold, als er einen Monolog über die Schönheit des Segeberger Forstes und der Landschaft rund um das prachtvolle Restgut begann, das vor der Parzellierung ein richtiges Landgut war. Und ihn damit endete, dass die Kaufverträge bereit zur Unterzeichnung seien.

»Du willst Bissenmoor kaufen?« Ebbe hielt ihn mit kneifendem Griff am Arm und zwang ihn, stehen zu bleiben. »Um Himmels willen, was wollen wir denn auf dem Land?«

»Hast du nicht selbst gesagt, du fändest keinen Zugang zu den Blankeneser Damen? Und was ist mit den ständig tönenden Schiffshörnern und der trübseligen Stimmung beim Blick auf den Elbschlick?«

Ebbe starrte ihn an, fassungslos. »Ich habe gehofft, dass du das Haus verkaufst, aber nicht, dass du uns in die Walachei verschleppst. Du wirst das sofort rückgängig machen, hörst du?«

»Nun denn«, antwortete er, »dafür ist es jetzt zu spät. Aber das Gutshaus ist wirklich prächtig, du wirst dort residieren wie eine Adelige. Es ist wie eine Sommerresidenz, sozusagen ein kleines Sanssouci. Und das war doch immer dein Traum, oder etwa nicht?«

Er hoffte, der Vergleich würde sie beschwichtigen, doch Ebbe hatte längst auf Gegenwehr umgeschaltet und riss die Arme hoch.

»Du bist ja vollkommen verrückt geworden! Nein, Otto, da mache ich nicht mit. Ich bin nicht aus dem öden Beckum nach Berlin geflohen, um jetzt auf dem Land zu versauern. Wenn ich das gewollt hätte, dann hätte ich einen Gutsbesitzer geheiratet, keinen Generaldirektor!«

Er betrachtete ihre harte Miene, die in Empörung zusammengekniffenen Lippen.

»Es geht nicht immer nur um dich, meine Liebe«, erwiderte er ruhig. »Sondern auch um die Kinder. Das Land steht vor großen Umwälzungen, und es ist zu befürchten, dass bald ein Krieg ausbricht. Ich möchte, dass Christel und Karl-Otto in Sicherheit leben und aufwachsen. Und ich will einen Ort schaffen, an dem die gesamte Familie Unterschlupf findet, sollte es sich eines Tages als notwendig erweisen. Mit genügend Platz für Mutter, Thea, Herbert und Kurt. Und für Tilla und Lisbeth.«

»Du und deine Prophezeiungen! Ich hoffe, du behältst diese Unkenrufe für dich, sonst machst du dich nur vor allen lächerlich.«

Es war müßig, ihr seine Sicht auf die Lage zu erklären, und

so hob Otto entnervt die Schultern. »Sieh es dir wenigstens einmal an.«

Nun war er doch laut geworden, und der Ärger ließ das Blut in den Schläfen pulsieren. Diese fürchterlich widerständige Frau kostete ihn noch den letzten Nerv. Jede andere hätte eingesehen, dass der Umzug eine Notwendigkeit war, und sich seiner Entscheidung gefügt. Ebbe aber hob nur hochmütig die Brauen, als habe sie ihre Wahl bereits getroffen, und ging dann ohne weiteres Wort den Berg hinauf, an den Porträtmalern, Cafés und dem Restaurant vorbei, in dem ein Tisch für sie reserviert war, in Richtung der Basilika.

Kopfschüttelnd blieb er stehen, den Blick auf ihren durchgestreckten Rücken geheftet, der sich allmählich entfernte.

Du wirst meine Pläne nicht durchkreuzen, dachte er und betrat das Restaurant, wo er als Erstes nach einem Schnaps verlangte.

Dieses eine Mal würde er sich durchsetzen, wenn nötig auch gegen ihren Willen. Die Sicherheit seiner Kinder, der gesamten Familie, ging vor.

Wenige Tage nach ihrer Rückkehr aus Paris machten sie mit den Kindern und Thea, die gerade Sommerferien hatte, einen Ausflug nach Bissenmoor, zu dem Otto auch seine beiden Neffen einlud. Sie kamen auf Kurts neuem Motorrad samt Beiwagen, das er sich von seinem Gehalt als Tankwart zusammengespart hatte, und konnten sich gar nicht sattsehen an der herrlichen Natur und dem prachtvollen Gutshaus.

»Wirklich großartig«, sagten Kurt und Herbert am Ende der Besichtigung und lachten, weil sie sich so einig waren.

Während Ebbe die Hände vor den Mund schlug, weil sie alles so rückständig fand, sah sich Otto darin bestätigt, die richtige Entscheidung getroffen zu haben. Er beobachtete seinen Sohn, der mit wackeligen Beinchen auf dem Hof stand, die Hände fest am Griff des Lauflernwagens, und die umherrennenden Hühner mit großen Augen verfolgte.

»Gagack«, krähte er fröhlich.

Thea nahm ihn an die Hand, und Christel ergriff die andere. Ausgelassen kreischend verfolgten sie die Hühner über den Hof, inspizierten dann den Kuhstall und fütterten die Pferde, dabei nahm Thea den Jungen auf den Arm.

Es gefällt ihnen, dachte Otto glücklich.

»Kommt nicht in Frage«, befand Ebbe am Ende des Rundgangs. In ihrem Gesicht stand Verzweiflung. »Ich bin doch keine Bäuerin.«

Otto seufzte. Seit sie aus Paris zurückgekehrt waren, versuchte sie ihn von seinem Vorhaben abzubringen. Und weil sie bald feststellen musste, dass er sich weder mit Schmeicheln noch mit Wüten davon abbringen ließe, war ihre Laune nun auf dem Tiefpunkt.

»Du wirst ja nicht auf dem Feld stehen«, sagte er aufmunternd, »sondern hier residieren wie eine Gutsherrin. Die hübschen Korbgeflechtstühle, die wir gekauft haben, passen doch hervorragend hierher.«

»Korbgeflechtstühle? Das sind *Fauteuils Régence* im Stil von *Louis Quinze*«, knurrte sie. »Eins ist sicher: Hier werde ich mich zu Tode langweilen.«

»Andere wären froh, einen solchen Hof zu besitzen«, mischte sich Kurt ein, hörbar verärgert. »Was ist schon Lui Quänz! Onkel Otto macht alles, damit es der Familie gut geht und was tust du? Suchst das Haar in der Suppe. Du könntest wirklich ein bisschen dankbarer sein.«

Ebbe bedachte ihn mit einem abfälligen Blick. »Dass du Otto dankbar bist, glaube ich gerne. Dein Onkel ist dermaßen gutmütig, dass er sogar Menschen aufnimmt, die nicht einmal der eigene Vater mehr haben will.«

»Ebbe!«, rief Otto mahnend. Doch es war zu spät.

Herbert löste sich als Erster aus der Erstarrung. »Was weißt du über unseren Vater?«

»Das solltest du besser euren geliebten Onkel fragen. Er hat es offenbar vorgezogen, darüber zu schweigen.«

Otto warf seiner Frau einen düsteren Blick zu. Aber weil ihm nun nichts anderes übrigblieb, als die Wahrheit zu sagen, setzte er sich mit Kurt und Herbert auf die Stufen zur Veranda und erzählte ihnen von dem geglückten Versuch, Paul ausfindig zu machen. Er berichtete ihnen von dem Häuschen in Yonkers, wo ihr Vater lebte, und von ihrer Begegnung in New York. Dass Paul die Kinder, die er mit seiner jetzigen Frau hatte, bereits kurz nach dem Krieg gezeugt hatte, verschwieg er jedoch lieber.

»Ich habe ihm von euch erzählt«, schloss er. »Er weiß, dass ihr gute Jungen seid und euren Weg gehen werdet.«

Kurt fuhr sich mit beiden Händen durchs Haar. »Warum hast du uns nichts davon gesagt?«

»Paul wollte nicht, dass ihr davon erfahrt. Er …« Otto rang nach Worten. Es war kaum vermittelbar, dass sein Bruder die Ehe mit Gertrud für immer vergessen wollte und mit ihr seine Söhne. »Er wollte euch nicht kränken.«

»Nicht kränken?«, fuhr Herbert auf. Er war blass geworden. »So ein Unsinn. Wir sind ihm vollkommen egal. Er hat sich nie für uns interessiert. Aber seinen neuen Kindern spielt er den guten Vater vor.«

»Soll er doch«, maulte Kurt. »Ich brauche ihn nicht.« Er warf Otto einen dankbaren Blick zu. »Für mich bist du mein Vater. Das bist du schon immer gewesen.«

Gerührt legte Otto ihm eine Hand auf die Schulter und klopfte zwei-, dreimal, während er gegen die Tränen ankämpfte, die ihm in die Augen stiegen. »Schon gut, mein Junge. Schon gut.«

Im Nachhinein war Otto erleichtert über dieses Gespräch. Die Heimlichtuerei hatte endlich ein Ende, und seine Neffen, so hoffte er, würden nun einen Schlussstrich hinter ihre Herkunft ziehen und nach vorne blicken.

Doch er irrte sich.

Während Kurt die Nachricht anscheinend gefasst aufnahm, kündigte Herbert seine Stelle bei Jalant. Er heuerte bei der amerikanischen Schiffsgesellschaft United States Lines an, wo er im September als Koch an Bord des Luxusliners *Manhattan* über Porte aux Basques in Neufundland nach New York fuhr. Am 4. Oktober 1934 ging er von Bord und machte sich sogleich auf den Weg nach Yonkers zum Haus in der Hancock Avenue, wo er jedoch nur Josephine antraf, die ihn vollkommen überrumpelt abwies und behauptete, Paul sei verreist.

»Dann komme ich eben wieder«, rief Herbert der sich schließenden Tür entgegen, »wenn die *Manhattan* das nächste Mal anlegt.«

Als er seinen Vater weder beim Landgang am 1. November antraf noch am 28. November, da schwante ihm, dass sein Vater niemals zu Hause sein würde, solange die New Yorker Zeitungen von der Ankunft der *Manhattan* berichteten. Als er selbst einen Tag vor Heiligabend vor verdunkelten Fenstern stand, gab er auf. Und verbrachte das Weihnachtsfest mit all den anderen Angestellten an Bord des Schiffes, wo er weit mehr trank, als er vertrug, sodass er zwei Tage später mit einem höllischen Kater zur Arbeit in der Bordküche erschien, während das Schiff Kurs auf die Bermudas nahm.

27

Im März 1935 zog die Familie nach Bissenmoor.

Ebbe hatte dem Umzug letztlich zugestimmt, widerwillig zwar, aber es blieb ihr am Ende keine andere Wahl. Bissenmoor mit Sanssouci zu vergleichen, darauf konnte nur Otto kommen. Auch wenn das Herrenhaus nach der Renovierung wirklich sehr stattlich und mondän wirkte. Im Badezimmer im ersten Stock waren eine neue Wanne, eine Toilette mit Spülkasten und sogar ein Bidet installiert worden, und der Speiseraum hatte durch das neue Fenster ungemein an Licht gewonnen. Nur der große Eingangsbereich war noch immer düster, weil die Sonnenstrahlen den Weg selbst am Abend nicht hineinfanden.

Sie hatte den Eindruck, als käme sie vom Regen in die Traufe. Was in Hamburg das ständige Tuten der Schiffshörner gewesen war und das trübe Elbgrau, war hier das Blöken der Kühe. Und obwohl sie bereits von Hamburg aus nach einem Mädchen für Haushalt und Garten inseriert hatten, war noch niemand Geeignetes gefunden. Was bedeutete, dass sie mit anpacken musste, wenn der Garten nicht verwildern oder das Haus verwahrlosen sollte.

Ihr Traum von einem Leben als Teil der Pariser Boheme war zerplatzt. Rüde niedergetrampelt wie ein Katalogblatt der vergangenen Saison. Stattdessen hatte sie sich dem Willen ihres Mannes zu fügen wie damals dem ihres Vaters. Sie könnte schreien.

Das Schlimmste in Bissenmoor war die Abgeschiedenheit. Selbst die Möglichkeiten, von hier zum Bahnhof zu kommen, waren begrenzt. Anfangs hatte Otto sie mitgenommen, wenn sie in die Stadt wollte, doch seit er immer öfter im Haus an der Elbchaussee bei seiner Mutter und den beiden Schwestern schlief, weil er so lange arbeitete, musste Ebbe zusehen, wie sie sich organisierte.

Der Verwalter Hans Wagner könne sie jederzeit zum Bahnhof von Bad Bramstedt fahren, sagte Otto. Sie könne aber auch den kürzeren Weg bis zur Haltestelle beim Kurhaus nehmen, wo der Zug ebenfalls hielt. Zu Fuß seien das nicht mehr als zwanzig Minuten.

Aber allein die Vorstellung, mit ihrem Kostüm auf dem verdreckten Bock neben diesem Bauern als Kutscher Platz zu nehmen, ließ Ebbe schaudern. Und über den moorastigen Weg zur Haltestelle am Kurhaus zu gehen kam auch nicht in Frage. Also blieb sie auf dem Gut, wo sie viele Stunden im Turmzimmer verbrachte, in dessen Erker sie sich einen Arbeitsplatz eingerichtet hatte, und nähte Wölkchenrollos für das Schlafzimmer oder schrieb Briefe nach Münster. Mit einem dicken Kloß im Hals.

So wie an jenem Dienstag im April, an dem alles in trübem Grau lag, ganz so, als hätte es ein Maler skizziert, dem die Farben ausgegangen waren.

Liebste Felicitas,

wann, mein Schwesterherz, kommst Du mich endlich in der Einöde besuchen?

Hier gibt es nur stille Wälder, Kuhweiden und Moorwege. Kein Theater, keine Modegeschäfte, keine Musik, wenn man von den Opern absieht, die ich auf dem Grammophon abspiele.

Dieser Ort bricht mir die Flügel.

Weißt du noch, wie wir uns geschworen haben, uns niemals in die Abhängigkeit eines Mannes zu begeben? Wie habe ich Dich bemitleidet, als Du Dich dazu entschlossen hattest, an der Seite des preußisch-strengen Herrn Doktors durch die Welt zu gehen. Und als was bin ich hier gelandet? Als Frau Generaldirektor vom Lande, die zu allem Überfluss noch ohne Personal für den Haushalt auskommen muss. Den ganzen Tag nur waschen, kochen, putzen. Arbeit, wohin das Auge sieht, in Haus und Garten. Von all dem Glanz, den mir die Ehe versprochen hatte, von dessen Nektar ich in New York und Paris kosten durfte, ist kaum noch was übrig. Wie konnte Otto mir das nur antun?

Ich habe jetzt sogar angefangen, Englisch zu lernen, damit ich mich in der Gesellschaft der Amerikaner sicher zu bewegen weiß. Im Sommer wollen wieder welche nach Deutschland kommen, für eine Gastgeberin ist es überlebenswichtig, wenn man sich nicht blamieren will. Es ist unfassbar, welch brave Ehefrau ich meinem Mann geworden bin.

Die Welt der Mode verfolge ich nurmehr in den hübschen Magazinen, die Otto mir mitbringt. Was für ein magerer Ersatz! Es ist, als würde man am Fenster stehen und den anderen draußen beim Leben zusehen.

Mit den Leuten hier kann man sich über die Künste nicht austauschen, umso mehr sehne ich mich danach, Dich endlich auf dem Hof zu empfangen. Dann könnten wir es uns im Erker meines Türmchens gemütlich machen und von schöngeistigen Dingen reden.

Was hältst Du davon, Schwesterherz?

Ich sende Dir ein Küsschen aus der Ferne

Deine sehr einsam gewordene, dich liebende Schwester

Ebbe

Ebbe legte den Stift beiseite. Der Kloß in ihrem Hals wurde immer größer, und sie schluckte heftig, um nicht zu weinen.

»Reiß dich zusammen«, schalt sie sich, und aus ihrer Stimme hörte sie die Worte ihrer Mutter Milly heraus. »Herrgott, Ebbe! Benimm dich gefälligst wie eine Dame.«

Sie musste um jeden Preis ihre Contenance zurückgewinnen. Selbstbeherrschung zeigen, so groß der seelische Schmerz auch sein mochte, sonst brach sich da womöglich etwas Bahn. Und so zog sie ein Spitzentaschentuch hervor und tupfte sich die Augen, als im selben Moment die Tür aufschwang und das Kindermädchen den Kopf hereinsteckte. Mit ihr drang der Geruch nach Kohlsuppe in den Raum.

»Frau Lagerfeld ... Ist alles in Ordnung?«

»Liebe Güte, Martha, kannst du nicht anklopfen?«, fuhr Ebbe sie an. Peinlich berührt und ertappt. »Was kann denn schon so dringend sein?«

»Ich ... also ...« Die Kinderfrau kam ins Stottern, während eine tiefe Röte ihr Gesicht überzog. »Karl-Otto möchte seine Suppe nicht aufessen. Ich weiß nicht, was ich noch tun soll.«

Ebbe rollte mit den Augen, die Emotionen wieder im Griff. Dieses rotwangige Bauernmädchen schien überhaupt keine Ahnung von Kindererziehung zu haben. Und erst dieser hinter bemühtem Hochdeutsch versteckte plattdeutsche Dialekt! Man konnte nur hoffen, dass die Kinder ihn nicht annahmen. Was für ein Segen Meta doch gewesen war, die hätte Ebbe nur zu gern hierhin mitgenommen, die hatte die Kinder im Griff gehabt. Aber sie wollte Hamburg nicht verlassen.

»Sie haben doch Geschwister, oder nicht?«, fragte sie.

»Ja, Frau Lagerfeld.«

»Was passiert, wenn die ihren Teller nicht leer essen?«

»Dann gibt es Ärger.«

»Sehen Sie? Sie wissen es. Herrgott, so schwer kann es doch

nicht sein, das Kind zum Parieren zu bringen. Sie dürfen es dem Jungen nicht durchgehen lassen. So einfach ist es!«

»Jawohl, Frau Lagerfeld. Aber ich kann ihn schlecht …«

Mit einem energischen Ruck stand Ebbe auf und ging an Martha vorbei in die Küche, wo ihre Kinder am Tisch saßen.

Christel erstarrte und stieß ihren kleinen Bruder an. »Karl-Otto, sitz still«, zischte sie ihm zu.

Der allerdings mochte nicht hören und zappelte mit den Beinen, während er mit dem Löffel weiter durch die Suppe fuhr. Erst als Ebbe scharf seinen Namen rief, ließ er den Löffel mit einem Platschen fallen und drehte sich mit vor Schreck geweiteten Augen zu ihr um.

»Wie siehst du denn aus! Dein ganzes Hemd ist voll Suppe, du bist bekleckert wie ein Schwein.« Sie zog ihn so energisch am Arm, dass er aufschrie. »Wenn du nicht essen kannst wie ein vernünftiger Mensch, dann bist du im Kuhstall besser aufgehoben.«

Karl-Otto, der noch immer nicht sicher laufen konnte, ließ sich auf den Küchenboden fallen und machte sich ganz klein.

Mit ruhigen Bewegungen nahm Ebbe ihren Sohn hoch und trug den strampelnden und weinenden Jungen aus dem Haus.

Martha folgte ihr. »Was haben Sie vor, Frau Lagerfeld?«

»Ich werde dir zeigen, was man mit ungezogenen kleinen Jungen macht. Öffne mir den Kuhstall, und zwar rasch, bevor ich dieses zappelnde Bündel noch fallen lasse.«

Martha schob den Riegel beiseite und stieß die Tür auf. Mit energischen Schritten durchmaß Ebbe den dunstigen, säuerlich riechenden Stall und kämpfte gegen die aufsteigende Übelkeit an. Beim Kuhverschlag hob sie den inzwischen ohrenbetäubend heulenden Karl-Otto über das Gatter und setzte ihn vor dem gefüllten Futtertrog ab. Direkt zwischen zwei Kühe, die die Köpfe hoben und den ungewohnten Gast argwöhnisch beäugten.

»Wenn du gelernt hast, ordentlich zu essen, darfst wieder mit deiner Schwester am Tisch sitzen«, sagte Ebbe und verließ den Stall, in dem sich das Heulen zu einem schrillen Kreischen steigerte.

»Soll ich ihn vielleicht wieder rausholen?«, fragte Martha scheu, nachdem Ebbe die Tür hinter sich verriegelt hatte und der Lärm gedämpft klang. »Er hat bestimmt furchtbare Angst.«

»Erst wenn er eine Zeit lang ruhig war. Der Junge soll einsehen, dass Schreien zwecklos ist.«

Martha entfuhr ein Stoßseufzer.

»Nun sieh mich nicht so entsetzt an. Einen größeren Fehler kann eine Mutter nicht machen, als ihre Kinder zu verzärteln. Merk dir das, wenn du später mal keine Monster großziehen willst.«

Damit ging sie zurück ins Haus, verärgert, weil Martha ein viel zu weiches Herz hatte. Es wäre am Ende zu ihrem eigenen Schaden, wenn sie dem Mädchen die Kindererziehung überließ. Also musste sie notgedrungen selbst Hand anlegen, damit aus Christel und Karl-Otto gute und gehorsame Kinder wurden. Ausgerechnet sie, die nie etwas damit zu tun haben wollte.

Am Eingang streifte sie die verdreckten Schuhe ab und ging auf Strümpfen ins Turmzimmer, wo sie sich erschöpft in einen Sessel sinken ließ und nach einer Modezeitschrift angelte, die Otto ihr mitgebracht hatte. Während sie durch die Seiten blätterte, dachte sie an Paris.

Ich hätte mir besser eine Kittelschürze gekauft, dachte sie in einem Anflug von Sarkasmus. Das weiße Musselinkleid mit den schwarzen Punkten war hier auf dem Land ebenso fehl am Platz wie der Kurzmantel von Charlotte Révol.

Den Kuhstall mied Karl-Otto fortan wie der Teufel das Weihwasser, ebenso wie alles andere, was nur entfernt nach Tier roch.

Die Erziehungsmaßnahme hatte gewirkt, dachte Ebbe erfreut, denn ihr Sohn parierte seither rasch, sobald sie ihm mit dem Kuhstall drohte.

Mit Christel hingegen hatte sie es nicht so leicht.

Wenn Ebbe ihre Tochter barfuß oder in Gummistiefeln mit den anderen Kindern Kalli, Ernst und Helga über den Hof rennen sah, dann fragte sie sich, ob sie wirklich dieses Mädchen geboren hatte. Unruhig und zappelig, wie sie war. Ein richtiger Wildfang war die Kleine geworden, die zu heftigem Trotz neigte und sich unvermittelt – sobald Ebbe sie scharf zurechtwies – in ein wutschreiendes Bündel verwandelte, das sich auf den Boden warf und um sich trat. Am besten half es, sie zu ignorieren und einfach mit dem Tagwerk fortzufahren, als wäre sie Luft. Stattdessen den braven Bruder als gutes Beispiel herbeizuholen, um mit ihm ein Stück Kuchen zu essen oder frische Erdbeeren vom Feld, die für Christel, die sich ruhig ausbocken solle, erst wieder erreichbar waren, wenn sie sich wieder verhielt wie ein normaler Mensch.

Eine Zeit lang funktionierte diese Methode gut. Doch irgendwann fand Christel heraus, dass es eines gewissen Trotzes und einer großen Portion Wildheit bedurfte, um am Ende die herrlichsten Leckereien zu bekommen.

Weil es Ebbe immer schwerer fiel, die Contenance zu bewahren, und sie sich bei dem Wunsch ertappte, Christel einfach an die Nachbarn zu verschenken, damit sie endlich ihre Ruhe hatte, ging sie dazu über, das wild um sich schlagende Mädchen in den Keller zu sperren. Dort ließ sie Christel alleine, bis das Toben in ein leises Schluchzen überging und sie versprach, stillzusitzen und endlich brav zu sein.

Doch kaum war das Kind im Freien, stürmte es wieder los. Es war zum Verzweifeln.

Ebbe hatte sogar eine grafologische Analyse in Auftrag gegeben, um zu ergründen, ob es vielleicht doch einen Weg gab, Christel mit gewissen Erziehungsmethoden zu bändigen. Das Ergebnis war ernüchternd. Das Mädchen unterliege, das sei aus ihrem Schriftbild deutlich zu erkennen, infolge seiner leichten Gefühlsanregbarkeit erheblichen Stimmungsschwankungen.

Schließlich folgte Ebbe den Empfehlungen der Ärztin Johanna Haarer, die in ihrem Erziehungsbuch dazu riet, ein solches Kind sich körperlich austoben zu lassen und dem Bewegungsdrang keine Zügel anzulegen. Man solle ihm sogar kleine Aufgaben geben, um die Energie zu kanalisieren. Und tatsächlich blühte die Kleine auf, sobald Ebbe sie zum Eierholen oder in den Stall zum Ausmisten schickte oder mit den Bauernlümmeln aufs Feld, um Rüben zu hacken. Im Herbst zog Christel sogar mit den Kindern der Wagners auf die stoppeligen Weiden, um mit ihnen die Kühe zu hüten, bevor sie für den Winter in den Stall kamen. Und am liebsten half sie der neuen Haushälterin Frau Lotz, der sie beim Kuchenbacken die Eier aufschlug.

Eine richtige Dame wird nie aus ihr werden, dachte Ebbe enttäuscht. Und wandte sich wieder anderen Dingen zu.

28

Am 13. März 1936 starb Maria Wilhelmine Franciska Lagerfeld im Alter von siebenundachtzig Jahren. Sie hatte einen leichten Tod infolge einer plötzlichen Herzschwäche, und als Otto mit seinen Schwestern ihre Sachen durchsah, fanden sie zwischen einem Stapel Leinenwäsche eine Schachtel mit alten Fotos und den Traueranzeigen sämtlicher Kinder, die vor ihr gegangen waren: Franz, Helene, Erna, Mimi, Carl und Joseph, den sie immer nur zärtlich Seppel genannt hatte.

Eine ganze Nacht saßen Otto, Tilla, Lisbeth und Hans, der aus Bad Kreuznach angereist war, auf ihren Stühlen vor dem Bett, in dem die Mutter in ihrem besten Kleid aufgebahrt war. Schmal und mit eingefallenen Wangen, doch es lag ein Lächeln auf ihrem Gesicht. Als freue sie sich auf ein Wiedersehen mit den anderen.

Im Flackern des Kerzenscheins erinnerten sie sich an die Zeiten, als sie noch klein gewesen waren und die Mutter ihnen Butterbrote in die Hand gedrückt hatte, wenn sie vom Schwimmen im Dorfteich zurückkamen. Und dass sie immer da gewesen war, wenn einer sich ein Knie aufgeschlagen hatte oder Trost brauchte.

Dann ließ Lisbeth den Rosenkranz durch die Finger gleiten, und die anderen falteten die Hände und senkten die Köpfe, während sie ihrer Stimme lauschten.

»Gegrüßt seist du, Maria, voll der Gnade, der Herr ist mit dir.«

Zum Schluss schauten sie nur noch auf das Bett und weinten still.

Auf der Trauerfeier lernte Otto Kurts Verlobte Gisela kennen, deren Eltern ebenfalls aus Blankenese stammten. Und die wegen einer rheumatischen Erkrankung lange ans Bett gefesselt war, bis sich sich dem Sport zuwandte.

Otto gefiel die junge Frau mit dem braunen, welligen Haar, die sich von Schicksalsschlägen nicht unterkriegen ließ und sie einfach weglachte. Nun, da Kurt vielleicht bald heiratete und eine Familie gründete, beschloss Otto, ihm etwas zu geben, das seine Zukunft sicherte. Und so kaufte er einen fünfzigprozentigen Anteil an der Tankstelle mitsamt der Werkstatt, den Waschvorrichtungen und Stellplätzen, die Kurt fortan als sein Vertreter leitete.

»So viel Geld«, meinte Ebbe. »Du solltest es lieber in die Ausbildung unserer Kinder stecken.«

»Das werde ich auch tun«, entgegnete Otto. »Wenn die Zeit gekommen ist und sie sich genauso fleißig anstellen wie Kurt. Aber auch nur dann.«

Als Deutschland im August 1936 die Olympischen Sommerspiele in Berlin ausrichtete, fuhr Ebbe zu ihrer Schwester nach Münster und ließ die Kinder allein mit Martha und dem Personal. Begeistert verfolgten sie und Felicitas am Radio die Berichte über die pompöse Eröffnungsfeier, die aller Welt beweisen sollte, dass das Deutsche Reich wieder in der Riege der großen Nationen angekommen und zudem weltoffen und friedlich war.

Sie lauschten dem Dröhnen der olympischen Glocke, das durch den Lautsprecher schallte, ebenso dem tosenden Jubel der Zuschauer, die den Einzug der Nationen in die Kampfstätte begleiteten, und bekamen Gänsehaut, weil das, was durch den Äther drang, so unglaublich groß und erhaben war.

Ja, selbst jüdische Sportler seien zugelassen, rief der Moderator aus, allen Unkenrufen zum Trotz. Als dann der Führer vor das Mikrofon der Loge trat und mit klarer Stimme die Spiele von Berlin für eröffnet erklärte, wurde er begleitet von aufbrausenden Heil-Hitler-Rufen, Kanonendonner, Fanfaren und dreißigtausend Tauben, die emporstiegen und an Hakenkreuzfahnen vorüberflatterten. Sogar die ausländischen Delegationen und Journalisten jubelten ihm zu. Manch einer von ihnen hob die Hand zum Hitlergruß.

»Siehst du«, wisperte Ebbe, die an Ottos Schwarzmalereien denken musste, mit vor Begeisterung brechender Stimme. »Deutschland ist eine friedliche Macht, die allen Ländern und Kulturen nicht nur sportlich die Hände reicht.«

Während sich Ebbe in Münster über den Goldmedaillenregen der deutschen Sportler freute, verlebten Christel und Karl-Otto in Bissenmoor eine unbeschwerte Zeit.

Es war ein warmer Sommer mit Temperaturen um die fünfundzwanzig Grad. Die Sonne schien den ganzen Tag, teils verdeckt von vorbeitreibenden Wolken, die in federleichten Schleiern über den Himmel zogen.

Nachdem das Heu gemacht und eingefahren und das Korn gedroschen war, unternahm der Verwalter mit den Kindern Ausflüge mit dem Pferdewagen, oder sie gingen an der Schmalfelder Au baden, gleich beim Stauwerk links der Brücke. Wobei Karl-Otto lieber auf der Brücke saß und die anderen beobachtete, wenn sie im Wasser plantschten und sich gegenseitig nass spritzten. Weil ihm dabei schnell langweilig wurde, hatte er seine Malstifte und das Papier dabei, das der Vater ihnen aus der Firma mitgebracht hatte. Stundenlang saß er da und zeichnete Bäume mit Krallenzweigen und Wasservögel mit riesengroßen Bäuchen, bis die anderen längst wieder am Ufer lagen und das nasse Haar in der Sonne trocknen ließen.

An den Wochenenden brachte Otto die inzwischen vierzehnjährige Thea mit, die in Hamburg zu Besuch war, ebenso seine Schwestern Tilla und Lisbeth. Dann ließ er sich von dem Verwalter auf dem Kutschbock die Felder zeigen, während die »Hamburger Täntchen« mit den Kindern ein Picknick veranstalteten.

Am Ufer des Forellenteichs breiteten sie eine Decke aus, und die Kinder aßen belegte Brote und Hähnchenschenkel, während um sie herum die Bienen summten. Karl-Otto bekam zusätzlich ein Kissen, weil er sich davor ekelte, auf etwas zu sitzen, das möglicherweise mit Gänsedreck in Berührung gekommen war. Wie ein kleiner König saß er auf seinem Thron und machte sich einen Scherz daraus, alle herumzukommandieren, so, wie er es bei seiner Mutter gesehen hatte, bis die anderen ihm einen Vogel zeigten.

Manchmal setzte sich auch der Vater mit einer Angel ans Ufer des Teiches und sah den Kindern beim Spielen zu.

Diese Tage waren Karl-Otto am liebsten.

»Malst du mich auch mal?«, fragte Thea einmal, als er auf dem Papier eine Kuh zeichnete. Oder das, was ein fast Dreijähriger als Kuh hinbekam. Zumindest hatte das Gebilde vier Striche und hübsch geschwungene Flecken.

Karl-Otto betrachtete seine Halbschwester, und weil er sich keine Blöße geben wollte, stimmte er zu. »Na, schön. Setz dich. Muss noch die Kuh malen. Siehst du die Flecken? Wie Wattebäusche, nä? Oder Wölkchen oder die Küchlein von Frau Lotz. Die sind auch rund und wabbelig. Aber die sind lecker. Fragst du sie später, ob sie uns welche bäckt?«

Thea lachte, weil ihr kleiner Bruder, der noch gar nicht so lange sprechen konnte, drauflosplapperte, als habe er sein ganzes Leben nichts anderes getan. Sie kannte kein Kind, das in dem Alter so schnell und sicher redete.

»So.« Karl-Otto schlug das Blatt um und setzte den Stift auf das jungfräuliche Papier. Dabei machte er ein sehr wichtiges Gesicht. »Bin so weit.«

Am Ende kam ein Mädchen mit rundem Kopf, abstehendem widerborstigem Haar und tentakelartigen Armen heraus.

»Es ist hübsch geworden«, sagte Thea, und die anderen Kinder, die ihn inzwischen umstanden, nickten.

Die Aufmerksamkeit gefiel ihm, und Karl-Otto versprach, jeden zu malen, der sich ihm gegenüber anständig verhielt. Damit allerdings waren die anderen nicht hinter dem Ofen hervorzulocken, und so kam es, dass er seine Malereien bald wieder ohne Publikum anfertigte. Ganz zurückgezogen in seiner eigenen kleinen Welt.

Es war der Dienstag nach dem Ende der Olympischen Sommerspiele, als Karl-Otto auf der Treppe vor dem Haus saß und auf den Wagen wartete, der seine Mutter vom Bahnhof herbringen sollte.

Auf einem Ast der jungen Buche links des Weges saß seine Schwester neben Siegfried, dem Sohn des Bauern Werner, und steckte beide Zeigefinger in den Mund. Immer wieder blies sie durch die Lippen und gab dabei ein Schnauben und Prusten von sich, sodass Siegfried fast vom Baum fiel vor Lachen.

»Nein, so musst du es machen«, rief er und stieß einen grellen, langgezogenen Pfiff aus.

»Das will ich auch können«, sagte Christel und versuchte es noch einmal.

»Das darfst du nicht«, wandte Karl-Otto ein und sah mit sorgenvollem Blick zu dem Punkt, an dem der Wagen jeden Augenblick auftauchen musste. »Mutter will nicht, dass du pfeifst.«

Doch Christel lachte nur. »Das ist mir egal. Wenn Mutter kommt, höre ich damit auf. Hauptsache, du verrätst mich nicht. Und das tust du doch nicht, oder?«

Hastig schüttelte Karl-Otto den Kopf. Dabei fragte er sich, was wohl passiere, wenn die Mutter herausfände, dass er sie anlog.

Er konnte sich nur zu gut an den Ärger erinnern, als sie Christel einmal beim Üben erwischt hatte.

»Mädchen pfeifen nicht«, schimpfte sie.

»Aber Mutter, es tut doch niemandem weh.«

Weiter kam Christel nicht. Eine schallende Ohrfeige unterband jeden weiteren Versuch.

»An meine Ohren denkst du wohl nicht«, rügte streng die Mutter. »Außerdem gehört es sich nicht für eine junge Dame. Mädchen, die pfeifen, und Hühnern, die krähen, sollte man beizeiten die Hälse umdrehen.«

»Hühner können doch gar nicht krähen.«

Dafür setzte es die zweite Ohrfeige.

»Dir werde ich die Flausen schon noch austreiben«, sagte die Mutter und ging wieder ins Haus.

Christels Wangen hatten noch Stunden später geglüht, und ganz gewiss würde es auch ihn treffen, wenn die Mutter herausbekäme, dass er nichts gegen das Pfeifen unternommen hatte. Oder, viel schlimmer, sie würde ihn wieder in den Kuhstall sperren mit all dem Dreck und Gestank. Oder ihn ins Internat geben, so wie Thea. Das war eine ihrer stärksten Drohungen.

Er kniff die Lippen aufeinander, weil er spürte, wie ihm die Tränen kamen. Sie würde ihn fragen, ob auch alle brav gewesen seien, so wie sie es jedes Mal tat, wenn sie aus Münster zurückkehrte. Er durfte seine Schwester nicht verraten, aber seine Mutter anlügen wollte er auch nicht.

Vielleicht war es ja keine Lüge, wenn er das Pfeifen gar nicht hörte?

Karl-Otto presste die Hände auf die Ohren, bis sie schmerzten, und kniff die Augen fest zusammen.

Die Mutter schimpfte oft in letzter Zeit. Auf den Vater, der sich von Kurt ausnehmen ließ wie eine Weihnachtsgans, obwohl der nichts anderes konnte, als an Motoren herumzuschrauben und irgendwelchen Leuten den Benzinstutzen in den Tank zu schieben. Und auf Thea, weil sie die Ferien lieber in der Rheinhardswaldschule verbrachte statt auf Hof Bissenmoor, obwohl es dort auch nur Hühner, Kühe und Pferde gab.

Mutter sollte nicht auch noch auf ihn schimpfen müssen.

Ein schriller Pfiff riss ihn aus seinen Gedanken, gefolgt von Christels überraschtem Lachen. Ein weiterer Pfiff erklang, und Karl-Otto schrie, um ihn zu übertönen.

»Ich hab nichts gehört«, stammelte er und spürte, wie ihm die Tränen kamen. Aber weil die Mutter es nicht mochte, wenn man weinte, versuchte er, sie zu unterdrücken, wobei er unkontrolliert zu schluchzen begann.

Eine Hand legte sich auf seine Schulter, und als er sich umdrehte, sah er das Kindermädchen Martha, das sich nun neben ihn auf die Treppe setzte und den Arm um ihn legte.

»Was ist denn los, mein Kleiner?«

Er antwortete nicht. Presste nur unter heftigem Schluchzen das Gesicht an ihren warmen, weichen Busen, der nach Waschpulver und Lavendelwasser roch, und ließ sich wiegen, bis er sich allmählich beruhigte und sein Atem wieder gleichmäßig ging.

»Ist schon gut, Karl-Otto. Alles wird gut.«

29

Bissenmoor, 8. Dezember 1937

Lieber Paul,

wie geht es Dir und Joe? Wie läuft die Lagerfeld-Pie-Bakery?

Bald ist Weihnachten, und wir möchten Euch die allerbesten Grüße senden für ein besinnliches Fest und ein gutes neues Jahr.

Wir werden das Weihnachtsfest auf Hof Bissenmoor verbringen, dieses Mal ohne Tilla und Lisbeth, die seit Kurzem in einer kleineren Wohnung leben. Ihre neue Adresse ist die Blankeneser Landstraße 48, falls Du ihnen schreiben möchtest. An die alte Anschrift mit der Elbchaussee 70 kommt bald keine Post mehr an. Nicht nur, weil Altona ab morgen in das Land Hamburg eingemeindet wird und die Häuser neue Nummern erhalten, da der Weg zum Stadtzentrum ja nun in die andere Richtung führt – was heute noch die Flottbeker Chaussee ist, wird morgen schon zur Elbchaussee. Sondern auch, weil wir unser schönes Backsteinhaus verkaufen werden.

Mein lieber Bruder, Dein letzter Brief hat mich sehr überrascht, und ich kann Dir gar nicht sagen, welche Freude es mir bereitet hat, ihn zu lesen. Du fragst, wie es Herbert und Kurt geht? Das will ich Dir gerne erzählen.

Dein Ältester, der bei der amerikanischen Schiffsgesellschaft United States Lines gearbeitet hat, lebt jetzt ihn Honolulu, wo er eine hervorragende Stellung als Koch im Royal Hawaiian Hotel *bekommen hat. Ich glaube, Du könntest Herbert keine größere Freude machen, als ihm dorthin zu schreiben.*

Wie er nach Hawaii kam? Als die Manhattan *dort einmal Station machte, war er schwer erkrankt und musste an Land bleiben. Danach ist er der Liebe wegen hängen geblieben. Er hat im September geheiratet, eine kanadische Köchin namens Elizabeth Louise.*

Herbert ist ein prachtvoller junger Mann geworden, er hat mir ein Foto von sich geschickt, und ich erkenne ihn kaum wieder. Er sitzt auf einem Stuhl im weißen Anzug mit Krawatte und glänzend polierten Schuhen. Weil sein Gesicht glattrasiert ist wie bei einem Jüngling, wirkt der Anzug ein wenig zu groß für ihn. Aber ich bin sicher, er wird rasch hineinwachsen und sich ganz nach oben arbeiten.

Kurt wurde Ende März nach Magdeburg einberufen, um in einer zweimonatigen Ausbildung als Pionier der motorisierten Brückenkolonne das Anfertigen von hölzernen Pontons und den Bau von Schnellbrücken zu erlernen. Er hat seine Ausbildung mit Bravour bestanden und freut sich nun, wieder in seiner Tankstelle zu arbeiten. Im nächsten Jahr will er seine Verlobte Gisela zum Traualtar führen.

Man kann nur hoffen, dass bis dahin kein Krieg ausbricht, denn die Zeitungen füllen sich mit Berichten über die Unterdrückung von Deutschen im ehemaligen Böhmen und Mähren, dem jetzigen Sudetenland der Tschechoslowakei. Theresia stammte von dort, und ich bin in stetigem Kontakt mit ihrer Familie, die diese Berichte bestätigen, wenngleich die Übergriffe wohl nicht ganz so dramatisch sind wie in der Presse dargestellt. Bleibt zu hoffen, dass die Lage dort nicht eskaliert.

Ich denke oft an unser Treffen zurück und habe mir vorgenommen, bald wieder nach Amerika zu kommen. Noch lässt meine Zeit es nicht zu, denn die Firma soll sich weiter vergrößern.

Während die Herren aus New York im Sommer mit ihren Familien durch Europa gereist sind und sich eine schöne Zeit gemacht haben, musste ich die Werke der Firma Natura Milch-Export-Gesellschaft Bosch in Waren in Mecklenburg und Allenburg in Ostpreußen übernehmen. Im September wurden die Verträge unterzeichnet, der Neustart soll Anfang des kommenden Jahres erfolgen, und es ist noch allerhand zu tun.

Ich sage Dir, Paul, das Leben ist eine einzige Hetze! Neulich war auch noch Betriebsprüfung, am 22. Dezember ist die Abschlussbesprechung. Ich kann nur hoffen, dass ich rechtzeitig dazu komme, Geschenke einzukaufen.

Thea wünscht sich Handpuppen, weil sie Christel und Karl-Otto so gerne Kasperltheater vorspielt. Christel könnte man wohl auch ein Paar Gummistiefel schenken, zumindest ist es das, was Ebbe immer erzählt. Karl-Otto bekommt einen neuen Malkasten und Stifte. Du solltest mal sehen, wie geschickt er zeichnen kann. Man sollte nicht annehmen, dass er erst vier Jahre alt ist! Und altklug ist er auch. Sein Mundwerk steht keinen Moment still. Ebbe nennt ihn nur noch Mule, was münsterländisch ist und so viel heißt wie: Halt den Mund. Die anderen Kinder auf dem Hof amüsieren sich darüber. Sie denken natürlich, damit sei ein Esel gemeint. Aber sie tun ihm unrecht.

Wie geht es Dolly und Ted?

Mit herzlichem Gruß
Dein Bruder Otto

Der Tag nach Neujahr war kalt. In der Früh hatte es zu schneien begonnen, und als Otto am Abend von Hamburg wieder nach Bissenmoor fuhr, war es so glatt, dass der Wagen ein ums andere Mal ins Schlingern kam. So war Otto froh, als er endlich auf die Zufahrt zum Restgut einbog und heil durch den dunklen Waldweg zur Villa gelangte.

Im Haus war es warm und roch nach Zimt. Er legte den Mantel ab und begrüßte Thea, Karl-Otto und Christel, die in der Küche standen und Kekse buken, weil die von Weihnachten bereits alle verputzt waren.

»Papa, Mule hat mir meine Handpuppen weggenommen und will sie mir nicht wiedergeben«, rief Thea aus. »Und das alte Gretchen ist auch verschwunden.«

»Ist das wahr, Karl-Otto?«

Der Junge zog einen Flunsch und rannte die Treppe hinauf zu den oberen Stockwerken. Thea hinterher. Man hörte ein Poltern, das metallische Zuschnappen des Riegels von der Tür zum Dachboden und dann ein heftiges Klopfen gegen das Holz.

»Mule, mach sofort die Tür auf!«

Otto schmunzelte. Es waren herrliche Weihnachtstage gewesen, aber nun setzte langsam der Lagerkoller ein. Er bedauerte, dass er Thea morgen wieder zum Bahnhof bringen musste, zurück zur Rheinhardswaldschule. Es war schön gewesen, sie hierzuhaben. Und wie sehr es ihn erleichterte, dass sie in der Reformschule von allzu nationalsozialistischem Gedankengut verschont blieb. Außer den Arbeitsdiensten, die die Mädchen in den Ferienzeiten zu verrichten hatten, hielt man sie von jeglicher ideologischen Anmutung fern.

»Du bist spät.«

Ebbe lehnte im Türrahmen zur Stube, die sie herrschaftsvoll Salon nannte, die Hände hinter dem Rücken verschränkt. Sie sah hübsch aus in ihrem gemusterten Rock und der weißen

Bluse. Ihm fiel auf, dass ihre sonst so blassen Wangen gerötet waren.

»Es war eine Menge zu tun«, entschuldigte er sich. »Ich konnte viel Liegengebliebenes erledigen. Das ist wichtig, bevor das Tagesgeschäft wieder beginnt.«

»Heute ist Sonntag!« Sie seufzte. »Wir haben schon gegessen. Aber es gibt noch Würstchen und Kartoffelsalat.«

Ihre Stimme klang sanft, beinahe beruhigend, und er merkte auf.

»Ist etwas passiert?«

»Wir haben Post bekommen.«

Sie löste die Hände hinter dem Rücken und streckte ihm einen Umschlag entgegen, der an sie beide adressiert und bereits aufgeschlitzt war. Otto nahm ihn an sich und drehte ihn um, sah überrascht auf.

»Ein Brief von Joe?«

Sein Puls schoss in die Höhe, um sogleich wieder abzusinken, sodass ihm schwindelig wurde. Er riss sich zusammen und ging mit schwachen Beinen an Ebbe vorbei in die Stube, wo er sich an den Schreibtisch im Erker setzte, an dem sie immer arbeitete. Dann zog er das Schreiben aus dem Umschlag und entfaltete es mit zitternden Fingern.

Yonkers, 22. Dezember 1937

Lieber Otto, liebe Ebbe,

mit Dank habe ich den Brief mit den Weihnachtsgrüßen erhalten, den Du, Otto, Deinem Bruder Paul geschrieben hast. Leider konnte er Deine Zeilen nicht mehr lesen, denn er ist am 19. November einer Lungenentzündung erlegen.

Es ist ganz plötzlich geschehen, fast über Nacht. Die Kin-

der und ich, wir stehen noch immer unter Schock. Die Häuser und Straßen des Ortes sind festlich geschmückt, und wir wissen nicht einmal, wie wir dieses Weihnachtsfest überstehen sollen. Er war doch erst einundfünfzig, und wir hatten noch so viel Leben vor uns!

Paul war ein guter Vater, Otto. Wie stolz er war, als Dolly im Sommer ihren Highschoolabschluss gemacht hat. Und wie gerne er mit Ted im Boot über den Hudson River gefahren ist.

Manchmal hat er von Dir erzählt und von seiner Zeit in Hamburg. Es waren gute und schlechte Erinnerungen, und ich hatte oft das Gefühl, er wollte sich von etwas befreien. Von einem Druck, einer Erwartung. Letztlich ist er glücklich geworden und war zufrieden mit seinem Leben, auch wenn es finanziell nicht immer leicht für uns war.

Euer Besuch in New York hat viel von dem alten Groll davongespült. Paul hat oft davon gesprochen, wie froh er ist, dass nun nichts mehr zwischen Euch steht.

Dass er Herbert nicht empfangen hat, das war meine Schuld. Ich habe Paul nichts von dem Besuch erzählt, weil er immer sagte, dass er nichts von seinen Söhnen wissen wolle. Und dass ihn die Erinnerung an seine erste Ehe zu sehr belaste. Ich habe mich leider geirrt. Irgendwann, wir saßen auf der großen Schaukel auf der Veranda, sagte er mir, dass er Herbert und Kurt gerne kennenlernen würde.

Ich bin ehrlich, ich habe ihm nicht erzählt, dass ich Herbert abwies. Und dass ich jedes Mal, wenn die Manhattan *im Hafen ankerte, einen Anlass fand wegzufahren. Mal war es ein Besuch bei meiner Schwester, mal ein Ausflug in die Berge. Einmal habe ich sogar erzählt, wir müssten uns still verhalten, weil einer der Gläubiger sich angekündigt hätte.*

Ich bin nicht stolz auf das, was ich getan habe, aber ich

dachte, es wäre zu seinem Besten. Und zum Besten unserer Kinder, die damals nichts von ihren Halbbrüdern ahnten.

Aber als wir auf der Veranda saßen und in den Nachthimmel blickten, da habe ich ihn ermuntert, Dich nach Herbert und Kurt zu fragen.

Um Wochen zu spät. Es tut mir sehr leid, dass es so gekommen ist. Aber wer hätte auch ahnen können, dass Paul so plötzlich von uns geht.

So bleibt mir nichts weiter, als Euch alles Gute im Leben zu wünschen und ein Jahr 1938, in dem alles besser läuft.

Es grüßt Euch
Eure Joe

30

1938

Ottos ganzes Streben und Sein galt der Firma. Es folgten Wochen, in denen er das Land per Bahn von West nach Ost im Schlafwagen durchquerte und wieder zurück. Unermüdlich arbeitete er daran, die neuen Standorte aufzubauen, fuhr zur Sitzung der Fachgruppe Milchindustrie nach Berlin und gleich anschließend zu einem Treffen mit dem Stadtbaurat in Elbing.

Vor allem bei dem neuen Werk in Allenburg gab es Startprobleme, denn der dortige Verband zeigte seine Abneigung gegen die ausländische Kapitalbeteiligung sehr deutlich und verbot den Milchbauern eine direkte Lieferung an die Fabrik. Weshalb man die Milch mit Preisaufschlag über Sammelstellen der Meiereien erwerben musste.

Seine Familie sah er in dieser Zeit kaum noch.

Die viele Fahrerei half Otto, den Schmerz um Pauls Tod zu verdrängen. Er spürte, dass ihm allmählich Hornhaut auf der Seele wuchs. So viele Tote in den letzten Jahren, so viel Leid. Der vorletzte Bruder, einen hatte er noch. Und Hans war beinahe so gesund wie ein Ackergaul.

Kurt hatte die Nachricht mit Fassung aufgenommen, er hatte ohnehin nur wenig Bindung zu seinem Vater verspürt. Herbert schrieb aus Honolulu, er sei froh, zu erfahren, dass sein Vater sich ihnen zugewandt habe, bevor er starb. So sei er am Ende doch versöhnt.

Bald kannte Otto die Bahnhöfe sämtlicher Orte im nördlichen Deutschland besser als seine Felder auf Bissenmoor. An manchen Abenden war er so erschöpft, dass er sich fragte, wie lange sein Körper das wohl noch mitmachte. Aber die ihm gestellte Aufgabe war zu groß, um den Signalen Raum zu geben. Er hatte gelernt, stets seine Pflicht zu erfüllen.

Er werde das schon hinbekommen, sagten auch die Vorstände aus New York und betrachteten es nicht als notwendig, ihm zur Entlastung einen zweiten Geschäftsführer an die Seite zu stellen. Also biss er die Zähne zusammen und machte weiter.

Zu allem Unglück wurde der Mietvertrag für die Geschäftsräume der Hamburger Zentrale im Bieberhaus, in das sie gerade erst eingezogen waren, unerwartet gekündigt, weil der Hamburger Staat das Gebäude gekauft hatte. Damit stand also ein weiterer Umzug an. Am 1. April 1938, nur wenige Tage nachdem die Fabriken in Allenburg und Waren die Produktion aufgenommen hatten, bezog die Firma das Büro im sechsten Stock des Gebäudes in der Esplanade 6.

Ende April heiratete Kurt seine Gisela, und Otto unterbrach die Reiserei, um der Hochzeit beizuwohnen. Doch die Sorge vor der Zukunft trübte seine Freude über das junge Glück.

In den vergangenen Wochen hatte es anlässlich des Anschlusses Österreichs Kundgebungen, Pressemitteilungen, Wochenschauberichte und Plakate gegeben, die eine geradezu hysterische Begeisterung auslösten. Selbst Österreich begrüßte diesen Schritt in der Volksabstimmung nahezu einhellig. Und niemand verbat sich die Schärfe, mit der jeder Kritiker dieses Anschlusses gemaßregelt wurde.

Seit die Nationalsozialisten nun auch den Anschluss des tschechoslowakischen Sudetenlandes in den Fokus zu nehmen schienen und dabei aggressiv ihre Aufrüstung vorantrieben, musste Otto häufiger an den großen Krieg denken und an die Jahre in Sibirien. Er war überrascht, wie intensiv das verdrängt Geglaubte sich wieder in seine Gedanken schob. Stärker fast noch als damals, da er im Zuge der Notwendigkeiten funktioniert hatte, ohne die Geschehnisse an sich heranzulassen. Jetzt aber träumte er immer öfter von der rohen Gewalt, der er damals begegnet war, von den Leichen am Wegesrand ins sibirische Wercholensk. Von den Momenten, in denen er gerade noch dem sicher geglaubten Tod entkommen war. Von all den Versehrten auf dem Weg zurück.

Er hatte Glück gehabt, so glimpflich davongekommen zu sein. Aber was, wenn man Kurt nun einzog?

»Du bist paranoid«, warf Ebbe ihm vor, die den Anschluss Österreichs mit gehisster Hakenkreuzflagge gefeiert hatte – die Kinder mit Dirndl und Lederhose ausstaffiert und für das Familienalbum fotografiert. »Wieso siehst du immer nur das Schlechte, während sich der Rest der Bevölkerung über die Entwicklung freut?«

Vielleicht hat sie recht, dachte Otto, denn tatsächlich schien ein Taumel des Glücks durch das Land zu gehen. Der Gang der Menschen wurde wieder leichter, der Blick fester.

Doch weil die Propagandablätter den Tschechen die gewiss vorhandene Unterdrückung der deutschen Minderheit immer aggressiver vorwarfen und sich außerdem die Berichte von angeblichen Gräueltaten häuften, war er nun doch alarmiert.

Gleiches Blut gehört in ein gemeinsames Reich, lautete der Schlachtruf, und als die Wehrmacht erste Vorbereitungen für einen Angriff traf, wusste Otto, dass er handeln musste.

An einem bewölkten Freitag Anfang Juni nahm Otto sich zwei Stunden frei und besuchte Kurt in der Tankstelle. Sie lag am Anfang der Elbchaussee, nahe der Blankeneser Bahnhofstraße, wo die Häuser noch gutbürgerlich waren, abseits der Villen.

Sein Neffe stand über die offene Motorhaube eines Opel Kadett gebeugt und zog einen Messstab heraus, von dem ein wenig Öl tropfte, das er nach kurzer Begutachtung mit einem Lappen entfernte. Als er Otto bemerkte, strahlte er über das ganze Gesicht.

»Das ist ja mal eine Überraschung! Was machst du denn hier?«

»Können wir ein Stück spazieren gehen?«

»Natürlich.«

Kurt rief nach einem Kollegen und wischte sich die Hände an dem Overall ab. Dann gingen sie die Straße hinab in Richtung Elbe.

»Wir sollten die Tankstelle schnellstmöglich wieder verkaufen«, sagte Otto, als sie auf Höhe des Treppenviertels waren.

Kurt lachte, weil er es für einen Scherz hielt. »Warum denn das?«

»Ich möchte, dass du zu den Glücksklee Milchwerken kommst und eine Ausbildung zum Assistenten des technischen Leiters machst.«

Kurt blieb stehen und sah ihn verwundert an. »Aber ich bin sehr glücklich mit meiner Arbeit. Ich liebe es, an Motoren herumzubasteln, ebenso den Geruch von Benzin und Öl. Ich will nicht fort von hier.«

»Ich weiß. Allerdings befürchte ich, dass das derzeitige Säbelrasseln in einen Krieg mündet. In der Fabrik kann ich dich besser davor schützen, dass sie dich einziehen. Das Unternehmen ist für die Nahrungsmittelversorgung unverzichtbar.«

»Es wird schon keinen Krieg geben«, sagte Kurt, und seine Brauen zogen sich zusammen. »Die Sudetendeutschen werden die Wehrmacht mit Hurrarufen empfangen. Der Einmarsch wird schneller vorbei sein, als du denkst. Und am Ende stehe ich wieder in meiner Tankstelle.«

Otto schüttelte verärgert den Kopf. »Du weißt ja nicht, was du da redest! Was, wenn die Tschechoslowaken dagegenhalten? Das Ganze ist ein Pulverfass, und das kann schneller explodieren, als uns lieb ist. So ein Krieg ist nicht halb so heroisch, wie man es den jungen Soldaten erzählt. Er ist grauenvoll und blutig, und ich will nicht, dass du da hineingerätst.«

Kurt sah an ihm vorbei und über das Treppenviertel hinweg zur Elbe. Ein Schmerz lag in seinem Blick, und Otto wusste, dass sich in diesem Moment die Geschichte der Familie wiederholte. Vor vielen Jahren war es Paul gewesen, den er zur Aufgabe seines geliebten Berufes gedrängt hatte. Doch während es damals ein Fehler gewesen war, ging es diesmal nicht um das Verhindern eines familiären Eklats. Sondern um Kurts Unversehrtheit.

Otto lächelte ihm aufmunternd zu. »Das heißt ja nicht, dass du einen anderen Beruf ausüben sollst. Auch bei uns gibt es Maschinen, die gewartet werden müssen. Technisch versierte Männer wie dich brauchen wir im Neustädter Werk dringend. Ich könnte mir sogar vorstellen, dass du in der Firma eine steile Karriere machen wirst. Vielleicht führst du später sogar ein eigenes Werk oder gehst ins Ausland und baust eine Niederlassung auf. So wie es die Amerikaner Mister Kinzer und Mister Henszey zu Beginn in Neustadt getan haben.«

Kurts Blick war nun ernst. »Wenn ich das tun sollte … dann müssen wir auch Hamburg verlassen?«

»Ich nehme nicht an, dass du im Hamburger Büro arbeiten willst. In Neustadt kann ich dich am besten unterbringen. Im Herbst wird eines unserer Arbeiterhäuser frei. Dort könnt ihr hinziehen.«

Jetzt nickte Kurt, ein schweres, bedächtiges Nicken. »Das

kommt ein wenig plötzlich, ich muss erst darüber nachdenken. Und ich muss mit Gisela darüber reden.«

»Nimm dir die Zeit, aber bitte warte nicht zu lange. Sonst erkennen sie den Antrag auf Unabkömmlichkeit am Ende nicht an.«

»Du traust diesen Mistkerlen alles zu, nicht wahr?« Ein schiefes Grinsen erschien auf Kurts Gesicht und verschwand genauso schnell, wie es gekommen war. »Doch du hast recht, man weiß nie, was kommt. Der jüngste Bruder meiner Mama, Gott hab sie selig, hat vor Kurzem eine Halbjüdin geheiratet, Ingeborg. Deren Mutter Frieda ist eine geborene Hasenberg. Die Familie hatte bis vor wenigen Jahren eine israelitische Pension mit Restaurant in den Alsterarkaden. Sie denken nun an Auswanderung. Aber sie sind noch unentschlossen.«

»Es ist nie leicht, die Heimat zu verlassen«, antwortete Otto betroffen. Dann klopfte er Kurt auf die Schulter. »Na gut, mein Junge, ich muss zurück in die Firma. Gib mir Bescheid, wenn du dich entschieden hast.«

Kurts Antwort ließ auf sich warten, und als er sich auch im Juli noch nicht dazu äußerte, ließ Otto die Sache auf sich beruhen. Seine ganze Kraft lag bei den neuen Werken in Allenburg und Waren, wo es weitaus zäher voranging als erwartet, weil ihm die Behörden immer neue Steine in den Weg legten.

Mal forderten sie kostspielige maschinelle Veränderungen, obwohl es für die Produktion gar nicht notwendig war. Mal wollten sie dem Werk eine gewisse Verarbeitungsmenge nicht bewilligen.

Dass irgendetwas nicht stimmte, erkannte er jedoch erst, als der Kreis-Obmann des Gaus Schleswig-Holstein der Fabrik in Neustadt das Gaudiplom für hervorragende Leistungen verweigerte, bis die Arierfrage geklärt sei.

»Was meint er damit?«, fragte Otto seinen Fabrikleiter van Acken, als dieser ihn telefonisch darüber informierte.

»Er sagte, es sehe ganz so aus, als sei dieses Unternehmen in nichtarischen Händen.«

»Wer behauptet das?«

»Das konnte ich nicht herausfinden. Aber es scheint mir angebracht, die Leitung in Amerika darum zu bitten, den Behörden einen Nachweis vorzulegen, dass die Glücksklee Milchgesellschaft nicht in den Händen jüdischen Kapitals ist.«

Es war ihm unangenehm. Aber da es nun mal darum ging, einen reibungslosen Produktionsablauf zu ermöglichen, diktierte Otto seiner Sekretärin Fräulein Schumacher einen Brief nach Amerika. Dann wandte er sich an Eric Archdeacon, der für die von New York beauftragte Bankers Trust Company in Berlin arbeitete und dessen hervorragende Kontakte in die deutschen Ministerien gewiss hilfreich wären.

Der Banker versprach, sich darüber mit dem Direktor der Reichskreditgesellschaft Herrn Post auszutauschen, dessen Vertrauensleute in New York die erforderlichen Unterlagen einholen würden. Doch noch bevor sich das Kontor in New York zu der Sache äußern konnte, traf im Neustädter Werk ein Schreiben des Kieler Gauwirtschaftsberaters ein, das van Acken sofort an Otto weiterleitete.

»Angeblich ergibt sich aus den Registerakten des Amtsgerichts Neustadt, dass sich das Kapital der Glücksklee Milchgesellschaft fast ausschließlich in den Händen ausländischer Nichtarier befindet. Der Gauwirtschaftsberater will wissen, ob wir das Vermögen der Werke den Verfügungen gemäß angemeldet hätten.«

»In unseren Registerakten steht so etwas nicht«, antwortete Otto. »Es muss sich um eine Verwechslung handeln, aber das lässt sich ja rasch klären.«

Gleich am nächsten Tag telefonierte er mit einem Vertreter der Arbeitsfront, Fachamt Nahrung und Genuss, und vereinbarte einen Termin zum Besuch der Außenstelle in Neustadt, in der die benannten Akten liegen sollten.

Wie erwartet war dort nichts zu einer jüdischen Inhaberschaft vermerkt, und das schrieb er auch so nach Kiel, woraufhin der Gauwirtschaftsberater umschwenkte und behauptete, die Herkunft der Informationen sei geheim. Aber er wisse sicher, dass die Inhaber der kapitalgebenden International Finance Company in Wilmington/Delaware Juden seien.

Daraufhin wurde Otto doch unruhig. Im Deutschland jener Tage war es eine ernste Sache, wenn jemand mit einer solchen Behauptung durchkam. Was darauf folgte, war hinlänglich bekannt. Zwangsenteignung, Arisierung – das war der Todesstoß einer jeden Firma. Er musste dem dringend widersprechen.

Mehrere Briefe flogen über den großen Teich hin und her. Der Stammbaum des Anteilhabers Julius Paul sei eindeutig, die Familie stamme aus Hilzingen bei Donaueschingen, wo der Onkel katholischer Pfarrer gewesen sei. Die Familie Stuart stamme ursprünglich aus Schottland. Und auch sonst wisse man nicht, wie die Behörden zu diesem Schluss gekommen seien.

Ich habe jeden überprüft, der in unserer Firma arbeitet, schrieb der Schatzmeister Mister Lee, *ob er jüdisch ist oder in irgendeiner Weise Verbindungen zum Judentum hat, aber ich habe nicht eine Person gefunden. Die Überprüfung betraf selbst die wichtigsten Aktionäre.*

Otto bedankte sich von Herzen. Die Angelegenheit war ebenso dringlich wie peinlich. Wenn seine amerikanischen Geschäftsfreunde jetzt auf sein Land schimpften, dann verstand er es nur allzu gut.

Die Schreiben der Partei trafen in immer kürzeren Abständen ein, und sie klangen eindringlicher und im Ton schärfer.

Für die zum Ausdruck gebrachte Aufregung habe er kein Verständnis, schrieb Gauwirtschaftsberater Koch. Außerdem sei es in der NSDAP nicht üblich, Außenstehenden Informationsquellen zu benennen. Die Gesellschaft habe zweifellos ausländischen Charakter, daher bestehe kein Grund zur Klage. Im Übrigen werde er die Ermittlungen in der Frage, ob die Firma als jüdisch zu betrachten sei oder nicht, so fortsetzen, wie er es für richtig halte.

Während Otto sich mit mühsam erkämpfter Contenance mit dem Gauwirtschaftsberater zankte, sprang der Banker Archdeacon für das Unternehmen beim Staatssekretär des Reichswirtschaftsministeriums in die Bresche. Die Glücksklee Milchgesellschaft spiele im Hinblick auf die Ernährung der Bevölkerung eine wichtige Rolle, diese unnötig zu gefährden liege sicher nicht im Interesse des Deutschen Reiches. Doch auch er lief bei den Behörden auf. Er könne nicht von sich aus die Firma für arisch erklären lassen, lautete die Antwort. Wie solle man das sicherstellen, da würde dann ja jeder kommen. Im Übrigen stamme die Information von einem Gauwirtschaftsberater der Nordmark, an ihn sollten sie sich wenden.

Es war kafkaesk.

Erstmals konnte Otto erahnen, wie es den vielen jüdischen Firmeninhabern wohl erging, die diesem System und seinen Repressalien hilflos ausgesetzt waren. Die zunehmende faktische Enteignung bestürzt von außen zu betrachten war das eine. Sie am eigenen Leib zu spüren etwas ganz anderes. War es nicht absurd, wie sich nun alle bemühten, nichtjüdische Wurzeln zu beweisen, und jede familiäre Verbindung scheuten wie der Teufel das Weihwasser? Als ob dies ein Todesurteil sei. Aber heutzutage war es das auch.

Immer wieder fragte er sich, warum die Glücksklee Milchgesellschaft scheinbar anlasslos zum erklärten Ziel der Nationalsozialisten geworden war. Die amerikanische Inhaberschaft alleine konnte es nicht sein, schließlich gehörte auch das Werk der deutschen Libby in Leer einer Gesellschaft aus Übersee. Er musste an den Milchkommissar Freiherr von Kanne denken und an dessen spontane Abneigung gegen ihn. Und an jene Arbeiter im Glücksklee-Werk, die trotz aller Maßnahmen zur Stärkung der Kameradschaft und Loyalität vor allem ihre Treue zur Partei nach außen kehrten.

Den Kieler Gauwirtschaftsberater, der das Ganze offenbar losgetreten hatte, kannte er nicht persönlich, und von selbst war der Mann gewiss nicht darauf gestoßen. Wer hatte ihm diesen Floh ins Ohr gesetzt? Die Konkurrenz? Undenkbar. Die meisten hielten die Füße still und reckten die Fahne, um nicht selbst ins Visier zu geraten.

Auch er gab sich Mühe, den Pfad der Höflichkeit nicht zu verlassen, um den Herrn nicht allzu sehr zu verärgern, stattdessen brachte er seine größte Waffe in Stellung: seine Beharrlichkeit. Er würde in diese Schlacht ziehen und nicht länger ruhen, bis die Intrige aus dem Weg geräumt war.

Also begann er zu telefonieren und rief jeden an, der ihm Gehör verschaffen könnte. Während der Bürozeiten sprach er mit der Reichskreditgesellschaft und hakte beim Judenreferat des Reichswirtschaftsministeriums nach. Hielt eines späten Abends von Bissenmoor aus die Herren der General Milk Company auf dem Laufenden, wobei er teils wild gestikulierte, während Karl-Otto bereits im Schlafanzug auf einem Sessel in der Ecke saß und in einer Zeitschrift seiner Mutter blätterte.

»Was machst du da, Papa?«, fragte der Junge, als das Telefonat beendet war.

Otto hob überrascht den Kopf, weil er die Anwesenheit seines Sohnes irgendwann vergessen hatte. Er freute sich über das offensichtliche Interesse und vergaß darüber den Ärger, dass dieses wegen des schlechten Empfangs mehr als fünf Minuten dauernde Telefonat gewiss ein halbes Vermögen gekostet hatte.

»Einen Verteidigungsring ziehen, Mule«, erklärte er und zwinkerte ihm zu. »Man darf niemals aufgeben, wenn man etwas erreichen will. Egal, wie aussichtslos es auch scheint.«

Bis spät in die Nacht füllte er Anträge aus und legte die inzwischen eingetroffenen eidesstattlichen Bestätigungen aus Amerika bei. Bedankte sich schriftlich bei allen, die ihn in dieser Sache unterstützten. Als er den Kopf wieder hob, fiel ihm auf, dass Mule eingeschlafen war, eingerollt wie eine Katze. Er betrachtete seinen Sohn und stellte fest, dass er überhaupt nicht bemerkt hatte, wie groß er inzwischen geworden war. Ein Junge von fünf Jahren mit fast schwarzem, dichtem Haar, der wissbegierig war und die Nase gerne in Bücher steckte, die er bereits lesen konnte, obwohl er noch gar nicht zur Schule ging. In diesem Moment überflutete ihn eine Welle großer Zuneigung.

Er stand auf, weckte ihn ganz vorsichtig, und als Mule sich mit einem Gähnen wieder umdrehte, hob er ihn hoch und trug ihn die Treppe hinauf in sein Bett. Dort deckte er ihn zu und strich ihm eine Strähne aus dem schlafenden Gesicht, bevor er die Tür leise zuzog.

31

Als Anfang September Kurt mit der Neuigkeit anrief, er habe einen Einberufungsbefehl erhalten und wolle nun doch gern im Neustädter Glücksklee-Werk beginnen, war Otto damit vollkommen überrumpelt. Jetzt war es zu spät, um einen Antrag auf Unabkömmlichkeit zu stellen, aber er würde sehen, was er für seinen Neffen tun konnte.

Weil die Frage der jüdischen Inhaberschaft noch immer nicht geklärt war und Otto zur Beratung mit Eric Archdeacon zum Büro der Bankers Trust Company nach Berlin musste, betraute er seinen Fabrikleiter van Acken mit der Angelegenheit. Kurzerhand schickte er Kurt zur Meierei nach Bramstedt, wohin van Acken mit den Angestellten am 8. September einen Betriebsausflug machte und etwas Zeit für ihn erübrigen konnte.

Wenige Tage nach dem Ausflug ging bei Kurt ein Bestätigungsschreiben ein. Man freue sich, dass er in die Dienste der Glücksklee Milchgesellschaft eintrete. Man wolle ihn mit allen Gebieten der Fabrikation vertraut machen und sei der Hoffnung, ihm bei guter Eignung später eine verantwortungsvolle leitende Tätigkeit übertragen zu können. Er solle sich am 15. Oktober morgens um sieben Uhr in der Fabrik einfinden.

Der Antrag auf Unabkömmlichkeit wurde jedoch abgelehnt. Man könne ja nicht jedem nachgeben, der in allerletzter Minute auszukommen versuche, hieß es. Und so wurde Kurt in eine Uniform gesteckt, noch bevor er seine neue Arbeitsstelle antreten konnte.

Ottos Befürchtungen traten nicht ein.

Weil Hitlers Säbelrasseln die Westmächte England, Frankreich und Italien dazu veranlasste, dem Deutschen Reich gegen den Willen der Tschechoslowakei die sudetendeutschen Gebiete zuzugestehen, blieben die angedrohten Kampfhandlungen aus.

Nun, so dachten alle, sei Hitler endlich zufrieden.

Am 7. Oktober 1938 fuhr Otto nach Kiel. Während Kurt als Soldat der Wehrmacht durch das Sudetenland marschierte, wo die Bevölkerung ihn und seine Kameraden fähnchenschwenkend und mit Hurrarufen begrüßte, klopfte Otto an die Tür der NSDAP-Gauleitung in der Kieler Fährstraße und bat um Einlass.

Eine Stunde lang blieb er vor dem Tisch des Gauwirtschaftsberaters sitzen und ließ sich nicht abwimmeln, bis dieser ihm – angesichts des inzwischen umfangreichen Entlastungsmaterials – zusicherte, nicht nur seine Anschuldigungen zurückzuziehen, sondern auch sämtliche milchwirtschaftliche Stellen über die neue Entwicklung aufzuklären.

Allmählich nahmen die Repressalien ab. Die Ordnung schien gerade wiederhergestellt, als der Gauwirtschaftsberater seine Zusicherung unvermittelt zurückzog. Er werde der Firma keinen arischen Blankoschein ausstellen. Er könne Otto – nach Anregung des Herrn Reichswirtschaftsministers – höchstens zusichern, sie nicht anders zu behandeln als die nichtjüdische Konkurrenz.

Die Situation war zum Haareraufen und kostete Otto eine schlaflose Nacht. Letztlich musste er sich mit diesem Schwebezustand abfinden. Nun galt es, noch wachsamer zu sein und sich keine Blöße zu geben, keinen Grund zu liefern, dieses wackelige Konstrukt zum Wanken zu bringen. Er nahm sich vor, ganz im Gegenteil die Füße stillzuhalten und alles zu tun, um keinen Argwohn aufkommen zu lassen.

Warum diese Intrige in Gang gekommen war, ahnte Otto, als er und Ebbe am Gedenktag des Heiligen Sankt Martin durch die dunkle Nacht von Neustadt zurück nach Bissenmoor fuhren.

Es war Freitag, der 11. November 1938, der Tag nach den gewalttätigen Übergriffen auf jüdische Geschäfte und Einrichtungen, Wohnungen und Synagogen, die anlässlich des Mordes an einem deutschen Diplomaten in Paris über das ganze Land hereingebrochen waren. Kurt war inzwischen aus dem Sudetenland zurück und hatte seine Arbeit in der Fabrik der Glücksklee Milchgesellschaft aufgenommen. Als Dank dafür und für das neue Heim hatte er Ebbe und Otto zu sich nach Neustadt eingeladen. Gisela werde einen Gänsebraten machen.

Auf der Fahrt zettelte Otto einen Streit an, weil Ebbe die Geschehnisse der vergangenen Tage und Nächte verharmloste, aber sie verbat sich jegliche politische Diskussion, ansonsten wolle sie auf der Stelle zurückfahren. Also schlossen sie einen Burgfrieden.

Diese starrköpfige, unbeugsame Frau, dachte Otto erschlagen. Es war zwecklos, mit ihr zu diskutieren. Er hatte noch nie erlebt, dass sie einer anderen Meinung nachgab. Egal, wie offen die Tatsachen auf dem Tisch lagen.

Als sie vor dem kleinen Spitzdachhaus am Heisterbusch anhielten, war der Himmel bedeckt, und es begann zu nieseln. Otto atmete tief durch, darum bemüht, seine innere Ruhe wiederherzustellen, und holte die Blumen aus dem Fond.

Das Haus, in dem Kurt und Gisela wohnten, war aus dunkelrotem Stein gebaut und besaß große, moderne Fenster. Es gab, wie Otto wusste, sogar ein Wannenbad und nach hinten raus ein kleines Gartengrundstück. Aber am schönsten war die Lage. Im diesigen Licht des früh scheidenden Tages sah Otto über das Ostufer der Hafeneinfahrt bis hinaus zur Neustädter Bucht. Dann wandte er sich um, und sein Herz weitete sich beim Anblick des auf der anderen Uferseite liegenden Glücksklee-Werkes, in dem den Lichtern nach trotz des Feiertages noch immer gearbeitet wurde.

»Bist du etwa zur Salzsäule erstarrt?«, erklang Ebbes Stimme hinter ihm. »Oder willst du hier stehen bis zum Sankt-Nimmerleins-Tag?«

Otto gab sich einen Ruck. Er freute sich auf seinen Neffen und dessen Frau, und als die Gastgeber die Tür öffneten und die beiden willkommen hießen, beschloss er, die Ohren zuzuklappen und Ebbes Garstigkeiten für den Rest des Abends zu ignorieren.

»Was für schöne Blumen«, rief Gisela beim Anblick der violetten Astern aus und bat sie herein. »Einen hübschen Mantel hast du an, Ebbe.«

»Den habe ich bei Robinsohn erstanden, am Neuen Wall. Dort kaufe ich die meisten meiner Sachen.«

Kurt half seiner Tante aus dem Mantel.

»Seit wann bist du in der Partei?«, fragte er plötzlich scharf. Er zeigte auf die Nadel am Revers, ein rot umrandetes und mit goldener Schrift versehenes Abzeichen, in dessen Mitte das Hakenkreuz prangte.

Überrascht hob Ebbe die Brauen. »Seit im vergangenen Jahr die Aufnahmesperre gefallen ist. Ist etwas daran auszusetzen?«

»Allerdings! Wie kannst du weiter das Symbol dieser Verbrecher tragen, nach dem, was gerade erst geschehen ist? Oder nimmst du es erst ab, wenn auch die Katholikenfrage offen ausgetragen wird?«

Eine eisige Stille trat ein, die Otto mit einem Räuspern durchbrach. »Hübsch habt ihr es hier.«

»Seht euch gerne um«, sagte Gisela, die ebenfalls fest entschlossen schien, einer trüben Stimmung am heutigen Abend keinen Raum zu geben. »Ich stelle die Blumen noch rasch in die Vase. Der Braten ist auch gleich fertig. Und für dich, liebe Ebbe, habe ich eine Extraportion Gemüse vorbereitet.«

Während des Essens bestritten Otto und Gisela die Unterhaltung, während die beiden anderen es vorzogen, sich in eisiger Verachtung zu ignorieren. Diszipliniert wie immer blieb Ebbe bei Rotkohl, Rosenkohl und Kartoffeln, ohne auch nur einen sehnsüchtigen Blick auf den Braten zu werfen. Endlich, als alle Teller leer gegessen waren und darauf nicht einmal mehr ein Rest der aromatischen Sauce zu sehen war, löste sich die Stimmung ein wenig.

»Die Gans war hervorragend, Gisela«, sagte Otto, der sich sogar nachgenommen hatte, weil das Fleisch so zart und der Rotkohl so aromatisch waren. »Und erst die Füllung!«

Kurts Frau strahlte. »Ich habe darin alle Reste verarbeitet, Herz, Magen, Leber und Lunge. Vermengt mit einem Rundstück vom Vortag, zwei Löffeln Majoran, etwas Salz und Pfeffer. Das Rezept stammt aus dem Novemberheft von *Zeitgemäßer Haushalt.*«

Otto lehnte sich im Stuhl zurück und rieb sich wohlig den Bauch.

»Nun, da wir so schön beieinandersitzen … Es gibt Neuigkeiten zu berichten. Wie ihr wisst, hatte ich nach dem Verkauf des Hauses an der Elbchaussee ein Zimmer in der Adolphstraße angemietet, das ich unter der Woche jedoch nicht oft genutzt habe, weil es dort kaum Rückzugsmöglichkeiten gab. Daher habe ich mich nach etwas anderem umgesehen.« Er machte eine kleine Pause, um die Spannung zu steigern. Dann griff er nach

Ebbes Hand. »Wir haben eine Villa in der Innocentiastraße erworben. In gehobener Lage, direkt beim Park. Sobald die Renovierungsarbeiten abgeschlossen sind, ziehen wir zurück nach Hamburg.«

Ebbe warf ihm ein Lächeln zu. »Ich bin froh, dass mein Mann endlich ein Einsehen hatte. Entgegen seiner Unkenrufe ist es ja nun doch nicht zum Krieg gekommen.«

»Das sind ja tolle Neuigkeiten«, rief Gisela aus. »Und was wird aus dem Hofgut?«

»Das behalten wir natürlich«, sagte Otto, »falls es doch mal brenzlig wird. Aber ich habe für den Verkauf des Hauses an der Elbchaussee einen guten Preis erzielt, und wir können es uns erlauben, zwei Wohnsitze zu unterhalten. Ich plane sogar, vorne an der Straße, gleich neben der Einfahrt zum Gutshof, ein Haus für Tilla und Lisbeth zu bauen. Für alle Fälle.«

»Es war höchste Zeit, in die Stadt zurückzuziehen«, fügte Ebbe hinzu. »Mule wird im nächsten Jahr eingeschult, und er soll in eine ordentliche Lehranstalt kommen. Die in Bad Bramstedt kommt überhaupt nicht in Frage. Lauter ungezogene Bauernjungen, völlig ungebildet, die sprechen ja nicht einmal Hochdeutsch. Und du kannst dir nicht vorstellen, Gisela, wie viele der Eltern schon morgens trinken. Dieser Kröger beispielsweise vom Nachbarhof. Ein furchtbarer Mensch, der seine Leute tyrannisiert. Ständig höre ich ihn brüllen, und sein Sohn Willi ist genauso. Sobald man mal nicht hinsieht, will der sich mit unserem Karl-Otto prügeln. Die Christel, ja, die kann diesen Kerlen etwas entgegensetzen. Aber unser Sohn, der ist viel zu sensibel für solche Raubeine.«

»Innocentiastraße?« Kurt runzelte die Stirn. »Liegt die nicht im Grindelviertel, in *Klein-Jerusalem?*«

Es war das Erste, was er seit der missglückten Begrüßung sagte, und Otto lächelte ihm zu.

»Ja, es hat einer Dänin gehört, Karen Resch, die in ihre Heimat zurückwollte.«

»Da werden jetzt wohl noch mehr Leute fortgehen.«

Otto nickte betroffen. »Schlimm, was momentan passiert. Gleich um die Ecke steht die Synagoge der portugiesisch-jüdischen Gemeinde. Sie ist zum Glück bei den Ausschreitungen unversehrt geblieben.«

Kurt wandte den Kopf und sah Ebbe wortlos und mit anklagendem Blick an.

»Nur raus mit der Sprache«, sagte sie kühl. »Lass uns nicht länger um den heißen Brei herumreden. Dir gefällt meine Parteinadel nicht. Und jetzt glaubst du, ich mache mich mit diesen Chaoten gemein, die derzeit jüdische Einrichtungen verwüsten.«

»Kinners«, rief Gisela. »Wir wollen doch nicht streiten. Mögt ihr einen Nachtisch? Es gibt Grießpudding mit eingemachten Pflaumen.«

Kurt ignorierte sie. »Genau das denke ich, Ebbe. Denn es war nur eine Frage der Zeit, wann das passiert. Und spätestens jetzt, da sich die schlimme Fratze der Nationalsozialisten ganz frei und ungeniert offenbart, wäre es angemessen, das verdammte Hakenkreuz nicht auch noch zur Schau zu stellen.«

»Sie wollten sich doch nur für den jüdischen Meuchelmord in Paris rächen«, erregte sich Ebbe. »Das hatte mit der Partei nichts zu tun.«

»Das waren alles Braunhemden, die durch die Straßen marschiert sind.«

»Sie waren in Zivil. Und für die Empörung der Leute kann die Partei ja wohl nichts. Goebbels selbst hat zur Mäßigung aufgerufen.«

»Und ob sie das kann, sie ist sogar ursächlich. Denn es ist die Partei, die nahezu täglich in der Presse gegen alles Jüdische hetzt. Es ist die Partei, die Juden zu Menschen zweiter Klasse degradiert. Es ist die Partei, die offen darüber nachdenkt, jüdische Mitbürger nicht nur mit entsprechenden Stempeln in Pässen und Kennkarten zu brandmarken, sondern auch für alle sichtbar an der Kleidung. Noch wollen sie den gelben Stern nicht beschmutzen, aus Angst vor der Reaktion des Auslands. Aber warte nur ab, was geschieht, wenn es ihnen erst egal ist.«

Ruckartig stand Ebbe vom Tisch auf. »Das ist Unsinn. Und ich muss mir das auch nicht länger anhören!«

»Setz dich, Ebbe«, bat Otto mit ruhiger Stimme. »Kurt, bei aller Zustimmung, es reicht jetzt.«

Doch Kurt hatte sich in Rage geredet und erhob sich ebenfalls von seinem Platz, sodass Ebbe und er sich gegenüberstanden wie zwei Kampfhähne, nur durch die Tischplatte getrennt.

»Sieh genau hin, Ebbe, sieh verdammt noch mal hin, was dein geheiligter Hitler mit unserem Land angestellt hat. Hinter dieser erbärmlichen Fassade von Heimat, reiner Rasse und Kameradschaftsgeist regiert die Angst! Geh hin und sieh dir an, wozu die Leute fähig sind. Die jüdischen Geschäfte am Neuen Wall und bis zum Jungfernstieg sind ein einziges Trümmerfeld, und es waren nicht nur Hitlers Schergen, die hier zugeschlagen haben. Auch Hamburger Bürger standen dabei, haben applaudiert und sich aus den zerstörten Läden genommen, was sie ergattern konnten. Weil sie seit Jahren zu hören bekamen, wie schlecht und bösartig die Juden seien. Geh nur hin und sieh dir an, was aus deinem geliebten Modehaus Robinsohn geworden ist.«

»Tu ja nicht so, als seien das alles Lämmer! Die Juden, die ich kennengelernt habe, hatten jedenfalls keine Scheu, andere auszubeuten. Und was ist mit all den jüdischen Geschäftsleuten, die im Ausland sitzen und gegen uns Deutsche hetzen? Sag bloß nicht, dass es die nicht gibt.«

»Schluss jetzt!«, brüllte Otto, der nun ebenfalls aufsprang. »Zum Kuckuck, hört endlich auf, euch anzugiften!«

Es war nun still im Raum, Gisela legte das Besteck zusammen und erhob sich mit zusammengepressten Lippen. Verließ, mit der Serviette die Tränen abtupfend, das Esszimmer in Richtung Küche.

»Es tut mir leid«, flüsterte Kurt und folgte seiner Frau.

Ebbe zog Otto am Arm. Ihre sonst so blassen Wangen waren gerötet, und ihre Knopfaugen schimmerten dunkel vor Zorn.

»Wir gehen, auf der Stelle. Du kannst dir sicher sein, dass ich dieses Haus nie wieder betreten werde.«

An jenem Tag beschloss Ebbe, Kurt zu ignorieren. Und zwar nicht nur für den Rest des Abends, an dem er sie in mühsamer Höflichkeit zur Tür begleitete, sondern bis ans Ende ihres Lebens.

Nie wieder würde sie diesem einfach gestrickten Mechaniker erlauben, das Wort gegen sie zu erheben. Er hatte ja nicht einmal einen Realschulabschluss. Woher sollte er da wissen, worum es in der Welt wirklich ging.

Otto hingegen, der auf der Rückfahrt nach Bissenmoor das Gespräch noch einmal im Geiste durchging, schreckte in plötzlicher Erkenntnis zusammen, sodass der Wagen ein Stück von der Spur abkam, bevor er ihn zurücklenkte.

»Ich weiß jetzt, warum die Partei die Glücksklee Milchgesellschaft für jüdisch erklärt hat.«

»Und?«

»Wegen der Marke Goldstern. Ich habe sie gleich nach der Machtergreifung stillgelegt, weil mir die Ähnlichkeit zum Davidstern auffiel und ich Repressalien befürchtete. Wir hatten doch kürzlich eine Betriebsprüfung. Ich erinnere mich, dass der Prüfer die Marke bei der Schlussbesprechung noch einmal explizit erwähnt hat.«

Ob es wirklich so war, sollte er nie erfahren, aber es spielte auch keine Rolle mehr. Die Schlacht um den Erhalt der Glücksklee Milchgesellschaft war wohl in letzter Minute gewonnen. Undenkbar, was mit der Firma geschehen wäre, nachdem die Judenfrage jetzt sogar vor den Augen der Öffentlichkeit aufs Abscheulichste geklärt werden sollte.

Alle Schäden, die durch die Empörung des Volkes über die Hetze des internationalen Judentums gegen das nationalistische Deutschland Anfang November an jüdischem Eigentum entstanden seien, so Görings Anordnung, seien von den jüdischen Inhabern oder Gewerbetreibenden umgehend und auf eigene Kosten zu beseitigen. Versicherungsansprüche bestünden nicht.

Die Wiederherstellung des Straßenbildes auf Kosten der Geschädigten? Hätte man ihm damals als ehrenamtlicher Handelsrichter einen solchen Fall vorgelegt, er hätte nur den Kopf geschüttelt über diese Unverfrorenheit. Es widersprach allem, was er für Recht und Anstand hielt. Das Allerschlimmste aber war, dass er nichts dagegen tun konnte, wollte er nicht selbst in den Fokus geraten.

Weil ihm all das auch am nächsten Morgen noch schwer im Magen lag, betrachtete er sich beim Rasieren unwirsch im Spiegel. Der Schnurrbart, den er seit über dreißig Jahren trug, erinnerte ihn auf einmal entfernt an jenen des Reichskanzlers. Er trat ein Stück zurück und begutachtete sein Gesicht. Strich sich über das Barthaar. In einer Aufwallung von Wut griff er nach dem Rasiermesser und kratzte den Bart kurzerhand ab.

»Na, du bist aber mutig«, kommentiere Ebbe trocken, als er wieder ins Schlafzimmer trat, um seine Anzugjacke zu holen.

Er wollte etwas erwidern, ließ es dann aber bleiben. Sie hatte ja recht. Sein Gesicht fühlte sich nackt an, ohne Bart war er nicht er selbst. Aber es war ein kleiner Augenblick des Aufbegehrens, für den ihn niemand verhaften konnte. Der Bart würde schließlich nachwachsen.

32

Weihnachten 1940

Otto stellte seinen neuen Ford Eifel auf dem Parkplatz vor dem Hamburger Hauptbahnhof ab und schlang den Schal enger um seinen Hals.

Es war kalt, sicher minus fünf Grad, doch der eisige Wind tat gut auf der schmerzenden Stirn. Otto warf einen Blick auf die tiefhängenden Wolken, die sich auf Höhe der Alster dunkel zusammenballten. Sicher würde es heute noch schneien.

Der Schnee der vergangenen Tage lag, vom Ruß der Stadt geschwärzt, in unregelmäßigen Haufen am Straßenrand, und während Otto an geschäftig umhereilenden Passanten vorbei zur Bahnhofshalle eilte, dachte er an das gewiss jungfräuliche, weiß glitzernde holsteinische Land. Er hätte gerne Weihnachten auf Bissenmoor gefeiert, unterm lamettabehängten Tannenbaum. Vielleicht wäre er dort ein wenig zur Ruhe gekommen.

An dem Gleis, an dem in wenigen Minuten der Zug aus Kassel mit seiner Tochter Thea ankommen sollte, setzte er sich auf eine Bank und rieb sich mit beiden Händen den Kopf. Ein extremer Schmerz hatte ihn seit dem frühen Morgen im Griff. Riss und hämmerte mit spitzen Hacken gegen seinen Schädel. Es war einfach zu viel gewesen, was in den letzten beiden Jahren passiert war. Meist machte sich so etwas ja bemerkbar, wenn man für einen Moment innehielt.

Nun war doch der Krieg ausgebrochen, den niemand hatte kommen sehen wollen.

Hitler hatte sich mit dem Sudetenland nicht zufriedengegeben, nur fünfeinhalb Monate später marschierte die Wehrmacht einfach weiter und nahm gleich das ganze Land ein.

Dies sei nicht etwa Imperialismus, hieß es, sondern Lebensrecht. Der deutsche Boden müsse nach all den Abtrennungen zurückgewonnen werden. Heim ins Reich.

Weil es auch in Polen eine schützenswerte deutsche Minderheit gab, drangen am 1. September 1939 deutsche Soldaten ohne jede Kriegserklärung dort ein. Angeblich, um zu verhindern, dass Polen das Deutsche Reich angriff. Kurz darauf bombardierten sie Warschau mit tausendzweihundert Maschinen der Luftwaffe, bis es sich ergab.

Otto schwankte zwischen Abscheu und Staunen über die Chuzpe der Regierung. Am Ende überwog die Sorge. Seine schlimmsten Befürchtungen waren eingetreten. England und Frankreich hatten Deutschland den Krieg erklärt. Und niemand konnte ermessen, wohin das alles führte.

Kurt hatte zum Glück nicht an die Front gemusst. In jenen Tagen, als Gisela ihm eine Tochter namens Margrit schenkte, erhielt er wieder einen Einzugsbefehl, doch als Assistent der technischen Leitung wurde diesmal sein Antrag auf Unabkömmlichkeit bewilligt.

In diesem Moment durchzog ein Vibrieren die Luft, und Otto hob den Kopf. Auf dem gegenüberliegenden Gleis lief schnaufend eine Lokomotive ein und fuhr ohne Halt weiter, hinter sich eine endlose Schlange Güterwaggons. Otto sah auf die Uhr. Der Zug aus Kassel hatte Verspätung. Ein plötzliches Unwohlsein überkam ihn, und er reckte sich ein wenig, um besser zu Atem zu kommen. Wenn doch nur dieser furchtbare Kopfschmerz nicht wäre!

Am schlimmsten war die Arbeitsbelastung, dachte er, als Deutschland auch in die Niederlande einmarschiert war und in Frankreich. Der amerikanische Geschäftsführer der holländischen Niederlassung AMILCO mit Fabriken in Gorinchem, Schoonhoven und Utrecht war nach Amerika geflüchtet. Gefolgt von den Herren der Pariser Lait Gloria mit einem Werk in Carentan. Weil die sich selbst überlassenen Fabriken allesamt schlecht geführt wurden, hatte die General Milk Company aus New York Otto im vergangenen Monat die Aufgabe übertragen, deren Interessen von Deutschland aus wahrzunehmen.

Bringen Sie Ordnung in das Chaos, kabelten sie. *Bevor alles den Bach heruntergeht.*

Das war leichter gesagt als getan. Nun hatte er neben den drei deutschen Werken auch vier ausländische zu betreuen, und natürlich tat er alles, um die Situation zum Besseren zu wenden. Was bedeutete, dass erneut Behörden angeschrieben werden mussten, damit man ihn in die besetzten Gebiete ließ.

Es war eine einzige Hast.

Otto stöhnte auf, weil sich die Arbeit, die vor ihm lag, zu einem großen Berg aufgetürmt hatte, der unüberwindlich schien. Jetzt rächte es sich, dass die amerikanischen Inhaber ihm keinen weiteren Geschäftsführer zur Seite stellen wollten, alles sollte über seinen Tisch gehen. Selbst der anstehende Firmenumzug.

Während der Feiertage musste er wohl noch einmal ins Büro fahren, um diesen zu bewältigen. Die Glücksklee Milchgesellschaft sollte Anfang Januar in die neu erworbenen Räume am Mittelweg 36 ziehen, die nun endlich groß genug für alle Angestellten waren. Und er hatte noch nicht einmal damit begonnen, seine Unterlagen in die bereitstehenden Kisten zu packen.

Ein Pfiff hallte über das Gleis, und kurz darauf war auch der erwartete Zug aus Kassel zu sehen, der sich langsam in die überdachte Bahnhofshalle schob, um mit einem Zischen und Quietschen zum Stehen zu kommen. Otto erhob sich von seinem Platz. Die Türen öffneten sich, entließen Menschen mit Koffern, Taschen und Paketen, die an ihm vorbeiströmten. Gepäckjungen liefen herbei. Ein Schaffner in Uniform lehnte sich an einen Waggon und entzündete mit dem Streichholz eine Zigarette.

Otto reckte den Kopf, doch er konnte Thea nirgends entdecken. Hatte sie den Zug etwa verpasst?

Eine junge Frau kam ihm entgegen, einen Pappkoffer in der Hand. Er trat einen Schritt zur Seite, um einen besseren Blick auf den abebbenden Strom der Ankömmlinge zu erhaschen. Doch sie blieb direkt vor ihm stehen.

»Papa, erkennst du mich denn nicht?«

Irritiert sah Otto die Frau an, die entrüstet die Hände in die Hüften stemmte und einen Schmollmund machte.

»Thea?«

Tatsächlich, es war seine Tochter! Thea hatte das widerborstige Haar, das bei feuchtem Wetter zu allen Seiten abzustehen pflegte, in elegante Locken gelegt, die sie älter wirken ließen als achtzehn. Sie hatte sich sogar die Wangen gepudert, und auf ihren Lippen lag ein beerenfarbener Schein. Er schüttelte den Kopf vor Staunen, in seinem Herzen war sie noch immer das Mädchen mit der übergroßen Schleife im Haar.

»Na los, Papa. Bekomme ich eine Umarmung?«

Während der Autofahrt zur Innocentiastraße erzählte Thea vom Internat und von dem anstehenden Pflichtjahr nach Ende der Schulzeit.

»Die Gutsverwaltung der Familie von der Schulenburg in Beetzendorf bei Salzwedel hat meine Anstellung bestätigt«, sagte sie. »Das hast du eingefädelt, nicht wahr?«

Otto nickte wortlos. Sein Kopf drohte zu bersten, und ihm

wurde schwindelig. Er hatte Mühe, sich auf die Straße zu konzentrieren, zumal es nun auch noch schneite und die Straßen und Gebäude im Nu mit einer weißen Schicht überzogen waren.

»Ach, was freue ich mich, Christel und Mule wiederzusehen«, plapperte Thea munter weiter. »Und wie geht es Kurt?«

Otto atmete tief durch. Er musste sich zusammenreißen, um Gottes willen, was sollte seine Tochter denn von ihm denken? »Gisela ist wieder schwanger. Im März kommt das zweite Kind.«

»Wie schön. Ich würde ihn gerne sehen. Kommt er mit seiner Familie zum Weihnachtsfest?«

»Nein. Du weißt doch, dass Ebbe und er zerstritten sind.«

»Immer noch? Und was ist mit Tilla und Lisbeth?«

»Die bleiben auch lieber in Blankenese.«

»Diese Frau!« Thea schüttelte in gespielter Empörung den Kopf. »Wo andere ein Herz haben, da hat Ebbe ein Vakuum. Warum feiern wir nicht ohne sie?« Sie lachte. »Ach, das wäre herrlich. Nur wir beide. So wie früher. Und mit Christel und Mule natürlich. Wir würden sämtliche behördlichen Sonderzulagen, all die Bratfische, das Geflügel, die Apfelsinen, Feigen und Haselnüsse ohne Besteck verspeisen und uns hinterher die Finger lecken, ohne dass jemand mit uns schimpft. Und am ersten Weihnachtstag kämen Tilla und Lisbeth zu Besuch und Kurt mit seiner Familie.«

Endlich hatten sie den Innocentiapark erreicht, und Otto parkte den Wagen unter dem Dach eines Baumes. Als er Theas Gepäck aus dem Fond hob, spürte er, wie sich etwas in seinem Kopf verkrampfte. Plötzlich fühlte er sich ganz schwach und musste sich für einen Moment am Fahrzeug abstützen.

Der Schneefall hatte inzwischen nachgelassen. Ein Rabe stob auf, vom bewegten Zweig rieselte kühles Nass und legte sich auf seine Schultern. Otto sah dem Raben nach, der sich in Richtung des Parks entfernte.

»Alles in Ordnung, Papa?«, fragte Thea mit hörbarer Besorgnis.

»Ja. Ich bin nur ein bisschen müde.«

Mit letzter Kraft richtete er sich auf und griff nach ihrem Koffer.

Gleich ist es geschafft, dachte Otto und kämpfte gegen das zunehmende Gefühl an, als fülle sich sein Kopf mit Watte. Wie ein alter Mann, stellte er bitter fest, dabei war er erst neunundfünfzig. Er zwinkerte mehrmals, um die bleierne Müdigkeit zu vertreiben, die Sternchen, die jetzt vor den Augen tanzten.

»Papa?«, hörte er Thea rufen und bekam noch mit, wie sie mit einer hektischen Bewegung seinen Arm ergriff. »Papa!«

»Alles gut, mein Kind«, flüsterte er. »Ich habe alles unter Kontrolle.«

Dann war alles dunkel.

Als Otto erwachte, blickte er durch den Kranz seiner Wimpern auf eine weiß gestrichene Decke, die der Höhe nach zu einem Saal zu gehören schien. Es roch nach Desinfektionsmittel und irgendetwas Säuerlichem. In dem Raum lag ein Husten und Stöhnen, das von links kam. Langsam versuchte er, sich aufzurichten. Doch als er sich abstützen wollte, war sein rechter Arm wie abgetrennt von seinem Willen, lag wie tot neben seinem Körper. Erschöpft sank er zurück auf das Bett.

»Gott sei Dank«, drang eine Stimme an sein Ohr. »Du hast uns einen gehörigen Schrecken eingejagt.«

Otto hob die Lider. Neben seinem Bett auf einem Stuhl saß Kurt. Er wirkte sehr erleichtert.

»Ich habe versucht, ein Privatzimmer zu bekommen«, sagte er entschuldigend, »aber das Krankenhaus ist überbelegt.«

»E… e… b…« Otto erschrak vor seinem eigenen Gestammel und versuchte es gleich noch einmal, aber die Worte waren nur ein kehliges Flüstern. »Ebb…e.«

Kurt versuchte ein Lächeln. »Sie ist zu Hause. Sie lässt ausrichten, sie hasse Krankenhäuser, es rieche dort zu sehr nach Verwesung. Aber sie macht sich natürlich große Sorgen um dich.«

»Wa … was … ist pass…iert?«

»Du hattest einen Schlaganfall. Thea hat zum Glück rasch reagiert und sofort einen Krankenwagen gerufen. Der Arzt sagt, du hattest großes Glück.«

Otto nickte. Auf der Suche nach Worten öffnete er den Mund, dabei bemerkte er, dass sich die eine Gesichtshälfte taub anfühlte, und rieb mit dem linken Handballen über die Wange. »Ich muss … der Umzug …«

»Nichts da, du musst dich jetzt schonen.« Kurt legte seine Hand auf Ottos. »Keine Sorge. Ich habe schon mit deiner Sekretärin telefoniert. Der Umzug in den Mittelweg ist gut geplant, er wird auch ohne dich vonstattengehen. Nach den Feiertagen. Fräulein Schumacher hat mir versichert, dir die allerwichtigste Post vorbeizubringen, sobald du wieder zu Hause bist. Herr Dylewski kümmert sich unterdessen um die restliche Korrespondenz. Du kannst dich also ganz entspannt zurücklehnen.« Er lächelte. »Thea wartet draußen. Bist du bereit für weiteren Besuch?«

33

Zum ersten Mal in seinem Leben fühlte sich Otto hilflos. Jeden Morgen machte er seine Übungen und ging, auf einen Stock gestützt, durch den verschneiten Innocentiapark spazieren, wobei er das noch immer gelähmte Bein nachzog. Am Abend ging er die Unterlagen durch, die ihm Fräulein Schumacher vorbeigebracht hatte.

Ein Tag reihte sich an den anderen, und jeder bedeutete einen kleinen Kampf gegen die Müdigkeit der Glieder und Muskeln, die nicht mehr so wollten wie er.

In das neue Büro am Mittelweg ging er erst, als er wieder verständlich sprechen konnte, und ein Blick auf den Ablagestapel im Direktionszimmer sagte ihm, dass es höchste Zeit war zurückzukehren.

Allmählich zog der Frühling ein, und an den Zweigen zeigte sich ein erster Flaum aus Grün. Bald wurde die Luft wärmer, das Sonnenlicht strahlender, und eines Morgens, als die ersten Knospen aufbrachen und ihre rosaweißen Spitzen zeigten, legte Otto seinen Gehstock beiseite. Obwohl er ohne ihn viel länger ins Büro brauchte. Und als Gisela ihrem Kurt am 31. März einen gesunden Sohn schenkte, den sie Günter nannten, da wagte er eine erste Fahrt mit dem Auto, um die junge Familie zu besuchen.

Ende April fuhr Otto mit Ebbe zur Kur nach Wiesbaden, wo er sich bereits nach wenigen Tagen langweilte und feststellte, dass er verlernt hatte, nichts zu tun. Aber es ging aufwärts, und als der Sommer Einzug hielt, war er fast wiederhergestellt.

Die Tage nahmen an Fahrt auf, und viel zu schnell war Otto wieder mittendrin in der Hektik des Berufsalltags, als ihm ganz unerwartet das Schicksal eine besondere Freude bereitete.

Er war gerade auf dem Weg zu einer Sitzung der Handelskammer und überquerte die Brücke zum Adolphsplatz, als ihm eine Gestalt entgegenkam, die er wegen ihrer hageren Größe bereits von Weitem erkannte.

Es war Frau Riek, unverkennbar! Theas ehemaliges Kindermädchen war fast noch schmaler geworden, und ihre Nase stach deutlich hervor. Das Haar war von grauen Strähnen durchzogen, wie eine Sechzigjährige wirkte sie trotzdem nicht.

»Frau Riek!«, rief er, als sie nur noch wenige Meter von ihm entfernt war.

»Herr Lagerfeld?« Auf ihrem Gesicht erschien ein Lächeln, das unzählige Fältchen um ihre Augen warf. »Wie schön, Sie zu sehen.«

Otto nahm ihre Hände und drückte sie fest. »Ich habe Sie vermisst in all den Jahren. Wie geht es Ihnen und Ihrem Mann?«

Sie wiegte den Kopf. »Mein Mann ist voriges Jahr verstorben, und nun lebe ich alleine. Aber manchmal fällt mir die Decke auf den Kopf. Wie geht es Ihnen? Und Thea?«

»Sie ist inzwischen eine junge Dame geworden. Thea hat gerade die Schule beendet und absolviert nun ihr Pflichtjahr in Beetzendorf auf dem Gut der von der Schulenburgs. Ich habe inzwischen wieder geheiratet und bin Vater eines weiteren Mädchens, ihr Name ist Christel, und sie ist zehn Jahre alt. Und eines Jungen, Karl-Otto, den alle nur Mule nennen. Er ist sieben.« Er lachte, weil ihm spontan eine Idee kam. »Sagen Sie, könnten Sie sich vorstellen, wieder für mich zu arbeiten?«

Sie konnte.

Es war an einem Sonntag im Mai. Mule, der seit Kurzem Klavierunterricht erhielt, übte die *Nocturnes* von Frédéric Chopin, die er immer wieder von vorne beginnen musste, weil er die Töne nicht traf.

Ebbe saß gerade auf dem Sofa und blätterte in der Zeitschrift *Die Dame*, in der Kostüme im Karomuster vorgestellt wurden und die neue Dreiviertellänge für Jacken.

Pling, pling-pling, pling-pling-pling … Pling …

Ebbe runzelte die Stirn. »Mule, bitte, streng dich an. Das klingt ja, als würde ein Huhn über die Tasten laufen.«

Sie blätterte weiter zu den *Vogue*-Schnitten, die deutsche Schneiderateliers in Übereinstimmung mit dem amerikanischen Mutterhaus herstellten, für Deutschland und das nicht feindliche Ausland.

Besonders gefiel ihr eine duftige Sommerbluse aus weißem Batist mit Biesen und Rüschen und einem schwarzen Schleifenband, das den Stehkragen umschloss.

Pling-pling-pling … Pling-pling … Pling …

Sie seufzte und ließ die Zeitschrift sinken. Ihr Sohn saß in kurzen Hosen und Hemd am neuen Klavier. Mit gerunzelter Stirn, die kurzsichtigen Augen nah am Notenblatt.

»Was ist, brauchst du eine Lupe?«

Der Junge drehte sich zu ihr um. »Am liebsten hätte ich eine, ich sehe wirklich nicht so gut, und du kannst mir glauben, dass ich mein Augentraining mache, jeden Morgen und jeden Abend, aber es nützt ja nichts.« Er holte tief Luft. »Ich möchte eine Brille, Mutter.«

»Kommt nicht in Frage. Es gibt nichts Hässlicheres als Kinder mit Brille. Oder willst du aussehen wie ein kleinwüchsiger Oberlehrer? Du musst dich besser konzentrieren, dann klappt das schon.«

Mule seufzte. Er begann noch einmal von vorn, und Ebbe

lehnte sich zurück, neugierig auf das neue Gedicht von Bodo Schütt, *Gestirn des Krieges,* das exklusiv in der Zeitschrift abgedruckt war.

Pling-pling … Pling …

»Größer ist alles Gefühl«, las sie leise, um das Geklimper zu übertönen, *»in dem unendlichen Tag, randloser Kräfte Gewühl schwillt über Jubel und Klag, laut in des Herzens Gestühl dröhnt uns der eherne Schlag.«* Sie sah entnervt zu ihrem Sohn und las weiter, lauter. *»Reißt es uns fort in die Nacht? Schwingt es uns auf zu den Höhn? Feuer der tödlichen Schlacht leuchtet uns schrecklich und schön, rings um die Berge der Macht wölkt es von Blut und Gestöhn.«*

Pling-pling … Pling-pling …

Ebbe schlug die Zeitschrift zu und ließ die Hand mit einem lauten Knall auf die Platte des Beistelltisches fahren. »Du lieber Himmel, hör sofort auf mit dem Geklimper. Das ist ja nicht zu ertragen!«

Mule hielt abrupt inne und drehte sich wieder zu ihr um. »Aber«, entgegnete er, »der Klavierlehrer hat gesagt, dass stetiges Üben die Fingerfertigkeit verbessert und dass man nicht vorschnell aufgeben soll, dafür seien Etüden schließlich da.«

»Da nützen auch die vielen Etüden nichts, wenn die Finger zu dick zum Spielen sind. Richtige Bauernhände hast du! Los, geh auf dein Zimmer.«

Mule presste die Lippen aufeinander, während er trotzig sitzen blieb. Erste Tränen schimmerten in seinen Augen, und er zog die Finger von den Tasten und klemmte sie unter seine Beine.

»Du sollst auf dein Zimmer gehen, habe ich gesagt.« Mit wenigen Schritten war sie bei ihm und riss an seinem Arm, sodass er beinahe vom Hocker fiel.

»Lassen Sie nur, Frau Lagerfeld«, sagte Frau Riek, die plötzlich im Raum stand. »Ich kümmere mich um ihn. Widmen Sie sich ruhig wieder Ihrer Zeitschrift.« Sie trat einen Schritt vor und legte dem Siebenjährigen die Hand auf die Schulter.

Mule sah sie mit großen Augen an und lächelte.

»Was wollen Sie, Frau Riek?«, fragte Ebbe scharf. »Gehen Sie mir aus dem Weg.«

Die Haushälterin rührte sich nicht. Fest und würdig in voller Größe stand die hagere Person da und musterte Ebbe ganz ruhig.

»Der Junge hat genug«, sagte sie nur.

Ebbe verharrte, wütend, aber irgendetwas an der Art der Haushälterin flößte ihr Respekt ein.

»Sie sollten froh sein, dass ich Sie nicht auf der Stelle entlasse«, keifte sie und drehte sich um. Wohl wissend, dass Otto es nie zulassen würde.

Im Fortgehen merkte sie, dass sie den Kampf verloren hatte. Und dass sie in der ehernen Frau Riek ein würdiges Gegenüber gefunden hatte. Immerhin musste sie sich jetzt nicht mehr um die Kindererziehung kümmern.

Seit sie in die Innocentiastraße gezogen waren, spürte Ebbe, wie sich ihre Seele allmählich wieder entfaltete. Während sie mit Blankenese und dessen Bewohnern einfach nicht warm geworden war – von Bad Bramstedt ganz zu schweigen –, war das mondäne und gleichzeitig kultivierte Harvestehude ganz nach ihrer Fasson.

Ein bisschen erinnerte es sie an Paris.

Was dort die Seine war, war hier die Alster mit ihren Auen. Sie lag nur wenige Gehminuten entfernt, und es flanierte sich herrlich entlang des Isebekkanals mit seinen hübschen Brücken. Gerade jetzt, da die Natur ihr schönstes Kleid zeigte.

Verließ man das Villenviertel rund um den Innocentiapark, kam man zu weitläufigen Boulevards, die von herrschaftlichen Etagenhäusern gesäumt waren. Überall prächtige Jugendstilbauten mit Stuckfassaden und schmiedeeisernen Balkongeländern. Von der Hohenluftchaussee bis zum Grindelberg reihten sich Modegeschäfte an Parfumerien, Buchhandlungen und Cafés, die es beinahe mit den Pariser Geschäften aufnehmen konnten. Manchmal brachte sie Otto eine Pastete von Feinkost Warncke mit oder drei Scheiben Schinken vom jüdischen Schlachter Delfs. Letzterer regte sich hin und wieder über den im Haus wohnenden Malermeister Hinrichs auf, der als strammer Nazi stets auf die korrekte Hakenkreuzbeflaggung des Gebäudes achtete.

»Was für eine Schikane«, sagte Felicitas, als sie einmal zu Besuch kam. »Das sieht den Nazis mal wieder ähnlich.«

Seit den schweren Ausschreitungen im November des vergangenen Jahres hatte sich ihre Schwester von der Partei abgewandt und stieß nun ins selbe Horn wie Otto und Kurt. Was Ebbe durchaus zu denken gab, aber das wollte sie nicht zugeben. Hitler war ihr immer wie ein Erlöser erschienen. Er hatte das Land aus der Not befreit und dafür gesorgt, dass die Menschen nun Schulter an Schulter gingen, statt sich gegenseitig die Köpfe blutig zu schlagen. Und hatte er mit seinem Krieg nicht auch dafür gesorgt, dass dem gedemütigten deutschen Volk endlich Gerechtigkeit widerfuhr?

Felicitas hingegen behauptete, er habe die Macht nicht vertragen und sei größenwahnsinnig geworden. Die Skrupellosigkeit, mit der die Nationalsozialisten die Judenfrage angingen, sei der beste Beweis.

»Papperlapapp«, entgegnete Ebbe. »Gerade in diesem Viertel ist doch zu sehen, wie gut sich das jüdische Leben noch immer mit dem deutschen verträgt. Sieh nur, wie gerne die Menschen beim Schlachter Delfs einkaufen, trotz des Judenschildes im Schaufenster. Nicht jeder, der in der Partei ist, macht sich mit den Schlägern gemein.«

Ja, in Harvestehude war das Leben noch in allerbester Ordnung. Hier war sie die Gattin des Generaldirektors Lagerfeld, die vom Friseur, Schlachter oder Bäcker mit größter Ehrerbietung behandelt wurde, egal ob der nun jüdisch war oder nicht.

Dass die wenige Hundert Meter von ihrem Haus entfernt liegende Synagoge inzwischen ein sogenanntes Judenhaus war, deren Bewohner viel zu rasch wechselten, übersah sie großzügig. Ebenso, dass das ehemalige Modehaus Robinsohn am Neuen Wall, in dem sie so gerne einkaufte, nun unter neuer arischer Inhaberschaft stand und Jung & Ferley hieß, das Haus für modische Neuheiten.

Siehst du, Luzie, rief sie im Geiste ihrer alten Berliner Freundin zu, nun bin *ich* eine dieser Damen, denen man die Namensetiketten in die Lingerie näht, bevor man sie ihr nach Hause liefert.

Mittlerweile war es jedoch schwer geworden, an elegante Mode zu kommen, nicht nur weil die Propaganda zu deutscher Bescheidenheit aufrief. Auch weil seit nunmehr zwei Jahren Bekleidung rationalisiert war und die Notgarderobe, die ein jeder mit Hilfe der Reichskleiderkarte erwerben konnte, bei Weitem nicht ausreichte.

Für einhundert Punkte bekam sie auf das ganze Jahr gerechnet gerade einmal einen Wintermantel mit fünfundsiebzig Punkten und eine gewebte Bluse für zwanzig. Aus einfachen Stoffen, wohlgemerkt. Sobald sie zu etwas Hochwertigerem griff, stiegen die zu verbrauchenden Punkte an. Selbst wenn sie auf Seide oder Wolle verzichtete, hatte sie am Ende nur noch fünf Punkte übrig, und es reichte nicht einmal mehr für ein Halstuch, das mit sechs Punkten zu Buche schlug. Weshalb sie beschloss, ihren alten Wintermantel über den Jahreswechsel weiterzutragen, und mit den Stoffbezugskarten nun immer häufiger in die Innenstadt fuhr, um Stoffe zu kaufen. Aus denen nähte sie nach den aktuellen Schnittmustern ein paspeliertes

Kostüm, einen Faltenrock und ein geblümtes Kleid für sich und Christel.

Kluge Frauen machen Neues aus Altem, hieß es in der Zeitung, und Ebbe entwickelte großes Geschick darin.

Selbst Mule bekam Sachen aus getragener Kleidung. Zu dem weißen Hemd, das sie auf Bezugsschein erwarb, fertigte sie ihm eine Flanellhose aus dem Stoff einer alten, die ihrem Mann zu eng geworden war. Der Junge sah darin so elegant und weltmännisch aus, dass Otto vor Stolz beinahe platzte.

»Eines Tages, Ebbe, wird er an meiner Seite arbeiten und die Geschicke der Glücksklee Milchgesellschaft lenken.«

Sie verzog den Mund. »Mein Sohn wird keine Dosenmilch verkaufen, darauf kannst du Gift nehmen. Er ist für die Kunst geboren, er hat einen besonderen Blick dafür.«

»Vom Zeichnen alleine kann niemand leben«, widersprach Otto. »Als Kaufmann dagegen gehört einem die Welt.«

Sie hatte ihn einfach stehen lassen, denn was wusste er schon von ihrem Sohn. Mule war etwas ganz Besonderes, das spürte sie, seit sie ihn auf dem Dachboden der Villa auf Bissenmoor mit ihren alten Modezeitungen erwischt hatte. Er hatte heimlich die abgebildeten Kleider ausgeschnitten und sie auf Fotos der Familie geklebt, um die Personen neu einzukleiden. Da war er gerade erst fünf Jahre alt gewesen.

Sie war so erstaunt gewesen, dass sie beinahe vergessen hätte, ihn für die Verunstaltung ihrer Zeitschriften zu rügen. Ein Junge, der sich für Mode und Kunst interessierte? Der konnte nur nach ihr kommen. Es machte sie stolz.

An einem Wochenende im Sommer, als die Familie nach einem Spaziergang an der Alster über die Alte Rabenstraße zurückging, entdeckte er im Schaufenster des Kunstkabinetts Gurlitt die Kopie jener Tafelrunde von Adolph von Menzel, die er auf Bissenmoor aus einer alten Zeitschrift ausgeschnitten hatte.

»Das Bild wünsche ich mir zum achten Geburtstag«, rief er aus.

Otto erkundigte sich nach dem Preis und schüttelte nur den Kopf. Es sei zu teuer für ein Geburtstagsgeschenk, und damit basta. Stattdessen erhielt Mule eine Kopie von von Menzels Flötenkonzert, die deutlich weniger kostete. Als die Enttäuschung nicht enden wollte, griff Otto doch noch einmal tief in die Tasche. Ihr Sohn bekam seine Tafelrunde. Überhaupt bekam er oft am Ende alles, was er wollte.

Mule besaß eine Aura von Klasse, die ihn auf das Natürlichste umgab. So wie ihr es auch bei der jungen Dame auffiel, die ihr auf den Streifzügen durch das Viertel immer wieder begegnete. Die Fremde war etwas jünger als sie, schlank und graziös in jeder ihrer Bewegungen. Das dunkle Haar trug sie in Wasserwellen, die ihr herzförmiges Gesicht apart umspielten. Diese Dame hatte etwas ungemein Kultiviertes. Ihre Kleidung verriet einen ausgezeichneten Geschmack. Sie trug immer die neueste Mode, und Ebbe vermutete, dass ihr Mann eine enge Beziehung zur Partei hatte, um an derart exklusive Stoffe zu kommen.

Einmal begegneten sie sich in der Buchhandlung Heymann am Eppendorfer Baum und wechselten ein paar Worte miteinander. Die Frau legte Ebbe Tolstois *Krieg und Frieden* nahe, es sei ein ganz hervorragendes Werk.

Fast war Ebbe enttäuscht über den hamburgischen Akzent, der ganz leicht durch die gewählten Worte blitzte. In ihrer Vorstellung war die Fremde eine Pariserin, eine Dame von Welt.

Doch abgesehen von dem Akzent war sie eine Frau, an der sich partout kein Makel finden ließ. Und das war ihr so noch nie passiert.

Unbewusst nahm Ebbe sie zum Vorbild. Sie stand vor dem Spiegel und hielt den Kopf schräg, um sich dabei zuzusehen, wie sie kultiviert parlierte. Aber an die Gesten der Dame aus der Buchhandlung kam sie trotz Übung nicht heran.

Als der Sommer verging und der Herbst ins Land zog, war die elegante Dame von einem Tag auf den anderen verschwunden. Manchmal hielt Ebbe während ihrer Besorgungen nach ihr Ausschau, sah zu den flanierenden Damen des Viertels. Doch die Fremde war wie vom Erdboden verschluckt.

34

Es war der Morgen des 8. November 1941, der Samstag nach Allerheiligen, einer dieser dunstigen Tage, an denen es nicht richtig hell wurde. Tage, an denen sich Ebbe kaum mehr aus dem Haus begab und die Stunden im Licht einer Lampe auf dem Sofa verbrachte und las.

Für dieses Wochenende hatte sie sich den ersten Band von Leo Tolstois Roman gekauft und sich vorgenommen, das Haus nicht zu verlassen, bevor sie die letzte Seite gelesen und das Buch wieder zugeschlagen hatte.

Otto sah es nicht gerne, wenn sie den ganzen Tag dalag und die Bediensteten herumkommandierte, ohne selbst einen Finger zu krümmen. Doch weil er inzwischen wieder so viel arbeitete, als hätte es den Schlaganfall nie gegeben, war er auf dem Weg nach Berlin, um mit irgendwelchen Behörden zu sprechen. Er müsse verhindern, dass die französische Lait Gloria übernommen und zerschlagen werde, hatte er gesagt. Das habe er Herrn Altwegg und dem jungen Herrn Stuart versprochen.

Wie an jedem Samstag war Ebbe in preußischer Disziplin früh aufgestanden und öffnete gerade den Kleiderschrank, um eine elegante und zugleich bequeme Garderobe auszuwählen, als sie Geräusche von der Straße hörte.

Sie hielt inne.

Es waren Stimmen, und es klang, als sei jemand fürchterlich aufgebracht.

Sie trat einen Schritt vom offenen Kleiderschrank zurück und lauschte. Ja, zweifellos, es waren Stimmen. Nun war ein Weinen zu hören, es kam von einem Kind.

Neugierig schlüpfte sie in den Morgenmantel und trat ans Fenster, zerteilte mit der Hand die schweren Vorhänge. Im trüben Licht des erwachenden Morgens zogen Menschen mit Koffern und Taschen an ihrem Haus vorbei.

Es waren, wie unzweifelhaft an den im September verordneten, auf Brusthöhe angebrachten Sternen zu erkennen, ausschließlich Juden.

Ebbe eilte die Treppe hinab zur Stube, von der sie einen besseren Blick auf die Straße hatte, und bemerkte Frau Riek, die bereits vollständig angekleidet am Fenster stand. Die Arme um die Schultern geschlungen.

»Was ist hier los?«, fragte Ebbe und stellte sich neben die Haushälterin.

»Die armen Menschen haben den Befehl erhalten, sich mit gepackten Koffern im ehemaligen Logenhaus in der Moorweidenstraße einzufinden. Angeblich eine Umsiedelung. Ich fürchte, wir werden sie nie wiedersehen.«

»Aber was ist mit ihren Häusern und Wohnungen?«

»Die Schlüssel mussten sie auf der Polizeistation abgeben, mit dem Hinweis, dass die Wohnungen samt Inventar weder verkauft noch beschädigt werden dürften, da alles Eigentum, Konten, Bargeld und Wertgegenstände nun beschlagnahmt seien.«

»Beschlagnahmt? Woher wissen Sie …?«

Ebbe sah Frau Riek ungläubig an und wagte nicht weiterzufragen. Die Miene der Haushälterin war wie versteinert, und in ihren Augen standen Tränen, als sie sich erneut den Gestalten zuwandte, die vor dem Haus in gebeugter Haltung vorüberzogen.

Auch Ebbe blickte wieder hinaus, dann stutzte sie. Dort hinten, war das nicht die elegante Dame aus der Buchhandlung? Nein, sie musste sich irren, die Fremde war doch keine Jüdin. Oder etwa doch? Auch diese Frau strahlte einen unbeirrbaren Stolz aus, eine Aura von Stil und Eleganz.

War sie deshalb aus dem Stadtbild verschwunden, weil sie den Stern nicht tragen wollte?

Da dieser Gedanke sie zutiefst beunruhigte, lief Ebbe die Treppe hinauf, auf deren oberster Stufe Mule saß.

»Was ist los, Mutter?«, fragte er und rieb sich die Augen.

»Nichts. Geh wieder in dein Zimmer. Und komm ja nicht raus, ehe ich es dir sage.«

Als sie wenige Minuten später angekleidet an der Treppe erschien, saß Mule immer noch da, neben ihm Christel, die jetzt aufsprang.

»Muss Deutschland nun nicht mehr sterben?«

»Wer erzählt denn so einen Unsinn?«

»Das haben sie vor der Schule verteilt.«

Christel hielt ihrer Mutter einen mehrfach gefalteten Zettel hin. Auf dem Deckblatt prangte ein gelber Judenstern auf rotem Grund.

Wenn Du dieses Zeichen siehst …
Dann denke daran, was der Jude unserem Volk angetan hat.
Jetzt wurde es zum ersten Male offen ausgesprochen, was das Weltjudentum wünscht:
»Deutschland muss sterben.«
80 Millionen kulturell hochstehende, fleißige und anständige deutsche Frauen, Männer und Kinder sollen ausgerottet werden.
Dann wirst Du an jedem Juden einen Angehörigen des Volkes erkennen, das uns den Tod geschworen hat, und dass jeder Jude Dein Feind ist.
Dann erkennst Du auch, dass jeder Deutsche, der aus falscher Senti-

mentalität den Juden irgendwie unterstützt, und sei es auch nur durch ein freundliches Entgegenkommen, Verrat an seinem Volke übt.[3]

Ebbe zerknüllte das Flugblatt und schüttelte harsch den Kopf.

»Ab in eure Zimmer, habe ich gesagt. Und wehe, ich höre noch einen einzigen Mucks.« Sie eilte die Treppe hinab zur Garderobe. Zog ihren Wintermantel über und drückte der herbeieilenden Frau Riek den zerknüllten Zettel in die Hand. »Feuern Sie den Kamin an und verbrennen Sie diesen Wisch.«

Damit stürmte sie hinaus.

Von überall her kamen Gestalten mit Koffern, Taschen und zusammengeschnürten Bündeln. Ganze Familien, alte Männer und Frauen, teils in Rollstühlen, einer von ihnen trug gar einen Geigenkasten eng an den Körper gepresst, als beschütze er ein Baby. Von Uniformierten mit geschultertem Gewehr bewacht schlichen sie in Richtung der Hochallee, wo immer neue Juden ihre Häuser verließen.

Ebbe wurde es ganz flau im Magen, als sie den Zug mit schnellem Schritt überholte, auf der Suche nach der Dame aus der Buchhandlung.

Was machten sie nur mit all den Leuten hier? Worin bestand ihr Verbrechen, dass man sie aus ihren Vierteln trieb? War es nur, weil sie jüdischen Glaubens waren? Es wäre entsetzlich!

Dass die Nationalsozialisten Firmen entmachteten, die ihre Arbeiterinnen ausbeuteten, ja, das hatte sie begrüßt. Und selbstverständlich durften sie es den jüdischen Eliten nicht durchgehen lassen, gegen Deutschland eine Weltverschwörung anzuzetteln. Aber das hier waren Menschen wie sie selbst oder wie Otto. Kinder im Alter von Christel und Mule.

---

3 Auszug aus: *Antisemitische Propagandaschrift*, 1941. Deutsches Historisches Museum, Berlin.

Sollte sie sich in ihrer Einschätzung geirrt haben?

War das mit der Weltverschwörung vielleicht gar nicht wahr?

Deutschland müsse sterben, wenn man den Juden freundlich entgegenkomme, stand auf dem Flugblatt geschrieben. Was für ein himmelschreiender Unsinn! Als ob all diese armen Menschen, die sie aus ihren Häusern trieben wie Verbrecher, eine Gefahr für das deutsche Volk darstellten. Das Gegenteil war der Fall. Davor konnte auch sie die Augen nicht länger verschließen.

Hatte sie es nicht längst geahnt, gesehen, gewusst? Heiße Scham stieg in ihr auf und ließ ihre Wangen glühen.

Sie hatte nur nicht hinschauen, den Gedanken nicht zu Ende denken wollen, weil es bedeutete, dass sie all die Jahre einem falschen Weltbild angehangen war. Dass Hitler, den sie stets für seinen Kampf um die Einheit des deutschen Volkes bewundert hatte, ein Verbrecher war.

Und dass Kurt, Ottos schrecklicher Neffe, von Anfang an richtiggelegen hatte.

Der Wind blies scharf und wirbelte das Herbstlaub über die Straßen. Ihr war mit einem Mal eiskalt, doch die Kälte kam tief aus ihrem Inneren, und auch dass sie den Mantelkragen aufstellte und die Hände aneinanderrieb, linderte sie nicht.

Aus einem Fenster lehnten zwei Frauen und ein alter Mann, die johlend Fähnchen mit Hakenkreuzen schwangen. Sie beugten sich weit vor und demütigten den Zug der Marschierenden mit Schmähhrufen.

Ebbe hätte ihnen gerne zugerufen, dass sie damit aufhören sollten. Doch sie senkte nur den Kopf und eilte weiter, auf der Suche nach der feinen Dame.

Der Weg vor dem ehemaligen Logenhaus an der Moorweide war überfüllt mit Menschen, dunkle wimmelnde Punkte, ameisengleich.

Weil es so viele waren, standen sie auf der Straße bis hinaus auf das weite Viereck der Rasenfläche, die Ebbe bislang nur mit fröhlichen Anlässen in Verbindung gebracht hatte. Auf diesen Platz marschierte normalerweise die Standartkompanie mit schneidigem Schritt ein, um die feierliche Vereidigung neuer Rekruten einzuläuten. Hier hatten sie so manches Wochenende mit Christel und Mule verbracht, bei Hundevorführungen oder dem Kinderreiten auf Polizeipferden. Vor dem ehemaligen Logenhaus starteten regelmäßig die großen Aufmärsche in Richtung Jungfernstieg und Resendamm bis zum Adolf-Hitler-Platz, an denen – wie Otto immer behauptete – die Leute nur teilnahmen, weil es am Ende ein Gemeinschaftsessen aus zehn Feldküchen mit Linsen und Speck sowie Erbsensuppe mit Schweinefleisch gab.

Über dieser Versammlung aber schwebte eine schreckliche Schwermut, eine Ahnung tiefsten Leids, die auch das zwischendurch aufflammende Lachen und nervöse Giggeln nicht überdecken konnte.

Und dann entdeckte Ebbe sie.

Die Dame aus der Buchhandlung stand nur wenige Meter von ihr entfernt, und Ebbe trat näher, betrachtete forschend ihr Gesicht, das nun ungeschminkt war. Sie trug jenen Mantel mit Pelzbesatz, um den sie die Dame schon so oft beneidet hatte, auf dem Haar ein Kopftuch gegen die Kälte. Neben ihr stand ein Mädchen in Christels Alter, sie presste sich eng an die Frau und starrte mit angstweiten Augen auf die vielen Uniformierten, die die Versammelten mit entschlossenem Ausdruck umstanden.

Ebbe hob die Hand, und der Frau entschlüpfte ein Lächeln, doch dann blieb ihr Blick an Ebbes Mantelrevers hängen. In ihren Blick schlich sich ein Ausdruck tiefster Enttäuschung, dann wandte sie sich ab.

Als Ebbe an sich hinuntersah, erblickte sie die Parteinadel, die sie dort angeheftet trug. Das Glühen auf ihren Wangen wurde zum Brennen. Mit bebenden Fingern tastete sie nach dem Stecker und riss die Nadel heraus. Warf sie in eine Pfütze und ging zurück nach Hause, das Herz schwer wie Blei. Sie fühlte sich zutiefst betrogen in ihrem Glauben an das Gute der Bewegung, in den heiligsten Gefühlen. Des Glaubens an das Ideal von der Anstrengung des Willens beraubt, mit dem Hitler ein ganzes Volk zu Höherem trieb. Alles nichts als Lug und Trug. Sie war nur eine nützliche Marionette gewesen, und das schmerzte am allermeisten. Es war so furchtbar demütigend.

Austreten kam in Zeiten wie diesen nicht in Frage. Aber ab sofort waren der Nationalsozialismus, Hitler, der ganze Parteikader, endgültig für sie gestorben.

35

1942

Die deutsche Wehrmacht kämpfte inzwischen nicht mehr nur im Osten und Westen, sondern auch im Norden und Süden. In der Luft, an Land und zur See, Seite an Seite mit Mussolinis Italien. Und obwohl sie aufgrund der vielen Fronten die Bombenangriffe auf England einschränken mussten und bei den heftigen Kampfhandlungen im Atlantik das imposante Schlachtschiff *Bismarck* sank, waren die Zeitungen voller Berichte von den großen Erfolgen.

Am 11. Dezember 1941 war auch Amerika in den Krieg eingetreten, und die Glücksklee Milchgesellschaft wurde zum feindlichen Unternehmen. Ein Verwalter sollte bestimmt werden, möglichst kein Vertrauter der Amerikaner, der Präsident der Genossenschaftskasse leckte sich bereits die Finger. Nach seinem Willen sollte Kreisbauernführer Wilhelm Mannitz eingesetzt werden. Ein aufstrebender Mittvierziger aus Sibbersdorf bei Eutin, der die Gewinne auf die Bauern verteilen wollte, statt sie in die Produktion zu stecken. Um das durchzusetzen, holten sie sich bedeutsame Kämpfer an die Seite: die Milch- und Fettwirtschaftsverbände sowie den Reichsminister für Ernährung und Landwirtschaft.

In jenen Tagen beauftragte Otto den auf feindliches Vermögen spezialisierten Anwalt Doktor Naumann mit der Verteidigung der amerikanischen Interessen und begann wieder einmal, Briefe an diverse Behörden zu schreiben, um sie gegen die Pläne der Genossenschaftskasse in Stellung zu bringen.

Es waren turbulente Zeiten, und Otto biss die Zähne zusammen. Gewillt, die Glücksklee Milchgesellschaft mit zur Gewohnheit gewordener Hartnäckigkeit gegen alle Widerstände zu verteidigen. Dabei blieb er stets höflich, um ja nicht selbst ins Feuer zu geraten. Man konnte nie wissen, wie schnell man von der Bildfläche verschwand.

Überhaupt war das Leben zunehmend gefährlich geworden. Mittlerweile war auch der Krieg näher gekommen und längst keine abstrakte Meldung mehr in der Zeitung. Immer öfter kam es zu Einschlägen in deutschen Städten, auch in Hamburg fielen regelmäßig Minen-, Brand- und Phosphorkanisterbomben, deren leicht entflammbare Kautschukfladen fest an Hauswänden und Gehwegen klebten. Jedes Mal wenn es brenzlig wurde, schickte Otto Ebbe und die Kinder nach Bissenmoor, wo sie ausharrten, bis die Gefahr vorbei war und sie, zurück in Hamburg, den Alltag wieder aufnehmen konnten.

Die Nacht zum Palmsonntag, dem 29. März 1942, änderte alles. Über Stunden fielen Spreng- und Brandbomben auf Lübeck und setzten die historische Altstadt in Brand. Es war der erste systematische Angriff auf die Zivilbevölkerung, und als am 23. April auch Rostocks Innenstadt schwer getroffen wurde, stand Ottos Entschluss fest.

»Ihr zieht jetzt ganz nach Bissenmoor«, befahl er, und dieses Mal kam keine Widerrede. Nur seine Schwestern, denen er die Nachricht persönlich nach Blankenese brachte, weigerten sich, mit aufs Land zu gehen.

»Wofür habe ich euch denn das Haus an der Toreinfahrt bauen lassen?«, rief Otto in höchster Erregung.

»Du hast uns ja nicht gefragt«, antwortete Tilla trocken. »Wir bleiben in Blankenese, und damit basta. Das ist unsere Heimat, außerdem ist es weit genug von der Innenstadt entfernt. Und vor allem von deiner Frau.«

So kam es, dass die Familie sich noch weiter zersplitterte. Ende Mai, als es über Köln Sprengbomben und Phosphorbrandbomben regnete, lebten Ebbe, Christel und Mule längst auf Bissenmoor, während Otto mit Frau Riek in der Innocentiastraße blieb. Da es im Zuge der Benzinknappheit verboten war, das Auto für Privatfahrten zu nutzen, fuhr er am Wochenende mit der Bahn nach Bad Bramstedt. Wenn er – im Ringen um die Verwalterschaft – überhaupt noch nach Bissenmoor kam.

Für Mule bedeutete der Rückzug aufs Land ein regelrechter Kulturschock.

In der Volksschule an der Maienbeeck herrschte ein strenges Regiment. Jeden Montag hatten sich alle Schüler zum Fahnenappell vor der gehissten Hakenkreuzflagge zu versammeln und mit zum Hitlergruß vorgerecktem Arm laut und kräftig zu singen.

Unsere Fahne flattert uns voran, schallte es dann über den Schulhof. *Unsere Fahne ist die neue Zeit. Und die Fahne führt uns in die Ewigkeit! Ja, die Fahne ist mehr als der Tod.*

Regelmäßige körperliche Ertüchtigung gewann an Bedeutung. Und alle hatten tapfer und mutig zu sein, was Mule angesichts der vielen Krabbeltierchen auf dem Hof – den Spinnen, Käfern und Motten – besonders schwerfiel.

Hatte er sich ebenso wie seine Mutter in Harvestehude wohlgefühlt, so betrachtete er das Aufblühen seiner Schwester, die sogar Plattdeutsch sprechen lernte und barfuß mit den anderen Hofkindern durch Ställe und Gärten tobte, mit einem Kopfschütteln.

Er hasste den Dreck, und er ekelte sich vor dem Gestank der Tierexkremente, der ihm warm entgegenschlug, sobald er auch nur in die Nähe der Stalltür kam. Vor allem der Mist der Milchkühe raubte ihm den Atem. Aber auch die Vorstellung, die bisweilen kotbeschmierten und mit Federn beklebten Hühnereier aus dem Verschlag zu holen, versetzte ihn geradezu in Panik. Er hatte gelesen, dass es etliche Erreger gab, die sogar Hühnertuberkulose auslösen konnten. So oft, wie Christel half, die Eier aus den Nestern zu sammeln, ohne sich danach die Hände zu waschen, grenzte es an ein Wunder, dass sie sich nicht infizierte.

Sie saugte sogar Goldnesselblüten aus, weil der Nektar so süß war. Oder kaute Vogelmiere und Spitzwegerich mitsamt den Wurzeln, dass es vom Sand nur so knirschte, obwohl die Hühner zuvor hindurchspaziert waren.

Und wie sie sich freute, als Mutter ihrem Betteln nachgab und einen Kaninchenstall kaufte. Es reichte völlig, wenn die Tiere im Freien ködelten. Da musste man doch nicht noch einen Kasten kaufen, in dem man die Exkremente mit eigenen Händen zu beseitigen hatte.

Die anderen Hofkinder bekamen seinen Ekel rasch spitz, und sie nutzten jede erdenkliche Möglichkeit, um ihn zu den Ställen zu locken. Aber solange seine Mutter da war, trauten sie sich nicht.

Einmal, als sie nach Hamburg zum Einkaufen fuhr, klauten sie ihm seine Zeichenstifte. Sie schickten Kalli vor, der ein Jahr jünger war als Mule und mit dem er sich ansonsten gut verstand. Er hatte eine Vogelfeder im Haar befestigt, und auf seinem Gesicht prangte eine Kriegsbemalung aus Blaubeersaft.

»Söchst du dien Malsaken? De sünd in n Höhnerstall«, sagte Kalli und lief davon, um – als Mule ihm nicht folgte – nach wenigen Metern stehen zu bleiben, weil er nichts von dem verpassen wollte, was nun folgen sollte.

Mule seufzte.

Die Stifte waren sein Heiligtum, ohne sie war er verloren. Was blieb ihm daher anderes übrig, als nach ihnen zu suchen?

Zögernd öffnete er die Tür zum Stall. Es roch nach Staub und Hühnerdreck. Er blieb stehen und hielt sich die Nase zu, bevor er einen Schritt ins Innere wagte. Die Vorstellung, was eine zu rasche Bewegung, was die aufgebracht flatternden Hühner so alles aufwirbeln und in seine Atemwege befördern konnten, schnürte ihm den Hals zu.

Auf einem Regal unter dem Fenster stand der Sack mit dem Hafer. In der Hoffnung, die Stifte dort zu finden, zog er ihn mit spitzen Fingern ein Stück nach vorne. Doch hinter dem Sack war nur die Mauer, an der überall weißbrauner Kot klebte.

Vorsichtig einen Schritt vor den anderen setzend ging er über das umherliegende Stroh zu den Kästen. Die meisten Hühner waren im Außengehege, nur in einer Kiste lag Berta, ein weißbraun gefiedertes Tier, das ihn mit unruhigen Augen ansah.

Er ahnte, wo die anderen die Malschachtel versteckt hatten. Karl atmete tief ein und aus und schob dann mit dem bedeckten Ellenbogen das Huhn beiseite, als ohrenbetäubendes Indianergeheul erklang. Aufgeschreckte Hühner drängten durch den Verschlag ins Innere. Stoben gackernd und flatternd auf ihn zu.

»Iiiih«, kreischte er, als er ihre Federn an seinem Gesicht spürte, die Krallen in seinem Haar.

Um sich schlagend taumelte er zurück zur Tür und fand sie verschlossen vor.

»Macht den Riegel auf!«, schrie er in zunehmender Panik, doch als Antwort kam nur ein mehrstimmiges Lachen.

Mule wummerte gegen die Tür, während ihn die hastig eingeatmeten Federn im Hals kitzelten. Wieder und wieder warf er sich gegen das Holz, laut kreischend, als sich die Tür plötzlich öffnete und er zu Boden fiel.

»Karl-Otto«, hörte er Cäcilie rufen, eine der beiden Polinnen, die seit einigen Wochen auf dem Hof arbeitete. »Was ist passiert?«

»Die … haben … mich … eingesperrt.«

Die Worte entwichen in Salven, und Cäcilie half ihm auf, strich ihm über den Kopf. Dann drehte sie sich schimpfend in Richtung der anderen, die sich gackernd verstreuten. Nur der kleine Kalli blieb stehen und kam mit verlegenem Gesichtsausdruck zurück.

»Dat weer doch man bloots en Spaaß«, sagte er. Dann streckte er die Hand aus. *»Freden?«*

Doch Mule schüttelte den Kopf. Er rannte ins Haus und weiter ins Badezimmer, wo er sich nackt auszog und mit Seife und einer Bürste abschrubbte, bis die Haut glühte, während ihm vom Weinen Rotz und Wasser über das Gesicht liefen.

Als seine Mutter aus Hamburg zurückkam und er ihr noch beim Auspacken der Einkäufe die Geschichte erzählte, in der Hoffnung, sie möge den Hofkindern die Ohren langziehen, sah sie ihn nur mit hochgezogenen Brauen an.

»Wie kann man nur so dumm sein, sich in den Hühnerstall locken zu lassen«, war ihr einziger Kommentar, bevor sie sich wieder den neu erworbenen Stoffen und Blusen zuwandte.

Und so lernte Karl-Otto, dass es niemanden gab, der ihn beschützte. Also verzog er sich immer öfter auf den Dachboden, wo all die herrlichen Zeitschriften lagen und ihn niemand störte, wenn er die Romane seiner Mutter las. Wo er seine eigene Welt erschuf, in der es nur Farben und Formen und Worte gab.

Das Leben auf dem Land hatte aber auch etwas Gutes. Mit dem belgischen Knecht Gustav, der neben dem Jugoslawen Bogdan auf den Hof gekommen war, und der Polin Cäcilie, die in ihrer Heimat Deutsch- und Französischunterricht gegeben hatte, tat sich eine neue Welt für Karl-Otto auf. Jeden Tag ließ er sich ein paar neue Worte beibringen. Und er bat seinen Vater, ihm ein französisches Kinderbuch zu besorgen.

Außerdem gab es noch einen anderen Vorteil, der ihm zunehmend Freude bereitete.

Während man in Hamburg trotz Rabattmarken kaum noch Wurst und Käse zu kaufen bekam, war die Speisekammer auf Bissenmoor gut gefüllt. Tagsüber war sie streng bewacht von der Haushälterin Frau Lotz, die den Schlüssel stets bei sich trug, weil sie Angst hatte, die ihnen zugeteilten Zwangsarbeiter, die am Abend wieder in das offene Lager im Butendoor zurückkehrten, könnten etwas stibitzen.

Abends stand die Kammer dann wieder offen.

Weil die Adeligen in den Romanen seiner Mutter gerne an üppig gedeckten Festtafeln saßen und sich an mehrgängigen Menüs labten, kam Mule auf die Idee, diese Szenen nachzuspielen. Dann zog er Theas alter Puppe Gretchen einen Umhang aus Brokatstoff über und schlich auf leisen Sohlen über den Flur in den Keller, wo er Speck, Salami und Kompott holte, um auf dem Dachboden mit den königlichen Mätressen Madame Pompadour oder Madame de Montespan ein standesgemäßes Gelage zu feiern.

»Du musst dich mehr bewegen«, tadelte ihn seine Mutter eines Tages. »Sonst wirst du zu dick.« Dann scheuchte sie ihn ins Freie, um mit Christel und den anderen Hofkindern Bucheckern zu sammeln, die sie im Ort gegen einen Bezugsschein für Speiseöl tauschten. Oder um den Stall auszumisten, das war das Allerschlimmste.

Da trieb Mule sich lieber nach der Schule noch ein wenig in der Stadt herum. In Bad Bramstedt gab es sogar ein echtes Schloss mit einem steinernen Ritter davor, dem Roland, der – wie er in der Schule gelernt hatte – ein großer Held gewesen war. Das Schloss allerdings bestand nur aus dem vom Abriss übrig gebliebenen Torhaus. Aber das störte niemanden, den Namen hatte das Gebäude trotzdem weg.

Gerne hätte Mule sich hineingeschlichen und sich den Raum angesehen, den alle das Königszimmer nannten wegen des vielen Stucks und der kunstvoll bemalten Tapeten. Aber weil dort im Zuge des Landjahres ausgewählte Schulabgänger untergebracht waren, die neben dem Einsatz in der Landwirtschaft auch mit einer straffen Erziehung nach den Grundsätzen des nationalsozialistischen Staates zur politischen Elite ausgebildet werden sollten, machte er in den Sommermonaten einen großen Bogen darum. Und wenn er doch mal den in kurzen Hosen und braunen Hemden zackig und stolz vorbeimarschierenden Jungen begegnete, dann drehte er sich weg.

Die Nazis, so hatte er von seiner Mutter gelernt, waren das Allerletzte. Man durfte sich seine Abscheu nur nicht anmerken lassen.

Oft ging er auch in die Buchhandlung von Alfred Warnemünde, in der es die kleinen Reclam-Hefte mit ganzen Operntexten gab – *Tristan und Isolde*, *Aida* oder die *Hochzeit des Figaro*. Dort entdeckte er auch die Erzählungen von Karl May, von denen er schon einige Bände besaß und die er der Wunschliste für seinen Geburtstag hinzufügte, die immer länger wurde.

Auf die Besuche in der geliebten Konditorei an der Mühlenstraße, in der es trotz des Ernährungsnotstandes herrlich süße Backwaren gab, verzichtete er lieber, damit die nächtlichen Mahlzeiten nicht allzu sehr ansetzten.

Allerdings beschwerte die Haushälterin sich bald immer häufiger, dass regelmäßig Essen fehle.

»Wer auch immer das getan hat«, schimpfte seine Mutter, »wird nie wieder im Leben eine Wurst anrühren, dafür sorge ich höchstpersönlich.«

Eines Tages war ein Aufschrei aus der Speisekammer zu hören, und die jüngere der beiden Polinnen, Genovefa, kam kreischend die Treppe heraufgestürzt.

»Eine Maus, eine Maus!«, rief sie immerzu. Nachdem Frau Lotz sie auf den Stuhl in der Küche dirigiert und ihr zur Beruhigung ein Glas Wasser gegeben hatte, erzählte Genovefa den Umstehenden, dass ihr, als sie die Folie vom Topf mit dem Schwarzsauer abgehoben hatte, eine Maus entgegengesprungen sei.

»Das andere war bestimmt auch die Maus«, sagte Mule. Und er nickte bekräftigend, weil seine Mutter ihn mit geschürztem Mund ansah, als sei ihr gerade ein Gedanke gekommen.

»Sag mal, Mule. Hast du etwa die Sachen genommen?«

»Nein«, rief er mit geweiteten Augen. »Das war ich nicht.«

»Wehe, Bürschchen. Ich ziehe dir die Hammelbeine lang.«

Daraufhin nahm Mule sich vor, die Speisekammer künftig zu meiden.

Nach einer Woche aber wurde der Gedanke an die fetten Würste und die eingemachten Gurken schier übermächtig. Allein die Erinnerung ließ ihm das Wasser im Mund zusammenlaufen. Also schlich er eines Abends, als aus dem Türspalt zur Stube ein Lichtstrahl glomm, die Stufen hinab zur Speisekammer und nahm sich ein großes Weckglas gezuckertes Apfelmus und aus der Küche einen Löffel.

Als er wieder auf den Flur trat, war die Tür zur Stube offen, und im Schein des herausdringenden Lichtes stand seine Mutter. Sie funkelte ihn an.

»Hab ich es mir doch gedacht«, sagte sie kalt und gefasst. Denn sie schrie nie, nein, das war ihrer nicht würdig. »Glaub ja nicht, dass du so einfach davonkommst. Ich werde dir eine Lektion erteilen, dass du dich nie wieder in deinem Leben traust, nachts die Speisekammer zu plündern.«

36

An jenem Abend lernte Mule, seine Mutter zu fürchten, und er sehnte sich nach dem Vater, der immer ein offenes Ohr für die Sorgen seines Sohnes hatte. Doch seit man ihm nach dem Einspruch der Partei die schwer erkämpfte Verwalterschaft wieder aberkennen wollte, war er kaum noch auf Bissenmoor. Und wenn, dann wirkte er sehr gestresst.

Einmal saß Mule auf der Treppe zum ersten Stock und hörte, wie sein Vater sich in der Stube darüber beklagte, dass er den Nationalsozialisten zu unpolitisch sei, um die Zustimmung des Hamburger Gauwirtschaftsberaters zu erhalten.

»Doktor Wolff versucht alles, um den Kreisbauernführer auf meinen Posten zu heben. Wilhelm Mannitz ist ein lupenreiner Nazi mit Parteibuch seit 1929 und Träger des goldenen Abzeichens. Dagegen komme ich natürlich nicht an.«

»Dann sag ihnen, was sie hören wollen«, rief seine Mutter. »Sie müssen doch nicht wissen, dass du dich nicht in der Partei engagierst. Dank dir gibt es einen festen Verbindungsweg quer durch die Felder von Bissenmoor nach Bad Bramstedt, außerdem hast du beste Kontakte zur Gemeindevertretung. Daraus lässt sich eine schöne Vita stricken. Du könntest ihnen erzählen, dass du ein hohes Amt im Stadtrat innehast.«

Sein Vater seufzte. »Das geht nicht. Sobald sie herausfinden, dass ich gelogen habe, sperren sie mich fort.«

»Wenn du keinen Zweifel an deiner Aussage lässt, wird niemand sie in Frage stellen. Du musst nur selbstsicher genug auftreten, das kannst du doch, oder etwa nicht? Sei eloquent. Spiel den in der Politik stark engagierten Parteigenossen, sei die rechte Hand des Bad Bramstedter Bürgermeisters oder wenigstens Ehrenvorsitzender von irgendeinem ach so wichtigen Amt. Je unverfrorener du lügst, desto eher werden sie dir Glauben schenken.«

»Nein, Ebbe.« Die Stimme seines Vaters klang ruhig und sicher. »Ich werde die Firma retten, ohne zu lügen. Das gehört sich einfach nicht.«

Sie stieß ein Schnauben aus. »Dein Anstand wird uns noch ins Verderben stürzen. Die Partei hat keine Skrupel, dich aus dem Sattel zu werfen, und du machst dir Gedanken, was sich gehört? Wovon sollen wir leben, wenn sie dich aus der Firma gedrängt haben, hast du darüber schon mal nachgedacht?«

Mule schlich ein Paar Stufen weiter hinunter, bis er den Rücken seines Vaters sehen konnte. Wie immer stand er gerade und aufrecht, doch seine Schultern hingen herab.

»Du verstehst mich einfach nicht, Ebbe«, hörte er ihn nun sagen. »Hier geht es um mehr als nur um Geld. Ich will morgens noch in den Spiegel blicken können.«

Eine Pause entstand. Dann erklang ein Zischen. »Meine Herren, dieser Mann ist nicht normal.«

Mule hörte die Schritte seiner Mutter, gleich würde sie hocherhobenen Hauptes aus dem Raum stürmen.

Hastig eilte er die Treppe hinauf in sein Zimmer, wo er sich mit heftig klopfendem Herzen aufs Bett setzte und einen der Karl-May-Bände aufschlug, für den Fall, dass die Mutter das Knarren der Stufen gehört hatte und nachsehen wollte.

Er bewunderte seinen Vater, weil er sich so gerade machte, wenn die Mutter ihre Launen hatte, die seit ihrer Rückkehr nach Bissenmoor wieder zugenommen hatten. Er war wie eine deutsche Eiche, die so leicht nichts umstürzen konnte. Auch wenn er für ein harmonisches Familienleben so einiges ertrug: Bei ihm fand er gewiss Unterstützung.

Am nächsten Tag suchte Mule nach einer Gelegenheit, um mit dem Vater zu sprechen, doch immer war jemand in der Nähe. Selbst die Mutter, die wieder mit ihrem Mann redete und sich über die Bauernlümmel aus der Hitlerjugend ausließ. Die seien wieder einmal vor der Tür gestanden, um sie um Altmetall, Lumpen und Papier anzubetteln, denn Altmaterial sammeln sei Dienst am Vaterland.

»Man stelle sich das mal vor. Ausgerechnet der Willi Kröger, von dem man hört, dass er die Zwangsarbeiter auf dem Hof seines Vaters schlecht behandele, steht hier mit großen Augen und macht einen auf hilfsbereit. Ich habe ihn einfach stehen lassen und die zerlesenen Zeitungen den Jungmädels gegeben, die haben wenigstens anständig gefragt«, empörte sie sich.

Als der Vater am Montag ganz früh wieder ins Büro fuhr, beschloss Mule, ihn bald dort zu besuchen. Aber nicht alleine, das gäbe nur Ärger.

Es war der Beginn der Sommerferien, als Mule seiner Schwester und Kalli vorschlug, einen Ausflug nach Hamburg zu machen.

»Wir stehen ganz früh auf und fahren mit dem Omnibus über die Dörfer«, erklärte er den beiden. »Wenn wir um zwanzig nach sechs losfahren, sind wir um halb neun in Hamburg.«

»Und was wollen wir da?«, fragte der Neffe des Verwalters.

»Ich zeige euch das Büro von Glücksklee.«

»Oh ja«, sagte Christel, die ihren Vater ebenso vermisste wie er.

Und so war es abgemacht.

Es war ein sonniger Tag Mitte Juli, als sie in den Bus stiegen, dessen Fahrer ein Lied anstimmte, kaum dass sie Bad Bramstedt hinter sich gelassen hatten.

Wir sind die lustigen Fahrer von der B. B. D. L.
Wir fahren, wie's verlangt wird, mal langsam und mal schnell.
Wir fahren alle Tage, ob Sonnenschein, ob Eis.
Doch tief in unseren Herzen, da brennt die Liebe heiß.
Ja uns're Wagen fahren im Lande hin und her,
Vom grünen Strand der Bramau bis an das blaue Meer.

Nach einer langen Fahrt über Land und mit etlichen Haltestellen kamen sie endlich in der Hamburger Sternschanze an. Von dort gingen sie den ganzen Weg zu Fuß bis zum Mittelweg, wo die Firmenzentrale der Glücksklee Milchgesellschaft lag.

Mule hätte lieber die Straßenbahn genommen, aber Kalli winkte ab.

»Dor wart mi bloot slecht vun.«

Endlich standen sie vor dem eleganten weißen Haus, dessen Hochparterre ganz aus Sandsteinquadern bestand.

Auf dem mit Granitsteinen gepflasterten Vorplatz parkte Vaters dunkler Ford Eifel, über dessen Ersatzrad ein Bezug mit dem Glücksklee-Logo gespannt war. Mule spähte zum Direktionszimmer im ersten Stock hinauf, von dem ein balustradenumrandeter Balkon abging, und stellte erleichtert fest, dass das Fenster offen stand. Er hatte sich nicht getraut, sich bei seiner Mutter nach Papas Plänen zu erkundigen, und erst jetzt fragte er sich, was sie wohl getan hätten, wenn sein Vater geschäftlich unterwegs gewesen wäre.

Über das von hohen Säulen eingefasste Portal betraten sie das Gebäude. Vor dem Direktionszimmer saß die Sekretärin Fräulein Schumacher und hob erstaunt den Kopf.

»Nanu? Christel, Karl-Otto! Seid ihr denn angemeldet?«

»Nein«, sagte Mule. »Wir wollen Papa überraschen.«

»Der Herr Generaldirektor führt gerade ein wichtiges Telefonat. Habt ihr denn schon gefrühstückt?«

Christel und Mule schüttelten den Kopf, und Kalli klatschte in die Hände.

»Man ik kunn al wedder wat bruken.«

»Fein. Dann setzt euch mal in den Pausenraum, ich schmiere rasch ein paar Brote und bringe euch Kakao.«

Während Christel und Kalli die Brote gierig verschlangen, bekam Mule keinen einzigen Bissen herunter, weil er nun doch ziemlich nervös war.

Sie warteten eine halbe Stunde, bis sein Vater den Raum betrat. Sein Gang war selbstgewiss und federnd, und Mule hatte ihn lange nicht mehr so strahlend gesehen. All die Probleme, die sein Gesicht noch vor wenigen Wochen gezeichnet hatten, schienen von ihm abgefallen.

»Na, ihr Ausflügler«, begrüßte er sie schmunzelnd. »Das ist ja mal eine schöne Überraschung.«

»Papa!« Christel flog ihm in den Arm. »Ich habe dich so sehr vermisst.«

Mule hätte es ihr nur zu gern gleichgetan, aber es gehörte sich nicht für einen Jungen von neun Jahren, und vor Kalli wollte er sich keine Blöße geben.

»Zeigen Sie uns die Firma?«, fragte dieser respektvoll auf Hochdeutsch.

»Aber selbstverständlich.«

Bei ihrem Rundgang lernten sie Fräulein Bendfeld aus der Spedition kennen, ebenso Fräulein Jonas aus der Buchhaltung, die ihre Brille an einer Kette trug. Die Herren Lloydt und Tietböhl aus dem Verkauf teilten sich ein großes Büro mit Blick auf den begrünten Hinterhof, zusammen mit ihrer Sekretärin Frau Seeger. Nachdem sie in alle Räume geguckt hatten und selbst das wegen der neuen Brandschutzverordnung leergeräumte Lager im Dachgeschoss nicht vergaßen, das vor dem Bezug mal früher eine Wohnung gewesen war, gingen sie ins Direktorenzimmer. Es war mit seinen Seidentapeten, den dunklen Mahagonimöbeln und dem marmornen Kamin, vor dem eine Sitzgruppe stand, der schönste Raum von allen.

»Oioioi«, sagte Kalli tief beeindruckt.

Der Vater warf einen Blick auf die Uhr. »So, Kinder, ich muss jetzt leider weitermachen. Ich erwarte ein dringendes Telefonat.«

Christel und Kalli verabschiedeten sich höflich, und Mule wartete, bis sie das Zimmer verlassen hatten und er mit seinem Vater alleine war.

»Papa …«

Sein Vater, der inzwischen wieder hinter seinem Schreibtisch Platz genommen hatte, hob überrascht den Kopf. »Na, hast du noch was auf dem Herzen?«

Mule schluckte. »Papa, es ist …« Er rang nach Worten. Während der Busfahrt hatte er sie sich zurechtgelegt, aber nun wollten sie ihm nicht mehr einfallen. »Die Mutter, die hat, weil ich nachts nichts essen soll …«

Im Vorzimmer klingelte das Telefon, und einen Moment später streckte Fräulein Schumacher den Kopf durch die Tür.

»Herr Direktor, der Herr Doktor Naumann ist am Apparat.«

»Einen kleinen Moment noch«, sagte der Vater und sah Mule fragend an. »Nun?«

Sein Blick fiel auf die Hände des Vaters, die auf dem Schreibtisch lagen und mit einem Pfeifenkopf spielten. Sie waren ebenso breit und zupackend wie seine eigenen. Bauernhände hatte Mutter sie einmal genannt. Doch die Finger des Vaters waren länger, und er fragte sich, warum seine eigenen so kurz geraten waren.

»Ach, nichts.« Es hatte keinen Sinn. Was er mit seinem Vater zu besprechen hatte, das passte nicht in ein paar Sätze zwischen Tür und Angel. »Danke für das Frühstück. Und dass du uns alles gezeigt hast.«

»Das habe ich sehr gerne gemacht.« Der Vater nickte ihm zu. »Gute Heimfahrt. Und grüß mir eure Mutter.«

Mule versprach es. Doch weil er es nicht eilig hatte zurückzufahren, bummelten sie noch zum Haus in der Innocentiastraße, wo Christel und er Kalli ihre Zimmer zeigten und Frau Riek ihnen ein leckeres Mittagessen machte.

So war es bereits später Abend, als sie wieder auf Hof Bissenmoor ankamen.

»Was habt ihr euch nur dabei gedacht, einfach wegzufahren«, schimpfte die Mutter, die sie bereits an der Haustür erwartete. »Die Frau Bürgermeister hat euch in den Bus steigen sehen. Ich bin fast umgefallen, als sie mir beim Einkaufen davon erzählt hat.«

»Mule wollte Papa besuchen«, verteidigte sich Christel. »Wir sind sonst auch den ganzen Tag unterwegs, wir dachten, es fällt niemandem auf.«

»Den Papa?« Die Mutter sah Mule mit erhobenen Brauen an. »Und? Hatte er Zeit?«

Er nickte. Aber von seiner enttäuschten Miene schien sie abzulesen, dass er sich mehr von dem Besuch erhofft hatte, denn sie lächelte nur.

»Du hast doch nicht wirklich gedacht, dein Vater interessiert sich für einen kleinen dummen Jungen wie dich? Für ihn gibt es nur das Geschäft.«

Die Mutter hatte sicher recht.

Von nun an beobachtete Mule ihre Gemütsregungen noch genauer, um sie ja nicht gegen sich aufzubringen. Bald stellte er fest, dass ihre Schärfe erträglich war, wenn er sich mit ihr verbündete. Sensibel und geradezu seismografisch erspürte er, was die Mutter goutieren würde. Und man durfte keinen Makel haben, um vor ihr zu bestehen. Sie bemerkte jedes Detail.

Er ließ sich von Cäcilie weitere französische Sätze beibringen, um mit ihr zu parlieren, und als sie sich am Telefon mit ihrer Schwester über die Kunst von Gustave Doré austauschte, der sich bereits mit neun Jahren an der Illustration von Dantes *Göttlicher Komödie* versucht hatte, da beeilte er sich, es ihm gleichzutun.

»Das ist ja mal hübsch geworden«, sagte die Mutter, als er ihr *Dante verloren im Wald* schenkte. »Aber wenn du an Doré heranreichen willst, musst du noch ordentlich üben.«

Genau das tat er.

Wenn sich in Mutters Blick grenzenloser Stolz spiegelte, dann wusste er, dass er richtiglag.

37

Es war ein warmer Freitagabend Ende Juli. Otto saß an seinem Sekretär im Haus in der Innocentiastraße. Vor sich die alte amerikanische Underwood, auf der er bereits 1919 seine ersten Geschäftsbriefe für die Lagerfeld & Co. geschrieben hatte. Und auf der er, weil er seit Kriegseintritt der Amerikaner als Freund des Feindes galt, seine Lebenserinnerungen verfasst hatte, in denen er von seiner Jugend berichtete, von seinen Lehrjahren und von seinen Reisen um die Welt. Aus Sorge, dass ihm etwas zustoßen könnte, hatte er sogar bereits einen Grabplatz bestellt, damit die Familie alles geregelt vorfand, sollte das Schlimmste eintreten.

Inzwischen hatte er die Arbeit daran abgeschlossen. Aus den getippten Memoiren hatte er ein Buch binden lassen und ein weiteres aus den Durchschlägen, die er seinem Neffen übergeben hatte, der sich – im Gegensatz zu seinen eigenen Kindern – für seinen Werdegang interessierte. Daher wollte er Kurt von der Chronik der Glücksklee Milchgesellschaft, die er heute noch zu beenden gedachte, auch gleich das Original überlassen.

Otto legte ein frisches Blatt in die Schreibmaschine ein und drehte es auf Position. Dann legte er die Finger auf die silbern eingefassten Tasten und überlegte sich einen guten letzten Absatz. Er sollte hoffnungsvoll in die Zukunft weisen, schließlich war es noch einmal gut gegangen.

Die Sache mit der Verwalterschaft war inzwischen bereinigt. Er hatte am Ende doch die kleine Notlüge von einer Mitgliedschaft im Stadtrat erzählt, um der sich zuziehenden Schlinge zu entkommen, und sogar seine wenigen Tage in der SA in die Waagschale geworfen. Ebbe hatte recht gehabt, in diesen Tagen kam man mit Moral und Anstand nicht mehr weit. Bei aller hanseatischer Aufrichtigkeit: Er war kein Priester, sondern ein Unternehmer, der für eine ganze Belegschaft Sorge trug.

Und es hatte seinen Zweck erfüllt.

Gauwirtschaftsberater Wolff zog seine Bedenken zurück, und die Lage beruhigte sich wieder. Nur die Intrigen des Kreisbauernführers Wilhelm Mannitz, der zu Ottos Bedauern als Beirat eingesetzt worden war und ihm das Leben schwer zu machen versuchte, ließen sich partout nicht abstellen.

Aber was war das schon gegen die Erleichterung, dem sicher geglaubten Ende noch einmal entgangen zu sein.

Endlich bewegte Otto die Finger auf der Tastatur. Er tippte einen Satz zur neuen Verwalterschaft und zu der Verpflichtung, dem Reichskommissar für die Verwaltung feindlichen Vermögens fortan regelmäßig Bericht zu erstatten.

Von dem Ausgang dieses Krieges und von den Absichten der deutschen Regierung mit Bezug auf Unternehmungen des Ernährungssektors hängt das weitere Geschick der Glücksklee Milchgesellschaft ab, schrieb er. Dann setzte er das aktuelle Datum unter den Text. *Hamburg, den 24. Juli 1942.*[4]

Otto lehnte sich zurück und reckte sich.

Aus der Küche war Theas lautes Lachen zu hören, in das Frau Riek nun einstimmte, und er erhob sich von seinem Stuhl.

Genug gearbeitet. Dieses Wochenende wollte er sich ganz seiner Tochter widmen, die ihr Pflichtjahr bald abgeschlossen hatte und zu Besuch gekommen war.

---

4 Originaltext aus der von Otto Lagerfeld privat verfassten Chronik. Quelle: Archiv Günter Lagerfeld.

Thea war eine erwachsene junge Frau geworden, dachte Otto, als sie sich nach dem gemeinsamen Abendessen in die schwach beleuchtete Stube setzten, deren Fenster sie mit Verdunkelungsplatten abgedeckt hatten. Seine Tochter trug ein Kleid, das regelrecht damenhaft wirkte. Im November würde sie zwanzig Jahre alt werden, es war kaum zu glauben. Nun zog sie sogar ein Etui hervor und zündete sich eine Zigarette an.

»Ich muss dir etwas erzählen«, sagte sie und blies den Rauch zur Decke. »Ich habe mich verliebt.«

Otto bemühte sich, Freude zu zeigen. »Und wer ist der Glückliche?«

»Thomas von der Schulenburg. Er ist einer der Söhne, die in dem Herrenhaus leben, wo ich meinen Dienst ableistete. Es hat zwischen uns sofort geknistert, schon beim ersten Aufeinandertreffen.« Verträumt sah sie dem Zigarettenqualm nach, der sich allmählich im Raum verteilte. »Ich hatte gerade den Wäscheschrank einsortiert, da betrat er den Raum. Und als ich mich umdrehte, stand er vor mir. Groß, mit dichtem dunkelblondem Haar und einem markanten Kinn. Ich wusste sofort, dass ich ihn eines Tages heiraten werde. Und ihm ging es genauso.«

»Aber Theachen …« Otto seufzte. Gerade noch ein Kind, und nun sprach sie schon von der Ehe.

»Ja, Papa, wir werden heiraten. Thomas möchte demnächst nach Hamburg kommen, um bei dir um meine Hand anzuhalten.«

Gerührt beugte er sich vor. Der Rauch ihrer Zigarette stieg ihm in die Augen, und er zwinkerte heftig.

»Eine Hochzeit will wohl überlegt sein«, sagte er. »Man heiratet nur einmal.«

Thea lachte. »Aber Papa, ich bin mir noch nie so sicher gewesen. Bitte, gib uns deinen Segen. Seine Eltern sind einverstanden. Und du kennst sie doch auch, es ist eine warmherzige

Familie. Theodora Gräfin von der Schulenburg ist die liebevollste Schwiegermutter, die man sich wünschen kann.«

Natürlich kannte er die von der Schulenburgs, trotzdem fühlte Otto sich ein wenig überrumpelt. Da hatte er ja wohl auch noch ein Wörtchen mitzureden. »Ich will euch gerne meinen Segen geben, wenn ich deinen Thomas kennengelernt und für anständig befunden habe. Aber unter einer Bedingung: Du wartest, bis du volljährig bist.«

Thea machte einen Schmollmund und drückte die Zigarette im Aschenbecher aus. »Das ist noch mehr als ein Jahr hin. Ich will nicht länger warten, Papa. Thomas soll bald eingezogen werden.«

»Ich möchte«, sagte er, dieses Mal strenger, »dass du wartest, bis du volljährig bist. Hast du mich verstanden, junges Fräulein? Du solltest deiner Liebe Zeit geben, um sie zu prüfen, bevor du den Bund des Lebens schließt.«

»Du sprichst aus Erfahrung, nicht wahr?«, sagte Thea mit einem missglückten Lächeln. »Aber ich kenne Thomas schon seit einem Jahr. Und wir haben uns in der Zeit fast täglich gesehen. Das ist weit mehr, als du und Ebbe von euch behaupten könnt, bevor du sie geheiratet hast.«

»Also wirklich, Thea …«

Eine Sirene heulte auf, und die Diskussion war mit einem Schlag beendet. Rasch liefen sie in den Schutzraum im Souterrain und warteten gemeinsam mit Frau Riek im Schein einer Kerze, bis das ohrenbetäubende Brummen und das Knattern des Flakfeuers verebbte oder eine entfernte Detonation einsetzte und das Ende der Bombardements verkündete. Geräusche, die inzwischen zu Ottos Alltag gehörten.

Meist traf es den Hafen und die nahe Innenstadt. In den ersten Jahren waren Tanks mit Walöl, die neue Elbbrücke, das Elektrizitätswerk, einige Schmieröltanker, das Reichsbahn-Direktionsgebäude und die Expressgutabfertigung des Hauptbahnhofs beschädigt worden. Aber nicht die zivilen Einrichtungen. Und wenn, dann nur versehentlich. Mittlerweile war jedoch auch der Altonaer Bahnhof dazugekommen, von dem aus die Züge nach Bad Bramstedt abfuhren. Ebenso das Theater am Spielbudenplatz, mehrere Wohnhäuser an der Hamburger Straße, der Alsterpavillon und das Dachgeschoss des Alsterhauses.

Bereits bei Kriegsbeginn im Herbst 1939 hatte Otto den Raum gemäß der Verordnung über »Behelfsmäßige Luftschutzmaßnahmen in bestehenden Gebäuden« als Schutzkeller für die Familie eingerichtet, der immerhin splitter- und gasdicht war.

»Du bist paranoid«, hatte Ebbe gesagt. »Wer bitte schön soll Hamburg denn angreifen? Etwa die Polen?«

Doch Otto hatte sich nicht beirren lassen. Und inzwischen sah auch Ebbe das anders.

Das schmale Fenster war mit einer Eisenplatte abgedichtet, und die Wände stützten dicke Holzbohlen. In den Regalen lagerten Milchpulver, geräucherte Wurst und Speck sowie Einmachgläser mit Obst und Gemüse aus den Erträgen des Landgutes in Bissenmoor, die der Verwalter an den Behörden vorbeigeschafft hatte.

Für den Fall, dass das Haus bei einem Bombenangriff getroffen würde, hatte Frau Riek Bettlaken bereitgelegt und hielt stets gefüllte Wassereimer parat, damit sie im Schutz des nassen Stoffes durch die Flammen ins Freie gelangen konnten.

Thea, die die meiste Zeit im ländlichen Fuldatal und in Beetzendorf bei Salzwedel verbracht hatte, starrte ihn im Licht der Kerze mit weit aufgerissenen Augen an und drängte sich schutzsuchend an ihn.

Da war sie auf einmal wieder sein kleines Mädchen.

Thomas von der Schulenburg heiratete sie trotzdem am

3. April 1943, sieben Monate vor ihrer Volljährigkeit. Und als Otto seine Tochter in der evangelischen St. Marien Kirche in Beetzendorf zum Altar führte, wo der junge Bräutigam auf seine Braut wartete, da war er der stolzeste Vater, den man sich vorstellen konnte.

38

1943

Es war Samstag, der 24. Juli. Ein Jahr nachdem Otto seine Aufzeichnungen über die Glücksklee Milchgesellschaft abgeschlossen hatte.

Der Tag war sehr warm, und weil die Temperaturen am Abend im Freien angenehmer waren als im Haus, ließ sich Otto das Essen an den Gartentisch bringen. Frau Riek, die beim Schlachter frische Innereien ergattern konnte, überraschte ihn nach der Arbeit mit Blutwurstklopsen, dazu gab es Kartoffeln, Ei und Kümmel. Otto griff nach dem arbeitsreichen Tag ordentlich zu und schlug danach die Zeitung auf, um sie endlich einmal von vorne bis hinten durchzulesen.

In letzter Zeit kam es öfter vor, dass ihm die Augen zufielen, noch bevor er einen Blick über die Schlagzeilen hinaus werfen konnte. Sein Vorhaben, für geregelte Ruhepausen zu sorgen, hatte er seit seinem Schlaganfall nie wirklich umgesetzt. Immer wenn er glaubte, einen Berg überwunden zu haben, tauchte auch schon der nächste vor ihm auf. Es galt, zu funktionieren. Jetzt mehr denn je.

Der Milch- und Fettwirtschaftsverband hatte im Frühjahr eine interne Liste mehrerer Betriebe erstellt, die man stilllegen wolle, um Personal einzusparen und für Heereszwecke verfügbar zu machen. Darunter war auch das Glücksklee-Werk in Allenburg.

Außerdem sollten dadurch Energie und Transportkosten gespart werden. Dass es den dort ansässigen Speiseeisfabriken erlaubt war weiterzuproduzieren, weil die Regierung das Bedürfnis der Bevölkerung nach Süßem anerkannte, und dass die gezuckerte Kondensmilch aus Allenburg ein wichtiger Lieferant dieser Speiseeis- und Süßwarenhersteller war, übersah der hierfür verantwortliche ostpreußische Verbandsleiter großzügig.

Einem Schnellbrief des Reichswirtschaftsministeriums war zu entnehmen, dass diese Regelung vor allem Unternehmen mit ausländischer und damit feindlicher Kapitalbeteiligung betraf.

Dahinter aber schimmerte etwas hervor, das nicht zur Tonalität der Tagespresse passte, die von siegreichen Schlachten an der Ostfront berichtete und den Atlantikwall als unangreifbares Bollwerk anpries.

Die hektische Stilllegung von Betrieben hatte etwas von aufkeimender Panik. Keiner der politischen Entscheider schien mehr daran zu denken, dass das Land in einem künftigen Frieden wieder ein Kondensmilchwerk brauchte. Ihr ganzes Streben konzentrierte sich darauf, sämtliche verbliebenen Kräfte zu mobilisieren. Und Otto fragte sich, ob auch nur einer der Herren wirklich noch daran glaubte, dass Deutschland siegreich aus der ganzen Sache hervorgehen könne.

Der Krieg war zum täglichen Grundrauschen geworden, Teil des unvermeidlichen Alltags. Sosehr Otto dessen Ende auch herbeisehnte, er spürte, wie er allmählich abstumpfte.

War er anfangs noch bei jedem an- und abschwellenden Sirenenton in den Schutzraum geeilt, so hatte der Alarm mittlerweile seinen Schrecken verloren. Jeder Gang in den Keller war wohlüberlegt. In manchen Nächten stand Otto nur mehr am Schlafzimmerfenster und verfolgte die Kegel der Suchscheinwerfer, die den Nachthimmel erleuchteten. Erst wenn sie einen Bomber erfassten und kurz darauf die Detonationen der Flakgeschosse zu hören waren, die grelle Blitze in den nächtlichen Himmel rissen, machte er sich auf den Weg in den Keller. Dort harrte er gemeinsam mit Frau Riek aus, bis über die Volksempfänger die Meldung kam, dass die feindlichen Bomber das Hamburger Stadtgebiet wieder in Richtung Nordsee verlassen hatten.

Offenbar war Otto nicht als Einziger der ständigen Panik überdrüssig.

Es sei sträflicher Leichtsinn, das Aufsuchen des Schutzraumes vom Einsatz der Flugabwehr abhängig zu machen, stand irgendwann in der Zeitung. Wenn die Flak schieße, sei es bei einem ernsten Angriff in neunundneunzig von hundert Fällen zu spät.

Aber die vergangenen Wochen waren glücklicherweise ruhig verlaufen, und wer erwartete schon bei solch herrlich sommerlichen Temperaturen einen Angriff?

Die Sommerferien hatten begonnen, und die Schüler, deren Klassen die Behörden im Zuge der Kinderlandverschickung nach Bayern übersiedelt hatten, waren zu Besuch bei ihren Eltern in der Hansestadt. Wenn Ottos Mitarbeiter aus den Wochenenden zurückkamen, erzählten sie von Badefreuden am Elbstrand, von Ruderbootfahrten auf der Alster oder einem Ausflug in Hagenbecks Tierpark. Man könne ja nicht dauernd das Schlimmste erwarten, sagte Herr Tietböhl aus dem Verkauf, da werde man ja ganz rammdösig. Warum nicht auch einmal das Leben genießen und den Herrgott einen guten Mann sein lassen?

»Möchten Sie einen Cognac?«, fragte Frau Riek in diesem Moment in Ottos Gedanken, und er hob den Kopf.

Sie hielt eine Flasche *Prunier* in den Händen, deren goldgelber Inhalt durch das Grün des Glases schimmerte. Quer über das Etikett war eine rote Schrift aufgedruckt.

»Marketenderware, Verkauf im freien Handel verboten«, las er vor. »Wo haben sie den denn her?«

»Der Sohn einer Freundin hat ihn von seinem Heimaturlaub aus Frankreich mitgebracht. Sie kann damit nichts anfangen und lässt fragen, ob sie dafür ein Stück geräucherten Speck bekommt.«

»Aber sicher.« Otto lächelte angesichts dieser unerwarteten Freude. »Richten Sie ihr meinen tiefen Dank aus.«

Frau Riek ging zurück ins Haus, um ein Glas zu holen, und Otto widmete sich wieder der Zeitung.

Die Schlagzeilen ergossen sich wie immer darin, die Panzer zu zählen, welche die tapferen Kämpfer an der Ostfront abgeschossen hatten, weitere dreihundertsiebenundfünfzig seien es am vergangenen Tag gewesen, insgesamt weit über sechstausend seit dem 5. Juli. Der Text kündete vom Kräfteverschleiß des Feindes und von dessen enormer Hochachtung vor der Leistung der deutschen Soldaten.

Blätterte er allerdings weiter, dann kam Otto rasch zu den Todesanzeigen gefallener Soldaten, von Müttern, Ehefrauen und Kindern betrauert. Das Ende der Hoffnungen auf ein frohes Wiedersehen mit dem stets herzensguten Mann, dem treusorgenden Papi, dem über alles geliebten Sohn. Plötzlich und unerwartet aus dem Leben gerissen, in treuester Pflichterfüllung.

Es war erschütternd, und Otto fragte sich, wie unerwartet der Tod von Soldaten sein konnte, die nach ihrem Heimaturlaub schon lange nicht mehr fröhlich singend in den Kampf gezogen waren.

»Diesen Krieg werden wir nicht gewinnen«, hatte einer seiner Angestellten, Herr Stahlenbrecher, der ihn auf Heimaturlaub in der Hamburger Zentrale besuchte, neulich erst gesagt. »Russland ist viel zu groß, um es zu erobern. Unter den Einheiten herrscht das nackte Grauen. Wer nicht stirbt, der wird verrückt oder kommt in Gefangenschaft. Oder beides.«

»Warum haben Sie sich denn nicht freistellen lassen?«

Stahlenbrecher schüttelte den Kopf. »Ich kann meine Kameraden doch jetzt nicht im Stich lassen.«

»Selbst auf die Gefahr hin, nie mehr zurückzukehren?«

»Soldatentod ist Ehrentod, oder etwa nicht?«

Otto antwortete darauf nicht.

Schließlich hatten sie sich in einer ungelenken Bewegung auf die Schultern geklopft, und dann war Stahlenbrecher wieder von dannen gezogen.

Otto seufzte.

Begleitet von Fanfarengesängen marschierten inzwischen immer jüngere Männer in den Heldenkampf für das Vaterland, um wie so viele andere vor ihnen als Nachruf auf Zeitungspapier zu enden. Direkt oberhalb der Anzeigen für Dampfwaschmaschinen mit Turbine, für die Beseitigung von Ungeziefer aller Art und der Annonce einer Bausparkasse.

Der Wunsch nach einem Eigenheim wird Wirklichkeit durch rechtzeitiges Bausparen, las Otto und schlug die Zeitung zu.

Wie froh er war, dass Kurt nicht an die Front musste.

Doch selbst in einer so wichtigen Fabrik wie den Glücksklee Milchwerken wurden die Männer allmählich rar. Der Fabrikleiter Alfons van Acken hatte ihre Plätze mit Zwangsarbeitern und Kriegsgefangenen aufgefüllt, um einen reibungslosen Produktionsablauf zu gewährleisten. Sie stammten aus Frankreich, der Ukraine und Polen. Am liebsten hätte Otto ja seine eigenen Leute behalten. Aber es war müßig, mit den Behörden darüber zu debattieren.

»Herr Lagerfeld«, sagte Frau Riek in seine Gedanken hinein. »Ihr Cognac. Ich ziehe mich jetzt zurück, wenn es recht ist.«

»Selbstverständlich. Haben Sie einen schönen Abend.«

Dankbar nahm Otto das Glas entgegen und lehnte sich zurück, nippte an dem Cognac mit Blick auf den sich rötlich verfärbenden Himmel. Langsam, Schluck um Schluck, spürte dem weichen Brennen auf der Zunge nach.

Bei Gott, wie lange hatte er keinen so guten Tropfen mehr getrunken.

Er kannte einige Kaufleute, die sich wahllos in der Botanik bedienten und aus Beeren, Obst, Kräutern, ja selbst Kartoffeln einen Schnaps brannten, der am Ende geradezu nach Essig schmeckte. Und er nahm sich vor, für den Sonntag zwei oder drei Weggefährten zu sich einzuladen, um den französischen Cognac gemeinsam zu genießen.

Otto trank noch einen Schluck, zündete sich die frisch gestopfte Pfeife an und sah in den blauvioletten Himmel, an dem nun erste Sterne erschienen.

Ein Stückchen Glück inmitten einer dunklen Zeit. Das, dachte er, brauchte er dringend.

Es war gegen halb eins in der Nacht, als ihn die Sirenen weckten. Langsam schälte Otto sich aus den Federn und zog die bereitgelegte Kleidung an. Er öffnete die Fenster vom Dachgeschoss und ersten Stock einen Spalt breit, damit der Druck im Falle einer nahen Detonation das Glas nicht zerbersten ließ. Dann griff er nach dem Handkoffer, in den er die wichtigsten Papiere, Wertgegenstände und Familienfotos sowie eine Garnitur Ersatzkleidung gepackt hatte, und stellte sich an das Schlafzimmerfenster. Spähte in den nächtlichen, von Suchstrahlern erleuchteten Himmel. Unschlüssig, ob er bleiben oder in den Schutzraum gehen sollte.

Irritiert hielt er inne. Etwas war anders als sonst. Ein fürchterliches Grollen lag in der Luft. Schon war in einem Lichtkegel ein erster Flieger zu sehen, den das Flakfeuer verfehlte.

Rasch lief er die Treppe nach unten, um den Hauptgashahn abzudrehen. Im Hochparterre traf er auf Frau Riek, die ihre stoische Ruhe zum ersten Mal, seit er denken konnte, verloren hatte und ihn mit schreckgeweiteten Augen ansah.

»Das klingt anders als sonst. Gewaltiger.«

Über ihnen dröhnten nun die Flugzeugmotoren, als kämen sie zu Dutzenden.

»Runter!«, rief er, und sie hasteten die Stufen hinab in den Schutzraum, als sie bereits ein ohrenbetäubendes Krachen hörten, das sich als spürbares Beben fortsetzte und Otto fast die Füße wegriss.

Kaum dass die Tür verschlossen war, folgte ein weiteres, heftigeres Rumsen, dazu das Klirren von Glas, überlagert von immer neuem Dröhnen.

»Das müssen hunderte sein«, flüsterte Frau Riek im fahlen Licht des Schutzraumes. Sie tauchte zwei Bettlaken in die wassergefüllten Eimer und legte sie bereit. Dann sank sie auf einen der Sessel und begann leise, ein Gebet zu sprechen.

Ein heftiger Stoß erfasste den Boden, einen Moment später erlosch das Licht. Otto tastete nach der Kerze und den Streichhölzern, die er auf einem Tischchen neben seinem Sessel bereitgelegt hatte, und entzündete die Flamme.

Nun waren auch wieder die mit Wasser gefüllten Eimer zu sehen, ebenso die Handpumpe und die gefüllten Sandsäcke, die sie, wie auf einer Selbstschutzübung erlernt, sofort ergreifen würden, sollte eine Brandbombe das Haus treffen.

Eine weitere Detonation ließ den Boden erbeben, gefolgt von einem fürchterlichen Krachen, das nicht enden wollte. Der Einschlag musste ganz in der Nähe erfolgt sein. Womöglich war ein ganzes Haus eingestürzt.

»Was, wenn gleich alles vorbei ist?«, fragte Frau Riek, und ihre Stimme klang seltsam gefasst.

»Daran dürfen Sie nicht denken«, gab Otto zur Antwort, obwohl er selbst gerade an seine Frau und an die Kinder dachte und daran, dass er noch längst nicht bereit war zu gehen. »Wir werden das hier überleben, ganz bestimmt.«

Er sah auf ihre Hände, die gefaltet im Schoß lagen. Frau Riek trug ihren Ehering an der linken Hand über dem ihres verstorbenen Mannes. Otto hatte sie bereits gekannt, als sie noch Fräulein Rolf hieß, und doch wusste er nur wenig von ihr.

»Haben Sie Familie?«

»Ja. Eine Schwester, sie lebt nördlich von Hamburg. Und einen Onkel in Kiel. Aber zu ihm habe ich den Kontakt verloren.«

»Ich möchte, dass Sie zu Ihrer Schwester fahren, wenn wir heil hier herauskommen. Zumindest so lange, bis der Krieg vorbei ist.«

Sie lächelte. »Ich werde Sie ganz sicher nicht im Stich lassen.«

»Sie fahren«, sagte er mit Bestimmtheit. »Was nützt es, wenn …«

Ein weiteres, noch kräftigeres Beben ließ ihn verstummen. Durch die Wucht des Einschlages war die Platte vor dem schmalen Fenster verrutscht. Feiner Steinstaub drang durch die Ritzen, und die Kerze flackerte im Luftzug.

Frau Riek hustete. »Ich habe keine Angst vor dem Tod. Ich finde nur, man sollte darauf vorbereitet sein. Wenn ich auf mein Leben zurückblicke, dann denke ich, dass ich aufrecht vor den Herrgott treten kann. Und dass es nichts gibt, was ich zu bereuen habe.«

Otto atmete tief durch. Was wäre, wenn die Reise nun für ihn zu Ende ging? Er hätte sich nichts vorzuwerfen, er hatte immer danach gestrebt, ein guter Mensch zu sein. Einer, der anderen stets Schutz und Halt gab und gut für sie sorgte.

Er hatte viel zu viel gearbeitet, ja, da konnte er nicht aus seiner Haut. Das war schon damals so gewesen, als er Theresia heiratete. Er schluckte schwer.

Beim Gedanken an seine erste Frau spürte er eine unendliche Traurigkeit in ihm aufsteigen. Eine Traurigkeit, der er in all den Jahren nicht erlaubt hatte, an die Oberfläche zu dringen. Denn er wollte nicht nur ein ehrbarer Kaufmann sein, sondern Ebbe auch ein guter Ehemann.

Doch nun waren sie da, die tiefen Gefühle, und Otto erschrak vor der unerwarteten Wucht, mit der sie sein Innerstes berührten. Er vermisste Theresia schmerzhaft und wünschte, sie wäre nun hier, bei ihm.

»Ich bereue, dass ich meine erste Frau damals nicht in eine Privatklinik gebracht habe«, sagte er leise. »Vielleicht hätte sie dort überlebt.«

Frau Riek sah ihn voller Mitgefühl an. »Sie lieben sie noch immer«, stellte sie fest.

Otto schwieg. Seine Augen füllten sich mit Tränen. Und zum ersten Mal seit Jahren erlaubte er ihnen, sich zu lösen.

Als die Detonationen verstummten, trat Otto ins Freie. In der Luft lag ein scharfer Brandgeruch. Dichter Qualm begrenzte die Sicht, hustend blickte er sich um.

Der Innocentiapark und auch die ihn umgebenden Häuser schienen unversehrt, bis auf die zerborstenen Fensterscheiben, deren Glas auf den Wegen verstreut lag und bei jedem Schritt unter den Schuhen knirschte. Doch aus den Straßenzügen um ihn herum stiegen schwarze Rauchwolken empor, züngelten hohe Flammen, angefacht durch den auffrischenden Wind.

Aus allen Richtungen kamen Menschen herbeigelaufen, mit schockstarren Gesichtern und rußgeschwärzter Kleidung, und sammelten sich auf den Rasenflächen des Parks.

Wie betäubt ging Otto voran in Richtung Grindelberg, von

wo der stärkste Rauch aufstieg. Gewiss, so dachte er, könnten die Menschen dort Hilfe gebrauchen.

Der Himmel leuchtete glutrot im Flammenmeer, und es herrschte eine sengende Hitze, die Otto innehalten ließ, als er die Straße erreicht hatte. Fassungslos über das Bild, das sich ihm darbot.

Die einst herrschaftlichen Wohn- und Geschäftshäuser aus der Zeit des Jugendstils standen vom Dachstuhl bis zum Keller in hellem Feuer. Ein alter Mann schöpfte in verzweifelter Hast Wasser aus einer aufgerissenen Leitung und kippte es in das Schaufenster des Feinkostgeschäftes Warncke, aus dem hohe Flammen züngelten. Angefacht vom immer stärker werdenden Wind, der das Feuer von Haus zu Haus schickte und heißen Funkenflug über die Straße trieb. Dabei silberne Stanniolstreifen aufwirbelte, die sich über die Straße verteilten und in den aufgerissenen Schienen der Straßenbahn zum Liegen kamen.

Otto stand mit hängenden Armen da, entsetzt und innerlich wie taub, während es um ihn herum prasselte und knisterte und laut knallte, weil wieder eine Gasleitung barst und Stichflammen in die Höhe trieb. Bilder von dem Erdbeben in San Francisco stiegen in ihm auf wie ein grauenvolles Déjà-vu. Hatte er bereits damals gedacht, in den Schlund der Hölle zu blicken, befand er sich nun mittendrin.

So wie in jener Nacht sein geliebtes Hamburg brannte, so brannte längst die ganze Welt. Und in dieser entfesselten Spirale von Vergeltung und Rache gab es wohl niemanden, der diesen Weltenbrand zu löschen vermochte.

Wer noch immer glaubte, der Krieg sei eine aus der Ferne bequem zu beobachtende Angelegenheit, über deren Verlauf er in Zeitungsartikeln lesen konnte, der wurde heute eines Besseren belehrt. Wenn Kriegsreporter in teils literarischer Anmutung von schweren Abwehrkämpfen, Heldentum und Vorstößen berichteten, frohlockend bei jedem vernichteten Feind, dann war es leicht zu vergessen, dass dahinter Menschen aus Fleisch und Blut standen. Soldaten, Frauen, Kinder, Eltern, Geschwister, die ihr Leben und das ihrer Lieben für einen grausamen, sinnlosen Kampf ließen. Entfacht von einem Wahnsinnigen, der einer ganzen Generation den Kopf verdreht hatte, um einen überragenden Platz in der Geschichte einzunehmen.

Nun aber, dachte Otto, da das Grauen im eigenen Garten stand, begriff wohl auch der Letzte, dass all jene, die einen Angriffskrieg stets herbeigesehnt hatten, Mörder ihrer eigenen Kinder und deren Zukunft waren.

39

Die Nachricht von den Bombardierungen Hamburgs löste auf Bissenmoor eine hysterische Hektik aus. Bei der einzigen Bombe, die je auf Bad Bramstedt gefallen war, hatte es sich im Jahr zuvor um einen Notabwurf gehandelt. Doch weil sie elf Gebäude zerstört und fünfzig weitere schwer beschädigt hatte, steckte in dem Gedanken, Opfer mehrerer Hundert Abwürfe zu sein, etwas Apokalyptisches.

Mule, der in der Nacht tief und fest geschlafen hatte, machte große Augen, als er hörte, was geschehen war. Es musste schlimm gewesen sein, selbst seine Mutter hatte die Fassung verloren. Ständig bellte sie Befehle durchs Haus, man müsse doch in Gottes Namen irgendjemanden erreichen, sodass er sich nach dem Frühstück auf die Treppenstufen vor dem Haus verzog, wo er vor ihren Ausbrüchen sicher war.

»Kommst du mit zum Fluss?«, fragte Christel, die hinter ihm aufgetaucht war und ihn am Ärmel zog. »Siegfried und ich wollen Bogdan helfen, Neunaugen für das Abendessen zu fangen.«

Mule hob den Kopf, und weil die Morgensonne ihn blendete, schirmte er die Augen mit der rechten Hand ab. Christel war ein echter Wildfang. Ihr Gesicht war gebräunt, und auf der Nasenspitze prangten deutliche Sommersprossen. Sie trug ihr kariertes Kleid ohne den weißen Kragen, und es gab nichts mehr, was sie von den anderen Bauernmädchen unterschied. Nur dass diese allesamt lange geflochtene Zöpfe trugen. Christels dickes aschblondes Haar hingegen war kinnlang, seitlich gescheitelt und von einer Spange zurückgesteckt. Manchmal mit nach hinten gebundenem Oberschopf, damit das Haar nicht so wirr ins Gesicht hing. Da passte die Mutter schon auf.

Obwohl sie Ferien hatten, stand seine Schwester, ohne zu murren, früh auf, um in Gummistiefeln den Stall auszumisten und die Kühe auf die Weide zu führen oder auf dem Feld zu arbeiten. Weil die Wagners inzwischen samt den Kindern nach Hitzhusen gezogen waren, wo das Haus ihrer Tante frei geworden war, gab es einen neuen Verwalter. Da Herr Wendt und seine Frau jedoch keine Kinder hatten, die mithalfen, schuftete Christel nun für zwei.

Wie plump, fand Mule, sich freiwillig derart zu degradieren. Lieber würde er sich mit den alten Zeitschriften an seinen Platz auf der Veranda setzen, die schönsten Illustrationen ausschneiden und in sein Ringalbum kleben. Malen konnte er ja nicht, weil die Bögen, die sein Vater selbst in der größten Papiernot für ihn übrig gehabt hatte, längst verbraucht waren.

»Und?«, fragte Christel mit hörbarer Ungeduld. »Was ist nun, kommst du mit?«

»Keine zehn Pferde bringen mich dazu«, wehrte Mule ab. »Neunaugen sind eklig.«

Er hasste es, mit nackten Füßen im Wasser der Aue nach den glitschigen Tieren zu greifen, die weder Wurm noch Fisch waren. Heute Abend würde es also wieder die widerlichen Neunaugen in Blutsauce geben oder sauer mariniert und mit Zwiebeln gekocht.

Er schüttelte sich.

Plötzlich war ein entferntes Brummen zu hören.

»Los, ins Haus!«, rief Christel.

Sie gingen in Deckung, weil sie dachten, es sei ein Tiefflieger. Angstvoll richteten sie den Blick auf den wolkenlosen Himmel. Doch das Brummen wurde zum Donnern, als grolle in der Ferne ein Gewitter, und bald liefen sie wieder hinaus und weiter bis zu einer Anhöhe, von der aus sie Richtung Hamburg neuen Rauch aufsteigen sahen, der bald wie eine Glocke über der Stadt hing.

Am Abend drang die Kunde von den großen Zerstörungen auf den Hof. Die Geschichten, welche die Flüchtenden aus Hamburg nach Bad Bramstedt trugen, waren so entsetzlich, dass sich Mule in der Nacht heimlich mit Christel und ihrem besten Freund Siegfried erneut auf den Weg zu seinem Posten am Hang machte, um das rotglühende Spektakel am Himmel zu beobachten. Fasziniert und entsetzt zugleich.

Bis tief in die Nacht hinein war der Feuerschein zu sehen, und selbst als er am nächsten Morgen nach kurzem Schlaf auf seinen Posten zurückkehrte, stand am Himmel noch immer eine gewaltige schwarze Rauchwolke.

Mule machte sich Sorgen um seinen Vater, der irgendwo dort in der verkohlenden Stadt sein musste. Tot oder lebendig.

Das Verlassen des Luftschutzortes Hamburg ist bis auf weiteres nur mit einer besonderen Genehmigung gestattet, las die Haushälterin Frau Lotz am nächsten Morgen aus der kostenlos verteilten *Hamburger Zeitung* vor. *Eine Genehmigung ist nicht erforderlich für Personen, die durch Pass, Kennkarte oder Meldeschein nachweisen, dass sie nicht im Luftschutzort Hamburg ihren dauernden Wohnsitz haben.*

»Papa ist in Bad Bramstedt gemeldet«, rief Christel erleichtert aus. »Bestimmt kommt er bald her.«

Mule beruhigte das nur wenig. Wenn es tatsächlich stimmte, warum war sein Vater dann noch immer nicht hier? Die Telefonleitungen funktionierten nicht, das hatte er schon ausprobiert. Nicht einmal die Firma am Mittelweg war zu erreichen.

»Jetzt ist aber genug«, schimpfte seine Mutter, als ihm am

nächsten Abend bei Tisch die Augen zufielen. »Du gehst sofort ins Bett und kommst nicht vor acht Uhr morgen früh aus deinem Zimmer.«

»Aber ich kann nicht schlafen, solange ich nicht weiß, was mit Papa ist.«

»Sieh mich an. Weine ich etwa vor Sorge und Gram? Wenn du überleben willst, dann lerne, die Welt auszublenden.«

»Wie soll das gehen?«

Seine Mutter stöhnte, als sei er schwer von Begriff. »Mach die Augen zu und denk an etwas Schönes.«

Und so verpasste Mule das Spektakel in der Nacht zum 28. Juli, in dem ein wahrer Feuersturm begann. Angefacht von Phosphor- und Flüssigkeitsbrandbomben verwandelte er das östliche Hamburg von Wandsbek über Hamm, Hohenfelde und Borgfelde bis nach Rotheburgsort und Hammerbrook in ein orkanartig voranpeitschendes Flammenmeer, das nicht nur dichte Funken mitriss, sondern auch brennende Balken und Gesimsteile. Und dessen Sogkraft jeden, der sich nicht kriechend fortbewegte, von den Beinen riss.

Während innerhalb einer halben Stunde sechs Stadtteile lichterloh brannten und das Feuer sich durch die angrenzenden Straßenzüge fraß und alles verschluckte, was sich bewegte, lag Mule mit zusammengekniffenen Augen da. Auf den Kopf hielt er ein Kissen gepresst, um das beständige Dröhnen der Flieger nicht hören zu müssen. In seinen Gedanken befand er sich nun in einem prachtvollen Schlosssaal mit gut gekleideten Menschen, die um einen Tisch saßen und speisten und sich angeregt unterhielten. So wie auf dem Bild von der Tafelrunde, das über seinem Bett hing. In seiner Phantasie war die Welt ein sicherer Ort, und er war darin der König.

Weil am 29. Juli endlich die erlösende Nachricht aus dem Neustädter Werk eintraf, dass sein Vater wohlbehalten aus Hamburg entkommen war, fiel ihm das Einschlafen wieder leichter. Die Bomben des letzten Großangriffes, die in der Nacht zum 30. Juli fielen und Barmbek, Teile von Uhlenhorst und Winterhude verwüsteten, hörte er gar nicht mehr.

40

Es war der zweite Samstag im August, und von den Feldern drang das gleichmäßige Brummen der Dreschmaschine herüber, als Otto mit einem Koffer in der Hand über den Waldweg zu seinem Restgut ging.

Die Sonne warf ihre Strahlen durch die Lücken zwischen den Bäumen, und in der Luft lag das Summen der Insekten.

Alles ist so friedlich, dachte er, und es schien ihm, als betrete er eine andere Welt. Aber war es nicht auch so gedacht gewesen? Der Hof als Hort der Ruhe und Sicherheit in unsicheren Zeiten.

Mit jedem Schritt versuchte Otto, das Erlebte der vergangenen Tage abzuschütteln. Doch vor seinem inneren Auge sah er noch immer die in Trümmern liegende Stadt, die leblosen Körper auf den Straßen, die im Schrecken erstarrten Gesichter, als läge all dies unmittelbar vor ihm.

Er blieb stehen und stellte den Koffer ab. Dann atmete er tief durch und rieb sich mit der Hand über die Stirn.

Die Verantwortung für die Glücksklee Milchgesellschaft und all ihre Angestellten hatte ihn in den vergangenen Tagen angetrieben, er hatte funktioniert und das Grauen verdrängt. Jetzt, da er die Arbeit für einen Augenblick hinter sich ließ, kam es umso mächtiger zurück. Erinnerungsfetzen fraßen sich durch seinen inneren Blick und legten sich schwer auf seine Brust. Noch nie war er dem Tod so nahe gewesen.

»Es ist gerade noch einmal gut gegangen«, flüsterte er und atmete noch einmal tief ein und wieder aus. »Dem Herrgott sei Dank.«

Als er das Bürogebäude der Glücksklee Milchgesellschaft am Morgen nach dem ersten Großangriff unversehrt vorgefunden hatte, hatte er dem Betriebsluftschutzführer der Firma, der ihm dienstbeflissen versicherte, alles im Griff zu haben, sofort die nötigen Anweisungen gegeben.

»Es ist zu befürchten, dass weitere Angriffe folgen«, sagte er so ruhig, wie es ihm möglich war. »Wir müssen die wichtigsten Akten fortschaffen, vor allem die Unterlagen aus der Buchhaltung und die Kundenkorrespondenz. Dafür brauchen wir mehrere Lastwagen und Transporter. Finden Sie heraus, welche Speditionen das übernehmen könnten. Zur Not rufen Sie welche aus Neustadt herbei.«

»Das geht nicht, die Telefonleitungen sind tot.«

»Dann lassen Sie sich etwas einfallen.«

Otto eilte ins Direktionszimmer und begann, Aktenorder mit Bilanzen und Geschäftsberichte zusammenzuraffen und sie in Transportkisten zu packen, die für alle Fälle bereitstanden. Nach und nach kamen weitere Angestellte hinzu, darunter auch sein Prokurist Wilhelm Dylewski. Schweigend trugen sie die Arbeit der vergangenen Jahre, zwischen Aktendeckeln gepresst, zusammen und reichten sie in den auf dem Vorplatz wartenden Lastwagen, der wie herbeigezaubert dagestanden hatte.

»Wo kommen Sie denn so plötzlich her?«, fragte Otto den Fahrer.

»Der erwartete Kahn mit der Blechladung für Neustadt ist nicht eingetroffen, und die Straßen zum Hafen sind von Trümmern versperrt. Da dachte ich, ich frage mal in der Zentrale nach, was ich tun soll.«

»Sie schickt der Himmel!«

Noch am selben Abend ging eine erste Ladung nach Neustadt. Auf der Ladefläche zwischen den Kisten und Ordnern fuhren auch Frau Riek, Fräulein Schumacher und Fräulein Jonas aus der Buchhaltung mit. Flach auf dem Boden liegend und mit klopfendem Herzen. Neben sich Koffer und Taschen.

»Machen Sie es gut, Frau Riek«, rief Otto seiner Haushälterin zu, als sie auf die Ladefläche kletterte. »Wir sehen uns wieder, versprochen!«

Er schaute gen Himmel, über dem noch immer eine dichte Rauchglocke hing, und betete, dass man die Frauen durchlassen würde. Doch die angesichts der Flüchtlingsströme heillos überforderten Posten an der Stadtgrenze winkten den Wagen nach einem kurzen Blick auf die Kisten tatsächlich durch. So berichtete es der Fahrer, dem es Tage später gelang, mit dem leeren Laster erneut vorzufahren. Frau Riek habe er wie besprochen vor dem Haus ihrer Schwester abgesetzt.

Otto konnte im Nachhinein nicht sagen, wie lange er in der Stadt geblieben war, um den Inhalt eines ganzen Bürohauses für den Abtransport zusammenzupacken. Er hatte jegliches Zeitgefühl verloren. Vergeblich wartete er auf einen Bericht über die Zustände in den Warenlagern. Und auch der Kahn mit der Blechladung blieb wie vom Erdboden verschluckt.

Tagsüber, während die amerikanischen Bomber die Stadt beschossen, harrte Otto mit den erschöpften Angestellten im Keller des Bürogebäudes aus und versorgte sie mit Bohnenkaffee, Zigaretten und Schokolade aus der behördlich genehmigten Sonderzuteilung, bis die Angriffe vorbei waren und sie mit dem Packen fortfuhren. In der Nacht, wenn die englischen Bomber kamen, saß er bei Kerzenlicht im Schutzraum in der Innocentiastraße. Müde und erschöpft, bis die Sirenen Entwarnung gaben. In jenen Nächten bekam er kein Auge zu.

Am Tag bevor der größte Angriff den östlichen Teil der Stadt verwüstete, fuhr Otto mit seinen persönlichen Dingen im Kofferraum des Ford Eifel samt einiger verbliebener Wertgegenstände aus dem Haus in der Innocentiastraße nach Neustadt, wo ihn sein Neffe Kurt in die Arme schloss und ihm das Kinderzimmer von Günter anbot, der nun bei Margrit schlief.

Zweimal versuchte Otto, in Bissenmoor anzurufen, um ein Lebenszeichen von sich zu geben, doch die Leitungen schienen in ganz Norddeutschland nicht stabil. Weil er alle Hände voll zu tun hatte, um Ordnung in das Chaos zu bringen und den Geschäftsbetrieb in den provisorisch errichteten Büroräumen wieder aufzunehmen, dauerte es einen weiteren Tag, bis endlich eine Verbindung zustande kam.

»Dem Himmel sei Dank!«, rief Ebbe, und die Erleichterung war ihr anzuhören. »Warum hast du dich nicht früher gemeldet? Du kannst dir nicht vorstellen, was ich durchgemacht habe.«

»Die Telefonleitungen waren gestört.«

»Warum bist du nicht gleich als Erstes nach Bissenmoor gefahren!«

»Wie stellst du dir das vor?«, erwiderte er, zutiefst enttäuscht, dass Ebbe nach allem, was er durchgemacht hatte, nichts als Vorwürfe für ihn übrig hatte. »Die Fabriken sind ohne das Zutun der Zentrale nicht lebensfähig. Da hängen mehrere Hundert Arbeitsplätze dran. Und ich habe gerade mal sechs Angestellte aus Hamburg herziehen können. Wir tun alles Erdenkliche, damit weiter Ware ausgeliefert werden kann. Und du fragst, warum ich nicht auf Bissenmoor bin?«

Es entstand eine kleine Pause, und Otto bereitete sich auf eine scharfe Entgegnung vor, die gewiss gleich kommen würde.

»Wie …« Ebbes Stimme klang seltsam erschöpft. »Wie geht es dir? Du musst Furchtbares durchgemacht haben. Ganz Bad Bramstedt ist voller Flüchtlinge, denen das Grauen ins Gesicht geschrieben steht.«

Überrascht hob Otto die Brauen. Er lächelte kurz, bevor er wieder ernst wurde. »Ebbe, du kannst dir nicht vorstellen, was in Hamburg los ist. Die Stadt ist durch die Hölle gegangen. Aber ich lebe ja noch, ebenso Frau Riek. Und unser Haus ist bis auf kleinere Schäden an den Fenstern und am Mauerwerk heil geblieben. Andere hatten nicht halb so viel Glück. Von unseren Angestellten ist die Hälfte komplett ausgebombt, die meisten teilweise. Viele sind geflüchtet, und ich weiß nicht, wo sie sich befinden. Es steht das Schlimmste zu befürchten.«

»Du hattest also doch recht, Otto«, sagte sie so leise, dass er sie kaum verstand. »Mit fast allem.«

Nun war er wirklich baff. Solche Worte hatte er aus Ebbes Mund noch nie gehört.

Bald waren die Geschäftspartner angeschrieben, ebenso Doktor Hagemann vom Reichskommissariat für die Behandlung feindlichen Vermögens, dem Otto als Verwalter regelmäßig Bericht zu erstatten hatte. Als alles erledigt war und die Lage einigermaßen stabil, sah er die Zeit gekommen, endlich nach Bissenmoor zurückzukehren.

Da es noch immer kein Benzin gab, war er mit dem Zug bis zur Haltestelle am Kurhaus gefahren und den Rest zu Fuß gegangen. Nun war er da, und es fühlte sich unwirklich an.

Der Wind ließ die Blätter rauschen, ein beruhigender Klang, und Otto spürte, wie sich die Ruhe allmählich auf ihn übertrug. Er hob den Koffer wieder an und ging weiter. Seine Schritte knirschten auf dem Sand. Vor ihm tauchte nun das Gutshaus auf. Hell und strahlend vor dem Grün des Waldes.

Beim Näherkommen hörte er das Grammophon, eine Arie aus Tosca. Es war ein wehmütiger Gesang, andächtig seufzend, klagend, und er erkannte die *Vissi d'arte*, die seine Frau immer dann abspielte, wenn sie in schlechter Verfassung war. Jetzt setzte die Stimme zu einem Crescendo an, begleitet von Bläsern und Harfe. Dann erstarb die Musik.

Otto ging auf das Eingangsportal zu, wo ganz links auf der obersten Treppenstufe im Schatten des Verandadaches ein fremdes Mädchen saß. Es war etwa acht Jahre alt und trug das kinnlange aschblonde Haar ähnlich wie seine Tochter Christel. Ein gerader Seitenscheitel, eine am Oberkopf zusammengebundene Strähne. In ihrem scheuen Blick spiegelte sich entsetzliches Leid, das sein eigenes weit zu übersteigen schien.

»Wer bist du denn?«

»Ich heiße Sylvia.«

»Und woher kommst du?«

Das Mädchen sah ihn mit aufgerissenen Augen an und rang um eine Antwort.

»Sie ist eine Nichte der Mieterin aus dem ersten Stock im alten Trakt«, kam es vom Eingang. »Sie ist aus Hamburg.«

Otto hob den Kopf. Vor ihm stand Ebbe, die Lippen streng geschürzt. Sie trug eine Bluse mit steifem weißem Kragen und wirkte mit ihren frisch manikürten Nägeln wie aus einer anderen Welt.

»Was ist los?«, blaffte sie das Mädchen an. »Willst du den Hausherrn nicht angemessen begrüßen, oder hat man dir etwa keine Manieren beigebracht?«

»Jawohl, Frau Lagerfeld.« Die Kleine stand auf und machte vor Otto einen hastigen Knicks, bevor sie mit hochrotem Gesicht an Ebbe vorbei ins Haus lief.

Otto seufzte, so schnell drehte sich das Blatt, man konnte nie wissen, woran man bei ihr war. Doch weil ihm der Sinn nicht nach Streit stand, nahm er die letzten Stufen zur Veranda und breitete die Arme aus. »Meine Teuerste. Hier bin ich, unversehrt, und freue mich, endlich wieder bei der Familie zu sein. Was ist? Bekomme ich von *dir* denn gar keine Begrüßung?«

Sie regte sich nicht. »Du siehst furchtbar aus. Wie ein Landstreicher. Wann hast du dich eigentlich das letzte Mal rasiert?«

Otto ließ die Arme wieder sinken und strich sich über die Stoppeln auf Kinn und Wange, als Christel ums Haus gelaufen kam und die Stufen zur Veranda hinaufstürmte. Mit einem Juchzen drückte sie sich an ihn.

»Papa! Wie schön, dass du wieder da bist. Ich hatte solche Angst um dich.«

Otto strich seiner zwölfjährigen Tochter über das Haar. Sie ging ihm inzwischen fast bis zur Schulter.

»Wo hast du dich denn herumgetrieben?«, fragte er, als er ihre erdverkrusteten Hände bemerkte.

»Auf dem Feld. Ich habe Kartoffeln für das Abendessen ausgegraben. Es gibt Kartoffelfleck mit gerösteten Hefeflocken.«

»Machst du die selber?«

»Ja. Ich helfe oft in der Küche. Wenn ich mal groß bin, will ich auch eine Landwirtschaft haben.«

Otto lächelte sie an. Stolz, sie kam ganz nach ihm. »Du wirst gewiss eine großartige Gutsherrin abgeben.«

Aus dem Dunkel des Hauses tauchte hinter Ebbe die Gestalt seines Sohnes auf. Auch Mule war viel zu elegant gekleidet für diese Szenerie. Seine Augen strahlten, doch als der Junge einen Schritt auf Otto zugehen wollte, schnellte Ebbes Arm vor, sodass er stehen blieb.

»Keine überflüssigen Sentimentalitäten. Hopp, hopp, ab ins Haus mit euch, es gibt Mittagessen.«

Nach dem Essen, bei dem Mule das komplette Tischgespräch übernahm, fuhr Otto mit dem neuen Verwalter im Fuhrwerk zu den Feldern und ließ sich erklären, wie weit die Kartoffelernte fortgeschritten war und wie viel Getreide sie für die Versorgung der Bevölkerung abzugeben hatten. Und er ließ sich die neuen Tabakpflanzen zeigen, die er im Frühjahr in die Erde gebracht hatte und die Ende September erntereif waren.

Sie sprachen auch über die Flüchtlingsfamilie im Haus, die aus Hamburg mit einem Lastwagen bis Bad Segeberg hergekarrt worden war und die, so erzählte der Verwalter, gegenüber vom Bethesdakrankenhaus gewohnt habe, in Borgfelde, einem der komplett ausgelöschten Stadtteile. Die junge Mutter habe mit der jüngsten Tochter im Kinderwagen und den beiden älteren Mädchen unter den beständigen Angriffen von Tieffliegern zu Fuß weiterziehen müssen, weil es in den Höfen und Häusern rund um Bad Segeberg keinen Platz mehr für sie gab.

»Sie hatten das Glück, hier Verwandtschaft zu haben«, schloss Herr Wendt. »Aber was ist mit all den anderen?«

Otto wies ihn an, im inzwischen vermieteten Haus, das eigentlich für Tilla und Lisbeth gedacht war, zusätzliche Bettstellen für weitere Flüchtlinge einzurichten, die ihnen das Bürgermeisteramt gewiss bald zuteilte.

Als er das Haus wieder betrat, war Ebbe noch immer unzugänglich, geradezu verstockt. Was genau sie dazu bewegte, ihn derart zu ignorieren, nun, da er endlich hier war, das wusste er nicht. Und als die Kinder am Abend im Bett waren und sie ebenfalls nach oben gehen wollte, hielt er sie am Arm zurück.

»Du bist offenbar wütend auf mich, aber ich habe keine Ahnung, warum. Wenn du mir den Grund nicht nennst, dann weiß ich auch nicht, wie ich das ändern kann.«

Ebbe sah ihn mit geschürzten Lippen an. »Das will ich dir gerne sagen«, knurrte sie. »Ich kann so nicht weiterleben.«

»Wie meinst du das?«

»So wie ich es gesagt habe.«

Otto dachte, sie spräche von ihrer Ehe, daher warf er einen Blick in Richtung der oberen Etage und bedeutete ihr, in dem gewohnten Kauderwelsch aus englischen und französischen

Versatzstücken zu sprechen, damit die Kinder den Streit nicht belauschen konnten. Aber sie schüttelte nur müde den Kopf und deutete zur Tür.

Er folgte Ebbe ins Freie. Die Luft war mild und weich, und sie gingen ein Stück in Richtung der Felder, über denen der Geruch des frisch geernteten Getreides hing. Endlich blieb Ebbe stehen und schlang die Arme um ihren Körper, als würde sie frieren.

»Ich will das alles nicht mehr«, sagte sie, den Blick in die Ferne gerichtet.

»Was willst du nicht mehr? Ebbe, ich bitte dich, rede freiheraus.«

»Dieses Leben.« Sie sah ihn ernst an. »All die Jahre in Berlin habe ich viel Kraft darauf verwendet, mir meinen Platz in der Welt zurückzuerobern. Ich habe hart dafür gearbeitet und nicht geklagt, wenn es Rückschläge gab. Als ich dich kennenlernte, war ich noch jung, ich war gebildet und hatte Talent. All das habe ich in unserer Ehe verschwendet, weil ich dachte, an der Seite eines Generaldirektors würde ich das Leben führen, das mir zusteht.«

»Verschwendet? Also wirklich, Ebbe. Es geht dir doch gut, gemessen an dem, was …«, entgegnete er, doch sie hob die Hand.

»Schweig, ich bin noch nicht fertig.« Sie machte eine Pause, ihr Brustkorb hob und senkte sich schwer. »Damals hast du mir ein Leben ohne Kindererziehung versprochen, aber es ist anders gekommen. Ich bin Mutter und Hausfrau, und seit wir aus der Innocentiastraße weggezogen sind, sogar Bäuerin. Von morgens bis abends versuche ich, nicht daran zu denken, wie mir die Zeit durch die Finger rinnt. Den Kopf immer hocherhoben, mit Blick auf die Zukunft, die irgendwann endlich hell werden muss. Doch es will mir nicht mehr gelingen.« Sie atmete ein, stotternd, und es dauerte eine Weile, bis sie mit einem Stöhnen ausatmete und fortfuhr. »Am Tag nach den ersten Bombardierungen, als ich noch dachte, dir sei etwas zugestoßen, da habe ich in den Spiegel geblickt und mich zutiefst erschrocken. Ich sah eine alte Frau mit ersten grauen Haaren und Falten um die Augen, die mit jedem Tag tiefer werden.«

»Du bist noch immer wunderschön.«

»Ich bin fünfundvierzig! Meine besten Jahre sind vorbei, und ich habe es nicht einmal bemerkt.«

»Wir können den Lauf der Zeit nicht ändern. Wir können nur hoffen, dass dieser furchtbare Krieg endlich vorbeigeht, um wieder normal leben zu können.«

»Und was dann? Wie soll das normale Leben denn aussehen? Ich habe meine Jugend hergegeben für diesen Wahnsinnigen, der unser schönes Land ins Verderben stürzt. Wenn das alles vorbei ist, wird niemand mehr einen Deutschen im Land haben wollen. Ich möchte doch raus, die Welt sehen und das Leben leben, von dem ich immer geträumt habe. Ich will Kunst und Kultur. In die Oper. In Modesalons, wo französische Mannequins mir eine exquisite Auswahl der neusten Modelle vorführen. Stattdessen sitze ich hier auf dem Land fest und muss mich mit wildfremden Kindern abgeben, die in der Nacht so laut schreien, dass das ganze Haus aufwacht. Und das, wo ich Kinder nicht ausstehen kann.«

Er starrte sie verständnislos an. »Wir sind mitten im Krieg, die Menschen kämpfen ums Überleben, und du redest von der Oper?«

Ebbe nickte heftig, und als sie weitersprach, betonte sie jedes einzelne Wort. »Ich. Will. Das. Alles. Nicht. Mehr.«

Sie schluchzte auf, und zum ersten Mal sah Otto sie weinen. Es war kein stilles Weinen, keine vereinzelten Tränen, die ihr über die Wangen kullerten, sondern so heftig und voller Verzweiflung, dass es ihren ganzen Körper durchschüttelte.

Es kam ihm vor, als läge mit einem Mal ihr ganzes Wesen offen vor ihm, und er begriff, dass seine stets so disziplinierte Frau, die sich niemals schmerzhafte Gefühle erlaubte, an ihrem eigenen Anspruch gescheitert war.

All die Jahre hatte Ebbe versucht, das Leid des Krieges auszublenden und ihre Aufmerksamkeit stattdessen auf andere Dinge zu lenken, bis sie ihre Zeit fast nur noch lesend auf dem Sofa verbrachte. Die Verursacher des Leids hatte sie einfach degradiert und aus ihrem Leben ausgeschlossen, als sei sie persönlich beleidigt worden. Nun aber, da das Leid bis nach Hamburg gekommen war und mit den nächtlichen Schreien des Flüchtlingsmädchens sogar bis in ihr Bett, schien es ihr nicht mehr zu gelingen.

Otto nahm sie wortlos in den Arm und wiegte sie, bis das Schluchzen allmählich nachließ und sie sich schließlich wortlos löste und zurück zum Gutshaus lief.

41

Es sollte noch neunzehn Monate dauern, bis der Krieg endgültig vorbei war.

Am 25. Oktober 1943 erhielt Kurt ein Schreiben von der Waffen-SS, die inzwischen Männer zwangsweise einzog. Er verbarrikadierte sich in seinem Büro.

Die einzige Möglichkeit, der Einberufung zu entgehen, bestand darin, sich unverzüglich freiwillig zur Wehrmacht zu melden. Aber er wollte nicht an die Front, um keinen Preis.

Zu präsent waren ihm die Berichte von Stalingrad, von der eingekesselten sechsten Armee, von der am Ende nichts mehr übrig geblieben war. Die Zeitungen hatten ein Heldenlied auf die Gefallenen angestimmt. Vom Feindsender jedoch, den Kurt heimlich in der Küche hörte, wusste er, dass sich über neunzigtausend Mann in Kriegsgefangenschaft befanden und dass der vom Reichspropagandaminister Goebbels geforderte totale Kampf zur Verteidigung des Landes und zum Sieg gegen die bolschewistische Gefahr längst aussichtslos war.

Als Kurt auch am Abend das Büro nicht verlassen wollte, rief der Fabrikleiter Alfons van Acken Otto herbei.

»Lieber gehe ich in den Untergrund, als dass ich mich zum Mittäter mache«, bellte Kurt durch die verschlossene Tür.

Otto versuchte es mit Beschwörungen. »Mein Junge, hast du denn vergessen, was Kriegsverweigerern droht? Sie werden dich ins Zuchthaus stecken oder gleich hinrichten.«

»Das ist mir egal. Dann sterbe ich zumindest mit erhobenem Haupt.«

Nach viel gutem Zureden und dem Hinweis, dass er auch an seine Frau und die Kinder denken solle, die gewiss unter Repressalien zu leiden hätten, erklärte Kurt sich dazu bereit, die Tür zu öffnen, damit sie die Sache von Angesicht zu Angesicht besprechen konnten.

»Wir werden schon eine Lösung finden«, bekräftigte Otto, obwohl er selbst Zweifel hatte.

Doch tatsächlich gab es in München eine Abteilung, die dringend Schlosser und Kraftfahrzeugmechaniker suchte. Und so entging Kurt dem Dienst an der Waffe. Stattdessen durfte er nun ganz offiziell seiner Leidenschaft zum Motorradfahren nachgehen und an den Maschinen des Münchner Hauptamtes herumschrauben. Und weil er ein derart leidenschaftlicher Fahrer war, dass es sogar dem SS-Hauptsturmführer auffiel, wurde er kurzerhand für die Ausbildung von Kraftfahrzeugführern auf Verbrennungsmaschinen der Klassen eins, zwei und drei eingeteilt.

Das Schicksal schlug manchmal eigenartige Kapriolen, dachte Kurt eines Abends, als er sich auf dem Stockbett zur Ruhe legte. Nun arbeitete er im Zeichen der allerschlimmsten Verbrecher und hatte doch zum Teil dieselben Aufgaben zu erfüllen wie damals in der Tankstelle, in der er so glücklich gewesen war. Bis Otto ihn nach Neustadt geholt hatte, um dem Einzugsbefehl zu entgehen.

Bald zog Otto mit dem Büro zurück nach Hamburg in den Mittelweg, wo er sich im ehemaligen Lager unter dem Dach eine kleine Wohnung einrichtete. Weil das Haus in der Innocentiastraße für ihn allein zu groß war, vermietete er es an einen Sparkassendirektor.

Das Weihnachtsfest verbrachte er auf Hof Bissenmoor, gemeinsam mit der inzwischen hochschwangeren Thea, die von Beetzendorf aus mit dem Zug angereist war. Am Ende der Feiertage, in denen Frau Lotz zusammen mit Frau Wendt und Christel allerlei Leckereien gezaubert hatte – Kürbisküchle mit Haferflocken und Kümmel, mit Backpflaumen gefüllte Semmelklöße und Kaninchenbraten –, war ihr Bauch so kugelrund geworden, dass Mule scherzte, er werde sicher bald platzen.

Das Gehen wurde für Thea so beschwerlich, dass sie lieber gleich dablieb, bis sich am 16. Januar 1944 die kleine Theodora Friederike von der Schulenburg ankündigte und im Krankenhaus von Neumünster das Licht der Welt erblickte.

»Du solltest bis zum Frühjahr bei uns auf Bissenmoor wohnen«, sagte Otto, den der Gedanke, nun Großvater zu sein, gleichsam erfreute wie verschreckte. »Dann wird der Säugling die Zugfahrt zurück nach Beetzendorf gewiss besser vertragen.«

Nicht einmal zwei Monate später fiel Theas Mann Thomas an der Front. Als die Nachricht von seinem Tod auf Bissenmoor eintraf, wollte Thea das Bett nicht mehr verlassen, und sie regte sich auch nicht, als sich der Säugling die Kehle wund schrie, bis das Kindermädchen Martha nach oben stürmte und ihr Theodora abnahm.

»Ich ertrage das nicht mehr«, sagte Ebbe, die aufgebracht ins Zimmer stürmte. »Steh gefälligst auf und kümmere dich selbst um das Kind.«

»Ich kann nicht«, schluchzte Thea, deren Gesicht schon ganz verquollen vom vielen Weinen war.

»Doch, du kannst, wenn du nur willst. Oder glaubst du etwa, du bist die einzige junge Mutter in diesem vermaledeiten Krieg, die ihren Mann verliert?«

Und so fuhr Thea mit dem Säugling, den sie fortan nur noch Thoma nannte, zurück auf das Gut der von der Schulenburgs nach Beetzendorf, wo sie von ihrer warmherzigen Schwiegermutter endlich Trost erhielt und Hilfe für das Neugeborene.

Es war eine schlimme Zeit für alle. Unfähig, andere zu trösten, suchte ein jeder Halt in seiner eigenen Welt.

Ebbe fand ihn im Talent ihres Sohnes, in dem sie zunehmend einen Spiegel jener Welt sah, die auch sie bewegte. Mule besaß etwas ganz Besonderes, Feines, das nur wenigen Menschen beschieden war. Eine künstlerische Ader, die es zu fördern galt.

»Wenn du dich nur nicht immer so gehen lassen würdest«, sagte sie, als er wieder einmal auf den Stufen vor dem Haus in der Sonne saß und vor sich hin träumte, »dann könnte etwas ganz Großes aus dir werden.«

Mule fand Halt in der Annahme, dass die regelmäßigen Demütigungen durch seine kultivierte und ihrer Zukunft beraubten Mutter wichtig für seine Entwicklung seien. Es schadete ihm gewiss nicht, nein. Ganz im Gegenteil bereitete es ihn auf das Leben vor und auf seinen Platz ganz oben in der Gesellschaft. Wenn er nur wüsste, wo genau dieser Platz war und wie er dort hinkam.

Christel suchte Zuflucht in der Natur und in der Landwirtschaft, die ihr Sinnhaftigkeit versprach. Vielleicht, so hoffte sie, könnte sie später einmal selbst das Restgut Bissenmoor übernehmen, das die Mutter lieber früher als später verlassen wollte. Sie würde einen Mann heiraten und eine Schar Kinder bekommen, die sie ebenso gut versorgen würde, wie der Vater es tat. Sie wusste, er wäre stolz auf sie.

Und Otto?

Es war ihm, als kämpfe er beständig gegen Windmühlen an. Der Konflikt mit Wilhelm Mannitz, der nun die Milchlieferanten gegen ihn aufhetzte, raubte ihm die verbliebenen Kräfte.

»Die Bauern haben keinen Anlass zur Klage«, sagte er, als der Kreisbauernführer ihn zu sich nach Eutin zitierte. »Wir zahlen schon mehr als üblich. Doch gerade jetzt, da ein Großteil der Ware durch die Angriffe beschädigt ist, fehlt uns der Spielraum.«

Mannitz lachte auf. »Tja, Herr Generaldirektor, das zeigt mal wieder, auf welcher Seite Sie stehen. Während uns die Amerikaner eine Stadt nach der anderen kaputtwerfen, retten wir hier bei Glücksklee für sie das Geld und legen die Gewinne sogar noch in Sachwerte an, damit sie später ihr Geschäft unverändert, wenn nicht gar verbessert zurückerhalten. Das viele Geld steht den Bauern zu und niemandem sonst.«

»Das, was Sie Sachwerte nennen, sind notwendig gewordene Maschinen, um die Fabrik auf die von uns geforderten Produkte umstellen zu können. Wie etwa bei der neuen Käserei.«

Aber mit Argumenten konnte man den Mann nicht überzeugen.

Als sich die ersten Milchbauern weigerten, die Glücksklee-Werke zu beliefern, schaltete sich im März 1944 sogar der Oberverwaltungsgerichtsrat Doktor Hagemann vom Reichskommissariat für die Behandlung feindlichen Vermögens persönlich ein, um den Kreisbauernführer zu maßregeln.

Er habe nur beratend zu wirken und nicht die Verantwortung an sich zu reißen, sagte Doktor Hagemann auf der in Hamburg einberaumten Betriebsratssitzung. Ob er das nun verstanden habe.

»Gewiss«, sagte Mannitz mit sichtlich zurückgehaltenem Zorn, was Otto ahnen ließ, dass die Sache längst nicht ausgestanden war.

Die Lage eskalierte auf der Betriebsratssitzung im Mai 1944, die wieder ohne Hagemann im Haus der Kreisbauernschaft in Eutin stattfand. Dieses Mal ging Mannitz Otto vor den geladenen Vertretern aus Bauern- und Milchwirtschaft persönlich an und schrie mit voller Lautstärke.

»Der Gewinn steht den Milchlieferanten zu, deshalb verlange ich, dass Sie ihnen die neue Käserei zur Verwaltung übergeben, ebenso die Neustädter Fabrik.«

»Das Unternehmen wird nicht angerührt«, entgegnete Otto. »Ihre Forderungen sind absurd.«

Mannitz lehnte sich im Stuhl zurück und verschränkte mit selbstgefälligem Grinsen die Arme. »Sie können dagegen ohnehin nichts mehr unternehmen. Die Umwandlung in eine Genossenschaft ist längst beschlossene Sache. Herr Kneutinger vom Milchwirtschaftsverband ist auf dem Weg zur Tagung des Reichsnährstandes nach Erfurt, wo er mit dem Vorsitzenden der Hauptvereinigung und einem Vertreter des Reichsernährungsministeriums über die Zukunft des Glücksklee Milchwerks in Neustadt berät.«

»Das werde ich zu verhindern wissen«, sagte Otto ruhig, obwohl ihm das Herz vor Ärger heftig gegen die Brust schlug. »Ich werde Herrn Doktor Hagemann bitten, unverzüglich einzugreifen.«

Jetzt erhob Mannitz sich von seinem Platz und drohte ihm mit dem Finger, während sich sein Gesicht vor Zorn rötete. »Ich warne Sie, Herr Lagerfeld. Sollten Sie nicht einlenken, dann wird die Partei diesen Fall aufgreifen und verfolgen. Unter diesen Umständen könnte man Sie beschuldigen, die Interessen der Amerikaner wahrzunehmen, statt als Deutscher ausschließlich für Deutschland zu arbeiten.«

»Was wollen Sie damit sagen?«

Der Kreisbauernführer umrundete den Besprechungstisch und trat ganz nah an ihn heran. »Dass Sie«, flüsterte er leise, sodass nur Otto ihn hören konnte, »wenn Ihnen Ihr Leben und das Ihrer Familie wichtig ist, besser tun, was ich Ihnen sage.«

Das war der Punkt, an dem keine Argumente mehr zählten. Und Otto gab auf.

»Ich habe keine Kraft mehr«, erklärte er Doktor Hagemann am nächsten Tag am Telefon. »Gegen die Forderungen der Bauernschaft komme ich nicht mehr an. Mannitz droht, jegliche Milchlieferung an die Glücksklee-Werke zu sperren. Das wäre das Ende des Unternehmens. Dann ist es besser, ich gebe meinen Widerstand auf und verlasse die Firma. Sollen sie doch eine Genossenschaft daraus machen.«

»Sie sehen mich konsterniert, Herr Lagerfeld. Immerhin waren Sie im Recht. Ich verstehe nicht, woraus der Kreisbauernführer die Verdächtigungen herleitet, die es notwendig machen, Sie abzusetzen.«

»Für den Reichsnährstand ist die Glücksklee amerikanisch, und jeder, der den Versuch unternimmt, sie zu retten, steht offen aufseiten der Feinde.«

»Das ist reine Prestigepolitik«, entgegnete Doktor Hagemann. »Mannitz will Landesbauernführer werden und braucht Erfolge. Dagegen müssen wir angehen.«

»Nein. Es ist besser, ich trete ab.« Otto entfuhr ein Seufzen. Er hätte alles getan, um die Firma zu halten. Aber er wollte dafür nicht – unter keinen Umständen – das Leben seiner Familie aufs Spiel setzen.

»Hat man Ihnen etwa gedroht?« Eine Pause entstand, und als Doktor Hagemann weitersprach, klang seine Stimme entschlossen. »Sie bleiben. Ich kümmere mich darum. Es reicht. Ein für alle Mal!«

Welche Strippen Doktor Hagemann im Hintergrund zog, das erfuhr Otto nicht. Doch zu seinem grenzenlosen Erstaunen zogen sämtliche Protagonisten des überfallartigen Liquidierungsversuches ihren Anspruch zurück.

Es sei nicht der richtige Zeitpunkt für eine Überführung in eine Genossenschaft, ließ Mannitz durchklingen. Später dann, irgendwann.

42

Mai 1945

Vom nahenden Kriegsende erfuhr Otto in seiner kleinen Wohnung im Dachgeschoss der Firmenzentrale, wo er seit dem unerwarteten Tod seines jüngsten Bruders Hans, der am 2. Januar bei einem Bombenangriff auf Bad Kreuznach ums Leben gekommen war, noch immer ausharrte. Mit Hornhaut auf der Seele. So viel Leid in so kurzer Zeit, man verlernte fast das Trauern. Alles, was Otto zustande brachte, war eine Traueranzeige, wobei ihm dann doch die Augen feucht wurden. Die Schwestern, deren Tränen leichter rannen, schnitten die Anzeige aus und legten sie zu den anderen in die Schachtel der Mutter, bevor sie sie wieder zwischen die Wäsche in den Schrank schoben.

Alles in Otto sehnte sich danach, dass der Wahnsinn endlich ein Ende nehme. Dass dies nur mit einer Kapitulation zu erreichen war, das schien inzwischen den meisten klar zu sein.

Jeden Abend saß er vor dem Volksempfänger und drehte an den Knöpfen, bis sich zwischen das Knarzen und Quietschen die Stimmen der BBC-Moderatoren drängten.

»Es geht voran«, sagte er sich, wenn dann die Meldungen eingingen, dass die Alliierten in Wesel den Rhein überquert hatten und kurz darauf Celle einnahmen. Wenig später Winsen an der Aller, Bergen und Walsrode. Schließlich Buxtehude und Harsefeld.

Über Tage hatten die letzten Kämpfer südlich der Elbe noch versucht, Hamburg vor dem Einmarsch der Alliierten zu verteidigen. Doch bis auf ein paar vereinzelte Jungen aus der Hitlerjugend, die in heller Verzweiflung mit Panzerfäusten bewaffnet gegen den Vormarsch ankämpfen wollten, glaubte niemand mehr an eine Wende. Die Straßen waren bereits voll mit den von der Ostfront zurückflutenden Soldaten. Der von Hitler geforderte Volkssturm zur Verteidigung der Stadt fiel aus.

Seit Tagen hatte Otto nichts mehr von dem Werk in Neustadt gehört, und weil die Geschäfte inzwischen stillstanden, hatte er die Angestellten des Hamburger Büros gebeten, zu Hause zu bleiben, während er hier, allein in dem riesigen Gebäude, die Stellung hielt.

Am Abend des 1. Mai, fast auf den Tag genau vier Monate nach Hans' Tod, unterbrach die BBC ihr Programm für eine wichtige Meldung.

Das mehrstimmige Geläut der Glocken von Big Ben war zu hören, dann drang eine männliche Stimme durch den Äther:

This is London calling. Here is our news flash. The German radio has just announced, that Hitler is dead.

Hitler tot? Otto konnte es kaum glauben, und weil es bis auf lauten Jubel aus dem Nachbargebäude recht still blieb, lief er gleich am nächsten Morgen hinaus, kaufte einem Zeitungsjungen die aktuelle Ausgabe ab und las sie noch im Stehen.

Der Führer Adolf Hitler ist heute Nachmittag auf seinem Befehlsstand in der Reichskanzlei, bis zum letzten Atemzuge gegen den Bolschewismus kämpfend, für Deutschland gefallen.[5]

»Tatsächlich«, flüsterte er, und eine tiefe Erleichterung breitete sich in ihm aus. »Es ist vorbei, der ganze Zirkus ist endlich vorbei!«

---

5 Quelle: *Hamburger Anzeiger* vom 02.05.1945.

Seine Hände begannen zu zittern, als er den Text unter der Schlagzeile überflog.

Der neue Oberbefehlshaber Großadmiral Dönitz rief dazu auf, den Kampf gegen die Engländer und Amerikaner in bedingungslosem Einsatz und mit Disziplin und Gehorsam fortzusetzen, um Chaos, Untergang und Versklavung zu verhindern. Doch bereits im nachfolgenden Absatz war die Bitte des Gauleiters Kaufmann an die Hamburger abgedruckt, ihm vertrauensvoll auf dem schweren Weg zu folgen, den er für das Wohl der ihm anvertrauten Stadt und ihrer Einwohner zu Ende gehen wolle. Von Kampf und Widerstand gegen die anrückenden Alliierten war da nichts zu lesen.

Otto eilte zurück in das Haus am Mittelweg, fast rannte er. Als er die Treppe zu seinem Büro hinauflief, nahm er gleich zwei Stufen auf einmal.

»Wo habe ich nur den französischen Likör gelassen?«, rief er und suchte nach dem guten Tropfen, den ihm Frau Riek vor zwei Jahren besorgt hatte und den er seit seinem Auszug irgendwo hier im Direktionszimmer versteckte.

Er fand ihn im Regal hinter den Bilanzen. Otto holte ein Glas, goss sich von der goldgelben Flüssigkeit ein und stellte sich damit an das Fenster, sah auf die belaubten Bäume des Mittelwegs.

»Auf die Freiheit!«, rief er und trank den ersten Schluck. Dann trank er einen weiteren auf den Frieden und noch einen auf das Leben. Schließlich rief er auf Bissenmoor an, um seine Freude mit Ebbe zu teilen.

Einen Tag später wurde die Stadt Hamburg kampflos übergeben. Während die Briten einmarschierten, versuchte Otto vergeblich, irgendjemanden aus dem Neustädter Werk zu erreichen.

Vier Tage wartete er auf eine Information, was nun zu tun sei. Schließlich war er Inhaber einer amerikanischen Firma und bereit, seine gesamte Kraft einzusetzen, um die Produktion wieder anzukurbeln. Die Bevölkerung benötigte gerade jetzt nichts dringender als Nahrungsmittel. Doch in den neu errichteten Behörden wimmelte man ihn ab. Man versuche zunächst, sich einen Überblick zu verschaffen.

Endlich, als er schon nicht mehr daran glauben wollte, erhielt er einen Anruf von Alfons van Acken aus Neustadt.

»Ist unser Werk unversehrt?«, lautete Ottos zweite Frage, die erste hatte dem Befinden des Fabrikleiters gegolten.

»Die Gebäude, ja«, sagte van Acken düster. »Aber Sie können sich nicht vorstellen, was hier los ist. Im Hafen sind Schiffe beschossen und versenkt worden, darunter welche mit Häftlingen, die wohl fortgeschafft werden sollten. Die SS-Leute haben auf die Überlebenden geschossen, es werden noch immer Leichen angespült. Und nun, da die Engländer hier sind, haben die freigelassenen Häftlinge, Kriegsgefangenen und Zwangsarbeiter damit begonnen, die Stadt zu plündern. Geschäfte, Häuser, Ställe mit Schweinen und Kühen – sogar einen Verpflegungsgüterzug haben sie ausgeräumt. Die Plünderungen halten nach wie vor an. Auch unsere Fabrik ist betroffen. Sämtliche Vorräte aus dem Magazin sind fort. Die Leute haben sich auf Käse, Butter, gezuckerte und eingedickte Magermilch gestürzt und nichts davon übriggelassen. Und das auf ausgehungerte Mägen!«

»Konnten Sie denn schon mit den Engländern sprechen? Wird es in absehbarer Zeit möglich sein, die Fabrik wieder hochzufahren?«

»Nein. Aber es würde mich nicht wundern, wenn die Engländer Deutschland dieses Mal für immer am Boden sehen wollen, mitsamt den Fabriken. Ob nun in amerikanischem Besitz oder nicht.«

Da die *Tommies* die Bevölkerung dazu aufriefen, die Stadt nicht zu verlassen, packte Otto rasch ein paar Sachen zusammen und ging zu Fuß an den ausgebrannten Häusern und meterhohen Schuttbergen zum Altonaer Bahnhof, dessen Türme und Zinnen den Beschädigungen zum Trotz noch immer stolz gen Himmel ragten.

Er nahm den ersten Zug nach Bad Bramstedt. Froh, einen Platz im Gang ergattert zu haben, hielt Otto sich während der Fahrt an einer Lehne fest, den Koffer zwischen den Beinen.

Während der vollkommen überfüllte Zug rumpelnd und schlingernd den Bahnhof an Trümmerlandschaften vorbei in Richtung Norden verließ, dachte Otto an Kurt, der bis zuletzt im Hauptamt der Münchner Waffen-SS Fahrschulunterricht gegeben hatte. Und er hoffte, dass die Besatzer milde mit ihm verfuhren.

Auf der Straße, die parallel zu den Bahngleisen verlief, war ein endloser Treck von Fuhrwerken zu sehen, vor die ausgemergelte Pferde gespannt waren. Dazu britische Militärlaster und Fahrzeuge des Roten Kreuzes. Kurz schob sich die Sonne durch die Wolkendecke, tastete sich über die Karawane aus Menschen, Tieren und Blech, bis die Strahlen wieder verschwanden.

Eine Kolonne Wehrmachtsfahrzeuge fuhr in die entgegengesetzte Richtung, beladen mit entwaffneten deutschen Soldaten auf dem Weg in die Kriegsgefangenschaft.

An der Station vor dem Kurhaus stieg Otto aus. Auf dem Abstellgleis stand ein Lazarettzug, aus dem Verwundete auf Bahren gehoben und von Schwestern mit weißen Häubchen versorgt wurden. Den Koffer in der Hand, blickte Otto zu der ehemaligen Rheumaheilstätte hinüber, einem riesigen Backsteinkomplex, über dessen Portal stets zwei Hakenkreuzflaggen im Wind geweht hatten. Nun waren dort nur noch die leeren Masten.

Mit großen Schritten ging er den Weg durch die Moorlandschaft und überquerte die Straße zum Resthof Bissenmoor. Der Krieg war vorbei, und obwohl die Siegermächte gewiss nicht zimperlich sein würden, lag über allem eine zarte Hoffnung.

Von seinen Geschwistern waren nurmehr er, Lisbeth und Tilla übrig. Mit seinen dreiundsechzig Jahren fühlte er sich noch gesund und kräftig genug, um die Glücksklee Milchgesellschaft wieder aufzubauen. Was auch immer die Zukunft bringen mochte. Das Schlimmste war, so glaubte er, überstanden.

43

Die ersten Monate waren hart.

Die Welt war ein einziges Trümmerfeld, und sosehr Otto auch mit anpacken wollte, um den Schutt und die Asche beiseitezuräumen, es kam ihm vor, als wate er durch tiefen Morast. Jeder Schritt ein Kampf gegen das Versinken.

Die beiden Milchwerke im ostpreußischen Allenburg und in Waren im Mecklenburgischen waren an die Russen verloren. Und wenn der Betrieb in Neustadt nicht bald wieder anlief, dann war wohl auch der verbleibende Teil der Glücksklee Milchgesellschaft nicht mehr zu retten. Doch die britische Militärregierung wollte ihre Zustimmung nicht geben. Später, irgendwann, vielleicht auch nie.

Die Ungewissheit war nur schwer zu ertragen.

Unterdessen machte Otto sich auf dem Feld nützlich, im Gemüsegarten und an den Obstbäumen, und half dabei, die Kühe auf der Sommerweide zu melken. Schließlich wollte die Bad Bramstedter Bevölkerung versorgt werden, ebenso der nicht enden wollende Strom aus Heimatvertriebenen und Kriegsversehrten, die den Ort dehnten, bis er aus allen Nähten barst.

Allmählich drangen erste Informationen über die Gräueltaten durch, die unter der Herrschaft der Nationalsozialisten verübt worden waren. Entsetzliche Details, die Otto mit Fassungslosigkeit aufnahm. Der Hass auf alles Jüdische war ja offen hinausgeschrien worden, und er war auf einiges vorbereitet.

Aber das Ausmaß der Brutalität übertraf seine Vorstellungskraft dennoch bei Weitem.

Was war nur aus diesem Land geworden!

Oft stand Otto am Abend auf der Veranda und rauchte eine Pfeife, während er sorgenvoll in die Zukunft sah. Von Thea und ihrer kleinen Tochter hatte er seit der Kapitulation nichts mehr gehört. Es hieß, die Russen bekämen den ursprünglich amerikanisch besetzten Kreis Salzwedel zugesprochen, in dem auch das Gut der von der Schulenburgs lag. Hunderttausende seien bereits auf der Flucht, um den Rachegelüsten der Soldaten zu entgehen, die – wie man hörte – auch vor Zivilisten nicht Halt machten. Und sein Neffe war noch immer verschollen. Niemand wusste, wie es ihm ergangen war, dem Nazigegner mit der SS-Tätowierung auf dem Oberarm. Immerhin war Kurts jüdische Großtante, wie Gisela erzählte, lebend aus dem Lager befreit worden, aber sie sei nun eine andere Frau.

Das Einzige, was Otto an diesen Abenden Trost gab, war, dass Ebbe, Christel und Mule bei ihm waren. Gesund, wenn auch etwas blass und in sich gekehrt, aber allesamt ungewohnt umgänglich. Und er empfand eine große Demut und Dankbarkeit, dass es ihnen allen gut ging angesichts der Umstände.

In dieser unruhigen Zeit, in der das Alte zu weichen hatte und sich das Neue nur unter heftigem Ruckeln fand, war Bissenmoor ihr Anker.

Es war der Vormittag des 16. Juli 1945, als sie den Befehl von Captain Bruce von der achten *Corps District German Mobilisation Centre Control Unit* erhielten, das Wohnhaus vom Hof Bissenmoor und das Verwaltergebäude sowie den Getreide- und Strohschuppen bis achtzehn Uhr vollständig für die Militärbehörde zu räumen.

Es war ein regnerischer Tag. Auf dem Vorplatz hatten sich

Pfützen gebildet, und die Stiefel des hageren jungen Mannes, der Otto das Schreiben überbrachte, waren überzogen von Schlamm. Dem Akzent nach stammte er aus einer jener Familien, die aus Ostpreußen nach Bad Bramstedt geflüchtet waren. Offenbar war er der englischen Sprache mächtig, weshalb er nun für die Besatzer arbeitete.

»Das kommt ein bisschen kurzfristig, nicht wahr?«, sagte Otto nach einem kurzen Blick auf die Uhr. Es war bereits elf, und er hatte nur den Regen abwarten und dann wieder auf das Feld gehen wollen.

»Es tut mir leid, Herr Lagerfeld. Ich bekomme täglich Dutzende solcher Besetzungsbefehle in die Hand gedrückt, und Sie sind nicht der Einzige, der bis heute Abend räumen muss.«

»Aber wo sollen wir denn hin? Hier auf dem Hof leben insgesamt siebenundzwanzig Personen.«

Der junge Mann zuckte mit den Schultern. »In der Stadt ist kein Platz mehr. Die Flüchtlinge sind überall, sogar in der Schule. Sie können einen Antrag bei der Verwaltung stellen, wenn sie wollen, aber das kann Monate dauern. Es tut mir wirklich leid.«

Otto informierte die restlichen Hausbewohner, dann schickte er Christel zum Feld, um den Verwalter und den Vorarbeiter zurückzubeordern. Es war fast zwölf, als sie matschverschmiert und in tropfender Regenkluft auf dem Hofplatz standen.

In strömendem Regen rafften sie die Dinge des persönlichen Bedarfs zusammen und trugen sie in den Kuhstall – den einzigen Ort neben den Arbeiterunterkünften, der nicht beschlagnahmt worden war. Bis zum Abend schleppten Otto und Ebbe mit Herrn Wendt und dessen Frau sowie Herrn Jarren mit Frau und Tochter, die ebenfalls im Stall unterkommen sollten, Decken, Kissen, Kleidung, eine Schreibmaschine, Geschirr, Besteck, Töpfe und die wichtigsten Bücher. Sogar die teure Chaiselongue trugen sie aus dem Haus und einen Beistelltisch. Und Karls teure Kopie von Menzels Tafelrunde, die sie mit einer Plane vor dem Regen schützten.

Die sechs in Leder gebundenen Bücher von Ludwig Klages aus der Reihe *Mensch und Erde* schob Otto ganz nach hinten ins unterste Fach des Kleiderschrankes im Schlafzimmer, in der Hoffnung, die Besatzer würden sie dort nicht finden.

Ebbe hatte die Bücher ohnehin nie gemocht. Der Verfasser beklagte sich darüber, dass man Vögeln bei lebendigem Leibe die Federn ausriss, nur damit sich angeblich gesittete Frauen mit den traurigen Trophäen schmücken konnten. Man dürfe annehmen, dass pro Jahr nicht weniger als dreihundert Millionen Vögel für die Frauenmode geopfert wurden, stand darin geschrieben. Aber das interessierte Ebbe nicht.

»Komm du mir nicht mit Moral«, hatte sie gesagt, als er ihr die Passage einmal nach einem Kaufrausch vorgelesen hatte. »Oder willst du etwa, dass Zehntausende von Arbeitsplätzen wegfallen?«

Sie schleppten weiter in stiller Hast, bis um Punkt achtzehn Uhr mehrere Jeeps mit britischen Soldaten vorfuhren.

»Es reicht«, sagte ein Offizier mit Blick auf den Berg aus Koffern und Möbeln. »Das ist mehr, als Sie brauchen.«

Sie richteten sich ein, so gut es ging. Zum Glück standen die Kühe den Sommer über auf der Weide, der Stall war gefegt und vom Mist befreit. Frau Wendt und Frau Jarren schrubbten den Boden und wischten die Spinnweben von den Balken und Fensterauslässen, sodass es am Ende ganz manierlich aussah.

Als es dämmerte, hatten sie provisorisch abgetrennte Kammern für die drei Familien hergerichtet, in denen eilig zusammengezimmerte, mit Stroh gefüllte Schütten standen, darauf Decken und Kissen als notdürftiges Nachtlager. Zwölf Ballen Stroh waren dafür draufgegangen.

Der Verwalter hatte eine Brennhexe aus Eisenblech aufgetrieben, auf der sich die Saisonarbeiter manchmal eine Suppe kochten, wenn sie spät vom Feld kamen. Darauf bereitete Frau Wendt nun das frisch geerntete Gemüse zu – Frühkartoffeln, Rüben und Bohnen –, das sie vor dem Eintreffen der Besatzer beiseitegeschafft hatten.

Der elfjährige Mule, der seine Tasche mit den Modezeitschriften, dem Ringordner und den Malutensilien noch immer fest an sich gedrückt hielt, saß auf einem Findling seitlich vom Kuhstall, direkt unter dem überstehenden Dach. Nur wenige Zentimeter vor ihm ging der Regen wie eine Wand nieder. Und trotzdem weigerte er sich hartnäckig einzutreten.

»Nun komm schon, Mule«, rief Christel. »Es ist ganz gemütlich da drinnen.«

Er schüttelte heftig den Kopf. »Keine zehn Pferde werden mich da reinbekommen. Hier draußen ist es auch ganz gemütlich.«

Erst als es dunkel wurde und die Engländer, die die Weinvorräte entdeckt hatten, ins Freie kamen und grölend Fußball spielten, wobei eine Scheibe unter lautem Klirren zerbrach, kam er hinzu.

Für die Familie war diese Zeit eine Zumutung. Mule, der immer mehr in die Welt aus Ebbes Romanen eintauchte, bereitete Otto am meisten Sorgen. Er, der immer so viel geplappert und erzählt hatte, war still geworden und ertrug es stoisch, wenn Ebbe in regelmäßiger Paranoia mit dem Läusekamm durch sein Haar ging und darüber schimpfte, wie dick es sei. Christel hingegen bockte immer heftiger, weil die Mutter beim Kämmen keine Rücksicht auf das Ziepen nahm.

Die Umstände wurden etwas besser, als sie im Herbst in den Kornspeicher umziehen durften, weil die Kühe wieder den Schutz des Stalles benötigten. Dort hatten sie immerhin zwei provisorische Wohnräume – den Anbau und den mit einer Holzwand von der Tenne getrennten ehemaligen Lagerplatz.

Jetzt lebte auch Mule wieder auf. Er stellte mit Hilfe von Pflanzensäften und rußigem Holz Farben her, um wieder malen zu können, und veranstaltete mit den Handpuppen Theaterstücke, bei denen sich Christel und die Tochter des Vorarbeiters vor Lachen bogen. Auch Otto sah ihm gerne dabei zu. Es steckte ein wahrer Entertainer in dem Jungen, dachte er, wer hätte das gedacht.

Mule genoss den warmen Applaus seiner Zuschauer, den er mit vollendeter Verbeugung entgegennahm. Dabei lächelte er, nickte zu allen Seiten, als stünden auch der Rechen, die Beethacke, die Heugabel und der Spaten alleine um ihm zu gefallen an ihrem Platz.

Eines frühen Morgens Anfang November, es war neblig, und die Sonne schwang sich gerade erst empor, öffnete sich knarrend die Tür des Kornspeichers.

Otto war gerade dabei, mit Herrn Wendt den Tagesplan zu besprechen – die Felder mussten gepflügt und die Pflanzenreste eingearbeitet werden –, als er die kalte Luft bemerkte, die in den Speicher drang. Er hielt in der Unterredung inne und wandte den Kopf.

Am Eingang zum Schuppen stand Thea. Sichtlich erschöpft und mit viel zu dünner Kleidung. Neben ihr eine fremde Frau um die dreißig mit wellig zerzaustem Haar, fliehendem Kinn und scharf nach unten gebogener Nase, die die kleine Thoma auf dem Arm trug.

Otto eilte dem verloren in der Tür stehenden Grüppchen entgegen und schloss seine Tochter in die Arme. Hielt sie lange fest. Dann gab er seiner Enkelin einen Kuss auf die Stirn.

»Das ist Tuti Urban«, stellte Thea ihre Begleiterin vor, nachdem sie alle nacheinander gedrückt und geherzt hatte. Christel,

Mule und sogar Ebbe. »Wir haben sie auf der Flucht aus der russisch besetzten Zone im Tylsener Lager kennengelernt. Sie kommt aus Preußen und passt jetzt auf Thoma auf.«

Otto gab Fräulein Urban die Hand und hieß sie in ihrem bescheidenen Reich willkommen. Dann wandte er sich wieder an seine Tochter. »Habt ihr den ganzen Weg von Beetzendorf hierher alleine zurückgelegt?«

»Bis Hamburg war meine Schwiegermutter noch dabei«, erzählte Thea, »und die anderen Frauen und Kinder des Gutes von der Schulenburg. Sie kommen bei Verwandten unter.«

»Aus einem Lager?«, fragte Ebbe mit schmalen Lippen und suchte sofort nach ihrem Läusekamm. »Na, dann wollen wir mal ...«

Seit der Rückkehr seiner großen Tochter und der Enkelin sah Otto wieder hoffnungsvoller in die Zukunft. Alles, was jetzt noch fehlte, war ein Lebenszeichen von Kurt. Und die Erlaubnis der Behörden, die Glücksklee Milchgesellschaft wieder zu betreiben.

Bis dahin nahm er den Kampf gegen den immer kälter werdenden Winter auf, jenen eisigen Wind, der durch die Ritzen des Kornspeichers drang. Als es nirgends mehr Kohlen und Brennholz gab, zog er mit den Arbeitern in den Segeberger Forst und sammelte vom Sturm entrissene Zweige, die sie mit Schnüren zu Bündeln zusammenbanden. Wenn man aufmerksam durch den Wald ging, dann fand sich immer etwas, das sich zum Heizen eignete.

Die Engländer hingegen verfeuerten alles im Ofen, was sie in die Finger bekamen. Erst nahmen sie die Pfosten der Zäune, Ladebäume, mehrere Schubkarren voll mit aus dem Boden gerissenen Büschen und fällten acht Tannen. Dann kamen Ebbes hölzerne Turngeräte dran. Danach Regale, Schränke, Türen und

Rahmen aus den Häusern und Schuppen, schließlich die Obstkisten vom Dachstuhl über dem Verwaltertrakt.

An einem schneereichen Dezembertag im Jahr 1945 erhielt Otto die Aufforderung, sich bei der Militärbehörde in Bad Segeberg zum Verhör einzufinden.

Ebbe befürchtete Schlimmes. Die Zeitungen berichteten von den Verhaftungen der Kriegsverbrecher, denen man nun den Prozess machte.

»Was, wenn sie dich fortsperren?«

»Es ist sicher nur eine Formalität«, beruhigte er sie. »Eine dieser Vernehmungen von Parteimitgliedern, wie sie überall gerade stattfinden. Sie wollen ermitteln, ob ich Schuld auf mich geladen habe. Aber ich kann beweisen, dass ich nur aus pragmatischen Gründen beigetreten bin.«

»Dein Wort in Gottes Ohr«, sagte sie nur. »Ich traue denen alles zu.«

Für Ebbe waren die Engländer, die sie aus dem Haus vertrieben hatten und ihre schönsten Porzellantassen verschlissen, keine besonders netten Menschen. Es war ihnen ja noch nicht einmal erlaubt, mit den Besatzern zu sprechen, obwohl Otto ihnen mit ausgesuchter Höflichkeit begegnete. Im Ort, ja, da verteilten sie Schokolade oder bauten ihre Gulaschkanonen auf und zeigten ein freundliches Gesicht. Hier auf Bissenmoor dagegen zerschossen sie alle naselang mit dem Ball irgendwelche Scheiben. Wie sollten sie da auf Argumente hören?

Otto strich ihr in einer beruhigenden Geste über die Wange. »Sei unbesorgt«, sagte er. »Das schaffe ich schon. Am Abend bin ich wieder zu Hause.«

44

Obwohl Otto den allerersten Zug von Bad Bramstedt nahm, kam er dennoch beinahe zu spät, weil die Lok kurz vor Bad Segeberg einfach stehen blieb. Er kletterte auf die Gleise und lief den Rest zu Fuß, sodass er völlig außer Atem um drei Minuten nach acht das Landratsamt betrat, das vollkommen überfüllt mit Wartenden war, die offenbar alle einen Termin zur selben Zeit erhalten hatten.

Gegen Mittag ergatterte Otto einen Platz auf der Holzbank und harrte zwischen feisten, befehlsgewohnten Männern aus und Jugendlichen, die gerade erst der Hitlerjugend entwachsen waren.

Als man ihn endlich in einen kleinen Raum rief, war es draußen bereits dunkel geworden. Ein *Lance Corporal* empfing Otto im Licht einer Tischlampe. Er war ein mürrischer junger Mann mit rotblondem Haar und einer breiten Stirn, die während der kurzen Begrüßung in gebrochenem Deutsch in einem Zustand ärgerlichen Runzelns verharrte.

Ottos freundlichen Hinweis, dass er die englische Sprache gut beherrsche, nahm der *Lance Corporal* ohne Regung zur Kenntnis. Der junge Mann wirkte angespannt, und Otto vermutete eine gewisse Überforderung angesichts der vielen Gespräche, die er an diesem Tag bereits geführt hatte. Weil er aus Erfahrung wusste, dass man überforderte Menschen für sich gewann, indem man ungeachtet der Umstände freundlich blieb, schlug

Otto einen väterlichen Ton an, als er die ihm gestellten Fragen beantwortete. Dazu legte er die Dokumente vor, die sein Engagement als Verwalter der amerikanisch geführten Glücksklee Milchgesellschaft bewiesen. Sogar ein Duplikat des Schreibens der General Milk Company aus New York, die ihm zu Beginn des Krieges alle Stimmrechte übertragen hatte, war darunter.

»Ich bin kein Nazi«, sagte er fest, während der Stift seines Gegenübers gemächlich über das Papier kratzte. »Ganz im Gegenteil. Ich habe stets versucht, den Zugriff der Nationalsozialisten auf die mir anvertraute Firma abzuwehren. Ich bitte Sie, dies im Protokoll festzuhalten.«

»Protokoll? Welches Protokoll?« Der *Lance Corporal* schob mit unbewegter Miene das beschriebene Blatt in den Lichtkegel der Lampe, und Otto stellte fest, dass dort nur sein Name stand, darüber mehrfach verdickte Linien, die wie Gitterstäbe aussahen.

»Es muss sich um eine Verwechslung handeln«, sagte Otto mit rasch ansteigendem Puls und schob die Dokumente zurück in die Mappe. »Wie erwähnt, ich war als Verwalter für die amerikanischen Inhaber tätig und habe die Firma stets gegen alle Übernahmeversuche und Angriffe verteidigt.«

»Das behaupten sie alle.« Der junge Mann verschränkte die Arme. »Ich habe es so satt, dieses Lamentieren. Jeder will plötzlich ein Gegner des Führers gewesen sein. Es ist wohl kaum anzunehmen, dass Deutschland die anderen Nationen ohne jede Mithilfe der Zivilbevölkerung überfallen und unterdrückt hat, um die Herrschaft über ganz Europa an sich zu reißen.«

»Da mögen Sie recht haben, aber ich war immer gegen den Krieg, und ich war auch nicht an der Front.«

Der Engländer beugte sich vor, und die Stirnfurchen auf seinem jungenhaften Gesicht wurden tiefer. »Haben Sie eine Ahnung, was die Menschen in den Konzentrationslagern erleiden mussten, während die Deutschen sich hier ein nettes Leben gemacht haben?«

»Ich habe mir nie ein nettes …«

»Shut up!«, brüllte der Mann. »Es ist mir eine Freude, Männer wie Sie hinter Gitter zu bringen. Ihre Zeit ist vorbei.«

Auf den Ruf des jungen Soldaten hin erschien ein bulliger Mann mit geladener Pistole, der Otto durch den Gang ins Freie stieß und über den Platz in das nahegelegene Gefängnis, wo er zwei Nächte mit vier anderen Häftlingen in einer Einzelzelle verbrachte, die feucht und kalt war.

Ebbe machte sich gewiss Sorgen. Doch alle Versuche, wenigstens ein Telefonat führen zu dürfen, scheiterten.

Am Morgen des dritten Tages transportierten sie ihn mit einem Dutzend politischen Gefangenen in einem offenen Laster bei Eiseskälte und schneidendem Fahrtwind in das Internierungslager nach Gadeland. Eine ehemalige Lederfabrik, deren Gelände von einem vier Meter hohen Stacheldrahtzaun und mehreren Wachtürmen gesichert war. Die ganze Fahrt über schneite es dicke Flocken, und als der Laster auf den Lagerhof rollte und Otto von der Ladefläche sprang, sanken ihm die Füße weg, die vor Kälte ganz taub geworden waren.

Auf dem Weg zu seiner Pritsche in der großen, überfüllten Halle des ihm zugeteilten Blocks, stützte ihn jemand, dann ließ man ihn allein in dem summenden Bienenstock aus ehemaligen Ortsgruppenleitern, Amtsvorstehern und Jungstammführern. Auf den Feldbetten, die in dichten Reihen auf dem Betonboden standen, saßen und lagen Hunderte, wenn nicht sogar Tausende Männer.

Bald nach seiner Ankunft versuchte Otto, sich bei einem der Offiziere Gehör zu verschaffen. Es sei ein Missverständnis, er habe immer an der Seite der Amerikaner gestanden. Aber niemand wollte ihn anhören.

»Die verhaften jetzt erst einmal alle Parteimitglieder, die führende Positionen innehatten«, sagte sein Pritschennachbar, der Geschäftsführer einer Metallwarenfabrik. »Bis die einen vorsprechen lassen, können Monate vergehen. Aber immerhin geben sie den Angehörigen Bescheid.«

Eines Tages kam ein Paket von Ebbe an, mit Dauerwurst, Brot und Käse, was eine willkommene Abwechslung zum kargen Lageressen war, das oft nur aus Graupensuppe bestand. Dazu gab es zwei Zigaretten am Tag.

Du kannst dir nicht vorstellen, wie unangenehm mir das ist, stand auf dem Zettel, den Ebbe beigelegt hatte. *Wie konnte das nur geschehen? Ausgerechnet dir, wo du doch mit den Nazis gar nichts am Hut hattest.*

Als man Otto endlich nach Wochen des Wartens ins Haupthaus bat und ein britischer *Sergeant* ihn im Licht einer flackernden Deckenlampe befragte, erfuhr er den wirklichen Grund für seine Verhaftung.

»Wir folgen dem Hinweis des Kreisbauernführers Wilhelm Mannitz, der Sie als strammen Nationalsozialisten ausgewiesen hat«, sagte der Sergeant. »Er behauptet, damit sein Gewissen zu erleichtern. Er hofft auf Strafmilderung.«

»Mannitz? Ausgerechnet Wilhelm Mannitz? Das war doch der schlimmste Nazi von allen.« Otto verschlug es die Sprache. Sein ärgster Feind hatte tatsächlich noch einmal nachgetreten. »*Er* wollte die Fabrik zerschlagen. *Er* wollte sie den amerikanischen Inhabern, der General Milk Company, fortnehmen, während ich sie zu retten versuchte.«

»Können Sie das beweisen?«

»Selbstverständlich kann ich das. Alles ist bestens dokumentiert. Es existiert ein Schriftverkehr mit dem Reichskommissariat für die Behandlung feindlichen Vermögens, in dem ich von den Auseinandersetzungen berichte.«

Der *Sargent* gestand Otto einen Brief zu, bestehend aus einem Blatt, das man am Rand zusammenklebte, sodass die Außenseite zum Umschlag wurde. Otto schrieb an den Fabrikleiter Alfons van Acken, den er eindringlich bat, alle Hebel in Bewegung zu setzen, um ihn hier rauszuholen.

Am Ende flog Mannitz' Intrige auf.

»Sie können sich bei Doktor Hagemann bedanken«, sagte der *Sargent*, als er ihm mitteilte, dass er nun ein freier Mann sei. »Er hat seit Kriegsende eng mit den Militärbehörden kooperiert. Wussten Sie, dass er kein Parteimitglied war?«

Überrascht schüttelte Otto den Kopf.

»Uns liegt«, fuhr der *Sargent* fort, »ein mehrseitiges Schreiben vor, in dem er die versuchte Einflussnahme des Reichsbauernführer Mannitz auf die Glücksklee Milchwerke dokumentiert und belegt. Ihr Leumund ist überdies hervorragend. Es dürfte Sie interessieren, dass man in den Jahren 1936 bis 1939 verschiedentlich Auskünfte über Sie eingeholt hat. Mir liegen mehrere Schreiben vor, in denen Ihre Geschäftspartner Sie einhellig als angesehen und rechtschaffen, tüchtig und umsichtig beschreiben.« Er blätterte in seiner Mappe. »Darunter auch das Bankhaus L. Behrens & Söhne, dessen jüdischer Inhaber Sie in den Monaten vor der Enteignung als einen respektablen und vertrauenswürdigen Mann bezeichnet, der das Unternehmen in vorsichtiger und solider Weise leitete.« Er reichte Otto die Hand über den Tisch. »Ich werde dem kommandierenden General empfehlen, Sie unter unserer Militärregierung als Leiter der Glücksklee Milchgesellschaft wieder einzusetzen.«

Otto atmete erleichtert aus. Und er dachte an das, was sein Vater ihm schon früh beigebracht hatte: Tugendhaftigkeit zahlte sich immer aus.

»Ich hätte nur noch eine Bitte«, sagte er, als der *Sargent* sich schon erhoben hatte, um den nächsten Häftling hereinzuholen. »Mein Neffe Kurt Lagerfeld befindet sich möglicherweise in amerikanischer Kriegsgefangenschaft. Bis zu seiner unfreiwilligen Einberufung in die SS war er Assistent des technischen Betriebsleiters des Glücksklee-Werkes in Neustadt. Seine Mitarbeit im Werk ist von größter Notwendigkeit. Er ist gebürtiger Amerikaner, war nie Parteimitglied und hat in München für die SS nur an Kraftfahrzeugen gearbeitet, nicht an der Waffe. Könnten Sie vielleicht ein gutes Wort für ihn einlegen? Das New Yorker Büro würde gewiss auch für ihn bürgen.«

Der *Sargent* wiegte den Kopf, dann notierte er sich den Namen. »Das ist natürlich ein anderes Einflussgebiet. Ich kann Ihnen daher nichts versprechen.«

Am 15. Februar 1946, kurz nach Ottos Entlassung, verließen die Besatzer den Hof. Vier Tage später wurde die Glücksklee Milchgesellschaft offiziell unter die Kontrolle der britischen Militärregierung gestellt. Mit ihm, Otto Lagerfeld, als Leiter und mit Alfons van Acken als Stellvertreter an seiner Seite. Im Hauptwerk, das so lange stillgestanden hatte, lief die Produktion wieder an.

Und endlich, am 8. Juni 1946, kam auch Kurt aus der Kriegsgefangenschaft frei. Blass und abgemagert, mit nervösem Magen und schlechten Träumen. Aber darüber hinaus unversehrt, wie Otto feststellte, dem vor Glück fast die Tränen kamen.

Es folgten harte Anfangsjahre. Ein Drahtseilakt zwischen Mangel und Aufbruch. Wieder blieb wenig Zeit für die Familie, die nun erneut auf sich gestellt war. Christel und Mule gingen in Bad Bramstedt zur Schule, und Ebbe beaufsichtigte die Handwerker – Maurer, Tischler und Maler –, um das stark heruntergekommene Haus wieder instand zu setzen. Nur Thea, die mit ihrer Tochter und Tuti Urban in die kleine Dachgeschosswohnung am Mittelweg zog, sah Otto öfter. Er selbst bezog ein Zimmer in der Pension *Bristol*, die fußläufig vom Bürohaus der Glücksklee Milchgesellschaft in der Feldbrunnenstraße lag.

Es fehlte an allem, um den Betrieb wieder in Gang zu bringen. An Milch, von der die Bauern nicht annähernd so viel lieferten wie vor Kriegsende. Und an Kohle, ohne die keine der Maschinen anlief. Vierhundertfünfzig Mitarbeiter mussten sie trotz unzureichender Umsätze durchbringen, davon viele, die aus Waren in Mecklenburg und Allenburg in Ostpreußen nach Neustadt geflohen und übernommen worden waren. Weit mehr, als sie brauchten. Aber sollte man ihnen, die alles verloren hatten, die Zukunft verwehren?

Oft konnte Otto nicht schlafen, weil er nicht wusste, wie er die Gehälter bezahlen sollte.

Aber dann, allmählich, ging es voran. Mit der Währungsumstellung auf die Deutsche Mark im Juni 1948 und der Gründung der Bundesrepublik im Mai 1949 kamen auch der Erfolg und die Hoffnung auf eine bessere Zukunft. Und statt Fräulein Schuhmacher, die nach ihrer Hochzeit zu Hause blieb, hielt nun Fräulein Jung als Chefsekretärin Einzug in Ottos Vorzimmer.

Es war, dachte Otto, als müsste überall ein neuer Anfang gemacht werden. Die Jahre der Kriegsgefahr und die Notwendigkeit der Selbstversorgung waren vorbei. Zeit, auch Hof Bissenmoor wieder loszulassen.

45

Es war ein durchwachsener Herbsttag im Jahr 1949, und die Blätter, die der Wind über den Hof fegte, verfingen sich in den Umzugskisten und Möbeln, die vor dem großen Laster der Transportfirma Resch abgestellt waren.

Otto reichte dem Mann auf der Ladefläche den Karton mit dem Christbaumschmuck, den er aus Sorge um die teuren Glaskugeln selbst vom Dachboden heruntergetragen hatte.

»Seien Sie bitte vorsichtig mit dem Inhalt«, sagte er, als der Mann ihn allzu schwungvoll entgegennahm.

Eine der Glaskugeln trug das Wappen derer von Lagerfeldt, das Ebbe und er beim Besuch eines Münchner Archivs entdeckt hatten, ganz zufällig. Es war auf das Jahr 1770 datiert und gehörte einem schwedischen Adeligen namens Gustaf Adolph Lagerfeldt, der während des Dreißigjährigen Krieges nach Deutschland gekommen war und München besuchte oder dort lebte, sodass man sein Wappen später in dem Archiv aufhängte.

»Dann besitzen auch wir adeliges Blut?«, hatte Mule gefragt, als er die mitgebrachte Kopie des Wappens betrachtete. Er war ganz aufgeregt, und seine Augen leuchteten.

»Es wäre doch sehr verwässert«, sagte Otto mit einem Schmunzeln. »Aber es ist anzunehmen, dass auch unser Vorfahr Thomas ein Mitglied der schwedischen Familie Lagerfeldt war, was so viel wie Lorbeerfeld heißt. Und dass er eines Tages mit einem Boot von Walfischern ankam, die jedes Jahr Schweden in Richtung des Hamburger Hafens verlassen haben. Unser Name wurde vor Generationen ja auch mit ›dt‹ am Ende geschrieben. Die Dokumente meines Großvaters Peter Adrian waren teils noch in diesem Stil gehalten.«

Otto musste auch jetzt wieder schmunzeln, als er daran dachte, mit welchem Eifer der Junge das Wappen auf die helle Glaskugel gemalt hatte, den dreiarmigen Lorbeerbusch, umringt von einem Schlüssel, einer Hand mit Zepter und einem Schwert, das einen Zweig kreuzte.

Die Wochen und Monate seit dem letzten Weihnachtsfest auf Bissenmoor waren wie im Flug vergangen, und er konnte kaum glauben, dass nun die letzten Stunden angebrochen waren, bevor er dem Restgut Bissenmoor, dessen Villa zu einer Pension umgebaut werden sollte, für immer den Rücken kehrte.

Christel hatte bereits vor Wochen Abschied genommen. Sie war mit dem Zug nach Bad Reichenhall gefahren, wo sie in einer Hotelfachschule eine Ausbildung machte. Ebbe und Mule hatten sich in der Pension *Bristol* eingerichtet, wo Otto eine Suite mit zwei Zimmern und einem Balkon zum Garten angemietet hatte, bis das neue Haus am Harvestehuder Weg 85 fertiggestellt war, das zwischen grünen Alsterwiesen und dem Eppendorfer Baum mit seinen hübschen Cafés, Feinkostgeschäften und Boutiquen lag.

Ebbes Wunsch gemäß sollte es ein ganz besonderes Haus werden. Eines, das dem neuen Zeitgeist entsprach. Sie konnten dafür den renommierten Wiener Architekten Richard Neutra gewinnen, der seit seiner Auswanderung in Kalifornien lebte und für seine minimalistischen Bauten im Stil der Klassischen Moderne gefeiert wurde.

Ihr neues Heim sollte vor allem ästhetisch sein, mit einem großzügigen, lichtdurchfluteten Wohnzimmer, das fast die gesamte Etage einnehmen sollte, und mit teils mehrflügelig ineinander gehenden, schnörkellosen Fenstern. Weil der minimalistische Stil weniger Materialien verschwendete, war das Haus sogar erschwinglicher, als Otto befürchtet hatte.

Ein Zinshaus würde es sein, mit Mietwohnungen in den oberen beiden Etagen, die später einmal, wenn er in Rente ging, ihre Ausgaben decken sollten. Und das Beste war, Otto lächelte, auch Frau Riek würde dort wieder für sie arbeiten.

»Ich komme sehr gerne, Herr Lagerfeld«, hatte sie gesagt, als er sie telefonisch bei ihrer Schwester erreichte. »Ich habe Sie und Ihre Familie sehr vermisst. Und ich bin neugierig, wie es nach den Bombennächten vor sechs Jahren jetzt in der Gegend um den Innocentiapark aussieht.«

»Es hat sich einiges verändert«, erwiderte Otto. »Sie werden staunen. Zwischen Grindelberg und Brahmsallee sind die Trümmer inzwischen fortgeräumt. Dort werden jetzt zwölf moderne Hochhäuser gebaut, die ursprünglich für die Besatzungstruppen geplant waren. Die Fundamente sind schon gelegt. Und in der Isestraße, direkt unter der Hochbahnbrücke, gibt es einen neuen Wochenmarkt, auf dem die Bauern aus dem Umland frische Blumen und Gemüse verkaufen. Er liegt von unserem neuen Haus keine zehn Minuten entfernt.«

Fast ein halbes Jahr galt es nun zu überbrücken, er wäre gerne noch hiergeblieben. Otto ließ den Blick über das Gutshaus schweifen und weiter über die Bäume des Waldstücks, das die breite Zufahrt säumte. Wehmütig war er schon, auch wenn die Jahre seit dem Kriegsende nicht leicht gewesen waren.

Ebbe und Mule hingegen konnten es nicht abwarten, von hier fortzukommen. Sie weinten dem Hof keine Träne nach. Seit den Monaten in Stall und Kornspeicher hatten sich die beiden immer mehr angenähert. Mule nannte seine Mutter jetzt sogar französisch *Maman*. Und er redete genauso pointiert wie sie.

Väterlichen Rat suchte er schon lange nicht mehr. Was Otto sehr bedauerte.

Die Fliehkräfte wurden immer größer in dieser Familie. Alle stoben auseinander, als hätte sie bisher ein festes Gummiband zusammengehalten, das nun in die Jahre kam und allmählich ausleierte.

Vor allem Thea nabelte sich immer mehr ab.

»Ich will dir nicht ewig auf der Tasche liegen«, sagte sie eines Abends, als Otto sie und Thoma in der kleinen Dachwohnung über den Büroräumen besuchte. »Ich werde mir eine Arbeit suchen.«

Otto nickte. Was früher undenkbar schien, das war heutzutage normal. »Ich kenne einige Geschäftsleute, die eine Sekretärin brauchen.«

»Untersteh dich«, entgegnete sie. »Das schaffe ich auch alleine.«

Und so zog sie eines Tages ein schickes Kostüm an, streifte sich lange Handschuhe über und ging in die Redaktion der von der britischen Militärregierung eingeführten Tageszeitung *Die Welt*, wo sie dem verblüfften Portier am Eingang erklärte, dass sie fortan hier arbeiten wolle. Tatsächlich fand sie eine Anstellung in der Bildredaktion, und bald war sie mit dem Chefredakteur Rudolf Küstermeier befreundet. Dem Rudi, dessen Widerstand gegen den Nationalsozialismus ihn ins Zuchthaus und später in verschiedene KZs gebracht hatte und den die Engländer schließlich aus Bergen-Belsen befreit hatten.

Zum ersten Mal verdiente Thea ihr eigenes Geld. Bald würde sie sogar mit Tochter und Kindermädchen in ihre eigene Wohnung an die Sophienterrassen ziehen. Sie, die in so jungen Jahren Witwe geworden war, begann nun, all das nachzuholen, was ihr Ebbe, das Internat und der Krieg verwehrt hatten. Es galt, einen enormen Lebenshunger zu stillen. Thea wollte tanzen gehen, in nächtlichen Redaktionssitzungen hemmungslos flirten, sich neu verlieben. Nicht nachdenken müssen. Einfach nur leben, leben, leben.

Otto konnte nicht verhindern, dass sie sich losriss. Nur das Verhältnis mit einem Briten, der die Zeitung kontrollierte, das verbot er ihr. So weit käme es noch, dass sie das gerade erst erschaffene Glück mit einem unehelichen Kind gefährdete.

Am Ende war Kurt der Beständigste von allen. Über das Jahr im Internierungslager vor den Toren Münchens sprach er nie. Nach der Freilassung war er anfangs aufbrausend und dabei oft ungerecht, ein richtiger Dickschädel. Es fiel ihm spürbar schwer, dort anzuknüpfen, wo er vor seiner ungewollten Einberufung in die Waffen-SS aufgehört hatte. Doch ganz langsam taute er auf. Bald war er wieder der treusorgende Familienvater, der fleißig und loyal seine Arbeit verrichtete, weshalb er vom Assistenten zum technischen Betriebsleiter aufstieg.

Nur manchmal erinnerte er Otto an Paul. Wenn Kurt mit hübschen Frauen sprach, dann strahlte sein ganzes Gesicht. Er wusste, wie man Komplimente machte, sodass die Damen aus Büro und Meierei ihm zunehmend an den Lippen hingen.

»Achtung!«, rief der Mann auf der Ladefläche, und Otto trat einen Schritt zurück, um den beiden anderen Packern Platz zu machen, die gerade eine Anrichte die Veranda hinabschleppten.

Otto sah ein, dass er hier nur im Weg stand, und startete einen letzten Rundgang, vorbei an den Beeten, dem Kuhstall und dem Kornspeicher. So viele Erinnerungen hingen an dem Hof. Gute wie weniger gute. Wie gerne dachte er an die Sommertage zurück, die er hier verbracht hatte. An die prall mit Äpfeln behängten Obstbäume, das Fleisch so süß und saftig. An die stillen Stunden am Forellenteich, auf dessen Wasseroberfläche sich tiefhängende Birkenzweige spiegelten.

Im April 1946 hatte er mit dem Buchhändler Alfred Warnemünde, dem Gastwirt Fritz Fick, Schulrektor Karl Hintmann und sechs anderen Männern den Anglerverein Forelle e. V. gegründet und viele schöne Stunden hier verbracht. Es gab kaum etwas Entspannenderes als das Angeln. Für kurze Zeit war dann alles vergessen. Auch die unangenehmen Dinge, die in jenen Tagen anstanden.

Otto umrundete die Villa einmal. Vorm Eingang wartete er, bis die Umzugsleute ein Sofa an ihm vorbeigetragen hatten, dann stieg er die Stufen zum Portal empor und blieb in der leergeräumten Halle stehen.

Damals, als die Besatzer es ihnen wieder überlassen hatten, war das Haus ähnlich leer gewesen.

»Das ist ja kaum wiederzuerkennen«, hatte Ebbe ausgerufen, als sie gemeinsam durch die Tür traten, und Otto konnte nur nickend zustimmen. Er war sprachlos angesichts des sich ihm darbietenden Anblicks.

Aus der Eingangshalle fehlten die große Standuhr, der Eckschrank mit den Büchern und die Grammophonplatten. Das teure Telefunken-Radio mit Plattenspieler war funktionsuntüchtig, sonst hätten sie es vermutlich nicht stehen lassen.

Die zahlreichen Ölgemälde und Kupferstiche waren von den Wänden entfernt worden, der Aufgang zum ersten Stock war seltsam leer ohne die sechs Gemälde vom Hamburger Hafen und die beiden russischen Bilder aus Ottos Zeit vor der Ehe. Am Ende war ein ganzes Küchenbuffet mit Marmorplatte verschwunden, und sämtliche modernen Geräte vom Herd bis zum Eisschrank waren der Technik beraubt. Das Speisezimmer hatten sie sogar ganz leergeräumt, mitsamt der antiken französischen Uhr, die ein Heidengeld gekostet hatte, und den fünf Korbgeflechtstühlen im Stil von *Louis Quinze*.

Und erst die Schlafzimmer! Auch Ludwig Klages ledergebundene Werke aus der Reihe *Mensch und Erde* waren fort, zusammen mit dem Kleiderschrank.

Die Liste, die Otto beim Rundgang durch das Haus erstellte, wurde lang und immer länger. Vieles war zerstört worden. Nicht einmal die Toilette, die Waschbecken oder die Badewanne hatten die Besatzer heil gelassen. Obwohl er sich ihnen gegenüber immer anständig verhalten hatte. Aber wegen seiner Internierung hatten sie ihn wohl für einen überzeugten Nazi gehalten. Einen von denjenigen, die die unzähligen Gräueltaten zugelassen hatten, die sich den Befreiern nach Kriegsende offenbarten. Und die auch ihn, Otto, zutiefst erschüttert hatten. Das hier war offenbar die Quittung.

Und so war ihm nur geblieben, alles fein säuberlich aufzuschreiben und die Liste der Feststellungsbehörde in Bad Segeberg zukommen zu lassen, dazu eine Aufstellung mit den ausgefallenen Mieten. Er wartete noch immer auf sein Geld.

Otto trat aus dem Haus, wo die Umzugsleute gerade die Türen der Lkw-Ladefläche verschlossen.

Nun, nachdem der inzwischen sechzehnjährige Karl-Otto konfirmiert war und den Realschulabschluss in der Tasche hatte, war es endlich so weit: Sie würden die Vergangenheit, den Krieg, all die Nachwehen hinter sich lassen.

Das Haus im Harvestehuder Weg bedeutete einen Neuanfang.

46

Winter 1949

»*Maman*? Wo steckst du denn?«

Mule lief durch die Räume der Pension *Bristol*, die Zeitung in der Hand. Im Schlafzimmer der Eltern stand das Zimmermädchen und machte die Betten.

»Fräulein, haben Sie meine Mutter gesehen?«

»Sie ist in der Stadt. Um fünf wollte sie zurück sein.«

Mule sah auf die Tischuhr. Es war erst drei.

»Was gibt es denn so Eiliges?«, fragte das Mädchen freundlich und zog die Decken glatt.

Mule versuchte, nicht auf ihre frei hängenden Ohrläppchen zu starren, die auf groteske Weise verlängert waren. Sie sahen aus wie Würmer, die sich um die Ohrmuscheln schmiegten und zur Wange krochen. Wie unästhetisch, dachte er, fast noch schlimmer als ein Pickel oder schrumpelige Kniekehlen. Oder die plumpen Arme von Christel, die seit ihrer Ausbildung an Gewicht zugelegt hatte und dennoch kurze Ärmel trug.

»Die Zeitschrift *Constanze* holt Christian Dior nach Hamburg«, antwortete er endlich. »Er zeigt seine Kollektion im Hotel *Esplanade*.«

»Christian … Wer?«

»Ein Pariser Couturier. Der Erfinder des *New Look*«, beeilte er sich zu sagen, sodass er die Worte fast verschluckte.

Normalerweise hätte er dem Zimmermädchen jetzt einen Vortrag über das Wesen der Pariser Eleganz gehalten, die sich von der deutschen Nachkriegsmode entschieden abhob. Und erwähnt, dass Dior seit der Präsentation des *Bar Ensembles* im Februar vor zwei Jahren der neue Stern am Designerhimmel sei. Aber der Anblick dieser Ohrläppchen war ihm unerträglich.

»Es ist etwas ganz Besonderes, wenn ein Designer wie Dior seine Kollektion in der Hansestadt zeigt, gleich nach der Schau auf der Biennale in Venedig«, sagte er daher nur schnell. »Ich will da unbedingt hin. Und ich komme dahin, Sie werden schon sehen.«

Rasch lief Mule in sein Pensionszimmer zurück und blieb dort unschlüssig stehen. Dann ging er zum Fenster, schob die Gardine beiseite und schaute hinaus. Der Himmel war bewölkt, und ein leichter Wind ließ die kahlen Zweige der Eiche auf und ab wippen. Im Garten harkte ein Mann die letzten Blätter vom gefrorenen Boden.

Doch Mule bemerkte ihn gar nicht. In Gedanken war er längst bei der Modenschau, und während er mit leerem Blick das Auf und Ab der Zweige verfolgte, dachte er an die vielen Illustrationen, die er schon aus Zeitschriften geschnitten, aufgeklebt oder abgeheftet hatte. Und deren Stil er so lange nachzeichnete, bis er selbst in der Lage war, die schönsten Kleider zu Papier zu bringen.

Sein Herz schlug schneller. Die Welt der Mode, die er bislang nur aus Heften und von den Erzählungen seiner Mutter kannte, sollte nach Hamburg kommen, direkt vor seine Tür.

Sein Vater würde das nie verstehen.

Wie oft hatte der ihn ausgeschimpft, weil er sich nicht für eine Lehrstelle entscheiden und auch sonst nicht weiterbilden wollte.

»Ich verlange gar keinen Gymnasialabschluss, wie deine Mutter es tut«, hatte der Vater einmal gesagt. »Das Realschulzeugnis ist vollkommen ausreichend. Aber danach muss es ja auch irgendwie weitergehen. Du machst am besten eine Ausbildung. Bei mir in der Firma, da kann ich dich gewiss unterbringen.«

Mule verdrehte nur die Augen. »Dazu habe ich nun wirklich keine Lust.«

»Das hätte ich mir mal bei deinem Großvater erlauben sollen«, lautete die Antwort. Teils streng, halb resigniert. »Der hätte mir die Leviten gelesen. Und auch ich werde nicht zulassen, dass du den ganzen Tag nur faul herumliegst. Nimm dir ein Beispiel an Kurt. Der hat sich von der Pike auf hochgearbeitet. Vom Maschinenbaulehrling bis zum technischen Betriebsleiter.«

»Ausgerechnet Kurt.« Mule stöhnte. »Außerdem liege ich nicht faul herum, ich bereite mich auf meine Zukunft vor. Ich will Künstler werden. Mode-Illustrator oder Karikaturist.«

Damit war die Diskussion mit dem Vater beendet gewesen.

Doch ein Werdegang als Künstler sollte ihm zunächst verschlossen bleiben. Jedenfalls scheiterte seine Mutter mit dem Versuch, ihn bei der Landeskunstschule am Lerchenfeld unterzubringen. Das sei keine Kunst, sagte der Direktor, obwohl etliche Grafiken dabei waren, in denen Mule Szenen aus Tolstois *Krieg und Frieden* im Stil von Gustave Doré gezeichnet hatte, in perfekt eingeübtem Strich. Auch einen Schlosshof mit Kopfsteinpflaster, Zäunen und Bäumen sowie einer Kutsche hatte er gemalt. Daneben Napoleon Bonaparte mit seiner Gemahlin Joséphine.

Er sei als Kostümbildner besser aufgehoben oder beim Theater, lautete das abschließende Urteil.

Seine Mutter schüttelte pikiert den Kopf. »Dieser Ahlers-Hestermann hält sich für den Nabel der Welt. Aber wer kennt diesen Mann schon? Was hat der schon Weltbewegendes erschaffen?«

Mule zuckte nur die Schultern und bemühte sich dabei, seine

Enttäuschung zu verbergen. »Dann versuchen wir es eben in Berlin.«

Doch seine Mutter hatte damals abgewunken. »Berlin ist auch nur noch eine Trümmerlandschaft, das behalte ich lieber in schöner Erinnerung.«

Seufzend zog Mule die Gardinen wieder zu und setzte sich auf das Bett. Er legte sich den Zeichenblock auf die Knie und betrachtete das erste Blatt, auf dem er begonnen hatte, den Sessel zu zeichnen, in dem er so gerne russische Literaten las. Oder die Briefe von Liselotte von der Pfalz, die er unter den Büchern seiner Mutter entdeckt hatte. Oft hörte er dabei auf dem reparierten alten Telefunken-Grammophon *Le Sacre du Printemps* von Igor Strawinski oder Bachs Cembalo-Konzerte und stellte sich vor, am französischen Hof zur Zeit von Ludwig XIV. zu leben. Er redete inzwischen sogar in derselben verschraubten Sprache, aber seine Mutter verbot es ihm. Es mache sie wahnsinnig, man verstehe ja kein einziges Wort.

Der Bleistift glitt über das Papier. Mule setzte ein paar Linien für die Gardinen im Rücken des Sessels, zeichnete mit zügigen Bewegungen den ungleichmäßigen Faltenwurf. Dann nahm er sich die Kommode auf der Linken vor. Skizzierte die gedrechselten Beine, ohne innezuhalten, bis sie exakt die gleichen Konturen hatten wie das Original.

Für einen Augenblick hielt er inne und betrachtete sein Werk.

Ja, er konnte zeichnen, sehr gut sogar. Und er ärgerte sich über das abschätzige Urteil der Landeskunstschule, er war überzeugt von seinem Können, der Direktor hatte es nur nicht erkennen wollen. Er würde schon sehen, was er davon hatte!

Sein Kunstlehrer hingegen, der Landschaftsmaler Heinz-Helmut Schulz, der 1947 aus Lübeck in die Jürgen-Fuhlendorf-Schule gekommen war, hatte ihm ein außergewöhnliches Talent bescheinigt. Er ermunterte ihn sogar seiner Kreativität ohne

Rücksicht auf Unterrichtsinhalte oder Beurteilungen freien Lauf zu lassen. Seit Schulz sich schützend vor ihn stellte, sagten auch die anderen Lehrkräfte nichts mehr, wenn er während des Unterrichts zeichnete.

»Phantasie ist wichtiger als Wissen«, zitierte er einmal Albert Einstein, »denn Wissen ist begrenzt.«

Eine solche Anerkennung hatte Mule noch nie für seine Kunst erhalten und es entfachte eine tief empfundene Freude. Er malte alles, was er sah. Die Mitschüler, die sich über ihre Pulte beugten, skizzierte er mit orangefarbener und schwarz akzentuierter Tusche. Standen *Die Leiden des jungen Werthers* auf dem Stundenplan oder *Götz von Berlichingen*, dann zeichnete er mit seinem Füllfederhalter das gesamte Figurenkabinett mitsamt Johann Wolfgang von Goethe, dazu das Frankfurter Geburtshaus und den Wohnsitz des Dichters in Weimar.

Bald experimentierte er mit Techniken und Materialien. Die Blüten des Geißblattes, die an einem Baum hinter dem Gutshaus rankten und am Abend ihre betörend duftenden Blüten ganz öffneten, bannte er mit Pastellkreiden auf japanisches Papier.

Seine Mutter war seine schärfste Kritikerin, trieb ihn immer zu Bestleistungen. Sie hatte keinerlei Verständnis, wenn er sich dabei auch um die Anerkennung der anderen Kinder bemühte und sie porträtierte. Der Kontakt tue ihm nicht gut, sagte sie, die anderen seien doch viel zu gewöhnlich. Und er wolle doch wohl nicht ebenso gewöhnlich sein.

»Sieh nur, wie schäbig sie herumlaufen in ihren abgetragenen Sachen und den umgenähten Naziuniformen«, schimpfte sie. »Sie haben ja noch nicht einmal richtige Schuhe.«

Diese Worte schossen ihm durch den Kopf, als die Schüler einmal in der großen Pause in einer Schlange darauf warteten, bei der Schulspeisung an die Reihe zu kommen. Er selbst wie immer in Hemd und Anzug, wie aus dem Ei gepellt. Hinter ihm stand der Fritz, der ihn wieder einmal aufzog, weil er eine saubere Emailleschale und einen Edelstahllöffel dabeihatte, während die anderen mit leeren Blechbüchsen und altem Wehrmachtskochgeschirr anstanden.

»Kiekt mal, de Karl-Otto höllt sik wedder för wat beters. Na, Königliche Hoheit? Aber den Lepel affslabbern könt Se, oder?«

Mule warf einen abschätzigen Blick auf das Braunhemd und die kurze Hose der ehemaligen Hitlerjugend-Uniform.

»Sei froh, dass du überhaupt was zu essen bekommst«, entgegnete er. »So einem Nazischwein wie dir sollte man Kartoffelschalen geben.«

Die anderen lachten ob seiner Schlagfertigkeit, und Mule verspürte Genugtuung. Doch dann musste er rennen, denn der Fritz, der ihn in Richtung der Weitsprunganlage verfolgte, war stärker als er.

»Siehst du?«, sagte seine Mutter, als er mit sandverklebten Augen nach Hause kam. »Halte dich bloß von diesen Rüpeln fern.«

Am Ende hörte er auf seine Mutter, und er blieb auf Distanz, obwohl er einige seiner Mitschüler ganz gut leiden konnte. Wie den Kalli, den er jetzt nur noch in der Schule sah, oder den Peter. Dem lieh er auch mal seine Karl-May-Bände aus.

Stattdessen hielt er sich an Dorothee, die Tochter des Chefarztes der Rheumaklinik, die sich vor Insekten ebenso ekelte wie er.

Als die ganze Klasse im heißen Sommer 1947 auf dem Feld helfen und Kartoffelkäfer, deren Larven und Eier sammeln musste, da griff sie mit spitzen Fingern nach einem der Krabbeltiere und ließ es sofort mitsamt der Sammelbüchse fallen, weil der Käfer so zappelte. Sie sprang auf und kreischte so laut, dass die Krähen, die am Feldrand in den Bäumen saßen, aufstoben und krakeelend davonflogen.

Die anderen Kinder lachten sie aus. Aber Mule freundete sich mit ihr an. Und weil sie fast denselben Schulweg hatten, gingen sie fortan ein großes Stück gemeinsam.

Irgendwann hatte er dann den Bogen raus, wie er sich die Rüpel vom Leib halten konnte. Als ihm der schlimme Willi Kröger wieder einmal vor dem Heimweg Prügel androhte, bat er einen der älteren und kräftigeren Schüler, ihn für ein paar Pfennige nach Hause zu begleiten. Der Junge streckte die Handfläche aus, nahm die Münzen an sich und ging den ganzen Weg bis zum Hof neben ihm her, mit gereckter Brust und geballten Fäusten. Was Mule ziemlich mondän fand.

Diese Sonderstellung gefiel ihm zunehmend. Arroganz war seine Rüstung, und je abfälliger die Bemerkungen der anderen waren, desto höher trug Mule den Kopf. Sollten sie doch sagen, was sie wollten. Wenn er erst ganz oben angelangt war, dann würden sie sich wünschen, netter zu ihm gewesen zu sein. Aber dann würde er all seine ehemaligen Peiniger mit Nichtachtung strafen, all jene, die sich über seine Kleidung, das lange Haar und die manikürten Nägel lustig gemacht hatten, obwohl sie selbst nicht einen Hauch von Geschmack und Stilgefühl besaßen.

Neid bekomme man nicht geschenkt, sagte seine Mutter immer, den müsse man sich hart erarbeiten.Er solle unbeirrt seinen Weg weitergehen. Und das tat Mule auch.

Wenn sein Vater im Atelier des Posener Schneidermeisters Bruno Kluck am Bad Bramstedter Kirchenbleek seine Maßanzüge anfertigen ließ, dann begutachtete er die Stoffe mit Kennerblick. Den orangefarbenen Samt für das Jackett, das der Schneider ihm für den Abschlussball am Ende der Schulzeit nähte, hatte er selbst ausgesucht. Herr Kluck ließ ihn sogar ein Praktikum machen. Aber Schneider werden, das wollte er dann doch nicht. Ihm fehlte einfach die Geduld dafür.

Plötzlich war das Geräusch eines Schlüssels zu hören, der sich im Schloss drehte. Mule schrak auf. Im Zimmer war es längst dunkel geworden, und er schaltete die Stehlampe an. Dann griff er nach der Zeitung, zog an den Ärmeln seines Hemdes, bis sie seine kurzen, breiten Finger halb verdeckten, und eilte zur Tür.

»*Maman?* Sieh nur, was ich in der Zeitung gefunden habe. Christian Dior veranstaltet eine Modenschau, da müssen wir hingehen, ja? Besorgen wir bitte heute noch Karten dafür? Es ist ja erst fünf, da kann man bei den Organisatoren gewiss noch vorsprechen.«

»Vielleicht lässt du mich erst einmal den Mantel ausziehen?«, tadelte Ebbe ihn und ließ sich Zeit, bis sie die Handschuhe abgestreift, Hut und Mantel an die Garderobe gehängt hatte. Dann nahm sie den Artikel endlich entgegen.

»Und?«, fragte Mule voller Ungeduld. »Was sagst du?«

Mit einem mahnenden Blick hob seine Mutter das Monokel an, das sie seit einiger Zeit an einer Kette um den Hals trug, und hielt es vors rechte Auge.

»Kannst du denn nicht lesen? *Die hohe Nachfrage hat die Organisatoren vorzeitig zur Erschöpfung getrieben. Sämtliche Karten waren innerhalb weniger Stunden vergeben.*« Sie reichte ihm die Zeitung zurück. »Ich fürchte, da musst du von draußen durchs Fenster zusehen.«

47

Doch Mule wollte nicht von draußen zusehen, er wollte dabei sein, mittendrin. Und letztlich ergatterten sie doch zwei Karten. Weil Otto die Familie Hinrich Springer gut kannte und dessen Sohn Axel Verleger der *Constanze* war, erhielten sie zwei Plätze für die erste Vorführung, an der neben Modefachleuten, Juwelieren und Schauspielerinnen auch die Prominenz aus Politik und Wirtschaft teilnahm.

Am Tag an dem die Modeleute aus Paris eintrafen, zog Mule in aller Früh seinen besten Anzug an, polierte die dunklen Schuhe, bis sie glänzten, und strich sich Brillantine in das dicke schwarzbraune Haar. Dann lief er über die Rothenbaumchaussee und den Dammtordamm bis zum Hotel *Esplanade*, eine Auswahl an Modezeichnungen in der Mantelinnentasche. Vor dem weihnachtlich mit Tannenzweigen geschmückten Portal bleib er stehen und positionierte sich nah beim Eingang. Bereit, die Skizzen dem Meister Christian Dior persönlich in die Hände zu drücken.

Die Luft war kalt, und es fiel der erste Schnee in großen weißen Flocken. Mule rieb die Hände aneinander und blies warmen Atem hinein.

In seinen Tagträumen war er bereits ein berühmter Modezeichner. Genau so, wie es Eduardo García Benito gewesen war. Oder Georges Lepape, dessen Abbildungen der Kollektionen von Paul Poiret, Lanvin oder Doucet regelmäßig die Titel von *Vogue*, *Harper's Bazaar* und *Vanity Fair* zierten und die er ausgeschnitten und in sein Ringbuch geklebt hatte. Sogar Kostüme für die *Ballets Russes* hatte Lepape entworfen. Und genau das wollte er auch. Von seinem Vater hatte er gelernt, wie gut es war, vernetzt zu sein. Sein Kontakt in die Welt der Mode sollte Christian Dior werden, und zu diesem Zweck hatte er sich bereits ein paar französische Worte zurechtgelegt.

»Monsieur Dior, je suis heureux de faire votre connaissance«, murmelte er.

Der Meister persönlich war seine Eintrittskarte.

Doch er war nicht der Einzige, der auf den Couturier wartete. Innerhalb der nächsten Stunde füllte sich die Straße vor dem Hotel mit Fotografen und aufgeregt durcheinanderplappernden Modeschülerinnen, die jedes Mal nach vorne stürmten, sobald ein Taxi oder eine edle Karosse vor dem Eingang hielt, um sich beim Aussteigen profaner Hotelgäste wieder zu zerstreuen. Vor dem Eingang drängten sich Modehausinhaberinnen, die keine Karte mehr bekommen hatten und, ihren emporgereckten Schildern zufolge, für einen Platz Kleider, Schuhe und Hüte zum Tausch anboten. Dazu etliche Schaulustige, die nachsehen wollten, wen die Menge so freudig erwartete.

Immer mehr Menschen bevölkerten den Gehweg vor dem Hotel, bildeten schließlich eine dichte Masse.

Als die ersehnten Wagen endlich eintrafen, entstiegen ihnen zunächst nur elegant gekleidete, sehr schlanke junge Damen, ganz offensichtlich die Mannequins.

Mule stellte sich auf Zehenspitzen und reckte den Hals. Versuchte, über die dicht gedrängt stehenden Schaulustigen hinweg einen Blick auf die Ankömmlinge zu erhaschen, was gar nicht so einfach war. Aber er konnte sich unmöglich zwischen all diese atmenden, kreischenden und schiebenden Menschen drängen, die ihre Körper aneinanderpressten. Wildfremde Personen, dicht an dicht.

In einer Dame, die dem nächsten Wagen entstieg, erkannte er die Pariser Modeexpertin der *Constanze*, Marie Hélène Bourdil, deren Foto er einmal in der Zeitschrift gesehen hatte. Offenbar hatte sie die Gäste am Bahnhof abgeholt. Doch wo, zum Kuckuck, war Christian Dior?

Eine andere Frau, die über einem Glockenrock und einer schwarzen Satinbluse einen weiten Hirtenmantel aus grünem Schottenstoff mit pludrig auslaufenden Ärmeln trug, stand einem Reporter Rede und Antwort. Offenbar war sie die Pressefrau.

Es half nichts, er musste weiter nach vorne. Mule hielt die Luft an und drängelte sich durch die wogende Menschenmenge, bis er direkt neben dem Reporter stand.

Der Mann sprach die Dame gerade mit »Mademoiselle Lebidois« an.

»Nein, der Meister begleitet seine Kollektionen nie ins Ausland«, erklärte sie auf Französisch, und eine Übersetzerin übertrug es ins Deutsche. »Ihn interessiert in erster Linie der schöpferische Prozess. Gerade weilt er auf seinem Landsitz in Milly-la-Forêt und arbeitet an seiner nächsten Kollektion. Christian Dior liebt die Einsamkeit und Ruhe, und wenn er nach Paris zurückkehrt, hat er für gewöhnlich rund dreitausend Zeichnungen dabei, aus denen er mit seiner rechten Hand und engsten Vertrauten Madame Luling gut dreihundert auswählt, bis am Ende etwa achtzig übrig bleiben.« Sie zeigte auf eine ganz in Schwarz gekleidete Dame mit braunlockiger Kurzhaarfrisur, die sich mit dem einzigen Mann der Entourage unterhielt. »Madame ist selbstverständlich vor Ort. Die Modenschau wird Monsieur Castel beaufsichtigen, er ist unser kaufmännischer Leiter. Und Christian Dior hat seine sechs besten Mannequins nach Hamburg geschickt, um die aktuelle Kollektion zu präsentieren.«

Mule war enttäuscht, und er fühlte in seiner Mantelinnentasche nach den Zeichnungen. Wie gerne hätte er sie Christian Dior persönlich überreicht. Dessen rechte Hand Madame Luling aber rauschte bereits durch den von Hotelbediensteten mühsam zurückgehaltenen Pulk der Wartenden und verschwand im Dunkel der Hotellobby.

Die Chance war vertan.

Er blieb noch, bis die von Polizisten bewachten Schrankkoffer mit der Kollektion eintrafen, dann ging er zurück zur Pension.

Die Modenschau fand im Festsaal des Hotels statt, und der Laufweg führte über den dunklen Teppich durch sämtliche Nebenräume bis hin zur breiten Treppe am Wintergarten. Ebbe, die für diesen Anlass ein elegantes schwarzes Kleid und hängende Perlenohrringe gewählt hatte, saß neben Mule auf einem der tiefen Stühle, die um einen Tisch gruppiert waren. Sie verrenkte sich den Hals nach den neusten Kollektionen, die die Mannequins zur Musik des hoteleigenen Orchesters unter den bewundernden Rufen des Publikums präsentierten.

Jedes Mal wenn ein Mannequin schnellen Schrittes an ihnen vorbeizog, hinterließ es eine blumig-würzige Duftwolke. Vor den Stuhlreihen mit den Pressevertretern und den Damen der führenden Modehäuser und Salons, die sich die Namen der Kleider notierten, drehten sie sich besonders elegant.

Immer neue Modelle sagten die Conférenciers an. *Cri de Paris* hieß ein schwarzes Kleid aus Velours und Samt. *Bamboche* ein weinrotes aus Satin. Eng gegürtete Kostüme und Mäntel mit gemustertem Brokatinnenfutter schwebten durch den vom Zigarettenrauch geschwängerten Raum. Als ein Mannequin in einem Ensemble namens *Petit Ours* aus einem schwarzen Samtkleid und einem weißen Hermelincape an ihrem Tisch vorbeiflanierte, beugte sich Ebbe interessiert vor und hob das Monokel vor das rechte Auge.

Das war etwas ganz anderes als die hausbackene Mode des sich allmählich den Krieg abschüttelnden Deutschlands.

Christian Diors Kreationen stellten wahrlich einen Coup dar, eine Revolution. Nach all den Jahren mit reduziert-praktischer Linienführung markierten sie die triumphale Rückkehr der Weiblichkeit. Allein die Art, wie die Mannequins die Kollektion präsentierten, war sensationell. Hoheitsvoll sahen sie aus, mit ernstem Blick, nicht so albern lächelnd wie die deutschen. Die Hüfte vorgeschoben, der Gang selbstbewusst und temporeich. Die raschen Drehungen voll knisternder Erotik. Und dann die Stoffe! Taft, Velours und Duchesse in den kostbarsten Varianten. Pelze, Brokat und Edelsteinstickereien.

Auch Mule war sichtlich beeindruckt. Nachdem die anderen Gäste gegangen waren, blieb er sitzen und kritzelte die Modelle aus der Erinnerung auf ein Stück Papier, das auf einem der Tische gelegen hatte.

»Nun komm schon«, mahnte Ebbe, als die Kellner bereits die Tische abdeckten und die Blumentöpfe forträumten, die als Requisiten auf der Treppe zum Wintergarten standen. »Sonst fegen sie uns hier noch raus.«

Mule hob den Kopf. Sein Blick war entrückt, so als habe jemand einen Vorhang beiseitegezogen und ihm einen Blick auf die Schatzkammer des Midas ermöglicht.

Ebbe betrachtete ihn, diesen klugen, sensiblen und wunderschönen jungen Mann, der ganz kerzengerade dasaß. Dann blickte sie auf das Blatt mit den Zeichnungen. Mit nur wenigen Strichen hatte er auf der Rückseite eines Programmzettels die schönsten Teile der Kollektion zu Papier gebracht. Die Modelle waren wirklich exzellent getroffen. Ganz plötzlich kam ihr ein erregender Gedanke.

Mule bemerkte ihren Blick und schob ihr das Papier hin. Sichtlich zufrieden.

»Jetzt nur nicht übermütig werden, junger Mann«, sagte Ebbe streng. Dann erhob sie sich, ohne das Blatt aufzunehmen. Es wäre grundfalsch, ihn jetzt in den Himmel zu loben. Er würde sich nur auf seinen Lorbeeren ausruhen.

Dieses Talent, dachte sie, während sie dem Ausgang zustrebte, gehörte dringend gefördert. Ihr Sohn war dazu bestimmt, in die Welt zu gehen. In jene schillernde Welt, die sie einst hatte zurücklassen müssen.

Und es war an ihr, ihm den Weg zu bereiten.

In den folgenden Tagen gab es für Mule kein anderes Thema mehr. Als seine Mutter ihm die *Textil-Wirtschaft* besorgte, ein Fachblatt für Modeschaffende, das einen Artikel über Christian Dior brachte, verschlang er diesen noch im Stehen.

»Sieh nur, *Maman*«, sagte er und reichte ihr das Heft. »Wusstest du, dass Dior als Modezeichner für *Le Figaro* gearbeitet hat? Er hat auch Skizzen für andere Modehäuser angefertigt, bevor ihn ein Textilfabrikant engagierte und ein Couture-Haus unter seinem Namen gründete.«

Sie lächelte. »Ja, ich kenne den Artikel. Es beweist, dass man Förderer auf sich aufmerksam machen sollte, wenn man seine eigene Marke erschaffen will.«

Mule schüttelte den Kopf. Seine Mutter hatte nicht verstanden, was ihn so sehr bewegte. Es bewies vor allem, dass man kein Schneider sein musste, um ein erfolgreicher Couturier zu werden. Alles, was man brauchte, war eine gehörige Portion Inspirationskraft, einen kultivierten Sinn für Farben und Proportionen sowie ein sicheres Gespür für die Sehnsüchte der Kundinnen.

»Das kann ich auch«, flüsterte Mule.

Etwas in ihm hatte sich miteinander verbunden, es wuchs zu etwas Größerem, als er sich jemals hätte träumen lassen. Er würde nicht die Mode anderer illustrieren, sondern sie kraft seiner Zeichnungen selbst erschaffen! Aber das Zentrum der Branche lag nicht im kriegsversehrten Hamburg, sondern in Paris. Wo es keine Trümmer gab und keine historische Bürde, sondern Leichtigkeit und Lebensfreude. Dort wollte er sein.

Noch am selben Abend baten er und seine Mutter den Vater um ein Gespräch.

»Ihr wollt, dass ich eine Wohnung in Paris anmiete und für Mules Auskommen sorge?«, fragte Otto verblüfft und sah seinen Sohn aufmerksam an. »Hast du denn dort überhaupt eine Anstellung?«

»Ich werde schon eine finden, mach dir da mal keine Sorgen. Ich will mir die Stadt von Paris aus erobern.«

Otto schüttelte den Kopf. »Ich werde dir gerne am Anfang unter die Arme greifen. Aber zuerst brauchst du einen Arbeitsvertrag. Außerdem sollte man die Sprache eines Landes beherrschen, bevor man es für sich erobern will. Da reichen die paar Brocken nicht, die du bei Cäcilie gelernt hast.«

Das war tatsächlich ein Kritikpunkt, das musste selbst Ebbe zugeben. Also meldete sie ihren Sohn kurz darauf in einem französischen Institut zum Sprachkurs an.

Von nun an lernte Mule fleißig Französisch, wobei er bald feststellte, dass seine Mutter die Sprache nicht halb so gut beherrschte, wie sie immer vorgegeben hatte. Und er schmiedete Pläne für sein Leben als Pariser Couturier. Wie er dabei vorgehen musste, das wusste er nicht, es war ja kein Beruf, der sich einfach so erlernen ließ, und reiche Textilfabrikanten liefen einem auch nicht ständig über den Weg. Doch dass er es eines Tages schaffen würde, daran hatte er keinen Zweifel.

48

Die Glücksklee Milchgesellschaft brauchte ein paar Jahre, um an Stabilität zu gewinnen. Doch mit Beginn der Fünfzigerjahre ging es stetig bergauf. Otto kaufte neue Maschinen und optimierte die Herstellungsprozesse, und als die Kapazität endlich wieder auf dem Vorkriegsniveau angelangt war, hielt die amerikanische Muttergesellschaft die Zeit für gekommen, um die verlorenen gegangenen Werke in Allenburg und Waren durch ein neues zu ersetzen. In Bad Essen im Raum Osnabrück sollte eine der modernsten Kondensmilchfabriken von ganz Europa gebaut werden.

Otto bekam sogar einen schwarzen Mercedes samt Chauffeur, der eine Uniform mit brauner Schirmmütze trug und ihn regelmäßig zur Fabrik nach Neustadt fuhr.

Während Otto sich dann mit Kurt oder Herrn van Acken besprach oder Verhandlungen mit den Milchbauern führte, fuhr Herr Becker alleine zum kleinen Spitzdachhaus am Heisterbusch auf der gegenüberliegenden Kanalseite, um Kurts Kindern Flugzeugmodelle und Puppen von Spielzeug Rasch vorbeizubringen oder um mit ihnen eine Runde durch Neustadt zu drehen.

Im Frühjahr 1950 lud die Carnation, die ihr neues Hauptquartier nach Los Angeles verlagert hatte, die Geschäftsführer sämtlicher Werke nach Amerika ein. Am 6. April bestiegen Otto und Ebbe die *M. S. Havørn* nach New York, wo sie auch

Pauls Kinder Ted und Dolly besuchten. Joe war inzwischen verstorben. Dann fuhren sie weiter nach Los Angeles, wo ein feierliches Programm auf sie wartete. Bei den Führungen durch das neue Hauptquartier und dem Besuch der firmeneigenen Farmen und Fabriken traf Otto viele seiner alten Geschäftsfreunde wieder, und am Ende fühlte er sich wie nach einem gelungenen Klassentreffen, erfrischt und belebt.

Sie besuchten auch den ehemaligen Europamanager Mister Altwegg, der nach dem Krieg in Amerika geblieben war und in Südkalifornien eine Avocadofarm betrieb. Und weil Otto sich zum ersten Mal in seinem Leben mehrere Wochen freigenommen hatte, fanden sie sogar die Zeit, sich San Francisco anzusehen, wo er Ebbe die Stationen seiner Jahre bei der Trans-Pacific Commercial Company zeigte. Mit der Fähre fuhren sie über die Bay nach Sausalito, und Otto suchte das Haus am Hang, in dem er damals mit seinem Bruder Joseph und dessen Familie gewohnt hatte. Doch an der Stelle der alten Holzhäuser standen nun fest gebaute aus Stein, die in freundlichen Farben gestrichen waren.

Ja, es hatte sich vieles verändert in den vergangenen Jahren, und als Otto satt von den vielen schönen Eindrücken wieder in Hamburg war, da durchdrang ihn das gute Gefühl, dass die schlimmsten Jahre hinter ihm lagen und es nur noch aufwärtsgehen konnte.

Es war ein heiterer, aber mit zehn Grad recht kühler 1. Mai des Jahres 1951, an dem die Glücksklee Milchgesellschaft ihr fünfundzwanzigjähriges Bestehen feierte.

Weil es galt, mehrere Hundert Angestellte, Bauern, Kunden, Transportunternehmen und Vertreter unterzubringen, hatten sie den Grömitzer Kursaal angemietet, wo Otto sich nun vor die langen, dicht besetzten Tischreihen stellte und seine neue

Brille gerade rückte. Er ließ den Blick über die vielen aufmerksamen Gesichter schweifen, bevor er eine launige Rede hielt, in der er die frisch gedruckte Chronik von 1926 bis 1951 präsentierte und nach einem Rückblick auf die schweren Prüfungen der vergangenen Jahre in eine verheißungsvolle Zukunft wies.

Ende Juli sollte es zum ersten Mal seit langem wieder einen Betriebsausflug geben. Ziel sei das dänische Lolland, man plane den Hof Baadesgaard und die Trifolium-Molkerei zu besichtigen, in deren Gastraum die Teilnehmer ein gutes Mittagessen erwarte. Und da der Bau des Werkes in Bad Essen am Weser-Ems-Kanal bereits begonnen hatte, stehe der Inbetriebnahme im Frühjahr 1952 nichts im Wege. Das Richtfest finde voraussichtlich am 1. März statt.

»Die Aussichten sind hervorragend, meine Damen und Herren«, schloss er. »Ohne Ihre Arbeitskraft, Ihre Treue und Loyalität wäre das alles nicht möglich gewesen. Und dafür möchte ich Ihnen im Namen der gesamten Geschäftsführung von ganzem Herzen danken.«

Applaus brandete auf, einige erhoben sich von ihren Plätzen und pfiffen begeistert durch die Finger. Der Fabrikleiter Alfons van Acken, der neben dem Prokuristen Wilhelm Stahlenbrecher Platz genommen hatte, klatschte ganz besonders laut. Ein Tisch weiter saß Ottos treuer Begleiter aus alten Tagen, Wilhelm Dylewski, der sich aus gesundheitlichen Gründen zurückgezogen hatte und ihm freudig zuwinkte.

Ein warmes Gefühl durchströmte Ottos Brust, als er über den Festsaal blickte, und er verbeugte sich, genoss die Zuneigung und die Achtung, die ihm von allen Seiten entgegenströmten. Auch von jenen Milchbauern und Vertrauensratsmitgliedern, die ihn während der Zeit des Nationalsozialismus noch zum Teufel gewünscht hatten. Aber der Wind hatte sich gedreht, und mit einem Mal waren alle froh, wieder Teil eines Unternehmens zu sein, das ordentliche Milchpreise zahlte und die Angestellten anständig behandelte.

Ja, er hatte es tatsächlich geschafft, allen Kritikern und Unkenrufen zum Trotz. Die Glücksklee Milchgesellschaft war nicht nur gut durch die schwere Kriegszeit gekommen, sondern auch durch die zähen Aufbaujahre, in denen die Produktion mehr als einmal kurz vor dem Scheitern gestanden hatte. Nun war Otto auf der Höhe seines Erfolges angekommen, und das hier war sein Moment.

Selbst von der American Milk Company, deren Präsident nach dem Krieg wie selbstverständlich zur Tagesordnung übergegangen war, trafen Glückwünsche ein. Mister Stuart junior drückte ihm in einem Brief seinen tiefen Dank aus. Er plane zudem, im Sommer mit der Familie nach Deutschland zu kommen und von dort aus zu reisen. Sein Vater habe immer von einer Führung durch das Potsdamer Schloss Sanssouci geschwärmt, ob Otto ihm, seiner Frau und seinen Nichten vielleicht das Zillertal zeigen könne?

Von Mister Kinzer ging gar ein Geschenkpaket mit teurem Whiskey ein. Und der ehemalige Europamanager Mister Altwegg sandte ein gerahmtes Foto von der Konferenz in New York 1934, das Otto im Kreis der amerikanischen und europäischen Führungskräfte zeigte. Otto könne stolz sein auf das Erreichte, er habe ja immer schon gewusst, dass auf ihn Verlass sei.

»Bevor nun unser geschätzter Alfons van Acken das Wort ergreift«, fügte Otto seiner Rede an, »wird die Vorspeise serviert. Ich wünsche allerseits guten Appetit.«

Er setzte sich an den langen Tisch zu Ebbe, die das Haar locker nach hinten gesteckt trug, sodass die Ohren frei lagen. In dem eleganten weißen Kleid mit dem mehrfach gefalteten Ausschnitt, über dem neben der mehrreihigen Perlenkette auch das obligatorische Monokel baumelte, sah sie ganz zauberhaft aus. Neben ihr, in Anzug, Hemd und Krawatte, saß Mule.

Zu diesem besonderen Anlass war auch Christel aus Bad Reichenhall angereist, die ihre Ausbildung im nächsten Jahr beenden würde. Thea hatte leider nicht kommen können. Sie lebte inzwischen in Frankfurt, wo Otto ihr – nachdem die aussichtslose Affäre mit dem Briten nicht hatte enden wollen – eine Stelle in der Werbeagentur McCann vermittelt hatte. Bald würde sie wieder heiraten, einen netten Mann namens Julius Stahlberg, der als Artdirector im Atelier der Agentur Werbeillustrationen anfertigte.

»Das war eine sehr schöne Rede, Onkel Otto«, sagte Kurt, der ihm mit Gisela gegenübersaß.

»Danke, mein Junge.«

Sein Neffe sah blendend aus, richtiggehend gelöst. Die Verantwortung als technischer Betriebsleiter stand ihm gut zu Gesicht.

Otto lächelte ihm zu. Dass sein eigener Sohn nicht in seine Fußstapfen treten wollte, das war leider nicht mehr zu ändern. Aber Kurt hatte das Zeug dazu. Er würde den Namen Lagerfeld innerhalb der weltweit vernetzten Milchwirtschaft würdig weitertragen und eines Tages vielleicht sogar in einem anderen Land eine eigene Fabrik leiten.

So war es vorgesehen.

In diesem Augenblick traten mehrere Kellner an den Tisch, um die Suppe zu servieren. Otto wartete, bis alle einen Teller vor sich stehen hatten, dann tauchte er den Löffel hinein.

Die Stimmung beim Essen war gut, was dem Waffenstillstand zu verdanken war, den Ebbe und Kurt seit seiner Rückkehr aus der Kriegsgefangenschaft geschlossen hatten. Ihm zuliebe.

In ihrem letzten Jahr auf Bissenmoor hatte Ebbe sich sogar

erbarmt, die kühle Gastgeberin zu spielen, wenn sein Neffe mit der Familie zu Besuch kam. Wie eine Eiskönigin hatte sie Hof gehalten. Nur Mule hatte sich nach der Begrüßung stets verzogen, um irgendwo zu malen oder seine Modebildchen auszuschneiden und zu verschönern. Mit seinem damals siebenjährigen Cousin Günter zu spielen oder mit der neunjährigen Margrit, das wäre ihm niemals eingefallen. Andere Kinder waren für seinen Sohn uninteressant. Lieber unterhielt er sich mit den Erwachsenen, oder er versank in seiner eigenen Welt.

Bei einem dieser Besuche hatte Kurt mitbekommen, wie Mule auf der Veranda eine Puppe einkleidete.

»Macht er das öfter?«, fragte er, und in seinem Gesicht standen Irritation und Belustigung zugleich.

Otto wusste, was Kurt dachte, und es war ihm unangenehm. Ein Junge, der mit Puppen spielte, wo gab es denn so etwas? Mule war damals fünfzehn. Doch wenn er redete, dann dachte man, ein Fünfzigjähriger stände vor einem. Lauter kluge Sachen, ohne Punkt und Komma. Er konnte richtig aufdrehen.

Es war eine bizarre Melange, der Otto gern etwas entgegensetzen wollte. Doch jede Konfrontation mit dem Sohn brachte ihm Ärger mit Ebbe ein, die sich zunehmend vor ihren Sohn stellte wie eine Löwenmutter.

»Du bist viel zu konservativ, um das zu verstehen«, sagte sie oft. »Sei mal ein bisschen moderner.«

Mit gerunzelter Stirn betrachtete Otto den Jungen, der die Suppe bereits aufgegessen hatte und gelangweilt vor sich hin starrte. Ab und zu hob er seufzend die Brauen und gähnte herzhaft, immerhin hielt er dabei die Hand vor den Mund. Es hätte Otto nicht gewundert, wenn er einen Stift herausgeholt und die Tischdecke bemalt hätte.

»Durchhalten«, flüsterte Ebbe ihm voller Mutterliebe zu, und Mule lächelte sie dankbar an.

Otto schüttelte den Kopf und widmete sich wieder der Suppe.

Dagegen kam er einfach nicht an.

Dass sein Sohn sich in der bodenständigen Welt der Milchbauern, Fabrikarbeiter und Vertriebsleute nicht wohlfühlte, das war heute überdeutlich geworden. Während es ihm selbst vollkommen gleich war, welchen gesellschaftlichen Stand ein Mensch hatte, ob er reich oder arm oder berühmt war – alles, was im Leben zählte, war schließlich der Charakter –, wollte Mule mit einem der Gäste kein Bier trinken und sagte, dass er Champagner vorziehe. Die Umstehenden lachten. Ja, so sei sie, die neue Generation. Immer nur vom Feinsten.

Der Mann habe nach Bier gestunken, erklärte Mule, als Otto ihn ermahnte, sich nicht so aufzuspielen. Und er wisse doch, wie sehr ihn schlechte Gerüche abstießen.

Doch was Otto am meisten störte, das war diese tagträumende Untätigkeit. Er wollte Mule ja seinen eigenen Weg zugestehen, aber dafür musste er doch auch etwas tun. Sich irgendwo bewerben. Man durfte sich nicht zu schade sein, ganz klein anzufangen und sich dann allmählich nach oben zu arbeiten. Aber sein Sohn wollte gleich ganz oben beginnen. Als Modedesigner. Als ob das so einfach ginge, mit einem Fingerschnipsen.

Und überhaupt Modedesigner …

Im Frühjahr 1952 unternahm Otto eine Geschäftsreise nach Paris. Begleitet wurde er dieses Mal von Ebbe und Mule, die fest entschlossen waren, nicht ohne einen Arbeitsvertrag wieder abzureisen. Doch obwohl sie Stellenanzeigen durchforsteten und Mule sogar ein paar Vorstellungsgespräche wahrnahm, blieb er ohne Vertrag.

Am Ende des Aufenthaltes flehte Ebbe Otto regelrecht an,

für ihren Sohn trotzdem eine Wohnung anzumieten, am liebsten sofort, sodass er gleich dableiben könne.

»Es ist nicht so einfach, als Deutscher überhaupt vorgelassen zu werden«, erklärte sie ihm. »Der Krieg steckt noch in vielen Köpfen, man ist immer noch ein *boche*. Das ändert sich erst, wenn man sich gut integriert hat. Und dazu muss Mule vor Ort sein.«

»Dann soll er sich eben bei einer deutschen Modefirma bewerben.«

Sie sah ihn empört an. »Kümmer du dich mal lieber um deine Kondensmilch. Ich kümmere mich um meinen Sohn.«

Schließlich gab Otto auf. Er hatte nicht mehr die Kraft, sich gegen dieses Gespann zu wehren, das sich offenbar gegen ihn verschworen hatte. Während er und Christel, die inzwischen im wiedereröffneten Hamburger *Hotel Vier Jahreszeiten* arbeitete, wie Satelliten außerhalb von Ebbes und Mules Kosmos trieben, klebten Mutter und Sohn aneinander wie Zwillinge, hatten dieselben Themen und denselben Humor. Nie hätte er sich träumen lassen, dass seine Frau derart angetan von ihrem Nachwuchs sein würde. Aber so war es gekommen.

Weil die Umsätze mit der Einweihung des neuen Werkes in Bad Essen weiter stiegen und sein Gehalt sich dieser Entwicklung anpasste, griff Otto eines Tages im Juli 1952 zum Hörer und rief Monsieur Albin Liotard an, den *Président directeur général* der Pariser Zentrale der Lait Gloria. Dieser versprach ihm, eine preisgünstige, aber ordentliche Unterkunft für seinen Sohn zu suchen und ihn unter seine Fittiche zu nehmen, bis er sich alleine zurechtfände.

Als er davon erfuhr, stieß Mule einen lauten Stoßseufzer aus und drückte Otto kurz an sich, bevor er wie aufgezogen durch die Wohnung rannte.

»Ich gehe nach Paris!«, rief er. »Paris, ich komme!«

Tagelang herrschte freudige Hektik im Haus am Harvestehuder Weg. Hosen, Hemden und Jacketts wurden aus dem Schrank genommen und begutachtet, unmodern Gewordenes bei einem Ausflug in die Innenstadt gegen Modisches ausgetauscht. Wenn er nach Paris gehe, sagte Mule, dann in vollem Staat.

Ende August brachten Otto und Ebbe ihren Sohn zum Flughafen. In Paris sollte ihn eine Sekretärin der Lait Gloria in Empfang nehmen und zu dem in die Jahre gekommenen *Hôtel Gerson* an der Rue de la Sorbonne bringen, wo eine schlichte Wohnung mit zwei Zimmern im fünften Stock für ihn reserviert war.

»Ab heute möchte ich nur noch Karl genannt werden«, sagte er ihnen zum Abschied. »Das ist stilvoller.«

Zwei Jahre lang schickte Otto monatlich Geld nach Paris, ohne dass sein Sohn selbst etwas dazuverdiente, und in regelmäßigen Abständen fuhr Ebbe ihn besuchen.

»Er braucht eine ordnende Hand«, sagte sie. »Faul, wie er ist. Der Junge liegt sonst den ganzen Tag in den Federn und bewegt keinen Finger, wie Gontscharows Oblomow.«

»Wie wer?«

Ebbe seufzte nur. »Das ist hohe Literatur. Davon verstehst du nichts.«

Ottos Befürchtungen, sein Sohn könnte sich auf seine Kosten ein schönes Leben machen, schienen sich zu bewahrheiten.

Im Sommer 1954 aber, als Karl zu Besuch nach Hamburg kam, wendete sich das Blatt. Er war sehr aufgedreht, und Ebbe lieh sich Herrn Becker aus, der die beiden nach Bad Bramstedt fuhr. Karl wolle sich im Atelier des Schneiders Bruno Kluck ein Wollstoffmuster aussuchen. Und sich einen Mantel nach seinen Vorgaben schneidern lassen und so lange optimieren, bis er seinen Vorstellungen entsprach. Es sei sehr wichtig, dass alles perfekt sei, hieß es.

Als Karl schließlich im Dezember den *Concours du Dessin de Mode* für den besten Mantel gewann und daraufhin sogar bei Pierre Balmain eine Assistentenstelle erhielt, da war Otto ganz furchtbar stolz auf seinen Sohn. Karl war in Paris offenbar gereift und hatte nun bewiesen, dass er nicht nur ein Träumer war, sondern die Klugheit und das Talent besaß, seine Träume auch zu verwirklichen. Hinter der zur Schau gestellten Beiläufigkeit, mit der er auf die Auszeichnung reagierte, steckte ein klar kalkulierender, perfektionistischer junger Mann, der genau wusste, was er wollte.

Und so überreichte Otto seinem Sohn zu Weihnachten als Anerkennung für seine Leistungen den Schlüssel zu einem nagelneuen Volkswagen-Cabriolet, das am Straßenrand auf ihn wartete.

Freudig zog Karl seinen Mantel an und rannte nach draußen, um mit einem Stirnrunzeln vor dem Wagen stehen zu bleiben.

»Grün? Was ist denn das für eine Farbe?«

Noch bevor Karl nach Paris zurückkehrte, ließ er den Wagen auf Ottos Kosten blau lackieren, dann fuhr er seinem neuen Leben entgegen.

49

1956

Es war ein kühler Nachmittag Ende Juli. Die Ferien hatten gerade begonnen, und auf der Straße vor dem Büro am Mittelweg war es ruhiger als sonst. Nur das Spiel eines Grammophons drang von der gegenüberliegenden Straßenseite durch ein weit geöffnetes Fenster. Caterina Valente, Peter Alexander und Silvio Francesco sangen zum Klang eines Banjos: *»Komm ein bisschen mit nach Italien, komm ein bisschen mit ans blaue Meer.«*

Die Deutschen hatten den Krieg ebenso wie die Erinnerungen an das Leid und die verratenen Ideale längst hinter sich gelassen, waren wieder fröhlich – dank des Rückgangs der Arbeitslosigkeit und der annähernden Verdoppelung der Einkommen. Sie gingen ins Kino, wo sie Komödien mit Heinz Rühmann oder Hans Moser sahen, und der Heimatfilm *Sissi* mit Romy Schneider feierte ungeahnte Erfolge.

Der Sommer war kühl in diesem Jahr, und es hatte viel geregnet. Wer es sich erlauben konnte, der reiste per Bahn oder Auto über die Alpen nach Italien.

Auch Ebbe war weggefahren – irgendeine Urlaubsreise mit Karl, er hatte vergessen wohin –, während Otto in Hamburg blieb, er hatte zu tun. Sein Leben war die Arbeit, und er stürzte sich hinein wie ein Taucher in die Fluten. Er bekam längst nicht mehr mit, was an der Oberfläche geschah. Jeden Morgen eine

Tasse Kaffee und ein Schwarzbrot mit Käse oder Schinken, dazu ein Rührei. Um ihn herum nur Frau Riek und der Chauffeur Herr Becker, der die Wäsche aus der Mangel holte und Besorgungen erledigte, während Otto zu Fuß zur Arbeit ging, um nicht einzurosten.

Jeden Morgen um Punkt acht saß er am Schreibtisch und stürzte sich in die anstehenden Aufgaben.

In Marktbreit bei Würzburg sollte bald ein weiteres Werk erbaut werden. Die Mutterfirma wollte die Produktpalette ausweiten, von der bekannten Glücksklee Kondensmilch auf mehrere Sorten Babykost im Primo-Glas, dazu Karottensaft, Trinkorange und drei gehaltvolle Sorten Juniorkost. Sogar Kaugummi sollte dort produziert werden. Der Umsatz gehe zurück, hieß es aus Amerika, man müsse sich neu ausrichten.

Dass dies Unsinn war, das lag auf der Hand. Die Kondensmilch sei nicht das Problem, argumentierte Otto, sonst wäre die Konkurrenz mit der Bärenmarke nicht so stark geworden. Was auf die seit dem Krieg gewachsene Beliebtheit von Teddybären zurückzuführen sei, auf die das neue Markenlogo stärker zurückgreife. Der Teddybär schaffe Vertrauen und vermittle dem Käufer ein gutes Gefühl. Wenn es nach ihm ginge, so setze er zur besseren Positionierung der Glücksklee-Milch verstärkt auf Werbung statt auf neue Produktlinien, deren Einführung ein Heidengeld koste. Ihre Kernkompetenz sei schließlich die Milchwirtschaft.

Die amerikanische Mutterfirma warf ihm vor, seine Methoden seien antiquiert. Das Unternehmen müsse sich den modernen Zeiten anpassen, wenn es auf dem Markt gegen die Konkurrenz bestehen wolle, da sei man in Amerika längst weiter. Jüngstes Beispiel sei die erfolgreiche Einführung des neuen Carnation-Milchspeiseeises. Damit beliefere man sogar das gerade eröffnete Disneyland. Oder die seit Jahren hervorragend laufende Tierfutterlinie Friskies. Man dürfe eben nicht immer nur auf alten Pfaden wandeln. Und im Nachkriegsdeutschland seien nun mal Babybrei und Kaugummi der neueste Trend.

Das Glücksklee-Logo auf Gemüsebrei! Otto schüttelte den Kopf und dachte wehmütig an die Zeiten zurück, als die Amerikaner noch auf seine Meinung hörten. Glücksklee, das war immer nur Dosenmilch gewesen. Und daran würde auch eine Produkterweiterung nichts ändern.

Doch seit sich die Pet Milk aus dem New Yorker Exportbüro zurückgezogen hatte und die American Milk Company zum hundertprozentigen Ableger der Carnation wurde, war das Personal, das sich um die Europageschäfte kümmern sollte, deutlich jünger. Die nächste Generation rückte nach. Auch hier. Wenigstens hatte Kurt die Bodenhaftung nicht verloren.

Otto sah auf die Uhr. Gleich vier. Jeden Moment musste Fräulein Jung an die Tür klopfen und seinen Neffen ankündigen, der ihn um einen Termin gebeten hatte. Er war gerade erst aus Amerika zurückgekehrt, und Otto war gespannt, was Kurt zu berichten hatte.

Seit Kriegsende stand Otto mit Philipp Kinzer, den er 1925 auf der Suche nach einem Standort für die Glücksklee Milchwerke durch ganz Deutschland begleitet hatte, wieder in engem Kontakt. Der technische Supervisor und pensionierte Vizepräsident der Niederlassung in Milwaukee war inzwischen siebenundsiebzig und reiste noch immer als Teil des Führungsstabs für die Carnation durch die Welt. Immer auf der Suche nach geeigneten Standorten für neue Fabriken.

Otto hatte ihn gebeten, seinen Neffen bei der Wahl eines neuen Fabrikleiters zu berücksichtigen. Und als die Entscheidung anstand, kam Kinzer eigens nach Neustadt, um Kurt in Ottos Anwesenheit von den Plänen zu berichten.

Mister Kinzers Haar war inzwischen schlohweiß und dünn

geworden. Doch sein Blick war noch immer wach, und wenn er lachte, dann bildeten sich hunderttausend Falten. Im Büro standen Kaffee und Butterkuchen auf dem Tisch, den keiner von ihnen anrührte. Nur der Aschenbecher füllte sich zusehends.

»Also, mein lieber Herr Lagerfeld«, sagte Mister Kinzer an Kurt gewandt, dabei lehnte er sich mit spitzbübischem Lächeln vor. »In den vergangenen Jahren haben wir nach einer Möglichkeit gesucht, Sie und Ihre Fähigkeiten an einem geeigneten Ort einzusetzen. Und nun ist endlich der richtige Zeitpunkt gekommen.«

Kurt wurde blass. »Tatsächlich? Und wo soll das Werk entstehen?«

»Ich komme gerade von den Philippinen zurück.« Kinzer zwinkerte Otto zu und freute sich ganz offensichtlich, ihr kleines Geheimnis endlich zu lüften. »Das Werk wird in Manila gebaut.«

Kurt rang nach Worten, und Otto lächelte ihm aufmunternd zu.

»Das ist eine tolle Nachricht, nicht wahr? Ich bin sicher, dass du diese Herausforderung mit Bravour meistern wirst.«

»Aber Manila … Wenn ich mich recht erinnere, steht in deinen Lebenserinnerungen, dass dort eine enorme Hitze herrscht, die infolge der Feuchtigkeit besonders unangenehm sei.«

Otto wandte sich lachend an Mister Kinzer. »Kurt ist der Einzige der Familie, der sich je für meine Memoiren interessiert hat«, sagte er und nickte dann seinem Neffen zu. »So ist es. Dein Onkel Joseph hat um die Jahrhundertwende ebenfalls ein paar Jahre dort gelebt. Er hat oft über die schweißtreibende Schwüle geschimpft, ebenso über die erdrückende Abendhitze, und trotzdem war er begeistert von Land und Leuten. Nur keine Sorge, inzwischen ist das Klima dort recht erträglich, dank der glorreichen Erfindung der Aircondition.«

»Klimaanlagen sind auf den Philippinen längst Standard«, stimmte Mister Kinzer zu und entzündete sich eine neue Zigarette. »Die Fabrik wird mit modernsten Techniken erbaut, das wird ein sehr wichtiger Standort für unsere Firma. Über Jahrzehnte waren wir der stärkste Kondensmilchlieferant vor Ort. Unsere Exporte dorthin befinden sich noch immer auf einem hohen Niveau, aber seit einigen Jahren holen die Niederländer auf. Sie unterbieten uns um einen Dollar vierzig pro Kiste. Wir haben die Preise schon gesenkt. Doch auf lange Sicht können wir da nicht mithalten, obwohl wir in letzter Zeit Unsummen für Werbung ausgeben, um unsere Position zu halten. Denn inzwischen ist ein weiterer Konkurrent auf dem Markt, der Magermilch importiert und sie mit Kokosmilch emulgiert, statt mit Butterfett, was dort sehr gut ankommt. Kurzum: Es sieht ganz danach aus, als würden wir bald vom Markt gefegt, daher hat die Firmenleitung beschlossen, vor Ort eine eigene Fabrik zu bauen und der Marke einen regionalen Namen zu geben: Liberty Milk.«

»Warum Liberty?« Kurt sah ihn ungläubig an.

Mister Kinzer nahm einen Zug von seiner Zigarette und blies den Rauch zur Decke. »Freiheit ist dort ein enorm positiv besetzter Begriff. Wir planen, die Einheit für fünfundzwanzig *centavos* zu verkaufen. Üblich sind bei den importierten Dosen dreißig bis vierzig. Die Spanne ist so hoch, dass wir den Markt in kürzester Zeit zurückerobern können.« Er wies mit der Zigarette zwischen den Fingern auf Kurt. »Und Sie werden unser Mann vor Ort sein. Vorher bekommen Sie noch eine Schulung im neuen Hauptquartier in Kalifornien, wo unsere wichtigsten Werke liegen.«

Und so kam es. Drei Monate blieb Kurt in Amerika und besuchte sogar seinen Bruder Herbert auf Hawaii, er schickte ihm, Otto, von dort sogar eine Karte. Das Treffen sei sehr bewegend gewesen. Ted und Dorothy habe er allerdings nicht getroffen, was Otto sehr bedauerte.

In diesem Moment fuhr die Straßenbahn der Linie neun mit lautem Rumpeln vorbei. Otto erhob sich von seinem Platz und stellte sich auf den Balkon, um nach seinem Neffen Ausschau zu halten, der gerade von der Haltestelle in der Böttgerstraße herbeigelaufen kam. Kurt hielt den Kopf gesenkt. Sein Schritt war fest und schwungvoll wie immer, und doch hatte Otto den Eindruck, dass eine Last auf seinen Schultern lag.

Als Kurt wenige Minuten später das Büro betrat, ging Otto ihm entgegen und klopfte ihm auf die Schultern. »Mein Junge, ich freue mich, dich zu sehen. Wie ist es dir ergangen?«

Sein Neffe lächelte zaghaft, dann wies er mit dem Kopf hinaus. »Können wir ein paar Schritte laufen?«

Sie nahmen den Weg an der Sankt-Johannis-Kirche vorbei und bogen in die Milchstraße in Richtung Alster. Doch erst als sie die Grünanlagen erreichten, begann Kurt zu sprechen.

»Ich will nicht nach Manila. Ich kann das nicht.«

Überrascht blieb Otto stehen. »Natürlich kannst du das, das ist doch keine Frage. Du bist ein hervorragender Techniker, und du wirst ein guter Fabrikleiter sein.«

»Das ist es nicht.« Auch Kurt war stehen geblieben, nun sah er auf die Alster. Ein Sportruderboot glitt vorbei, dessen Insassen im Rhythmus einer Trommel die Ruder durchs Wasser zogen. »Ich will es nicht. Das wird mir alles zu viel.«

Verwundert schüttelte Otto den Kopf. »Ich kann nicht glauben, was ich da höre. Ich bitte dich, reiß dich zusammen, mein Junge, du verdirbst dir deine Zukunft. Als Fabrikleiter kannst du zu großem Wohlstand kommen …«

»Wohlstand«, Kurt lachte auf. »Ich bin dir wirklich dankbar für alles, was du für mich getan hast und noch immer tust. Aber hast du mich je gefragt, ob ich das überhaupt möchte?«

»Nein. Ich dachte, es wäre selbstverständlich …« Otto stockte. All die Jahre hatte er sich für seinen Neffen eingesetzt, er hatte nicht eine Sekunde daran gezweifelt, dass sie am selben Strang zogen. Und nun das. »Warum hast du denn nie etwas gesagt?«

»Ich wollte dich nicht enttäuschen.« Kurt atmete tief ein und wieder aus. »Du hast so viel Hoffnung in mich gesetzt, und ich dachte, ich würde es schaffen, aber dann … Ich war in Yonkers und habe das Grab meines Vaters besucht.«

»Du warst bei Paul?«

»Ja.« Seine Miene verdunkelte sich. »Seit ich denken kann, habe ich mich vor diesem Moment gefürchtet. Vor den Emotionen, die da wohl hochkommen. Doch als ich vor dem Grab stand, habe ich weder Wut verspürt noch Hass oder Trauer. Gar nichts. Als ich meinen Vater zum letzten Mal sah, war ich nicht einmal ein Jahr alt. In Erinnerung sind mir nur die Fotos auf Mutters Nachttisch. Es war, als stünde ich vor dem Grab eines wildfremden Menschen.« Kurt sah Otto an, und seine Augen blitzten. »Ich glaube nicht, dass er Herbert die Tür geöffnet hätte, wenn er damals zu Hause gewesen wäre.«

»Er hätte seinen Sohn bestimmt nicht fortgeschickt.«

»Was macht dich so sicher?«, fragte Kurt leise. »Paul hat uns nicht gewollt. Ich hatte keinen Vater, der mir den Rücken stärkt. Sogar meine Mutter war sich selbst am nächsten. Mein einziger Halt warst du. Und trotz allem war ich bei euch immer nur Gast.« Er hob die Hände, als Otto etwas entgegnen wollte. »Nein, warte, ich bin noch nicht fertig. Seit ich denken kann, hatte ich keinen festen Platz im Leben. Immer wieder neue Wohnungen, das Waisenhaus, die Kammern während der Lehrzeit. Selbst in den Monaten des Volontariats nicht, in denen ich bei Hans und seiner Frau lebte statt bei dir und Thea. Dank Ebbe, die mich nicht bei sich haben wollte.« Er lächelte bitter.

»Alle haben mich nur herumgeschoben, nie hatte ich ein festes Zuhause, erst als ich die Tankstelle bekam und mir eine eigene Wohnung nahm. Das war die schönste Zeit in meinem Leben.«

Otto nickte. »Und dann habe ich dich nach Neustadt fortgeholt.«

»Du hast mich davor bewahrt, in den Krieg ziehen zu müssen, es war das einzig Richtige. Und nun, da ich endlich festen Boden unter den Füßen habe, soll ich wieder fort?« Kurt schüttelte den Kopf. »Mein Zuhause ist jetzt Neustadt, die Kinder sind dort aufgewachsen. Ich mag meinen Beruf als technischer Betriebsleiter, ich bin zufrieden mit meinem Dasein. Warum, in Gottes Namen, sollte ich nach Manila gehen und all das hinter mir lassen, was mir zum ersten Mal im Leben dauerhaft Halt und Sicherheit gibt? Geld ist nicht alles! Während der Kriegsgefangenschaft habe ich immer nur daran gedacht, endlich nach Hause zu kommen. Und in den Monaten in Amerika erging es mir ebenso. Alles, was ich wollte, war, endlich heimzukehren.«

Sie schwiegen eine Weile. Spaziergänger liefen an ihnen vorbei, ein Gruppe Jungen spielte Ball.

Otto versuchte, Kurt zu verstehen, aber es fiel ihm schwer. Vielmehr dachte er an all das, was seinem Neffen entgehen würde. Wenn er den neuen Posten nicht annahm, würde er die Welt vielleicht niemals sehen, andere Kontinente, fremde Kulturen. Wie bereichernd das alles war, wie frei und lebendig er selbst sich damals gefühlt hatte, allen Hindernissen zum Trotz.

Doch dann erkannte er, dass er in Kurt seine eigenen Anfänge gespiegelt sah. Seine Sehnsucht, noch einmal nach Venezuela zu gehen, nach Kolumbien, New York, San Francisco, Wladiwostok. Nun, da die Zeit vorbei war, sich die Welt zu erobern.

Wie gerne hätte er mit Kurt getauscht. Noch einmal das ganze Leben vor sich haben, nach Manila reisen.

Vor Ottos Augen begann es zu flimmern, und plötzlich waren

die Bilder wieder da, Bilder von einer längst vergangenen Zeit. Er sah den Frachter, mit dem er in San Francisco gestartet war, schmeckte die salzige Luft, hörte die Möwen kreischen, die das Schiff lange begleiteten.

Noch einmal von San Francisco aus starten! Über Honolulu nach Hawaii und Yokohama, wo er in das japanische Leben eintauchen würde, so wie damals. Und dann weiter über Kobe und Nagasaki zu seinem Ziel. Ob es die jesuitische *Compañía General de Tabacos de Filipinas* in Manila wohl noch gab, von der er einst Hanf, Kopra und Zigarren bezogen hatte und durch deren Gebäude ein Fluss strömte, über den sich die Waren direkt weiterbefördern ließen?

Was für ein herrliches Leben es doch gewesen war! Doch Kurt, das erkannte Otto in diesem Moment, war nicht wie er.

Er sah zu seinem Neffen, dessen Blick auf die Alster gerichtet war. Ein Mann von bald dreiundvierzig Jahren. Groß und schlaksig, mit ausgeprägtem Kinn, das er jetzt trotzig vorreckte.

Otto legte seine Hand auf Kurts Schulter und nickte ihm aufmunternd zu. »Ich werde mich darum kümmern, dass du deine Position in Neustadt behalten kannst.«

»Danke, Onkel Otto.«

Kurts Erleichterung und sein Strahlen waren ansteckend, und er lächelte zurück. Seinen eigenen Schmerz schluckte er herunter. Er war bald fünfundsiebzig Jahre alt.

Nur noch ein Jahr bis zur Pensionierung … Er mochte gar nicht daran denken.

50

Es war eine schwere Zeit für Otto. Er fühlte sich rüstig, und noch immer besaß er einen wachen Geist. Und dennoch schien er langsam aus der Zeit zu fallen.

Es gab so vieles, was er nicht mehr verstand. Ganz Deutschland diskutierte über die Gleichberechtigung von Mann und Frau, obwohl er längst das Gefühl hatte, bei ihm zu Hause habe Ebbe die Hosen an. Aus Amerika schwappte ein neuer Musikstil herüber, der sich Rock'n'Roll nannte, bei dem die Tanzenden seltsame Verrenkungen machten. Und niemand schien sich mehr um Anstand und Moral zu scheren. Das Wort Familiensinn klang in jungen Ohren auf einmal verstaubt. Selbst bei seinen eigenen Kindern.

Thea arbeitete in Frankfurt und hatte ihre Tochter in ein Internat nach Bayern gegeben, er hatte lange nichts mehr von ihr gehört. Karl war in Paris. Zwischen seinen Besuchen schickte er keine Nachricht, und wenn, dann bat er um Geld. Und Christel, die Amerika bereisen, Pauls Kinder Ted und Dolly sowie Josephs Tochter Josefa besuchen wollte, hatte sich entschieden, Hamburg für immer den Rücken zu kehren. Nun lebte sie in Seattle. Immerhin schrieb sie regelmäßige Briefe nach Hause.

Es war vor allem der Lebenswandel seines Sohnes, der ihm Sorgen machte, denn er uferte aus. Obwohl Karl längst sein eigenes Geld verdiente, bat er noch immer regelmäßig um Unterstützung, und das nicht zu knapp.

»Man kann nicht leben wie ein Fürst, wenn man das magere Gehalt eines Assistenten bekommt«, echauffierte sich Otto, als wieder einmal ein Brief eintraf, in dem Karl nach einer größeren Summe für einen Umzug fragte. Die neue Wohnung liege in einem Haus aus dem 18. Jahrhundert, in dem Katherine Mansfield ihre Briefe an den Literaturkritiker und Essayisten Murry geschrieben habe. »In meiner Jugend, da blieb man bodenständig und ging klug und achtsam mit dem wenigen um, was einem zur Verfügung stand.«

Ebbe schnalzte mit der Zunge. »Karl lebt nicht wie ein Fürst. Paris ist eben teuer. Und er kauft seine Schuhe bereits am Boulevard Saint-Michel, in einer von diesen neuen Filialketten, wo man für wenig Geld fertige Qualitätsschuhe bekommt. Wie heißt das Geschäft noch gleich? Bally. Und das, während all seine Freunde Maßschuhe tragen.«

»Es ist nichts Falsches daran, sparsam zu leben, dafür muss sich niemand schämen«, beharrte Otto. »Außerdem möchte ich, dass es unter den Geschwistern gerecht zugeht. Während Karl von einer Wohnung in die nächste zieht, lebt Christel in Seattle sehr bescheiden.«

»Du tust unserem Sohn unrecht! Er ist enorm fleißig und arbeitet mit preußischer Disziplin an seinem Erfolg.«

»Auch Thea ist fleißig, sie hat inzwischen sogar Revlon als Werbekunden, da muss sie immer gut gekleidet sein. Und trotzdem fragt sie nicht ständig nach Geld.«

»Thea! Die hat ja auch einen simplen Geschmack.« Ebbe hob mahnend den Finger. »Du wirst Karl keine Steine in den Weg legen. Er muss sich in der Modeszene präsentieren und daher auch mal spendabel sein. Die wichtigen Kontakte, die er knüpft, finden sich nun mal in den feinsten Restaurants der Stadt. Als armer Schlucker ist er schneller wieder abgeschrieben, als wir bis drei zählen können.«

Damit war für sie das Thema erledigt.

Worüber die beiden nicht sprachen, das war der neue Ausdruck, den ihr Sohn zunehmend an den Tag legte. Sein Gang wurde femininer, was in Kontrast zu seinem muskulösen, braun gebrannten Körper stand, den er in einem Fitnessstudio trainierte. Die Art, wie er sprach, ebenso seine Gesten wurden pointierter.

Als Otto ein letztes Mal nach Paris zu einem Termin mit der Lait Gloria fuhr, besuchte er auch seinen Sohn. Sie aßen im Restaurant *La Coupole* am Boulevard du Montparnasse, wo Karl auf Bekannte traf. Weil er sich bei deren Begrüßung regelrecht affektiert benahm, ermahnte Otto – dem das furchtbar unangenehm war – seinen Sohn, sich ein wenig zusammenzureißen. Karl rollte nur mit den Augen.

»Mutter findet das vollkommen in Ordnung.«

»Für eine Frau mag das nicht so wichtig sein«, entgegnete Otto. »Ich bitte dich doch nur darum, dich in meiner Gegenwart normal zu verhalten, wie alle anderen auch.«

»Du nervst, Papa«, hatte Karl nur geantwortet, und es hatte Otto so sehr gekränkt, dass sie sich im Streit trennten.

Zwei Herzen schlugen in seiner Brust. Otto liebte seinen Sohn, und schätzte es sehr, wie fleißig Karl für seinen Erfolg arbeitete. Aber bei diesem Thema fehlte ihm das Verständnis. Es konnte doch nicht sein, dass sein einziger Sohn sich dem eigenen Geschlecht derart offensiv zuwandte?

Obwohl die Zeit des Nationalsozialismus, als Männer alleine wegen des Verdachts der Homosexualität in Konzentrationslager kamen, längst vorbei war, stand sie noch immer unter Strafe. Für unzüchtige Handlungen wanderte man bis zu zehn Jahre ins Zuchthaus. Allein der Gedanke, jemand könnte auch seinen Sohn fortsperren, ging Otto nicht aus dem Kopf. Und was sollten nur seine Geschäftspartner denken, wenn sie von Karls Neigung erfuhren, die Hamburger Nachbarn?

Er hoffte, dass diese Phase vorübergehend sei, es mochte am Umfeld liegen, an diesen Designern, die immer neue Moden erprobten, gewiss gab sich das irgendwann. Und wollte Karl nicht in diesem Sommer mit dem Mannequin Victoire in die Normandie fahren? Ihren Namen hatte Otto bei Karls regelmäßigen Besuchen in Hamburg öfter gehört. Auch sprach er gerne von einer Anne-Marie. Wer wusste schon …

Der Sommer ging in den Herbst über, und das Wetter wurde allmählicher wechselhafter. Und ganz plötzlich, so als habe der Wind mit den Blättern auch die Tage angetrieben, stand Ottos Abschied vom aktiven Berufsleben bevor.

Bei seinem letzten Gang durch die Fabrikhallen in Neustadt war seine Stimme heiser, bevor er auch nur einen Satz zu Ende gebracht hatte. In einer Mischung aus Stolz auf das Erreichte und der Traurigkeit des Loslassens ging er von Platz zu Platz und gab allen Anwesenden die Hand.

Für jeden Mitarbeiter hatte er ein paar warme Worte übrig. Er kannte sämtliche Namen – selbst die der erst kürzlich Eingestellten –, fragte nach ihrem Wohlbefinden und dem ihrer Angehörigen und bedankte sich für die Treue.

Als Otto nach seinem Weg durch die Büros, zu der Milchannahme, dem Laboratorium, der Füllmaschine und dem Sterilisator als Letztes am Förderband stehen blieb, an dem er vor über dreißig Jahren die erste Dosenmilch entgegengenommen hatte, da standen plötzlich alle in der Halle, und er war umringt von andächtigen Gesichtern, älteren und jüngeren, die ihm zum Abschied ein Ständchen brachten. Noch bevor das Lied endete, nestelte Otto sein Taschentuch hervor, und er brauchte kurz darauf ein zweites, weil er den Strom der Tränen nicht in den Griff bekam. Es war Kurt, der ihm seines reichte.

Auf seiner letzten Runde durch das Hamburger Büro erging

es ihm nicht viel besser. Immerhin war er diesmal darauf vorbereitet, und es gelang ihm, wenigstens dabei zu lächeln. Und wer konnte es ihm auch verdenken?

Die Glücksklee Milchgesellschaft mit all ihren Angestellten, das war wie eine zweite Familie für ihn. Und Otto konnte es nicht fassen, dass all das, wofür er seine ganze Kraft und sein Können gegeben hatte, nun ohne ihn weiterlaufen sollte.

Beim Abschiedsessen in einem Restaurant an der Elbe, zu dem er alle Führungskräfte geladen hatte, würdigten sie seine Verdienste und erinnerten an die Anfänge, wobei sein Nachfolger, Direktor van Acken, einen großen Bogen von Ottos Aufenthalt in Wladiwostok schlug über zwei Weltkriege hinweg bis in die Zeit des Wirtschaftswunders. Dass es die Firma überhaupt noch gebe, das sei alleine sein Verdienst.

Als am Ende der Rede kräftiger Applaus aufbrandete, nahm Otto die Brille ab, die schon wieder beschlagen war, und bemühte sich um Haltung.

Es gab viele Blumensträuße und Aufmerksamkeiten – Zigarren, Bücher, Naschereien. Es waren so viele Geschenke, dachte Otto mit Blick auf den prall gefüllten Gabentisch, dass Herr Becker gewiss zweimal fahren musste, um alles nach Hause zu bringen. Es würde seine letzte Fahrt mit dem Chauffeur. Herrn Becker gab er mit seinem Büro im Mittelweg ab.

»Ich kann mir ein Leben ohne Arbeit gar nicht vorstellen«, sagte Otto seufzend zu Kurt, als die Gesellschaft sich auflöste und einer nach dem anderen dem Ausgang zustrebte.

In wenigen Wochen wurde er sechsundsiebzig. Mit einem Mal fühlte er sich sehr alt.

Irgendwann müsse ja auch mal Schluss sein mit dem Arbeiten, hatten ihm die Herren aus Amerika signalisiert und sich unverhohlen erleichtert gezeigt, dass nun jemand das Ruder übernahm, der sich weniger heftig gegen die von der Muttergesellschaft initiierten Neuerungen stemmte und sich wie ein echter Angestellter verhielt.

Sein Neffe klopfte ihm auf die Schulter. »Du bist ja nicht aus der Welt. Du bleibst dem Unternehmen doch gewiss als beratender Direktor erhalten. So wie es auch Philip Kinzer nach seiner Pensionierung gemacht hat.«

Alfons van Acken lachte, als habe Kurt einen Scherz gemacht. »Genießen Sie den Ruhestand, lieber Herr Lagergeld, so lange Sie noch rüstig genug sind. Das Leben bietet auch andere Dinge als die Arbeit.«

Doch das Wichtigste, was es neben der Arbeit für Otto gab, das war die Familie, und die lebte längst in alle Himmelsrichtungen zerstreut. Trotz aller Bemühungen, sie mit Hilfe von Briefen zusammenzuhalten. Das Gummiband war ausgeleiert und brüchig, es begann allmählich zu reißen.

»Das ist der Lauf der Dinge«, sagte Lisbeth, als Otto bei ihr und Tilla zum Kaffeetrinken war. »Damals, als unser Vater sich zur Ruhe setzen wollte, wart ihr Brüder auch alle ausgeflogen. Joseph in Oregon, du in Sibirien, Hans irgendwo an der Westfront und Paul wer weiß wo. Da sind die Zeiten heute schon besser. Immerhin gibt es Telefon.«

»Nein«, entgegnete Tilla, »das kann man nicht vergleichen. Vater hatte damals immerhin die Mutter an seiner Seite. Während Otto …«, sie zog die Augenbrauen hoch und stieß, bevor sie fortfuhr, Luft durch die Nase. »Der hat nur ….«

»Ihr tut Ebbe unrecht«, sagte Otto, der sich vorgenommen hatte, das Beste aus der Situation zu machen. »Ebbe und ich, wir werden uns schon amüsieren auf unsere alten Tage.«

Und das taten sie auch. Sie gingen ins Theater, in die Oper, luden Freunde und ehemalige Geschäftspartner zum Essen in ihr Haus ein.

Weil Otto es ohne Arbeit aber nicht lange aushielt, kam er auf seinen täglichen Spaziergängen an der Alster entlang immer häufiger auch im Büro am Mittelweg vorbei, um sich nach den Umsätzen zu erkundigen oder auf Dinge hinzuweisen, die er als vernachlässigt empfand.

Dass seine Ratschläge nicht ganz so willkommen waren, wurde ihm erst bewusst, als er von Mister Stuart junior höchstpersönlich einen Anruf erhielt. Er solle sich endlich aus dem Tagesgeschäft heraushalten, es sei längst nicht mehr seine Sache. Er habe höchstpersönlich Anweisung gegeben, ihn – sollte er noch einmal unangekündigt im Büro erscheinen – umgehend wieder hinauszubegleiten.

Otto schnaubte. Das war starker Tobak!

Tagelang konnte er sich nicht beruhigen. Sein ganzes Leben hatte er für die Firma gegeben, hatte beinahe seine Gesundheit geopfert und weder Zeit für lange Urlaube noch für seine Kinder gehabt. Er hatte die Glücksklee Milchgesellschaft durch die stürmische Zeit des Nationalsozialismus gesteuert, sie gegen den Milchkommissar, den Gauwirtschaftsberater und gegen den Kreisbauernführer verteidigt, trotz Gefahr für Leib und Leben. Er hatte zeitweilig sechs Fabriken geleitet, wenn man die holländischen und französischen hinzurechnete, und dadurch verhindert, dass die Nazis das Unternehmen in alle Einzelteile zerlegten. Nach Jahren der Entbehrungen und der harten Arbeit stand die Firma heute mit zwei neuen Werken besser da als je zuvor.

Und das war der Dank dafür?

Nicht einmal bei der großen Konferenz zur Einführung von Glücksklee Gold wollten sie ihn dabeihaben. Dabei war das ganz allein seine Idee gewesen. Die neue gezuckerte Dosenmilch war nichts anderes als eine moderne Version der Marke Goldstern, die er bereits in den frühen Dreißigerjahren hatte einführen wollen.

Er, der immer für alle gesorgt hatte, war überflüssig geworden. Niemand schien ihn mehr zu brauchen. Weder die Firma noch die Familie. Selbst seine Schwestern hatten einander. Er hatte niemanden, bis auf Ebbe. Und die war in Gedanken immer öfter in Paris. Selbst wenn sie körperlich noch in Hamburg war.

Das Loch, in das Otto fiel, hatte keinen Boden. Selbst die Treffen mit seinen ebenfalls pensionierten ehemaligen Geschäftsfreunden waren ihm bald zu viel, weil sie nur von ihren Leiden erzählten oder ihrer Odyssee von Arzt zu Arzt, während er lieber Heldengeschichten aus der aktiven Zeit ausgetauscht hätte.

Nein, er kam nicht klar mit der neuen Situation. Und so leistete er auch keinerlei Widerstand, als Ebbe ihm vorschlug, nach Baden-Baden zu ziehen, wo sie vor wenigen Jahren ein paar Tage verbracht hatten. Er müsse raus aus Hamburg, wo er die Leute in der Firma ja doch nur nerve. Es sei so schön im Schwarzwald, richtiggehend erholsam, der neue Ort helfe ihm dabei, einen Schlussstrich zu ziehen.

Otto nickte.

Immerhin wohnte seine Tochter Thea mit ihrem Mann nur zwei Autostunden entfernt in Niederjosbach bei Wiesbaden. Und das Enkeltöchterchen Thoma könnte die Internatsferien dann bei ihnen verbringen.

»Ich werde ihr zeigen, wie man auf der Maschine näht«, sagte Ebbe, »und du kannst ihr deine Briefe an die Verwandtschaft in aller Welt diktieren. Es wird dich erfrischen, eine neue Umgebung kennenzulernen, du wirst schon sehen.«

»Na schön«, sagte er, »ziehen wir nach Baden-Baden.«

Sie fanden einen geeigneten Platz auf der berganführenden Hahnhofstraße, auf deren rechter Seite neues Bauland freigegeben worden war. Von dort aus hatte man einen herrlichen Blick über das Tal bis zur Bühlerhöhe.

Mit dem Bauvorhaben hatte Otto wieder eine Aufgabe, und so blickte er optimistisch in die Zukunft, als sie Anfang März 1960 in das neue Haus zogen. Es enthielt auch eine Mietwohnung mit zweieinhalb Zimmern und einem Balkon, die ihnen regelmäßige Einnahmen sicherte. Und für Karl, der sie öfter zu besuchen versprach, gab es eine kleine Einliegerwohnung im ersten Stock mit einem eigenen Bad.

Der Umzug war eine Zäsur. Zum ersten Mal in seinem Leben wusste Otto nichts mit seiner freien Zeit anzufangen. Sie legte sich bleiern auf die Stunden, die kaum verstreichen wollten, egal, womit er sie auch zu füllen versuchte.

Damit der Tag eine Struktur erhielt, gewöhnten sie sich Rituale an. Für das Frühstück kaufte Ebbe beim Schlachter alle zwei Tage fünfzig Gramm Schinken für Otto. Dazu gab es Porridge, Rührei, Käse, Kaffee und Orangensaft. Vor jedem Gedeck lagen ein Aschenbecher und Zigaretten, die Ebbe und er nach dem Frühstück genüsslich rauchten. Danach verzog sich Otto, um seine Pfeife zu stopfen und Zeitung zu lesen. Nach dem Abendessen gab es eine Zigarre, und dann setzte er sich in den Schaukelstuhl und stellte den Fernseher an.

Jeden Sonntag sah Otto den *Weltspiegel* mit Gerd Ruge, in dem Auslandskorrespondenten aus aller Herren Länder berichteten. Manchmal, wenn er eine Region oder eine Stadt von seinen Reisen wiedererkannte, standen ihm die Tränen in den Augen, doch er wischte sie weg, bevor Ebbe es bemerkte.

Nein, das hier war nicht der Lebensabend, den er sich vorgestellt hatte.

Dass seine Frau, die fast sechzehn Jahre jünger war als er, nicht nach Baden-Baden gezogen war, um gemeinsam mit ihm den Ruhestand zu genießen, das erschloss sich ihm schon wenige Wochen nach ihrem Einzug. Immer öfter ließ sie ihn mit den täglichen Ritualen alleine und fuhr nach Paris. Und jedes

Mal wenn sie zurückkam, stand ein heller Glanz in den Augen, hatte sie ein Strahlen auf dem Gesicht. Auch ihre Kleidung wurde modischer. Einmal kam sie sogar mit violetten Strumpfhosen zurück.

Die Kluft zwischen ihnen vergrößerte sich. Paris war ihr Jungbrunnen, während er in Baden-Baden allmählich verwelkte.

Als Otto eines Tages im Morgenmantel zum Frühstück erschien, weil er es sinnlos fand, sich jedes Mal zurechtzumachen, als ginge er ins Büro, da betrachtete Ebbe ihn mit sorgenvollem Stirnrunzeln.

»So wie du aussiehst, könntest du direkt ins Altersheim gehen.«

Es war das letzte Mal, dass er den Morgenmantel trug. Er sah ein, dass er sich zusammenreißen, aktiv sein musste, damit er nicht verfiel.

Bald kannte Otto alle Straßen und Wanderwege in und um Baden-Baden. Doch weil ihm das Gehen zunehmend schwerfiel, verließ er bald nur noch das Haus, um Ebbe bei ihren Einkäufen zu begleiten oder in der Konditorei und Confiserie Rumpelmayer bei Kaffee und Kuchen Zeitung zu lesen. Oft ging er auch in den Tabakwarenladen, dessen Inhaber ihm jedes Blatt beiseitelegte, in dem er einen Artikel über Karl entdeckte.

Was nicht immer erbaulich war.

Sein Sohn, der inzwischen Chefdesigner bei Jean Patou war und sich Roland Karl nannte, machte sich auf einmal fünf Jahre jünger und erzählte von einer angeblichen Zeit auf einem Pariser Gymnasium, dem Lycée Montaigne beim Jardin du Luxembourg. Und Otto avancierte vom Direktorentitel tragenden Vater zum Fabrikbesitzer.

Von einem ehemaligen Milchlieferanten, dem Hofbesitzer von Weyhe, dessen Sohn ebenfalls in Paris lebte, erfuhr Otto eines Tages am Telefon, dass Karl behaupte, sein Vater sei ein schwedischer Baron derer von Lagerfeldt, der das t im Namen nur früh gestrichen habe.

»Hat er etwa Angst«, fragte er, als er Ebbe davon erzählte, »dass seine Freunde mich für einen ehemaligen Nazi halten?«

Sie fand das lustig und lachte schallend. »Er weiß sich eben zu inszenieren.«

»Na, du wirst von seinen Flunkereien auch nicht verschont«, entgegnete Otto. »Wusstest du schon, dass du eine begabte Violinistin bist? Und einen Flugschein hast du angeblich auch gemacht.«

»Nun sei mal nicht so furchtbar spießig. Lass dem Jungen doch seinen Spaß.«

»Du nervst, Papa«, sagte auch Karl, wenn er in Baden-Baden zu Besuch war und Otto ihn auf seine blühende Phantasie ansprach.

Und dann begannen sie wieder zu streiten, weil mit ihnen zwei Welten aufeinanderprallten. Der extravagante, im Herzen sensible Künstler, der mit den hohen Erwartungen der Mutter im Rücken auf der Suche nach seinem eigenen Weg war, und der bodenständige, sparsame Hanseat im Ruhestand – das vertrug sich einfach nicht.

Die Situation eskalierte, als Ebbe nach einem ihrer Besuche in Paris Otto in den Ohren lag, dass sie dringend einen Bentley brauche.

»Warum denn das?«, fragte Otto. »Du hast in deinem Leben noch nie ein eigenes Auto besessen.«

»Eben drum.« Die Hände in die Hüften gestützt sah sie ihn an. »Wann habe ich dich je gebeten, mir ein Auto zu kaufen? Ganz genau, nie. Und da kannst du froh sein, andere Direktorengattinnen hätten viel öfter Bedarf angemeldet. Ich möchte standesgemäß herumgefahren werden, nicht in diesen schäbigen Taxis.«

»Und wer, bitte schön, soll den Bentley fahren? Du hast doch gar keinen Führerschein.«

»Na, du natürlich. Die paar Meter schaffst du ja wohl noch. Oder ich frage den Nachbarsjungen, der kann ein paar Mark zusätzlich sicher gut gebrauchen.«

Die Vorstellung, mit einem Bentley vor ihrem bodenständigen Haus in der Hahnhofstraße vorzufahren, erschien Otto zwar ein bisschen übertrieben, aber schließlich gab er nach. Ein bisschen fehlte auch ihm der Luxus vergangener Tage. Und so gingen sie in ein Autohaus und ließen sich die verschiedenen Modelle vorführen. Am Ende wählte Ebbe einen schweren Wagen, der gut auf der Straße lag.

In jenem Sommer kam auch Karl mal wieder zu Besuch, und nach wenigen Wochen, in denen er und Otto sich wie so oft gestritten hatten, fuhr er zurück nach Paris. Mit dem nagelneuen Bentley.

Otto war außer sich vor Wut.

»Du hast mich belogen«, fuhr er seine Frau an. Zutiefst enttäuscht, denn er hätte es besser wissen müssen. »Der Wagen war von Anfang an für Karl bestimmt. Und ich bin auch noch darauf hereingefallen.«

Ebbe winkte ab. »Es ist mein Wagen, und wenn ich ihn meinem Sohn überlassen möchte, dann ist das ganz allein meine Sache. Gerade erst hat er seinen Mercedes 190 SL gegen einen Baum gesetzt. Und da wollte ich, dass er ein sicheres Modell fährt. Das ist ja wohl nachvollziehbar, oder etwa nicht?«

Dieses Mal schwor sich Otto, seine Frau auf der Stelle zu verlassen und nach Hamburg zurückzukehren. Am Ende blieb er doch.

Wat Gott tohoopsett hett, dat schall de Minsch nich trennen.

Doch noch Tage später stieg die Empörung in ihm auf, wann immer er daran dachte. Es war nicht nur der Vertrauensbruch, der ihn derart umtrieb, sondern auch die Ungerechtigkeit seinen Töchtern gegenüber. Alle Kinder sollten finanziell gleich behandelt werden. So hatte er es auch in seinem Testament festgehalten. Jeder bekam denselben Anteil.

Weil Ebbe und er in jener Zeit kein Wort mehr miteinander redeten, reiste sogar Thea aus Wiesbaden an, um zwischen den Streithähnen zu vermitteln. Was nicht einfach zu bewerkstelligen war.

»Denk daran«, sagte Otto zu Kurt, als der ihn einmal in Baden-Baden besuchte, »was in meinen letzten Wünschen geschrieben steht. Wenn es aus irgendwelchen Gründen nicht möglich ist, auf dem Nienstedtener Friedhof begraben zu werden, dann will ich neben meiner ersten Frau Theresia in Ohlsdorf liegen.«

»Bravo«, sagte Ebbe, die aus dem Nebenzimmer mitgehört hatte. »Tu dir nur keinen Zwang an. Meine Knochen werden sowieso nicht in Hamburg landen, wenn ich an der Reihe bin.«

Am Ende versöhnten sie sich dann doch.

»Wir sind zu alt, um solche Kriege zu führen«, sagte Otto, und sie reichten sich die Hand, nahmen ihre Rituale wieder auf und taten so, als wäre nichts geschehen.

Und auch die Sache mit dem Grabplatz überlegte er sich noch einmal. Denn als am 2. September 1961 seine Schwester Tilla starb und am 22. Januar 1965 Lisbeth, da ließ er auch seine Eltern in das Familiengrab verlegen. Wenn er eines Tages von dieser Welt ginge, dann wollte er neben ihnen liegen. Dort war sein Platz und nirgendwo anders.

Noch war er der Kitt, der alle zusammenhielt. Der mit den Familienmitgliedern in aller Welt in Kontakt blieb, persönlich, per Brief und per Telefon.

Nur nicht mit Karl.

51

August 1966

Er musste während des Rückblicks auf sein Leben eingeschlafen sein. Als Otto die Augen öffnete, fand er sich in seinem Sessel wieder, den er vor das Panoramafenster geschoben hatte, das den Blick über die Parkanlagen an der Oos bis hin zum Kloster Lichtenthal freigab. Die bewaldeten Berge des Schwarzwaldes schimmerten dunkel im Licht der untergehenden Sonne.

Im Wohnzimmer war es warm geworden, und Otto tupfte sich mit einem Taschentuch den Schweiß von der Stirn. Dann erhob er sich, um die Balkontür weit zu öffnen.

Milde Abendluft drang ins Innere, und er blieb in der Öffnung stehen, hielt sich, weil seine Beine etwas wackelig waren, am Rahmen fest und atmete die Luft tief ein.

Der Streit mit seinem Sohn war ein Makel in seinem Leben, und nun, da es sich allmählich dem Ende zuneigte, hätte er sich gerne mit Karl ausgesöhnt. Doch er war zu verletzt, um als Erster die Hand zu reichen. Er wusste nicht, wie viel Zeit ihm noch blieb, um das Verhältnis zu klären. Ein, zwei Jahre? Das Ende kam oft schneller, als einem lieb war. Doch seit dem Vorfall mit dem Bentley waren Karls Besuche immer seltener geworden und schließlich ganz ausgeblieben. Immerhin hatten sie wieder begonnen, miteinander zu reden.

Sein Magen knurrte laut und vernehmlich. Kein Wunder,

dachte er, er hatte seit dem Frühstück in der Konditorei nichts mehr gegessen.

Otto ging in die Küche, um sich das Gulasch aufzuwärmen, das Ebbe für ihn vorbereitet hatte, bevor sie nach Paris gefahren war. Langsam und mit Genuss aß er, bevor er einen Wein entkorkte und sich mit dem gefüllten Glas in der Hand auf den Balkon setzte. Er trank einen tiefen Schluck und zündete sich eine Zigarre an, sah dem Rauch nach, der sich vor dem orangerot verfärbten Abendhimmel allmählich verlor.

Immerhin die Sache mit dem unrühmlichen Rauswurf aus der Firma hatte er geklärt.

Es war im Mai 1961 gewesen, als Philip Kinzer und seine Frau Rosalie, die ein letztes Mal durch Europa reisten, ihn und Ebbe in Baden-Baden besuchten.

An jenem Abend, an dem sie sich endlich das Du anboten, schwelgten sie in alten Zeiten und versicherten sich, vor allem die guten Erinnerungen festzuhalten.

»Du darfst dir das nicht so sehr zu Herzen nehmen«, sagte Philip Kinzer, als sie nach dem Essen am Ufer der Oos auf einer Parkbank saßen und auf das Wasser schauten. »Nur weil die Jungen sich nicht mehr in die Suppe spucken lassen wollen. Lass die mal ihre eigenen Fehler machen. Jeder, der mit dir zu tun hatte, schätzt dich als Mensch und Ratgeber. Da kannst du fragen, wen du willst. Selbst Elbridge Stuart junior. Er ist zwar manchmal ein Stoffel, aber er meint es nicht so.«

»Du hast recht«, sagte Otto, nachdem er eine Weile über die Worte des Freundes nachgedacht hatte. Er drehte die allabendliche Zigarre zwischen den Fingern, bis sie knisterte. Andere ihre eigenen Fehler machen zu lassen … Das war ihm schon immer schwergefallen. »Danke.«

Sie hatten einvernehmlich geschwiegen und helle Rauchringe in den Abendhimmel geblasen. Und als Otto seine Gäste am nächsten Tag zum Zug gebracht hatte, war ihm schon viel leichter ums Herz gewesen.

Otto trank einen Schluck Wein und beobachtete das Spiel der Blätter, die sich im lauen Abendwind bewegten, sah weiter zum Himmel, der das ganze Tal überspannte. Am Firmament funkelten erste Sterne.

Er dachte kurz an seine Eltern, an seine Geschwister, von denen er als Einziger übrig geblieben war. An seine große Liebe Theresia. An Paul und auch an seine Schwägerin Gertrud.

Er hatte gewiss nicht immer alles richtig gemacht. War in seiner Fürsorglichkeit manchmal zu weit gegangen. Aber er hatte es immer nur gut gemeint. Er war es nun mal gewohnt, die Zügel in der Hand zu halten, denn hatten seine Erfahrungen ihm nicht gezeigt, wie das Leben gelang?

Am Ende hatten sich alle losgebunden. Allen voran Ebbe, die in Paris ihr verloren geglaubtes Leben als Bohemienne inmitten der pulsierenden Modeszene wiedergefunden zu haben schien. Auch seine Kinder, Nichten und Neffen lebten in der ganzen Welt verstreut, um ihr eigenes Glück zu finden. Jeder auf seine Weise.

Aus Karl war ein erfolgreicher Designer geworden, ähnlich rastlos und arbeitsam wie er selbst, sogar ein guter Kaufmann. Ja, er war stolz auf seinen Sohn. Ebenso stolz wie auf Thea, die es in der Agentur McCann weit gebracht hatte. Auf Christel, die inzwischen verheiratet war und mit ihrem Mann und drei Kindern in Connecticut lebte, das vierte war unterwegs. Auf Herbert, der endlich in dritter Ehe bei sich angekommen war und für die Hawaiian Pineapple Company zwei Restaurants leitete. Auf Kurt, der als Einziger im Norden geblieben war und noch immer mit seiner Familie in dem kleinen Spitzdachhaus in Neustadt lebte. Der mit seinem Posten im Werk zufrieden war. Nur manchmal glaubte Otto in den Augen seines Neffen eine

Sehnsucht zu erkennen, und er fragte sich, ob ihm das Leben nicht doch zu ruhig geworden war.

Otto lehnte sich in seinem Stuhl zurück und paffte an der Zigarre. Genoss das würzig-herbe Aroma.

Worauf Otto zurückblickte, hätte für drei gereicht. Er war um die halbe Welt gereist, in fremde Länder und Kulturen. Hatte Firmen kennengelernt und wieder verlassen, auf der Suche nach dem eigenen Glück. Wenn er jetzt zurückblickte, kam es ihm vor wie ein einziges Abenteuer. Es waren erfüllte Jahre gewesen, trotz aller Hürden und Hindernisse, kraftzehrende Jahre. Aber er hatte immer einen Ausweg gefunden, lösungsorientiert gedacht, den Blick auf die Zukunft gerichtet. Eine Zukunft, die nun immer näher an ihr Ende kam.

Wenn er jetzt von dieser Welt ging, tat er es guten Gewissens. Niemand bliebe unversorgt zurück, das Bankvermögen würde auf die Familie verteilt. Von den Mieteinnahmen der Häuser in Baden-Baden, an der Innocentiastraße und am Harvestehuder Weg, wo in der oberen Wohnung seine frisch verheiratete Enkeltochter Thoma lebte, würde Ebbe ein gutes Auskommen haben. Und am Ende, wenn es auch für sie so weit war, würde jedes seiner Kinder eines der Häuser erhalten.

Er lächelte und drückte die Zigarre aus. Dann lehnte er den Kopf an und betrachtete den Sternenhimmel. Der Abendwind strich zärtlich über sein Gesicht und hüllte ihn ein wie eine samtene Decke. Das leise Rauschen der Blätter drang an Ottos Ohr, und ganz unvermittelt verspürte er tiefes Glück.

Egal was geschehen war in den letzten Jahren – er war stolz auf das Erreichte.

In uns selbst liegen die Sterne des Glücks, schrieb schon Heine. Besser konnte man es nicht sagen, dachte er und schloss die Augen.

EPILOG

Otto Lagerfeld starb am 4. Juli 1967. Sechs Tage später wurde er in Hamburg am Familienplatz des Nienstedtener Friedhofes beerdigt, wo bereits seine Eltern und die beiden Schwestern Tilla und Lisbeth lagen.

An jenem 10. Juli ging ein leichter Wind. Sonnenstrahlen funkelten in den Pfützen, die der nächtliche Regen hinterlassen hatte, und der von Rhododendren und Kirschlorbeer gesäumte Platz vor der Kapelle war voll mit Trauernden. Verwandte, Freunde und Geschäftspartner aus ganz Deutschland und der Welt waren gekommen, Herren in dunklen Anzügen neben gut gekleideten Damen. Es waren so viele Menschen, dass nicht alle in der Kapelle Platz fanden.

Die Luft im Inneren war bald stickig, und Ebbe, die in der ersten Reihe saß, lockerte ihren Kragen und blickte starr auf das Bild ihres verflossenen Gatten, das auf einer Staffelei vor dem Sarg aufgestellt stand.

Sie hasste solche Anlässe, und nein, sie würde nicht weinen, nicht in der Öffentlichkeit. Ihre Trauer hatte sie an Ottos Bett zugelassen, als er für immer eingeschlafen war, dünn und faltig und nur noch ein Schatten seiner selbst. Sie hatte bei ihm gesessen und ihm die Hand gehalten, bis sie nur noch schlaff in der ihren lag. Und dann hatte sie geweint, kurz und heftig, weil sie den Mann, der immer treu an ihrer Seite stand, am Ende doch vermisste. Trotz aller Diskrepanzen.

In der Reihe hinter ihr scharrten Füße über den Steinboden, jemand hüstelte, links von ihr schluchzten Thea und Christel, die in Tränen aufgelöst waren, obwohl die Trauerrede noch gar nicht begonnen hatte.

Am rechten Rand ihres Blickfeldes bemerkte Ebbe einen winkenden Schatten, und sie wandte den Kopf. Auf der anderen Seite des Ganges saß Kurt und versuchte ihre Aufmerksamkeit zu erregen, indem er mit seinem Hut wedelte.

»Wo ist Karl?«, formten seine Lippen, und er zeigte auf den leeren Platz zu ihrer Rechten.

Sie zuckte die Schultern.

Gewiss stand Karl noch immer auf der Terrasse des *Louis Jacobs*, in dem anschließend im kleinen Kreis das Trauermahl eingenommen werden sollte. Unschlüssig mit sich ringend, ob er teilnehmen solle oder nicht.

Sie hatte ihm die Entscheidung nicht abnehmen können, es war sein Vater, dem er die letzte Ehre zu erweisen hatte, nicht ihrer. Aber insgeheim hatte sie ihn verstanden. Karl hasste Trauerfeiern ebenso sehr, wie er Krankenhäuser hasste, den allgegenwärtigen Tod. Die wildfremden Menschen, die mit geröteten Augen vor einem standen und einem ihr Mitgefühl aussprechen wollten. All die gereichten Hände, die schweißigen Umarmungen. Es war entsetzlich, da kam er ganz nach ihr.

Ebbe beobachtete den Pfarrer der Altkatholischen Gemeinde, der hier, in der evangelischen Kapelle, die Trauerrede halten sollte. Er stand am Eingang zur Sakristei und blickte mit erhobenen Brauen auf die Uhr. Sie nickte ihm zu. Otto war stets pünktlich gewesen, er hätte gewollt, dass sie nicht länger auf seinen Sohn warteten, sie sollten jetzt anfangen.

Als die Gäste am Ende der wirklich schönen und bewegenden Trauerfeier und einem letzten Abschied am Grab ins Restaurant *Louis Jacobs* strömten, sah sich Ebbe nach ihrem Sohn um. Sie entdeckte Karl noch immer auf der Terrasse stehend, am selben Platz, an dem sie ihn vorhin zurückgelassen hatte. Die dunkle Sonnenbrille vor den Augen, in der Hand ein Glas Cola light, unangerührt.

»Sag mal, weinst du?«, fragte sie, als sie die Tränen bemerkte, die ungehindert hinabkullerten. Sie nahm ein Taschentuch und tupfte damit übers Gesicht, bis er ihre Hand unwirsch wegschob. »Nun reiß dich zusammen, Mule. Die Gäste sind fast vollständig da, die Kellnerinnen servieren schon die Getränke.«

»Ich kann das nicht«, flüsterte er. »Ich will da nicht rein und mich fragen lassen, wo ich in der Kirche gewesen sei. Lieber gehe ich nachher zum Grab und nehme Abschied von Papa. Alleine, ohne die anderen.«

»Und wie soll ich das den Gästen erklären?«

»Sag ihnen, dass ich nicht gekommen bin, irgendeine wichtige Kollektion. Oder ein Autounfall auf dem Weg nach Hamburg. Nein, behaupte einfach, du hättest mir gar nichts von Papas Tod erzählt. Es ist ja auch vollkommen unwichtig, wenn man gerade mitten im Leben steht, nicht wahr?«

Das nahende Knirschen von Absätzen auf dem Kies ließ Ebbe herumfahren. Kurt und Gisela kamen auf sie zu, ausgerechnet!

»Hier steckst du also, Karl«, sagte Kurt, dessen Augen vom Weinen verquollen waren. »Wo warst du denn? Wir haben in der Kirche auf dich gewartet.«

Karl seufzte. »Ich konnte das nicht«, presste er hervor. »Es waren zu viele Leute da. Und alles riecht nach Tod. Du weißt, wie sehr ich so etwas hasse.«

»Herrgott, hättest du dich denn nicht einmal in deinem Leben zusammenreißen und deine Animositäten unterordnen können? Dem eigenen Vater die letzte Ehre verweigern, ohne den du nie dorthin gekommen wärst, wo du jetzt bist! Und dir fällt nichts Besseres ein als deine Abneigung vor dem«, er schüttelte voller Unverständnis den Kopf, »Geruch nach Tod?«

In diesem Moment stieg in Ebbe die alte Wut wieder auf. Allein, wie Karl dastand, mit hängenden Schultern. Genauso hatte Kurt auch sie angepflaumt, damals, im Winter 1939. Der Groll, den sie über so viele Jahre mühsam zurückgehalten hatte – Otto zuliebe –, war wieder präsent. Es reicht, dachte sie und drängte sich zwischen Karl und Ottos Neffen. Es reicht, ein für alle Male.

»Das geht dich nichts an, Kurt«, spie sie aus. »Und nun, da Otto nicht mehr lebt, besteht glücklicherweise auch kein Familienband mehr, das uns vereint. Vergessen wir also all den Anstand und das Getue. Ab heute können wir wieder Sie zueinander sagen.«

Im Frühjahr 1968 zog Ebbe zu Karl nach Paris und brach alle Brücken hinter sich ab. Ohne jeden Abschied. Menschen, mit denen sie kurz zuvor noch in engem Kontakt gestanden hatte, hörten kein Wort mehr von ihr. Briefe blieben unbeantwortet. Selbst die ihrer Enkeltochter Thoma, mit der Ebbe all die Jahre Kochrezepte oder Pflegetipps für das Neugeborene ausgetauscht hatte.

Eines Tages kündigte sich der alte Familienanwalt Helmut Barker im Harvestehuder Weg an, wo Thoma mit Mann und Sohn zur Miete lebte. Er fühle sich in seiner Ehre gekränkt, berichtete er unter Tränen, denn die Witwe Elisabeth Lagerfeld, geborene Bahlmann, habe sich eine interpretierbare Passage im Testament zu Nutze gemacht. Sie habe gegen Ottos ausdrücklich im Nachlass formulierten Willen die Häuser in Baden-Baden, am Harvestehuder Weg und in der Innocentiastraße verkauft – obwohl nur ein Nießbrauch vereinbart worden sei, um sie zu Lebzeiten abzusichern. Jedes der Kinder hätte am Ende eines der Häuser besitzen sollen, nun gingen sie hier leer aus. Otto würde sich im Grabe umdrehen.

Während Thea einen eigenen Rechtsanwalt konsultierte und schließlich Klage einreichte, lebte Ebbe in Karls Wohnung in der Rue de l'Université 35 und blieb beharrlich die scharfzüngige Mutter an seiner Seite, die das Geld aus dem Verkauf der Häuser großzügig verteilte und darauf bestand, mit ihm und seinen Freunden in den Urlaub zu fahren.

Der Gedanke, dass die Beugung von Ottos letztem Willen ein Fehler gewesen sein könnte, kam ihr nie in den Sinn, ganz im Gegenteil. Es stand ihr doch zu? Ebbe dachte an die endlosen Jahre, die sie an seiner Seite ausgeharrt und von einem anderen Leben geträumt hatte. Während er immer nur arbeitete und in der Weltgeschichte umherreiste, gebar sie ihm zwei Kinder und lebte seinen Traum von einem Selbstversorgerhof. Es war nicht ihr Traum gewesen, und doch hatte sie sich ihm gefügt. Nun aber, dachte sie, konnte sie sich endlich frei entfalten. Wer, bitte schön, hatte es mehr verdient als sie?

Das Gericht wies Theas Klage ab, und so gab es niemanden mehr, der sich ihr in den Weg zu stellen vermochte.

Doch weil ihr Sohn längst sein eigenes Leben führte, langweilte Ebbe sich bald zu Tode. Der Kontakt zu Christel war abgebrochen, was ihr blieb, war ihre Schwester Felicitas, der sie regelmäßig Briefe nach Münster schrieb.

Zum ersten Mal machte sie die Erfahrung, wie schwer es war, den Ansprüchen anderer zu genügen. Da der Wunderknabe der Haute Couture, Yves Saint Laurent, eine überaus elegante und eloquente Mutter hatte, verglich Karl Ebbes Aussehen öffentlich mit Coco Chanel. Was selbst bei wohlwollendem Blick nicht ganz darstellbar war, weshalb es keine offiziellen Fotos von ihr geben durfte. Und so mied Ebbe fortan die Öffentlichkeit und ging – im Gegensatz zu Lucienne Saint Laurent – zu keiner einzigen Modenschau ihres Sohnes. Stattdessen wartete sie in seinem Appartement darauf, dass er endlich nach Hause kam.

In das Appartement an der Rue Bonaparte, das er für sie anmietete, wollte sie nicht ziehen, und so nahm Karl sich eine weitläufigere Wohnung an der Place Saint-Sulpice, wo sie sich aus dem Weg gehen konnten.

Es war ein einsames Leben geworden. Manchmal, wenn sie in den Spiegel sah, ertrug sie ihr eigenes Bild nicht mehr. So voller Makel, sie traute sich kaum noch hinzusehen.

Als sie nach einem Schlaganfall im April 1976 auch ihre Beweglichkeit verlor, zog Ebbe sich in Karls Schloss Penhoët bei Grand-Champ in der Bretagne zurück. Sie starb am 14. September 1978 im Kreis der Angestellten.

Es heißt, Karl sei nicht zu ihrer Beerdigung gekommen.

Nachwort der Autorin

Das Leben schreibt die schönsten Geschichten, notierte ich im Nachwort des ersten Bandes. Doch wie sehr habe ich mir während des Schreibens des zweiten Teils gewünscht, es wäre reine Fiktion. Denn diese Geschichte hat viele tragische Seiten. Man möchte eingreifen, ausgleichen, die Figuren ein wenig straffen, um am Ende ein Happy End zu zaubern. Aber das Leben der Familie Lagerfeld hatte kein romanhaftes Happy End, und die Geschichte wollte erzählt werden, wie sie nun einmal war.

Am besten symbolisiert dies ein Foto, das Otto seinen Briefen an die Familie beigelegt hatte und das ihn selbst, Ebbe, Christel und Karl zeigt. Ebbe steht in der Mitte, an ihrem rechten Arm Karl, am linken Otto. Neben ihm Christel, ganz alleine. Im Lauf meiner Gespräche mit der Familie habe ich zwei Versionen dieses Bildes gezeigt bekommen. Das vollständig erhaltene stammt von Pauls amerikanischem Enkel Steve. Das andere, aus Theas Nachlass, ist in der Mitte zerschnitten. Es sind nur noch Otto und Christel darauf zu sehen. Und von der fehlenden Hälfte Ebbes Hand, die den Arm ihres Mannes umfasst. (Beide Fotos habe ich auf meinem Instagram-Kanal heike.koschyk eingestellt.)

Es gibt noch ein weiteres Detail auf diesem Foto, das einen nachdenklich stimmt: Karls Finger der rechten Hand sind eingezogen. So als wolle er sie der Kamera nicht zeigen. Zufall oder

Absicht? Ottos Neffe Kurt erzählte, Ebbe habe seine Hände bäuerlich genannt. Dass Karl sie nicht gerne zeigte, ist bekannt.

Dies ist nur eines von unzähligen Puzzlestücken, die sich während der Arbeit an diesem zweiten Band zu einem Gesamtbild fügten.

Dreh- und Angelpunkt dieser Dilogie sind zahlreiche bislang unveröffentlichte Dokumente, Briefe und Bilder aus dem Archiv von Günter Lagerfeld, die ich exklusiv einsehen durfte. Allem voran Otto Lagerfelds Lebenserinnerungen und die von ihm verfasste und um mehrere Berichte erweiterte Chronik der Glücksklee Milchgesellschaft.

Besonders wertvoll waren die vielen Gespräche mit der Familie, die das Bild entscheidend abrundeten: mit Kurts Sohn Günter Lagerfeld, Theas Tochter Thoma Schulenburg, Pauls Enkel Steve Lagerfeld und Gertruds Neffe Dr. Henning Schmidt. Ergänzt durch Interviews mit weiteren Zeitzeugen, bei denen vor allem Karl Wagners Erinnerungen an seine Jahre auf Bissenmoor bereicherten.

Die vielen Geschichten hätten eigentlich mehrere Bände gefüllt. Jede Person ein ganzes Leben. Jeder Zeitabschnitt, jeder Ort ein eigenes Buch. Hauptperson dieser Dilogie jedoch ist Otto Lagerfeld, Gründer der Glücksklee Milchgesellschaft und Vater des Modeschöpfers Karl. Es ist sein Leben, das hier im Mittelpunkt steht. Ein intensives, buntes, vielseitiges Leben, das für mehrere gereicht hätte. Gewiss hätte es ihn gefreut zu sehen, dass ein Teil der jetzigen Generation noch immer über Kontinente hinweg regen Kontakt hält.

Fakt und Fiktion

Trotz hohen Anspruchs an Authentizität ist dies nur ein Roman und damit eine Fiktion, die sich darum bemüht, der Realität nahe zu kommen. Die Fakten sind sorgfältig recherchiert. Dort aber, wo sich Lücken auftaten, habe ich meine Phantasie eingesetzt.

Die im Roman enthaltenen Briefe und Telegramme sind nur eine Erzählform zur Wiedergabe der Geschehnisse und damit fiktiv. Auch Zeitzeugenerinnerungen wurden mit erdachten Elementen verwoben, um sie in die Romanhandlung zu integrieren. Beispielsweise wurde der tatsächlich stattgefundene Ausflug von Mule, Christel und Kalli nach Hamburg zum Teil der fortlaufenden Handlung, in der Mule versucht, ein Gespräch mit dem Vater zu führen.

Die wichtigsten Anpassungen sind folgende:

Personen

Paul: Da der Kontakt zu seiner Hamburger Familie nach dem Ersten Weltkrieg abbrach, war über Pauls erste Jahre in New York nur wenig bekannt. Dank dem Rechercheportal ancestry.com fanden sich jedoch Hinweise auf seine diversen Berufe als Barmann, Verkäufer, Taxifahrer und Bäcker. Sein Enkel Steve Lagerfeld zeigte mir zudem das Foto eines Food-Stands, der offenbar nicht allzu gut lief. Auch die Pie-Bakery von Josephine ist Fakt.

In den Volkszählungslisten des Portals offenbarte sich, dass Paul mit seiner späteren Frau Josephine bereits 1920 in der Bronx zusammenlebte, dass sie seinen Nachnamen trug und als Ehefrau eingetragen war. Fünf Jahre später, sie waren inzwischen nach Yonkers verzogen, standen auch zwei Kinder auf der Liste. Josephine nahm den Zeitungsberichten zufolge sogar unter dem Namen Lagerfeld einen Kredit für das neue Haus auf.

Zu jenem Zeitpunkt jedoch war Paul noch mit Gertrud verheiratet, die in Hamburg auf ihn wartete und ihn offiziell als ihren Ehemann und Mieter bei den Vorraths in Boberg angab.

War Paul also ein Bigamist? Diese Frage stellte ich mir anfangs selbst.

Eine Scheidung von Gertrud gab es nie. Dass ihr Vater Cornelius Schmidt diesen Schritt Paul verweigerte, ist zwar wahrscheinlich, aber nicht belegt. Möglich wäre auch, dass Paul es gar nicht erst versuchte. Ob die Familie Paul wirklich für tot erklärte, ist nicht bekannt. Wahr ist allerdings, dass Kurt und Herbert nach Gertruds Tod im September 1926 offiziell als Vollwaisen galten.

Im Dezember 1927, ein Jahr später, tauchen dann die Namen von Paul und Josephine im Heiratsindex von White Plains auf, einem kleinen Ort nördlich von Yonkers. In diesem Index ist Joe mit ihrem Geburtsnamen Ebeling eingetragen. Offenbar gaben die beiden all die Jahre nur vor, verheiratet zu sein, um ein normales Familienleben führen zu können. Dass sie zu dem Zweck gefälschte Papiere besaßen, liegt nahe.

Dass Otto Paul die Nachricht von Gertruds Tod übermittelte, ist meine Interpretation. Auch dass er, um Paul ausfindig zu machen, eine *Detective Agency* einschaltete. Dass die beiden Brüder sich im Jahr 1934 in New York wiedersahen, ist hingegen Fakt. Nicht erwähnt habe ich, dass Otto bei diesem Aufenthalt auch Ted und Dolly kennenlernte. In seinen Lebenserinnerungen hat Otto die beiden deutlich jünger gemacht. Offenbar sollte Kurt – der ja eine Kopie der Memoiren erhielt – nicht erfahren, dass die beiden gezeugt wurden, während Frau und Kinder in Deutschland noch auf Pauls Rückkehr hofften.

Eine Aussöhnung von Paul mit seinen Söhnen Herbert und Kurt gab es nie. Die Gründe hierfür sind von mir interpretiert. Dass Herbert vergeblich versuchte, Paul in Yonkers zu besuchen, und dass Josephine ihn abwies, ist leider Fakt.

Gertrud: Der Mord an ihrem Vermieter hat tatsächlich stattgefunden. Sämtliche Details sind Berichten über die Gerichtsverhandlung entnommen. Dass Kurt die tödliche Wunde gesehen hat, ist nicht belegt, aber wahrscheinlich. Auch die geschilderten Wohnverhältnisse im Haus der Vorraths sind real. Wenngleich Gertrud sich später in Bergedorf wieder ein kleines Häuschen leisten konnte, vermutlich aus dem Erbteil ihres Großvaters.

Wer der Mann war, der in Boberg in ihr Leben trat, ist nicht bekannt. Nur dass er Lehrer war und sie offenbar nicht heiraten wollte. Der Name Erich Lüdke ist erfunden. Nach ihrem Tod erzählte man den Söhnen Herbert und Kurt, dass sie sich bei der Gartenarbeit verletzt habe und an einer Blutvergiftung gestorben sei. Erst viele Jahrzehnte später erfuhr Kurt von ihrem Geheimnis.

Kurt: Ob der erste Lehrherr in Schwäbisch-Gmünd ihn wirklich schlug, ist nicht überliefert. Fakt ist aber, dass Kurt es offenbar nicht lange dort aushielt und die Lehre nach nur acht Wochen abbrach.

Die Einholung der Identitätsbestätigung und die Ausstellung des Staatsangehörigkeitsausweises habe ich aus plottechnischen Gründen ins Jahr 1928 verlegt. Tatsächlich sind diese Dokumente auf Januar 1931 bzw. März 1932 datiert. In diese Zeit fallen auch der Abschluss der Berufsschule und der Beginn des Volontariats.

Was wirklich zum Zerwürfnis zwischen Ebbe und Kurt führte, ist nicht überliefert. Fakt ist jedoch, dass er ihre kühle Art nicht mochte und bei Missständen gerne den Finger in die Wunde legte. Die den Bruch auslösende Szene im Jahr 1938 beim Essen in Neustadt ist fiktiv, hätte aber genau so stattfinden können. Kurt war nie Mitglied der Partei und als Antinationalsozialist bekannt, während Ebbe sich selbst nach den Pogromnächten noch zur NSDAP bekannte. Im Gegensatz zu ihrer Schwester Felicitas, der sie sich später in einem Brief erklärte[6].

Elisabeth (Ebbe): Die Quellenlage zum Leben von Ottos Frau Elisabeth, genannt Ebbe, vor ihrer inoffiziellen Verlobung an Weihnachten 1929 ist sehr spärlich. Weshalb die Beschreibung jener Jahre einen hohen Grad an Fiktion erhält. Auch Ebbes Berliner Freundin Luzie samt ihrem Verehrer Fred ist erdacht.

Fakt ist, dass Ebbe in einem streng katholischen Haushalt

---

6 Briefwechsel Elisabeth Lagerfeld, Archiv Tork, zitiert in: Kaiser, Alfons: *Als Lagerfeld noch kurze Hosen trug*, FAZ vom 14. September 2020.

mit preußischen Erziehungsmethoden aufwuchs. Auch die Details zu ihrer Herkunft und Schulbildung sowie die schwierigen finanziellen Umstände nach dem Tod des Vaters im März 1922 sind belegt. Laut ihrer Enkelin Thoma Schulenburg erlernte sie das Schneidern und besaß eine enorme Kenntnis über Stoffe und Nähtechniken. Unklar ist jedoch, ob sie die Ausbildung auch abschloss.

Offenbar war Ebbe für eine kurze Zeit auch in München gewesen. Da es hierzu keinerlei Informationen gab, habe ich diesen Strang fortgelassen.

Während ihrer Jahre in Berlin muss sie traumatische Erfahrungen gemacht haben. Ihrer Enkeltochter erzählte sie, dass die Jahre nicht so golden gewesen seien wie immer behauptet. Sie habe bittere Armut gesehen. Frauen, die ihre Kinder in Zeitungspapier wickelten, weil sie nichts anderes hatten.

Einem Brief an ihre Schwester Felicitas zufolge kannte Ebbe sich bestens mit den schlechten Arbeitsbedingungen der Berliner Näherinnen aus, die für das Modekaufhaus Gerson arbeiteten. Es ist sehr wahrscheinlich, dass auch sie dort angestellt war. (In der Familie wird nur von einem großen Modekaufhaus als Arbeitsplatz gesprochen.)

Laut Kurt war Ebbe als Verkäuferin in der Dessousabteilung tätig. Da sie ihrer Enkeltochter jedoch von personalisierten Namensetiketten berichtete, die sie für die Kundschaft gestickt habe, wird sie wohl auch (vorher?) in den Ateliers beschäftigt gewesen sein, wo man die Modelle den Maßen der Kundinnen anpasste.

Tatsächlich kannte sie sich hervorragend mit der aktuellen Mode aus und erträumte sich einen Platz in jener Glitzerwelt. So tauchte Ebbe im Oktober 1927 in den Programmvorschauen der WERAG (später Westdeutscher Rundfunk) als Modeexpertin aus Berlin auf, als die sie über die Psychologie der Kleidung und von den aktuellen Herbsttrends in zwei Teilen berichtete. Im Mai 1928 hielt sie einen Vortrag über die Fürstin Amalie von Gallitzin, danach wird sie nicht mehr im Programm erwähnt. Dennoch zog sie Anfang April 1929 nach Köln und bot in einem Raum ihrer Wohnung Kindergymnastik an.

Was in dieser Zeit geschah, darüber schwieg sie sich aus. Manche glauben, sie hätte geheiratet, aber es existieren keine Einträge oder Annoncen, und sie lebte wohl auch allein in ihrer Wohnung. Es ist aber davon auszugehen, dass ein Mann im Spiel war. Ich habe ihm den Namen Rudolph Kühn gegeben, dieser ist Fiktion. Da die WERAG mit einem Studio in Münster begann, habe ich seine Herkunft mit der von Ebbe verknüpft und ein Wiedersehen konstruiert.

Zum Kennenlernen von Otto und Ebbe gibt es zwei Versionen, und dazwischen liegt eine zeitliche Lücke. Laut Kurt lernten die beiden sich in Berlin kennen, als sie noch im Modekaufhaus arbeitete. Offenbar funkte es damals schon, aber die Begegnung hatte wohl keinen Bestand. Erst nach Ebbes Kölner Zeit kamen die beiden zusammen. Die zweite Version stammt von Karl. Er behauptete, seine Eltern hätten sich an der Ostsee kennengelernt, als Ebbe mit ihren Nichten dort Urlaub machte und Otto mit Thea. Eine Ortsangabe gibt es nicht dazu. Kurz hatte ich überlegt, ob Ebbe an den Neustädter Strand gefahren sein könnte, in der Hoffnung, Otto dort wiederzutreffen. Schließlich habe ich mich dann aber für die Nordseeinsel Norderney entschieden, welche die Bahlmann-Töchter von früheren Urlauben kannten.

Auf jeden Fall nahmen Otto und Ebbe ihre abgebrochene Beziehung ab da wieder auf, und nun ging es sehr schnell. Laut Ottos Lebenserinnerungen fand die Verlobung bereits an Weihnachten 1929 statt, offiziell bekanntgegeben wurde sie im März 1930. In diese Zeit fiel auch der Kauf des Hauses im Baurs Park 4. In seinen Lebenserinnerungen berichtet Otto von angespannten Verhältnissen in der Elbchaussee, die den Umzug notwendig machten.

Dass er das Kleid von Madeleine Vionnet kaufte, das Ebbe bei der Hochzeit trug, ist nur eine Vermutung. Es könnte auch aus ihrer Zeit bei Gerson stammen. Laut Gesa Kessemeier (siehe Literaturliste) gab es dort seit 1925 exklusive Modelle von Vionnet zu kaufen. Als Näherin oder Verkäuferin hätte sich Ebbe dies eigentlich nicht leisten können.

Seit der Ehe mit Otto werden die Aufzeichnungen und Erzählungen über Ebbe umfangreicher. Fakt ist, dass sie eine sehr schwierige Person war, gegen deren spitze Zunge man wohl nur schwer ankam. Dass sie auf Ottos erste Frau eifersüchtig war, ist überliefert. Von Theresia gibt es nur ein einziges Bildzeugnis. Es hat mich zu der Annahme verleitet, dass Ebbe alle in Ottos Besitz befindlichen Erinnerungen an sie nach seinem Tod vernichtete. Stellvertretend dazu wirft sie nun im Roman das Foto ihrer allgegenwärtigen Konkurrentin in den Müll.

Elisabeths Erziehungsmethoden waren der Zeit entsprechend preußisch streng, und sie bediente sich Elementen der schwarzen Pädagogik, in der Kinder u. a. mit Demütigungen, Liebesentzug und körperlicher Gewalt zum Gehorsam gezwungen wurden.

Wer sich ein Bild von dem Tonfall machen möchte, in dem sie beispielsweise über Christel oder Thea schrieb, dem empfehle ich die Briefauszüge in Text und Anhang der Biografie von Alfons Kaiser (siehe Literaturliste).

Ebbe ist es zu verdanken, dass die Familie endgültig auseinanderbrach. Ein Zersetzungsprozess, der bereits mit ihrem Einzug in die Elbchaussee begann und der mit der offiziellen Familienauflösung auf Ottos Trauerfeier endete. Eine Situation, die leider genau so geschehen ist.

Dennoch hatte Ebbe auch eine amüsante, kultivierte Seite.

Als emanzipierte Frau hatte sie es gewiss nicht immer leicht an der Seite eines Patriarchen wie Otto, der ständig unterwegs war. Es erklärt zumindest ihre zunehmende Verbitterung und die Fixierung auf ihren Sohn Karl, der mit den Jahren für sie zum Partnerersatz wurde.

Karl (Karl-Otto, Mule): Für eine authentische Darstellung der Geschichte war es notwendig, die Erzählungen von Ottos Sohn mit den Dokumenten und Erinnerungen von Zeitzeugen abzugleichen oder in Archiven zu überprüfen. Viele von Karls Erzählungen über Kindheit und Eltern basieren auf einem authentischen Untergrund. Sie sind jedoch zumeist derart phantasievoll ausgeschmückt oder verzerrt dargestellt, dass die Realität dahinter kaum noch zu erkennen ist.

Bestes Beispiel hierfür ist die häufig von Karl zum Besten gegebene Geschichte über seine Mutter, die ihm riet, mit dem Klavierspiel aufzuhören und lieber zu zeichnen, das sei leiser. In späteren Versionen klappte sie dabei sogar den Klavierdeckel auf seinen Fingern zu. In einem Interview im *Hamburger Abendblatt* vom 19.05.1987 schrieb Karl diesen Satz noch seinem Vater zu. Es wird wohl eine ähnliche Situation gegeben haben, offen bleibt die tatsächlich handelnde Person. Ein Zuklappen des Klavierdeckels ohne Rücksicht auf die Finger ist jedoch eher Ebbe zuzutrauen.

Auch zu Menzels Bild von der Tafelrunde gibt es mehrere Versionen, die Karl immer weiter ausgeschmückt hat. Am Ende musste sogar der arme Galeriebesitzer angeblich am zweiten Weihnachtstag das Atelier aufsperren, weil Karl so stark quengelte. Die älteste Version kommt der Wahrheit wohl am nächsten. Den Reporterinnen Steinbauer und Knitter erzählte seine Mutter im Jahr 1978, dass es ein Geburtstagswunsch gewesen sei, das Bild hätten sie bei einem Spaziergang entdeckt. Den

Altersangaben zufolge ist anzunehmen, dass es im Jahr 1941 war, als die Familie noch in der Innocentiastraße wohnte. Bei der Galerie könnte es sich in dem Fall um das Kunstkabinett Gurlitt in der Alten Rabenstraße handeln, dessen Inhaber ein bekannter Kunsthändler war. Dagegen spricht, dass die Tafelrunde die Besatzungszeit kaum unbeschadet überstanden hätte. Das Bild könnte also ebenso gut erst nach Kriegsende angeschafft worden sein.

Mit der Abkürzung Kali, wie er in einem Interview aus dem Jahr 1989 angab, wurde Karl nie angesprochen, auch wenn man im Schleswig-Holsteinischen den Namen Karl so abkürzt (fälschlicherweise auch im Artikel *Dat wer Kalli*[7] als Fakt übernommen). Dass ihn alle nur Mule nannten, verschwieg er lieber.

Legendär geworden sind auch die Erzählungen, sein Vater sei ein schwedischer Baron und er selbst sei als Kind nahe der dänischen Grenze aufgewachsen, was er später damit erklärte, dass ein Teil Schleswig-Holsteins vor gut hundertfünfzig Jahren dänisch war. Als Grundlage diente ihm hierfür das Familienwappen des schwedischen Freiherrn Gustaf Adolph Lagerfeldt, das Otto im Jahr 1948 in einem Münchner Archiv fand.

Dahinter steckte offenbar der Wunsch, das Bild, das andere von ihm hatten, selbst zu bestimmen und die Kontrolle zu behalten.

Doch wie kam es dazu?

Thoma Schulenburg beschreibt Karl als einen sehr weichen, mitfühlenden und liebenswerten jungen Mann, der diese Eigenschaften zunehmend hinter einer kühlen Arroganz verbarg, die der seiner Mutter stark ähnelte. Seine Sprüche, so erklärte Karl später, seien der beste Schutz gegen Angriffe.

Dass man keinen Makel haben durfte, das lernte er früh.

---

7 Christian Meurer, *FAZ* vom 04.09.2008.

Seine Mutter sah alles und kommentierte es entsprechend. Ihre Herabwürdigungen mussten ihn sehr verletzt und zugleich beeindruckt haben.

Es ist kein Zufall, dass Karl in einem späteren Interview den Film *Das weiße Band* zitierte, als er von seiner Kindheit sprach. Ein sehenswerter, sehr berührender Film übrigens, der eine strenge, kaltherzige Erziehung thematisiert, die Kinder mit Demütigungen und Zucht gefügig macht.

Auch Ebbe wandte solche Methoden an. Nicht nur mit herabsetzenden Worten. Der ehemalige Kreativdirektor der *Vogue*, André Leon Talley, mit dem er eng befreundet war, berichtete, Karl sei als Kind von seiner Mutter mit Lederriemen ans Bett gefesselt worden, um zu verhindern, dass er nachts etwas aß.

Was das mit einem Kind macht, beschreibt die Psychologin Alice Miller in ihrem Buch *Das Drama* des begabten Kindes (siehe Literaturliste).

Bereits als junger Mann sei Karl ein überästhetisch empfindender Mensch gewesen, der jeden Pickel ebenso wie lange Ohrläppchen, schrumpelige Kniekehlen und jedwede Gerüche ablehnte. Vieles fand er einfach nur ekelhaft. Dieselben hohen Maßstäbe, die seine Mutter angelegt hatte, legte er auch anderen an.

Dass es dennoch zu einer Art symbiotischen Beziehung zwischen ihm und seiner Mutter kam, mag eine Schutzhaltung gewesen sein. Als bezwinge man den Feind, indem man sich ihn zum Freund mache. Ebbe stand über allem, Karl vergötterte sie regelrecht. Und sie, die in ihrem Sohn die Erfüllung ihrer längst vergrabenen Träume von einem schillernden Leben erkannte, begann, ihn zu fördern. Dass Karl sie fortan französisch *Maman* nannte, entstammt meiner Phantasie.

Ob seine Mutter den Vorschlag zum Besuch der Dior-Modenschau machte oder ob Karl es selbst anregte, das ist nicht bekannt. Da er aber laut seines Mitschülers Peter Bendixen bereits in den Jahren auf Bissenmoor davon sprach, einmal etwas mit Mode machen zu wollen, ist es durchaus möglich, dass er selbst es forcierte. Die Szene, in der er vor dem Hotel auf den Meister wartet, ist reine Fiktion, die dort geschilderten Ereignisse sind Zeitungsartikeln und originalen Videosequenzen entnommen.

Karl wollte es Christian Dior unbedingt gleichtun. Und so war die Zeichnung des Mantels, die er für den *Concours du Dessin de Mode* einreichte, entgegen seinen Angaben sehr sorgfältig geplant. Jedenfalls ließ er das Modell vorab vom Bad Bramstedter Schneider Bruno Kluck anfertigen. Wohl, um anhand des Ergebnisses die Zeichnung zu perfektionieren.

Diese Perfektion und Akribie machten aus ihm einen der größten und kreativsten Modeschaffenden der Welt. Und nichts an seiner Vita durfte diesen Nimbus stören.

Als sein Cousin Kurt, zu dem er – ungeachtet von Ebbes Bann – später wieder Kontakt hatte, 2001 der Journalistin Sylvia Blankenburg für die *Lübecker Nachrichten* zum fünfundsiebzigjährigen Bestehen der Glücksklee Milchgesellschaft ein Interview gab und darin Ottos Lebensleistungen würdigte, flog die Geschichte mit dem schwedischen Baron auf. Karl ließ nie wieder etwas von sich hören.

Im Jahr 2007 gab Kurt der Modejournalistin Alicia Drake Auskunft über Karls Kindheit und machte dabei deutlich, dass dessen Geschichten über eine aristokratische Vergangenheit mit Schloss, Dienern und Privatlehrern frei erfunden seien. Damit war das Verhältnis endgültig zerrüttet.

»Kurt war nie im Haus meiner Eltern«, wütete Karl. Was nachweislich nicht stimmt. Es hielt ihn auch nicht davon ab, seinem Cousin Dinge anzulasten, die eine Zeitung fehlinterpretiert hatte.

Ähnlich erging es seinem ehemaligen Hof-Mitbewohner Karl

(Kalli) Wagner, der den Schwindel mit dem verschobenen Alter öffentlich machte.

Wie groß Karls Angst war, einen Makel zu offenbaren, zeigt eine Begebenheit, die sein Freund Peter Bermbach aus den Pariser Anfangsjahren erzählte.

Im Mai 1965, als Maria Callas ihren letzten Auftritt als Norma im Théâtre National de l'Opéra hatte und Teile des Publikums sie wegen stimmlicher Probleme ausbuhten, da erhob Karl sich von seinem Platz, um ihr frenetischen Applaus zu spenden. Wohl erschrocken von der furchtbaren Erkenntnis, wie schnell man als gefeierter Künstler in Ungnade geriet, sobald ein Makel sichtbar wurde.

Wäre es anders gekommen, wenn Otto ein präsenter Vater gewesen wäre? Ausgerechnet in jenen Jahren, in denen Karl ihn am nötigsten gebraucht hätte, nahm Otto all seine Kräfte zusammen, um die Firma gegen die Angriffe und Übernahmephantasien der Nazis zu verteidigen.

Als er dann endlich Zeit hatte, wollte Karl seine Ratschläge nicht mehr hören. Am Ende war Otto sehr stolz auf seinen Sohn, doch er hat es ihm wohl nicht gesagt, zu groß waren die gegenseitig zugefügten Verletzungen.

Die beiden haben sich nie ausgesöhnt.

Thea: Ihr vollständiger Vorname lautet Theresia Barbara. Stattdessen geistert ein falscher Name durch das Internet: Theodora Dorothea. Theodora ist aber einer der Vornamen ihrer Schwiegermutter und auch der von Theas Tochter Theodora Friederike, die Thoma gerufen wird und später auf das Adelsprädikat verzichtete.

Dass Thea ihren Mann in der St.-Marien-Kirche in Beetzendorf heiratete und Otto sie zum Traualtar führte, ist nur eine Annahme. Dass ihr zweiter Mann Julius Stahlberg seit dem

Krieg an Lungentuberkulose litt und Ende der Fünfzigerjahre starb, blieb hier unerwähnt.

Frau Riek, geborene Rolf: Die Kinderfrau und spätere Hausangestellte, die bereits Ottos erster Frau Theresia eine Freundin war, wird schon in Ottos Lebenserinnerungen erwähnt. Ihr Vorname ist jedoch nicht bekannt. Ebenso wenig der ihrer Nachfolgerin in Blankenese, die ich Henriette getauft habe.

Laut Ottos Enkeltochter Thoma Schulenburg, die Frau Riek als eine Art Mary Poppins beschreibt, gaben die Kinder ihr den Spitznamen Bukie. Sie war auch diejenige, die Karl das Kissen nähte, das er immer auf Reisen mitnahm.

Ihre nördlich von Hamburg lebende Schwester ist Fiktion, ebenso der Onkel aus Kiel sowie der Vorname Oskar für ihren Mann.

Otto – Berufliches und Hintergründe

Lagerfeld & Co.: Welchen Anteil Ottos Mitarbeiter und Freund aus Wladiwostoker Zeiten, Carl Wübbens, an dem Verlust der Ware in Harbin hatte, ist nicht bekannt. In seinen Lebenserinnerungen gibt Otto die Schuld daran namenlosen »Korrespondenten«, die die Ware erhielten, aber nicht bezahlten. Nachdem die Firma Lagerfeld & Co. ihre Ex- und Importgeschäfte abgebaut hatte, blieb Wübbens in Harbin und heiratete dort.

Wie es Otto gelang, sich von den Regressansprüchen der American Milk Products Corporation zu befreien, ist nicht belegt. Die Korrespondenz mit dem Exportbüro und dem Gründer Amos H. Stuart (senior) dazu ist fiktiv.

American Milk Products Corporation ab 1930 General Milk Company: Um den Lesefluss zu erhöhen, bleiben die Namen der leitenden und über die Jahre wechselnden Manager des New Yorker Exportbüros unerwähnt. Stattdessen steht im Roman Elbridge H. Stuart junior im Vordergrund, der seit 1926 zunächst Vizepräsident war und erst nach 1940 die Leitung übernahm. Dass er derjenige war, der Otto am Ende hinauskomplimentierte, ist nur meine Interpretation.

Mit einigen seiner amerikanischen Kollegen war Otto eng befreundet. Neben Philip G. Kinzer und Christopher A. Altwegg gehörte auch L. C. Guenther dazu, der in New York für Finanzen und Corporate Affairs zuständig war. Er bleibt hier unerwähnt.

Zu dem Treffen in Baden-Baden kamen außer Kinzer und seiner Frau einige weitere Herren aus Amerika, die ich nicht ermitteln konnte.

Glücksklee Milchgesellschaft: Da es auch hier mehrere Personalwechsel gab, habe ich mich auf die Nennung der wichtigsten Personen beschränkt.

Ob Fräulein Schumacher tatsächlich Ottos persönliche Sekretärin war, ist nicht bekannt. Da aber in seiner Chronik ihr Foto zum zehnten Jubiläum abgebildet ist, gehörte sie auf jeden Fall zum festen Stamm der Hamburger Zentrale. Dass sie nach ihrer Heirat ausschied, ist Fiktion. Ottos spätere Sekretärin Fräulein Jung hingegen existierte tatsächlich.

Ottos langjähriger Mitarbeiter und späterer Geschäftsführer Wilhelm Dylewski wird nach Ende des Krieges nicht mehr erwähnt. Dass er sich aus gesundheitlichen Gründen zurückzog, ist nur eine Vermutung.

Der Name des Milchbeschaffers Herr Carstensen ist fiktiv.

Goldstern: Dass der Name Goldstern ein Grund für die Einstufung als jüdische Firma war, ist eine Annahme meinerseits. Tatsache ist, dass die bereits 1921 registrierte Marke im Jahr 1934 und damit nur zwei Jahre nach ihrer Neueinführung wieder ruhte. In der Betriebsprüfung aus dem Jahr 1937 wird der Markenname explizit erwähnt.

Dem Protokoll der Befragung zufolge legte der Prüfer besonderen Wert darauf, die Rolle der kapitalgebenden International Finance Company zu ergründen. Am 26. Mai 1938 ging der Schlussbericht an das Finanzamt Oldenburg, Oberfinanzpräsident Nordmark. In einem Brief vom 26. Juli 1938 an den Banker Eric Archdeacon erwähnt Otto erste Gerüchte über eine jüdische Beteiligung an der Glücksklee Milchgesellschaft.[8]

8 BArch, N1200-1085bd2 (fol. 016 ff.) und N1200/1080 (fol. 041-083).

Milchverbände: Die Glücksklee Milchgesellschaft war Mitglied in mehreren Verbänden, von denen ich der Einfachheit wegen nur einen genannt habe.

Vor allem der Deutsche Milchwirtschaftliche Reichsverband war für Otto von großer Bedeutung. Dessen Präsident Freiherr Bernd von Kanne avancierte später zum Milchkommissar und war einer von Ottos erbittertsten Kontrahenten.

Ob Otto tatsächlich bei der großen Versammlung zur Verbandsauflösung zugegen war, ist nicht bekannt. Dieses Treffen im Mai scheint jedoch für ihn der Auslöser gewesen zu sein, der NSDAP beizutreten.

Der Name des ersten Vorsitzenden Anton Fehr bleibt unerwähnt. Doktor Kämmerling als Vorsitzender in Berlin ist fiktiv und damit auch das von ihm initiierte Abendessen.

Bankers Trust Company: Im Bundesarchiv von Koblenz befindet sich ein sehr aufschlussreicher Briefwechsel zwischen Otto und dem englischen Banker Eric Archdeacon, in dem sie sich zwischen den Zeilen über Geopolitik austauschen. Dieses Detail hat im Romanplot leider keinen Platz mehr gefunden, es ist aber angesichts des aktuellen russischen Angriffskrieges hochaktuell.

Archdeacon, der seit vielen Jahren in Deutschland lebte und im Auftrag der Bankers Trust Company verschiedene Personen aus Wirtschaft und Industrie beriet, hatte einen sehr guten Einblick in die wirtschaftlichen Verflechtungen seiner zahlreichen Klienten. Während seiner Arbeit stieß er auf mehrere Zahlungen an Haushofers Institut für Geopolitik in München, Fragen hierzu waren jedoch mehr als unerwünscht, die Kunden hielten sich bedeckt. Archdeacons Neugier war geweckt. In seiner Freizeit sammelte er weitere Informationen und entdeckte ein gigantisches Netzwerk aus Industrievertretern, Heeresführung und Parteioberen mit Haushofers Institut als ideologischem beratendem Zentrum.[9]

Während seiner Arbeit für die Glücksklee Milchgesellschaft kam es zu mehreren persönlichen Treffen mit Otto, in denen die beiden sich offenbar über die politische Lage austauschten. Der Banker vertraute ihm.

Eine seiner Buchempfehlungen an Otto zur Einordnung der weltpolitischen Lage war Haushofers Werk *Macht und Erde*.[10] In dessen drittem Teil, *Raumüberwindende Mächte*, breitet sich eine Denkschule aus, in der Länder in Räume aufgeteilt werden und Deutschland als das einzige unterdrückte, gefesselte Großvolk der Erde bezeichnet wird, das fast ein Drittel seiner Volksgenossen unter fremder Gewalt wisse. Es sei, so heißt es in dem Buch, ein Schmerz, den es zu stillen gelte. Wofür es einer gewissen Vorbereitung bedürfe, die die seelische und geistige Wehrbereitschaft des Volkes erhöhe. Dieses müsse jene Räume zurückerobern wollen, die es einmal mit »Strahlungen seiner Rassekraft, seiner Kultur, mit Gebilden seiner Wissenschaft« erfüllt und gestaltet habe. Dies sei kein Imperialismus, sondern Lebensrecht und Lebenserinnerung auf Erden.

Das Zurückerobern der kulturellen Einflusszonen und die Hilfe für angeblich unterdrückte Landsleute waren seinerzeit Leitmotiv und Rechtfertigung für Hitlers Einmarsch in die Tschechoslowakei und später in Polen. Ähnliches hört man heute von Putin.

Über Archdeacon ergaben sich für Otto Kontakte zu Persönlichkeiten, die sich möglicherweise kritisch mit dem Regime auseinandersetzten. Es wird von mehreren Treffen mit Baron Hammerstein berichtet. Es ist wahrscheinlich, dass Otto

9 siehe Artikel der *Life*, Ausgabe Dezember 1942.

10 BArch, N1200/1080 (fol. 140, 141) und N1200/1081 (fol. 006).

in dieser Zeit auch Personen der Familie von der Schulenburg vorgestellt wird. Später besorgte Otto seiner Tochter Thea ein Praktikum während des Pflichtjahres im Haus der Linie in Beetzendorf.

Es wäre gewiss spannend, diese Spur weiterzuverfolgen.

Mit Beginn der Kriegshandlungen und der Kriegserklärung Englands floh Archdeacon, der mit einer Amerikanerin verheiratet war, nach Greenwich/Connecticut und beantragte dort die amerikanische Staatsbürgerschaft. Seine über das geopolitische Institut gesammelten Informationen übergab er amerikanischen Geopolitikern.

NSDAP-Mitgliedschaft

Otto Lagerfeld war Mitglied der Partei. Dass er dennoch weit davon entfernt war, ein Nazi zu sein, habe ich bereits im Anhang des ersten Bandes dargelegt.

In seinem Entnazifizierungsbogen[11] gibt er an, in der Novemberwahl 1932 für die nationalliberale Deutsche Volkspartei gestimmt zu haben. Kern des Parteiprogramms waren eine Ablehnung von staatlichen Eingriffen und die Stärkung der Freiheit des Einzelnen, der sein Handeln an moralischen Maßstäben zu messen habe und sich in den Dienst der Gesellschaft stellen solle. All das repräsentierte Otto Lagerfeld, zudem zieht sich diese Einstellung auch durch sämtliche archivierte Geschäftsberichte.

Nach der Machtergreifung am 30. Januar 1933 traten zahlreiche Unternehmer und Fabrikanten in die NSDAP ein, sie überfluteten die Partei geradezu mit Aufnahmeanträgen. Vor allem für Geschäftsführer von Firmen mit ausländischer Inhaberschaft wie die in amerikanischem Besitz befindliche Glücks-

11 LASH Abt. 460.13 Nr. 230 Lagerfeld, Otto.

klee Milchgesellschaft war eine Parteimitgliedschaft Voraussetzung, um das berufliche Überleben zu sichern. Dennoch trat Otto nicht bei. Auch dann nicht, als die NSDAP aus Sorge vor Opportunisten und Saboteuren am 19. April 1933 eine Aufnahmesperre verhängte, die am 1. Mai 1933 in Kraft trat.

Erst nach der Tagung zum Zwangszusammenschluss der Milchverbände im Mai, in der auch bekannt wurde, dass Freiherr von Kanne zum Milchkommissar ernannt werden sollte, sah Otto Handlungsbedarf. Doch wie war es möglich, dass er noch nach dem Aufnahmestopp eine Mitgliedschaft erhielt? Ausnahmen gab es nämlich nur für Angehörige der NSBO, der SA und SS.

Einen Hinweis dazu fand ich im Hamburger Staatsarchiv in den Unterlagen zur Verwalterschaft der Glücksklee Milchgesellschaft aus dem Jahr 1942. (Diese Zeit wird als Rahmenhandlung im ersten Band näher beleuchtet.) Weil die Nationalsozialisten Otto vorwerfen, politisch nicht aktiv zu sein, erklärt er nach einigen verstrichenen Aufforderungen, früher einmal bei der SA gewesen zu sein.

Otto Lagerfeld als Mitglied eines Schlägertrupps? Nein, das passt nicht. Was aber steckte dahinter?

Die Spur führt nach Bad Bramstedt. Einem Schreiben zufolge war seine NSDAP-Mitgliedschaft im dortigen Gau registriert, obwohl er zu dem Zeitpunkt kein Bürger der Stadt war. Das Restgut Bissenmoor kaufte er fast eineinhalb Jahre später im September 1934, und erst im März 1935 zog er mit seiner Familie dort ein.

Fündig wurde ich in einem Artikel der *Bad Bramstedter Nachrichten* vom 22. Mai 1933. Demnach erfuhren die ländlichen Reiterbünde auf einer Tagung des Provinzialverbandes der Reit- und Fahrvereine Schleswig-Holsteins vom Beschluss des Stabschefs Röhm, dass sie unverzüglich in die SA übernommen würden.[12] Bald darauf löste sich der Reiterverein an der Bramau auf. Ob Otto dort Mitglied war, ist nicht bekannt, es existieren keine vollständigen Listen. Aber da er in seinen jungen Jahren aktiver Reiter war und in Wladiwostok sogar ein Rennpferd besaß, ist es gut möglich, dass er diesen Umstand als Eintrittskarte in die Partei nutzte.

Das im Buch zitierte Schreiben des Vereins beruht auf diesem Artikel. Es ist fiktiv, ebenso wie der Name Walther Roggemann.

Internierung in Neumünster-Gadeland

Die erbitterte Gegnerschaft des Kreisbauernführers Wilhelm Mannitz, die darin gipfelte, dass Otto nach Erpressung und Gewaltandrohung nahe daran war aufzugeben, ging über Jahre und ist hier nur grob zusammengefasst. Die Hintergründe und Intrigen böten reichlich Stoff für einen historischen Politthriller.

Dass Otto nach Kriegsende wegen der falschen Denunzierung seitens Mannitz ins Internierungslager kam, ist nur eine Vermutung. Ein Suchauftrag in den National Archives in Kew/Richmond blieb ohne Ergebnis. Hinweise zu den Gründen finden sich in einer Bemerkung seines Sohnes Karl, der jedoch die Verhältnisse umdreht und erzählt, Otto habe seinen Gegner denunziert. Das hätte in jener Zeit jedoch keine Haft mit sich gebracht, da die Besatzer ein solches Verhalten sogar förderten.

Dass Mannitz dahinterstecken könnte, ergibt sich aus den einundzwanzig Seiten langen Ausführungen des ehemaligen Sachbearbeiters des Reichskommissariats für feindliches Vermögen, Doktor Max Hagemann, der Otto am Ende energisch gegen Mannitz beistand, um das amerikanische Vermögen zu

12 BN 19330311 19330617 B 35a www.archive.org, eingestellt von Jan-Uwe Schadendorf.

schützen[13]. Hagemann war 1942 als ehemaliger Leiter der Berliner Kriminalpolizei aus dem Ruhestand zurückgekehrt und im Reichskommissariat tätig, wo er seine Arbeit verrichtete, ohne sich etwas zu Schulden kommen zu lassen. Er war kein Mitglied der NSDAP und kooperierte mit den Besatzern. Am 4. Februar 1946 legte er die Vorgänge rund um die Angriffe des Kreisbauernführers, der Genossenschaften und Milchverbände auf Otto und die Glücksklee Milchgesellschaft in deutscher und englischer Sprache dar. Kurz darauf kam Otto frei. Die Glücksklee Milchgesellschaft stand fortan unter der Verwaltung der britischen Militärbehörde, mit Otto als Leiter. Damit war er vollständig rehabilitiert.

13 BArch R87/6254 (fol. 0045ff.).

Literaturverzeichnis Band 2 (Auszug)

Um die Geschichte der Lagerfelds in ein authentisches Umfeld zu betten, waren mir neben etlichen Archiven und Rechercheportalen vor allem folgende Werke von großer Hilfe:

- Arbeitskreis Geschichte im Amt Segeberg (Hg.): … *und um halb zehn kamen die Engländer – Kriegsende 1945 im Städtedreieck Hamburg, Kiel und Lübeck mit dem Schwerpunkt Kreis Segeberg.* Duderstadt, EPV Elektronik-Praktiker-Verlagsgesellschaft mbH, korrigierter Nachdruck 2015
- Brunswig, Hans: *Feuersturm über Hamburg – Die Luftangriffe auf Hamburg im 2. Weltkrieg und ihre Folgen.* Stuttgart, Motorbuch Verlag, 4. Auflage 1981
- Danker, Uwe. Schwabe, Astrid: *Schleswig-Holstein und der Nationalsozialismus.* Neumünster, Wachholtz Verlag, 2005
- Kaiser, Alfons: *Karl Lagerfeld. Ein Deutscher in Paris.* München, Verlag C. H. Beck oHG, 2020
- Kessemeier, Gesa: *Ein Feentempel der Mode oder Eine vergessene Familie, ein ausgelöschter Ort.* Berlin, Hentrich & Hentrich Verlag, 2013
- Middelhauve, Dr. Lutz: *Geschichte und Entwicklung der Schleswig-Holsteinischen Milchwirtschaft.* Hamburg, Druckerei Hermann Lange, 1947
- Miller, Alice: *Das Drama des begabten Kindes und die Suche nach dem wahren Selbst.* Frankfurt am Main, Suhrkamp Verlag, 2., überarbeitete Auflage 1995
- Rutschky, Katharina: *Schwarze Pädagogik. Quellen zur Naturgeschichte der bürgerlichen Erziehung.* Frankfurt am Main, Berlin, Wien, Ullstein, 1977
- Schadendorf, Jan-Uwe: *Bad Bramstedt in den Zeiten. Eine be-*

bilderte Wanderung durch die Ortsgeschichte. Bad Bramstedt, Selbstverlag, 2017, siehe auch die von Schadendorf zusammengetragenen, sehr lesenswerten Zeitzeugenberichte auf www.alt-bramstedt.de

- Staumer, Ingrid: *Boberger Geschichten.* In: Dorfzeitung Boberg, Ausgaben März 2014, März 2015, Juni 2016
- Vieth, Harald: *Hier lebten sie mittendrin in Harvestehude-Rotherbaum. Jüdische Schicksale. Alltägliches. Heutiges.* Hamburg, Selbstverlag Harald Vieth, 1994
- Westphal, Uwe: *Modemetropole Berlin. Entstehung und Zerstörung der jüdischen Konfektionshäuser.* Leipzig, Henschel Verlag, 2019

Dank

Familie ist für mich das Wichtigste im Leben. Sie gibt Halt und Boden, ist Nest und Fels in der Brandung. Daher möchte ich an allererster Stelle meinem Mann Mirko und unseren beiden Kindern Mika und Marina danken, die mich in dieser arbeitsintensiven Zeit unterstützten und meine Begeisterung für dieses Projekt teilten. Ebenso meinen Eltern Ingrid und Dieter Zimmermann, die mich immer dazu ermutigt haben, meine Träume zu leben.

Ohne das Vertrauen und die Initiative der Familie Ute und Günter Lagerfeld, der ich in großer Freundschaft verbunden bin, wäre diese Dilogie nie entstanden. Es war eine aufregende und intensive Zeit und mit Sicherheit das spannendste Projekt meiner Schriftstellerinnenlaufbahn, wofür ich mich von Herzen bedanken möchte.

Ein großer Dank geht auch an Thoma Schulenburg, deren Herzlichkeit einfach ansteckend ist und deren Erinnerungen dieses Buch gefüllt und bereichert haben. An Steve Lagerfeld für den Einblick in das Leben von Paul und Josephine. An Dr. Henning Schmidt, der mir Gertruds Familienhintergründe nähergebracht hat, und an Margrit Greune für die ergänzenden Informationen zu Ottos Familie.

Karl Wagner danke ich für die unterhaltsamen Treffen und Telefonate und den mir gewährten Blick in die Vergangenheit. Sylvia Jahrke und Peter Bermbach für die erhellenden Schilderungen.

Alfons Kaiser für den Einblick in Elisabeth Bahlmanns Kölner Korrespondenz aus dem Archiv Gordian Tork.

Uwe Hansen vom Verein Plattdüütsch in Hamborg e. V. für Sichtung und Korrektur der plattdeutschen Sätze in beiden Bänden.

Den Mitarbeiterinnen und Mitarbeitern der Archive, wie dem Stadtarchiv Neustadt in Holstein (Wilhelm Lange), dem Stadtarchiv Bad Bramstedt (Manfred Jacobsen), dem Staatsarchiv Hamburg, den Bundesarchiven in Berlin-Lichterfelde und in Koblenz, dem Landesarchiv Schleswig-Holstein, der Staats- und Universitätsbibliothek Hamburg.

Ein herzliches Dankeschön gebührt meinem Agenten Lars Schultze-Kossack, Lisa Krämer vom Goldmann-Verlag für das Engagement und die Unterstützung und meiner langjährigen Lektorin Angela Troni, vor deren exzellentem Blick und Sprachkompetenz ich mich verneige.

Autorin

Heike Koschyk wurde 1967 in New York geboren und arbeitete in der Modebranche, bevor sie mit dem Schreiben von Thrillern und historischen Krimis begann. Ihre große Leidenschaft ist die Recherche. Dazu fährt sie an Originalschauplätze und stöbert in Archiven und alten Bibliotheken. Unter dem Pseudonym Sophie Bonnet veröffentlicht sie Provence-Krimis, die regelmäßig die Bestsellerlisten erobern. Die Autorin lebt mit ihrer Familie in Hamburg.